Anthony Horowitz (1957) es un novelista y guionista británico. Ha publicado más de cincuenta libros, entre ellos numerosas novelas para adolescentes, incluidas las series The Power of Five, Alex Rider y The Diamond Brothers. También ha escrito diversos guiones para televisión y ha adaptado varias de las novelas de Hércules Poirot de Agatha Christie para la serie de ITV *Agatha Christie's Poirot*. Además, es el guionista principal de las series *Foyle's War* y *Midsomer Murders* y el creador de la miniserie *Collision*.

Un asesinato brillante ha sido alabada unánimemente por el público y la crítica y será objeto de una esperadísima adaptación.

Papel certificado por el Forest Stewardship Council®

Penguin
Random House
Grupo Editorial

Título original: *Magpie Murders*

Primera edición en B de Bolsillo: enero de 2024

© 2016, Anthony Horowitz
© 2022, 2024, Penguin Random House Grupo Editorial, S. A. U.
Travessera de Gràcia, 47-49. 08021 Barcelona
© 2022, Neus Nueno Cobas, por la traducción
Diseño de la cubierta: Cover Kitchen
Fotografía de la cubierta: Composición a partir de imágenes de
© Depositphotos y © Keerthivasan Swaminathan / Unsplash

Printed in Spain – Impreso en España

ISBN: 978-84-1314-566-2
Depósito legal: B-19.363-2023

Impreso en Novoprint
Sant Andreu de la Barca (Barcelona)

BB 4 5 6 6 2

Un asesinato brillante

ANTHONY HOROWITZ

Traducción de Neus Nueno

Crouch End, Londres

Una botella de vino. Una bolsa de tamaño familiar de nachos con queso y un frasco de salsa picante. Un paquete de cigarrillos a un lado (lo sé, lo sé). La lluvia martilleando los cristales de las ventanas. Y un libro.

¿Qué habría podido resultar más agradable?

Sangre de urraca era el número nueve de la apreciada serie superventas de Atticus Pünd. Cuando abrí mi ejemplar por primera vez esa lluviosa noche de agosto, solo era un manuscrito, y mi tarea sería editarlo para su publicación. Pero antes pensaba disfrutarlo. Recuerdo que al volver a casa me fui derecha a la cocina, saqué algunas cosas de la nevera y lo puse todo en una bandeja. Me quité la ropa y la dejé en el punto exacto en que cayó. De todas formas, el piso entero era un basurero. Me duché, me sequé y me puse una enorme camiseta del ratón Maisy que alguien me había regalado en la Feria del Libro Infantil de Bolonia. Era demasiado pronto para acostarme, pero iba a leer el manuscrito tumbada en la cama sin hacer, con las sábanas aún arrugadas. No siempre vivo así, pero mi novio llevaba fuera seis semanas y, mientras estaba sola, me dedicaba a incumplir las normas deliberadamente. El desorden resulta muy reconfortante, sobre todo cuando no hay nadie que pueda quejarse.

La verdad es que detesto esa palabra. «Novio». Sobre todo cuando se utiliza para describir a un hombre de cincuenta y dos años que se ha divorciado dos veces. El problema es que nuestro idioma no ofrece gran cosa en cuestión de alternativas. Andreas no era mi pareja. No nos veíamos tanto como para eso. ¿Mi amante? ¿Mi media naranja? Ambas expresiones me daban grima por distintas razones. Andreas era de Creta. Daba clases de griego clásico en la Westminster School y tenía alquilado un piso en Maida Vale, no muy lejos del mío. Habíamos hablado de vivir juntos, pero nos daba miedo que la convivencia matase la relación; por eso, aunque yo tenía un armario lleno de ropa suya, en muchas ocasiones no lo tenía a él. Esta era una de ellas. Andreas se había ido a su país durante las vacaciones escolares para estar con su familia: sus padres, su abuela viuda, sus dos hijos adolescentes y el hermano de su exmujer vivían en la misma casa, en uno de esos complicados arreglos que tanto parece gustarles a los griegos. No regresaría hasta el martes, la víspera del día en que se reanudaban las clases, y no nos veríamos hasta el fin de semana siguiente.

Así que allí estaba, sola en mi piso de Crouch End, que se extendía por el sótano y la planta baja de una casa victoriana en Clifton Road, a un cuarto de hora a pie de la estación de metro de Highgate. Seguramente era lo único sensato que había comprado en mi vida. Me gustaba vivir allí. La vivienda era tranquila y cómoda, y contaba con un jardín compartido con un coreógrafo que vivía en la primera planta y que casi nunca estaba en casa. Tenía demasiados libros, claro. Cada centímetro de estante estaba ocupado. Había libros encima de libros. Los propios estantes se combaban bajo el peso. Había convertido el segundo dormitorio en un estudio, aunque trataba de no trabajar en casa. Andreas lo usaba más que yo... cuando andaba por allí.

Abrí el vino. Desenrosqué el tapón de la salsa. Encendí un cigarrillo. Empecé a leer el libro tal como vas a hacer tú. Sin embargo, antes tengo que avisarte.

Este libro cambió mi vida.

Puede que hayas leído esa frase antes. Me avergüenza decir que la puse en la tapa de la primera novela que encargué, un thriller muy normalito ambientado en la Segunda Guerra Mundial.

Ni siquiera recuerdo quién la dijo, pero la única forma de que aquel libro cambiase la vida de alguien era que se le cayese encima. ¿Alguna vez es cierta? Aún recuerdo cuando leí a las hermanas Brontë siendo pequeña y me enamoré de su mundo: el melodrama, los paisajes agrestes, el romanticismo oscuro... Podría decirse que *Jane Eyre* me encaminó hacia mi carrera profesional en el mundo editorial, lo cual no deja de ser un poco irónico en vista de lo que acabó ocurriendo. Hay muchos libros que me han conmovido profundamente: *Nunca me abandones*, de Ishiguro, *Expiación*, de McEwan. Me han contado que muchos niños ingresaron de pronto en internados de resultas del fenómeno Harry Potter, y, a lo largo de la historia, ha habido libros que han ejercido un profundo efecto en nuestra actitud. *El amante de lady Chatterley* resulta un ejemplo obvio; *1984*, otro. Pero no estoy segura de que en realidad importe qué es lo que leemos. Nuestra vida continúa avanzando por la línea recta que se nos ha dispuesto. La ficción solo nos ofrece un atisbo de la alternativa. Puede que esa sea una de las razones por las que nos gusta.

Sin embargo, *Sangre de urraca* lo cambió realmente todo para mí. Ya no vivo en Crouch End. Ya no trabajo en lo mismo. Me las he arreglado para perder muchas amistades. Esa noche, mientras alargaba el brazo y volvía la primera página del manuscrito, no tenía la menor idea del viaje que me disponía a iniciar y, la verdad, ojalá nunca me hubiera permitido a mí misma subir a bordo. Todo fue culpa de ese cabrón de Alan Conway. El día que lo conocí no me cayó nada bien, aunque lo raro es que sus libros siempre me habían encantado. Para mí, no hay nada mejor que una buena novela de suspense: las vicisitudes del argumento, los indicios, las pistas falsas, y, al final, la satisfacción de que te lo expliquen todo y te entren ganas de darte de bofetadas porque no lo viste desde el principio.

Eso era lo que esperaba cuando empecé. Pero *Sangre de urraca* no era así. No era así para nada.

Espero no tener que decir nada más. A diferencia de mí, estás avisado.

SANGRE DE URRACA

Un misterio de Atticus Pünd

Alan Conway

Sobre el autor

Alan Conway nació en Ipswich. Estudió primero en la Woodbridge School y después en la Universidad de Leeds, donde se licenció con la nota más alta en Literatura Inglesa. Más tarde, se matriculó en la Universidad de East Anglia para estudiar Escritura Creativa. Pasó los seis años siguientes ejerciendo como profesor antes de lograr su primer éxito con *Atticus Pünd investiga* en 1995. El libro estuvo veintiocho semanas en la lista de superventas del *Sunday Times* y ganó el premio Gold Dagger concedido por la Crime Writers' Association a la mejor novela negra del año. Desde entonces, la serie Atticus Pünd ha vendido dieciocho millones de libros en todo el mundo y se ha traducido a treinta y cinco idiomas. En 2012, Alan Conway recibió la Orden del Imperio Británico por sus servicios a la literatura. Tiene un hijo de un matrimonio anterior y vive en Framlingham, Suffolk.

La serie de Atticus Pünd

Elogios de la crítica

«Todo lo que esperamos de una novela de suspense inglesa. Efectista, ingeniosa e impredecible».

Independent

«¡Cuidado, Hércules Poirot! Hay un extranjero muy avispado en la ciudad y te está quitando el sitio».

Daily Mail

«Adoro a Atticus Pünd. Nos traslada a la época de oro de la novela negra y nos recuerda nuestros orígenes».

IAN RANKIN

«Sherlock Holmes, Lord Peter Wimsey, Padre Brown, Philip Marlowe, Poirot… Los grandes detectives pueden contarse con los dedos de una mano. Pues bien, ¡con Atticus Pünd hará falta un dedo más!».

Irish Independent

«Un gran relato policíaco requiere un gran detective, y Atticus Pünd merece incluirse entre estos».

Yorkshire Post

«Alemania tiene a un nuevo embajador. Y la novela negra, a su mejor detective».

Der Tagesspiegel

«Alan Conway expresa plenamente a la Agatha Christie que lleva dentro. ¡Y bien por él! Me ha encantado».

ROBERT HARRIS

«Mitad griego, mitad alemán, pero infalible al cien por cien. ¿Su nombre? Pünd… Atticus Pünd».

Daily Express

LA ESPERADA SERIE DE TELEVISIÓN
PRONTO EN LA BBC1

UNO

La tristeza

1

23 de julio de 1955

Iba a celebrarse un entierro.

Los dos sepultureros, el viejo Jeff Weaver y
su hijo Adam, habían salido al alba. Todo estaba
listo: una tumba de las proporciones exactas, la
tierra bien apilada a un lado. La iglesia de St.
Botolph de Saxby-on-Avon estaba preciosa, con
sus vidrieras reflejando el sol de la mañana. La
iglesia databa del siglo XII, aunque se había re-
construido muchas veces. La tumba nueva estaba
situada al este, cerca de las ruinas del antiguo
presbiterio, donde se dejaba crecer la hierba y
brotaban las margaritas y el diente de león en
torno a los arcos destrozados.

El pueblo estaba tranquilo y silencioso; las
calles, vacías. El lechero había hecho sus en-
tregas y se había marchado con las botellas tin-
tineando en la parte trasera de la camioneta. Los
repartidores de prensa habían terminado la ron-
da. Era sábado y la gente no tenía que ir a trabajar. Aún era temprano para comenzar las tareas
del fin de semana. A las nueve abriría la tienda

del pueblo. El aroma del pan recién hecho salía ya de la panadería, justo al lado. No tardarían en llegar los primeros clientes. Tras el desayuno, se pondría en marcha un coro de cortacéspedes. Era julio, el momento más ajetreado del año para el entusiasta ejército de jardineros de Saxby-on-Avon, que, a solo un mes de la Feria de la Cosecha, ya podaba los rosales y medía a conciencia los calabacines. A la una y media se disputaría un partido de críquet en el parque. Habría una furgoneta de helados, niños jugando, visitantes comiendo delante de los coches. El salón de té abriría sus puertas. Sería una tarde de verano perfecta.

Pero aún no. Era como si el pueblo contuviese el aliento en un respetuoso silencio, aguardando la llegada del féretro que se disponía a emprender el viaje desde Bath. En ese preciso instante lo cargaban en el coche fúnebre, rodeado de sus lúgubres acompañantes: cinco hombres y una mujer que evitaban mirarse a los ojos. Cuatro de los hombres eran empleados de pompas fúnebres de la respetada firma Lanner & Crane, que se había fundado en la época victoriana para centrarse en el sector de la carpintería y la construcción. Entonces los féretros y los entierros eran una actividad complementaria, casi una idea tardía. Sin embargo, paradójicamente, fue esa parte del negocio la que sobrevivió. Lanner & Crane ya no construía casas, pero su nombre se había convertido en sinónimo de respeto hacia la muerte. El servicio de ese día era económico. El coche era viejo. No había caballos negros ni lujosas coronas. El féretro, aunque bien acabado, se había fabricado con una madera de calidad inferior. Una sencilla placa chapada en plata indicaba el nombre de la difunta y dos fechas esenciales:

Mary Elizabeth Blakiston
5 de abril de 1887 - 15 de julio de 1955

Su vida, a caballo entre dos siglos, no había sido tan larga como podía parecer; aunque, claro, había llegado a su fin de forma inesperada. A Mary, que no tenía bastante dinero en su plan funerario para cubrir los costes finales, le habría gustado ver que todo se desarrollaba conforme a sus deseos. En efecto, la compañía de seguros se haría cargo de la diferencia.

El coche salió justo a la hora prevista, iniciando el trayecto de trece kilómetros cuando el reloj daba las nueve y media. Si circulaba a una velocidad apropiadamente lenta, llegaría puntual a la iglesia. En caso de que Lanner & Crane hubiese tenido un eslogan, bien podría haber sido «Nunca tarde». Y, aunque las dos personas que viajaban con el féretro tal vez no se dieran cuenta, el paisaje estaba precioso: al otro lado de los muros bajos de piedra, los campos descendían en dirección al río Avon, que los seguiría durante todo el camino.

En el cementerio de St. Botolph, los dos sepultureros examinaron su obra. Hay muchas cosas profundas, reflexivas y filosóficas que pueden decirse de un entierro, pero Jeff Weaver, apoyado en su pala, estuvo muy acertado al volverse hacia su hijo mientras se liaba un cigarrillo con los dedos sucios: «Si hay que morirse, no se puede elegir un día mejor».

Sentado a la mesa de la cocina, el reverendo Robin Osborne daba los últimos retoques a su sermón. Ante él había seis páginas extendidas sobre la mesa, mecanografiadas, pero ya cubiertas de anotaciones añadidas con su letra de trazos largos y finos. ¿Era demasiado largo? Últimamente algunos miembros de su congregación se habían quejado de que sus sermones parecían eternizarse, y hasta el obispo mostró cierta impaciencia durante su homilía del domingo de Pentecostés. Pero esto era distinto. La señora Blakiston había vivido toda su vida en el pueblo. Todo el mundo la conocía. Sin duda, podrían dedicar media hora o incluso cuarenta minutos de su tiempo a despedirse de ella.

Se hallaba en una sala amplia y alegre cuya cocina económica, permanentemente encendida, irradiaba un calor suave durante todo el año. Varias ollas y sartenes colgaban de ganchos, y había frascos repletos de hierbas frescas y setas secas que los propios Osborne habían recogido. En el piso de arriba, se encontraban dos dormitorios cómodos y acogedores con alfombras de pelo largo, fundas de almohada bordadas a mano y claraboyas nuevas que se habían instalado después de consultarlo mucho con la Iglesia. Sin embargo, el principal atractivo de la casa era su situación en un extremo del pueblo, con vistas al bosque que todo el mundo llamaba Dingle Dell. Había un prado salpicado de flores en primavera y en verano, y más allá una zona boscosa con árboles, sobre todo robles y olmos, que ocultaban Pye Hall: el lago, el césped y la casa en sí. Cada mañana, Robin Osborne despertaba ante un panorama que no dejaba de maravillarlo. A veces le parecía estar viviendo en un cuento de hadas.

La casa no siempre había sido así. Cuando la heredaron del reverendo Montagu junto con la diócesis, era en gran medida el hogar húmedo y desagradable de un anciano. Sin embargo, Henrietta había obrado el milagro, tirando todos los muebles que juzgó demasiado feos o incómodos y rebuscando en las tiendas de segunda mano de Wiltshire y Avon en busca de los sustitutos perfectos. La energía de aquella mujer nunca dejaba de asombrarlo. Que hubiera decidido casarse con un párroco ya era bastante sorprendente, pero además se había entregado a sus deberes con un entusiasmo que la había hecho popular desde su llegada. La pareja no podía ser más feliz. Era cierto que la iglesia necesitaba atención. El sistema de calefacción estaba siempre escacharrado. El tejado volvía a tener goteras. Pero su congregación era más que suficiente para satisfacer al obispo y a muchos de los fieles a los que ya consideraban amigos. No se les habría pasado por la cabeza vivir en ningún otro sitio.

—Era parte del pueblo. Aunque estamos hoy aquí para llorar su marcha, debemos recordar lo que nos ha dejado. Mary hizo de Saxby-on-Avon un lugar mejor para todos, tanto al colocar las flores cada domingo en esta misma iglesia como al visitar a los ancianos aquí y en Ashton House, al recoger dinero para la Sociedad Protectora de las Aves y al recibir a las visitas en Pye Hall. Sus dulces caseros eran siempre la estrella de las fiestas del pueblo, y puedo decirles que hubo muchas ocasiones en las que me trajo a la sacristía uno de sus bocaditos de almendra o un trozo de bizcocho relleno.

Osborne intentó visualizar a la mujer que se había pasado casi toda la vida trabajando como empleada doméstica en Pye Hall. La señora Blakiston, bajita, morena y decidida, iba siempre corriendo de un lado para otro, como si luchase en una cruzada personal. Casi todos sus recuerdos de ella parecían ser desde la media distancia porque, en realidad, nunca habían pasado mucho tiempo en la misma habitación. Habían estado juntos en un par de ocasiones sociales, pero no más. Las personas que vivían en Saxby-on-Avon no eran absolutos esnobs, pero, al mismo tiempo, eran clasistas, y aunque un párroco pudiera considerarse una incorporación adecuada para cualquier reunión social, no podía decirse lo mismo de una mujer que, al fin y al cabo, era limpiadora. Quizá la señora Blakiston lo supiese. En la iglesia solía ocupar el último banco. Insistía en ayudar a los demás con una actitud muy deferente, como si les debiese algo.

¿O era algo más sencillo? Cuando pensó en ella y miró lo que acababa de escribir, una sola palabra acudió a su mente. Entrometida. No era justo y, desde luego, jamás sería capaz de decirlo en voz alta, pero debía admitir que no dejaba de ser cierto. Era la clase de mujer que estaba metida en todo, que se empeñaba en relacionarse con todos los habitantes del pueblo. Siempre se las arreglaba para estar ahí cuando la necesitabas. Lo malo era que también lo estaba cuando no hacía ninguna falta.

Se la encontró allí, en la cocina, hacía poco más de quince días. Se enfadó consigo mismo por no haberlo previsto. Henrietta se quejaba siempre de su manía de dejar abierta la puerta de la calle, como si la casa fuera un mero anexo de la iglesia

y no su domicilio particular. Debió hacerle caso.
Mary había entrado y estaba allí de pie, con un
frasquito de líquido verde en la mano que parecía un talismán medieval para ahuyentar a los demonios.

—¡Buenos días, señor párroco! He oído que tiene problemas con las avispas. Le he traído aceite de menta. Así se librará de ellas. ¡Mi madre
decía que era mano de santo!

Era verdad. Había avispas en la casa. Pero
¿cómo se había enterado? Osborne solo se lo había
dicho a Henrietta, que, sin duda, no se lo habría
comentado a nadie. Por supuesto, era de esperar
en un pueblo como Saxby-on-Avon. De alguna forma
inexplicable, todo el mundo se las arreglaba
para saberlo todo de los demás, y a menudo se decía que si estornudabas en el cuarto de baño,
aparecería alguien con un pañuelo.

Al verla, Osborne no supo si sentirse agrade-
cido o molesto. Murmuró unas palabras de gratitud
mientras echaba un vistazo a la mesa de la cocina.
Y allí estaban, en mitad de todos sus papeles.
¿Cuánto tiempo llevaba la mujer en la habitación?
¿Las había visto? No decía nada y, claro está, él
no se atrevió a preguntárselo. La acompañó a la
calle a toda prisa, y esa fue la última vez que
la vio. Henrietta y él estaban de vacaciones cuando murió. Habían regresado justo a tiempo para
enterrarla.

Oyó unos pasos y alzó la mirada mientras Henrietta entraba en la habitación. Acababa de salir
de la bañera y aún llevaba puesto su albornoz. A sus
cuarenta y muchos años seguía siendo una mujer muy
atractiva de largos cabellos castaños, y poseía
una figura que los catálogos de ropa habrían descrito como «con curvas». Provenía de un mundo di-

ferente. Era la hija pequeña de un granjero acaudalado que poseía mil acres en West Sussex. Sin embargo, cuando los dos se conocieron en Londres, en una conferencia celebrada en Wigmore Hall, descubrieron una afinidad inmediata. Se habían casado sin la aprobación de los padres de ella y estaban tan unidos ahora como al principio. Su único pesar era que su matrimonio no los hubiese bendecido con ningún hijo, pero, por supuesto, esa era la voluntad de Dios y habían acabado aceptándola. Eran felices con solo estar juntos.

—Pensaba que ya habrías terminado —dijo.

Había sacado de la despensa mantequilla y miel. Se cortó una rebanada de pan.

—Solo estoy añadiendo algunas ideas de última hora.

—Pues yo que tú no hablaría demasiado, Robin. Al fin y al cabo, es sábado, y todo el mundo querrá irse.

—Nos reuniremos en el Queen's Arms después. A las once.

—Qué bien. —Henrietta llevó a la mesa un plato con su desayuno y se dejó caer en la silla—. ¿Sir Magnus respondió a tu carta?

—No, pero seguro que estará allí.

—Llegará tardísimo. —Se inclinó hacia delante y miró una de las páginas—. No puedes decir eso.

—¿Qué?

—«El alma de todas las fiestas».

—¿Por qué no?

—Porque no lo era. Si quieres que te diga la verdad, siempre me pareció bastante reservada. No era nada fácil hablar con ella.

—Cuando vino en Navidad, estuvo muy divertida.

—Cantó villancicos con los demás, si es que te

refieres a eso, pero nunca se sabía lo que estaba pensando. No puedo decir que me resultase muy simpática.

—No deberías hablar así de ella, Hen, y menos hoy.

Pues no veo por qué no. Hay que ver lo hipócritas que resultan los entierros. Todos dicen lo maravilloso, lo amable y lo generoso que era el difunto, cuando en el fondo saben que no es cierto. Mary Blakiston nunca me cayó bien, y no voy a empezar a cantar sus excelencias solo porque se las apañó para caerse por las escaleras y abrirse la cabeza.

—Eres un poco cruel.

—Soy sincera, Robby. Y sé que piensas exactamente lo mismo, aunque trates de convencerte de otra cosa. ¡Pero no te preocupes! Te prometo que no te dejaré mal delante de los parientes. —Hizo una mueca—. ¡Mira! ¿Es lo bastante triste?

—¿No sería mejor que fueras arreglándote?

—Lo tengo todo preparado: el vestido negro, el sombrero negro y las perlas negras —dijo, y exhaló un suspiro—. Cuando me muera, no quiero ir de negro. ¡Es tan triste! Prométemelo. Quiero que me entierren de rosa, con un gran ramo de begonias en las manos.

—No vas a morirte. Falta mucho para eso. Ahora sube a vestirte.

—De acuerdo. De acuerdo. Eres un mandón.

Se inclinó sobre él y le apretó los pechos blandos y cálidos contra el cuello. Le dio un beso en la mejilla y se marchó a toda prisa, dejando su desayuno sobre la mesa. Robin Osborne sonrió para sí mientras volvía a su sermón. Su esposa tenía razón: podía quitarle un par de páginas. Una vez más, repasó lo que había escrito.

Mary Blakiston no tuvo una existencia fácil. Conoció la desgracia poco después de llegar a Saxby-on-Avon y pudo haber dejado que la abrumase. No obstante, se defendió. Era la clase de mujer que disfrutaba de la vida, que nunca se habría rendido ante ella. Y al devolverla a la tierra, junto al hijo al que tanto amaba y al que perdió de un modo tan trágico, tal vez podamos hallar algún consuelo pensando que por fin están juntos.

Robin Osborne leyó el párrafo dos veces. De nuevo la vio allí, de pie, en esa misma habitación, justo al lado de la mesa.

«He oído que tiene problemas con las avispas».

¿Las había visto? ¿Lo supo?

El sol debió de ocultarse tras una nube, porque, de pronto, una sombra cruzó su rostro. Alargó el brazo, arrancó toda la página y dejó caer los pedazos en la papelera.

3

La doctora Emilia Redwing se había despertado temprano y se había pasado una hora más tumbada en la cama, intentando convencerse de que podía volver a conciliar el sueño. Luego se había levantado, se había puesto una bata y se había preparado una taza de té. Estaba sentada en la cocina desde entonces, contemplando el sol que se alzaba sobre su jardín y, al otro lado, las ruinas del castillo de Saxby, una construcción del siglo XIII que hacía las delicias de los muchos centenares de historiadores aficionados que lo visitaban, pero que tapaba la luz del sol cada tarde, proyectando una sombra alargada sobre la casa. Eran algo más de las ocho y media. Ya debían de haber traído el periódico. Tenía ante sí unos cuantos historiales que estaba examinando; en parte, para olvidar la jornada que le esperaba. El consultorio solía abrir los sábados por la mañana, pero hoy, debido al entierro, estaría cerrado. Qué se le iba a hacer. Era un buen momento para ponerse al día con el papeleo.

Nunca había problemas demasiado graves en Saxby-on-Avon. Lo que solía acabar con la vida de sus habitantes era la edad, un mal que la doctora Redwing no podía curar. Al estudiar los historiales, repasó con mirada cansada los distintos achaques a que se había enfrentado recientemente. La señorita Dotterel, que trabajaba en la tienda del pueblo, estaba superando el sarampión después de pasar una semana en cama. Billy Weaver, de nueve años, había sufrido un fuerte ataque de tosferina, pero también estaba ya en vías de curación. Su abuelo, Jeff Weaver, sufría artritis, pero convivía con ella desde hacía años y no mejoraba ni empeoraba. Johnny Whitehead se había hecho un corte en la mano. Henrietta Osborne, la mujer del párroco, había pisado una mata de belladona —*Atropa belladonna*— que había acabado infectándole todo el pie. Le había prescrito una semana de reposo en cama y agua en abundancia. Por lo demás, el cálido verano parecía haber beneficiado a la salud de todos.

Bueno, no a la de todos. No. Se había producido una muerte.

La doctora Redwing apartó los historiales y se acercó a los fogones, donde empezó a preparar el desayuno para su marido y ella. Sabía que Arthur se había despertado por los chirridos y crujidos que se oían mientras llenaba la bañera. La fontanería de la casa tenía al menos cincuenta años de antigüedad y se quejaba amargamente cuando la obligaban a trabajar, pero al menos funcionaba. No tardaría en estropearse. La mujer cortó el pan para preparar unas tostadas, llenó de agua un cazo y lo puso al fuego, sacó la leche y los cereales, puso la mesa.

Arthur y Emilia Redwing llevaban treinta años casados; un matrimonio feliz y satisfactorio, pensó para sus adentros, aunque las cosas no habían salido exactamente como esperaban. Para empezar, estaba Sebastian, su único hijo, que ahora tenía veinticuatro años y vivía en Londres con sus amigos *beats*. ¿Cómo podía haberlos decepcionado tanto? ¿Y en qué momento preciso se volvió en contra de ellos? No tenían noticias suyas desde hacía meses y ni siquiera podían saber con certeza si estaba vivo o muerto. Y luego estaba el propio Arthur. Había empezado a trabajar como arquitecto, y de los buenos. El Royal Institute of British Architects le concedió el Sloane Medallion por un diseño realizado en la Escuela de Bellas Artes. Participó en la construcción de varios de los nuevos edificios que surgieron justo después de la guerra. Pero su verdadero amor era la pintura; sobre todo los retratos al óleo. Diez años atrás había abandonado su carrera profesional para ser artista a tiempo completo, y lo había hecho con todo el apoyo de Emilia.

Una de sus obras estaba colgada en la cocina, en la pared situada junto al aparador, y Emilia le lanzó una ojeada en ese momento. Era un retrato de ella pintado hacía diez años. Siempre sonreía al mirarlo, recordando los largos silencios mientras posaba rodeada de flores silvestres. Su marido no hablaba mientras trabajaba. Habían hecho una docena de sesiones durante un verano interminable, y Arthur había logrado captar el calor, la calima al atardecer e incluso el aroma del césped. Ella llevaba un vestido largo y un sombrero de paja; como un Van Gogh mujer, le había dicho a Arthur en broma. Y tal vez hubiese algo del estilo de ese artista en los colores intensos, las pinceladas bruscas. No era hermosa y lo sabía. Su rostro era demasiado serio; sus hombros anchos y su pelo oscuro, masculinos. Tenía la actitud de una maestra o tal vez de una institutriz. La gente la consideraba demasiado formal. Pero su marido había encontrado algo hermoso en ella. Si el retrato hubiese estado expuesto en una galería de Londres, nadie habría podido pasar por delante sin pararse a mirarlo.

No obstante, estaba colgado en casa. Ninguna galería de Londres se interesaba por Arthur ni por su obra. Emilia no lo entendía. Los dos habían visitado juntos la Exposición de Verano de la Royal Academy y habían contemplado obras de James Gunn y de sir Alfred Munnings. Había un controvertido retrato de la reina pintado por Simon Elwes. Pero todos parecían muy corrientes y tímidos en comparación con la obra de Arthur. ¿Por qué nadie reconocía a Arthur Redwing como el genio que sin duda era?

Cogió tres huevos y los metió suavemente en el cazo: dos para él, uno para ella. Uno se rompió al entrar en contacto con el agua hirviendo, y Emilia pensó al instante en Mary Blakiston con el cráneo abierto después de su caída. No pudo evitarlo. Todavía se estremecía al recordar lo que había visto, aunque se preguntaba por qué.

No era el primer cadáver con el que se encontraba, y trabajando en Londres durante los peores bombardeos aéreos había tratado a soldados con heridas terribles. ¿Qué resultaba tan distinto en este caso?

Tal vez fuese que las dos habían estado muy unidas. Era cierto que una doctora y una empleada doméstica tenían muy poco en común, pero se habían convertido en improbables amigas. Todo empezó cuando la señora Blakiston era su paciente. Había sufrido un ataque de herpes zóster que duró un mes, y a la doctora Redwing le impresionaron su estoicismo y su sentido común. Después de eso, empezó a confiarle sus ideas. Debía tener cuidado. No podía vulnerar la confidencialidad de los pacientes. Sin embargo, si había algo que la inquietaba, siempre podía confiar en que Mary la escuchase y le diera buenos consejos.

Y el final había sido muy repentino: una mañana corriente, hacía poco más de una semana, la había telefoneado Brent, el jardinero de Pye Hall.

—¿Puede venir, doctora Redwing? Es por la señora Blakiston. Está al pie de la escalera de la casa grande. Está allí tumbada. Creo que se ha caído.

—¿Se mueve?

—Creo que no.

—¿Está usted con ella?

—No puedo entrar. Todas las puertas están cerradas con llave.

Brent tenía algo más de treinta años. Era un hombre encorvado con tierra bajo las uñas y una hosca indiferencia en la mirada. Cuidaba del césped y de los parterres, y de vez en cuando expulsaba a los intrusos de la finca igual que había hecho su padre antes que él. Los terrenos de

Pye Hall daban por la parte de atrás a un lago en el que los niños nadaban en verano. Pero no si estaba Brent. Era un hombre solitario, soltero, que vivía solo en la casa que una vez perteneció a sus padres. No era muy apreciado en el pueblo porque se le consideraba sospechoso. La verdad era que no tenía estudios y que posiblemente era un poco autista, pero la gente se había apresurado a imaginar el resto. La doctora Redwing le pidió que la esperara ante la puerta principal, reunió algún material médico y, tras encargarle a Joy, su enfermera y recepcionista, que no aceptara más visitas, se apresuró hacia su coche.

Pye Hall estaba al otro lado de Dingle Dell, a un cuarto de hora a pie y no más de cinco minutos en coche. Siempre había estado allí, igual que el pueblo, y, aunque constituía un batiburrillo de estilos arquitectónicos, sin duda era la casa más majestuosa de la zona. Había empezado su vida como convento, pero pasó a ser una residencia privada en el siglo XVI y la habían maltratado mucho desde entonces. Lo que quedaba era una sola ala alargada con una torre octogonal, construida mucho más tarde, en un extremo. La mayoría de las ventanas eran isabelinas, estrechas y con cuarterones, pero también las había de estilo georgiano y victoriano, rodeadas de hiedra, como para disculparse por la indiscreción. En la parte de atrás había un patio y los restos de lo que pudieron ser unos claustros. Unos establos separados se utilizaban ahora como garaje.

Pero su principal atractivo era el entorno. Un portal con dos grifos de piedra marcaba la entrada. A continuación, un camino de grava pasaba por delante de la casa del guarda, donde vivía Mary Blakiston, y surcaba el césped dibujando una elegante curva hasta llegar a la puerta principal, con su arco gótico. Los parterres estaban dispuestos como manchas de pintura en la paleta de un artista, y había una rosaleda delimitada con unos setos ornamentales que, según decían, contenía más de cien variedades distintas de rosal. La hierba se extendía hasta llegar al lago, frente a Dingle Dell: toda la finca estaba rodeada de bosques maduros que se llenaban de campanillas en primavera y la separaban del mundo moderno.

Los neumáticos chirriaron sobre la grava cuando la doctora Redwing paró. Vio a Brent, que la esperaba nervioso con la gorra entre las manos. Bajó del coche, cogió su maletín y caminó hasta donde estaba él.

—¿Hay algún signo de vida? —preguntó.

—No he mirado —murmuró Brent.

La doctora Redwing se quedó asombrada. ¿Ni siquiera había tratado de ayudar a la pobre mujer? Al ver su expresión, el hombre añadió:

—Se lo he dicho. No puedo entrar.

—¿La puerta principal está cerrada?

—Sí, señora. La puerta de la cocina también.

—¿Es que no tiene las llaves?

—No, señora. No entro en la casa.

La doctora Redwing sacudió la cabeza, exasperada. En el tiempo que había tardado en llegar hasta allí, Brent podía haber hecho algo; tal vez coger una escalera de mano para probar a entrar por una ventana.

—Si no ha podido entrar, ¿cómo me ha telefoneado? —preguntó.

No importaba, pero quería saberlo.

—Hay un teléfono en los establos.

—Bueno, más vale que me enseñe dónde está.

—Se ve por la ventana...

La ventana a la que se refería Brent se hallaba en un extremo de la casa y era una de las in-
corporaciones más recientes. A través de ella se
veía el vestíbulo y una amplia escalinata que
conducía a la primera planta. Y allí, por supuesto, estaba Mary Blakiston, tendida de cualquier
manera sobre una alfombra, con un brazo estirado
delante del cuerpo que ocultaba parcialmente su
cabeza. Desde el instante en que la vio, la doctora Redwing supo con certeza que estaba muerta.
Se había caído por las escaleras y se había roto
el cuello. No se movía, claro. Pero había algo
más que eso. La forma en que el cuerpo estaba tendido era demasiado antinatural. Tenía ese aspecto de muñeca rota que Redwing había observado en
sus libros de medicina.

Eso le dijo su instinto. Pero a veces las apariencias engañan.

—Tenemos que entrar —dijo—. La puerta principal y la de la cocina están cerradas, pero debe
de haber otra forma de hacerlo.

—Podemos probar con el cuarto de las botas.

—¿Dónde está?

—Por aquí...

Brent la acompañó hasta otra puerta situada en
la parte trasera. Esta era acristalada y, aunque
también estaba bien cerrada, la doctora Redwing
vio claramente un manojo de llaves en la cerradura, al otro lado.

—¿De quién son? —preguntó.

—Deben de ser de ella.

Emilia tomó una decisión.

—Vamos a tener que romper el cristal.

—No creo que a sir Magnus le guste mucho —protestó Brent.

—Ya se lo explicaré si quiere. Bueno, ¿lo hace usted o lo hago yo?

El hombre no estaba contento, pero buscó una piedra y la usó para romper uno de los cristales. Deslizó la mano en el interior y giró las llaves. La puerta se abrió y entraron.

Mientras esperaba a que se cocieran los huevos, la doctora Redwing recordó la escena tal como la había visto. Era como una fotografía impresa en su mente.

Habían cruzado el cuarto de las botas y, tras recorrer un pasillo, llegaron directamente al vestíbulo principal, con la escalinata que conducía al rellano en forma de galería. Las paredes, forradas de madera oscura, estaban decoradas con pinturas al óleo y trofeos de caza: aves en vitrinas, la cabeza de un ciervo, un pescado enorme. Una armadura con su espada y su escudo se hallaba junto a una puerta que daba al salón. El vestíbulo era largo y estrecho, con la puerta principal, frente a la escalinata, situada exactamente en el centro. A un lado había una chimenea de piedra lo bastante grande para entrar de pie en ella; al otro, dos butacas de cuero y una mesa antigua con un teléfono. El suelo enlosado estaba parcialmente cubierto por una alfombra persa. Las escaleras eran también de piedra, con una alfombra de color vino que ascendía por el centro. Si Mary Blakiston había tropezado y había caído rodando desde el rellano, su muerte sería fácil de explicar. Había muy poca cosa que pudiese amortiguar una caída.

Mientras Brent aguardaba nervioso junto a la puerta, la doctora Redwing examinó el cuerpo. Aún no estaba frío, pero no había pulso. Apartó de la cara un mechón de cabello oscuro y descubrió

los ojos castaños de la mujer, fijos en la chimenea. Se los cerró con suavidad. La señora Blakiston siempre tenía prisa. Era imposible eludir
ese pensamiento. Se había precipitado literalmente por las escaleras, apresurándose hacia su
propia muerte.

—Tenemos que llamar a la policía —dijo.

—¿Qué? —Brent se mostró sorprendido—. ¿Le han
hecho algo?

—No. Claro que no. Es un accidente. Pero de
todos modos tenemos que denunciarlo.

Era un accidente. No hacía falta ser detective
para llegar a esa conclusión. La criada estaba
pasando la aspiradora. El aparato seguía allí: un
objeto de un rojo intenso, casi como un juguete,
en la parte superior de las escaleras, atascado
entre los barrotes. A la mujer se le habían enredado los pies en el cable. Había tropezado y se
había caído por las escaleras. No había nadie más
en la casa. Las puertas estaban cerradas con llave. ¿Qué otra explicación podía haber?

Poco más de una semana después, los pensamientos de Emilia Redwing se vieron interrumpidos por
un movimiento en la puerta. Su marido acababa de
entrar. Emilia sacó dos huevos del cazo y los colocó con suavidad en sendas hueveras de porcelana.
Fue un alivio para ella ver que se había vestido
para el entierro. Pensaba que se le olvidaría. Se
había puesto el traje oscuro de los domingos, aunque sin corbata; nunca la llevaba. Tenía unas
cuantas motas de pintura en la camisa, pero eso era
normal: Arthur y la pintura eran inseparables.

—Te has levantado temprano —dijo él.

—Lo siento, cariño. ¿Te he despertado?

—No. La verdad es que no. Pero te he oído bajar.
¿No podías dormir?

—Supongo que pensaba en el entierro.

—Hace un día estupendo para eso. Espero que ese puñetero párroco no nos suelte un rollo demasiado largo. Los meapilas son todos iguales. Les gusta demasiado oírse a sí mismos.

Cogió la cucharilla y partió la cáscara del primer huevo.

¡Crac!

La doctora Redwing recordó la conversación que había tenido con Mary Blakiston dos días antes de que llamase Brent. Había descubierto algo grave. Se disponía a ir en busca de Arthur para pedirle consejo cuando la criada apareció de repente, como si un espíritu maligno la hubiese convocado. Así que se lo contó a ella. En el transcurso de una jornada ajetreada, había desaparecido un frasco del consultorio. El contenido podía ser muy peligroso si acababa en las manos equivocadas, y estaba claro que alguien debía de haberlo cogido. ¿Qué tenía que hacer? ¿Debía denunciarlo a la policía? Era reacia a hacerlo, porque parecería imprudente e irresponsable. ¿Por qué había dejado desatendido el botiquín? ¿Por qué no estaba el armario cerrado con llave? ¿Por qué no se había percatado antes?

—No se preocupe, doctora Redwing —le había dicho Mary—. Déjemelo a mí un par de días. De hecho, creo que tengo alguna que otra idea...

Eso fue lo que dijo. Al mismo tiempo, tenía una expresión que no era exactamente taimada, pero sí astuta, como si hubiese visto algo y estuviera esperando a que le consultaran sobre ese preciso asunto.

Y ahora estaba muerta.

Había sido un accidente, por supuesto. Mary Blakiston no tuvo tiempo de comentarle a nadie lo del veneno desaparecido y, aunque lo hubiera hecho, era imposible que la hubiesen atacado. Había tropezado y se había caído por las escaleras. Eso era todo.

Sin embargo, mientras contemplaba cómo mojaba su marido un trozo de tostada en el huevo, Emilia Redwing tuvo que reconocerlo: estaba muy preocupada.

4

—¿Por qué vamos al entierro? Apenas la conocíamos.

Johnny Whitehead forcejeaba con el botón superior de su camisa. Por más que se esforzase, no lograba introducirlo en el ojal. Lo cierto era que la tela no alcanzaba a rodearle el cuello. Últimamente tenía la impresión de que toda la ropa se le estaba encogiendo. De pronto, chaquetas que llevaba desde hacía años le quedaban demasiado estrechas en los hombros. Por no hablar de los pantalones... Al final se rindió y se dejó caer en su silla, ante la mesa del desayuno. Gemma, su esposa, le puso un plato delante. Le había preparado un desayuno inglés completo, con dos huevos, beicon, salchichas, tomate y pan frito: tal como a él le gustaba.

—Irá todo el mundo —dijo Gemma.

—Eso no significa que tengamos que ir nosotros.

—La gente hablará si no vamos. Además, es bueno para el negocio. Lo más probable es que su hijo Robert vacíe la casa ahora que ella no está, y nunca se sabe qué puede encontrar.

—Seguramente un montón de trastos —replicó

Johnny, que cogió el tenedor y empezó a comer—. Pero tienes razón, amor. No estará de más que nos dejemos caer por allí.

Saxby-on-Avon contaba con muy pocas tiendas. Estaba la principal, claro, en la que podías comprar casi cualquier cosa que te hiciera falta: desde cubos y fregonas hasta mostaza en polvo, pasando por seis clases distintas de mermelada. Era un milagro que cupiesen tantos productos en un espacio tan minúsculo. El señor Turnstone seguía llevando la carnicería en la trastienda, con entrada aparte y una cortina de tiras de plástico que no dejaba pasar las moscas. Y la furgoneta del pescado venía cada martes. No obstante, si querías algún producto exótico, como aceite de oliva o cualquiera de los ingredientes mediterráneos que la escritora Elizabeth David incluía en sus libros de cocina, había que ir a Bath. Al otro lado de la plaza del pueblo estaba la tienda de suministros eléctricos. Muy pocos acudían a ella, y lo hacían sobre todo para comprar bombillas o fusibles de repuesto. Casi todos los productos del escaparate parecían anticuados y cubiertos de polvo. Había una librería, una panadería y un salón de té que solo abría durante los meses de verano. Cerca de la plaza y antes de llegar al parque de bomberos estaba el garaje, en el que se vendían diversos accesorios, pero nada que en realidad quisiera nadie. Eso era todo, y así había sido desde siempre.

Y entonces llegaron de Londres Johnny y Gemma Whitehead. Habían comprado la vieja oficina de correos, que llevaba mucho tiempo vacía, y habían hecho de ella una tienda de antigüedades con sus nombres, escritos en letras de estilo antiguo, encima del escaparate. Eran muchos en el pueblo los que comentaban que «baratillo» habría descrito mejor la naturaleza del establecimiento, pero desde el principio la tienda había sido muy popular entre los visitantes, que parecían felices de rebuscar entre viejos relojes, jarras de cerveza con formas humanas, cuberterías, monedas, medallas, pinturas al óleo, muñecas, plumas y todo lo demás que estaba expuesto. Si alguien llegaba a comprar realmente algo, era otro asunto. Pero la tienda llevaba allí ya seis años, con los Whitehead viviendo en el piso de encima.

Johnny era un hombre bajito, de hombros anchos y calvo que, aunque todavía no se hubiese dado cuenta, estaba engordando. Le gustaba vestir raídos trajes con chaleco de colores chillones, normalmente con una corbata llamativa. Para el entierro había sacado del armario de mala gana un conjunto más sobrio formado por chaqueta y pantalón gris de lana que, al igual que la camisa, le quedaba pequeño. Su esposa, tan delgada y menuda que habrían hecho falta tres para hacer el mismo bulto que el marido, iba de negro. Su desayuno era mucho más sencillo: se había servido una taza de té y mordisqueaba una tostada triangular.

—Sir Magnus y lady Pye no irán —murmuró Johnny.

—¿Adónde?

—Al entierro. No volverán hasta la noche.

—¿Quién te lo ha dicho?

—No sé. Lo comentaban en el pub. Se han marchado al sur de Francia o algo así. ¡Los hay que no pueden quejarse! En fin, han intentado ponerse en contacto con ellos, pero no ha habido suerte hasta ahora. —Johnny hizo una pausa, alzando en vilo un trozo de salchicha. Al escucharlo hablar en ese momento, era evidente que había pasado casi toda su vida en el East End de Londres. Tenía un acento muy diferente cuando trataba con clientes—. Sir Magnus no estará nada contento —siguió diciendo—. Apreciaba mucho a la señora Blakiston. ¡Eran uña y carne!

—¿A qué te refieres? ¿Quieres decir que tenía algo con ella? —Gemma arrugó la nariz mientras pensaba en ese «algo».

—¡Qué va! Con la parienta allí, no se habría atrevido. Y tampoco es que Mary Blakiston fuese nada del otro mundo. Pero ella lo adoraba. Lo tenía por un dios. Además, fue su criada durante años y años. ¡La asistenta! Le cocinaba, le limpiaba y le dio la mitad de su vida. Estoy seguro de que él habría querido asistir al entierro.

—Podrían haber esperado a que volviese.

—El hijo quería acabar cuanto antes. La verdad es que no se lo reprocho. Ha sido toda una conmoción.

Los dos permanecieron sentados en silencio mientras Johnny acababa de desayunar. Gemma lo observaba con atención. Lo hacía a menudo. Era como si tratase de ver más allá de su apariencia externa, generalmente plácida, como si quisiera encontrar algo que él intentaba ocultar.

—¿Qué estaba haciendo aquí Mary Blakiston? —preguntó ella de pronto.

—¿Cuándo?

—El lunes antes de que muriese. Estuvo aquí.

—No, no estuvo.

Johnny dejó el cuchillo y el tenedor. Había desayunado rápido y no quedaba ni un resto de comida en el plato.

—No me mientas, Johnny. La vi salir de la tienda.

—¡Ah! ¡Te refieres a la tienda! —Johnny esbozó una sonrisa incómoda—. Pensaba que querías

decir que había subido aquí. Eso habría sido
raro, ¿no? —Hizo una pausa, confiando en que su
esposa cambiara de tema, pero al ver que no daba
señales de que fuera a hacerlo, continuó, escogiendo sus palabras con cuidado—: Sí... Miró en
la tienda. Y supongo que sería la misma semana
en que ocurrió. La verdad es que no recuerdo qué
quería, amor. Me parece que dijo que necesitaba
un regalo, pero no compró nada. De todas formas
solo estuvo un par de minutos.

Gemma Whitehead siempre sabía cuándo mentía
su marido. Había visto salir a la señora Blakiston de la tienda y había adivinado que algo iba
mal. Pero no lo había mencionado entonces y decidió no insistir ahora. No quería tener una
discusión, y menos cuando estaban a punto de
asistir a un entierro.

En cuanto a Johnny Whitehead, en realidad recordaba muy bien su último encuentro con la señora Blakiston. Había entrado en la tienda, desde
luego, y había hecho todas aquellas acusaciones.
Y lo peor era que tenía la prueba que las respal-
daba. ¿Cómo la había encontrado? Para empezar,
¿qué la había puesto sobre la pista de él? Por
supuesto, la muy bruja no le había dado esa información, pero había sido muy clara.

Nunca se lo habría dicho a su esposa, naturalmente, pero no podía estar más contento de que
Mary Blakiston hubiese muerto.

5

Clarissa Pye, vestida de negro de pies a cabeza,
se examinaba en el espejo de cuerpo entero situado al fondo del recibidor. Se preguntó una vez

más si el sombrero, con sus tres plumas y su velo, no era un tanto excesivo. *De trop*, como decían en francés. Se lo había comprado en una tienda de segunda mano de Bath obedeciendo a un impulso y se había arrepentido momentos después. Quería estar perfecta para el entierro. Estaría allí todo el pueblo, y la habían invitado a tomar café y refrescos después en el Queen's Arms. ¿Con o sin? Se lo quitó cuidadosamente y lo dejó sobre la mesa del recibidor.

Llevaba el pelo demasiado oscuro. Se lo había cortado para la ocasión, y aunque René había hecho, como siempre, un trabajo excelente, ese nuevo colorista suyo había sido una mala incorporación. Estaba ridícula, como si saliera de la portada de una revista femenina. Bueno, pues estaba decidido. Tendría que ponerse el sombrero. Sacó un lápiz de labios y se lo aplicó con esmero. Ya tenía mejor aspecto. Era importante hacer un esfuerzo.

Faltaban cuarenta minutos para que empezara la celebración, y no quería ser la primera en llegar. ¿Cómo iba a llenar el tiempo? Fue a la cocina, donde aguardaban los cacharros de preparar el desayuno, pero no quiso fregarlos llevando su mejor ropa. Había un libro boca abajo sobre la mesa. Estaba leyendo a su querida Jane Austen por enésima vez, pero tampoco le apetecía en ese instante. Seguiría con Emma Woodhouse y sus maquinaciones por la tarde. ¿Y la radio? ¿O bien otra taza de té y un ratito con el crucigrama del *Telegraph*? Sí. Eso haría.

Clarissa vivía en una casa moderna. Muchos de los edificios de Saxby-on-Avon eran sólidas construcciones de estilo georgiano hechas con piedra de Bath, con bonitos pórticos y jardines que se alzaban en terrazas. No necesitabas leer a Jane Austen. Si salías al exterior, te encontrabas en su mundo. Habría preferido vivir junto a la plaza principal o en Rectory Lane, detrás de la iglesia, donde había casitas preciosas, elegantes y cuidadas. El número cuatro de Winsley Terrace se había construido a toda prisa. Era una vivienda normal y corriente de dos dormitorios con la fachada revestida de enguijarrado y un jardín cuadrado que apenas merecía ese nombre. Era idéntica a las de sus vecinos, aparte de un pequeño estanque añadido por los dueños anteriores en el que vivían dos viejos peces de colores. Saxby-on-Avon de Arriba y Saxby-on-Avon de Abajo. La diferencia no podía ser más llamativa. Estaba en la zona mala.

Era la casa que podía permitirse. Examinó brevemente la pequeña cocina cuadrada con sus cortinas de malla, las paredes de color magenta, la aspidistra del alféizar de la ventana y el pequeño crucifijo de madera que colgaba del aparador, donde podía verlo al principio de cada día. Echó un vistazo a los restos del desayuno, aún sobre la mesa: un solo plato, un cuchillo, una cuchara, un frasco a medias de mermelada Golden Shred. La asaltó repentinamente la oleada de emociones a las que se había acostumbrado a lo largo de los años, pero que aún tenía que combatir con todas sus fuerzas. Se sentía sola. Nunca debería haber venido aquí. Su vida entera era una farsa.

Y todo por doce minutos.

¡Doce minutos!

Cogió la tetera y la estampó contra el fogón mientras encendía el gas con un giro salvaje de la muñeca. No era nada justo. ¿Cómo podía decidirse la vida entera de una persona por el mero momento en que había nacido? Cuando era niña y vivía en Pye Hall, no se daba cuenta. Magnus y ella eran gemelos. Eran iguales y estaban felizmente protegidos por toda la riqueza y los privilegios que los rodeaban y que los dos disfrutarían durante el resto de su vida. Eso era lo que siempre había pensado. ¿Cómo podía haberle ocurrido esto?

Ahora conocía la respuesta. El propio Magnus fue el primero en hablarle de una restricción sobre la sucesión que se remontaba a varios siglos atrás, según la cual sería él quien heredase la casa, sus terrenos y todos los bienes, por ser el primogénito, además del título, claro, por ser el varón. Ella creyó que se lo inventaba solo para fastidiarla. Sin embargo, no tardó en comprobar que era cierto. Fue un proceso de decadencia que empezó con la muerte de sus padres en un accidente de tráfico cuando ella tenía veinticinco años. La casa pasó a ser propiedad legal de Magnus y la situación cambió al instante. Clarissa se convirtió en una huésped indeseada en su propia casa y tuvo que trasladarse a una habitación más pequeña. Cuando Magnus conoció a Frances y se casó con ella, dos años después de la guerra, la invitaron amablemente a marcharse.

Pasó un desdichado año en Londres, donde alquiló un piso diminuto en Bayswater y se le fueron agotando los ahorros. Al final, se hizo institutriz. ¿Qué otra opción existía para una mujer soltera que hablaba francés con cierta soltura, tocaba el piano y era capaz de recitar las obras de todos los poetas más importantes, pero no poseía otras habilidades discernibles? Impulsada por el espíritu de aventura, se fue a Estados

Unidos; primero, a Boston; después, a Washington. Las dos familias horrorosas para las que trabajó la trataron fatal, naturalmente, aunque era mucho más refinada que ellos. ¡Y los niños! Para ella resultaba claro que los niños estadounidenses eran los peores del mundo, sin modales, sin educación y con muy poca inteligencia. Sin embargo, le pagaron bien y ahorró cada penique —cada centavo— que ganó. Cuando no pudo seguir soportándolo, regresó al hogar después de diez largos años.

El hogar era Saxby-on-Avon. En cierto modo era el último lugar en el que quería estar, pero era el pueblo donde había nacido y crecido. ¿Adónde, si no, podía ir? ¿Acaso quería pasarse el resto de su vida en un cuarto de alquiler de Bayswater? Por fortuna surgió una vacante en la escuela local y, con todo el dinero que había ahorrado, pudo pedir una hipoteca. Magnus no la ayudó, claro, aunque a ella ni siquiera se le habría pasado por la cabeza pedírselo. Al principio le daba rabia verlo entrar y salir en coche de la gran casa en la que habían jugado los dos de niños. ¡Aún tenía su propia llave de la puerta principal! Nunca la había devuelto y nunca lo haría. La llave era un símbolo de todo lo que había perdido, pero, al mismo tiempo, le recordaba que tenía todo el derecho a quedarse. Su presencia allí seguramente era una fuente de incomodidad para su hermano, y eso la consolaba un poco.

En la cocina, mientras el hervidor silbaba ya con una intensidad creciente, Clarissa Pye se sintió invadida por la amargura y la ira. Siempre había sido ella la más inteligente de los dos, no Magnus. Él era el último de la clase y sacaba pésimas notas, mientras que ella era la preferida de los profesores. Magnus era vago porque sabía que podía permitírselo. No tenía de qué preocuparse. Sería ella quien tuviera que buscar trabajo, uno cualquiera, para ganarse la vida. Su hermano lo tenía todo y, lo que era peor, no sentía ningún cariño por ella. ¿Por qué tenía que ir a ese entierro? De pronto, Clarissa cayó en la cuenta de que Magnus estaba más unido a Mary Blakiston que a ella. ¡Una vulgar criada, santo cielo!

Se volvió y miró la cruz, fijándose en la pequeña figura clavada en la madera. La Biblia lo dejaba absolutamente claro: «No desearás la casa de tu prójimo, ni su siervo, ni su sierva, ni su buey, ni su asno, ni cosa alguna que a él le pertenezca». Se esforzaba mucho por aplicar a su vida las palabras del Éxodo, capítulo 20, versículo 17, y en muchos aspectos casi lo había logrado. Por supuesto, le habría gustado ser más rica. Le habría gustado poner la calefacción en invierno y no preocuparse por las facturas. Eso era natural y humano. Cuando iba a la iglesia, a menudo trataba de recordarse a sí misma que lo que había sucedido no era culpa de Magnus y que, aunque no fuese ni mucho menos el más amable o cariñoso de los hermanos, debía tratar de perdonarlo. «Porque si vosotros perdonáis a los hombres sus ofensas, también os perdonará a vosotros vuestro Padre celestial».

No funcionaba.

En ocasiones, Magnus la invitaba a cenar. La última vez había sido un mes atrás, y, estando sentada a la mesa del gran comedor, con sus retratos de familia y su altillo, entre la docena de invitados a los que se servía comida y vino en platos delicados y copas de fino cristal, se le metió la idea en la cabeza. Y allí se le había quedado desde entonces. Allí estaba ahora. Había intentado pasarla por alto. Había rezado para que se fuera. Sin embargo, al final se había visto obligada a reconocer que estaba planteándose cometer un pecado mucho más terrible que la codicia, y que incluso había dado el primer paso para llevarlo a la práctica. Era una locura. A pesar de sí misma, alzó la vista pensando en lo que había cogido y ocultaba en el armario del baño.

«No matarás».

Susurró las palabras, pero ningún sonido salió de su boca. A su espalda, la tetera empezó a chillar. La cogió apresuradamente, olvidando que el asa estaría caliente, y volvió a estamparla contra el fogón con un leve grito de dolor. Llorosa, se lavó la mano bajo el grifo del agua fría. No era más de lo que merecía.

Unos minutos más tarde, olvidándose del té, cogió el sombrero de la mesa y salió para asistir al entierro.

6

El coche fúnebre había alcanzado las afueras de Saxby-on-Avon e, inevitablemente, su ruta lo llevó a pasar por delante de la entrada de Pye Hall, con sus grifos de piedra y la casa del guarda, ahora silenciosa. Solo había una carretera principal desde Bath, y para llegar al pueblo por cualquier otro camino habría sido necesario dar un rodeo demasiado grande. ¿Había algo desafortunado en llevar a la difunta por delante del mismo hogar en el que una vez vivió? Si alguien se lo hubiera preguntado, los directores de la funeraria, Geoffrey Lanner y Martin Crane (ambos descendientes de los fundadores), habrían opinado lo contrario. Al contrario, habrían insistido, ¿no había cierto simbolismo en la coincidencia, incluso una sensación de satisfactorio desenlace? Era como si Mary Blakiston hubiese cerrado el círculo.

Sentado en el asiento trasero, sintiéndose enfermo y vacío con el ataúd a su espalda, Robert Blakiston echó un vistazo a su antigua casa como si nunca antes la hubiera visto. No volvió la cabeza para seguir mirándola cuando la dejaron atrás. Ni siquiera pensó en ella. Su madre había vivido allí. Su madre estaba ahora muerta, tendida detrás de él. Robert, de veintiocho años, era un joven pálido y esbelto, con el pelo negro cortado formando una línea recta que dibujaba un surco en su frente y se prolongaba describiendo dos curvas perfectas alrededor de las orejas. Se le veía incómodo con su traje, y no era de extrañar, puesto que no era suyo. Se lo habían prestado para el entierro. Robert tenía un traje, pero su prometida, Joy, había insistido en que no resultaba lo bastante elegante. La chica se lo había pedido prestado a su padre, lo que había sido la causa de una pelea, y después lo había persuadido para que se lo pusiera, lo que había dado lugar a otra.

Joy iba sentada junto a él en el coche. Apenas habían hablado desde que habían salido de Bath. Ambos estaban sumidos en sus pensamientos. Ambos estaban preocupados.

A veces Robert tenía la sensación de que había estado tratando de escapar de su madre casi desde el día que nació. Se había criado en la casa

del guarda, solo con ella, en un espacio muy re-
ducido. Dependían el uno del otro, aunque de
formas distintas. Él no tenía nada sin ella. Ella
no era nada sin él. Robert había estudiado en la
escuela local, donde se le consideraba un niño
listo al que le iría bien si se esforzase un poco
más con los estudios. Tenía pocos amigos. Los
maestros se preocupaban a menudo al verlo de pie,
solitario en el ruidoso patio de recreo, ignora-
do por los demás niños. Al mismo tiempo, era totalmente comprensible. Había vivido una tragedia siendo muy pequeño. Su hermano menor había
muerto en un terrible accidente y su padre había abandonado a la familia poco después, sintiéndose culpable. La tristeza seguía aferrán-
dose a él, y los otros niños lo evitaban como si
temieran contaminarse.

A Robert nunca le fue demasiado bien en clase.
Sus maestros trataban de disculparlo por su mal
comportamiento y falta de progreso, habida cuenta de sus circunstancias, pero, aun así, se sintieron secretamente aliviados cuando cumplió
los dieciséis años y se marchó. Por cierto, eso
había ocurrido en 1943, al final de una guerra en
la que no había luchado por ser demasiado joven,
pero que se había llevado a su padre durante largos periodos. Había muchos niños cuya formación
se había visto perjudicada, y, en ese sentido,
él solo era una víctima más. Nadie se planteó la
posibilidad de que fuese a la universidad. Aun
así, el año siguiente fue decepcionante. Continuó viviendo con su madre, haciendo trabajillos
ocasionales en el pueblo. Quienes lo conocían
estaban de acuerdo en que aquello estaba por debajo de sus posibilidades. A pesar de todo, era
demasiado inteligente para esa clase de vida.

Fue sir Magnus Pye, el jefe de Mary Blakiston, que había hecho las veces de padre de Robert durante los últimos siete años, quien lo convenció de que debía buscarse un trabajo en condiciones. A su regreso del National Service, sir Magnus le consiguió un puesto de aprendiz de mecánico en el principal concesionario Ford de Bristol. Curiosamente, su madre no se sintió nada agradecida. Fue la única vez que discutió con sir Magnus. Estaba preocupada por Robert. No quería que viviera solo en una ciudad lejana. Le reprochaba a sir Magnus haber actuado sin consultarla, a sus espaldas.

En realidad, no importó mucho, porque el puesto de aprendiz no duró demasiado. Robert llevaba allí tres meses cuando fue a beber al Blue Boar, una taberna de Brislington. Se metió en una pelea que fue a más y alguien llamó a la policía. Robert fue arrestado y, aunque no presentaron cargos contra él, sus jefes desaprobaron lo ocurrido y lo despidieron. De mala gana, Robert regresó a casa. Su madre se esforzó en sacar partido de aquello. Ella no quería que se marchara y, si él le hubiera hecho caso, los dos se habrían ahorrado muchos problemas. Quienes los conocían tuvieron la impresión de que a partir de ese día nunca volvieron a llevarse bien.

Al menos Robert había encontrado su vocación. Le gustaban los coches y se le daba bien repararlos. Resultó que había una vacante de mecánico a tiempo completo en el garaje local, y aunque Robert no tenía suficiente experiencia, el propietario decidió darle una oportunidad. No pagaban mucho, pero ofrecían alojamiento en un pequeño piso situado encima del taller. Al chico le vino muy bien. Había dejado muy claro que ya no quería vivir con su madre, que la casa del guarda le resultaba agobiante. Se mudó al piso y allí seguía.

Robert Blakiston no era ambicioso. Tampoco era especialmente curioso. Podría haber continuado con una existencia que resultaba adecuada; ni más, ni menos. Pero todo cambió cuando se destrozó la mano en un accidente que habría podido arrancársela por completo. Lo sucedido era bastante común y totalmente evitable: un coche en el que estaba trabajando se cayó del gato hidráulico y no lo aplastó por pocos centímetros. Sin embargo, el gato se estrelló contra él. Robert entró en el consultorio de la doctora Redwing tambaleándose y sujetándose la mano mientras la sangre corría por su mono de trabajo. Fue entonces cuando conoció a Joy Sanderling, la nueva enfermera y recepcionista. A pesar del dolor, se fijó al instante: era muy guapa, con un pelo rubio dorado que enmarcaba su rostro pecoso. Pensó en ella en la ambulancia, después de que la doctora Redwing le vendara los huesos rotos y lo enviara al Royal United Hospital de Bath. La mano se le había curado hacía mucho tiempo, pero siempre recordaba el accidente y se alegraba de que se hubiera producido, porque así conoció a Joy.

Joy vivía con sus padres en Lower Westwood. Su padre era un bombero que antes había estado en el servicio activo, en el parque de Saxby-on-Avon, pero que ahora realizaba tareas administrativas. Su madre permanecía en casa, cuidando de su hijo mayor, que necesitaba atención a tiempo completo. Como Robert, Joy había dejado la escuela a los dieciséis años y había visto muy poco mundo fuera del condado de Somerset. Sin embargo, a diferencia de él, siempre había tenido la ambición de viajar. Había leído libros sobre

Francia e Italia, y había aprendido unas cuantas palabras en francés de Clarissa Pye, que le había dado clases particulares. Llevaba dieciocho meses trabajando con la doctora Redwing. Cada mañana llegaba al pueblo en el escúter de color rosa intenso que se había comprado a plazos.

Robert le había pedido a Joy en el cementerio de la iglesia que se casara con él, y ella le había dicho que sí. Tenían previsto casarse en St. Botolph en primavera. Mientras tanto, ahorrarían el dinero suficiente para pasar la luna de miel en Venecia. Robert había prometido que saldrían a pasear en góndola el primer día. Beberían champán bajo el Puente de los Suspiros. Lo tenían todo planeado.

Resultaba muy extraño estar sentado junto a ella ahora, con su madre en la parte de atrás, interponiéndose aún entre ellos, aunque de una forma muy distinta. Recordó la primera vez que había llevado a Joy a la casa del guarda a tomar el té. Su madre se había mostrado muy desagradable, algo que se le daba muy bien, cubriendo sus emociones con una tapa de acero para que solo se transparentase una fría capa de cortesía. «Me alegro mucho de conocerte. ¿Lower Westwood? Sí, sé dónde es. ¿Y tu padre es bombero? Qué interesante». Se había comportado como un robot, o tal vez como una actriz en una obra muy mala, y aunque Joy no se había quejado y se había comportado en todo momento con la amabilidad que la caracterizaba, Robert juró no volver a hacerla pasar por eso. Esa noche discutió con su madre. A partir de ese momento casi dejaron de tratarse.

No obstante, la peor discusión se había producido solo unos días atrás, cuando el párroco y su esposa estaban de vacaciones y Mary Blakiston cuidaba de la iglesia. Se encontraron en la puerta del pub del pueblo. El Queen's Arms se hallaba justo al lado de St. Botolph, y Robert estaba sentado al sol, disfrutando de una pinta de cerveza después del trabajo. Vio a su madre cruzar el cementerio; seguramente venía de preparar las flores para los oficios del fin de semana, de los que se ocupaba un párroco de una parroquia cercana. Ella lo vio y se le acercó.

—Dijiste que arreglarías la luz de la cocina.

Sí. Sí. Sí. La luz de encima de los fogones. Solo había que cambiar la bombilla, pero costaba llegar hasta ella. Se había comprometido hacía una semana. Robert solía ir a la casa del guarda cuando había algún problema. Sin saber cómo, una cuestión tan trivial se transformó en una disputa absurda: se pusieron a hablar tan alto que pudo oírlos toda la gente que estaba sentada delante del pub.

—¿Por qué no me dejas en paz? Ojalá te murieras y me dieras un descanso.

—Ah, sí. ¿A que te gustaría?

—¡Desde luego! Me encantaría.

¿De verdad le había dicho esas palabras y, para colmo, en público? Robert se volvió y se quedó mirando la madera, la tapa del féretro con su corona de lirios blancos. Menos de una semana después habían encontrado a su madre al pie de las escaleras de Pye Hall. Fue Brent, el jardinero, quien se presentó en el garaje y le dio la noticia mirándolo de forma extraña. ¿Estaba en el pub aquella tarde? ¿Lo había oído todo?

—Ya hemos llegado —dijo Joy.

Robert se volvió. La iglesia estaba ante ellos; el cementerio, lleno ya de gente. Debían de ser al menos cincuenta personas. Robert se sorprendió. Nunca pensó que su madre tuviera tantos amigos.

El coche aminoró la marcha y se detuvo. Alguien le abrió la puerta.

—No quiero hacer esto —dijo Robert.

Alargó la mano y tomó la de ella, casi como un niño.

—No pasa nada, Bob. Estaré contigo. Pronto acabará todo.

Joy le sonrió y Robert se sintió mejor al instante. ¿Qué haría sin ella? Le había cambiado la vida. Lo era todo para él.

Bajaron del coche y echaron a andar hacia la iglesia.

7

La habitación estaba en la tercera planta del hotel Geneviève, en Cap Ferrat, con vistas a los jardines y terrazas. El sol brillaba ya con fuerza en un cielo transparente y azul. Había sido una semana excelente, durante la cual había disfrutado de una comida deliciosa y de magníficos vinos, codeándose con la mejor sociedad mediterránea. Aun así, sir Magnus Pye estaba de mal humor mientras terminaba de hacer las maletas. La carta que había llegado tres días antes le había estropeado las vacaciones. Ojalá no la hubiese enviado ese maldito párroco. Aquello era absolutamente típico de la Iglesia, siempre entrometiéndose, tratando de estropear la diversión de los demás.

Su esposa lo miró lánguidamente desde el balcón, fumando un cigarrillo.

—Vamos a perder el tren —dijo.

—El tren no sale hasta dentro de tres horas. Tenemos tiempo de sobras.

Frances Pye apagó el cigarrillo en un cenicero y entró en la habitación. Era una mujer morena y autoritaria, un poco más alta que su marido y, sin duda, más imponente. El hombre, bajo y grueso, tenía una barba oscura que se había extendido vacilante por sus mejillas coloradas, sin acabar de reivindicar la posesión de su cara. A sus cincuenta y tres años, le gustaba llevar trajes que acentuasen su edad y su situación en la vida: caros, con chaleco y hechos a medida. Los dos formaban una pareja inverosímil: tal vez el terrateniente y la actriz de Hollywood. Sancho Panza y Dulcinea del Toboso. Aunque era él quien poseía el título, le sentaba mejor a ella.

—Deberías haberte marchado enseguida —dijo Frances.

—Desde luego que no —gruñó Magnus, tratando de cerrar por la fuerza la tapa de su maleta—. Solo era una maldita criada.

—Vivía con nosotros.

—Vivía en la casa del guarda. No es lo mismo, para nada.

—La policía quiere hablar contigo.

—Pueden hacerlo en cuanto vuelva, aunque no sé qué voy a decirles. El párroco explica que tropezó con un cable. Es una pena, pero yo no tengo la culpa. No irán a sugerir que la asesiné o algo así, ¿no?

—A mí no me extrañaría, Magnus.

—No habría podido. He estado todo el tiempo aquí, contigo.

Frances Pye observó cómo su marido forcejeaba con la maleta. No se ofreció a ayudarlo.

—Pensaba que la apreciabas —dijo.

—Era buena cocinera y limpiaba bien. Pero, si quieres que te diga la verdad, no soportaba verla; ni a ella, ni a ese hijo suyo. Me parecía una mujer retorcida, siempre correteando de un lugar a otro con esa mirada... Como si supiera algo que tú ignorases.

—Aun así, deberías haber ido al entierro.

—¿Por qué?

—Porque los del pueblo se darán cuenta de que no estás y no les hará gracia.

—De todas formas, no les caigo bien. Y les caeré peor todavía cuando se sepa lo de Dingle Dell. ¿Y qué más da, si no pretendo ganar ningún concurso de popularidad? Ese es el problema de vivir en el campo: la gente solo se dedica a chismorrear. Pues que piensen de mí lo que les dé la gana. Por mí se pueden ir todos al infierno.

Magnus cerró la maleta con un chasquido y se sentó en la cama, jadeando ligeramente por el esfuerzo.

Frances lo miró con curiosidad. Por un momento, hubo algo en sus ojos que osciló entre el desdén y el asco. Ya no había ni pizca de amor en su matrimonio. Ambos lo sabían. Permanecían juntos porque les resultaba cómodo. A pesar del calor de la Costa Azul, el ambiente en la habitación era frío.

—Pediré que envíen a un botones —comentó la mujer—. Supongo que ya habrá llegado el taxi. —Al ir a coger el teléfono, vio sobre la mesita una postal dirigida a Frederick Pye, en Hastings—. ¡Diantre, Magnus! No llegaste a enviarle esa postal a Freddy. Prometiste hacerlo, y lleva aquí toda la semana. —Exhaló un suspiro—. Habrá vuelto a casa antes de que llegue.

—Pues que se la envíe la familia con la que

está. No es el fin del mundo. No es que tengamos nada interesante que contarle.

—Las postales nunca son interesantes. Esa no es la cuestión.

Frances Pye cogió el teléfono y llamó a recepción. Mientras hablaba, Magnus se acordó de algo. Fue por la mención de la postal, por algo que ella había dicho. ¿De qué se trataba? En cierto modo guardaba relación con el entierro al que no asistirían ese día. ¡Ah, sí! Qué extraño. Magnus Pye se dijo que tenía que hacer algo tan pronto como llegase a casa. No lo olvidaría.

8

—Mary hizo de Saxby-on-Avon un lugar mejor para todos, tanto al colocar las flores cada domingo en esta misma iglesia como al visitar a los ancianos aquí y en Ashton House, al recoger dinero para la Sociedad Protectora de las Aves y al recibir a las visitas en Pye Hall. Sus dulces caseros eran siempre la estrella de las fiestas del pueblo, y puedo decirles que hubo muchas ocasiones en las que me trajo a la sacristía uno de sus bocaditos de almendra o un trozo de bizcocho relleno.

El entierro se desarrollaba como todos los entierros: despacio, suavemente, con una sensación de serena inevitabilidad. Jeffrey Weaver había asistido a muchos desde la barrera. Le interesaban las personas que iban y venían, y, desde luego, las que venían y se quedaban. Nunca se le ocurría pensar que algún día, en un futuro no muy lejano, sería él el enterrado. Solo contaba setenta y tres años, y su padre había vivido hasta los cien. Aún le quedaba mucho tiempo.

Jeffrey consideraba que tenía buen ojo para la gente. Recorrió con mirada de pintor la multitud congregada en torno a la tumba que él mismo había cavado. Tenía su opinión sobre cada una de aquellas personas. Y ¿qué mejor ocasión que un entierro para estudiar la naturaleza humana?

En primer lugar, estaba el propio párroco, con su rostro fúnebre y el pelo largo y un tanto revuelto. Jeffrey recordaba su llegada a Saxby-on-Avon para sustituir al reverendo Montagu, que se había vuelto excéntrico con la edad, se repetía mucho en sus sermones y se dormía durante las vísperas. Los Osborne habían sido muy bien acogidos. No obstante, formaban una pareja un poco rara. La mujer, mucho más baja que él, era regordeta y peleona. Nunca se callaba sus opiniones; un rasgo de carácter que, si bien despertaba admiración en Jeffrey, no parecía muy apropiado para la esposa de un párroco. La veía en ese momento de pie detrás de su marido, asintiendo con la cabeza cuando estaba de acuerdo con lo que decía; frunciendo el ceño cuando no lo estaba. Estaba claro que se querían mucho. Pero eran muy raros. Por ejemplo, ¿qué interés tenían en Pye Hall? Los había visto un par de veces colarse en el bosque que lindaba con su jardín y separaba su propiedad de la de sir Magnus Pye. Eran muchos los que cruzaban Dingle Dell para llegar antes a la residencia señorial. Así evitaban tener que ir hasta la carretera de Bath para acceder por la entrada principal. Sin embargo, no solían hacerlo en plena noche. ¿Qué se traían entre manos?

A Jeffrey no le caían bien los Whitehead. Nunca hablaba con ellos. Los consideraba una pareja de londinenses a la que nada se le había perdido en Saxby-on-Avon. Al pueblo no le hacía falta una tienda de antigüedades. Era malgastar espacio. Podías coger un espejo o un reloj viejo, ponerle un precio absurdo y decir que era una antigüedad, pero seguía siendo un trasto, y si no te dabas cuenta es que eras tonto. Además, no se fiaba de ellos. Tenía la impresión de que fingían ser lo que no eran; igual que hacían con lo que vendían. ¿Por qué habían acudido al entierro? Apenas conocían a Mary Blakiston y, desde luego, la mujer jamás habría dicho nada bueno de ellos.

En cambio, la doctora Redwing y su marido tenían todo el derecho del mundo a estar allí. Era ella quien había encontrado el cadáver junto con Brent, el jardinero, que también había acudido y estaba allí de pie, con la gorra en la mano y el flequillo rizado encima de la frente. Emilia Redwing había vivido siempre en el pueblo. Su padre, el doctor Rennard, había trabajado en la consulta antes que ella. No había venido, pero resultaba lógico. Se hallaba en una residencia de Trowbridge, y se decía que tenía ya un pie en el otro barrio. Jeffrey no había tenido enfermedades graves, pero los dos lo habían tratado por dolencias de escasa importancia. El viejo doctor Rennard había traído al mundo a su hijo; era comadrón además de médico, en unos tiempos en los que resultaba muy normal que un hombre fuese ambas cosas. ¿Y Arthur Redwing? Escuchaba al párroco con cara de impaciencia y aburrimiento. Era un hombre atractivo, de eso no había duda; artista, aunque no había ganado ningún dinero con su profesión. ¿No había pintado un retrato de lady Pye hacía algún tiempo? En cualquier caso, los dos eran dignos de confianza; no como los Whitehead. Costaba imaginar el pueblo sin su presencia.

Lo mismo podía decirse de Clarissa Pye. Desde luego, se había emperifollado para el entierro y quedaba un poco ridícula con ese sombrero de las tres plumas. ¿Qué creía que era aquello? ¿Un cóctel? Aun así, Jeffrey no pudo evitar tenerle lástima. Debía de ser muy duro vivir allí, con su hermano tratándola despóticamente. A sir Magnus le parecía bien pasearse tan tranquilo en su Jaguar mientras su hermana daba clases en la escuela del pueblo. No era en absoluto una mala maestra. Sin embargo, a los niños no les gustaba mucho; seguramente porque notaban su infelicidad. Clarissa estaba sola. Jamás se había casado. Parecía pasarse media vida en la iglesia. Siempre la veía entrar y salir de allí. A menudo se paraba a charlar con él; claro que no tenía con quien hablar a no ser que fuese con Dios. Se parecía un poco a su hermano, sir Magnus, aunque eso no era ninguna cualidad. Al menos, había tenido la decencia de acudir.

Brent soltó un estornudo. Jeffrey vio que se limpiaba la nariz con la manga y miraba a ambos lados para comprobar si alguien lo había visto. No tenía la menor idea de cómo comportarse delante de la gente, pero no era de extrañar. Brent se pasaba casi todo el tiempo en su propia compañía y, a diferencia de Clarissa, lo prefería así. Trabajaba muchas horas en la finca y a veces, después de acabar, acudía a cenar o a tomar una copa al Ferryman, donde tenía su propia mesa y su propia silla de cara a la calle principal. Sin embargo, nunca socializaba. No tenía conversación. A veces Jeffrey se preguntaba qué tendría en la cabeza.

El sepulturero hizo caso omiso de los demás asistentes y concentró toda su atención en el

joven que había llegado con el coche fúnebre,
Robert Blakiston. Jeffrey también se compadeció
de él: aunque no se llevase bien con la difunta,
no dejaba de ser su madre. Todo el pueblo estaba
al tanto de las acaloradas discusiones entre los
dos, y él mismo había oído lo que Robert le dijo
a ella en la puerta del Queen's Arms la víspera
del accidente. «Ojalá te murieras y me dieras un
descanso». Bueno, no se le podía reprochar. La
gente dice muchas veces cosas de las que luego se
arrepiente, y nadie podía saber lo que iba a ocurrir. Sin duda, el joven parecía muy desdichado
allí de pie, junto a la chica pulcra y guapa que
trabajaba en el consultorio. Todos los habitantes del pueblo sabían que estaban saliendo juntos, y los dos hacían muy buena pareja. Era evidente que la muchacha estaba preocupada por él.
Jeffrey lo veía en su expresión y en su forma de
agarrarlo del brazo.

—Era parte del pueblo. Aunque estamos hoy aquí
para llorar su marcha, debemos recordar lo que
nos ha dejado...

El párroco estaba llegando al final de su homilía. Iba por la última página. Jeffrey se volvió y vio que Adam entraba en el cementerio por
el sendero del fondo. Era un buen chico. Siempre
aparecía exactamente en el momento adecuado.

Y sucedió algo bastante raro. Uno de los asistentes se marchaba ya, aunque el párroco seguía
hablando. Jeffrey no se había fijado en él porque estaba detrás del grupo, apartado de los
demás. Era un hombre de mediana edad, vestido
con abrigo oscuro y sombrero flexible de fieltro
de color negro. Jeffrey solo había visto su rostro un instante, pero le resultó familiar. Tenía
las mejillas hundidas y la nariz picuda. ¿Dónde

lo había visto antes? Bueno, era demasiado tarde. Ya había salido por la verja principal y avanzaba hacia la plaza del pueblo.

Algo impulsó a Jeffrey a alzar la vista. Cuando el desconocido pasaba por debajo del gran olmo que crecía al borde del cementerio, se produjo un movimiento en una de las ramas. Era una urraca y no estaba sola. Al mirar por segunda vez, Jeffrey vio que el árbol estaba lleno. ¿Cuántas habría? Resultaba difícil contarlas entre el espeso follaje, pero acabó comprobando que había siete y recordó la vieja canción infantil.

> *Una para la tristeza,*
> *dos para la alegría,*
> *tres para una chica,*
> *cuatro para un chico,*
> *cinco para la plata,*
> *seis para el oro,*
> *siete para un secreto*
> *que no debe revelarse.*

Vaya, ¿no era muy raro? Toda una bandada de urracas en un árbol, como si se hubiesen reunido allí para el entierro. No obstante, entonces llegó Adam, el párroco terminó su homilía, los asistentes empezaron a marcharse, y cuando Jeffrey volvió a levantar la vista, las aves habían alzado el vuelo.

DOS
La alegría

1

El médico no tuvo que hablar. Su rostro, el silencio que reinaba en la sala y los resultados de las
radiografías y los análisis, extendidos sobre la
mesa, lo decían todo. Los dos hombres se hallaban
sentados uno frente a otro en la elegante consulta situada al final de Harley Street, conscientes
de haber llegado al último acto de un drama que se
había representado muchas veces. Seis semanas
atrás, ni siquiera se conocían. Ahora estaban
unidos de la forma más íntima posible. Uno había
dado la noticia. El otro la había recibido. Ni el
uno ni el otro se permitieron mostrar demasiada
emoción. Formaba parte del procedimiento, del
pacto entre caballeros, que hicieran todo lo po
sible por ocultarla.

—Doctor Benson, ¿puedo preguntarle cuánto diría que me queda? —quiso saber Atticus Pünd.

—No es fácil decirlo con precisión —respondió
el médico—. Me temo que el tumor está muy avan-
zado. Si hubiéramos podido detectarlo antes,
habríamos tenido una pequeña posibilidad de ope-
rar. Tal como están las cosas... —Negó con la
cabeza—. Lo siento.

—No lo sienta. —Pünd hablaba el inglés perfecto y estudiado del extranjero culto, pronunciando cada sílaba como si quisiera disculparse por su acento alemán—. Tengo sesenta y cinco años. He vivido una vida larga y, en muchos aspectos, buena. Más de una vez he creído estar a punto de morir. Hasta puede decirse que la muerte ha sido una compañera que siempre ha caminado dos pasos detrás de mí. En fin, ahora me ha alcanzado. —Extendió las manos y logró sonreír—. Ella y yo somos viejos conocidos, y no tengo motivos para tenerle miedo. Sin embargo, será necesario que solucione mis asuntos, que los ponga en orden. Por lo tanto, me resultaría útil saber, en términos generales... ¿Hablamos de semanas o de meses?

—Pues me temo que habrá un declive. Esos dolores de cabeza que tiene se agravarán. Es posible que experimente crisis. Puedo enviarle literatura que le muestre un panorama general, y le prescribiré unos analgésicos potentes. Quizá quiera plantearse ingresar en algún centro. Puedo recomendarle un sitio muy bueno en Hampstead, gestionado por la Fundación Marie Curie. En las últimas etapas precisará atención constante.

Las palabras se perdieron en la distancia. El doctor Benson examinó a su paciente con cierta perplejidad. El nombre de Atticus Pünd le resultaba familiar, por supuesto. Salía a menudo en los periódicos: un refugiado alemán que había conseguido sobrevivir a la guerra después de pasar un año en uno de los campos de concentración de Hitler. En el momento de su arresto, era policía y trabajaba en Berlín, o tal vez en Viena. A su llegada a Inglaterra comenzó a ejercer como detective privado y ayudaba a la policía en numerosas ocasiones. No parecía detective. Era un hombre bajo, muy pulcro, que en ese momento tenía las manos juntas y apoyadas sobre la mesa. Llevaba traje oscuro, camisa blanca y una estrecha corbata negra. Sus zapatos relucían. Si no hubiera sabido a qué se dedicaba, el médico podría haberlo tomado por uno de esos contables que trabajan en una firma familiar y son absolutamente fiables. No obstante, había algo más. Incluso antes de conocer la noticia, la primera vez que entró en la consulta, Pünd desprendía una extraña sensación de nerviosismo. Sus ojos, tras las gafas metálicas redondas, permanecían atentos todo el tiempo. Además, siempre vacilaba antes de hablar. Lo raro era que, después de saber la noticia, estaba más relajado. Era como si la hubiese estado esperando toda la vida y agradeciese que por fin se la hubieran dado.

—Dos o tres meses —concluyó el doctor Benson—. Podría ser más, pero a partir de ese plazo me temo que notará que sus facultades empiezan a empeorar.

—Muchas gracias, doctor. El trato que he recibido de usted ha sido ejemplar. ¿Puedo pedirle que me envíe la correspondencia a mí personalmente, indicando en el sobre «Confidencial»? Tengo un asistente personal y no deseo que se entere todavía.

—Desde luego.

—¿Ha concluido el asunto entre nosotros?

—Me gustaría que volviese a verme en un par de semanas. Tendremos que disponer lo necesario. Estoy convencido de que debería visitar la residencia de Hampstead.

—Eso haré. —Pünd se levantó. Curiosamente, su estatura total no aumentó demasiado. De pie, pa-

recía dominado por la sala, con sus paredes revestidas de madera oscura y sus techos altos—.
Gracias de nuevo, doctor Benson.

Cogió su bastón de palo de rosa con mango de
bronce macizo. Databa del siglo XVIII, procedía de
Salzburgo y era un regalo del embajador alemán en
Londres. En más de una ocasión había demostrado
ser un arma útil. Pasó por delante de la recepcionista y del portero, saludándolos a ambos con una
cortés inclinación de cabeza, y salió a la calle.
Una vez allí, se detuvo unos momentos al sol, observando la escena que lo rodeaba. No se sorprendió al descubrir que todos sus sentidos se habían
agudizado. Los perfiles de los edificios parecían haber adquirido una precisión casi matemá-
tica. Era capaz de distinguir el sonido de cada
automóvil que se fundía con el ruido general del
tráfico. Notó el calor del sol contra la piel.
Pensó que muy bien podía hallarse en estado de
shock. Tenía sesenta y cinco años, y resultaba
improbable que fuese a cumplir los sesenta y seis.
Tardaría algún tiempo en acostumbrarse.

Y, sin embargo, mientras caminaba por Harley
Street en dirección a Regent's Park, ya lo estaba poniendo todo en contexto. Solo era otra tirada del dado, y al fin y al cabo había vivido
siempre contra todo pronóstico. Sabía bien, por
ejemplo, que debía su existencia misma a un accidente de la historia. Cuando Otto I, un príncipe bávaro, se convirtió en rey de Grecia en
1832, numerosos estudiantes griegos decidieron
emigrar a Alemania. Su bisabuelo había sido uno
de ellos, y cincuenta y ocho años después el propio Atticus nació de madre alemana, una secretaria que trabajaba en la Landespolizei, donde su
padre ejercía de agente uniformado. ¿Mitad grie-

go, mitad alemán? Era una minoría en toda regla.
Y luego, por supuesto, se produjo el auge del
nazismo. Los Pünd no solo eran griegos. Eran ju-
díos. A medida que prosiguió el gran juego, sus
opciones de supervivencia disminuyeron, hasta
que solo el jugador más osado habría apostado por
ellos. Naturalmente, él había perdido: a su madre, a su padre, a sus hermanos, a sus amigos.
Acabó en Belsen, y solo logró salvar la vida
gracias a un error administrativo muy infrecuente, una posibilidad entre mil. Tras la libera-
ción, había disfrutado de otra década entera de
vida. ¿Cómo iba a quejarse de que la última tirada fuese en su contra? Atticus Pünd tenía un
espíritu generoso, para cuando llegó a Euston
Road se sentía en paz consigo mismo. Todo era como
debía ser. No se quejaría.

Cogió un taxi para volver a su casa. Nunca usaba el metro, pues le desagradaba la presencia de
tantas personas cerca, con todos aquellos sueños, miedos y resentimientos mezclados en la
oscuridad. Le resultaba agobiante. Los taxis
negros, mucho más apacibles, lo protegían del
mundo real. Había poco tráfico en mitad de la
jornada, y no tardó en encontrarse en Charterhouse Square, en Farringdon. El taxi se detuvo
en la puerta de Tanner Court, el elegantísimo
edificio de viviendas en el que residía. Pagó al
taxista, añadió una generosa propina y entró.

Se había comprado el piso con los ingresos ob-
tenidos del caso del diamante Ludendorff:* dos
dormitorios, un salón amplio y luminoso que daba
a la plaza y, lo más importante de todo, un vestíbulo y un despacho donde recibir a los clien-

* Véase *Atticus Pünd acepta el caso*.

tes. Mientras subía en el ascensor hasta la séptima planta, se le ocurrió que en ese momento no tenía ningún caso que investigar. Después de todo, era mejor así.

—¡Hola!

La voz llegó desde el despacho antes de que Pünd hubiese cerrado siquiera la puerta de la calle. Al cabo de un instante, James Fraser apareció como un torbellino con un montón de cartas en la mano. Era el asistente y secretario privado que Pünd le había mencionado al doctor Benson. Fraser estaba a punto de cumplir treinta años. Se había graduado en la Universidad de Oxford, había intentado ganarse la vida como actor y, sin trabajo y sin un céntimo, había respondido a un anuncio publicado en *The Spectator* creyendo que solo ocuparía el puesto durante unos meses. Seis años más tarde seguía allí.

—¿Qué tal ha ido? —preguntó.

—¿Qué tal ha ido qué? —inquirió Pünd a su vez.

Por supuesto, Fraser no tenía la menor idea de adónde había ido.

—No lo sé. Lo que haya hecho. —James sonrió con ese gesto suyo tan juvenil—. En fin, ha telefoneado el inspector Spence de Scotland Yard. Quiere que lo llame. Alguien de *The Times* quiere entrevistarlo. Y no olvide que a las doce y media viene una clienta.

—¿Una clienta?

—Sí. —Fraser examinó cuidadosamente las cartas que tenía en la mano—. Se llama Joy Sanderling. Llamó ayer.

—No recuerdo haber hablado con ninguna Joy Sanderling.

—Fui yo quien lo hizo. Telefoneaba desde Bath o algo así. Parecía estar muy mal.

—¿Por qué no me preguntaste?

—¿Debería haberlo hecho? —Fraser puso cara larga—. Lo siento muchísimo. Ahora mismo no tenemos nada, y pensé que le vendría bien un caso nuevo.

Pünd soltó un suspiró. Su secretario tenía siempre una expresión un tanto afligida; formaba parte de su actitud general. Sin embargo, el momento no podía ser peor. Aun así, no alzó la voz. Como siempre, se mostró razonable.

—Lo siento, James —dijo—. Ahora mismo no puedo atenderla.

—Pero ya está de camino.

—Pues tendrás que decirle que ha perdido el tiempo.

Pünd entró en sus estancias privadas y cerró la puerta.

2

—Usted dijo que me atendería.

—Lo sé. Lo siento mucho, de verdad, pero hoy está demasiado ocupado.

—Me he pedido el día libre en el trabajo y he venido en tren desde Bath. No pueden tratar así a la gente.

—Tiene toda la razón, pero no ha sido culpa del señor Pünd. No consulté su agenda. Si quiere, puedo abonarle ahora mismo el importe del billete de tren.

—No es solo por el billete. Es toda mi vida. Tengo que verlo. No sé de nadie más que pueda ayudarme.

Pünd oyó las voces desde el otro lado de la puerta doble que daba a la sala de estar. Estaba descansando en una butaca, fumando el cigarrillo

Sobranie, negro con boquilla dorada, que más le gustaba. Había estado pensando en su libro, la obra de toda una vida, que ya contaba con cuatrocientas páginas y distaba mucho de estar completo. Tenía un título: *Panorama de la investigación criminal*. Fraser había mecanografiado el capítulo más reciente, y Pünd lo cogió. «Capítulo 26. Interrogación e interpretación». No podía leerlo ahora. Pünd pensaba que tardaría un año más en completar el libro. Ya no tenía ese año.

La muchacha tenía una voz agradable. Era joven. También notó, a pesar de estar al otro lado de una barrera de madera, que estaba a punto de llorar. Pünd pensó en su enfermedad durante un instante. Neoplasia intracraneal. El médico le había dado tres meses. ¿De verdad iba a pasarse ese tiempo así, sentado a solas, pensando en todo lo que no podía hacer? Enojado consigo mismo, apagó el cigarrillo cuidadosamente, se levantó y abrió la puerta.

Joy Sanderling estaba en el pasillo, hablando con Fraser. Era una chica bajita y menuda, con un cabello rubio que enmarcaba un rostro muy bonito y unos dulces ojos azules. Se había vestido con elegancia para venir a verlo. La gabardina clara con cinturón era innecesaria con ese tiempo, pero le quedaba bien, y Pünd sospechó que la había elegido porque le daba un aspecto formal. La muchacha miró detrás de Fraser y lo vio.

—¿Señor Pünd?

—Sí —respondió él, asintiendo despacio.

—Siento molestarlo. Sé lo ocupado que está. Pero, por favor, ¿podría concederme cinco minutos? Significaría mucho para mí.

Cinco minutos. Aunque ella no podía saberlo, ese tiempo significaba mucho para los dos.

—Muy bien —dijo.

Detrás de ella, James Fraser parecía molesto, como si le hubiese fallado. Pero Pünd se había decidido al oír la voz de la chica. Sonaba muy perdida. Ya había habido suficiente tristeza ese día.

La acompañó a su despacho, cómodo, aunque más bien austero. Había un escritorio y tres sillas, un espejo antiguo y grabados en marcos de color dorado, todo al estilo Biedermeier de la Viena del siglo XIX. Fraser los siguió y ocupó su lugar en un lado de la sala, sentado con las piernas cruzadas y una libreta de apuntes apoyada en la rodilla. Lo cierto era que no había necesidad de tomar notas. Pünd, a quien nunca se le escapaba un solo detalle, recordaría cada una de las palabras que se pronunciasen.

—Continúe, señorita Sanderling.

—Por favor, llámeme Joy —respondió la muchacha—. En realidad me llamo Josie, pero todo el mundo me llama Joy.

—Y ha venido hasta aquí desde la ciudad de Bath.

—Habría venido desde mucho más lejos para verlo, señor Pünd. He leído cosas sobre usted en los periódicos. Dicen que es el mejor detective que ha existido jamás, que no hay nada que no pueda hacer.

Atticus Pünd parpadeó. Ese tipo de halagos siempre hacía que se sintiera un poco incómodo. Se colocó bien las gafas con un movimiento levemente crispado y sonrió a medias.

—Es muy amable, pero tal vez estemos adelantándonos a los acontecimientos, señorita Sanderling. Tiene que disculparme. Hemos sido muy descorteses. No le hemos ofrecido un café.

—No quiero ningún café, muchas gracias, y no quiero hacerle perder demasiado tiempo. Pero necesito desesperadamente su ayuda.

—¿Y por qué no empieza contándonos qué la trae aquí?

—Sí, claro. —La chica se enderezó en la silla mientras James Fraser aguardaba con el bolígrafo a punto—. Ya les he mencionado mi nombre —dijo, y prosiguió con su relato—. Vivo en un lugar llamado Lower Westwood con mis padres y mi hermano, Paul. Por desgracia, nació con síndrome de Down y no puede cuidar de sí mismo, pero estamos muy unidos. De hecho, lo quiero muchísimo. —Hizo una pausa—. Nuestra casa está justo a las afueras de Bath, pero trabajo en un pueblo llamado Saxby-on-Avon. Tengo un empleo en el consultorio local, donde ayudo a la doctora Redwing. Por cierto, es una persona muy agradable. Ya llevo con ella casi dos años y estoy muy contenta.

Pünd asintió con la cabeza. Aquella chica le agradaba. Le gustaba su confianza en sí misma, la claridad con la que se expresaba.

—Hace un año conocí a un chico —siguió explicándoles—. Vino a la consulta porque se había hecho bastante daño. Estaba arreglando un coche y casi se le cayó encima. El gato hidráulico le golpeó la mano y le rompió un par de huesos. Se llama Robert Blakiston. Nos caímos bien enseguida y empezamos a salir. Estoy muy enamorada de él y nos hemos prometido.

—Le doy la enhorabuena.

—Ojalá fuese tan fácil. Ya no estoy segura de que nuestros planes de boda vayan a seguir adelante. —Sacó un pañuelo y se dio unos toques en el ojo, pero de un modo que pareció más metódico que emocional—. Hace dos semanas murió su madre.

La enterraron el fin de semana pasado. Robert y yo fuimos al entierro juntos y, naturalmente, fue horrible. Pero lo que hizo que resultase aún peor fue la forma en que lo miraba la gente... y lo que dicen desde entonces. ¡Todo el mundo cree que lo hizo él!

—¿Se refiere a que... la mató él?

—Sí. —La joven tardó unos momentos en recuperar la compostura. Hasta que por fin retomó el hilo—: Robert nunca tuvo muy buena relación con su madre. Se llamaba Mary y trabajaba como criada. Hay una casa muy grande, más bien una mansión, llamada Pye Hall. Pertenece a un hombre llamado sir Magnus Pye y hace siglos que es de su familia. Ella cocinaba, limpiaba, hacía la compra... En fin, esa clase de cosas. Vivía en la casa del guarda, junto a la entrada de la finca. Fue allí donde se crio Robert.

—¿Y el padre?

—Los abandonó durante la guerra. Todo es muy complicado, y Robert nunca habla de eso. Verá usted, señor Pünd, se produjo una tragedia familiar. En Pye Hall hay un lago grande supuestamente muy profundo. Un día, Robert estaba jugando por allí con su hermano pequeño, Tom. Robert tenía catorce años; Tom, doce. Tom acabó en el agua, perdió pie y se ahogó. Robert trató de salvarlo, pero no pudo.

—¿Dónde estaba el padre en ese momento?

—Trabajaba como mecánico para la RAF en Boscombe Down, cerca de allí. Pasaba mucho tiempo en casa, pero no estaba el día que ocurrió aquello. Cuando lo supo... bueno, habría que preguntarle a Robert lo que pasó, aunque no recuerda gran cosa. La cuestión es que sus padres tuvieron una terrible discusión. Él la acusó de no haber cuidado bien de sus hijos. Ella le echó la culpa porque no estaba. No puedo decirle mucho más, porque a Robert no le gusta hablar de eso. El resto son simples habladurías. En todo caso, el hombre se marchó y los abandonó. Más tarde se divorciaron, yo ni siquiera lo conozco. No acudió al entierro, y si lo hizo, no lo vi. Se llama Matthew Blakiston, pero eso es todo cuanto sé.

»Robert se crio con su madre, pero nunca se llevaron bien. La verdad es que deberían de haberse marchado. Nunca debieron quedarse cerca de ese lugar horrible. No sé cómo ella podía pasar junto al lago en el que había muerto su hijo. Creo que verlo a diario la envenenó... Le recordaba al niño que había perdido. Y puede que una parte de ella culpase a Robert, aunque él no estuviera cerca cuando sucedió. La gente se comporta así, ¿verdad, señor Pünd? Es una especie de locura...

Pünd asintió con la cabeza.

—Es cierto que tenemos muchas formas de hacer frente a las pérdidas —dijo—. Y el dolor nunca es racional.

—Solo estuve con Mary Blakiston unas cuantas veces, aunque, naturalmente, la veía bastante por el pueblo. Venía mucho por el consultorio, y no porque estuviese enferma; la doctora Redwing y ella eran buenas amigas. Cuando Robert y yo nos prometimos, nos invitó a tomar el té en su casa. Fue horrible. No puedo decir que se mostrase hostil, pero sí muy fría. Se puso a hacerme preguntas, como si hubiese ido a pedirle trabajo o algo así. Tomamos el té en la sala de estar. Aún me parece verla con su taza y su platito, sentada en la butaca del rincón. Era como una araña en su tela. Sé que no debería decir estas cosas, pero eso fue lo que pensé. Y el pobre Robert estaba intimidado, encogido. Cuando estaba con ella, se comportaba de forma muy distinta. Creo que no dijo ni una sola palabra. Se quedó mirando la alfombra, como si hubiese hecho algo malo y fueran a echarle una bronca. ¡Debería de haber visto cómo lo trataba ella! No dijo nada bueno sobre él y dejó muy claro que se oponía rotundamente a nuestra boda. Y el tictac incesante de aquel reloj. Había un gran reloj de péndulo en la habitación, y yo esperaba impaciente que diese la hora para irnos.

—¿Su prometido ya no vivía con su madre cuando murió?

—No. Sigue viviendo en el mismo pueblo, pero se mudó a un piso, encima del garaje en el que trabaja. Creo que si aceptó ese empleo, fue también para alejarse de ella. —Joy dobló su pañuelo y se lo guardó en la manga—. Robert y yo nos queremos. Mary Blakiston dejó muy claro que no me consideraba lo bastante buena para él, pero, aunque no hubiese muerto, nos habríamos casado igual. Vamos a ser felices juntos.

—Si no le supone un motivo de angustia, señorita Sanderling, me interesaría saber más acerca de su muerte.

—Ocurrió un viernes, hace dos semanas. Había ido a Pye Hall a hacer la limpieza mientras sir Magnus y lady Pye estaban de viaje. Tropezó al pasar la aspiradora y rodó escaleras abajo. Brent, un trabajador de la finca, la vio allí tendida y llamó a la doctora, pero no se pudo hacer nada. Se había desnucado.

—¿Informaron a la policía?

—Sí. Vino un inspector de la comisaría de Bath. No hablé con él en persona, pero, al parecer, era muy minucioso. El cable de la aspiradora estaba enredado en la parte superior de las escaleras. No había nadie más en la casa. Todas las puertas estaban cerradas con llave. Sin duda fue un simple accidente.

—No obstante, dice que acusan a Robert Blakiston de haberla asesinado.

—Solo son chismorreos de pueblo, y por eso tiene que ayudarnos, señor Pünd. —La chica cogió aire—. Robert discutió con su madre. Discutían a menudo. Creo que nunca llegaron a dejar atrás la infelicidad por lo que pasó y que, en cierto modo, les hacía daño a los dos. Tuvieron una desagradable pelea en la puerta del pub. Los oyó mucha gente. Empezó porque ella quería que le arreglase algo en la casa del guarda. Siempre le estaba pidiendo que le hiciera chapuzas, y él nunca se negaba. Pero esta vez le sentó mal, y se cruzaron varios insultos. Luego él dijo algo que sé que no decía en serio, pero todo el mundo lo oyó, así que tanto da. «Ojalá te murieras». —El pañuelo salió de la manga—. Eso fue lo que dijo. Y tres días después estaba muerta.

Se quedó en silencio. Atticus Pünd permanecía sentado detrás de su escritorio con las manos juntas y cierto aire de gravedad. James Fraser había estado tomando notas. Llegó al final de una frase y subrayó una sola palabra varias veces. La luz del sol entraba a raudales por la ventana. Fuera, en Charterhouse Square, los empleados de las oficinas empezaban a salir al aire libre con los bocadillos del almuerzo.

—Puede que su prometido tuviese razones de peso para matar a su madre —murmuró Pünd—. No lo conozco y no quisiera ser cruel, pero debemos considerar esa posibilidad. Ustedes deseaban casarse y ella era un estorbo.

—¡No lo era! —Joy Sanderling se mostró desafiante—. No necesitábamos su permiso para casarnos, y tampoco es que tuviese dinero. En cualquier caso, sé que Robert no tuvo nada que ver.

—¿Cómo puede estar tan segura?

Joy inspiró profundamente. Estaba claro que aquello era algo que no quería explicar, pero sabía que no tenía otra opción.

—La policía dice que la señora Blakiston murió sobre las nueve de la mañana. Brent llamó a la doctora Redwing poco antes de las diez, y cuando ella llegó a la casa, el cuerpo aún estaba caliente. —Hizo una pausa—. El garaje abre a las nueve, igual que el consultorio, y yo estuve con Robert hasta entonces. Salimos juntos de su piso. Mis padres se morirían si se enterasen, señor Pünd, aunque estemos prometidos. Mi padre fue bombero y ahora trabaja para el sindicato. Es una persona muy seria y tremendamente anticuada. Además, al tener que cuidar de Paul todo el tiempo, él y mi madre se han vuelto muy protectores. Les dije que iba al teatro en Bath y que me quedaría a dormir en casa de una amiga. Pero lo cierto es que pasé con Robert toda la noche y lo dejé a las nueve de la mañana, lo cual significa que no pudo tener nada que ver.

—¿A qué distancia de Pye Hall está el garaje?

—En mi escúter, a tres o cuatro minutos. Supongo que se podría ir andando en un cuarto de hora más o menos si se ataja por Dingle Dell. Así se llama el prado que hay junto al pueblo. —La chica frunció el ceño—. Sé lo que está pensando, señor Pünd, pero vi a Robert esa mañana. Estuvo charlando conmigo durante el desayuno. No habría podido hacerlo si tuviera que ir a matar a alguien, ¿verdad?

Atticus Pünd no respondió, pero sabía por experiencia que muchos asesinos eran capaces de sonreír y conversar educadamente poco antes de atacar con violencia. Además, durante la guerra había aprendido mucho acerca de lo que él llamaba la institucionalización del asesinato: si rodeabas el asesinato del número suficiente de formularios y procedimientos, podías convencerte a ti mismo de que se trataba de una necesidad absoluta, de que en realidad no era para nada un asesinato.

—¿Qué desea que haga? —preguntó.

—No tengo mucho dinero. En realidad, ni siquiera puedo pagarle. Sé que hago mal y que probablemente no debería haber venido. Pero no está bien. Es muy injusto. Esperaba que pudiese venir a Saxby-on-Avon, solo por un día. Estoy segura de que bastaría. Si lo investigara y le dijese a la gente que fue un accidente y que no pasó nada siniestro, seguro que se acabarían las habladurías. Todo el mundo sabe quién es. Le escucharían.

Se produjo un breve silencio. Pünd se quitó las gafas y las limpió con un pañuelo. Fraser sabía lo que vendría a continuación. Llevaba con el detective el tiempo suficiente para reconocer sus peculiaridades. Siempre se limpiaba las gafas antes de dar malas noticias.

—Lo siento, señorita Sanderling. No puedo hacer nada. —Levantó una mano para evitar interrupciones—. Soy detective privado —siguió diciendo—. Es verdad que la policía me ha pedido muchas veces que los ayude en sus investigaciones, pero en este país no tengo categoría oficial. Ese es el problema. Me resulta mucho más difícil imponerme, sobre todo en un caso como este, en el que, a todos los efectos, no se ha cometido ningún crimen. Debo preguntarme a mí mismo con qué pretexto podría entrar en Pye Hall.

»También debo discrepar de su propuesta básica. Me dice que la señora Blakiston murió a consecuencia de un accidente. Sin duda la policía así lo cree. Supongamos que fue un accidente. En ese caso, lo único que puedo hacer es enfrentarme a las habladurías de ciertos habitantes de Saxby-on-Avon que han oído una conversación desafortunada y han interpretado lo que les ha parecido. Pero uno no puede enfrentarse a esas habladurías. Los rumores y las habladurías malintencionadas son como una enredadera: no pueden cortarse, ni siquiera con la espada de la verdad. Sin embargo, puedo ofrecerle cierto consuelo. Sepa que, con el paso del tiempo, se marchitarán y morirán por propia voluntad. Esa es mi opinión. ¿Por qué desean usted y su prometido quedarse en esa parte del mundo si les resulta tan desagradable?

—¿Por qué deberíamos marcharnos?

—Estoy de acuerdo. Mi consejo es que se queden donde están, se casen y disfruten de su vida juntos. Y, sobre todo, hagan caso omiso de esos... Creo que la palabra es «chismes». Enfrentarse a ellos es alimentarlos. Si los ignoran, desaparecerán.

No había nada más que decir. Fraser cerró su libreta como si quisiera subrayarlo. Joy Sanderling se puso de pie.

—Muchas gracias, señor Pünd —dijo—. Gracias por atenderme.

—Le deseo lo mejor, señorita Sanderling —respondió Pünd.

Era sincero. Quería que aquella muchacha fuese feliz. Durante todo el rato que había pasado hablando con ella, había olvidado sus propias circunstancias, la noticia que había sabido ese día.

Fraser la acompañó a la salida. Pünd oyó unos breves murmullos, y luego el sonido de la puerta de la calle al abrirse y cerrarse. Al cabo de unos momentos su secretario volvió al despacho.

—Señor, lo siento muchísimo —murmuró—. Estaba tratando de decirle que no quería que lo molestasen.

—Me alegro de haberla atendido —respondió Pünd—. Pero dime, James. ¿Cuál era la palabra que te he visto subrayar varias veces mientras hablábamos?

—¿Qué? —Fraser se ruborizó—. Ah, bueno. No era nada importante. Ni siquiera era relevante. Solo intentaba parecer ocupado.

—Ya lo había pensado.

—Ah. ¿Y cómo es eso?

—Porque en ese momento la señorita Sanderling no decía nada de especial interés. Si el escúter no hubiera sido rosa, el detalle podría haber sido significativo. —Sonrió—. ¿Puedes traerme una taza de café, James? Ahora sí que creo que no quiero que me molesten.

Se volvió y entró de nuevo en su sala.

3

Joy Sanderling emprendió el regreso a la estación de metro de Farringdon. De camino pasó por delante del mercado de carne de Smithfield. Había un camión aparcado junto a una de las puertas. Dos hombres con bata blanca estaban descargando un cordero entero, despellejado y sanguinolento. La visión la estremeció. Londres le desagradaba; le resultaba agobiante. Estaba deseando subir al tren.

Se sentía decepcionada tras su entrevista con Atticus Pünd, aunque ahora admitía que en realidad no esperaba gran cosa. ¿Por qué iba a interesarse por su problema el detective más famoso del país? Ni siquiera podía pagarle. Además, lo que había dicho era cierto: no había ningún caso que resolver. Joy sabía que Robert no había matado a su madre. Estaba con él esa mañana, y si hubiese salido del piso, sin duda se habría enterado. Robert tenía mal genio. A menudo hablaba en mal tono y decía cosas de las que luego se arrepentía. Sin embargo, Joy llevaba con él el tiempo suficiente para saber que no era capaz de hacerle daño a nadie. Lo sucedido en Pye Hall había sido un simple accidente, pero ni todos los detectives del mundo habrían podido vencer a las malas lenguas de Saxby-on-Avon.

Aun así, había hecho bien en venir. Los dos merecían ser felices juntos; sobre todo Robert. Estaba muy perdido antes de conocerla, y Joy no iba a permitir que nadie los separase. No iban a marcharse. No iban a hacer ningún caso de lo que la gente pensara de ellos. Iban a contraatacar.

Llegó a la estación y le compró un billete al hombre de la ventanilla. En su mente ya estaba tomando forma una idea. Joy era una muchacha discreta. Había crecido en una familia muy unida y conservadora, a pesar de la actividad sindical de su padre. El paso que se estaba planteando dar la impresionaba, pero no veía ningún otro modo. Tenía que proteger a Robert. Tenía que proteger su vida juntos. No había nada más importante que eso.

Antes de que llegase el metro, supo exactamente lo que iba a hacer.

4

En un restaurante situado al otro extremo de Londres, Frances Pye miró la carta con indiferencia y pidió sardinas asadas, una ensalada y una copa de vino blanco. Carlotta's era uno de esos restaurantes familiares italianos situados detrás de Harrods: el encargado estaba casado con la cocinera, y entre los camareros se incluían un hijo y un sobrino. Tomaron nota y se llevaron las cartas. Frances encendió un cigarrillo y se recostó en su silla.

—Deberías dejarlo —dijo su compañero de almuerzo.

Jack Dartford, cinco años más joven que ella, era un hombre de siniestro atractivo con bigote y sonrisa despreocupada. Llevaba americana cruzada y pañuelo al cuello, y la miraba inquieto. Ya en el momento en que se conocieron percibió su tensión. Incluso ahora, allí sentada, parecía nerviosa, a la defensiva, mientras se acariciaba un brazo con la otra mano. No se había quitado las gafas de sol. Jack se preguntó si tendría un ojo morado.

—Me mataría —respondió ella, y esbozó una extraña sonrisa—. Bueno, en cierto modo trató de matarme después de nuestra última pelea.

—¡No lo dirás en serio!

—Tranquilo, Jack. No me hizo daño. Solo fueron fanfarronadas. Sabe que pasa algo. Todas esas llamadas telefónicas, los días en Londres, las cartas... Te dije que no me escribieras.

—¿Es que las lee?

—No, pero no es idiota. Y habla con el cartero. Seguramente se entera cada vez que recibo una carta manuscrita de Londres. En fin, lo sacó todo a relucir anoche, mientras cenábamos. Me acusó de estar viéndome con alguien.

—¡No le hablarías de mí!

—¿Te da miedo que te persiga para pegarte con una fusta? Sería muy capaz. Pero no, Jack, no le hablé de ti.

—¿Te hizo daño?

—No —respondió ella, y se quitó las gafas de sol. Parecía cansada, pero no tenía ninguna marca—. Solo fue desagradable. Con Magnus, todo es desagradable.

—¿Por qué no le dejas?

—Porque estoy sin blanca. Magnus tiene una vena vengativa del tamaño del canal de Panamá. Si intentase abandonarlo, se rodearía de abogados. Se aseguraría de que me fuese de Pye Hall con una mano delante y otra detrás.

—Yo tengo dinero.

—No lo creo, cariño. Desde luego, no el suficiente.

Era cierto. Dartford trabajaba en el mercado monetario, una actividad que, en sentido estricto, no era realmente un trabajo. Se entretenía. Hacía inversiones. Y además, recientemente había tenido una racha de mala suerte y confiaba en que Frances Pye no adivinase lo cerca que estaba de la ruina. No tenía dinero para casarse con ella. No tenía dinero para escaparse con ella. Tal como iban las cosas, apenas tenía dinero para pagar aquel almuerzo.

—¿Cómo fue por el sur de Francia? —preguntó, cambiando de tema.

Era allí donde se habían conocido, jugando al tenis.

—Fue aburrido. Habría preferido que estuvieses allí.

—Seguro que sí. ¿Jugaste al tenis?

—Pues no. Para ser sincera, me alegré mucho de marcharme. Recibimos una carta en mitad de la semana. Una mujer de Pye Hall había tropezado con un cable, se había caído por las escaleras y se había desnucado.

—¡Madre mía! ¿Estaba Freddy?

—No. Pasaba unos días en Hastings con unos amigos. De hecho, sigue allí. Parece que no quiere volver a casa.

—No me extraña. ¿Quién era ella?

—Mary Blakiston, la criada. Ha estado muchos años con nosotros y será casi imposible sustituirla. Y eso no es todo. El sábado, cuando volvimos, descubrimos que nos habían robado.

—¡No!

—Como lo oyes. Fue culpa del jardinero; o al menos eso cree la policía. Rompió un cristal de la parte trasera de la casa. Tuvo que hacerlo para que entrase la doctora.

—¿Para qué necesitaban una doctora?

—Presta atención, Jack. Fue allí por la muerta. Brent, el jardinero, la vio tendida en el suelo a través de la ventana. Llamó a la doctora, y los dos entraron en la casa para ver si podían ayudarla. Evidentemente, no había nada que hacer. Pero dejaron la puerta tal como estaba, con el cristal roto. El jardinero ni siquiera se molestó en llamar para que la cubriesen con tablas. Era una invitación para los ladrones, y los ladrones la aceptaron agradecidos.

—¿Perdisteis mucho?

—Personalmente, no. Magnus guarda casi todos sus objetos de valor en una caja fuerte que no pudieron abrir. Pero lo recorrieron todo. Causaron bastantes daños. Abrieron los cajones y tiraron el contenido por el suelo. Esa clase de cosas. Para dejarlo todo en orden de nuevo, hizo falta dedicar el domingo entero y todo el día de ayer. —Alargó la mano que sostenía el cigarrillo, y Dartford le puso un cenicero delante—. Había dejado unas joyas en la mesilla de noche, y se las llevaron. Pensar que ha habido extraños en tu dormitorio inquieta mucho.

—Me lo imagino.

—Y Magnus perdió su precioso tesoro. No estaba nada contento.

—¿Qué tesoro era ese?

—Eran objetos de cuando los romanos, casi todos de plata. Habían pertenecido a la familia durante generaciones, desde que los encontraron en sus tierras. Procedían de una especie de yacimiento funerario. Había anillos, brazaletes, cajas decorativas, monedas... Los teníamos en una vitrina del comedor. Nunca los aseguró, aunque debían de valer una fortuna. Bueno, ya es un poco tarde para eso...

—¿Resultó de alguna utilidad la policía?

—¡Qué va! Vino un tipo de Bath que dio muchas vueltas, gastó un montón de polvo para huellas dactilares, hizo preguntas impertinentes y desapareció. Totalmente ineficaz.

Llegó el camarero con la copa de vino. Dartford había estado bebiendo Campari con soda y pidió otro.

—Es una pena que no fuese Magnus —comentó el hombre cuando se marchó el camarero.

—¿Qué quieres decir?

—La señora que se cayó por las escaleras. Es una pena que no fuese él.

—Lo que dices es horroroso.

—Solo digo lo que tú estás pensando, cariño.

Te conozco bien. Supongo que lo heredarías todo si Magnus estirase la pata.

Frances exhaló el humo del cigarrillo y miró a su compañero con curiosidad.

—Lo cierto es que la casa y las tierras irían a parar a manos de Freddy. Hay algún tipo de cláusula de restricción sobre los derechos sucesorios. Ha sido así desde hace generaciones.

—Pero a ti te iría bien.

—Sí, claro. Y, naturalmente, tendría el usufructo vitalicio de Pye Hall. Lo único que no podría hacer es vender la propiedad. Pero no va a pasar. Magnus tiene una salud perfecta para su edad.

—Sí, Frances. Pero una casa tan grande... Un cable tensado en las escaleras. Nunca se sabe lo que puede ocurrir. Esos ladrones tuyos podrían regresar y acabar con él.

—¡No hablas en serio!

—Solo es una idea.

Frances Pye se quedó en silencio. Aquella conversación no resultaba apropiada, y menos en un restaurante lleno de gente. Sin embargo, debía admitir que Jack tenía razón. La vida sin Magnus sería considerablemente más sencilla y muchísimo más agradable. Era una pena que el rayo no acostumbrase a caer dos veces en el mismo sitio.

Aunque, bien pensado, ¿por qué no?

5

La doctora Emilia Redwing trataba de ver a su padre una vez por semana, aunque no siempre era posible. Si tenía mucho trabajo en el consultorio, si debía visitar a algún paciente en su casa

o en el hospital, o si había demasiado papeleo en
su mesa, se veía obligada a aplazarlo. Por algún
motivo, siempre era fácil buscar una excusa.
Siempre había un buen motivo para no ir.

No lo pasaba bien durante esas visitas. El
doctor Edgar Rennard tenía ochenta años cuando
murió su esposa y, aunque había seguido viviendo
en su casa de la cercana población de King's Abbot, nunca había vuelto a ser el mismo. Emilia se
había acostumbrado pronto a las llamadas telefónicas de los vecinos. Lo habían encontrado
vagando por la calle. No se alimentaba correctamente. Estaba confuso. Al principio trató de
convencerse a sí misma de que solo era por la pena
crónica y la soledad, pero, a medida que los sín-
tomas fueron aumentando, se vio obligada a realizar el diagnóstico obvio: su padre tenía demencia senil. No iba a mejorar. De hecho, el
pronóstico era mucho peor. Se planteó llevárse-
lo a Saxby-on-Avon, pero eso no habría sido justo para Arthur, y de todas formas no podía convertirse en cuidadora a tiempo completo de un
anciano. Aún recordaba el sentimiento de culpa
y de fracaso que había experimentado la primera
vez que lo llevó a Ashton House, un antiguo hospital del valle de Bath convertido en residencia
poco después de la guerra. Resultaba curioso,
pero había sido más fácil convencer a su padre
que convencerse a sí misma.

No era un buen día para recorrer el cuarto de
hora que la separaba de Bath en coche. Joy Sanderling estaba en Londres por un asunto personal. El entierro de Mary Blakiston se había celebrado solo cinco días atrás, y en el pueblo
reinaba una sensación de desasosiego difícil de
definir que, como bien sabía por experiencia,

podía aumentar la demanda de sus servicios. La infelicidad afectaba a la gente tanto como la gripe, e incluso el robo en Pye Hall se le antojaba parte de esa infección general. Sin embargo, no podía aplazar más la visita. El martes, Edgar Rennard había sufrido una caída. Lo habían llevado a un médico de allí y le habían asegurado que no había daños serios. Aun así, preguntaba por ella. No estaba comiendo. La directora de Ashton House la había telefoneado y le había pedido que fuese.

Ahora estaba con él. Lo habían sacado de la cama y lo habían sentado en la butaca situada junto a la ventana. Iba en bata, y estaba tan delgado y arrugado que a Emilia le entraron ganas de llorar. Siempre había sido fuerte, robusto. De niña creía que el mundo entero descansaba sobre sus hombros. Hoy había tardado cinco minutos en reconocerla. Emilia sabía que no era tanto que su padre se estuviese muriendo como que había perdido el deseo de vivir.

—Tengo que decírselo a ella —le dijo con voz áspera. A sus labios les costaba dar forma a las palabras. Lo había dicho dos veces, pero ella no le había entendido.

—¿De quién hablas, papá? ¿Qué es lo que tienes que decir?

—Debe saber lo que pasó... lo que hice.

—¿A qué te refieres? ¿De qué hablas? ¿Tiene que ver con mamá?

—¿Dónde está? ¿Dónde está tu madre?

—No está aquí. —Emilia estaba irritada consigo misma por haber mencionado a su madre. Eso no haría sino confundir al anciano—. ¿Qué quieres decirme, papá? —preguntó con ternura.

—Es importante. No me queda mucho.

—Eso es una tontería. Vas a ponerte bien. Solo tienes que probar a comer algo. Si quieres, puedo pedirle un sándwich a la directora. Puedo quedarme aquí contigo mientras te lo comes.

—Magnus Pye...

Resultaba extraordinario que hubiese pronunciado aquel nombre. Naturalmente, conocía a sir Magnus de cuando trabajaba en Saxby-on-Avon. Había tratado a toda la familia. Pero ¿por qué mencionarlo ahora? ¿Estaba sir Magnus relacionado de algún modo con eso que había ocurrido y que su padre quería explicar? El problema de la demencia era que, además de dejar enormes lagunas en la memoria, también revolvía los recuerdos. Podía estar pensando en algo sucedido cinco años atrás o hacía cinco días. Para él era lo mismo.

—¿Qué pasa con sir Magnus? —preguntó Emilia.

—¿Quién?

—Sir Magnus Pye. Me has hablado de él. Había algo que querías decirme.

La mirada de su padre volvía a ser inexpresiva. El hombre se había retirado al mundo interior en el que ahora vivía. Emilia Redwing permaneció con él veinte minutos más, pero él apenas fue consciente de su presencia. Después, la doctora cambió unas palabras con la directora y se marchó.

Condujo hacia casa dominada por la aprensión, pero, cuando por fin aparcó el coche, el pensamiento de su padre se había desvanecido. Arthur se había ofrecido a preparar la cena esa noche. Seguramente verían un episodio de *Life with the Lyons* en televisión y se acostarían temprano. La doctora Redwing había visto ya la lista de citas para el día siguiente y sabía que iba a estar muy ocupada.

Abrió la puerta y notó olor a quemado. En un primer momento se alarmó, pero no había humo, y de algún modo el olor parecía distante, más como el recuerdo de un incendio que como un fuego vivo. Fue a la cocina y se encontró a Arthur sentado a la mesa, o más bien desplomado, bebiendo whisky. Ni siquiera había empezado a hacer la cena, y Emilia comprendió al instante que algo iba mal. Arthur no llevaba bien las decepciones. Sin pretenderlo, se las arreglaba para celebrarlas. Pero ¿qué había ocurrido? La doctora Redwing vio un cuadro apoyado en la pared, el marco de madera carbonizado, la tela en gran parte consumida. Era el retrato de una mujer. Estaba claro que lo había pintado él, Emilia reconoció inmediatamente su estilo, pero le costó saber quién era.

—Lady Pye —murmuró él, respondiendo a la pregunta antes de que ella tuviera tiempo de formularla.

—¿Qué ha pasado? ¿Dónde lo has encontrado?

—Estaba en una hoguera, cerca de la rosaleda... en Pye Hall.

—¿Qué hacías allí?

—Solo estaba caminando. He atajado por Dingle Dell y no he visto a nadie por allí, así que se me ha ocurrido atravesar los jardines hasta la carretera principal. No sé qué me ha empujado a hacerlo. Puede que fuera el destino. —Bebió un poco más. No estaba borracho. Usaba el whisky para sostenerse—. Brent no estaba. No se veía ni un alma. Solo el puñetero cuadro tirado con el resto de la basura.

—Arthur...

—Bueno, es de su propiedad. Lo pagaron. Supongo que pueden hacer con él lo que quieran.

La doctora Redwing lo recordaba bien. Sir Magnus había encargado el retrato por el cuadragésimo cumpleaños de su esposa, y ella se había alegrado, incluso cuando descubrió lo poco que pensaba pagar. Era un encargo. Significaba mucho para la autoestima de Arthur, que se puso a trabajar con entusiasmo. Pintó a Frances Pye durante tres sesiones en el jardín, con Dingle Dell al fondo. No le habían dado ni de lejos el tiempo suficiente y, para empezar, lady Pye posaba de mala gana. Sin embargo, incluso a ella le impresionó el resultado: un retrato que sacaba a la luz lo mejor que había en ella y que la mostraba relajada, con una media sonrisa, dominando la situación. Arthur estuvo satisfecho con el resultado, y en aquel momento también lo estuvo sir Magnus, que lo había colgado en un lugar destacado de su gran salón.

—Debe de ser un error —dijo—. ¿Por qué iban a querer tirarlo?

—Lo estaban quemando —respondió Arthur en tono brusco, señalando la tela con un gesto vago—. Parece que primero lo han despedazado.

—¿Puedes salvarlo? ¿Hay algo que puedas hacer con él?

Emilia conocía la respuesta. Los ojos autoritarios de la mujer habían sobrevivido; el cabello largo y oscuro, parte de un hombro. Pero la mayor parte del cuadro estaba ennegrecido. Habían cortado y quemado la tela. La doctora ni siquiera lo quería en casa.

—Lo siento —dijo Arthur—. No he hecho la cena.

Apuró su vaso y salió de la cocina.

6

—¿Has visto esto? —preguntó Robin Osborne, alzando la vista del ejemplar del *Bath Weekly Chronicle* que estaba leyendo.

Henrietta nunca lo había visto tan enfadado. La mujer pensó que parecía un profeta del Antiguo Testamento, con el pelo negro que le llegaba al alzacuello, la cara pálida y los ojos brillantes e iracundos. Moisés debió de tener un aspecto muy parecido ante el becerro de oro; y Josué al derribar las murallas de Jericó.

—¡Van a talar Dingle Dell!

—¿De qué estás hablando?

Henrietta había preparado dos tazas de té. Las dejó sobre la mesa y dio un paso hacia su marido.

—Sir Magnus Pye lo ha vendido para que lo urbanicen. Van a construir una carretera nueva y ocho casas.

—¿Dónde?

—¡Aquí mismo! —El párroco hizo un gesto hacia la ventana—. ¡Justo al fondo de nuestro jardín! ¡Esas van a ser nuestras vistas a partir de ahora: ¡una hilera de casas modernas! Él no las verá, por supuesto. Estará al otro lado del lago, y estoy seguro de que dejará suficientes árboles en pie para que formen una pantalla. Pero tú y yo...

—¡No puede hacerlo! —Henrietta se puso detrás del párroco y leyó el titular: VIVIENDAS NUEVAS PARA SAXBY-ON-AVON. Parecía ser una interpretación muy optimista de un claro acto de vandalismo. Las manos de su marido temblaban visiblemente al sostener el periódico—. ¡Esos terrenos están protegidos! —siguió diciendo ella.

—Da igual que estén o no protegidos. Parece

ser que tiene autorización. Ocurre lo mismo en
todo el país. Aquí dice que las obras empezarán
antes de que acabe el verano, o sea, el mes que
viene o el otro. Y no podemos hacer nada.

—Podemos escribirle al obispo.

—El obispo no nos ayudará. Nadie lo hará.

—Podemos intentarlo.

—No, Henrietta. Es demasiado tarde.

Esa noche, mientras preparaban juntos la cena,
el marido seguía disgustado.

—Es un hombre espantoso. Se sienta allí, en
esa casa enorme, mirándonos a los demás con desprecio. Y ni siquiera hizo nada para ganársela:
la heredó de su padre, y su padre la heredó antes
que él. ¡Estamos en 1955, por el amor del cielo,
no en la Edad Media! Que los malditos *tories* con-
tinúen mandando no ayuda, pero yo creía que ya
quedaban muy atrás los días en que la gente recibía riqueza y poder debido a un simple accidente de nacimiento.

»¿Cuándo ha hecho sir Magnus nada para ayudar
a nadie? ¡Mira la iglesia! Tenemos goteras, no
podemos permitirnos un nuevo sistema de calefacción, y él nunca ha echado mano al bolsillo para
darnos ni un chelín. Apenas pone los pies en la
iglesia donde lo bautizaron. ¡Ah! Y tiene una
parcela reservada en el cementerio. Si quieres
saber mi opinión, cuanto antes la ocupe, mucho
mejor.

—Seguro que no lo dices en serio, Robin.

—Tienes razón, Hen. Ha sido un comentario muy
desafortunado y ha estado muy mal por mi parte.
—Osborne hizo una pausa y tomó aire—. No me parece mal que se construyan nuevas viviendas en
Saxby-on-Avon. Al contrario, considero necesario que los jóvenes puedan quedarse en el pueblo.

Pero este proyecto no tiene nada que ver con esa necesidad. Dudo mucho de que nadie de por aquí pueda permitirse una de esas casas nuevas. Y fíjate en lo que te digo: serán horribles edificios modernos que desentonarán por completo con el resto del pueblo.

—Nadie puede oponerse al progreso.

—¿Eso es progreso? ¿Cargarse un prado y un bosque preciosos que llevan ahí mil años? Francamente, me sorprende que pueda hacerlo. Dingle Dell nos encanta desde que vivimos aquí. Sabes lo que significa para nosotros. Pues dentro de un año, si esto sigue adelante, vamos a encontrarnos aquí atrapados, al lado de una calle vulgar y corriente. —Dejó sobre la encimera el pelador de verduras y se quitó el delantal—. Me voy a la iglesia —anunció de pronto.

—¿Y la cena?

—No tengo hambre.

—¿Quieres que vaya contigo?

—No, gracias, cariño. Es que necesito tiempo para reflexionar. —Se puso la chaqueta—. Y tengo que pedir perdón.

—No has hecho nada.

—He dicho cosas que no debería haber dicho. Y también tengo pensamientos en la cabeza que no deberían estar ahí. Sentir odio por el prójimo... es algo terrible.

—Algunos hombres lo merecen.

—Sin duda, pero sir Magnus es un ser humano como los demás. Rezaré para que cambie de opinión.

Salió de la cocina. Henrietta oyó abrirse y cerrarse la puerta de la calle y se puso a ordenar. Estaba muy preocupada por su marido y sabía muy bien lo que supondría para los dos la pérdida de Dingle Dell. ¿Podía hacer algo al respecto? Tal vez si fuese a ver a sir Magnus Pye...

Mientras tanto, Robin Osborne pedaleaba por High Street camino de la iglesia. La bicicleta, un viejo montón de chatarra con ruedas tambaleantes y un bastidor que pesaba una tonelada, era el chiste del pueblo. Tenía una cesta colgada del manillar, habitualmente llena de devocionarios o de verdura fresca que él mismo cultivaba en el huerto y que le gustaba repartir entre los miembros más pobres de su congregación. Esa noche estaba vacía.

Al entrar en la plaza del pueblo pasó junto a Johnny Whitehead y su esposa, que iban paseando del brazo en dirección al Queen's Arms. Los Whitehead acudían a la iglesia solo lo justo. Para ellos, como en tantos otros aspectos de su vida, era cuestión de mantener las apariencias; con ese mismo objetivo saludaron al párroco, que no les hizo caso. Tras dejar la bicicleta en la entrada del cementerio, echó a andar a buen paso y desapareció por la puerta principal.

—¿Qué le sucede? —se preguntó Johnny en voz alta—. No parecía nada contento.

—Debe de ser por el funeral —sugirió Gemma Whitehead—. No creo que sea muy divertido tener que enterrar a alguien.

—No. Los párrocos están acostumbrados. De hecho, les gusta. Los entierros les dan un motivo para sentirse importantes. —Miró hacia delante. Junto a St. Botolph, las luces del garaje acababan de apagarse. Johnny vio que Blakiston cruzaba la explanada delantera. Estaba cerrando. Miró su reloj. Eran las seis en punto. El pub está abierto —dijo—. Vamos a entrar.

Estaba de buen humor. Gemma le había dejado ir

a Londres ese día, pues ni siquiera ella podía obligarlo a pasar toda su vida en Saxby-on-Avon. Había estado bien volver a los sitios de antes y ver a los viejos amigos. Pero sobre todo le había gustado reencontrarse con la ciudad, con el tráfico a su alrededor y el polvo y la suciedad del aire. Le gustaba el ruido. Le gustaba la gente apresurada. Se había esforzado al máximo por acostumbrarse al campo, pero seguía sintiendo que allí tenía tanta vida como un calabacín relleno. Ponerse al día con Derek y Colin, tomarse unas cervezas juntos y vagar por Brick Lane había sido como redescubrirse a sí mismo. Además, había regresado con cincuenta libras en el bolsillo. Se había quedado muy sorprendido, pero Colin no se lo había pensado dos veces.

—Muy bonito, Johnny. Plata maciza y bastantes años. Lo has sacado de un museo, ¿no? ¡Deberías visitarnos más a menudo!

Bueno, pues esa noche invitaba él, aunque el Queen's Arms estuviese tan animado como el cementerio adyacente. Había algunos lugareños en el interior. Tony Bennett sonaba en la máquina de discos. Le sostuvo la puerta abierta a su mujer y entraron los dos.

7

Joy Sanderling estaba sola en el botiquín, que también servía como oficina principal del consultorio de la doctora Redwing.

Había entrado con sus propias llaves. Tenía llaves de todas las partes del edificio, salvo del armario que contenía los medicamentos peligrosos, y hasta ese podía abrirlo, puesto que sabía dónde guardaba la doctora Redwing las suyas. Había decidido lo que iba a hacer. Con solo pensarlo se le aceleraba el corazón, pero lo haría de todos modos.

Sacó una hoja de papel de un cajón y la colocó en la máquina de escribir, la Olympia SM2 De Luxe que le habían facilitado cuando empezó a trabajar allí. Era un modelo portátil. Habría preferido algo más pesado porque tenía que escribir mucho, pero no tenía la costumbre de quejarse. Miró la página en blanco que estaba poniendo en el rodillo y, por un momento, pensó en su llegada a Tanner Court y en su entrevista con Atticus Pünd. El famoso detective la había decepcionado, pero no le guardaba rencor. Había tenido la amabilidad de atenderla, y eso que no tenía muy buen aspecto. Estaba acostumbrada a ver enfermos. En el tiempo que llevaba trabajando en el consultorio, había desarrollado una especie de habilidad para las premoniciones. Intuía al instante cuando ocurría algo muy grave, antes incluso de que el paciente entrase a ver a la doctora, y había sabido enseguida que Pünd necesitaba ayuda. No era asunto suyo, naturalmente. La cuestión era que él tenía razón. Ahora que lo pensaba, veía que habría sido imposible frenar las habladurías malintencionadas en el pueblo. El hombre no habría podido hacer nada.

Pero ella sí podía hacer algo.

Escogiendo sus palabras con cuidado, empezó a teclear. No tardaría mucho. Bastarían tres o cuatro líneas. Cuando terminó, examinó lo que había escrito. Ahora que estaba ante ella, negro sobre blanco, se preguntó si realmente podía seguir con aquello. No vio ninguna alternativa.

Percibió un movimiento delante de ella. Alzó

la vista y vio a Robert Blakiston de pie al otro lado del mostrador, en la sala de espera, con el mono de trabajo manchado de aceite y grasa. Joy estaba tan concentrada que no había oído entrar a su prometido. Sintiéndose culpable, sacó la página de la máquina de escribir y la dejó boca abajo sobre la mesa.

—¿Qué haces aquí? —preguntó.

—He venido a verte.

Por supuesto, había cerrado el garaje y había acudido directamente. Joy no le había dicho que iba a Londres. El chico debía de dar por sentado que se había pasado todo el día en el consultorio.

—¿Cómo te ha ido el día? —preguntó ella alegremente.

—No ha estado mal.

Robert echó un vistazo a la hoja de papel.

—¿Qué es eso? —preguntó en tono suspicaz.

Joy comprendió que le había dado la vuelta demasiado rápido.

—Una cosa para la doctora Redwing —dijo—. Es una carta privada. Temas médicos.

No le gustó nada tener que mentirle, pero no pensaba decirle de ningún modo lo que había escrito.

—¿Quieres que vayamos a tomar algo?

—No. Debería volver con mis padres. —La muchacha vio que una sombra atravesaba el rostro de Robert y por un momento se sintió inquieta—. ¿Ocurre algo?

—No, nada. Es que quería estar contigo.

—Cuando estemos casados pasaremos juntos todo el tiempo y nadie podrá hacer nada para impedirlo.

—Sí.

Joy estuvo casi a punto de cambiar de opinión. Habría podido salir con él. Pero su madre le había dicho que prepararía una cena especial y Paul, su hermano, se alteraba cuando ella llegaba tarde. Había prometido leerle una historia esa noche, antes de acostarse. A él le encantaba. Se levantó al tiempo que cogía la carta y cruzó la puerta que conectaba las dos zonas. Sonrió y besó a su prometido en la mejilla.

—Voy a ser la señora de Robert Blakiston, viviremos juntos y nunca volveremos a separarnos.

Él la abrazó de pronto. La agarró con ambas manos, tan fuerte que casi le hizo daño. La besó, y Joy vio que tenía lágrimas en los ojos.

—Si te perdiese, no lo podría soportar —dijo—. Lo eres todo para mí. Lo digo en serio, Joy. Conocerte ha sido lo mejor que me ha pasado en la vida, y no voy a dejar que nadie nos impida estar juntos.

La muchacha supo a qué se refería. El pueblo. Los rumores.

—No me importa lo que diga la gente —le respondió—. De todas formas, no tenemos por qué quedarnos en Saxby. Podemos ir a donde queramos. —Se percató de que eso era exactamente lo que Pünd le había dicho—. Pero nos quedaremos aquí —añadió—. Todo se arreglará, ya lo verás.

Se separaron poco después. Él volvió a su piso para darse una ducha y cambiarse de ropa. Sin embargo, ella no regresó con sus padres. Todavía no. Aún llevaba consigo la nota que había escrito, y esa nota debía entregarse.

8

En ese preciso momento, cerca de allí, Clarissa Pye oyó que llamaban a la puerta. Estaba preparándose la cena, un producto nuevo que acababa de llegar a la tienda del pueblo: varitas de pescado congelado ya empanadas. Había echado aceite en la sartén, pero, por suerte, aún no había añadido el pescado. El timbre sonó por segunda vez. Dejó la caja de cartón sobre la encimera y fue a ver quién era.

Al otro lado del cristal esmerilado de la puerta se distinguía una figura oscura y distorsionada. ¿Podía ser un viajante de comercio a esas horas de la noche? Últimamente se habían extendido por el pueblo como una auténtica plaga, tan terrible como la de las langostas que cayeron sobre Egipto. Inquieta, abrió la puerta sin retirar la cadena de seguridad y se asomó por la rendija. Su hermano, Magnus Pye, estaba frente a ella. Vio su coche, un Jaguar azul celeste, aparcado en Winsley Terrace, detrás de él.

—¿Magnus?

Estaba tan sorprendida que no sabía qué decir. La había visitado solo en dos ocasiones; una de ellas, cuando estuvo enferma. No había asistido al entierro de su criada y no se habían visto desde que él había vuelto de Francia.

—Hola, Clara. ¿Puedo pasar?

Él siempre la había llamado Clara. Ese nombre le recordaba a ella el niño que un día fue y el hombre en que se había convertido. ¿Por qué había decidido dejarse esa barba horrorosa? ¿Nadie le había dicho que no le quedaba bien, que le hacía parecer una especie de aristócrata loco de dibujos animados? Tenía los ojos ligeramente enturbiados y se le notaban las venas de las mejillas. Era evidente que bebía demasiado. ¡Y cómo vestía! Daba la impresión de que venía de jugar al golf. Llevaba unos pantalones holgados, metidos en los calcetines, y una chaqueta de lana amarillo canario. Era casi imposible imaginar que eran hermanos, y más aún gemelos. Tal vez fuese porque la vida los había llevado por caminos diferentes a lo largo de sus cincuenta y tres años, pero ya no se parecían en nada.

Clarissa cerró la puerta, liberó la cadena de seguridad y volvió a abrir. Magnus sonrió, aunque aquel gesto de sus labios podría haber significado cualquier cosa, y entró en el recibidor. Clarissa iba a hacerlo pasar a la cocina, pero entonces se acordó de la caja de pescado congelado apoyada en la encimera y lo condujo hacia el otro lado. Izquierda o derecha. El número cuatro de Winsley Terrace no era como Pye Hall. En aquella casa había muy pocas opciones.

Los dos entraron en la sala de estar, un espacio limpio y confortable con una alfombra estampada, un sofá, dos butacas y un ventanal. Había una chimenea eléctrica y un televisor. Se quedaron allí de pie un momento, incómodos.

—¿Cómo estás? —preguntó Magnus.

¿Por qué quería saberlo? ¿Qué le importaba?

—Estoy muy bien, gracias —dijo Clarissa—. ¿Cómo estás tú? ¿Cómo está Frances?

—Ah. Está bien. Ha ido a Londres... de compras.

Se produjo otra pausa embarazosa.

—¿Te apetece tomar algo? —preguntó Clarissa.

Tal vez se tratase de una visita social. No se le ocurría ningún otro motivo para que su hermano estuviera allí.

—Buena idea. ¿Qué tienes?

—Tengo jerez.

—Pues sí, gracias.

Magnus se sentó. Clarissa fue hasta el aparador del rincón y sacó una botella. Estaba allí desde Navidad. ¿El jerez se estropeaba? Llenó dos copas, las olió y volvió con su hermano.

—Me enteré de lo del robo. Lo siento —dijo.

Magnus se encogió de hombros.

—Sí. No fue un regreso agradable.

—¿Cuándo volvisteis de Francia?

—El sábado por la noche. Entramos y nos encontramos toda la casa revuelta. Fue por culpa de ese maldito idiota de Brent, que no arregló la puerta trasera. Me alegro de habérmelo quitado de encima. Ya llevaba algún tiempo poniéndome de los nervios. No es mal jardinero, pero nunca me gustó su actitud.

—¿Lo has despedido?

—Creo que es hora de que cambie de trabajo.

Clarissa dio un sorbo de jerez. Se le pegó al labio inferior, como si fuese reacio a entrar en su boca.

—He oído que perdiste parte de la plata.

—La mayor parte. Para serte sincero, llevo una mala racha con todo lo que ha pasado.

—Te refieres a lo de Mary Blakiston, ¿no?

—Sí.

—Me habría gustado verte en el entierro.

—Lo sé. Es una pena. No lo sabía...

—Pensé que el párroco te había escrito.

—Lo hizo, pero no recibí su nota hasta que fue demasiado tarde. Maldita oficina de correos francesa. De hecho, quería hablarte de eso. —No había tocado su jerez. Paseó la mirada por la habitación como si la viese por primera vez—. ¿Te gusta vivir aquí?

La pregunta la cogió por sorpresa.

—No está mal —contestó, y luego añadió con más convicción—: Es más, estoy muy feliz.

—¿En serio?

Parecía que no la creyese.

—Pues sí.

—Porque, verás, la cuestión es que ahora que la casa del guarda se ha quedado vacía...

—¿Te refieres a la casa del guarda de Pye Hall?

—Sí.

—¿Y quieres que me mude allí?

—Lo estaba pensando en el avión de regreso. Lo de Mary Blakiston es una pena. La apreciaba mucho, ¿sabes? Era buena cocinera y buena criada, pero sobre todo era discreta. Cuando me enteré de ese maldito accidente, supe que iba a ser muy difícil de sustituir. Y entonces pensé en ti...

Clarissa sintió que un escalofrío le recorría el cuerpo.

—Magnus, ¿me estás ofreciendo su puesto?

—¿Por qué no? Apenas has trabajado desde que volviste de Estados Unidos. Estoy seguro de que no te pagan mucho en la escuela y de que te vendría bien el dinero. Si te mudases a la casa del guarda, podrías vender esto. Creo que te gustaría volver allí. ¿Te acuerdas de cuando nos perseguíamos alrededor del lago? ¡Y el cróquet en el césped! Naturalmente, tengo que hablarlo con Frances. Aún no se lo he comentado. Se me ha ocurrido consultarte primero. ¿Qué me dices?

—¿Puedo pensármelo?

—Desde luego. Solo es una idea, pero podría funcionar muy bien. —Levantó su copa, se lo pensó mejor y volvió a dejarla—. Siempre es agradable verte, Clara. Sería maravilloso que volvieses a vivir allí.

Clarissa se las arregló para acompañarle a la puerta y se quedó en el umbral, contemplando cómo subía a su Jaguar y se alejaba. Casi no podía respirar. El simple hecho de despedirse de él le había costado un esfuerzo colosal. Las náuseas la invadían, una oleada tras otra. Tenía las manos insensibles. Había oído la expresión «paralizado por la ira», pero nunca se había dado cuenta de que podía ser una realidad.

Magnus le había ofrecido un puesto de fregona, barriendo suelos y haciendo la colada. ¡Por el amor de Dios! Ella era su hermana. Había nacido en esa casa. Había vivido allí hasta más allá de los veinte años, comiendo lo mismo que él. No se había marchado hasta después de la muerte de sus padres y la boda de Magnus, dos acontecimientos que se produjeron uno tras otro, tremendamente rápido. Desde ese día, ella no era nada para él. ¡Y ahora esto!

En la pared del recibidor había una reproducción de *La Virgen de las rocas* de Leonardo da Vinci. Por un instante, la Virgen María pareció apartar la vista de Juan Bautista y volverse alarmada hacia Clarissa Pye, que subía airadamente al primer piso con la venganza en la mirada.

Desde luego, no iba a rezar.

9

A las ocho y media, la oscuridad había caído sobre Saxby-on-Avon.

Brent había trabajado hasta tarde. Aparte del césped y de las diversas malas hierbas, había tenido que cortar las flores marchitas de medio centenar de variedades de rosales y podar los tejos. Después de guardar la carretilla y sus herramientas en los establos, rodeó el lago y salió por Dingle Dell, siguiendo un camino que llevaba hacia la rectoría y luego al Ferryman, el segundo pub del pueblo, que se hallaba en el cruce de abajo.

Cuando llegó a los márgenes del bosque, algo lo impulsó a volverse. Había oído un ruido. Recorrió con la mirada la casa, esforzándose por distinguirla en la oscuridad. Vio un par de luces encendidas en la planta baja, pero ni rastro de movimiento. Que él supiera, sir Magnus estaba solo. Había vuelto del pueblo hacía una hora. Su mujer había pasado el día en Londres y su coche no estaba todavía en el garaje.

Vio una figura que recorría el camino desde la verja principal. Era un hombre e iba solo. Brent tenía buena vista y ya había salido la luna, pero no podía asegurar que fuera alguien del pueblo. Resultaba difícil saberlo, ya que el visitante llevaba un sombrero que ocultaba casi todo su rostro. Caminaba de una forma un tanto rara. Iba medio encorvado, buscando las sombras, como si no quisiera ser visto. Era tarde para visitar a sir Magnus. Brent se planteó la posibilidad de volver atrás. Se había producido aquel robo, el mismo día del entierro, y todo el mundo estaba alerta. No tardaría ni un minuto en regresar cruzando el césped y comprobar que todo iba bien.

Decidió no hacerlo. Al fin y al cabo, no era asunto suyo quién visitase Pye Hall y, tras la discusión que había tenido con sir Magnus esa misma tarde, después de lo que este le había dicho, no experimentaba ningún sentimiento de lealtad hacia su jefe ni hacia la esposa de este. Nunca se habían preocupado por él. Daban por sentada su presencia. Brent llevaba años trabajando desde las ocho de la mañana hasta bien entrada la noche, sin recibir nunca ni una palabra de agradecimiento y por un salario de miseria. Normalmente no iba al pub entre semana, pero resultó que llevaba diez libras en el bolsillo que pensaba gastarse en *fish and chips* y un par de pintas. El Ferryman se hallaba al final del pueblo. Era un local cochambroso y destartalado, mucho menos respetable que el Queen's Arms. Allí lo conocían. Siempre se sentaba en el mismo asiento, junto a la ventana. Durante las dos horas siguientes podría cambiar media docena de palabras con el camarero, pero para Brent eso representaba una conversación. Se olvidó del visitante y siguió caminando.

Veinticinco minutos después, tuvo otro encuentro extraño antes de llegar al pub. Cuando salía del bosque vio a una mujer ligeramente desaliñada que caminaba hacia él. Era Henrietta Osborne, la mujer del párroco. Debía de venir de su casa, a pocos metros de allí, y estaba claro que había salido a toda prisa. Se había puesto una parka masculina de color azul celeste que sería de su marido. Iba despeinada y parecía desazonada.

La mujer lo vio.

—Ah, buenas noches, Brent —dijo—. Has salido tarde.

—Voy al pub.

—¿Sí? Me preguntaba... Estaba buscando al párroco. Supongo que no lo habrás visto.

—No. —Brent negó con la cabeza, preguntándose por qué iba a salir el párroco a esas horas de la noche. ¿Se habrían peleado? Entonces lo recordó—. Había alguien en Pye Hall, señora Osborne. A lo mejor era él.

—¿En Pye Hall?

—Estaba entrando.

—No me imagino por qué querría ir hasta allí —respondió ella, nerviosa.

—En realidad, no sé quién era —replicó Brent, encogiéndose de hombros.

—En fin, buenas noches.

Henrietta se volvió por donde había venido, en dirección a su casa.

Una hora más tarde, Brent estaba sentado con su plato de *fish and chips*, dando sorbos de su segunda pinta. La sala estaba llena de humo. La música había estado sonando muy alta, pero hubo una pausa entre discos y oyó pasar la bicicleta en dirección a la encrucijada. Miró por la ventana y la vio. El sonido que hacía era inconfundible. Luego estaba en lo cierto. El párroco había estado en Pye Hall y ahora volvía a casa. Se había entretenido bastante. Brent pensó en su encuentro con Henrietta Osborne. La mujer estaba preocupada. ¿Qué podía haber sucedido? Bueno, no tenía nada que ver con él. Se volvió hacia el interior del local y el pensamiento se desvaneció de su mente.

Sin embargo, muy pronto se lo recordarían los acontecimientos.

10

Atticus Pünd leyó el artículo de *The Times* a la mañana siguiente.

ASESINATO DE UN BARONET

La policía ha intervenido en la población de Saxby-on-Avon, en Somerset, tras la muerte de sir Magnus Pye, un acaudalado terrateniente local. El inspector Raymond Chubb, hablando en nombre de la comisaría de Bath, ha confirmado que la muerte se considera un asesinato. Sir Magnus deja esposa, lady Frances Pye, y un hijo, Frederick.

Estaba en el salón de Tanner Court, fumando un cigarrillo. James Fraser le había traído el periódico y una taza de té. Ahora regresaba con un cenicero.

—¿Has visto la primera plana? —preguntó Pünd.

—¡Desde luego! Es terrible. Pobre lady Mountbatten...

—¿Cómo dices?

—¡Le han robado el coche! ¡Y en pleno Hyde Park!

Pünd esbozó una triste sonrisa.

—No me refería a ese artículo.

Se lo mostró a su asistente.

Fraser leyó los párrafos.

—¡Pye! —exclamó—. ¿No era...?

—El mismo. El jefe de Mary Blakiston. Su nombre se mencionó en esta habitación hace pocos días.

—¡Menuda coincidencia!

—Es posible, sí. Las coincidencias existen. Pero en este caso no estaría tan seguro. Hablamos de muertes, de dos muertes repentinas en la misma casa. ¿No te parece intrigante?

—No pensará ir, ¿verdad?

Atticus Pünd reflexionó.

Desde luego, no tenía pensado aceptar más trabajo. El tiempo que le quedaba no lo permitía. Según el doctor Benson, en el mejor de los casos tendría tres meses de salud razonable, que tal vez ni siquiera fuesen suficientes para atrapar a un asesino. En cualquier caso, ya había tomado ciertas decisiones. Tenía previsto utilizar ese tiempo para poner sus asuntos en orden. Estaba la cuestión de su testamento, el destino de su casa y de sus bienes. Había salido de Alemania casi con lo puesto, pero estaba la colección de

figuras de porcelana de Meissen del siglo XVIII
que había pertenecido a su padre y que, milagro-
samente, había sobrevivido a la guerra. Le gustaría verlas en un museo y ya había escrito al
Victoria and Albert de Kensington. Le consolaría
saber que el músico, el predicador, el soldado,
la costurera y todos los demás miembros de su
pequeña familia seguirían estando juntos cuando
él se hubiese marchado. Al fin y al cabo, eran la
única familia que tenía.

Le dejaría un legado a James Fraser, que le
había asistido durante los últimos cinco casos
con lealtad y buen humor, aunque nunca lo hubiese ayudado mucho en las investigaciones. Quería
hacer donaciones a varias organizaciones bené-
ficas; en especial al Fondo de Huérfanos de la
Metropolitan and City Police. Por encima de todo,
estaban los documentos relacionados con su obra
maestra, *Panorama de la investigación criminal*.
Habría necesitado otro año para acabarla. No había ninguna posibilidad de presentarla a una
editorial tal como estaba. Sin embargo, había
pensado que quizá pudiese recopilar todas sus
notas, junto con los recortes de prensa, cartas
e informes de la policía, para que algún estu-
diante de criminología lo reuniera todo en el
futuro. Resultaría triste haber trabajado tanto
para nada.

Esos eran sus planes. No obstante, si la vida
le había enseñado algo, era la futilidad de hacer
planes. La vida tenía su propio programa.

Se volvió hacia Fraser.

—Le dije a la señorita Sanderling que no podía
ayudarla porque no tenía ningún motivo oficial
para presentarme en Pye Hall —dijo—, pero el motivo ha surgido por sí solo, y veo que también

trabaja en el caso nuestro viejo amigo, el inspector Chubb. —Pünd sonrió. La luz de otros tiempos había vuelto a su mirada—. Prepara el equipaje, James, y ve a buscar el coche. Nos vamos.

TRES
Una chica

1

Atticus Pünd no había aprendido nunca a conducir, y no porque fuese obstinadamente anticuado. Se mantenía informado de los últimos descubrimientos científicos y no habría dudado en aprovecharlos; por ejemplo, para tratar su enfermedad. Sin embargo, había algo en el ritmo de los cambios, en la aparición repentina de máquinas de todas las formas y tamaños, que le causaba aprensión. A medida que los televisores, máquinas de escribir, frigoríficos y lavadoras se volvían omnipresentes, y hasta los campos se llenaban de postes eléctricos, a veces se preguntaba si no habría costes ocultos para una humanidad que ya se había visto sometida a duras pruebas desde que él había llegado al mundo. Incluso el nazismo, al fin y al cabo, había sido una máquina en sí mismo. No tenía ninguna prisa por incorporarse a la nueva era tecnológica.

Por eso, cuando al final inclinó la cabeza ante lo inevitable y reconoció que necesitaba un vehículo privado, dejó todo el asunto en manos de su asistente, quien regresó con una berlina Vauxhall Velox; una excelente elección, como el propio Pünd tuvo que admitir: robusta, fiable y muy espaciosa. Naturalmente, Fraser se mostró entusiasmado como un niño. El automóvil tenía un motor de seis cilindros, capaz de alcanzar las sesenta millas por hora en solo veintidós segundos, y el sistema de calefacción incluía una función para quitar el hielo del parabrisas en invierno. A Pünd le bastaba con que lo llevase allá donde quisiera ir y le permitiese pasar desapercibido gracias al gris sobrio y anónimo de la carrocería.

El Vauxhall, con James Fraser al volante, aparcó delante de Pye Hall tras un trayecto de tres horas desde Londres, que habían recorrido sin hacer paradas. Había dos coches de policía aparcados sobre la grava. Pünd bajó del vehículo y estiró las piernas aliviado. Su mirada recorrió la fachada del edificio, contemplando su grandeza, su elegancia, su carácter típicamente inglés. Se percató al instante de que había pertenecido a la misma familia durante muchas generaciones. Poseía una calidad inmutable, un aire de permanencia.

—Ahí está Chubb —murmuró Fraser.

El rostro familiar del inspector apareció en la puerta principal. Fraser le había telefoneado antes de salir, y era evidente que Chubb aguardaba su llegada. Era alegre y regordete, con un bigote al estilo de Oliver Hardy, y llevaba un traje que le sentaba mal con una de las más recientes labores de punto de su esposa: un jersey de un desafortunado color malva. Había ganado peso. Siempre se tenía esa impresión al verlo. Pünd comentó en una ocasión que tenía el aspecto de un hombre que acaba de terminarse una comida especialmente satisfactoria. El colega bajó los peldaños de la entrada a toda velocidad. Estaba claro que se alegraba de tenerlos allí.

—¡Herr Pünd! —exclamó. Siempre le llamaba «herr», como si quisiera insinuar que los orígenes alemanes del detective eran un defecto; como si pretendiera decir: «No olvidemos quién ganó la guerra»—. Su llamada me ha sorprendido. No me diga que tenía tratos con el difunto sir Magnus.

—En absoluto, inspector —respondió Pünd—. No lo conocía, y no me he enterado de su muerte hasta esta mañana, por los periódicos.

—¿Y qué le trae por aquí?

Dirigió la mirada a James Fraser y pareció darse cuenta de su presencia por primera vez.

—Una extraña coincidencia —respondió Pünd.

Fraser le había oído decir muchas veces que las coincidencias no existían. Había un capítulo en *Panorama de la investigación criminal* en el que expresaba la creencia de que todo en la vida seguía un patrón, y de que una coincidencia no era más que el momento en que ese patrón resultaba brevemente visible.

—Una señorita de este pueblo vino a verme ayer —añadió Pünd—. Me habló de una muerte que se había producido en esta misma casa hace dos semanas...

—¿Se refiere a la criada, Mary Blakiston?

—Sí. Estaba preocupada porque ciertas personas están haciendo falsas acusaciones acerca de lo ocurrido.

—¿Quiere decir que piensan que la pobre mujer fue asesinada? —Chubb sacó un paquete de Players, su marca de siempre, y encendió un cigarrillo. Tenía el índice y el dedo corazón de la mano derecha permanentemente manchados, como viejas teclas de piano—. Pues eso se lo puedo aclarar, herr Pünd. Yo mismo lo he investigado y puedo decirle que fue un simple accidente. Estaba pasando la aspiradora en la parte superior de las escaleras. Se le enredaron los pies con el cable y cayó rodando hasta abajo. ¡Por desgracia para ella, el suelo es de piedra! Nadie tenía ningún motivo para matarla y, de todos modos, estaba encerrada en la casa ella sola.

—¿Y la muerte de sir Magnus?

—Bueno, eso es harina de otro costal. Ha sido una verdadera carnicería. Si no le importa, voy a terminarme esto primero. Lo de ahí dentro es muy desagradable. —Se encajó el cigarrillo despacio entre los labios e inhaló—. Por el momento lo estamos tratando como un robo que se torció. Esa parece la conclusión más obvia.

—Las conclusiones más obvias son las que yo trato de evitar.

—Está claro que usted tiene sus métodos, herr Pünd, y no puedo decir que no hayan resultado útiles en el pasado. Pero aquí tenemos a un terrateniente local que vivía en el pueblo desde siempre. Es pronto para asegurarlo, aunque no me consta que nadie le guardase rencor. Lo cierto es que alguien estuvo aquí anoche sobre las ocho y media. Brent, el jardinero, lo vio cuando salía de trabajar. No ha podido darnos una descripción precisa, pero le dio la impresión de que no era del pueblo.

—¿Cómo podía saberlo? —preguntó Fraser.

No le habían hecho ningún caso hasta ese momento, y sentía la necesidad de recordarles a los presentes que seguía allí.

—Bueno, ya se sabe que es más fácil reconocer a alguien si lo has visto antes; aunque no le veas la cara, quizá por la silueta o la forma de andar.

Brent estaba bastante seguro de que era un forastero. De todos modos, había algo en la manera que
tenía ese hombre de acercarse a la casa. Era como
si no quisiera ser visto.

—Cree que ese hombre era un ladrón —dijo Pünd.

—Ya habían robado en la casa pocos días antes.
—Chubb suspiró, como si lo irritase tener que
explicarlo todo de nuevo—. Tras la muerte de la
criada, tuvieron que romper una ventana trasera
para acceder al interior. Deberían de haber puesto otro cristal, pero no lo hicieron, y unos días
después entraron unos ladrones. Se llevaron un
jugoso botín que incluía monedas y joyas antiguas, nada menos que romanas. Puede que echasen
un vistazo por toda la casa, ya que estaban aquí.
Hay una caja fuerte en el estudio de sir Magnus
que tal vez no pudieron abrir, pero ahora que
sabían de su existencia, pensaron en volver y
hacer un segundo intento. Creyeron que la casa
seguía vacía. Sir Magnus los sorprendió... y ahí
lo tiene.

—Ha dicho que fue una muerte violenta.

—Por decirlo con delicadeza. —Chubb se armó de
valor aspirando otra bocanada de humo—. Hay una
armadura en el salón principal. La verá dentro
de unos momentos. Con su espada y todo. —Tragó
saliva—. Eso es lo que usaron. Le cortaron la
cabeza.

Pünd reflexionó unos momentos.

—¿Quién encontró el cadáver?

—Su mujer. Había ido de compras a Londres y
volvió a casa sobre las nueve y media.

—Sí que cerraron tarde las tiendas —comentó
Pünd con una media sonrisa.

—Bueno, puede que se quedase a cenar. La cuestión es que cuando llegó vio un coche que se ale-

jaba. No está segura del modelo, pero era verde y distinguió un par de letras de la matrícula: «FP». Se da la casualidad de que son sus propias iniciales. Al entrar en la casa, encontró el cuerpo tendido al pie de la escalera, casi en el mismo sitio en el que se halló el cadáver de la criada. Pero no estaba todo. La cabeza había rodado hasta acabar junto a la chimenea. Me temo que no podrá hablar con esa mujer en bastante tiempo. Está ingresada en el hospital de Bath, bajo sedación. Fue ella quien llamó a la policía, he oído un registro de la conversación. Pobrecilla, apenas le salen las palabras entre gritos y sollozos. Si fue un asesinato, podemos eliminarla de la lista de sospechosos, a menos que sea la mejor actriz del mundo.

—Supongo que ya se habrán llevado el cuerpo.

—Sí. Lo retiramos anoche. Puedo asegurarle que hizo falta tener agallas.

—¿Se llevaron algo de la casa en esta segunda ocasión, inspector?

—Es difícil saberlo con certeza. Tendremos que interrogar a lady Pye cuando esté en condiciones de hablar. Sin embargo, no lo parece a primera vista. Puede entrar si quiere, herr Pünd. Su presencia aquí no tiene el menor carácter oficial, naturalmente, y quizá deba comentárselo al comisario general, pero estoy seguro de que su presencia no nos perjudicará en nada. Y si observa algún detalle importante, confío en que me lo diga.

—Por supuesto, inspector —dijo Pünd.

No obstante, Fraser sabía que no haría semejante cosa. Había acompañado a Pünd en cinco investigaciones y conocía el exasperante hábito que tenía el detective de guardárselo todo hasta que decidía revelar la verdad.

Subieron tres peldaños, pero Pünd se detuvo antes de cruzar la puerta. Se agachó.

—Esto es muy extraño —dijo.

Chubb le dedicó una mirada de incredulidad.

—No irá a decirme que se me ha escapado algo, ¿verdad? —exigió saber—. ¡Si ni siquiera hemos entrado!

—Puede que no tenga ninguna relevancia, inspector —respondió Pünd en tono apaciguador—, pero mire el parterre que está junto a la puerta...

Fraser bajó la mirada. Había macizos de flores a lo largo de toda la fachada de la casa, separados por los peldaños que conducían hasta la entrada desde el camino de acceso.

—Petunias, si no me equivoco —comentó Chubb.

—Eso no lo sé, pero ¿no ve la huella?

Tanto Chubb como Fraser observaron las flores con más atención. Era cierto. Alguien había apoyado la mano en la tierra blanda, justo a la izquierda de la puerta. Por el tamaño, Fraser habría dicho que pertenecía a un hombre. Los dedos estaban estirados. Era muy raro, pensó Fraser. La huella de un pie habría sido más convencional.

—Creo que lo más probable es que pertenezca al jardinero —supuso Chubb—. No se me ocurre ninguna otra explicación.

—Y lo más probable es que tenga razón.

Pünd se incorporó con agilidad y siguió adelante.

La puerta daba directamente a una amplia sala rectangular, con una escalinata al fondo y dos puertas más a izquierda y derecha. Fraser vio al instante el punto en el que había yacido el cadáver de sir Magnus y, como siempre, el corazón le dio un vuelco. En el suelo, la alfombra persa

aún empapada de sangre relucía con un resplandor
siniestro. La sangre se había extendido sobre las
losas de piedra, alargándose hacia la chimenea y
rodeando las patas de una de las butacas de cuero.
La habitación entera apestaba a sangre. Una espada yacía en posición diagonal, con la empuña-
dura dirigida hacia las escaleras y la hoja apuntando a la cabeza de un venado con ojos de vidrio,
tal vez el único testigo de lo ocurrido. El resto
de la armadura, un caballero vacío, se hallaba
junto a una de las puertas que daban a un salón.
Fraser había visitado demasiadas escenas del
crimen con su jefe. Había visto a menudo los cuer-
pos en el suelo, apuñalados, acribillados a ti-
ros, ahogados y demás. Pero pensó que había algo
especialmente macabro en esta, digna de la época
de Jacobo I, con el oscuro revestimiento de madera de las paredes y la galería.

—Sir Magnus conocía a su asesino —murmuró Pünd.

—¿Cómo puede saberlo? —preguntó Fraser.

—Por el lugar que ocupa la armadura y la disposición de la sala. —Pünd hizo un gesto—. Míralo
tú mismo, James. La entrada está a nuestra espalda. La armadura y la espada están en el interior
de la sala. Si el asesino hubiese llegado a la
puerta principal y desease atacar a sir Magnus,
habría tenido que rodearlo para alcanzar el arma,
y en ese momento, si la puerta estaba abierta, sir
Magnus habría podido escapar. Sin embargo, parece más probable que sir Magnus estuviese acompañando a alguien a la salida. Llegan desde el
salón. Sir Magnus va delante. Su asesino lo sigue.
Cuando abre la puerta principal, no ve que su huésped ha cogido la espada. Se vuelve, ve que el
huésped avanza hacia él, tal vez le suplica. El
asesino ataca. Y todo queda como lo vemos.

—Aun así, pudo ser un desconocido.

—¿Invitarías a entrar en tu casa a un desconocido por la noche? No lo creo. —Pünd miró a su alrededor—. Falta un cuadro —observó.

Fraser siguió su mirada y comprobó que estaba en lo cierto. Había una alcayata libre en la pared, junto a la puerta, y una sección del revestimiento de madera aparecía algo descolorida, un rectángulo que revelaba claramente la ausencia de una pintura.

—¿Cree que puede ser relevante? —preguntó Fraser.

—Todo es relevante —respondió Pünd. Echó un último vistazo a su alrededor—. Aquí no hay nada más que ver. Sería interesante saber exactamente cómo se descubrió a la criada muerta hace dos semanas, pero abordaremos ese tema cuando corresponda. ¿Podemos acceder al salón?

—Desde luego —dijo Chubb—. Esta puerta da al salón, y sir Magnus tenía su estudio al otro lado. Hemos encontrado una carta que quizá le interese.

El salón tenía un aire mucho más femenino que el vestíbulo, con una alfombra rosa perla, cortinajes de flores, sofás cómodos y unas cuantas mesas. Había fotografías por todas partes. Fraser cogió una y examinó a las tres personas que aparecían en ella, de pie, juntas delante de la casa. Un hombre de rostro redondo y barbudo que vestía un traje pasado de moda. Junto a él, varios centímetros más alta, una mujer que miraba al objetivo con cara de impaciencia. Y un niño, con uniforme escolar, que fruncía el ceño. Era una fotografía de familia, evidentemente, aunque no muy alegre: sir Magnus, lady Pye y su hijo.

Un policía de uniforme montaba guardia ante la puerta del fondo. Después de cruzarla, se encontraron en una sala dominada por un escritorio antiguo colocado entre dos librerías, frente a las ventanas con vistas al jardín y al lago. El suelo estaba encerado, con las tablas de madera cubiertas en parte por una alfombra. Dos butacas, orientadas hacia el centro de la sala y separadas por un globo terráqueo antiguo. En la chimenea de la pared del fondo, la ceniza y la leña quemada sugerían que alguien había encendido el fuego hacía poco. Todo olía levemente a humo de cigarro. Fraser vio un humidificador y un pesado cenicero de cristal sobre una mesa auxiliar. Se repetía el revestimiento de madera de las paredes del vestíbulo, con varias pinturas al óleo que quizá estaban allí desde que se construyó la casa. Pünd se acercó a una de ellas, la imagen de un caballo delante de unos establos, muy del estilo de Stubbs. Se había fijado en ella porque estaba ligeramente perpendicular con respecto a la pared, como una puerta entornada.

—Estaba así cuando entramos —comentó Chubb.

Pünd se sacó una pluma del bolsillo con la que enganchó el cuadro y tiró de él. Estaba abisagrado por un lado y ocultaba una caja fuerte de aspecto muy sólido empotrada en la pared.

—No conocemos la combinación —añadió Chubb—. Seguro que lady Pye nos la dará cuando esté en condiciones de hacerlo.

Pünd asintió con la cabeza y trasladó su atención al escritorio. Era muy probable que sir Magnus hubiese pasado allí sus últimas horas de vida y, por lo tanto, que los papeles diseminados por su superficie pudiesen dar alguna indicación acerca de lo que realmente había sucedido.

—Hay un arma en el primer cajón —dijo Chubb—. Un viejo revólver de servicio. No se ha dispara-

do, pero está cargada. Según lady Pye, él solía
guardarla en la caja fuerte. Es posible que la
sacase debido al robo.

—O podría ser que sir Magnus tuviese otro motivo para estar nervioso.

Pünd abrió el cajón y echó un vistazo al arma.
Era un revólver Webley del calibre 38. Y Chubb
tenía razón. No se había usado.

Cerró el cajón y se concentró en la superficie
del escritorio, empezando por una serie de pla-
nos de una empresa llamada Larkin Gadwall con
sede en Bath. Mostraban un grupo de casas, doce
en total, situadas en dos hileras de seis. Había
muchas cartas apiladas junto a ellos, correspondencia con el ayuntamiento, con toda probabilidad la documentación relativa a la concesión de
un permiso de obras. Y allí estaba la prueba, un
elegante folleto con el título DINGLE DRIVE, SAXBY-
ON-AVON. En la esquina opuesta del escritorio
había un teléfono, y a su lado, un bloc de notas.
Alguien, probablemente sir Magnus, había escrito con lápiz lo siguiente:

ASHTON H

Ns

UNA CHICA

Las palabras estaban escritas con buena caligrafía en la parte alta de la hoja, pero luego sir
Magnus debió de ponerse nervioso. Había varias
líneas entrecruzadas, un garabato irritado.
Pünd le entregó la página a Fraser.

—¿Una chica? —preguntó Fraser.

—Parecen notas de una conversación telefónica —sugirió el detective—. «Ns» podría ser una
abreviatura. Fíjate en que la «s» está en minús-

cula. ¿Y esta «chica»? Tal vez sea el tema del que hablaron.

—Sea como fuere, no debió de ser muy agradable.

—Yo diría que no.

Pünd pasó a examinar un sobre vacío situado en el centro del escritorio, junto a la que debía de ser la carta mencionada por Chubb. No había dirección, solo el nombre de sir Magnus Pye escrito a mano con tinta negra. El sobre estaba abierto de cualquier manera. Pünd lo cogió con la ayuda de un pañuelo y examinó el papel con atención, volvió a dejarlo y procedió a estudiar la carta con el mismo cuidado. Estaba mecanografiada y dirigida a sir Magnus Pye; la fecha, 28 de julio de 1955, era precisamente la del día que se cometió el asesinato. Leyó:

> ¿Acaso crees que te saldrás con la tuya? Este pueblo estaba aquí mucho antes que tú y seguirá aquí después, y si piensas que puedes estropearlo con tus construcciones y tu codicia, estás muy equivocado. Piénsatelo bien, maldito bastardo, si quieres continuar viviendo aquí. Si quieres continuar viviendo.

La carta no estaba firmada. Pünd la volvió a dejar sobre el escritorio para que Fraser pudiese leerla.

—Quien la envió no sabe que «construcciones» se escribe con dos ces —observó el asistente.

—También podría ser un maníaco homicida —añadió Pünd en tono sosegado—. Parece que la carta se entregó ayer. Sir Magnus fue asesinado horas después de su llegada, como prometía. —Se volvió hacia el inspector—. Me imagino que guarda alguna relación con el proyecto de construcción —dijo.

—En efecto —convino Chubb—. He llamado a esta gente, Larkin Gadwall. Son unos promotores inmobiliarios de Bath y parece ser que tenían alguna clase de trato con sir Magnus. Esta tarde iré a verlos. Si quiere, puede acompañarme.

—Con mucho gusto. —Pünd asintió con la cabeza, todavía pendiente de la carta—. Hay algo en esto que me resulta un poco extraño —dijo.

—Me parece que en esta ocasión le llevo ventaja, Pünd —replicó el inspector, radiante y satisfecho de sí mismo—. El sobre está escrito a mano, pero la carta ha sido mecanografiada. Resultaría una prueba aplastante si el remitente quería mantener su identidad en secreto. Deduzco que primero introdujo la carta en el sobre y que solo después se dio cuenta de que había que poner el destinatario, pero el sobre ya no cabía en la máquina de escribir. A mí me ha pasado muchas veces.

—Puede ser, inspector, pero no me refería a eso.

Chubb esperó a que continuase, pero al otro lado del escritorio James Fraser tenía claro que se guardaría mucho de hacerlo. Y estaba en lo cierto. Pünd ya había dirigido su atención a la chimenea. Volvió a sacar la pluma del bolsillo de su chaqueta y hurgó en las cenizas. Encontró algo y lo separó cuidadosamente del resto. Fraser se acercó y vio un trozo de papel, apenas mayor que un cromo, ennegrecido en los bordes. Esa era la clase de momento que le encantaba cuando trabajaba con Pünd. A Chubb nunca se le habría ocurrido examinar la chimenea. Se habría limitado a lanzar una ojeada superficial a la habitación, habría llamado a la policía científica y luego se habría marchado. Pero allí había una pista que podía dar un giro al caso. El fragmento podía llevar un nombre escrito. Incluso unas pocas letras proporcionarían una muestra de caligrafía que podía indicar quién había estado en la habitación. Sin embargo, por desgracia, en este caso el papel estaba en blanco, aunque Pünd no pareció desanimarse. Muy al contrario.

—¡Mira esto, Fraser! —exclamó—. Hay un leve cambio de color, una mancha. Y creo que será posible distinguir al menos parte de una huella.

—¿Una huella?

Chubb se aproximó al oír aquella palabra.

Fraser se fijó más y comprobó que su jefe tenía razón. Había una mancha oscura que podía ser café. No obstante, aquello tampoco le sugería ningún nexo evidente. Cualquiera podía haber arrancado una hoja de papel y arrojarla al fuego; incluso el propio sir Magnus.

—Les diré a los del laboratorio que le echen un vistazo —dijo Chubb—. Y pueden revisar también esa carta. Es posible que haya llegado a conclusiones precipitadas al pensar en ese robo.

Pünd asintió con la cabeza y enderezó la espalda.

—Debemos buscar alojamiento —anunció de pronto.

—¿Piensan quedarse?

—Con su permiso, inspector.

—Desde luego. Creo que en el Queen's Arms tienen habitaciones. Es un pub situado al lado de la iglesia, pero también hace las veces de pensión. Si quiere un hotel, le irá mejor en Bath.

—Será más cómodo que nos quedemos en el pueblo —respondió Pünd.

Fraser suspiró para sus adentros, imaginándose con antelación los colchones llenos de bultos, el mobiliario de dudoso gusto y los grifos del baño chirriantes que distinguían invariablemente a la hostelería local. Aparte del mísero sueldo que le pagaba Pünd, no tenía ni un céntimo. Pero eso no le impedía tener gustos caros.

—¿Quiere que vaya a mirarlo? —preguntó.

—Podemos ir juntos. —Pünd se volvió hacia Chubb—. ¿A qué hora irá a Bath?

—He quedado en Larkin Gadwall a las dos. Si quiere, desde allí podemos ir al hospital, y hacerle una visita a lady Pye.

—Me parece una excelente idea, inspector. He de decir que es un gran placer volver a trabajar con usted.

—También para mí. Me alegro mucho de verle, herr Pünd. ¡A pesar de los cadáveres decapitados! En cuanto recibí la llamada, supe que este caso le venía como anillo al dedo.

Encendió otro cigarrillo y se dirigió al coche.

2

Para disgusto de Fraser, el Queen's Arms tenía dos habitaciones libres, y Pünd las cogió sin subir siquiera a examinarlas. Estaban tan mal como había imaginado, con suelos inclinados y ventanas demasiado pequeñas para las paredes que ocupaban. Su habitación tenía vistas a la plaza del pueblo. La de Pünd daba al cementerio, pero el detective no se quejó. Al contrario, había algo en el panorama que parecía hacerle gracia. Tampoco se quejó de la falta de comodidades. Cuando empezó a trabajar en Tanner Court, Fraser se sorprendió al descubrir que el detective dormía en una cama individual, más bien un catre, de estructura metálica, con las mantas pulcramente dobladas. Aunque Pünd había estado casado, nunca hablaba de su esposa y no mostraba interés alguno por el sexo opuesto. Aun así, semejante austeridad en un elegante piso londinense resultaba bastante excéntrica.

Los dos almorzaron en la planta baja y salieron a la calle. Había un grupo de personas reunido alrededor de la marquesina del autobús, en la plaza del pueblo, pero Fraser tuvo la impresión de que no estaban esperando el transporte público. Era evidente que algo había despertado su interés. Hablaban de forma animada. Estaba seguro de que Pünd querría acercarse a ver qué ocurría, pero en ese momento apareció una figura en el cementerio, caminando hacia ellos. Era el párroco. Se sabía por la inconfundible camisa con alzacuello. Era alto y larguirucho, y tenía el pelo negro y revuelto. Fraser vio que cogía una bicicleta que estaba apoyada contra la verja y salía con ella a la calzada mientras las ruedas rechinaban ruidosamente con cada giro.

—¡El párroco! —exclamó Pünd—. En un pueblo inglés, es el único hombre que conoce a todo el mundo.

—No todo el mundo va a la iglesia —replicó Fraser.

—No hace falta. Ya se ocupa él de conocer incluso a los ateos y a los agnósticos.

Se acercaron y le cortaron el paso antes de que pudiera escaparse. Pünd se presentó.

—¡Ah, sí! —exclamó el párroco, parpadeando al sol y frunciendo el ceño—. Conozco el nombre, desde luego. ¿El detective? Por supuesto. Está aquí por lo de sir Magnus Pye. Qué asunto tan terrible. Una pequeña comunidad como Saxby-on-Avon no puede estar preparada en modo alguno para semejante acontecimiento, y nos va a resultar muy difícil asumirlo. Disculpe. No le he dicho cómo me llamo. Robin Osborne. Soy el párroco de St. Botolph. ¡Aunque seguramente ya lo habrá adivinado usted solo, dada su profesión!

Se echó a reír, y Pünd pensó —lo había pensado hasta Fraser— que era un hombre excepcionalmente nervioso, que era casi incapaz de dejar de hablar y que las palabras salían de su boca en un intento de disimular lo que estaba pensando.

—Imagino que debía conocer a sir Magnus bastante bien —dijo Pünd.

—Bastante. Sí. Por desgracia, lo veía menos de lo que me habría gustado. No era un hombre muy religioso. Venía a los oficios muy pocas veces. —Osborne se aproximó—. ¿Está aquí para investigar el crimen, señor Pünd?

El detective respondió que así era.

—Me sorprende que nuestro propio cuerpo de policía necesite ayuda extra; por supuesto, no les vendrá nada mal. Ya he hablado con el inspector Chubb esta mañana. Me ha sugerido que pudo ser un intruso. Ladrones. Ya debe de saber que entraron en Pye Hall hace muy poco.

—Parece que la desgracia se está cebando en Pye Hall.

—¿Se refiere a la muerte de Mary Blakiston? —inquirió Osborne—. Descansa aquí cerca. Yo mismo oficié el funeral.

—¿Sir Magnus era popular en el pueblo?

La pregunta cogió al párroco por sorpresa. Le costó encontrar la respuesta adecuada.

—Puede que algunos le tuviesen envidia. Poseía una fortuna considerable. Y luego, por supuesto, estaba el asunto de Dingle Dell. Podríamos decir sin faltar a la verdad que despertaba reacciones intensas.

—¿Dingle Dell?

—Es una zona boscosa. La había vendido.

—A Larkin Gadwall —intervino Fraser.

—Sí. Creo que son promotores inmobiliarios.

—¿Le sorprendería saber, señor Osborne, que sir Magnus había recibido una amenaza de muerte como resultado directo de sus intenciones?

—¿Una amenaza de muerte? —El párroco se aturulló aún más—. Me sorprendería mucho. Estoy seguro de que nadie del pueblo enviaría semejante cosa. Este es un sitio muy tranquilo. La gente que vive aquí no es así, en absoluto.

—Sin embargo, ha hablado de reacciones intensas.

—La gente estaba disgustada. Pero no es lo mismo.

—¿Cuándo vio a sir Magnus por última vez?

Robin Osborne estaba deseando marcharse. Sujetaba su bicicleta como si fuese un animal que tira de la correa. Y esa última pregunta lo ofendió. Sus ojos lo expresaron claramente. ¿Era sospechoso de algo?

—Hacía algún tiempo que no lo veía —respondió—. No pudo asistir al entierro de Mary Blakiston, lo cual fue una lástima, pero estaba en el sur de Francia. Y antes de eso yo mismo me fui de viaje.

—¿Adónde?

—De vacaciones. Con mi mujer.

Pünd se quedó esperando, y Osborne volvió a romper el silencio:

—Pasamos una semana en Devonshire. De hecho,

ahora mismo me estará esperando, así que, si no les importa...

Sonriendo a medias, se abrió paso entre ellos. Los engranajes de su bicicleta chirriaron con fuerza.

—Yo diría que estaba muy nervioso.

—Sí, James. No cabe duda de que ese hombre oculta algo.

Mientras el detective y su asistente se dirigían al coche, Robin Osborne pedaleaba lo más rápido posible hacia su casa. No había sido completamente sincero: no había mentido, pero había omitido ciertos aspectos de la verdad. Sin embargo, era cierto que Henrietta lo estaba esperando desde hacía rato.

—¿Dónde has estado? —preguntó ella.

El párroco se sentó en la cocina. Su mujer sirvió una quiche casera con ensalada de judías y se acomodó junto a él.

—Oh. Estaba en el pueblo. —Osborne recitó una oración en silencio—. He conocido a un detective —siguió diciendo tras un apresurado «amén»—. Atticus Pünd.

—¿Quién?

—Tienes que haber oído hablar de él. Es un detective muy famoso. ¿Te acuerdas de esa escuela de Marlborough? Mataron al director durante una función escolar. Trabajó en el caso.

—Pero ¿para qué necesitamos a un detective? Creía que lo había hecho un ladrón.

—Puede que la policía se equivocase... Él piensa que tiene que ver con Dingle Dell.

—¿Con Dingle Dell?

—Eso dice.

Comieron en silencio. Ninguno de los dos parecía disfrutar de la comida. Entonces habló Henrietta de pronto.

—¿Adónde fuiste anoche, Robin? —preguntó.

—¿Qué?

—Ya sabes a qué me refiero. A lo del asesinato de sir Magnus.

—¿Por qué me preguntas semejante cosa? —Osborne dejó el cuchillo y el tenedor sobre el plato. Tomó un sorbo de agua—. Sentí ira —explicó—. Es uno de los pecados capitales. Y había cosas en mi corazón que eran... que no deberían haber estado allí. Estaba disgustado por la noticia, pero eso no es ninguna excusa. Necesitaba pasar tiempo a solas, así que fui a la iglesia.

—Pero estuviste fuera mucho tiempo.

—No era fácil para mí, Henrietta. Necesitaba estar solo.

Ella decidió guardar silencio, pero no pudo.

—Robin, estaba tan preocupada por ti que salí a buscarte. Resulta que me tropecé con Brent y dijo que había visto a alguien yendo a la casa...

—¿Qué estás insinuando, Hen? ¿Crees que fui a Pye Hall y lo maté? ¿Que le corté la cabeza con una espada? ¿Es eso lo que dices?

—No. Claro que no. Pero estabas tan enfadado...

—Lo que dices es absurdo. Ni siquiera me acerqué a esa casa. No vi nada.

Había otra cosa que Henrietta quería decir. La mancha de sangre en la manga de su marido. La había visto con sus propios ojos. A la mañana siguiente, había cogido la camisa y la había lavado con agua hirviendo y lejía. Aún estaba en la cuerda de tender la ropa, secándose al sol. Quería preguntarle de quién era la sangre. Quería saber cómo había llegado allí. Pero no se atrevió. No podía acusarlo. Algo tan tremendo resultaba imposible.

Terminaron de comer en silencio.

3

Sentado en una silla de capitán de imitación, con su respaldo curvado y su asiento giratorio, Johnny Whitehead pensaba también en el asesinato. En realidad, a lo largo de la mañana casi no había pensado en otra cosa mientras daba tropezones aquí y allá como un elefante en su propia cacharrería, reordenando los objetos sin motivo alguno y fumando sin parar. Gemma Whitehead acabó perdiendo los estribos cuando su marido tiró al suelo y rompió una bonita jabonera de Meissen, que, a pesar de estar desportillada, costaba nueve chelines y seis peniques.

—¿Qué te pasa? —exigió saber—. Hoy pareces un león enjaulado. Y vas por el cuarto cigarrillo. ¿Por qué no sales a tomar un poco el aire?

—No quiero salir —dijo Johnny de mal humor.

—¿Qué te ocurre?

Johnny apagó el cigarrillo en un cenicero Royal Doulton con forma de vaca que costaba seis chelines.

—¿A ti qué te parece? —le espetó.

—No lo sé. Por eso te lo pregunto.

—¡Sir Magnus Pye! Eso es lo que ocurre. —Se quedó mirando el humo que seguía alzándose de la colilla retorcida—. ¿Por qué tenían que matarlo? Ahora tenemos a la policía en el pueblo llamando a las puertas y haciendo preguntas. No tardarán en llegar aquí.

—¿Y qué más da? Pueden preguntarnos lo que quieran. —Hubo una pausa breve, pero lo bastante prolongada para dejarse sentir—. Pueden, ¿verdad?

—Claro que pueden.

Lo observó con atención.

—No habrás hecho nada, ¿verdad, Johnny?

—¿A qué te refieres? —El tono de su voz sonaba a ofendido—. ¿Por qué lo preguntas siquiera? Claro que no he hecho nada. ¿Qué podría hacer en este agujero perdido en la nada?

Siempre la misma discusión: ciudad contra campo, Saxby contra cualquier otro lugar del mundo. La habían tenido muchas veces. Sin embargo, mientras pronunciaba esas palabras, Johnny se acordó de cuando Mary Blakiston lo había atacado en ese mismo edificio, de lo mucho que sabía sobre él. La mujer había muerto de repente igual que sir Magnus, con un par de semanas de diferencia. No era una coincidencia, y sin duda la policía no la consideraría como tal. Johnny sabía cómo actuaban. Ya debían de estar sacando expedientes, analizando a todos los habitantes de la zona. No tardarían mucho en venir a por él.

Gemma se acercó, se sentó a su lado y apoyó una mano en su brazo. Aunque era mucho más menuda y frágil, en la pareja la fuerte era ella; ambos lo sabían. Había permanecido a su lado cuando tuvieron sus problemas en Londres. Le había escrito todas las semanas largas cartas cargadas de optimismo y buen humor mientras él estaba «fuera». Y fue ella quien tomó la decisión de trasladarse a Saxby-on-Avon cuando por fin regresó a casa. Había visto la tienda de antigüedades anunciada en una revista y había pensado que aquella solución le permitiría a su marido mantener algunas viejas costumbres, garantizándole al mismo tiempo una base sólida y honrada para comenzar una nueva vida.

Dejar Londres no había sido fácil, sobre todo para alguien que había vivido siempre a dos pasos de Bow Bells, pero Johnny había comprendido que era necesario y, muy a pesar suyo, había aceptado. No obstante, Gemma sabía que lo afligía. El escandaloso, alegre, confiado e irascible Johnny Whitehead nunca podría sentirse completamente a gusto en una comunidad en la que se juzgaba a todo el mundo y donde la desaprobación podía significar el total ostracismo. ¿Se había equivocado al traerlo aquí? Seguía permitiéndole volver de vez en cuando a la ciudad, aunque siempre se ponía nerviosa cuando se marchaba. No le preguntaba qué hacía allí, y él no se lo contaba. Pero esta vez era distinto. Había ido hacía pocos días. ¿Era posible que aquella visita guardase alguna relación con lo ocurrido?

—¿Qué hiciste en Londres? —preguntó.

—¿Por qué quieres saberlo?

—Solo sentía curiosidad.

—Vi a dos colegas, Derek y Colin. Comimos juntos y tomamos unas copas. Deberías de haber venido.

—No os habría gustado.

—Preguntaron por ti. Pasé por delante de la antigua casa. Ahora son pisos. Me puse a pensar. Tú y yo pasamos muchos momentos felices allí.

Johnny dio unas palmaditas en el dorso de la mano de su esposa y se dio cuenta de cuánto había adelgazado. Cuanto mayor se hacía, más parecía desaparecer.

—He tenido bastante Londres para toda una

vida, Johnny. —Retiró la mano—. Además, Derek y Colin nunca fueron amigos tuyos. No te ayudaron cuando las cosas se pusieron feas. Yo sí.

Johnny frunció el ceño.

—Tienes razón —dijo—. Salgo a dar un paseo. Media hora. Así me despejaré.

—Iré contigo si te apetece.

—No. Más vale que cuides de la tienda.

No había entrado nadie en toda la mañana. Esa era otra consecuencia de los asesinatos. Ahuyentaban a los turistas.

Gemma vio cómo se marchaba y oyó el familiar campanilleo de la puerta. Había creído que allí estarían bien después de dejar atrás su vida anterior. Independientemente de lo que Johnny había dicho en aquel momento, había sido la decisión correcta. Pero dos muertes, una tras otra, lo habían cambiado todo. Era como si aquellas viejas sombras se hubiesen alargado y los hubieran encontrado.

Mary Blakiston había estado allí. Por primera vez en mucho tiempo, la criada acudió a la tienda, y cuando le preguntó, Johnny mintió al respecto. Afirmó que estaba comprando un regalo, pero Gemma sabía que no era cierto. Si Mary hubiese querido un regalo, habría ido a Bath, a Woolworth o a Boots the Chemist. Y menos de una semana después estaba muerta. ¿Existía algún vínculo entre los dos acontecimientos y, en caso afirmativo, existía un vínculo adicional que llevase a la muerte de sir Magnus Pye?

Gemma Whitehead se había mudado a Saxby-on-Avon porque lo creía un lugar seguro. Sentada a solas en su mísera tienda, rodeada de centenares de objetos inútiles, chismes y baratijas que parecían no interesar a nadie y que al menos ese día

nadie había entrado a comprar, deseó con todo su
ser vivir con Johnny en cualquier otro sitio.

4

Todos los habitantes del pueblo creían saber
quién había matado a sir Magnus Pye. Por desgracia, no había dos teorías iguales.

Era bien sabido que él y su esposa andaban siempre a la greña. Pocas veces se los veía juntos. Si
aparecían en la iglesia, mantenían la distancia
entre ellos. Según Gareth Kite, el dueño del Ferryman, sir Magnus tenía una aventura con la criada, Mary Blakiston. Lady Pye los había matado a
los dos, aunque Kite no había explicado cómo se
las había arreglado con la primera muerte cuando
estaba de vacaciones en Francia.

No, no. El asesino era Robert Blakiston. ¿Acaso no había amenazado a su madre días antes de que
muriese? La había matado porque estaba enfadado
con ella y luego había matado a sir Magnus cuando logró descubrir la verdad. Y luego estaba
Brent. El jardinero vivía solo. Desde luego, era
un tipo extraño. Se rumoreaba que sir Magnus lo
había despedido el mismo día de su muerte. ¿Y el
forastero que había asistido al entierro? Nadie
llevaba un sombrero así, a no ser que pretendiese ocultar su identidad. Se sospechaba incluso
de Joy Sanderling, la agradable ayudante de la
doctora Redwing. El extraño anuncio aparecido
junto a la marquesina del autobús mostraba que
las apariencias engañaban. Mary Blakiston se
había puesto en su contra. Por eso había muerto.
Sir Magnus Pye lo había averiguado y también estaba muerto.

Por último, había que tener en cuenta el proyecto de destruir Dingle Dell. Aunque la policía no había dado a conocer los detalles de las amenazas halladas sobre el escritorio de sir Magnus, era de sobras conocida la rabia que había suscitado aquella propuesta de urbanización. Cuanto más tiempo llevabas viviendo en el pueblo, más probable resultaba que te invadiera la ira, y según esta lógica el sospechoso número uno pasaba a ser el viejo Jeff Weaver, que tenía setenta y tres años y se ocupaba del cementerio de la iglesia desde tiempo inmemorial. También el párroco tenía mucho que perder. La rectoría lindaba con los terrenos en cuestión, y se había comentado mucho cuánto les gustaba a él y a la señora Osborne pasear por el bosque.

Curiosamente, se había excluido del círculo de sospechosos el nombre de una persona del pueblo que tenía motivos de sobras para matar a sir Magnus: Clarissa Pye, la hermana empobrecida, unas veces ignorada y otras humillada. Sin embargo, a nadie se le había pasado por la cabeza que su condición pudiese hacer de ella una asesina. Tal vez porque era soltera y muy devota. Tal vez por su aspecto excéntrico. Como aquel absurdo cabello teñido suyo, reconocible a cincuenta metros de distancia. Se esforzaba mucho por emperifollarse con sombreros, bisutería y ropa de segunda mano pasada de moda, cuando en realidad unas prendas más sencillas y modernas le habrían sentado mejor. Tampoco el físico contribuía: no estaba gorda y no era masculina ni achaparrada, pero solo por muy poco. En pocas palabras, en el pueblo era una especie de chiste, y los chistes nunca han matado a nadie.

Sola en su casa de Winsley Terrace, Clarissa

trataba de no pensar en lo sucedido. En la última-
ma hora se había concentrado en el crucigrama del
Daily Telegraph, que normalmente completaba en
la mitad del tiempo. Una definición concreta le
había causado dificultades:

16. Un inglés llamado Bobby

La respuesta era una palabra de siete letras;
la segunda era una O; la cuarta, una I. Sabía que
tenía la solución delante de las narices, pero
por algún motivo no se le ocurría. ¿Se trataba
acaso de un personaje famoso? Era poco probable.
El crucigrama del *Telegraph* no solía incluir referencias a celebridades, a menos que fuesen
escritores o artistas clásicos. En tal caso, ¿y
si «Bobby» tenía otro significado que se le escapaba? Mordisqueó la Parker Jotter que reser-
vaba para los crucigramas. De pronto cayó en la
cuenta. ¡La respuesta era tan evidente! La había
tenido delante de los ojos durante todo ese tiempo. «Un inglés». *Bobby* era un término del inglés
coloquial que designaba a los agentes de policía. Quizá la había despistado la B mayúscula.
Escribió las letras que faltaban: «policía», y
naturalmente la solución la llevó a pensar en
Magnus, en los coches patrulla que daban vueltas
por el pueblo, en los agentes uniformados que en
ese momento debían de ocupar Pye Hall. ¿Qué sería
de la casa ahora que su hermano había muerto? Sin
duda, Frances seguiría viviendo en ella. No estaba autorizada a venderla. Todo formaba parte
de la restricción sobre la sucesión, el complicado documento que había definido la propiedad
de Pye Hall a lo largo de varios siglos. Sería su
sobrino, Freddy, quien lo heredase todo. Solo

tenía quince años, y la última vez que Clarissa lo había visto le había parecido superficial y arrogante, parecido a su padre. ¡Y ahora era millonario!

Por supuesto, si su madre y él muriesen, si, por ejemplo, se produjese un terrible accidente de tráfico, la propiedad, aunque no el título, pasaría a ser de los herederos colaterales. Era una idea interesante. Improbable, pero interesante. En realidad, no había ningún motivo que lo impidiera. Primero Mary Blakiston; después, sir Magnus. Finalmente...

Clarissa oyó que una llave giraba en la cerradura de la puerta de la calle. Se apresuró a doblar el periódico y a dejarlo a un lado. No quería que nadie pensara que estaba perdiendo el tiempo, que no tenía nada que hacer. Ya estaba de pie y yendo hacia la cocina cuando se abrió la puerta y entró Diana Weaver, la mujer de Adam Weaver, que hacía trabajillos en el pueblo y ayudaba en la iglesia. Era una señora de mediana edad con una actitud práctica y una sonrisa agradable. Hacía limpiezas: dos horas al día en el consultorio y el resto del tiempo repartido entre varias casas de Saxby-on-Avon; entre ellas, la casa de Clarissa, a la que acudía una tarde por semana. Al verla entrar a buen paso con el enorme bolso de plástico que llevaba siempre, desabrochándose ya un abrigo que no le hacía ninguna falta en un día tan cálido, se le ocurrió a Clarissa que era una auténtica profesional, es decir, una persona para la que ese trabajo resultaba completamente apropiado y necesario. ¿Cómo podía Magnus haberla situado en la misma categoría? ¿Hablaba en serio o había venido solo para insultarla? No lamentaba que hubiese muerto. Muy al contrario.

—Buenas tardes, señora Weaver —dijo.

—Hola, señorita Pye.

Clarissa notó enseguida que algo iba mal. La mujer estaba abatida. Parecía nerviosa.

—Hay ropa pendiente en el cuarto de la plancha, y he comprado otro bote de Ajax.

Clarissa iba siempre al grano. No tenía costumbre de entablar conversación, pero no por falta de modales: apenas podía permitirse pagar las dos horas cada semana y no iba a gastarlas en charlas intrascendentes. Sin embargo, aunque la señora Weaver se había despojado del abrigo, no se había movido ni parecía tener prisa por ponerse a trabajar.

—¿Ocurre algo? —le preguntó.

—Bueno... es lo de la casa grande.

—Mi hermano.

—Sí, señorita Pye. —La mujer parecía más afligida de lo que resultaba razonable. No trabajaba para él. Probablemente había hablado con Magnus solo una o dos veces en su vida—. Lo que ha ocurrido es terrible —prosiguió—. En un pueblecito como este. En fin, tenemos altibajos. Pero llevo cuarenta años viviendo aquí y nunca había visto nada parecido. Primero la pobre Mary y ahora esto.

—Estaba pensando lo mismo —contestó Clarissa—. Me siento muy apenada. Mi hermano y yo no estábamos muy unidos, pero aun así era de mi sangre.

«Sangre».

Se estremeció. ¿Habría intuido Magnus que iba a morir?

—Y ahora tenemos aquí a la policía —continuó Diana Weaver—. Haciendo preguntas y molestando a todo el mundo. —¿Era eso lo que la tenía preocupada? ¿La policía?—. ¿Cree que tienen idea de quién lo hizo?

—Lo dudo. No han pasado ni veinticuatro horas.

—Seguro que habrán registrado la casa. Según mi Adam... —hizo una pausa, sin saber si decirlo claramente— alguien le cortó la cabeza.

—Sí. Eso me han dicho.

—Es horrible.

—Desde luego, fue toda una conmoción. ¿Va a poder trabajar hoy o prefiere irse a casa?

—No, no. Prefiero mantenerme ocupada.

La mujer entró en la cocina. Clarissa miró el reloj de pared. La señora Weaver había empezado a trabajar dos minutos tarde. Se aseguraría de que compensara el tiempo antes de irse.

5

La reunión en Larkin Gadwall no había sido especialmente esclarecedora. Atticus Pünd había visto el folleto de la promoción: todo en acuarelas, con familias sonrientes que cruzaban flotando como fantasmas su nuevo paraíso. Los permisos estaban concedidos. La construcción debía empezar en primavera. Philip Gadwall, el socio principal, insistía en que Dingle Dell era una anodina zona boscosa y en que las nuevas viviendas supondrían un beneficio para la zona.

—La administración local respalda nuestras propuestas de recalificación. Necesitamos casas nuevas para las familias si queremos mantener vivos estos pueblos pequeños.

Chubb lo había escuchado todo en silencio. Se quedó perplejo al comprobar que las familias del folleto, con su ropa elegante y sus flamantes coches, no parecieran del pueblo. Se alegró cuando Pünd anunció que no tenía más preguntas y pudieron marcharse.

Descubrieron que Frances Pye había salido del hospital y había insistido en regresar a su casa, así que fue allí adonde se dirigieron los tres hombres: Pünd, Fraser y Chubb. Los coches de policía habían abandonado Pye Hall cuando llegaron. Al pasar por delante de la casa del guarda, a Pünd le llamó la atención lo normal que parecía todo con el sol del atardecer descendiendo ya por detrás de los árboles.

—Mary Blakiston debía de vivir allí —dijo Fraser, señalando la casita silenciosa.

—Y hubo un momento en que lo hizo con sus dos hijos, Robert y Tom —dijo Pünd—. No olvidemos que el menor de los dos niños también murió. —Miró por la ventanilla, sombrío de pronto—. Este lugar ha visto mucha muerte.

Aparcaron. Chubb los había precedido con su coche y los estaba esperando delante de la puerta principal. Un mustio recuadro de cinta de la policía delimitaba la huella de la mano dejada en el parterre y Fraser se preguntó si la habrían relacionado con el jardinero o con alguna otra persona. Entraron enseguida en la casa. Alguien había estado muy ocupado. Habían retirado la alfombra persa y habían fregado el suelo. La armadura también había desaparecido. La policía debía de haberse incautado de la espada; al fin y al cabo, era el arma del crimen. Pero el resto de la armadura habría sido un recordatorio demasiado siniestro de lo sucedido. La casa entera estaba en silencio. No se veía a lady Pye por ninguna parte. Chubb vaciló, sin saber cómo actuar.

De pronto se abrió una puerta y apareció un

hombre procedente del salón. Tenía casi cuarenta años, el pelo oscuro y bigote, y llevaba una americana azul con un pañuelo en el bolsillo delantero. Caminaba perezosamente, con una mano en el bolsillo y un cigarrillo en la otra. Fraser pensó al instante que era un hombre desagradable. No solo despertaba antipatía; casi parecía cultivarla.

El recién llegado se sorprendió al encontrar a tres visitantes en el vestíbulo y no trató de disimularlo.

—¿Quiénes son ustedes? —exigió saber.

—Precisamente iba a preguntarle lo mismo —respondió Chubb, ya irritado—. Soy de la policía.

—Oh. —El hombre se quedó impactado—. Bueno, yo soy un amigo de Frances... de lady Pye. He venido de Londres para cuidar de ella... ahora que está hecha polvo. Me llamo Dartford, Jack Dartford. —Alargó una mano con un gesto vago y luego la retiró—. Está muy alterada, ¿saben?

—Me lo imagino. —Pünd dio un paso adelante—. Me interesaría saber cómo supo la noticia, señor Dartford.

—¿Lo de Magnus? Por una llamada telefónica de ella.

—¿Le ha llamado hoy?

—No. Anoche. Justo después de llamar a la policía. Estaba histérica. Habría venido enseguida, pero era un poco tarde para salir a la carretera y tenía reuniones esta mañana, así que le dije que llegaría sobre la hora de comer, y es lo que he hecho. La he ido a buscar al hospital y la he traído a casa. Por cierto, su hijo Freddy está con ella. Ha pasado unos días con unos amigos en la costa meridional.

—Perdone que se lo pregunte, pero ¿por qué lady Pye lo eligió a usted de entre todos sus amigos cuando estaba hecha polvo, como usted dice?

—Bueno, eso es muy fácil de explicar, señor...

—Pünd.

—¿Pünd? Es un apellido alemán. Claro, eso explica el acento. ¿Cómo es que se encuentra aquí?

—El señor Pünd nos está echando una mano —intervino Chubb, cortando en seco el interrogatorio.

—Oh... de acuerdo. ¿Cuál era la pregunta? ¿Por qué acudió a mí? —A pesar de su chulería, era evidente que Jack Dartford buscaba desesperadamente una respuesta segura—. Pues me imagino que fue porque habíamos comido juntos. Fui con ella a la estación y la dejé en el tren de Bath. Debía de tenerme muy presente en ese momento.

—¿Lady Pye estuvo en Londres con usted el día del asesinato? —preguntó Pünd.

—Sí —confirmó Dartford casi con un suspiro, como si hubiese hablado más de lo que pretendía—. Celebramos un almuerzo de negocios. La asesoro sobre acciones, inversiones... esa clase de cosas.

—¿Y qué hicieron después de comer, señor Dartford?

—Les acabo de decir...

—Nos ha dicho que acompañó a lady Pye a la estación. Pero nosotros sabemos que su tren llegó a Bath de noche. Volvió a casa hacia las nueve y media. Por lo tanto, deduzco que pasaron la tarde juntos.

—Sí. Es cierto. —La incomodidad de Dartford aumentaba por momentos—. Estuvimos matando el tiempo. —Reflexionó un instante—. Fuimos a ver una exposición. En la Royal Academy.

—¿Qué vieron?

—Unos cuadros. Muy deprimentes.

—Lady Pye ha declarado que fue de compras.

—También compramos algunas cosas. Aunque ella no compró nada... que yo recuerde. No estaba de humor.

—Disculpe, pero tengo una última pregunta para usted, señor Dartford. Dice que es amigo de lady Pye. ¿Considera que también habría podido definirse como tal con respecto al difunto sir Magnus?

—No. La verdad es que no. O sea, claro que lo conocía. Me caía bien. Era bastante buen tipo. Pero Frances y yo jugábamos juntos al tenis. Así nos conocimos. Por eso la veía más a ella. ¡No es que a él le importase! Es que no era muy deportista. Eso es todo.

—¿Dónde está lady Pye? —preguntó Chubb.

—Estaba en su habitación, arriba. Está en la cama.

—¿Dormida?

—No creo. No dormía cuando he entrado hace unos minutos.

—Pues nos gustaría verla.

—¿Ahora? —Dartford vio la respuesta en el rostro implacable del detective—. De acuerdo, los acompaño.

6

Frances Pye estaba echada en la cama, envuelta en una bata y medio sumergida bajo un mar de sábanas arrugadas. Había bebido champán. En la mesilla de noche había una copa a medias junto a una botella metida en una cubitera. ¿Sedante o celebración? Para Fraser podía haber sido cualquiera de las dos cosas, y la expresión de la mujer cuando entraron le resultó igual de difícil de descifrar. Se sentía molesta por la interrupción, pero al mismo tiempo la estaba esperando. Era reacia a hablar, pero ya se había preparado para contestar las preguntas que debían formularle.

No estaba sola. Un adolescente, vestido de blanco como para jugar al críquet, se hallaba acomodado en una butaca con una pierna cruzada sobre la otra. Era evidente que se trataba de su hijo. Tenía el mismo pelo oscuro, con el flequillo peinado hacia atrás, los mismos ojos altivos. Se estaba comiendo una manzana. Ni la madre ni el hijo parecían especialmente apenados por lo ocurrido. La mujer podía haber estado en cama con un poco de gripe. Él podía haber estado haciéndole una visita.

—Frances... —empezó diciendo Jack Dartford—. Este es el inspector Chubb, de la policía de Bath.

—Nos vimos brevemente la noche de los hechos —le recordó el policía a la mujer—. Yo estaba aquí cuando se la llevaron en la ambulancia.

—Ah, sí —respondió ella con voz grave e indiferente.

—Y este es el señor Pond.

—Pünd —precisó el detective, saludando con un gesto de cabeza—. Estoy ayudando a la policía. Mi asistente, James Fraser.

—Quieren hacerte unas preguntas. —Dartford intentaba meterse en la habitación—. Si quieres, me quedo por aquí.

—No hace falta, gracias, señor Dartford —intervino Chubb—. Lo llamaremos si le necesitamos.

—La verdad, no creo que deba dejar a Frances sola.

—No la entretendremos mucho.

—Está bien, Jack. —Frances Pye se recostó en el montón de almohadas apilado detrás de ella y se volvió hacia los tres visitantes indeseados—. Supongo que más vale que acabemos con esto cuanto antes.

Hubo un breve momento de incomodidad mientras Dartford trataba de decidir qué hacía a continuación, e incluso Fraser pudo ver lo que pasaba por su mente. Quería avisarla de lo que había dicho sobre la visita a Londres. Quería asegurarse de que su relato coincidiera con el de él. Pero Pünd no pensaba permitirlo en modo alguno. Separar a los sospechosos. Enfrentarlos entre sí. Así trabajaba.

Dartford abandonó la habitación. Chubb cerró la puerta y Fraser acercó tres sillas. Había muebles en abundancia en el espacioso dormitorio con cortinas drapeadas, gruesas alfombras, armarios murales y un tocador antiguo cuyas patas arqueadas parecían soportar a duras penas el peso de todos los frascos, cajitas, cuencos y cepillos que cubrían su superficie. A Fraser, que amaba los libros de Charles Dickens, le vino al instante a la mente miss Havisham de *Grandes esperanzas*. Toda la habitación resultaba excesiva, levemente victoriana. Solo faltaban las telarañas.

Pünd se sentó.

—Me temo que tengo que hacerle algunas preguntas acerca de su marido —empezó.

—Lo entiendo perfectamente. Es un asunto horrible. ¿Quién haría semejante cosa? Adelante, por favor.

—Quizá prefiera que su hijo se marche.

—¡Es que quiero quedarme! —protestó Freddy.
Había cierta arrogancia en su voz, aún más inapropiada porque todavía no la había cambiado—.
Nunca he conocido a un detective de verdad. —Se
quedó mirando a Pünd con insolencia—. ¿Cómo es
que lleva un apellido extranjero? ¿Trabaja para
Scotland Yard?

—No seas maleducado, Freddy —dijo su madre—.
Puedes quedarte, pero solo si no vas a interrumpir. —La mujer volvió a mirar a Pünd—. ¡Empiece!

Pünd se quitó las gafas, las limpió y volvió a
colocárselas sobre la nariz. Fraser supuso que
se sentía incómodo al tener que hablar delante
de un chico. A Pünd no se le daban bien los niños,
y menos los ingleses, que habían crecido con la
convicción de que él seguía siendo el enemigo.

—Muy bien. ¿Puedo preguntarle, ante todo, si
sabe si su marido recibió amenazas en las últimas
semanas?

—¿Amenazas?

—¿Había recibido cartas o llamadas telefónicas que pudiesen sugerir que su vida estaba en
peligro?

En la mesilla de noche, junto a la cubitera,
había un gran teléfono blanco. Frances le echó
un vistazo antes de contestar.

—No —dijo—. ¿Por qué iba a recibirlas?

—Creo que estaba realizando los trámites de
venta de una propiedad. La nueva promoción...

—¡Ah! ¡Se refiere a Dingle Dell! —Murmuró el
nombre con desprecio—. Bueno, de eso no sé nada.
Era inevitable que los ánimos se caldeasen en el
pueblo. La gente de por aquí es muy estrecha de
miras, y Magnus esperaba algunas protestas. Pero
¿amenazas de muerte? La verdad, no lo creo.

—Encontramos una nota en el escritorio de su marido —intervino Chubb—. No llevaba firma, estaba escrita a máquina y tenemos motivos para creer que su autor estaba muy irritado.

—¿Qué les hace pensar eso?

—La carta formulaba una amenaza muy concreta, lady Pye. También está el arma que encontramos, el revólver de servicio de su escritorio.

—Pues no sé qué haría allí. Magnus solía guardarlo en la caja fuerte y no me mencionó ninguna carta amenazadora.

—¿Puedo preguntarle otra cosa, lady Pye? —dijo Pünd en tono de disculpa—. ¿Cuáles fueron sus movimientos de ayer en Londres? No deseo entrometerme en su vida privada —se apresuró a aclarar—, pero necesitamos establecer el paradero de todos los implicados.

—¿Cree que mamá está implicada? —saltó Freddy—. ¿Piensan que fue ella?

—¡Freddy, cállate! —Frances Pye lanzó una mirada desdeñosa a su hijo y se volvió de nuevo hacia Pünd—. Se entromete, en efecto —dijo—. Y ya le he dicho al inspector lo que hice, pero, si de verdad quiere saberlo, almorcé en Carlotta's con Jack Dartford. Fue una comida bastante larga. Hablamos de negocios. No entiendo nada de dinero, y Jack me resulta de gran ayuda.

—¿A qué hora salió de Londres?

—Cogí el tren de las siete menos veinte. —Hizo una pausa, tal vez al percatarse de que había un largo intervalo que explicar—. Fui de compras después de comer. No compré nada, pero paseé por Bond Street y entré en Fortnum & Mason.

—Es muy agradable matar el tiempo en Londres —convino Pünd—. ¿Acudió a alguna exposición de arte?

—No. Esta vez, no. Si no me equivoco, había algo en el Courtauld, pero no estaba de humor.

Así pues, Dartford había mentido. Incluso James Fraser captó la evidente discrepancia entre los dos relatos de la tarde, pero, antes de que ninguno de ellos pudiese comentarla, sonó el teléfono: no en el dormitorio, sino abajo. Lady Pye echó una breve ojeada al aparato de la mesilla de noche y frunció el ceño.

—¿Puedes ir a cogerlo, Freddy? —preguntó—. Sea quien sea, dile que estoy descansando y no quiero que me molesten.

—¿Y si es para papá?

—Pues di que no aceptamos llamadas. Anda, sé bueno.

—Está bien —dijo Freddy, un poco molesto por tener que irse.

El chico se bajó de la butaca y salió por la puerta. Los tres escucharon el timbre del teléfono, que seguía sonando abajo. Al cabo de menos de un minuto dejó de oírse.

—El teléfono de aquí arriba está estropeado —explicó Frances Pye—. Esta es una casa vieja, y siempre hay algo que no funciona. Ahora son los teléfonos. El mes pasado era la electricidad. También tenemos madera que se pudre. Puede que la gente se queje de lo de Dingle Dell, pero por lo menos las casas nuevas serán modernas y eficientes. No tienen idea de lo que es vivir en una mansión antigua.

A Fraser se le ocurrió que la mujer había cambiado hábilmente de tema, alejándose de lo que había o no había hecho en Londres. Sin embargo, Pünd no pareció verse afectado.

—¿A qué hora regresó a Pye Hall la noche del asesinato de su marido? —preguntó.

—Pues... veamos. El tren debió de llegar sobre las ocho y media. Iba muy lento. Había dejado mi coche en la estación de Bath, y para cuando llegué allí debían de ser más o menos las nueve y veinte. —Hizo una pausa—. Un coche se alejó justo cuando yo llegaba.

Chubb asintió con la cabeza.

—Me lo mencionó, lady Pye. Supongo que no logró ver al conductor.

—Puede que lo viese de pasada. No sé por qué digo eso. Ni siquiera estoy segura de que fuese un hombre. Era un coche verde. Ya se lo dije. Llevaba las letras «FP» en la matrícula. Me temo que no puedo decirles la marca.

—¿Solo iba una persona dentro?

—Sí. En el asiento del conductor. Le vi los hombros y la parte posterior de la cabeza. Llevaba sombrero.

—Vio cómo se marchaba el coche —dijo Pünd—. ¿Cómo diría que lo conducían?

—El conductor tenía prisa. Patinó al entrar en la carretera principal.

—¿Iba hacia Bath?

—No. En el otro sentido.

—Usted avanzó entonces hacia la puerta principal. Las luces estaban encendidas.

—Sí. Entré. —Se estremeció—. Vi a mi marido al instante y llamé a la policía.

Se produjo un largo silencio. Lady Pye parecía realmente exhausta. Cuando Pünd volvió a hablar, su voz sonó amable.

—¿Conoce por casualidad la combinación de la caja fuerte de su marido? —preguntó.

—Sí que la conozco. Guardo allí algunas de mis joyas más caras. No la han abierto, ¿verdad?

—No, en absoluto, lady Pye —la tranquilizó el

detective—. Aunque es posible que la abriesen hace poco, puesto que el cuadro que la oculta no estaba bien alineado con la pared.

—Debió de ser Magnus. Guardaba dinero dentro. Y documentos privados.

—¿Y la combinación? —preguntó Chubb.

Ella se encogió de hombros.

—Diecisiete a la izquierda, nueve a la derecha, cincuenta y siete a la izquierda, y luego hay que girar dos veces el disco.

—Gracias. —Pünd sonrió con aire compasivo—. Sin duda estará cansada, lady Pye, y no la entretendremos mucho más. Solo hay dos preguntas más que deseo hacerle. La primera se refiere a una nota que también encontramos en el escritorio de su marido y que parece estar escrita de su puño y letra.

Chubb había traído el bloc de notas, ahora metido en una bolsa de plástico para guardar pruebas. Se lo pasó a lady Pye, que leyó rápidamente las tres líneas escritas con lápiz:

ASHTON H

Ns

UNA CHICA

—Es la letra de Magnus —confirmó—. Y no tiene ningún misterio. Tenía la costumbre de tomar apuntes cuando recibía una llamada telefónica. A menudo se le olvidaban las cosas. No sé quién o qué puede ser «Ashton H». ¿«Ns»? Supongo que podrían ser las iniciales de alguien.

—La «N» es grande, pero la «s» es pequeña —señaló Pünd.

—Pues podría ser una palabra. También hacía eso. Si le pedías que comprara el periódico cuando saliera, anotaba «Pd».

—¿Podría ser que las letras «Ns» lo irritasen de algún modo? No tomó más notas, pero ambos caracteres están reseguidos varias veces. Se aprecia que casi ha desgarrado la hoja de papel con el lápiz.

—No tengo la menor idea.

—¿Y esa chica? —intervino Chubb—. ¿Quién podría ser?

—Tampoco puedo decírselo. Evidentemente necesitábamos una criada nueva. Supongo que alguien pudo haberle recomendado a una chica.

—Su antigua criada, Mary Blakiston... —empezó a decir Pünd.

—Sí. Ha sido una temporada horrible, realmente horrible. Cuando ocurrió estábamos fuera, en el sur de Francia. Mary llevaba con nosotros toda la vida. Magnus y ella estaban muy unidos. ¡Ella lo adoraba! Desde el momento en que se mudó a la casa del guarda, se sintió en deuda con Magnus, como si él fuese una especie de monarca y a ella la hubieran invitado a incorporarse a la Guardia Real. A mí me resultaba bastante pesada, aunque no debería hablar mal de los muertos. ¿Qué más quiere saber?

—Me he fijado en que falta un cuadro en la pared del gran salón, donde fue descubierto su marido. Estaba colgado junto a la puerta.

—¿Qué tiene eso que ver con nada?

—Cada detalle me resulta de interés, lady Pye.

—Era un retrato mío. —Frances Pye parecía reticente—. A Magnus no le gustaba, así que lo tiró.

—¿Hace poco?

—Sí. Como mucho, una semana. No recuerdo exactamente cuándo.

Frances Pye se dejó caer contra las almohadas,

indicando así que ya había hablado suficiente. Pünd hizo un gesto con la cabeza. Fraser y Chubb se levantaron, y se marcharon los tres.

—¿Qué le ha parecido? —preguntó Chubb cuando salieron de la habitación.

—Desde luego mentía al hablar de lo que hizo en Londres —dijo Fraser—. A mí me parece que ella y ese tal Dartford pasaron la tarde juntos... ¡y está claro que no fueron de compras!

—Es evidente que lady Pye y su marido ya no compartían la cama —convino Pünd.

—¿Cómo lo sabe?

—Resultaba obvio por la decoración del dormitorio, las almohadas bordadas. Era una habitación sin ningún rastro de presencia masculina.

—Entonces hay dos personas con motivos para matarlo —murmuró Chubb—. El móvil más viejo del mundo. Matar al marido y huir juntos con el botín.

—Puede que tenga razón, inspector. Tal vez encontremos una copia del testamento de sir Magnus Pye en la caja fuerte. Pero su familia lleva muchos años en esta casa, y yo diría que es probable que pase directamente a manos de su único hijo y heredero.

—Menuda pieza es ese chico —comentó Chubb.

La caja fuerte contenía poca cosa de interés. Había varias joyas, unas quinientas libras en distintas monedas y diversos documentos: algunos eran recientes; otros databan de veinte años atrás. Chubb se los llevó.

Pünd y él se separaron en la puerta. Chubb regresaba a su casa en Hamswell, donde su esposa, Harriet, estaría esperándolo. Al instante sabría de qué humor estaba ella. Tal como le había

confiado una vez a Pünd, se lo comunicaba median-
te la velocidad de sus agujas de hacer punto.

Pünd y Fraser le estrecharon la mano y regresaron a la dudosa comodidad del Queen's Arms.

7

Se habían congregado más personas alrededor de
la marquesina del autobús, al otro lado de la
plaza del pueblo, sin duda atraídas por algo que
habían visto. Fraser ya había reparado en un gru-
pito esa mañana, nada más llegar al pub, pero
evidentemente se había corrido la voz. Algo había sucedido. Todo el pueblo tenía que saberlo.

—¿Qué debe de estar pasando? —preguntó mientras aparcaba.

—Tal vez deberíamos averiguarlo —respondió
Pünd.

Bajaron del coche y cruzaron la plaza. La
tienda de antigüedades de los Whitehead y la de
suministros eléctricos ya estaban cerradas, y en
el silencio de la noche, sin tráfico, era fácil
oír lo que decía la pequeña multitud.

—¡Hace falta tener la cara muy dura!

—Debería darle vergüenza.

—¡Qué desfachatez!

Los lugareños no vieron a Pünd y a Fraser hasta que fue demasiado tarde. Entonces se aparta-
ron para dejar que los dos hombres accedieran a
aquello que parecía ser el objeto de la animada
discusión. Lo vieron al instante. Había una vitrina instalada junto a la marquesina del autobús con varios anuncios colgados dentro: las
actas de la última reunión del ayuntamiento, los
horarios de los oficios religiosos, los aconte-

cimientos que iban a celebrarse en el pueblo...
Entre ellos, se había añadido una sola hoja de
papel con un mensaje escrito a máquina.

Han circulado por el pueblo muchos rumores acerca de Robert
Blakiston. Algunas personas han insinuado que pudo tener
algo que ver con la trágica muerte de su madre, Mary Blakiston, el lunes por la mañana a las 9. Esas afirmaciones son
hirientes y falsas. Yo estaba con Robert a esa hora en su piso
situado encima del garaje y pasé con él toda la noche. Si es
necesario, lo juraré ante un tribunal. Robert y yo estamos
prometidos. Por favor, tengan un poco de amabilidad y dejen
de difundir esos rumores maliciosos.

JOY SANDERLING

James Fraser se sintió escandalizado. Había un
lado de su naturaleza, profundamente arraigado
tras años de estudiar en escuelas privadas inglesas, que lo llevaba a ofenderse con facilidad ante
la menor manifestación de sentimientos en público. Incluso ir de la mano por la calle, en su opinión, era una efusión innecesaria, y aquella de-
clamación —porque eso era a sus ojos— iba mucho
más allá del límite de la decencia.

—¿En qué estaba pensando esa chica? —exclamó
mientras se alejaban.

—¿Lo que más te ha llamado la atención ha sido
el contenido del anuncio? —replicó Pünd—. ¿No te
has fijado en otra cosa?

—¿Qué?

—La amenaza que le enviaron a sir Magnus Pye y
esta confesión de Joy Sanderling salieron de la
misma máquina de escribir.

—¡Dios mío! —Fraser parpadeó—. ¿Está seguro?

—Completamente. La cola de la e ha perdido nitidez, y la t se inclina un poco hacia la izquierda. No es solo el mismo modelo. Es la misma máquina.

—¿Cree que fue ella quien le escribió la carta a sir Magnus?

—Es posible.

Dieron unos pasos en silencio, y Pünd volvió a hablar.

—La señorita Sanderling se ha visto obligada a tomar esta medida porque yo no quise ayudarla —dijo—. Está dispuesta a sacrificar su buena reputación, a sabiendas de que la noticia bien podría llegar a oídos de sus padres, que, tal como nos explicó, se sentirán disgustados por su comportamiento. Esto es responsabilidad mía. —Hizo una pausa—. Hay algo en el pueblo de Saxby-on-Avon que me preocupa —siguió diciendo—. He hablado contigo otras veces de la naturaleza de la maldad humana, amigo mío. De cómo las pequeñas mentiras y evasivas que nadie ve ni detecta pueden reunirse y ahogarte como el humo del incendio de una casa. —Se volvió para observar los edificios que los rodeaban, la plaza en sombras—. Están todas a nuestro alrededor. Ya ha habido dos muertes; tres, si incluyes al niño que murió en el lago hace tantos años. Todas están relacionadas. Debemos actuar con rapidez antes de que se produzca una cuarta.

Cruzó la plaza y entró en el hotel. A su espalda, los lugareños seguían murmurando en voz baja, sacudiendo la cabeza.

CUATRO
Un chico

1

Atticus Pünd se despertó con dolor de cabeza.

Tomó conciencia de su jaqueca antes de abrir los ojos, y en cuanto los abrió se intensificó como si lo estuviera esperando para tenderle una emboscada. Su fuerza lo dejó sin aliento y solo pudo alargar el brazo para coger las pastillas que el doctor Benson le había dado y que había dejado la noche anterior junto a la cama. Su mano logró encontrarlas y cogerlas, pero no pudo hallar el vaso de agua, que también tenía preparado. No importó. Se metió las pastillas en la boca y se las tragó en seco, notando su áspero descenso por la garganta. Solo unos minutos después, cuando estaban alojadas en su organismo, ya disolviéndose y enviando sus antipiréticos a través del torrente sanguíneo hasta el cerebro, encontró el vaso y bebió, eliminando el sabor amargo de su boca.

Permaneció así tendido durante mucho rato, con los hombros hundidos en las almohadas, mirando fijamente las sombras de las paredes. Poco a poco, la habitación volvió a enfocarse: el armario de roble demasiado voluminoso, el espejo con el cristal moteado, la estampa enmarcada que representaba el Royal Crescent de Bath, las cortinas flojas, que una vez abiertas revelaban la vista al cementerio. Bueno, eso resultaba apropiado. Mientras esperaba a que el dolor remitiese, Atticus Pünd reflexionó acerca de su mortalidad, que se acercaba a toda velocidad.

No habría funeral. Había visto demasiada muerte en su vida para querer adornarla con rituales, dignificarla como si fuese algo más de lo que era... una transición. Tampoco creía en Dios. Algunas personas habían salido de los campos de exterminio con su fe intacta, y las admiraba por ello. Su propia experiencia lo había llevado a no creer en nada. El ser humano era un animal complicado, capaz de un bien extraordinario y de un gran mal, pero, desde luego, estaba solo. Pero al mismo tiempo no temía que le demostrasen lo contrario. Si, tras una vida de ponderada razón, se viera llamado a ser juzgado en alguna clase de sala estrellada, estaba seguro de que sería perdonado. Tenía entendido que Dios era de los que perdonan.

Se le ocurrió que el doctor Benson había sido demasiado optimista. Los ataques irían a más y lo incapacitarían de forma más grave a medida que lo que había en su cabeza avanzara de forma irremediable. ¿Cuánto tardaría en no poder valerse por sí mismo? Ese era el pensamiento más aterrador, y el propio pensamiento podía dejar de ser posible. Tumbado a solas en su habitación del Queen's Arms, Pünd se hizo a sí mismo dos promesas: la primera era resolver el asesinato de sir Magnus Pye y saldar la deuda que tenía contraída con Joy Sanderling.

La segunda, se negaba a formularla.

Una hora después, cuando bajó al comedor vestido como siempre con un traje bien planchado, camisa blanca y corbata, habría sido imposible saber cómo había empezado su jornada. Por supuesto, James Fraser desconocía por completo que sucediese algo. Aunque, claro, el joven era muy poco observador. Pünd recordaba su primer caso juntos, cuando Fraser no se dio cuenta de que su compañero de viaje en el tren de las tres cincuenta desde Paddington estaba muerto. Eran muchos los que se sorprendían de que lograse mantener el trabajo de asistente de un detective. De hecho, Pünd lo encontraba útil precisamente por su torpeza. Fraser era una página en blanco en la que podía escribir sus teorías, un simple cristal en el que observar el reflejo de sus propias elucubraciones mentales. Y era muy eficiente. Ya había pedido el café solo y el huevo duro que a Pünd le gustaba desayunar.

Comieron en silencio. Fraser había pedido para sí mismo un desayuno inglés completo, una cantidad de comida que a Pünd siempre le resultaba desconcertante. Cuando acabaron, expuso ante su ayudante sus planes para el día que les aguardaba.

—Debemos visitar a la señorita Sanderling una vez más —anunció.

—Desde luego. Ya sabía que querría empezar por ella. Sigo sin creer que haya sido capaz de colgar una nota como esa. Y lo de escribirle a sir Magnus...

—Me parece poco probable que sea la autora de las amenazas. Pero la máquina es la misma. No hay duda de eso.

—Puede que otra persona tuviese acceso a esta.

—Trabaja en el consultorio. Iremos a verla allí. Tienes que averiguar a qué hora abren.

—Por supuesto. ¿Quiere que la avise de que vamos a ir?

—No. Será mejor que nos presentemos allí por sorpresa —dijo Pünd, sirviéndose otro dedo de café—. También quiero descubrir algo más sobre la muerte de la criada, Mary Blakiston.

—¿Cree que guarda alguna relación?

—No me cabe la menor duda. Su muerte, el robo, el asesinato de sir Magnus... Son tres etapas del mismo viaje.

—Quién sabe qué descubrirá Chubb sobre la pista que encontró usted ayer, el fragmento de papel de la chimenea. Había una huella que podría revelarnos algo.

—A mí ya me ha revelado muchísimo —replicó Pünd—. Lo interesante no es la huella en sí. No servirá de nada a menos que pertenezca a alguien que tenga antecedentes penales, cosa que dudo. La clave es averiguar cómo es que el papel se encontraba allí y por qué se quemó. Son precisamente estos interrogantes los que apuntan al meollo del asunto.

—Y conociéndolo, ya debe de tener las respuestas. De hecho, ¡apuesto a que lo ha resuelto todo, viejo zorro!

—Aún no, amigo mío. Pero luego nos pondremos al día con el inspector Chubb y ya veremos...

Fraser tenía ganas de hacer más preguntas, pero sabía que Pünd se negaría a contestarlas. Si se le interrogaba, lo máximo que se conseguía era una respuesta poco o nada lógica, de por sí aún más fastidiosa que no tener respuesta alguna. Acabaron de desayunar y al cabo de unos minutos salieron del hotel. Al poner los pies en la

plaza del pueblo, lo primero que vieron fue que
la vitrina situada junto a la marquesina del
autobús estaba vacía. Alguien había retirado la
confesión de Joy Sanderling.

2

—La verdad es que la he quitado yo misma. Lo he
hecho esta mañana. No me arrepiento de haberla
puesto allí. Tomé la decisión cuando fui a visitarlo a Londres. Tenía que hacer algo. Pero después de lo que había pasado aquí, o sea, de lo de
sir Magnus, y con la policía haciendo preguntas
y demás, no me pareció apropiado. En cualquier
caso, ya había cumplido su función. En cuanto una
sola persona lo leyese, el pueblo entero lo sabría. Así son las cosas aquí. Algunos me han mirado raro, se lo aseguro, y creo que el párroco
no estaba muy contento. Pero me da igual. Robert
y yo vamos a casarnos. Lo que hagamos es asunto
nuestro, y no voy a tolerar que la gente cuente
mentiras sobre él ni sobre mí.

Joy Sanderling estaba sola en el moderno consultorio de una sola planta que se hallaba situado en la parte alta de Saxby-on Avon, rodeado de
casas y chalets que se remontaban más o menos al
mismo periodo. Era un edificio sin encanto, realizado con materiales económicos y un diseño fun-
cional. En la época de su construcción, el padre
de la doctora Redwing lo había comparado con unos
aseos públicos, pero naturalmente en aquel tiempo
él ejercía la profesión en casa. Su hija, en cambio, había preferido separar el trabajo de la vida
privada. Los habitantes del pueblo habían aumen-
tado respecto a los tiempos de Edgard Rennard.

Los pacientes entraban por una puerta acristalada que se abría a la sala de espera, con sofás de polipiel y una mesita baja con unas cuantas revistas: viejos números de *Punch* y *Country Life*. También había algunos juguetes para los niños, donación de lady Pye, aunque ya estaban un poco pasados de moda y habría sido oportuno sustituirlos. El puesto de Joy estaba en la habitación contigua, el botiquín, provista de una ventanilla corredera para atender a los pacientes. La muchacha tenía delante la agenda para las citas, y a su lado el teléfono y la máquina de escribir. A su espalda, varios estantes, un armario lleno de material médico, los ficheros con los historiales de los pacientes y una pequeña nevera para la conservación ocasional de los fármacos y de las muestras para mandar al hospital. De las dos puertas, la de la izquierda comunicaba con la sala de espera; la de la derecha, con la consulta de la doctora Redwing. Cuando esta última estaba lista para recibir al nuevo paciente, el piloto situado junto al teléfono de Joy se encendía.

Jeff Weaver, el sepulturero, estaba dentro en ese momento, acompañando a su nieto para que le hicieran una última revisión. Billy Weaver, de nueve años, se había recuperado por completo de la tosferina y había entrado saltando en la consulta, decidido a salir de allí lo antes posible. No había más pacientes en la lista, y Joy se sorprendió cuándo la puerta se abrió para dar paso a Atticus Pünd acompañado de su asistente. Había oído que estaban en el pueblo, pero no esperaba verlos allí.

—¿Se han enterado sus padres de lo que escribió? —preguntó Pünd.

—Todavía no —respondió Joy—, aunque seguro que alguien los avisa muy pronto. —Se encogió de hombros—. Y si lo descubren, ¿qué más da? Me iré a vivir con Robert. En el fondo es lo que deseo hacer.

Fraser tuvo la impresión de que, en el breve lapso transcurrido desde su primera entrevista en Londres, la muchacha había cambiado. Entonces le cayó bien, y se sintió decepcionado en secreto cuando Pünd se negó a ayudarla. La joven sentada al otro lado de la ventanilla seguía siendo muy atractiva, exactamente la clase de persona con la que querrías hablar si no te encontrases bien. Pero ahora tenía una actitud más seca. El asistente cayó en la cuenta de que no había acudido a recibirlos y había preferido quedarse en la otra habitación.

—No esperaba verlo, señor Pünd —dijo—. ¿Qué quiere?

—Puede que piense que fui injusto con usted cuando vino a verme a Londres, señorita Sanderling, y tal vez debería pedirle disculpas. Simplemente fui sincero con usted. En aquel momento no creí poder ayudarla con respecto a la situación en que se encontraba. Sin embargo, cuando me enteré por la prensa de la muerte de sir Magnus Pye, sentí que no tenía más remedio que investigar el asunto.

—¿Cree que puede guardar alguna relación con lo que le conté?

—Bien podría ser.

—Pues no veo cómo puedo ayudarlo. A menos que piense que lo hice yo.

—¿Tenía algún motivo para desear que muriese?

—No. Apenas lo conocía. Lo veía de vez en cuando, pero no tenía nada que ver con él.

—¿Y su prometido, Robert Blakiston?

—No sospechará de él, ¿verdad? —En sus ojos saltó un destello—. Sir Magnus siempre fue amable con Robert. Lo ayudó a encontrar trabajo. Nunca discutían. Casi no se veían. ¿Por eso está aquí? ¿Porque quiere volverme en su contra?

—Nada más lejos de la verdad.

—Entonces ¿qué quiere?

—En realidad, estoy aquí para ver a la doctora Redwing.

—Está con un paciente, pero creo que acabará muy pronto.

—Gracias. —Pünd no se había sentido ofendido ante la hostilidad de la chica, pero a Fraser le pareció que la miraba con bastante tristeza—. Debo advertirla de que necesitaré hablar con Robert —añadió.

—¿Por qué?

—Porque Mary Blakiston era su madre. Siempre es posible que considerase a sir Magnus parcialmente responsable de su muerte, y eso por sí solo ya le proporcionaría un móvil para el asesinato.

—¿La venganza? Lo dudo mucho.

—En cualquier caso, antes vivió en Pye Hall, y existe una relación entre él y sir Magnus que tengo que estudiar. Se lo digo porque se me ocurre que quizá desee estar presente cuando hablemos.

Joy asintió con la cabeza.

—¿Dónde y cuándo quiere verlo?

—Tal vez pueda acudir a mi hotel cuando le venga bien. Me alojo en el Queen's Arms.

—Lo acompañaré cuando salga de trabajar.

—Gracias.

La puerta de la doctora Redwing se abrió y Jeff Weaver salió llevando de la mano a un niño vestido con pantalones cortos y la chaqueta de un colegio. Joy esperó a que se fueran y luego fue hasta una puerta situada a un lado de la oficina.

—Le diré a la doctora Redwing que están aquí —dijo.

Desapareció de la vista. Era justo la oportunidad que Pünd estaba esperando. Le hizo una señal a Fraser, y este sacó rápidamente una hoja de papel del bolsillo de la chaqueta, se inclinó a través de la ventanilla corredera y la introdujo en la máquina de escribir. Pulsó varias teclas al azar desde la posición en que se encontraba, sacó la hoja y se la entregó a Pünd, que examinó las letras y asintió satisfecho con la cabeza antes de devolvérsela.

—¿Es la misma? —preguntó Fraser.

—En efecto.

Joy Sanderling regresó al mostrador de recepción.

—Pueden pasar —dijo—. La doctora Redwing está libre hasta las once.

—Gracias —dijo Pünd, y añadió, como si acabase de pensarlo—: ¿Es usted la única que usa esta oficina, señorita Sanderling?

—La doctora Redwing entra de vez en cuando, pero nadie más —respondió Joy.

—¿Está segura? ¿Nadie más tiene acceso a esta máquina? —inquirió, indicando con un gesto la máquina de escribir.

—¿Por qué me lo pregunta? —Como Pünd no respondía, la muchacha precisó—: Aquí no entra nadie más aparte de la señora Weaver. Es la madre del niño al que ha visto salir hace poco. Viene a limpiar el consultorio un par de horas al día. Pero dudo de que usara la máquina de escribir, y menos sin permiso.

—Ya que estoy aquí, también me interesaría conocer su opinión sobre las nuevas viviendas que sir Magnus pretendía construir. Estaba pensando en talar el bosque conocido como Dingle Dell...

—¿Cree que lo mataron por eso? Me temo que usted no acaba de comprender cómo son nuestros pueblos, señor Pünd. Era una idea estúpida. Saxby-on-Avon no necesita casas nuevas, y en cualquier caso hay un montón de sitios más adecuados para construirlas. Detesto que se talen árboles, y casi todos los habitantes del pueblo piensan igual. Pero nadie lo habría matado por eso. Como máximo habrían escrito al periódico local o se habrían quejado en el pub.

—Puede que la promoción ya no siga adelante ahora que él no está aquí para supervisar las obras —sugirió Pünd.

—Supongo que es posible.

Pünd había demostrado lo que quería. Sonrió y echó a andar hacia la puerta de la consulta. Fraser, que había doblado la hoja de papel por la mitad y se la había metido en el bolsillo, lo siguió.

3

La consulta era pequeña y cuadrada, exactamente como cabía esperar de un consultorio que casi podría haber inspirado un cómic de uno de los viejos números de *Punch* que descansaban sobre la mesa de la sala de espera. Había un escritorio antiguo colocado en el centro con dos sillas, un mueble archivador de madera y un estante lleno de volúmenes médicos. A un lado, podía correrse una cortina para crear un cubículo separado con otra silla y una camilla. Había una bata blanca colgada de un gancho. El único toque inesperado era una pintura al óleo, que mostraba a un chico moreno apoyado contra una pared. Estaba claro que se trataba de la obra de un aficionado, pero Fraser, que había estudiado Arte en Oxford, la encontró bastante buena.

La doctora Redwing, una mujer de unos cincuenta años de aspecto severo, estaba sentada con la espalda erguida, haciendo anotaciones en el historial que tenía delante. Todo en ella resultaba anguloso: la línea recta de los hombros, los pómulos, la barbilla. Para retratarla, se habría podido usar una regla. Sin embargo, se mostró bastante cortés al indicarles con un gesto que se acomodasen. Terminó de escribir, tapó la pluma y sonrió.

—Joy me ha dicho que son de la policía.

—Estamos aquí como particulares —explicó Pünd—, pero es cierto que hemos trabajado con la policía en algunas ocasiones y que ahora estamos ayudando al inspector Chubb. Me llamo Atticus Pünd. Este es mi asistente, James Fraser.

—He oído hablar mucho de usted, señor Pünd. Dicen que es un detective brillante. Espero que pueda llegar al fondo de esto. Es algo horrible para un pueblo pequeño, y tan poco tiempo después de la muerte de la pobre Mary... La verdad, no sé qué decir.

—Tengo entendido que usted y la señora Blakiston eran amigas.

—Yo no diría tanto, pero sí, nos veíamos mucho. Creo que la gente la subestimaba. Era una mujer muy inteligente. No había tenido una vida fácil: perdió a un hijo y crio al otro ella sola.

Pero lo llevaba muy bien y ayudaba a muchas personas del pueblo.

—Y fue usted quien la encontró después del accidente.

—En realidad fue Brent, el jardinero de Pye Hall. —Se interrumpió—. Pero yo daba por sentado que quería hablar conmigo de sir Magnus.

—Me interesan los dos sucesos, doctora Redwing.

—Bueno, Brent me llamó desde los establos. La había visto por la ventana, tendida en el vestíbulo, y temió lo peor.

—¿Él no había entrado?

—No tenía llave. Al final tuvimos que romper la puerta trasera. Mary había dejado sus propias llaves en la cerradura, por dentro. Estaba al pie de las escaleras y daba la sensación de que había tropezado con el cable de la aspiradora, que se encontraba arriba. Tenía el cuello roto. No creo que llevase muerta demasiado tiempo. Aún estaba caliente cuando llegué a su lado.

—Debió de ser muy angustioso para usted, doctora Redwing.

—En efecto. Estoy acostumbrada a la muerte, por supuesto. La he visto muchas veces. Pero siempre es más difícil cuando se trata de alguien a quien conoces personalmente. —Vaciló un momento mientras una serie de ideas contradictorias atravesaban sus ojos oscuros y serios. Entonces tomó una decisión—. Y había algo más.

—¿Sí?

—Pensé en mencionárselo a la policía en aquel momento, y quizá debería de haberlo hecho. Y puede que haga mal en contárselo a usted ahora. La cuestión es que me convencí a mí misma de que no era relevante. Al fin y al cabo nadie imaginaba que la muerte de Mary fuese algo distinto de un trágico accidente. Sin embargo, dado lo que ha ocurrido y ya que está aquí...

—Continúe, por favor.

—Pocos días antes de que muriese Mary, tuvimos un incidente aquí, en el consultorio. Ese día estuvimos muy ocupadas. Vinieron tres pacientes seguidos, y además Joy tuvo que salir un par de veces. Le pedí que fuese a la tienda del pueblo y me trajese algo de comer. Es una buena chica y no le importa hacer recados. También me había dejado unos papeles en mi casa y salió a buscarlos. Sea como fuere, al final de la jornada, cuando estábamos ordenando, nos dimos cuenta de que había desaparecido un frasco del botiquín. Como puede suponer, tenemos muy controlados todos los medicamentos, sobre todo los más peligrosos, y su desaparición me preocupó especialmente.

—¿Cuál era el fármaco?

—Fisostigmina. Es un antídoto contra el veneno de la belladona que había adquirido para Henrietta Osborne, la mujer del párroco. Había pisado una mata en Dingle Dell, y estoy segura de que sabe, señor Pünd, que la atropina es un ingrediente activo de esa planta en concreto. La fisostigmina es eficaz en dosis pequeñas, pero una cantidad más elevada puede matar a alguien fácilmente.

—Y dice que alguien se llevó ese fármaco.

—Yo no he dicho eso. De haber tenido tal certeza, lo habría denunciado directamente a la policía. No. Es posible que solo se extraviase. Tenemos muchos fármacos en el botiquín, y a pesar de todas las precauciones que tomamos ha sucedido otras veces. O puede que el frasco se le cayera a la señora Weaver mientras hacía la

limpieza y se rompiese. No es que sea una persona poco fiable, pero sería propio de ella recoger el estropicio, limpiarlo todo y no decirle
nada a nadie. —La doctora Redwing frunció el
ceño—. No obstante, se lo comenté a Mary Blakiston. Si alguien del pueblo había robado el fármaco, ella lo descubriría sin ninguna duda. Mary
también era una especie de detective en cierto
modo. Tenía la capacidad de sonsacar a la gente.
De hecho, me dijo que ya tenía alguna idea al
respecto.

—Y unos días después de ese incidente, estaba
muerta.

—Dos días, señor Pünd. Exactamente dos días.

—Se produjo un silencio repentino cuyo significado implícito flotaba en el aire. La doctora
Redwing parecía cada vez más incómoda—. Estoy
segura de que su muerte no tuvo nada que ver —añadió—. Fue un accidente. Y tampoco es que envene-
naran a sir Magnus. ¡Lo abatieron con una espada!

—El día que desapareció la fisostigmina, ¿recuerda quién vino al consultorio? —quiso saber
Pünd.

—Sí. Comprobé la agenda. Como le decía, aten-
dí a tres personas esa mañana. A la señora Osborne, que ya he mencionado. A Johnny Whitehead, el
propietario de la tienda de antigüedades de la
plaza. Tenía una herida muy fea en una mano, que
se había infectado. Y a Clarissa Pye, la hermana
de sir Magnus, que se quejaba de molestias en el
estómago. Si he de serle sincera, no le encontré
nada. Vive sola y es un poco hipocondríaca. Solo
necesita charlar un poco de vez en cuando. No creo
que el frasco desaparecido tenga nada que ver con
el accidente, pero me remordía la conciencia y
supongo que es mejor informarle de todos los de-

talles. —Echó un vistazo al reloj—. ¿Quiere saber algo más? —preguntó—. No quiero ser descortés, pero tengo que hacer mis rondas.

—Su ayuda ha sido muy útil, doctora Redwing. —Pünd se levantó y pareció fijarse en la pintura al óleo por primera vez—. ¿Quién es el chico? —preguntó.

—Pues es mi hijo, Sebastian. Se pintó pocos días antes de que cumpliese quince años. Ahora está en Londres. No lo vemos demasiado.

—Es un cuadro muy bueno —dijo Fraser con un entusiasmo auténtico.

La doctora se sintió complacida.

—Lo pintó mi marido, Arthur. En mi opinión es un artista excepcional, y me entristece mucho que su talento no se haya visto reconocido. He posado para él un par de veces, y pintó un precioso retrato de lady Pye... —Se interrumpió. Fraser se sorprendió al ver lo nerviosa que se había puesto de pronto—. No me han preguntado por sir Magnus Pye —dijo.

—¿Hay algo que desee contarme?

—Sí. —Vaciló, como si se desafiara a sí misma a continuar. Cuando volvió a hablar, su voz sonó fría y controlada—: Sir Magnus Pye era un hombre egoísta, insensible y engreído. Las casas nuevas habrían echado a perder un rincón maravilloso del pueblo, pero eso no es todo. Nunca hizo nada bueno por nadie. ¿Se han fijado en los juguetes de la sala de espera? Son un regalo de lady Pye, que a cambio esperaba que besáramos el suelo por donde pisaba. La fortuna heredada será la ruina de este país, señor Pünd. Esa es la verdad. Eran una pareja desagradable, y en mi opinión, lo va a tener muy difícil. —Le dedicó una última mirada al retrato—. Lo cierto es que la

mitad del pueblo se habrá alegrado de verlo
muerto, y, si busca sospechosos, tendrá mucho
donde elegir.

4

Todo el mundo conocía a Brent, el jardinero de
Pye Hall, pero al mismo tiempo nadie lo conocía
de verdad. Cuando caminaba por el pueblo u ocupaba su asiento de siempre en el Ferryman, la
gente podía decir: «Ahí está el viejo Brent»,
pero no tenía la menor idea de lo viejo que era,
e incluso su nombre aparecía envuelto en el misterio. ¿Era su nombre de pila o su apellido? Había algunos que recordaban a su padre. También
se llamaba «Brent» y hacía el mismo trabajo; de
hecho, los dos trabajaron juntos durante algún
tiempo, el viejo Brent y el joven Brent, empujando la carretilla y cavando la tierra. Sus padres
habían muerto. Nadie sabía del todo cómo ni cuándo, pero se decía que había sucedido en otra parte del país: en Devonshire. Un accidente de tráfico. Así que el joven Brent se convirtió en el
viejo Brent y ahora vivía en la diminuta casita
donde había nacido, en Daphne Road. La vivienda
formaba parte de una hilera de casas adosadas,
pero él nunca había invitado a entrar a sus vecinos. Las cortinas estaban siempre echadas.

En algún lugar de la iglesia debía de conser-
varse el certificado de nacimiento, en mayo de
1917, de un tal Neville Jay Brent. Quizá hubo un
tiempo en que lo llamaban Neville: en el colegio
o cuando fue voluntario de Defensa Civil (no lo
reclutaron por trabajar en el campo). Era un hombre sin sombra o una sombra sin hombre. Visible

y corriente como la veleta de la torre de St. Botolph. El único modo de que la gente hubiera reparado en su presencia, habría sido despertándose un buen día y descubriendo que ya no estaba.

Atticus Pünd y James Fraser lo localizaron en los jardines de Pye Hall, donde seguía con su trabajo, arrancando malas hierbas y cortando flores marchitas, como si nada insólito hubiese ocurrido. Pünd lo había convencido para que parase durante media hora y los tres estaban sentados juntos en la rosaleda, rodeados de un millar de flores. Brent se había liado un cigarrillo con unas manos tan mugrientas que sin duda tendría sabor a tierra cuando lo encendiera. Daba la impresión de ser un niño demasiado crecido, huraño e incómodo, que se movía con torpeza en una ropa que le venía grande, con el pelo rizado azotándole la frente. Sentado junto a él, Fraser se sentía molesto. Brent tenía una calidad extraña, ligeramente indeseable; daba la sensación de guardar un secreto que se negaba a compartir.

—¿Hasta qué punto conocía a Mary Blakiston?

Pünd había empezado por la primera muerte, aunque se le ocurrió a Fraser que el jardinero había sido un testigo principal de ambos acontecimientos. De hecho, pudo ser la última persona en ver con vida tanto a la criada como a su jefe.

—No la conocía. Ella no quería conocerme. —Brent parecía ofendido por la pregunta—. Se pasaba el día dándome órdenes. Haz esto, haz aquello. Incluso me obligó a ir a su casa a mover los muebles y a arreglar la humedad. No es que tuviese ningún derecho. Yo trabajaba para sir Magnus, no para ella. Eso solía decirle. Tal como se comportaba, no me sorprende que alguien la empujara por esas escaleras. Siempre entrometiéndose. Estoy seguro de que les tocaba las narices a unos cuantos. —Aspiró aire por la nariz ruidosamente—. No voy a hablar mal de los muertos, pero era una auténtica marimandona, desde luego.

—¿Supone que la empujaron? La policía opina que se trató de un accidente, que se cayó.

—No me corresponde a mí decirlo, señor. ¿Fue un accidente o se la cargaron? No me extrañaría ninguna de las dos cosas.

—Pero fue usted quien la vio, tendida en el vestíbulo.

Brent asintió con la cabeza.

—Estaba haciendo los arriates que hay al lado de la puerta principal. Miré por la ventana y allí estaba, tumbada al pie de las escaleras.

—¿No oyó nada?

—¿Qué tenía que oír? Estaba muerta.

—Y no había nadie más en la casa.

—No vi a nadie. Podría haber habido alguien, supongo. Pero estuve allí varias horas y no vi salir a nadie.

—Entonces ¿qué hizo?

—Di unos golpecitos en la ventana para ver si se despertaba, pero no se movía, así que al final fui a los establos y usé el teléfono exterior para llamar a la doctora Redwing. Me obligó a romper el cristal de la puerta trasera. A sir Magnus no le gustó. Es más, la tomó conmigo por el robo que hubo después. La culpa no fue mía. Yo no quería romper nada de nada. Solo hice lo que me dijeron que hiciera.

—¿Discutió con sir Magnus?

—No, señor. Yo no haría eso. Pero él no estaba contento y, cuando no estaba contento, más valía mantenerse lejos de él, se lo aseguro.

—Usted se encontraba aquí la tarde en que murió sir Magnus.

—Yo estoy aquí todas las tardes. En esta época del año no acabo nunca antes de las ocho, y esa noche eran más o menos las ocho y cuarto... No es que me paguen horas extras. —Lo raro era que, cuanto más hablaba Brent, más locuaz se volvía—. Sir Magnus y lady Pye eran de la cofradía del puño cerrado. Esa noche él estaba solo en casa. Su mujer se había ido a Londres. Vi que él trabajaba hasta tarde. La luz del estudio estaba encendida, y creo que esperaba a alguien, porque cuando me iba llegó una persona.

Brent ya le había mencionado ese detalle al inspector Chubb. Por desgracia, no había podido proporcionar una descripción del misterioso recién llegado.

—Tengo entendido que no logró verle la cara —dijo Pünd.

—No lo vi. No lo reconocí. Pero más tarde, cuando lo pensé, supe quién era.

El anuncio fue una sorpresa para Pünd, que esperó a que el jardinero continuase hablando.

—Estuvo en el funeral. Cuando enterraron a la señora Blakiston, estaba allí. Sabía que lo había visto antes. Me fijé en él, de pie detrás del resto de la gente, pero, al mismo tiempo, casi no lo vi. No sé si me entiende. Se esforzaba por estar solo, como si no quisiera que nadie lo observase, y no le vi la cara en ningún momento. Pero sé que era el mismo hombre. Estoy seguro; lo sé por el sombrero.

—¿Llevaba sombrero?

—Así es. Era uno de esos sombreros pasados de moda, como los que se llevaban hace diez años, bien encasquetado. El hombre que vino a

Pye Hall a las ocho y cuarto era el mismo. Estoy seguro.

—¿Puede decirme algo más de él? ¿Su edad? ¿Su estatura?

—Llevaba sombrero. Es lo único que puedo decirle. Estuvo aquí. No habló con nadie. Y luego se marchó.

—¿Qué ocurrió cuando entró en la casa?

—No me quedé a mirar. Me fui al Ferryman a tomarme una empanada y una cerveza. Llevaba algo de dinero, lo que el señor Whitehead me había dado, y estaba deseando irme.

—El señor Whitehead es el propietario de la tienda de antigüedades...

—¿Qué pasa con él? —Brent entornó los ojos, suspicaz.

—Le pagó algo de dinero.

—¡Yo nunca he dicho eso! —Brent comprendió que había hablado demasiado y buscó desesperadamente una salida—. Me devolvió las cinco libras que me debía. Eso es todo. Así que fui a tomarme una cerveza.

Pünd dejó correr el asunto. Era demasiado fácil ofender a un hombre como Brent, y una vez ofendido, no diría ni una palabra más.

—Así pues, salió de Pye Hall a las ocho y cuarto aproximadamente —dijo—. Puede que fuese solo unos minutos antes de que matasen a sir Magnus. Me pregunto si puede explicarnos una huella que descubrimos en el parterre que hay junto a la puerta principal.

—El de la policía me preguntó por eso y ya se lo dije. No era mi huella. ¿Qué iba a hacer yo metiendo la mano en la tierra?

Esbozó una sonrisa extraña.

Pünd probó con otra táctica.

—¿Vio a alguien más?

—Pues resulta que sí. —Brent miró maliciosamente al detective y a su asistente. Durante todo el rato se había limitado a sostener en la mano el cigarrillo que había preparado, pero al fin se lo llevó a los labios y lo encendió—. Iba de camino al Ferryman, como les decía. En la calle me encontré con la señora Osborne, la mujer del párroco. Dios sabe qué hacía fuera de casa a aquellas horas... y encima con semejante pinta. En fin, la cosa es que me preguntó si por casualidad había visto a su marido. Estaba muy alterada. Puede que incluso asustada. ¡Tendrían que haberle visto la cara! Le dije que me parecía haberlo visto en Pye Hall. A fin de cuentas, podía ser verdad...

Pünd frunció el ceño.

—La persona que vio en la casa, el hombre del sombrero, acaba de decir que estuvo en el entierro...

—Sé lo que he dicho, señor. Pero los dos estuvieron aquí, él y el párroco. ¿Sabe? Me estaba bebiendo mi cerveza cuando vi pasar al párroco en su bicicleta. Eso fue un poco más tarde.

—¿Cuándo?

—Media hora después. Más o menos. Bueno, sobre todo lo oí pasar. Con su golpeteo y sus chirridos, esa bicicleta se oye desde la otra punta del pueblo y, desde luego, pasó por delante del pub mientras yo estaba dentro. ¿Y de dónde podía venir si no era de la casa? Está claro que no volvía en bicicleta desde Bath.

Brent observó al detective por encima de su cigarrillo, desafiándolo a discrepar.

—Nos ha ayudado mucho —dijo Pünd—. Solo tengo una pregunta más. Se refiere a la casa del guarda, donde vivía la señora Blakiston. Me ha comentado que de vez en cuando trabajaba para ella allí, y me pregunto si podría tener una llave.

—¿Por qué quiere saberlo?

—Porque me gustaría entrar.

—Pues no sé —murmuró el jardinero. Apretó el cigarrillo con los labios—. Si quiere entrar, lo mejor que puede hacer es hablar con lady Pye.

—Esto es una investigación policial —intervino Fraser—. Podemos ir a donde queramos, y si no colabora, puede que tenga problemas.

Brent pareció dudar, pero no quiso discutir.

—Puedo llevarlos ahora —dijo señalando con un gesto los rosales—. Pero luego tengo que volver a lo mío.

Pünd y Fraser siguieron al jardinero hasta los establos, donde cogió una llave atada a una voluminosa pieza de madera. Luego embocaron juntos el camino al final del cual se hallaba la vieja casa del guarda, una vivienda de dos pisos con tejado inclinado, una chimenea enorme, ventanas de estilo georgiano y una sólida puerta de entrada. Era allí donde había vivido Mary Blakiston mientras trabajaba como criada para sir Magnus Pye; al principio, en compañía de su marido y de sus dos hijos, hasta que la abandonaron uno tras otro y se quedó sola. Tal vez fuese por la posición del sol o por los robles y los olmos que la rodeaban, pero la casita parecía perpetuamente envuelta en sombras. Estaba vacía, por supuesto. Un vacío que se veía y se sentía.

Brent abrió la puerta principal con la llave que había cogido.

—¿Quieren que entre? —preguntó.

—Nos sería de utilidad que pudiera quedarse un

poco más —respondió Pünd—. No le robaremos demasiado tiempo.

Los tres entraron en un pequeño vestíbulo con dos puertas, un pasillo y un tramo de escaleras que conducían el piso de arriba. El papel pintado, floral, estaba pasado de moda. Los cuadros representaban pájaros ingleses y búhos. Había una mesa antigua, un perchero y un espejo de cuerpo entero. Todo tenía aspecto de llevar allí mucho tiempo.

—¿Qué es lo que quieren ver? —preguntó Brent.

—Eso no puedo decírselo —contestó Pünd—. Aún no.

Las habitaciones de la planta baja tenían poco interés. La cocina era sencilla; la salita, mediocre, dominada por un reloj de pie antiguo. Fraser recordó la descripción que había hecho Joy Sanderling del reloj con su tictac incesante mientras ella trataba de impresionar favorablemente a la madre de Robert. Todo estaba muy limpio, como si el fantasma de Mary acabase de estar allí. O tal vez nunca se hubiese marchado. Alguien había recogido el correo y lo había apilado sobre la mesa de la cocina, pero era muy escaso y anodino.

Subieron al piso de arriba. El dormitorio de Mary estaba al fondo del pasillo, junto a un cuarto de baño. La mujer había estado durmiendo en la misma cama que debió de compartir con su marido: era tan pesada y voluminosa que costaba imaginar que nadie la hubiese llevado allí para sustituir la cama matrimonial tras la marcha de él. El dormitorio daba a la carretera. De hecho, ninguna de las habitaciones principales tenía vistas a Pye Hall, como si la casa se hubiera proyectado expresamente para evitar que la sirvienta mirase hacia donde vivían sus jefes. Pünd pasó junto a dos puertas que se abrían a otros dormitorios. Nadie había dormido en ellos desde hacía algún tiempo. Las camas no tenían sábanas, y los colchones ya mostraban signos de moho. Una tercera puerta, delante de ellos, estaba rota y con la cerradura forzada.

—Fue la policía —explicó Brent. Parecía contrariado—. Querían entrar, pero no encontraron la llave.

—¿La señora Blakiston la mantenía cerrada?

—Nunca entraba.

—¿Cómo lo sabe?

—Ya se lo he dicho. Venía aquí a menudo. Arreglé la humedad e instalé la moqueta abajo. Siempre me estaba llamando. Pero nunca entré en esta habitación. Ella no quería abrir la puerta. Ni siquiera estoy seguro de que tuviese llave. Por eso la forzó la policía.

Entraron. La habitación era decepcionante: como el resto de la casa, había sido despojada de cualquier rastro de vida. Contenía una cama individual, un armario vacío y una mesa de trabajo colocada bajo la ventana encajada en el alero del tejado. Pünd se acercó y miró hacia el exterior. La vista se extendía más allá de los árboles. Se podía ver la orilla del lago, y un poco más allá, el bosque en peligro, Dingle Dell. Vio un solo cajón en el centro de la mesa y lo abrió. Dentro, Fraser se fijó en una tira de cuero negro que formaba un círculo con un pequeño disco. Era un collar de perro. Alargó el brazo y lo sacó.

—«Bella» —leyó. El nombre estaba grabado en letras mayúsculas.

—Bella era la perra —dijo Brent, innecesariamente.

Fraser se sintió un poco irritado. Ya lo había adivinado él solo.

—¿La perra de quién? —preguntó Pünd.

—Del hijo pequeño. El que murió. Tuvo una perra, pero no le duró mucho.

—¿Qué le pasó?

—Se escapó. La perdieron.

Fraser dejó el collar donde estaba. Era muy pequeño; debía de haber pertenecido a un simple cachorro. Había algo inexpresablemente triste en su presencia dentro del cajón vacío.

—Entonces, esta era la habitación de Tom —murmuró Fraser.

—Sí, podría ser.

—Supongo que la pobre mujer debió de cerrar la puerta con llave por ese motivo. No soportaría entrar aquí. Me pregunto por qué no se mudó a otro sitio.

—Tal vez no pudiese elegir.

Ambos hablaban en voz baja, como si temieran perturbar antiguos recuerdos. Mientras tanto, Brent daba vueltas, impaciente por marcharse. Sin embargo, Pünd se tomó su tiempo para salir de la casa. Fraser sabía que, más que buscar pistas, estaba percibiendo el ambiente; le había oído hablar muchas veces del recuerdo del crimen, de los ecos sobrenaturales de la tristeza y la muerte violenta. Incluso había dedicado un capítulo a ese tema en el libro que estaba escribiendo. «Información e intuición», se llamaba, o algo parecido.

No habló hasta que no estuvieron fuera.

—Chubb se habrá llevado todo lo que fuera de interés. Estoy deseando saber qué ha encontrado. —Se quedó mirando a Brent, que ya se alejaba arrastrando los pies en dirección a la residencia señorial—. Hablar con ese hombre ha sido muy provechoso. —Miró a su alrededor, contemplando los árboles que les rodeaban—. No me gustaría vivir aquí —dijo—. No hay vistas.

—Resulta bastante oprimente —convino Fraser.

—Tenemos que hablar con el señor Whitehead para saber cuánto dinero le pagó a Brent y por qué motivo lo hizo. También tenemos que volver a hablar con el párroco. Debió de tener algún motivo para venir aquí la noche del asesinato. Y luego está la cuestión de su esposa...

—Brent ha dicho que la señora Osborne estaba asustada.

—Sí, y me pregunto por qué motivo. —Lanzó una última ojeada a su espalda—. Algo en el ambiente de esta casa, James, me dice que hay mucho que temer.

5

A Raymond Chubb no le gustaban los homicidios. Se había hecho policía porque creía en el orden y consideraba que el condado de Somerset, con sus pueblecitos agradables, sus setos y sus antiguos campos de cultivo, era una de las regiones más ordenadas y civilizadas del país, si no del mundo. El homicidio lo cambiaba todo por completo. Rompía el ritmo sosegado de la vida. Enfrentaba a los vecinos. De pronto nadie se fiaba de nadie, y las puertas, que solían dejarse abiertas incluso de noche, se cerraban con dos vueltas de llave. El homicidio era un acto vandálico, un ladrillo arrojado contra un escaparate, y, le gustase o no, volver a unir los fragmentos era tarea suya.

Sentado en su despacho de la comisaría de Orange Grove, en Bath, pensaba en la investigación en curso. El asunto de sir Magnus Pye no prometía nada bueno. Malo era que te apuñalaran en tu propia casa, pero que te decapitasen con una espada medieval en plena noche resultaba, cuando menos, escandaloso. ¡Saxby-on-Avon era un lugar tan tranquilo...! Sí, había ocurrido lo de la limpiadora, la mujer que había tropezado y se había caído por las escaleras, pero eso era muy distinto. ¿Era posible que uno de los lugareños, alguien que tal vez vivía en una casa de estilo georgiano, iba a la iglesia y jugaba en el equipo de críquet local, cortaba el césped los domingos por la mañana y vendía mermelada casera en las fiestas del pueblo, fuese un maníaco homicida? La respuesta era: sí, muy posible. Y su identidad podía esconderse en el cuaderno que se hallaba sobre su mesa, delante de él, en ese momento.

En la caja fuerte de sir Magnus no había encontrado nada de interés. Y daba la impresión de que registrar la casa del guarda también sería una pérdida de tiempo. Y entonces, un astuto policía, el joven Winterbrook, había hecho su descubrimiento entre los libros de cocina que había en casa de Mary Blakiston. Ese chico llegaría lejos. Si mostraba una actitud más seria y un poco más de ambición, no tardaría en ser inspector. ¿La mujer había ocultado aquello de forma deliberada? ¿Acaso temía que alguien entrara en casa, tal vez su hijo o el propio sir Magnus? Desde luego, no le convenía dejarlo a la vista, puesto que contenía observaciones maliciosas sobre todos los habitantes del pueblo. Estaba el señor Turnstone (el carnicero), que engañaba a sus

clientes con el cambio, Jeffrey Weaver (el sepulturero), que al parecer se mostraba cruel con
su perro, Edgar Rennard (el médico jubilado),
que aceptaba sobornos, la señorita Dotterel (la
dueña de la tienda del pueblo), que bebía. Nadie
parecía haber escapado a su atención.

Había tardado dos días en leerlo todo, y casi
se sentía sucio. Recordaba haber visto a Mary
Blakiston al pie de las escaleras de Pye Hall,
con los ojos vidriosos, el cuerpo ya frío y rí-
gido. En aquel momento sintió pena por ella.
Ahora se preguntaba qué la había impulsado a
rondar por el pueblo siempre suspicaz, siempre
buscando problemas. ¿No habría podido decir
algo bueno, aunque solo fuese por una vez? Su
letra, aunque apretada y angulosa, era muy pulcra, como si fuese una especie de secretaria del
Maligno. ¡Sí! A Pünd le gustaría aquello. Era
exactamente la clase de expresión que podía salir de su boca. Cada anotación estaba fechada.
Aquel cuaderno cubría tres años y medio, y Chubb
ya había enviado a Winterbrook otra vez a la casa
por si encontraba algún otro de un periodo anterior. Aunque tenía material de sobras para
ponerse manos a la obra.

La señora Blakiston tenía dos o tres personajes favoritos que aparecían página tras página.
Curiosamente, a pesar de la acritud que existía
entre ellos, su hijo Robert no era uno de los ele-
gidos, aunque Josie, o Joy, se había convertido
en objeto de su desdén desde el momento en que se
la presentó. Odiaba de forma visceral a Brent,
el jardinero. Su nombre se repetía una y otra vez.
Era grosero, era holgazán, llegaba tarde, sisa-
ba, espiaba a los *boy scouts* cuando acampaban en
Dingle Dell, bebía, mentía, nunca se lavaba.

Daba la sensación de que había compartido sus ideas con sir Magnus Pye; al menos, eso insinuaba en una de las últimas anotaciones.

13 de julio
Brent no está nada contento. Esta mañana iba con el ceño fruncido y ha pisoteado un macizo de aquileas. ¡Y sabía que lo estaba mirando! Lo ha hecho a propósito, porque sabe que ya no importa. Me alegro mucho de que no vaya a estar mucho tiempo más en Pye Hall. Mi querido sir M me dijo hace una semana que ha puesto a Brent de patitas en la calle; en mi opinión, debería haberlo hecho hace años. ¿Cuántas veces se lo dije? Brent es más vago que la chaqueta de un guardia y se escaquea siempre que puede. Se sienta a fumar cuando debería estar trabajando. Lo he visto hacerlo montones de veces. Me alegro de que sir M me haya hecho caso por fin y haya actuado. El jardín está precioso en esta época del año. Debería ser fácil encontrar un jardinero nuevo en *The Lady*, aunque una agencia resultaría más discreta.

Al cabo de dos días había muerto. Y una semana más tarde, también sir Magnus. ¿Una coincidencia? Sin duda, no podían haberlos matado porque fuesen a despedir al jardinero.

Chubb había marcado siete anotaciones más que, en su opinión, podían guardar alguna relación con el caso. Todas menos una eran recientes y, por lo tanto, tenían una mayor probabilidad de ser relevantes para el asesinato de sir Magnus. Una vez más, las fue leyendo en el orden que le parecía más lógico.

13 de julio
Una conversación interesante con la doctora Redwing. ¿Cuántos ladrones puede haber en un solo pueblo? Esto es muy grave. Han robado un medicamento del consultorio. Me ha apuntado el nombre. Fisostigmina. Dice que una dosis grande podría ser mortal. Le

he dicho que debería acudir a la policía, pero no quiere porque piensa que le echarán la culpa. La doctora R me cae bien, pero a veces cuestiono su buen juicio. Como lo de tener a esa chica trabajando ahí. Además, no es tan cuidadosa como ella cree. He estado en el consultorio muchas veces y podría haber cogido lo que hubiese querido. ¿Cuándo pasó? Creo que la doctora R se equivoca. No fue el día que ella dice, sino el anterior. Vi salir a alguien... ¡Nada menos que a la señorita Pye! Supe que algo iba mal. Lo vi en su cara. Y en cómo sujetaba el bolso. Cuando entré, el consultorio estaba vacío (no había ni rastro de la chica). Desde luego, había estado allí sola. Se habían dejado abierto el armario de las medicinas, así que pudo llevarse algo fácilmente. ¿Para qué lo querría? Para echárselo a su hermano en el té, tal vez para vengarse. ¡No se conforma con ser la número dos! Pero he de andarme con cuidado. No puedo hacer acusaciones. Debo pensar en ello.

9 de julio

Arthur Reeve estaba demasiado alterado para hablar. ¡Su colección de medallas ha desaparecido! Es horrible. El ladrón entró por la ventana de la cocina y se cortó con los cristales. Se diría que es una pista bastante importante, pero a la policía no le interesó, claro. Dijeron que debían de haber sido los críos, pero yo no lo creo. Los ladrones sabían exactamente lo que querían. La medalla griega por sí sola valía una bonita suma. Hoy en día ya nadie se preocupa por nada. Fui a verlo y me tomé una taza de té con él. Me preguntaba si *nuestro amigo* tendría algo que ver, pero no dije nada. Echaré un vistazo con mucho cuidado. ¡La cabra siempre tira al monte! Es terrible tener a alguien así viviendo en el pueblo. ¿Es peligroso? Debería de habérselo contado a sir Magnus. A Hilda Reeve ni siquiera le interesa. No ayuda a su marido; dice que no entiende a qué viene tanto jaleo. Qué estúpida es. No sé por qué se casó con ella.

11 de julio

He ido a ver a Whitehead a la tienda mientras su mujer estaba fuera y le he dicho lo que sabía. Naturalmente, lo ha negado todo. Era de esperar, ¿no? Le he enseñado el artículo de prensa que encontré y ha dicho que eso era agua pasada; es más, me ha acusado de querer crearle problemas. Oh no, le he dicho. Eres tú quien se los busca. Dice que nunca se ha acercado a casa de Arthur. Pero tiene la tienda repleta de cachivaches, y una se pregunta de dónde los saca. Me ha desafiado a contarlo por ahí. Ha dicho que me denunciaría. ¡Eso ya lo veremos!

Chubb podía haber hecho caso omiso de esas dos anotaciones. Arthur Reeve y su esposa eran una pareja mayor que antes llevaba el Queen's Arms. Sería difícil imaginar a nadie con menos posibilidades de estar implicado en la muerte de sir Magnus. ¿Y cómo podía el robo de sus medallas tener alguna relevancia para el caso? La conversación con Whitehead no tenía ningún sentido. Pero metido en el pliegue al final del diario había encontrado un recorte de prensa, quebradizo y descolorido, que le había obligado a replantearse la cuestión.

PERISTA DEL HAMPA EXCARCELADO

Obtuvo cierta notoriedad como miembro de la Banda de las Mansiones, una red de ladrones que actuaba en los barrios señoriales de Kensington y Chelsea. John Whitehead, detenido por traficar con bienes robados, salió de la cárcel de Pentonville tras cumplir solo cuatro años de una sentencia de siete. Se cree que el señor Whitehead, que está casado, ha abandonado Londres.

No había fotografías, pero Chubb ya lo había comprobado y, efectivamente, un tal Johnny Whitehead vivía en el pueblo con su esposa y había sido detenido en Londres años atrás. Durante y después de la guerra, en la capital había operado una vasta red de delincuencia organizada, de la que formaba parte la famosa Banda de las Mansiones. Whitehead trabajaba para esa organización como perista. ¡Y ahora llevaba nada menos que una tienda de antigüedades! Releyó la frase de Mary Blakiston: «¿Es peligroso?». Los signos de interrogación resultaban más que oportunos. Si Whitehead era un antiguo delincuente y la mujer había amenazado con desenmascararlo, ¿podía ser él el responsable de su muerte? Y si ella se lo había contado a sir Magnus, ¿era posible que se hubiese visto obligado a atacar de nuevo? Chubb dejó con cuidado el artículo de prensa a un lado y volvió a concentrarse en el diario.

7 de julio
Espeluznante. Siempre he sabido que el reverendo Osborne y su mujer ocultaban algo. ¡¡¡Pero esto!!! Ojalá se hubiese quedado el viejo Montagu. La verdad, no sé qué hacer ni qué decir. Nada, supongo. ¿Quién iba a creerme? Es algo horripilante.

6 de julio
Lady Pye ha vuelto de Londres. Otra vez. Todo el mundo sabe lo que está pasando en esos viajes. Pero nadie dirá nada. Supongo que así son estos tiempos. Lo siento por sir Magnus. Un hombre tan bueno. Siempre es amable conmigo. ¿Lo sabe? ¿Debería decirle algo?

La última anotación que Chubb había seleccionado databa de casi cuatro meses atrás. Mary Blakiston había escrito varias veces sobre Joy Sanderling, pero esta se producía después de su primer encuentro. Para ella había usado tinta negra y una plumilla mucho más gruesa. Las letras salpicaban la página, y Chubb casi pudo sentir la rabia y el asco que experimentaba la autora mientras su pluma recorría el papel. Mary era una observadora bastante imparcial, es decir, se mostraba igual de malintencionada y desagradable con todas las personas con las que se encontraba. Sin embargo, parecía guardar una reserva especial de maldad para Joy.

15 de marzo

Té con la pequeña señorita Sanderling. Dice que se llama Josie, pero «llámeme Joy». Alegría. No pienso llamarla así. No hay ninguna alegría en esta boda. ¿Por qué no puede entenderlo? No permitiré que ocurra. Hace catorce años perdí a mi primer hijo. No dejaré que aparte a Robert de mí. Le he dado té y galletas, y se ha quedado ahí sentada con esa estúpida sonrisa en la cara. ¡Qué joven y qué ignorante! Ha estado parloteando acerca de sus padres y de su familia. ¡Tiene un hermano con síndrome de Down! ¿Por qué ha tenido que decírmelo? Robert se ha quedado ahí sentado, sin decir nada, y yo no paraba de pensar en esa horrible enfermedad infectando a su familia y en las ganas que tenía de que se marchara. Tendría que habérselo dicho claramente. Pero es evidente que se trata de la clase de chica que no escucha a la gente como yo. Luego hablaré con Robert. No lo consentiré. De ningún modo. ¿Por qué tuvo que venir esa estúpida a Saxby?

Por primera vez, Chubb sintió una auténtica aversión hacia Mary Blakiston, casi la sensación de que merecía morir. Jamás se le habría ocurrido desearle la muerte a nadie, pero tenía que reconocer que el diario de aquella mujer era veneno en estado puro, de principio a fin, y que aquella anotación resultaba verdaderamente imperdonable. Lo que más le perturbaba era la referencia al síndrome de Down. Mary lo describía como una «horrible enfermedad», pero eso no era cierto. Se trataba de un trastorno, no de una enfermedad. ¿Qué clase de mujer podía considerarlo una amenaza contra su propia descendencia?

¿De verdad se había opuesto a la boda de su hijo solo para proteger a sus futuros nietos de una especie de contaminación? Resultaba difícil de creer.

Una parte de él confiaba en que aquel fuera el único volumen de las memorias de Mary Blakiston. Temía tener que leer más páginas llenas de infelicidad y resentimiento. ¿No era capaz de decir nada bueno de nadie? Sin embargo, al mismo tiempo era consciente de haberse tropezado con un recurso demasiado valioso para pasarlo por alto. Tendría que enseñárselo todo a Atticus Pünd.

Se alegraba de que el detective hubiese venido a Somerset. Ya habían trabajado juntos en el caso de Marlborough, el del director al que habían asesinado durante la representación de una obra teatral. Este asunto presentaba muchos elementos en común con aquel crimen: una maraña de sospechosos, los móviles más diversos y no una, sino dos muertes que podían estar relacionadas entre sí. Estando a solas, Chubb podía admitir la verdad: que para él el asunto no tenía ni pies ni cabeza. Pünd veía siempre las cosas desde una perspectiva diferente. Tal vez se tratase de una cualidad innata. El inspector no pudo evitar esbozar una sonrisa. Durante toda la vida le habían enseñado a considerar enemigos a los alemanes. Era extraño tener a uno de su parte.

Y era igualmente extraño que Joy Sanderling lo hubiese traído aquí. A Chubb ya se le había ocurrido que ella y su prometido, Robert Blakiston, tenían el motivo más apremiante para querer ver muerta a Mary Blakiston. Eran jóvenes y estaban enamorados, y ella quería impedir la boda por la peor y más odiosa de las razones. Durante un instante, él mismo compartió sus sentimientos. Sin embargo, si habían planeado matarla, ¿por qué iban a tratar de obtener la colaboración de Pünd? ¿Podía ser una elaborada cortina de humo?

Mientras daba vueltas en la mente a esos pensamientos, Raymond Chubb encendió un cigarrillo y volvió a releer las páginas.

6

En su obra maestra, *Panorama de la investigación criminal*, Atticus Pünd había escrito: «La verdad puede verse como *eine vertiefung*: una especie de valle profundo que tal vez no sea visible desde lejos, pero que aparecerá de pronto. Hay muchas formas de llegar. Una línea de interrogatorio que resulta irrelevante sigue teniendo la capacidad de acercarte a tu objetivo. No hay días perdidos en la investigación de un delito». En otras palabras, no importaba que aún no hubiese visto el diario de Mary Blakiston y no tuviera la menor idea de su contenido. Aunque el inspector Chubb y él adoptaban dos métodos muy distintos, era inevitable que se encontrasen al final.

Después de salir de la casa del guarda, Fraser y él habían recorrido la breve distancia hasta la rectoría, siguiendo la carretera en lugar de usar el atajo a través de Dingle Dell, disfrutando de la cálida tarde. A Fraser le gustaba Saxby-on-Avon, y se sentía un poco sorprendido al ver que el detective parecía inmune a sus encantos. De hecho, tenía la sensación de que Pünd no parecía él mismo desde que habían salido de Londres; se sumía en prolongados silencios, inmerso en sus pensamientos. Ahora los dos estaban sentados en la sala de estar, donde Henrietta les había servido té y galletas caseras. Era una habitación luminosa y alegre con flores secas en la chimenea y vidrieras que daban a un jardín bien cuidado con el bosque al fondo. Había un piano vertical, varios estantes con libros, cortinas de puerta que debían de correr en invierno. Los muebles eran cómodos. No hacían juego entre sí.

Robin y Henrietta Osborne, sentados juntos en el sofá, no habrían podido parecer más incómodos, o incluso más culpables. Apenas Pünd inició su interrogatorio, ya se mostraron a la defensiva, temerosos de lo que pudiera venir a continuación. Fraser entendía cómo se sentían. Lo había visto otras veces. Podías ser completamente inocente y respetable, pero en cuanto hablabas con el detective te convertías en sospechoso, y ninguna respuesta se daba por buena sin antes darle unas cuantas vueltas. Todo formaba parte del juego, y a él le parecía que los Osborne no estaban jugando demasiado bien.

—La noche que asesinaron a sir Magnus, señora Osborne, usted salió de casa. Debían de ser más o menos las ocho y cuarto. —Pünd esperó a que ella lo negase, y en vista de que no lo hizo, añadió—: ¿Por qué?

—¿Puedo preguntarle quién le ha dicho eso? —replicó Henrietta.

Pünd se encogió de hombros.

—Créame, señora Osborne, no tiene ninguna importancia. Mi tarea consiste en determinar dónde estaba cada persona en el momento de la muerte; por así decirlo, en unir las piezas del rompecabezas. Hago preguntas y recibo respuestas. Eso es todo.

—Es que no me gusta la idea de que me espíen. Ese es el problema de vivir en un pueblo. Todo el mundo te controla. —El párroco le dio unas suaves palmaditas en la mano, y ella prosiguió—: Sí. Salí a buscar a mi marido a esa hora. La cuestión es que... —Vaciló—. Los dos estábamos bastante disgustados por una noticia que acabábamos de conocer, y él se había ido solo. Como empezaba a oscurecer y él no había vuelto a casa empecé a preguntarme dónde estaba.

—¿Y dónde estaba usted, señor Osborne?

—Fui a la iglesia. Siempre que necesito aclararme las ideas voy allí. Seguro que lo entiende.

—¿Fue andando o en bicicleta?

—Tal como me lo pregunta, señor Pünd, sospecho que ya conoce la respuesta. Cogí la bici.

—¿A qué hora regresó a casa?

—Supongo que debían de ser más o menos las nueve y media.

Pünd frunció el ceño. Según Brent, había oído pasar la bicicleta del párroco por delante del Ferryman más o menos media hora después de llegar, es decir, entre las nueve y las nueve y cuarto. Había una discrepancia de al menos quince minutos.

—¿Está seguro de la hora? —preguntó.

—Yo estoy absolutamente segura —intervino Henrietta—. Ya se lo he dicho: estaba preocupada. No paraba de mirar el reloj, y eran las nueve y media en punto cuando llegó mi marido. Le había guardado la cena y me senté con él mientras cenaba.

Pünd no insistió. Había tres posibilidades. La primera y más obvia era que los Osborne mintiesen. Desde luego, la mujer parecía nerviosa, como si tratase de proteger a su marido. La segunda era que Brent se hubiese equivocado, aunque le había parecido sorprendentemente fiable. ¿Y la tercera...?

—Imagino que lo que les había disgustado fue el anuncio de la nueva promoción inmobiliaria —dijo.

—Exacto. —Osborne señaló la ventana, las vistas al otro lado—. Van a construirla ahí. Justo ahí, al final de nuestro jardín. Naturalmente, esta casa no es nuestra. Pertenece a la Iglesia, y mi esposa y yo no estaremos aquí para siempre. Pero nos parece una destrucción innecesaria.

—Puede que nunca suceda —dijo Fraser—. Ahora que sir Magnus ha muerto...

—Bueno, no voy a celebrar la muerte de ninguna persona. Eso estaría muy mal. Pero reconozco que pensé lo mismo cuando supe la noticia. Estuvo mal por mi parte. No debo permitir que mis sentimientos personales envenenen mi juicio.

—Deberían echarle un vistazo a Dingle Dell —intervino Henrietta—. Si no han paseado por allí, no entenderán por qué significa tanto para nosotros. ¿Le gustaría que se lo enseñase?

—Me gustaría mucho —contestó Pünd.

Habían acabado de tomarse el té. Fraser cogió discretamente otra galleta y todos salieron por las puertas acristaladas. El jardín de la rectoría se extendía a lo largo de unos veinte metros, dibujando una suave pendiente con macizos de flores a cada lado de un césped que se volvía más silvestre y descuidado a medida que se alejaban de la casa. Se había concebido expresamente así. No había ninguna valla ni barrera entre la propiedad de los Osborne y el bosque, por lo que era imposible determinar dónde terminaba una y comenzaba el otro.

De repente estaban en Dingle Dell. Los árboles, robles, fresnos y olmos de montaña los fueron cercando sin previo aviso, rodeándolos y aislándolos del mundo exterior. Era un lugar encantador. Los rayos del sol del atardecer se colaban entre las hojas y las ramas, tiñéndose de un verde delicado en el que danzaban las mariposas...

—Este momento es mágico —murmuró Henrietta.

El suelo era blando: hierba y zonas de musgo con matas de flores. Había algo curioso en el bosque. No era en absoluto un bosque. Era una floresta, mucho más pequeña, y, sin embargo, ahora que estaban dentro, no parecía haber márgenes ni una salida evidente. Todo estaba en silencio. Si bien había algunos pájaros revoloteando entre los árboles, lo hacían sin emitir ningún sonido. Solo el zumbido de un abejorro perturbó la quietud, pero desapareció tan rápidamente como había llegado.

—Algunos de estos árboles llevan aquí doscientos o trescientos años —dijo Osborne. Miró a su alrededor—. ¿Sabe que sir Magnus encontró aquí su tesoro? Monedas y joyas romanas, enterradas probablemente para mantenerlas a salvo. Cada vez que caminamos por aquí es distinto. En otoño aparecen preciosas setas. Se encuentran toda clase de insectos, para los aficionados a esas cosas...

Vieron una mata de ajo de oso, un derroche de flores blancas que se abrían como estrellas, y más allá otra planta, una maraña de hojas espinosas que se extendían a través del sendero.

—*Atropa belladonna* —dijo Pünd—. Belladona. Tengo entendido, señora Osborne, que tuvo la mala suerte de pisar un ejemplar y que se envenenó.

—Sí. Fui una tonta y tuve mala suerte... Me hice un corte en el pie. —Soltó una risita ner-

—187—

viosa—. No sé cómo se me ocurrió salir descalza. Quizá para notar el musgo en las plantas de los pies. Desde luego, aprendí la lección. A partir de ahora me cuidaré mucho de acercarme.

—¿Quiere seguir? —preguntó Osborne—. Pye Hall está justo al otro lado.

—Sí. Sería interesante volver a verlo —respondió Pünd.

No había un verdadero camino. Siguieron avanzando a través del verdor y llegaron al otro extremo del bosque tan inesperadamente como habían entrado en este. De pronto, los árboles se separaron. Frente a ellos apareció el lago, negro e inmóvil, y el césped, que descendía suavemente hasta el agua desde Pye Hall. Freddy Pye estaba fuera, dándole patadas a un balón, y Brent estaba arrodillado delante de un macizo de flores con un par de podaderas. Ninguno de ellos se había fijado en el pequeño grupo que llegaba. Desde donde estaban no se veía la casa del guarda, oculta por su propia pantalla boscosa.

—Bueno, pues aquí estamos —dijo Osborne. Rodeó con el brazo los hombros de su mujer, pero lo pensó mejor y lo dejó caer—. Pye Hall es una mansión realmente espléndida. Hubo una época en que fue un convento. Pertenece a la misma familia desde hace siglos. Al menos hay algo que no pueden hacer: ¡derribarla!

—Esta casa ha visto la muerte en numerosas ocasiones —comentó Pünd.

—Sí. Supongo que ocurre con muchas casas de campo...

—Sin embargo, no tan recientemente. Ustedes estaban de viaje cuando murió Mary Blakiston.

—Ya se lo dije cuando nos encontramos delante de la iglesia.

—Dijo que estuvieron en Devonshire.

—Así es.

—¿Dónde exactamente?

El párroco pareció desconcertado. Volvió la cabeza mientras su mujer replicaba airada:

—¿Por qué nos hace todas estas preguntas, señor Pünd? ¿De verdad cree que Robin y yo nos hemos inventado ese viaje? ¿Cree que volvimos a escondidas y empujamos a la pobre señora Blakiston por las escaleras? ¿Qué razón podíamos tener? Y supongo que le cortamos la cabeza a sir Magnus para salvar Dingle Dell, aunque puede que no suponga ninguna diferencia. El canalla de su hijo podría seguir adelante de todos modos.

Atticus Pünd abrió los brazos y suspiró.

—Señora Osborne, no entiende las exigencias del trabajo de la policía y de los detectives. Claro que no creo las cosas que sugiere, y no me causa ningún placer hacerles estas preguntas. Pero todo debe estar en su sitio. Cada declaración debe verificarse; cada movimiento, examinarse. Es posible que no deseen decirme dónde estuvieron. No obstante, al final tendrán que decírselo al inspector. Lamento que lo consideren una intrusión.

Robin Osborne miró a su mujer, y esta respondió:

—No nos importa decírselo, se lo aseguro. Simplemente no resulta muy agradable que nos traten como a posibles sospechosos. Si habla con el director del hotel Sheplegh Court, le dirá que estuvimos allí toda la semana. Está cerca de Dartmouth.

—Gracias.

Dieron la vuelta y volvieron a cruzar Dingle Dell; Pünd y Robin Osborne delante, Henrietta y James Fraser detrás.

—Naturalmente, fue usted quien ofició el entierro de la señora Blakiston —dijo Pünd.

—Exacto. Por suerte volvimos a tiempo, aunque supongo que también habría podido interrumpir las vacaciones.

—Me pregunto si se fijó en un desconocido. Era un hombre que estaba solo, creo, separado de los demás asistentes. Me han dicho que llevaba un sombrero pasado de moda.

Robin Osborne hizo memoria.

—Me parece que había alguien que llevaba un sombrero flexible de fieltro —dijo—. Si no recuerdo mal, se marchó de repente. Pero me temo que no puedo decirle más. Ya se imaginará que tenía la mente en otras cosas. Desde luego, no vino a tomar algo al Queen's Arms.

—¿Se fijó en Robert Blakiston durante el oficio? Me interesaría conocer sus impresiones sobre su comportamiento.

—¿Robert Blakiston? —Habían llegado a las matas de belladona y Osborne prestó atención para no pisarlas—. No entiendo el motivo de su pregunta —continuó—. Si de verdad quiere saberlo, me da un poco de pena. Me enteré de la discusión con su madre. En el pueblo no se hablaba de otra cosa después de su muerte. No di ningún crédito a esas habladurías. La gente puede ser bastante cruel, o, cuando menos, desconsiderada. Que en el fondo es lo mismo. No puedo decir que conozca mucho a Robert. No ha tenido una vida fácil, pero ahora tiene novia y me alegro mucho por él. La señorita Sanderling trabaja en el consultorio del pueblo, y sin duda le ayudará a sentar cabeza. Me han pedido que celebre la boda en St. Botolph. Lo estoy deseando.

Hizo una pausa y añadió:

—Robert y su madre discutían a menudo. Es del dominio público. Pero lo observé durante el oficio, aprovechando que Josie y él estaban bastante cerca de mí, y su dolor me pareció sincero. Mientras leía el último párrafo del sermón, se echó a llorar y se tapó los ojos para ocultar las lágrimas; Josie tuvo que sujetarlo del brazo. Es duro para un hijo perder a su madre, al margen de las discrepancias entre ellos, y estoy seguro de que Robert se arrepintió amargamente de sus palabras. Como suele decirse, «la ira comienza con la locura y termina con el arrepentimiento».

—¿Cuál era su opinión sobre Mary Blakiston?

Osborne no respondió enseguida. Siguió andando hasta que volvieron a entrar en el jardín de su casa.

—Era parte del pueblo. La echaremos de menos —se limitó a decir.

—Me gustaría ver el sermón del entierro —dijo Pünd—. ¿Por casualidad tiene una copia?

—¿Lo dice en serio? —Los ojos del párroco se iluminaron. Había trabajado mucho en aquel discurso—. La verdad es que lo guardé. Lo tengo dentro. ¿Quiere volver a entrar? Da igual. Se lo traeré.

Cruzó a toda prisa las puertas acristaladas. Pünd se volvió a tiempo de ver salir a Fraser de Dingle Dell con la mujer del párroco mientras los últimos rayos de sol caían oblicuos a su espalda. Era cierto, pensó. El bosque era un lugar muy especial que merecía la pena proteger.

Pero ¿a qué precio?

7

Esa tarde se produjo otra muerte.

La doctora Redwing había vuelto con el coche a Ashton House, y esta vez su marido la había acompañado. La directora había telefoneado, y aunque no había dicho nada en concreto, su tono de voz no daba lugar a confusión.

—Lo mejor sería que estuviese usted aquí. Creo que debería venir.

La propia doctora Redwing había hecho llamadas similares. Después de todo, el viejo Edgar Rennard no se había recuperado de la leve caída que había sufrido la semana anterior. Al contrario, el golpe parecía haber sacudido o roto algo. Desde entonces, el hombre había iniciado un rápido declive. Apenas había estado despierto desde la última visita de su hija. No había comido nada; solo había dado unos sorbos de agua. La vida lo abandonaba visiblemente.

Arthur y Emilia estaban sentados en las incómodas sillas de la habitación demasiado iluminada, observando cómo subía y bajaba el pecho del anciano bajo las mantas. Ambos sabían qué estaba pensando el otro, pero preferían no formularlo con palabras. ¿Cuánto tiempo tendrían que pasar allí sentados? ¿A qué hora sería razonable volver a casa? ¿Se sentirían culpables si no estaban al final? ¿Supondría alguna diferencia?

—Si quieres, puedes irte —dijo Emilia al cabo de un rato.

—No. Me quedaré contigo.

—¿Estás seguro?

—Sí. Claro. —Arthur reflexionó unos instantes—. ¿Te apetece un café?

—Estaría bien.

Era imposible mantener ninguna clase de conversación en una habitación con un hombre moribundo. Arthur Redwing se levantó y fue arrastrando los pies hasta la cocina americana situada al fondo del pasillo. Emilia se quedó sola.

Y fue entonces cuando Edgar Rennard abrió los ojos de forma inesperada, como si simplemente hubiese echado una cabezada delante del televisor. La vio enseguida y no mostró la menor sorpresa. Tal vez pensaba que nunca se había ido, puesto que regresó casi al instante al tema que había sacado a colación la última vez que estuvieron juntos.

—¿Se lo has dicho? —preguntó.

—¿A quién, papá?

Emilia dudó acerca de si debía llamar a Arthur, pero temía alzar la voz o hacer cualquier cosa que pudiera perturbar al moribundo.

—No es justo. Tengo que decírselo. Tienen que saberlo.

—Papá, ¿quieres que llame a la enfermera?

—¡No! —De pronto estaba enfadado, como si supiera que solo le quedaban unos minutos, que no había tiempo para retrasos. En ese mismo momento, una especie de claridad asomó a sus ojos. Más tarde la doctora Redwing diría que se le había concedido ese último regalo al final de su vida. La demencia había remitido finalmente, dejando que volviese a controlar la situación—. Yo estaba allí cuando nacieron los niños —dijo. Su voz sonaba más joven y fuerte—. Los ayudé a nacer en Pye Hall. Lady Cynthia Pye. Una mujer hermosa, hija de un conde; pero no era fuerte, no estaba hecha para dar a luz a unos gemelos. Temí que pudiéramos perderla. Al final todo

salió bien. Dos criaturas, nacidas con doce minutos de diferencia, un niño y una niña, los dos
sanos.

»Pero después, antes de que nadie supiera lo
que había pasado, sir Merrill Pye se me acercó.
Sir Merrill. No era un buen hombre. Todo el mundo le tenía miedo. Y no estaba contento. Porque,
verás, la niña había nacido en primer lugar. La
propiedad recaería en el primogénito... Era poco
habitual, pero así era. No en el mayor de los hijos varones. Pero él quería que fuese el niño. Él
había heredado la casa de su padre, que la había
heredado de su padre también... Siempre habían
sido niños. ¿Lo entiendes? No soportaba la idea
de que todas sus propiedades fueran a parar a
manos de una niña, así que me hizo... me dijo...
el niño llegó primero.

Emilia miró a su padre, con la cabeza apoyada en la almohada, el pelo blanco formando una
aureola a su alrededor, los ojos brillantes por
el esfuerzo de explicarse.

—Papá, ¿qué hiciste? —inquirió.

—¿Qué podía hacer? Mentí. Sir Merrill era un
matón. Habría podido hacer de mi vida un infierno.
Y en aquel momento me dije a mí mismo que no tenía
importancia. En el fondo, eran solo dos bebés. No
sabían nada. Y crecerían juntos en aquella casa.
No perjudicaba a nadie. Al menos, eso creí. —Una
lágrima le brotó de la comisura del ojo y resbaló
por un lado de su cara—. Por eso rellené el certificado tal como él quería. A las 3.48 de la mañana,
había nacido el varón; a las 4, la niña. Eso escribí.

—¡Oh, papá!

—Hice mal. Ahora me doy cuenta. Magnus lo recibió todo y Clarissa nada, y muchas veces he

pensado en decírselo, contarles a ambos la verdad. Pero ¿de qué habría servido? Nadie me habría creído. Sir Merrill murió hace tiempo. Y también lady Cynthia. ¡Todos están olvidados! Pero el remordimiento me atormenta. Desde siempre. Certifiqué una mentira. ¡El niño! ¡Dije que el niño había nacido primero!

Cuando Arthur Redwing regresó con los cafés, el doctor Rennard había dado su último suspiro. Encontró a su esposa conmocionada y dio por sentado, lógicamente, que se debía a la pérdida. Se quedó con ella mientras llamaban a la directora y se tomaban las disposiciones oportunas. El doctor Rennard tenía contratado un seguro de decesos con la conocida compañía Lanner & Crane, y serían informados a primera hora de la mañana; ya era demasiado tarde. Mientras tanto, trasladarían al difunto a una pequeña capilla de Ashton House que reservaban para esas ocasiones. Iban a enterrarlo en el cementerio de King's Abbot, cerca de la casa en la que había vivido. Había tomado esa decisión al jubilarse.

Cuando volvían a casa en el coche, Emilia Redwing repitió lo que su padre le había contado. Arthur, sentado al volante, se quedó conmocionado.

—¡Madre mía! —exclamó—. ¿Estás segura de que sabía lo que decía?

—Ha sido extraordinario. Estaba completamente lúcido; solo durante los cinco minutos que has estado ausente.

—Lo siento, cariño. Deberías haberme avisado.

—No importa. Ojalá hubieras estado allí para oírlo.

—Podría haber ejercido de testigo.

La doctora Redwing no lo había pensado, pero en ese momento asintió con la cabeza.

—Ya.

—¿Qué vas a hacer?

Emilia no contestó. Contempló el valle de Bath, que se deslizaba al otro lado de la ventanilla, las vacas dispersas aquí y allá, pastando más allá de las vías del tren. El sol del verano no se había puesto, pero su luz ya era suave y las sombras se plegaban en las laderas de las colinas.

—No lo sé —dijo al cabo de unos momentos—. Por un lado, quisiera que no me lo hubiera dicho jamás. El secreto era suyo; ahora tendré que cargar yo con él. —Suspiró—. Supongo que voy a tener que contárselo a alguien. No estoy segura de que sirva de nada. Aunque hubieses estado allí, no hay ninguna prueba.

—Tal vez deberías decírselo a ese detective.

—¿Al señor Pünd?

Se irritó consigo misma. No se le había ocurrido en ningún momento que podría existir una relación, pero, por supuesto, tenía que transmitir lo que sabía. Sir Magnus Pye, el beneficiario de un inmenso patrimonio, había sido asesinado violentamente, y ahora resultaba que el patrimonio nunca había sido suyo de verdad. ¿Podía ser ese el motivo de su asesinato?

—Sí —concluyó la doctora—. Supongo que es mejor que se lo comente.

Siguieron circulando en silencio. Entonces su marido le preguntó:

—¿Y a Clarissa Pye? ¿Se lo contarás?

—¿Crees que debería hacerlo?

—No lo sé. No tengo ni idea.

Llegaron al pueblo. Y mientras pasaban por

delante del parque de bomberos, justo después del Queen's Arms, con la iglesia detrás, ignoraban que ambos estaban pensando lo mismo.

¿Y si Clarissa ya lo sabía?

8

En ese preciso instante, dentro del Queen's Arms, James Fraser llevaba una bandeja con cinco bebidas hacia una mesa tranquila situada en un rincón del fondo. Había tres cervezas —una para él mismo, una para Robert Blakiston y una para el inspector Chubb—, un Dubonnet con limón amargo para Joy Sanderling y una copa de jerez para Atticus Pünd. A Fraser le habría gustado añadir un par de bolsas de patatas fritas, pero el instinto le decía que habría sido inapropiado. Mientras se acomodaba en su asiento, examinó al hombre por el que se encontraban allí reunidos. Robert Blakiston, que había perdido tanto a una madre como a un mentor en el espacio de dos semanas, había venido directamente desde el taller. Se había quitado el mono de trabajo y se había puesto una chaqueta, pero seguía teniendo las manos cubiertas de grasa y aceite. Fraser se preguntó si alguna vez podría quitárselos. Era un joven de aspecto extraño; no es que fuese poco atractivo, pero casi parecía un dibujo malo de sí mismo, con su pelo mal cortado, sus pómulos demasiado pronunciados y su piel pálida. Estaba sentado junto a Joy, tal vez cogiéndola de la mano por debajo de la mesa. Sus ojos tenían un aire obsesivo. Era evidente que habría preferido estar en cualquier otra parte.

—No tienes que preocuparte, Rob —le estaba diciendo Joy—. El señor Pünd solo quiere ayudar.

—¿Igual que te ayudó cuando fuiste a Londres? —protestó Robert—. La gente de este pueblo no nos dejará en paz. Primero dijeron que fui yo quien mató a mi propia madre, cuando jamás le habría puesto la mano encima. Tú lo sabes. Y, como si eso no les bastase, luego empiezan a murmurar sobre sir Magnus. —Se volvió hacia Atticus—. ¿Por eso está aquí, señor Pünd? ¿Porque sospecha de mí?

—¿Tenía algún motivo para desearle algún mal a sir Magnus? —preguntó Pünd.

—No. No era un hombre fácil, lo reconozco. Pero siempre se portó muy bien conmigo. No tendría trabajo de no ser por él.

—Tengo que hacerle varias preguntas sobre su pasado, Robert —continuó Pünd—. No es porque resulte más sospechoso que cualquier persona del pueblo. Pero ambas muertes se produjeron en Pye Hall, y es innegable que tiene una estrecha vinculación con ese lugar.

—No lo elegí yo.

—Por supuesto que no. Pero quizá pueda decirnos mucho sobre su historia y sobre la gente que ha vivido allí.

La única mano visible de Robert se cerró en torno a su cerveza. Miró a Pünd con aire desafiante.

—Usted no es policía —dijo—. ¿Por qué debería responder a sus preguntas?

—Pero yo sí —intervino Chubb. Estaba a punto de encender un cigarrillo y se detuvo con el fósforo a pocos centímetros de la cara—. Y el señor Pünd colabora conmigo. Debería cuidar sus modales, joven. Si no quiere cooperar, veremos si cambia de opinión después de pasar una noche entre rejas. No será la primera vez que ve el interior de un calabozo, según tengo entendido.

Encendió el cigarrillo y apagó el fósforo de un soplido.

Joy apoyó su mano sobre el brazo de su prometido.

—Por favor, Robert...

Él se la quitó de encima con una sacudida de hombros.

—No tengo nada que esconder. Puede preguntarme lo que quiera.

—Entonces empecemos por el principio —sugirió Pünd—. Si no le molesta, tal vez pueda describirnos su infancia en Pye Hall.

—No me molesta, aunque no fui muy feliz allí —contestó Robert—. No es muy agradable que a tu madre le importe más su jefe que tu propio padre, pero así fueron las cosas desde el día que nos mudamos a la casa del guarda. ¡Sir Magnus esto, sir Magnus aquello! Estaba todo el tiempo encima de él, aunque nunca fue nada más que su fregona. Mi padre tampoco estaba contento. No le resultaba fácil vivir en la casa de otra persona, en la finca de otra persona. Pero siguieron así durante algún tiempo. Mi padre no conseguía demasiado trabajo antes de la guerra. Era un sitio en el que vivir, una entrada de dinero periódica. Así que lo soportaba.

»Tenía doce años cuando nos mudamos. Antes vivíamos en Sheppard's Farm, que era la granja de mi abuelo. Estaba un poco decrépita, pero nos gustaba estar allí, a nuestro aire. Tom y yo habíamos nacido en Saxby-on-Avon y siempre vivimos aquí. Para mí no había otro lugar en el mundo. Sir Magnus necesitaba a alguien que cuidase de la casa cuando se marchó la antigua criada, y mi madre ya hacía trabajillos en el pueblo, así que, en realidad, era la elección obvia.

»El primer año más o menos fue bastante bien. La casa del guarda no era un sitio tan malo, y teníamos mucho espacio después de vivir en Sheppard's Farm. Cada uno tenía su propia habitación, y eso nos gustaba. La de mis padres estaba al fondo del pasillo. Yo solía presumir de eso en el colegio, aunque los demás niños se burlaban de mí.

—¿Se llevaban bien usted y su hermano?

—Nos peleábamos como todos los críos. Pero también estábamos muy unidos. Solíamos perseguirnos por toda la finca. Nos fingíamos piratas, buscadores de tesoros, soldados, espías. Tom se inventaba todos los juegos. Era más pequeño que yo, pero también mucho más espabilado. Por la noche, daba golpecitos en la pared de mi habitación formando un código. Se lo había inventado él. Yo no entendía ni una palabra, pero lo oía dar esos golpecitos cuando teníamos que estar durmiendo.

Esbozó una sonrisa al recordarlo y, solo por un momento, parte de la tensión abandonó su rostro.

—Creo que tenían una perra que se llamaba Bella.

La tensión regresó al instante. Fraser se acordó del collar que habían encontrado en el dormitorio de la casa del guarda, preguntándose qué importancia podía tener.

—Bella era la perra de Tom —dijo Robert—. Mi padre se la compró más o menos cuando nos marchamos de Sheppard's Farm. —Miró a Joy como si no supiera si debía continuar—. Pero cuando nos fuimos... la cosa no acabó bien.

—¿Qué sucedió?

—Nunca nos enteramos, pero le diré una cosa: sir Magnus no la quería en su finca. Eso estaba claro. Decía que Bella perseguía a las gallinas. Dijo que quería que nos libráramos de ella, pero Tom la quería de verdad, así que mi padre se negó. De todos modos, un día desapareció. La buscamos por todas partes, pero no estaba. Y luego, unas dos semanas más tarde, la encontramos en Dingle Dell. —Hizo una pausa y bajó la vista—. Alguien la había degollado. Tom siempre dijo que había sido Brent. Pero, si eso es cierto, solo actuaba siguiendo las órdenes de sir Magnus.

Se produjo un silencio prolongado. Cuando Pünd volvió a hablar, lo hizo en voz baja.

—Tengo que preguntarle por otra muerte —dijo—. Estoy seguro de que le resultará doloroso. Pero espero que lo entienda...

—Se refiere a lo de Tom.

—Sí.

Robert asintió.

—Cuando estalló la guerra, mi padre se trasladó a Boscombe Down para trabajar en el mantenimiento de los aviones. A menudo se quedaba allí toda la semana, así que lo veíamos muy poco. Tal vez si hubiese estado en casa, tal vez si hubiese cuidado más de nosotros, nunca habría ocurrido. Eso decía siempre mi madre. Le echaba la culpa por no estar allí.

—¿Puede explicarme lo que pasó?

—No lo olvidaré mientras viva, señor Pünd. En aquel momento pensé que había sido culpa mía. Eso era lo que decía mucha gente, y quizá lo que mi padre creía. Nunca me habló de eso. Apenas volvió a hablarme, y ya hace años que no lo veo. En realidad puede que tuviese razón. Tom tenía dos años menos que yo, y se suponía que debía cuidarlo. Pero lo dejé solo, y cuando quise darme cuenta lo estaban sacando del lago y se había ahogado. Mi hermano no tenía más que doce años.

—No fue culpa tuya, Robert —intervino Joy. Lo rodeó con el brazo y lo estrechó con fuerza—. Fue un accidente. Ni siquiera estabas allí...

—Fui yo quien lo llevó al jardín. Y luego lo dejé solo. —Miró a Pünd con los ojos brillantes, de pronto anegados en llanto—. Era verano, un día como hoy. Estábamos jugando a la caza del tesoro. Siempre estábamos buscando oro y plata; sabíamos que sir Magnus había encontrado un montón en Dingle Dell. ¡Un tesoro enterrado! Era la clase de cosa con la que sueña todo niño. Habíamos leído cuentos en el *Magnet* y el *Hotspur*, y luego habíamos intentado que se hicieran realidad. Además, sir Magnus acostumbraba a animarnos. Había llegado a ponernos retos. Así que puede que lo que ocurrió fuese en parte culpa suya. No lo sé. Siempre se trata de culpa, ¿no? Estas cosas pasan, y tienes que encontrar algún modo de darles sentido.

»Tom se ahogó en el lago, y todavía no sé cómo sucedió. Iba completamente vestido, así que no se había metido en el agua para nadar. Puede que se cayera. Puede que se diese un golpe en la cabeza. Brent fue quien lo encontró y lo sacó de allí. Lo oí gritar y crucé corriendo el césped. Lo ayudé a sacarlo y traté de resucitarlo, tal como nos habían enseñado en la escuela. Pero no pude hacer nada. Cuando mamá bajó y nos encontró, era demasiado tarde.

—¿Neville Brent ya trabajaba allí? —preguntó Chubb—. Pensaba que en esa época su padre era aún el jardinero.

—Su padre era bastante mayor, y Neville le echaba una mano. De hecho, cuando murió se quedó con el puesto.

—Debió de ser terrible para usted, una gran conmoción, ver así a su hermano —dijo Pünd.

—Me tiré al agua. Lo agarré. Yo chillaba y lloraba, y ni siquiera ahora soy capaz de mirar ese maldito lugar. Nunca quise quedarme en la casa del guarda, y si hubiera podido hacer lo que quisiera, me habría ido de Saxby-on-Avon. Ahora, con todo lo que ha pasado, puede que lo haga. En fin, mi padre volvió esa noche. Le gritó a mi madre. Me gritó a mí. No nos prestó ningún apoyo. Lo único que recibimos de él fue rabia. Un año después nos abandonó. Dijo que el matrimonio se había acabado. No volvimos a verlo.

—¿Cómo reaccionó su madre?

—Continuó trabajando para sir Magnus. Para ella, eso era lo primero. Jamás se le habría pasado por la cabeza la posibilidad de dejarlo; tanta era la admiración que sentía por él. Para ir al trabajo tenía que pasar por delante del lago cada puñetero día. Me decía que nunca miraba, que se volvía hacia el otro lado... Pero no sé cómo lo aguantaba.

—¿Seguía cuidando de usted?

—Lo intentaba, señor Pünd; creo que he de reconocerlo, aunque jamás le di las gracias. Ya nada fue fácil tras la muerte de Tom. Las cosas se torcieron en la escuela. Mis compañeros sabían ser muy crueles. Y ella tenía miedo por mí. ¡No me dejaba salir de casa! A veces me sentía prisionero. Me vigilaba constantemente. La aterrorizaba que me sucediera algo y ya no tuviese a nadie. Creo que ese era el verdadero motivo por el que no quería que me casara con Joy, porque en ese caso la dejaría. Me sofocaba, y fue así como empeoró la relación entre nosotros. Tanto da que lo admita: había llegado a odiarla.

Alzó su vaso y tomó unos sorbos de cerveza.

—No la odiabas —dijo Joy en voz baja—. No os llevabais bien, eso es todo. Los dos vivíais marcados por lo que había ocurrido y no os dabais cuenta de cuánto daño os hacía.

—No obstante, la amenazó poco antes de que muriese —puntualizó el inspector Chubb, que ya se había terminado la cerveza.

—No fue así, señor. No fue así.

—Llegaremos a eso a su debido tiempo —dijo Pünd—. Al final se fue de Pye Hall. Háblenos del periodo que pasó en Bristol.

—No duró mucho. —Robert pareció ponerse de mal humor—. Lo había organizado todo sir Magnus. Cuando mi padre nos dejó, él ocupó su lugar en cierto modo tratando de ayudarnos en lo posible. No era un mal hombre; en cualquier caso, no del todo. Me consiguió un puesto de aprendiz en Ford Motorcars, pero todo salió mal. Reconozco que lo eché todo a perder. No era feliz estando solo en una ciudad desconocida. Bebía demasiado y me metí en una pelea en un pub local, el Blue Boar. Fue por una tontería... —Le hizo un gesto a Chubb con la cabeza—. Pero tiene razón. Pasé una noche en el calabozo, y podía haber tenido problemas peores si sir Magnus no hubiese intervenido una vez más. Habló con la policía y accedieron a soltarme con una fianza, pero ahí se acabó todo. Volví a Saxby y me buscó el empleo que tengo ahora. Siempre me ha gustado enredar con los coches. Supongo que lo he heredado de mi padre, aunque es todo lo que me ha dado.

—¿Qué le llevó a discutir con su madre la semana en que murió? —preguntó Pünd.

—No fue nada. Quería que arreglara una luz que se le había estropeado. Eso es todo. ¿De verdad cree que la maté por eso, señor Pünd? Le juro que no me acerqué a ella. Además, no habría podido. Joy se lo dijo. ¡Estuve con ella esa tarde! Toda la tarde y toda la noche. Salimos del piso juntos. Si yo miento, ella miente, ¿y por qué iba a hacerlo?

—Discúlpeme, pero no tendría que ser así necesariamente. —Pünd se volvió hacia Joy Sanderling, que casi pareció prepararse para lo que vendría a continuación—. Cuando vino a verme a Londres, me dijo que estuvieron juntos todo el tiempo. Pero ¿está segura de que no dejaron de verse en ningún momento? ¿No se dio una ducha o un baño? ¿No preparó el desayuno?

Joy se ruborizó.

—Hice ambas cosas, señor Pünd. Puede que durante diez o quince minutos no viera a Robert...

—Y su escúter estaba aparcado delante del piso, señorita Sanderling. Aunque estaba demasiado lejos para ir a pie, Robert habría tardado dos o tres minutos como máximo en llegar a Pye Hall, según reconoce usted misma. No es imposible que pudiese ir hasta allí, matar a la madre que tanto lo había atormentado y que tan decididamente se oponía a su boda y regresar, todo en el tiempo que usted pasó en la cocina o en el baño. —Dejó que la sugerencia flotase en el aire y luego se volvió de nuevo hacia Robert—. ¿Y sir Magnus? —retomó la palabra—. ¿Puede decirme dónde estuvo la tarde de su muerte a las ocho y media?

Robert dejó caer los hombros, derrotado.

—En eso no puedo ayudarlo. Estaba en mi piso,

cenando solo. ¿En qué otro sitio podía estar? Sin embargo, si cree que maté a sir Magnus, tal vez pueda decirme por qué. Nunca hizo nada que me perjudicase.

—Su madre murió en Pye Hall. ¡Él ni siquiera se molestó en asistir a su entierro!

—¿Cómo puede ser tan cruel? —exclamó Joy—. Está inventando fantasías a partir de la nada solo para acusar a Robert. No tenía ningún motivo para matarlos a ninguno de los dos. En cuanto al escúter, en ningún momento oí que arrancase. Me habría llamado la atención sin ninguna duda, aunque estuviese en el cuarto de baño.

—¿Ha terminado? —preguntó Robert.

Se puso de pie, dejando el resto de su cerveza.

—No tengo más preguntas —dijo Pünd.

—Pues, si no le importa, me voy a casa.

—Voy contigo —dijo Joy.

Chubb miró a Pünd como para asegurarse de que no quería preguntar nada más. Pünd asintió muy levemente con la cabeza y los dos jóvenes se marcharon juntos.

—¿De verdad cree que pudo matar a su madre? —preguntó Fraser, tan pronto como se fueron.

—Creo que es improbable, James. Cuando hablaba de su madre hace un momento... lo hacía con rabia, con enojo y quizá incluso con miedo. Pero no había odio. Tampoco creo que fuese a Pye Hall en el escúter de su prometida, aunque ha sido interesante proponer la idea. ¿Y por qué? Por su color. ¿No te acuerdas? Hay algo que te hice notar cuando la señorita Sanderling vino a vernos. Un hombre que tuviera la intención de atravesar rápidamente un pueblo para cometer un crimen podría coger el escúter de otra persona, pero no si fuese de color rosa intenso. Habría llamado demasiado la atención. ¿Pudo haber tenido un motivo para matar a sir Magnus Pye? Es posible, pero reconozco que por el momento lo desconozco.

—En resumen, hemos perdido el tiempo —concluyó Chubb. Observó el vaso vacío—. Pero la cerveza del Queen's Arms no está nada mal. Y tengo algo para usted, herr Pünd. —Sacó el diario de Mary Blakiston y explicó brevemente cómo lo habían encontrado—. Contiene algo sobre cada uno de los que viven en el pueblo —dijo—. ¡Hablando de sacar los trapos sucios! ¡Ella los recogía a granel!

—¿Cree que usaba la información para hacer chantaje? —sugirió Fraser—. Al fin y al cabo, ese podría ser un excelente motivo para empujar a alguien por las escaleras.

—Muy buena observación —comentó Chubb—. Algunas de las anotaciones son un poco vagas. Tenía cuidado con lo que escribía. Sin embargo, si los del pueblo se hubiesen enterado de cuánto sabía de ellos, podía haber tenido muchos enemigos. Igual que con sir Magnus y Dingle Dell. Ese es el problema de este caso. ¡Demasiados sospechosos! Pero la pregunta es: ¿fue la misma persona quien los mató a ambos? —El inspector se puso de pie—. Ya me lo devolverá, herr Pünd —dijo—. Ahora tengo que irme a casa. Mi señora está cocinando su *fricassée de poulet à l'ancienne*. Que Dios me coja confesado. Señores, nos vemos mañana.

Se marchó. Fraser y Pünd se quedaron solos.

—El inspector tiene toda la razón —dijo Pünd.

—¿Cuando dice que hay demasiados sospechosos?

—Cuando se pregunta si fue la misma persona quien mató a sir Magnus Pye y a la criada. Todo gira en torno a eso. Existe una clara conexión entre las dos muertes, pero aún no hemos logrado identificarla. Hasta entonces, avanzaremos a ciegas. Aunque puede que la respuesta esté precisamente aquí, entre mis manos. —Observó la primera página del diario y sonrió—. Para empezar, esta letra no me resulta desconocida...

—¿A qué se refiere?

Pero Pünd no respondió. Había empezado a leer.

CINCO
La plata

1

Al inspector Chubb le gustaba mucho la comisaría de Orange Grove, en Bath. Era una perfecta construcción de estilo georgiano, sólida y seria; y, sin embargo, al mismo tiempo, lo bastante ligera y elegante para resultar acogedora... al menos si estabas en el lado correcto de la ley. No podía entrar allí sin tener la sensación de que su trabajo era importante y de que al final del día el mundo podía ser un lugar ligeramente mejor. Su despacho estaba en la primera planta, do cara a la entrada principal. Sentado ante su mesa, podía mirar por una ventana que iba del suelo al techo, y eso también le producía una sensación reconfortante. Al fin y al cabo, era el ojo de la ley. Resultaba apropiado que tuviera unas vistas tan amplias.

Había citado a John Whitehead en la comisaría. Sacarlo del falso caparazón que era para él Saxby-on-Avon y recordarle quién mandaba había sido un acto deliberado. Allí no se podía mentir. De hecho, había cuatro personas frente a él: Whitehead, su mujer, Atticus Pünd y su joven asistente, Fraser. Normalmente tenía una fotografía de la señora Chubb sobre la mesa, pero la había deslizado en un cajón justo antes de que entraran. No sabía muy bien por qué.

—¿Se llama John Whitehead? —empezó preguntando.

—Así es.

El anticuario estaba abatido y malhumorado. Sabía que todo se había acabado. No trataba de disimularlo.

—¿Y hace mucho que llegó a Saxby-on-Avon?

—Tres años.

—No hemos hecho nada malo —intervino Gemma Whitehead. Era una mujer menuda; el asiento parecía demasiado grande para ella. Tenía un bolso sobre el regazo. Sus pies apenas tocaban el suelo—. Sabe quién es y qué ha hecho, pero lo ha dejado todo atrás. Cumplió su condena y lo dejaron salir por buena conducta. Nos fuimos de Londres para estar juntos en algún sitio tranquilo, y todo ese asunto de sir Magnus no ha tenido nada que ver con nosotros.

—Me corresponde a mí juzgarlo —respondió Chubb. Tenía delante el diario de Mary Blakiston y por un instante sintió la tentación de abrirlo. Pero no hacía falta. Ya se sabía de memoria los pasajes relevantes—. El 9 de julio, un tal Arthur Reeve sufrió un robo en su casa. El señor Reeve llevaba antes el Queen's Arms y actualmente vive con su esposa de su pensión. Rompieron una ventana y robaron de la sala de estar su colección de medallas, entre las que había una valiosa medalla griega de Jorge VI. Toda la colección estaba valorada en cien libras o más, aunque, por supuesto, también tenía un gran valor sentimental.

Whitehead se levantó, y tanto él como su esposa palidecieron. Era la primera vez que oía aquello.

—¿Por qué me lo dice? —exigió saber el hombre—. No sé nada de ninguna medalla.

—El ladrón se cortó con la ventana —dijo Chubb.

—El día siguiente, el 10 de julio, usted acudió a la consulta de la doctora Redwing —añadió Pünd—. Necesitaba varios puntos debido a una fea herida que tenía en la mano.

Sonrió brevemente para sus adentros. En el panorama de aquel crimen en particular, dos carreteras secundarias acababan de llegar a una encrucijada.

—Me hice el corte en la cocina —dijo Johnny. Miró a su mujer, que no parecía muy convencida—. Nunca me acerqué al señor Reeve ni a sus medallas. Todo eso son mentiras.

—¿Qué puede decirnos acerca de la visita que Mary Blakiston le hizo el 11 de julio, cuatro días antes de que muriese?

—¿Quién le ha contado eso? ¿Me ha estado vigilando?

—¿Lo niega?

—¿Qué voy a negar? Sí. Vino a la tienda. Mucha gente viene a la tienda. En ningún momento dijo nada de unas medallas.

—Pero tal vez le habló del dinero que usted le había pagado a Brent.

Pünd pronunció aquellas palabras en voz baja, pero el tono razonable de su voz daba a entender que lo sabía todo, que no tenía sentido discutir. De hecho, Fraser sabía que eso no era cierto. El jardinero había hecho lo posible por disimular. Había explicado que las cinco libras eran una deuda, tal vez por algún trabajo que había realizado. Pünd había lanzado su ataque a voleo. Sin embargo, sus palabras surtieron un efecto inmediato.

—Está bien —admitió Whitehead—. Vino a la tienda y se puso a fisgonear y a hacerme preguntas, igual que usted. ¿Qué intenta decir? ¿Que la empujé por las escaleras para cerrarle la boca?

—¡Johnny! —Gemma Whitehead soltó un grito de exasperación.

—No pasa nada, amor. —Alargó el brazo hacia su mujer, que se apartó—. No he hecho nada malo. Brent vino a la tienda un par de días después del entierro de Mary. Quería vender una cosa. Era una hebilla romana de plata, una bonita pieza. Yo diría que más o menos del siglo IV a.C. Quería veinte libras. Le di cinco.

—¿Cuándo ocurrió eso?

—No me acuerdo. ¡El lunes! Fue la semana después del entierro.

—¿Le dijo Brent de dónde la había sacado? —preguntó Chubb.

—No.

—¿Se lo preguntó?

—¿Por qué iba a hacerlo?

—Debía de estar enterado de que se había producido un robo en Pye Hall solo unos días antes. A sir Magnus le robaron una colección de joyas y monedas de plata. Fue el mismo día que se celebró el entierro de la señora Blakiston.

—Sí, lo oí decir.

—¿Y no sumó dos y dos?

Whitehead inspiró profundamente.

—En mi tienda entra mucha gente. Compro muchas cosas. Le compré un juego de tazas de café de Worcester a la señora Reeve y un reloj de mesa de latón a los Finches; y eso fue solo la semana pasada. ¿Cree que les pregunté de dónde los habían sacado? Si me dedicara a tratar a todos los habitantes de Saxby como si fuesen delincuentes, tendría que cerrar en una semana.

Chubb suspiró.

—Pero usted es un delincuente, señor Whitehead. Pasó tres años en prisión por receptar mercancía robada.

—¡Me lo prometiste! —murmuró Gemma—. Prometiste que no volverías a hacerlo.

—No te metas, amor. Solo intentan mosquearme. —Whitehead le lanzó a Chubb una mirada maligna—. Está muy equivocado, señor Chubb. Sí. Le compré a Brent una hebilla de plata. Sí. Sabía que habían robado en Pye Hall. Pero ¿sumé dos y dos? No. No lo hice. Llámeme estúpido si quiere, pero la estupidez no es ningún delito. Además, puede que perteneciese a su familia desde hacía veinte años. Si dice que se la robaron a sir Magnus, tiene que hablar con Brent, no conmigo.

—¿Dónde está la hebilla ahora?

—Se la vendí a un amigo de Londres.

—Y seguro que por mucho más de cinco libras.

—Es mi negocio, señor Chubb. Vivo de eso.

Atticus Pünd, que había estado escuchándolo todo en silencio, se colocó bien las gafas y observó en voz baja:

—La señora Blakiston fue a verlo antes del robo en Pye Hall. Lo que le interesaba era la medalla. ¿Le amenazó?

—Era una entrometida. Preguntaba cosas que no tenían nada que ver con ella.

—¿Le compró a Brent otros artículos?

—No. Eso era todo lo que tenía. Si quieren encontrar el resto del tesoro de sir Magnus, quizá deberían registrar su casa en lugar de perder el tiempo conmigo.

Pünd y Chubb intercambiaron una mirada. Estaba claro que no sacarían nada más del interrogatorio. Aun así, el inspector estaba decidido a decir la última palabra.

—Se han producido un buen número de pequeños robos en Saxby-on-Avon desde que llegaron aquí —dijo—. Ventanas rotas, antigüedades y joyas desaparecidas... Puede estar seguro de que investigaremos cada uno de esos casos. Y voy a pedirle un registro de todo lo que ha comprado y vendido en los últimos tres años.

—No llevo ningún registro.

—Puede que la Oficina de Hacienda lo desapruebe. Espero que no tenga previsto irse a ninguna parte en las próximas semanas, señor Whitehead. Volveremos a vernos.

El anticuario y su mujer se levantaron y salieron del despacho. Ante ellos había un rellano y luego una escalera por la que bajaron. Continuaron en silencio, pero en cuanto estuvieron al aire libre, Gemma estalló:

—¡Oh, Johnny! ¿Cómo has podido mentirme?

—No te he mentido —respondió Johnny con aire desdichado.

—Después de todo lo que hablamos. ¡De todos los planes que hicimos! —exclamó ella, como si no lo hubiera oído—. ¿A quién viste cuando fuiste a Londres? Esa hebilla de plata tuya... ¿a quién se la vendiste?

—Ya te lo dije.

—Dijiste que se la vendiste a Derek y a Colin. ¿Acaso les hablaste de Mary? ¿Les dijiste que te daba la lata?

—¿A qué te refieres?

—Ya lo sabes. En los viejos tiempos, cuando formabas parte de la banda, si la gente se saltaba las reglas, pasaban cosas. Nunca lo mencionaste y sé que tú no participabas, pero los dos sabemos a qué me refiero. La gente desaparecía.

—¿Cómo? ¿Crees que les pedí que se cepillaran a Mary Blakiston para quitármela de encima?

—¿Lo hiciste?

Johnny Whitehead no respondió. Fueron hasta el coche en silencio.

2

En el registro de la casa de Brent no se halló ninguna prueba que pudiera relacionarse con el homicidio o con el tesoro robado.

El jardinero vivía solo en una casa adosada de Daphne Road. Era una sencilla vivienda de dos dormitorios que compartía el zaguán con la casa adyacente; las dos puertas estaban una al lado de la otra, formando un ángulo. Vista desde fuera poseía cierto encanto de postal, con el techo de paja, una glicinia y macizos de flores bien cuidados. El interior era otra historia. Hablaba de descuido, desde los platos sucios en el fregadero hasta la cama deshecha y la ropa tirada por el suelo de cualquier manera. El aire estaba impregnado de cierto olor que Chubb había percibido muchas veces y que siempre le hacía arrugar la nariz: el olor del hombre que vive solo.

Allí dentro no había nada nuevo u ostentoso; todo parecía un apaño chapucero, años después de que tales palabras hubieran pasado de moda. Los platos estaban desportillados; las sillas, sujetas con alambre. Había sido la casa de los padres, y desde su muerte Brent no había aportado ningún cambio. Dormía incluso en la cama individual que debió de ser la suya de niño, con la misma manta y el mismo edredón. En su dormitorio había cómics y revistas para *boy scouts* tirados en el suelo. Era como si el jardinero no hubiese crecido, y si había robado toda la reserva de plata de sir Magnus, estaba claro que aún no la había vendido: en su cuenta bancaria tenía apenas un centenar de libras. No había nada escondido en la casa, ni debajo de las tablas del suelo, ni en el desván ni en la chimenea. La policía lo había registrado todo.

—Yo no lo cogí. No lo hice. No fui yo.

Brent, que había sido conducido a su casa en un coche de policía procedente de Pye Hall, permanecía sentado, mirando atónito cuanto sucedía, rodeado de policías que habían invadido la cochambrosa santidad de su hogar. Atticus Pünd y James Fraser se hallaban entre ellos.

—Entonces ¿cómo entró en posesión de la hebilla de plata que le vendió a John Whitehead? —le preguntó Chubb.

—¡Me la encontré! —exclamó Brent mientras el inspector abría mucho los ojos, incrédulo—. Es la verdad. Fue el día después del entierro. Era domingo. No suelo trabajar el fin de semana. Pero sir Magnus y lady Pye acababan de volver de vacaciones y pensé que podían necesitarme. Así que fui a la casa por si acaso. Estaba en el jardín cuando la vi, en mitad del césped, muy brillante. No tenía ni idea de lo que era, pero parecía antigua y tenía grabada la imagen de un hombre de pie, desnudo. —Se rio un poco, como si hubiese contado un chiste verde—. Me la metí en el bolsillo y el lunes se la llevé al señor

Whitehead, que me pagó cinco libras por ella; el doble de lo que esperaba.

«Sí. Y la mitad de su valor real», pensó Chubb.

—Ese día llamaron a la policía desde Pye Hall —dijo—. Sir Magnus denunció un robo. ¿Qué tiene que decir al respecto?

—Me marché antes de la hora de comer. No vi a ningún policía.

—Pero debió de enterarse de lo del robo.

—Sí, claro. Pero para entonces era demasiado tarde. Ya le había vendido al señor Whitehead lo que había encontrado, y puede que él lo hubiera vendido también. Miré el escaparate y no estaba. —Brent se encogió de hombros—. No he hecho nada malo.

Todos los detalles del relato de Brent resultaban cuestionables. Sin embargo, hasta Chubb se habría visto obligado a admitir que su delito era muy leve. En caso de que estuviera diciendo la verdad, por supuesto.

—¿Dónde encontró la hebilla? —preguntó.

—Estaba en el césped. Delante de la casa.

Chubb miró a Pünd como si le pidiera orientación.

—Creo que sería interesante ver el punto exacto —dijo Pünd.

Chubb se mostró de acuerdo y los cuatro se marcharon juntos. Brent no dejó de quejarse mientras lo llevaban de regreso a Pye Hall. Una vez más, pasaron por delante de la casa del guarda, cuyos dos grifos de piedra casi parecían hablarse en susurros, y por un momento Fraser recordó el juego al que jugaban de niños Robert y Tom Blakiston, las palabras en código que se transmitían el uno al otro por la noche, cuando estaban acostados. De repente cayó en la cuenta de que el juego tenía un significado que había pasado por alto. No obstante, antes de poder mencionárselo a Pünd, ya habían llegado. Brent les pidió que parasen y se detuvieron en mitad del camino de acceso, frente al lago.

—¡Fue por aquí!

El jardinero los guio a través del césped. Ante ellos el lago se extendía frío y aceitoso con el bosque detrás. Tal vez fuese por la historia que Robert les había contado, pero en aquella superficie había algo indiscutiblemente malvado. Cuanto más brillaba el sol, más oscura se veía el agua. Se detuvieron a unos quince o veinte metros de la orilla. Brent señaló un lugar como si recordase el punto exacto.

—Fue aquí.

—¿Estaba aquí tirada? —inquirió Chubb, poco convencido.

—Lanzaba destellos al sol. Por eso la vi.

Chubb consideró las posibilidades.

—Bueno, si de verdad alguien se puso a transportar un montón de objetos robados a pie y a toda prisa, supongo que es posible que, sin darse cuenta, se le pudiera caer alguna pieza por el camino.

—Puede ser. —Pünd ya estaba analizando los detalles. Se volvió para examinar de nuevo el camino de acceso, la casa del guarda, la puerta principal—. Y, sin embargo, es extraño, inspector. ¿Por qué iba a venir por aquí el ladrón? Se coló en la casa por detrás, ¿verdad?

—Así es.

—Entonces, para llegar a la verja, habría sido más rápido continuar por el otro lado del camino de acceso.

—A menos que se dirigiera a Dingle Dell... —El inspector examinó la línea de árboles, con la rectoría al otro lado del lago—. Nadie habría podido verlo si hubiese cruzado el bosque.

—Sin duda —convino Pünd—. No obstante, tendrá que perdonarme, inspector. Imagine que es un ladrón. Imagine que lleva muchísimas joyas y monedas de plata. ¿Desearía atravesar un bosque espeso en plena noche? —Sus ojos se posaron en la negra superficie—. El lago encierra muchos misterios —dijo—. Creo que tiene más historias que contar y me pregunto si sería posible que organizase una inspección por parte de los buceadores de la policía. Tengo una sospecha, una idea...

Sacudió la cabeza como para descartar el pensamiento.

—¿Buceadores? —preguntó Chubb, desconcertado—. Eso va a costar bastante dinero. ¿Qué espera encontrar exactamente?

—La verdadera razón por la que robaron en Pye Hall el mismo día que se celebró el entierro de Mary Blakiston.

Chubb asintió con la cabeza.

—Me ocuparé de eso.

—¿Quieren algo más? —preguntó Brent.

—Le entretendré solo unos momentos, señor Brent. Quisiera que nos enseñara la puerta que rompieron durante el robo.

—Sí, señor. —Brent se sintió aliviado al ver que la investigación parecía apuntar hacia otro lado—. Podemos atajar por la rosaleda.

—Hay otra cosa que quisiera preguntarle —dijo Pünd. Mientras caminaban, Fraser se percató de que el detective se apoyaba mucho en el bastón—. Tengo entendido que sir Magnus le había informado de que quería prescindir de sus servicios.

Brent se sobresaltó como si le hubiera picado un bicho.

—¿Quién se lo ha dicho?

—¿Es cierto?

—Sí.

El jardinero fruncía el ceño. Todo su cuerpo parecía haberse encorvado; el pelo rizado flotaba sobre su frente.

—¿Por qué no me lo comentó cuando nos vimos?

—No me lo preguntó.

Pünd asintió con la cabeza. Eso era verdad.

—¿Por qué lo despidió?

—No lo sé, pero siempre se metía conmigo. La señora Blakiston se quejaba de mí. ¡Vaya dos! Eran como... como Bob y Gladys Grove.

—Es una serie de televisión —se apresuró a explicar Fraser, que lo había oído todo—. *La familia Grove*.

Era exactamente la clase de información que el asistente conocía. Y que Pünd ignoraba.

—¿Cuándo se lo dijo sir Magnus?

—El día que murió.

—¿Cuál fue el motivo?

—No me lo dijo. He estado viniendo aquí desde que era pequeño. Mi padre estuvo aquí antes que yo. Y él salió y me dijo sin más que se había acabado.

Habían llegado a la rosaleda. A la entrada del muro que la rodeaba había una pérgola formada por hojas de un color verde oscuro. Al otro lado de la pérgola se entreveía un pavimento de formas irregulares, la estatua de un querubín, todas las variedades de rosales que uno pudiera imaginarse y un banco.

Frances Pye y Jack Dartford estaban sentados en el banco, cogidos de la mano, besándose apasionadamente.

En realidad nadie se sorprendió demasiado. Resultaba evidente para Pünd, e incluso para Fraser, que lady Pye y su antigua pareja de tenis tenían una aventura. ¿Qué otra cosa podían estar haciendo en Londres el día del asesinato? Chubb también lo sabía, y ni siquiera a los protagonistas de la escena parecía disgustarles especialmente que los hubieran pillado *in fraganti*. Tarde o temprano tenía que ocurrir, así que, ¿por qué no en ese momento? Seguían sentados en el banco, un poco separados, de cara a los tres hombres que se hallaban de pie. Brent se había ido con una sonrisa maliciosa en los labios en cuanto le dieron permiso para hacerlo.

—Me parece que debería explicarse, lady Pye —dijo Chubb.

—La verdad es que no hay nada que explicar —respondió con frialdad—. Jack y yo llevamos casi dos años viéndonos. Aquel día en Londres... estuve con él todo el tiempo. Pero no hubo compras ni galerías de arte. Después de comer, cogimos una habitación en el Dorchester. Jack se quedó conmigo hasta las cinco y media aproximadamente. Me marché a las seis. Si no me cree, puede preguntar en el hotel.

—Me mintió, lady Pye.

—Hice mal, inspector, y me arrepiento. Pero en el fondo eso no cambia nada, ¿verdad? El resto es todo cierto. Volví a casa en tren. Llegué a Bath a las ocho y media. Vi el coche verde. Esos son los detalles principales.

—Su marido está muerto. Usted lo engañaba. Yo diría que esos son los detalles principales, lady Pye.

—No es así —intervino Jack Dartford—. Ella no lo engañaba. O al menos yo no lo veía de ese modo. No tiene la más mínima idea de cómo era Magnus. Ese hombre era un animal. Su forma de tratarla y sus arrebatos infantiles eran repugnantes. ¡Y renunció a su carrera por él!

—¿Qué carrera era esa? —preguntó Pünd.

—¡En el teatro! Frances era una actriz brillante. La vi en el escenario mucho antes de que nos conociéramos.

—Ya basta, Jack —lo interrumpió Frances.

—¿Es ahí donde la conoció su marido? ¿En el teatro? —preguntó Chubb.

—Envió flores a mi camerino. Me había visto interpretar a lady Macbeth.

Hasta Chubb sabía de qué iba: una obra en la que una mujer poderosa convence a un hombre para que cometa un asesinato.

—¿Alguna vez fueron felices juntos? —preguntó.

Ella negó con la cabeza.

—Muy pronto me di cuenta de que había cometido un error, pero entonces era más joven, y supongo que demasiado orgullosa para admitirlo. El problema con Magnus era que no le bastaba con haberse casado conmigo. Tenía que ser mi propietario. Lo dejó claro a los pocos días. Era como si yo formase parte del lote: la casa, la finca, el lago, el bosque y la esposa. Su forma de ver el mundo era muy anticuada.

—¿Alguna vez se mostró violento con usted?

—Nunca llegó a pegarme, inspector, pero la violencia puede adoptar muchas formas. Gritaba mucho. A veces me amenazaba. Y hacía unos aspavientos con los brazos que a menudo me daban miedo.

—¡Diles lo de la espada! —exclamó Dartford.

—¡Oh, Jack!

—¿Qué es eso de la espada, lady Pye? —preguntó Chubb.

—Se trata de un episodio ocurrido un par de días antes de que me reuniese con Jack. Debe entender que, en el fondo, Magnus era solo un niño grande. En mi opinión, todo el asunto de Dingle Dell tenía como finalidad principal molestar a la gente y no ganar dinero. Mi marido experimentaba terribles arrebatos de ira. Cuando no se salía con la suya, se ponía muy desagradable. —Suspiró—. Se le había metido en la cabeza que me estaba viendo con alguien, a causa de mis continuos viajes a Londres. Dormíamos separados, naturalmente. Él ya no me deseaba, al menos no como un marido debería de desear a su mujer, pero que yo pudiese tener a otro hería su orgullo.

»Esa mañana nos peleamos. Ni siquiera recuerdo cómo empezó. Pero de pronto se puso a gritarme que yo era suya, que jamás permitiría que lo abandonase. El cuento de siempre. Sin embargo, en esa ocasión se alteró más que nunca. Vieron que faltaba un cuadro en el gran salón. Era un retrato mío que él había encargado para regalármelo cuando cumplí cuarenta años. Resulta que lo pintó Arthur Redwing. —Se volvió hacia Pünd—. ¿Lo conoce?

—¿Está casado con la doctora?

—Sí.

—He visto otra obra suya, pero aún no nos conocemos.

—Opino que tiene mucho talento. El retrato me encantaba. Logró captar un momento en el que sentía auténtica felicidad, de pie en el jardín, cerca del lago; y eso era bastante infrecuente,

se lo aseguro. Ese año hizo un verano maravilloso. Arthur pintó el cuadro en cuatro o cinco sesiones, y aunque el tacaño de Magnus le pagó cuatro cuartos, creo que era fantástico. Hablamos
de presentarlo a la exposición de verano, ¿saben? En la Royal Academy. Pero Magnus no consin-
tió exhibir mi imagen. ¡Eso habría significado
compartirme! Así que se quedó en la pared del
salón principal.

»Y entonces tuvimos la discusión. Reconozco
que puedo ser muy grosera cuando quiero y, desde
luego, le dije unas cuantas verdades. Magnus se
puso muy colorado, como si fuera a estallar.
Siempre tenía problemas de tensión. Bebía demasiado y enseguida se alteraba. Le dije que me iba
a Londres. Se negó a darme permiso. Me reí de él
y le dije que no necesitaba su permiso ni el de
nadie más. De repente, se acercó a esa estúpida
armadura y, dando un grito enorme, desenvainó la
espada...

—¿La misma con la que más tarde lo mataron?

—Sí, señor Pünd. Vino hacia mí arrastrándola,
y por un instante temí que fuera a atacarme; pero
en lugar de ir a por mí, se abalanzó contra el
retrato y le dio de puñaladas delante de mis ojos.
Sabía que me dolería perderlo. Y al mismo tiempo
me estaba diciendo que yo también era de su propiedad, y que podría hacerme lo mismo en cualquier momento.

—¿Qué pasó después, lady Pye?

—Seguí riéndome. «¿Es lo mejor que puedes hacer?», recuerdo haberle gritado. Creo que estaba un poco histérica. Luego me fui a mi habitación
y cerré de un portazo.

—¿Y el cuadro?

—Me entristecí mucho. No se podía arreglar.

O quizá sí, pero habría resultado demasiado caro. Magnus se lo dio a Brent para que lo echara a la hoguera.

La mujer se quedó en silencio.

—Me alegro de que esté muerto —murmuró Jack Dartford, de pronto—. Era un redomado miserable. Nunca se portó bien con nadie, e hizo de la vida de Frances un infierno. Lo habría matado yo mismo si hubiera tenido agallas. Pero ahora él ya no está, y podemos empezar de nuevo. —La cogió de la mano—. Se acabó lo de esconderse. Se acabó lo de mentir. Por fin podemos tener la vida que nos merecemos.

Pünd le hizo a Chubb un gesto con la cabeza. Los tres se alejaron de la rosaleda y volvieron a cruzar el césped. No se veía a Brent por ningún lado. Jack Dartford y lady Pye se habían quedado donde estaban.

—Me pregunto dónde estuvo él la noche del asesinato —dijo Fraser.

—¿Te refieres al señor Dartford?

—Dice que se quedó en Londres, pero solo tenemos su palabra. Salió del hotel a las cinco y media. Habría tenido tiempo de sobra para coger el tren antes que lady Pye. No es más que una idea...

—¿Lo crees capaz de asesinar?

—Creo que es un oportunista. No hay más que verlo. Conozco a una mujer atractiva, casada con un marido que la maltrata, y digo yo que si vas a cortarle la cabeza a alguien, tendrá que haber una razón de más peso que salvar un bosque local. Y esos dos son quienes tienen el mejor motivo.

—Hay cierta verdad en lo que dices —convino Pünd.

Habían aparcado a escasa distancia de la fachada de la casa, y fueron caminando sin prisas hasta el automóvil. Chubb también se había percatado de que Pünd se apoyaba más de lo habitual en su bastón. Hubo un tiempo en que pensó que el detective solo lo llevaba como accesorio de moda. Pero ahora no le cabía la menor duda de que lo necesitaba.

—Hay una cosa que olvidé decirle, señor Pünd —murmuró.

Era la primera vez que los dos estaban solos desde la entrevista de la noche anterior con Robert Blakiston.

—Me interesará oír cualquier cosa que quiera decirme, inspector.

—¿Recuerda el trozo de papel hallado en la chimenea del estudio de sir Magnus? Usted pensó que podría conservar parte de una huella.

—Lo recuerdo muy bien.

—Pues sí que había una huella. La mala noticia es que está tan incompleta que no nos sirve. Es imposible de rastrear, y lo más probable es que ni siquiera podamos cotejarla con la de ninguno de nuestros sospechosos conocidos.

—Es una lástima.

—Sin embargo, hay otra cosa. Resulta que el papel estaba manchado de sangre. Y es del mismo tipo que la de sir Magnus, aunque no podemos estar seguros al cien por cien de que sea suya.

—Eso es muy interesante.

—En mi opinión es un buen quebradero de cabeza. ¿Cómo encaja todo? Tenemos un sobre escrito a mano y una amenaza de muerte mecanografiada. Está claro que ese trozo de papel no pertenecía a ninguna de las dos cosas, y no podemos saber cuánto tiempo llevaba en la chimenea. Por otro lado, la sangre hace pensar que lo arrojaron al fuego después del asesinato.

—Pero ¿de dónde procedía?

—Exacto. En fin, ¿adónde quiere que vayamos ahora?

—Esperaba que me lo dijese usted, inspector.

—En realidad, iba a hacerle una sugerencia. Anoche, antes de salir de la comisaría, recibí una llamada telefónica muy interesante de la doctora Redwing. ¿Sabía que su padre acaba de morir? Por causas naturales, lo cual supone un cambio agradable. Pues, al parecer, tenía una historia que contar, y creo que debemos hablar con Clarissa Pye.

4

Clarissa Pye entró en la sala de estar llevando una bandeja con tres tazas de té y unas galletas, todo pulcramente colocado en un plato, como si la simetría pudiera hacerlo más apetecible. La habitación parecía minúscula con tantas perso nas dentro. Atticus Pünd y su asistente estaban sentados muy juntos en el sofá de polipiel, con las rodillas casi en contacto. El rollizo ins- pector de Bath había ocupado la butaca situada enfrente. A la mujer le daba la sensación de que las paredes los tenían cercados. Desde que la doctora Redwing le había dado la noticia, la casa no era la misma. No era su casa. Esa no era su vida. Era como si la hubieran sustituido por otra persona en una de esas novelas victorianas que tanto le gustaban.

—Supongo que era comprensible que la doctora Redwing le comunicara lo que le dijo su padre

—empezó a decir Clarissa mesurando sus palabras—. Aunque habría sido más considerado que me informara de que iba a telefonearlo.

—Sin duda quiso actuar del mejor modo posible, señorita Pye —dijo Chubb.

—Bueno, supongo que era obligado informar a la policía. En el fondo, se piense lo que se piense del doctor Rennard, cometió un delito. —Dejó la bandeja sobre la mesa—. Mintió en el certificado de nacimiento. Nos ayudó a nacer a los dos, pero yo fui la primera. Desde luego, habría que procesarlo.

—Se ha ido a un lugar donde la ley no puede alcanzarlo.

—La ley humana no, desde luego.

—Ha tenido muy poco tiempo para acostumbrarse a todo esto —comentó Pünd, en tono amable.

—Sí. Me enteré ayer.

—Imagino que debe de haber sido toda una conmoción para usted.

—¿Una conmoción? No sé muy bien qué palabra usaría, señor Pünd. Es más bien como un terremoto. Recuerdo perfectamente a Edgar Rennard. Era muy apreciado en el pueblo y venía a casa a menudo cuando Magnus y yo éramos pequeños. Nunca me pareció un mal hombre, y no obstante hizo algo monstruoso. Su mentira me arrebató la vida entera. ¡Y Magnus! Me pregunto si lo sabía: siempre se mostraba superior, como si alguien hubiese contado un chiste buenísimo y yo fuera la única que no lo entendía. Me echó de mi propia casa, ¿sabe? Tuve que ganarme la vida en Londres y luego en Estados Unidos. Y en realidad no había ninguna necesidad. —Suspiró—. Me han engañado de forma muy cruel.

—¿Qué hará?

—Reclamaré lo que es mío. ¿Por qué no? Tengo derecho.

El inspector Chubb pareció sentirse incómodo.

—Podría no ser tan fácil, señorita Pye —dijo—. Según tengo entendido, la doctora Redwing estaba sola en la habitación con su padre cuando él le contó lo que había hecho. No hubo testigos de la conversación. Supongo que siempre existe una posibilidad de encontrar algo en sus documentos. Tal vez anotase algo. Pero ahora mismo solo cuenta con su palabra.

—Puede que se lo contara a alguien más.

—Probablemente había informado a sir Magnus —intervino Pünd. A continuación, se dirigió al inspector—: ¿Recuerda las notas que encontramos en su escritorio el día después del asesinato? «Ashton H. Una chica». Ahora está todo más claro. Edgar Rennard sabía que se estaba muriendo y, abrumado por el sentimiento de culpa, telefoneó a sir Magnus desde Ashton House para revelarle que durante el parto de los gemelos la chica nació la primera. En el bloc de notas había muchos trazos marcados con fuerza. La llamada perturbó a sir Magnus; es evidente.

—Pues eso podría explicar algo que sucedió —dijo Clarissa, y en su voz había auténtica ira. Vino a esta misma casa, se sentó donde está sentado usted el mismo día de su muerte y me ofreció un trabajo en Pye Hall. ¡Quería que me mudara a la casa del guarda y ocupara el puesto de Mary Blakiston! ¿Se lo imagina? Quizá tenía miedo de que la verdad saliera a la luz. Quizá quiso contenerme. Si llego a mudarme allí, tal vez hubiera sido yo la decapitada.

—Le deseo suerte, señorita Pye —dijo Chubb—. Está claro que se ha cometido una gran injusticia y, si puede encontrar más testigos, sin duda le serán de gran utilidad. Sin embargo, quiero darle un consejo. No se ofenda. Quizá le vaya mejor si acepta las cosas como están. Tiene una casa bastante bonita. Todos en el pueblo la conocen y respetan. No es asunto mío, pero a veces se puede perder tanto tiempo persiguiendo algo que por el camino se acaba perdiendo todo lo demás.

Clarissa Pye se quedó perpleja.

—Le agradezco el consejo, inspector Chubb. No obstante, suponía que habían venido a ayudarme. El doctor Rennard cometió un delito y no sabemos si le pagaron por las molestias, aunque su hija asegure que no fue así. En cualquier caso, doy por sentado que tendrían que investigar el asunto.

—Seré sincero con usted. La verdad es que no se me había ocurrido —respondió Chubb incómodo de pronto, mirando a Pünd en busca de ayuda.

—No olvide que en el pueblo se han producido dos muertes en circunstancias misteriosas, señorita Pye —dijo Pünd—. Comprendo que desee que la policía investigue los acontecimientos que tuvieron lugar el día que nació. Sin embargo, estamos aquí por otro asunto. No desearía perturbarla aún más en una situación ya de por sí difícil, pero me temo que debo hacerle una pregunta en relación con las dos muertes, la de sir Magnus y la de Mary Blakiston. Se refiere a un vial desaparecido hace poco del consultorio de la doctora Redwing. Contenía un veneno, fisostigmina. ¿Sabe algo al respecto?

La expresión de Clarissa Pye ofreció sucesivamente una amplia variedad de emociones, cada una de ellas plasmada con tal precisión que podrían haberlas colgado juntas como una serie de

retratos. Al principio se quedó asombrada. La
pregunta era inesperada: ¿cómo lo habían sabido?
Luego vino el miedo. ¿Habría consecuencias? Después llegó la indignación, tal vez fingida. ¡Le
ofendía que sospecharan de ella! Y, por último,
todo en un instante, aparecieron la aceptación
y la resignación. Ya habían sucedido demasiadas
cosas. No tenía sentido negarlo.

—Sí. Lo cogí yo —dijo.

—¿Por qué?

—Perdonen que se lo pregunte, pero ¿cómo han
sabido que fui yo?

—La señora Blakiston la vio salir del consultorio.

Clarissa asintió con la cabeza.

—Sí. Vi que me miraba. Mary tenía la extraordinaria capacidad de estar siempre donde no debía en el momento más inoportuno. No sé cómo lo
hacía... ¿Quién más lo sabe?

—Llevaba un diario que el inspector Chubb tiene en su poder. Que nosotros sepamos, no se lo
contó a nadie más.

Esas palabras animaron a la mujer a seguir hablando:

—Cogí la fisostigmina obedeciendo a un impulso. Me quedé sola en el consultorio y la vi en el
estante. Sabía muy bien qué era. Hice un curso de
Medicina antes de irme a Estados Unidos.

—¿Para qué quería ese fármaco?

—Me da vergüenza decírselo, señor Pünd. Sé que
estuvo mal. Creo que perdí la cabeza. Sin embargo, teniendo en cuenta lo que acabamos de comentar, entenderán que muy pocos aspectos de mi vida
han salido como yo quería. No se trata solo de
Magnus y de la casa. Nunca me he casado. Nunca he
tenido un amor verdadero, ni siquiera cuando era

joven. Oh, sí, tengo la iglesia y tengo el pueblo, pero ha habido veces en que me he mirado al espejo y me he preguntado: ¿qué sentido tiene? ¿Qué estoy haciendo aquí? ¿Por qué debería seguir adelante?

»La Biblia es muy clara en cuanto al suicidio: es el equivalente moral del homicidio. «El Señor me lo había dado. El Señor me lo ha quitado». Esas frases pertenecen al libro de Job. No tenemos derecho a quitarnos la vida. —Se interrumpió, y su mirada se endureció de golpe—. Pero más de una vez he estado en la sombra, he contemplado el valle de la muerte y he deseado... poder entrar en él. ¿Qué creen que sentía al ver a Magnus, a Frances y a Freddy? ¡Yo también vivía en esa casa! ¡Hubo un tiempo en que todo ese lujo, esas comodidades, fueron míos! ¡Dejando a un lado que me los arrebataron, nunca debería haber vuelto a Saxby-on-Avon! Fue una locura humillarme sentándome a la mesa del emperador. Por eso la respuesta es: sí, pensaba matarme. Robé la fisostigmina porque sabía que actuaría de forma rápida e indolora.

—¿Dónde se encuentra ahora?

—Arriba. En el cuarto de baño.

—Me temo que debo pedirle que me la entregue.

—Bueno, ya no la necesito, señor Pünd. —Pronunció las palabras con ligereza, casi con un destello en los ojos—. ¿Van a acusarme de robo?

—No será necesario, señorita Pye —dijo Chubb—. Simplemente nos aseguraremos de devolverle el fármaco a la doctora Redwing.

A los pocos minutos se despidieron y Clarissa Pye cerró la puerta, contenta de estar sola de nuevo. Se quedó muy quieta, mientras el pecho le subía y le bajaba, pensando en lo que acababan de decir. El asunto del veneno daba igual. Eso ya no era importante. Pero resultaba extraño que un robo tan insignificante los hubiera llevado allí cuando a ella le habían arrebatado tanto. ¿Podría probar que Pye Hall era suyo? ¿Y si el inspector estaba en lo cierto? Solo contaba con las palabras de un hombre enfermo y moribundo, sin testigos presentes en la habitación, sin pruebas de que estuviese cuerdo cuando las pronunció. Una causa legal basada en doce minutos que habían transcurrido hacía más de cincuenta años.

¿Por dónde podía empezar?

¿Y de verdad quería hacerlo?

Era muy extraño, pero Clarissa sintió de pronto que le habían quitado un peso de los hombros. Se debía en parte a que Pünd se había llevado el veneno. La posesión de la fisostigmina remordía su conciencia por toda clase de motivos, y desde el principio había lamentado cogerla. Pero era algo más que eso. Recordó lo que había dicho Chubb: «Quizá le vaya mejor si acepta las cosas como están. Tiene una casa bastante bonita. En el pueblo todos la conocen y respetan».

Era cierto que la respetaban. En el colegio era una maestra muy querida. En las fiestas del pueblo, su puesto era siempre el más rentable. Sus composiciones florales para los oficios de los domingos gustaban a todo el mundo; y no solo eso, Robin Osborne solía decir que no sabría qué hacer sin ella. Ahora que conocía la verdad, Pye Hall tal vez perdería el poder de intimidarla. Era suyo. Siempre lo había sido. Y, al fin y al cabo, no había sido Magnus quien se lo había robado. No había sido el destino. Había sido su propio padre, un hombre al que siempre recordaba con cariño pero que resultó ser antediluviano:

¡un monstruo! ¿De verdad quería luchar contra él, traerlo de vuelta a su vida cuando llevaba tanto tiempo bajo tierra?

No.

Podía mostrarse superior. Les haría una visita a Frances y a Freddy en Pye Hall y esta vez sería ella la que entendiese el chiste. Los pardillos serían ellos.

Casi sonriendo, Clarissa entró en la cocina. En el frigorífico había una porción de salmón empanado y un poco de compota. Serían perfectos para el almuerzo.

5

—Me pareció que se lo tomó muy bien —observó Emilia Redwing—. Al principio no sabíamos si debíamos decírselo, pero ahora me alegro de haberlo hecho.

Pünd asintió con la cabeza. Fraser y él habían ido allí solos; el inspector Chubb había tenido que volver a Pye Hall para recibir a los dos buceadores de la policía llegados de Bristol, la ciudad más cercana que disponía de aquel recurso. Sondearían el lago durante el día, pero el detective ya tenía una idea muy precisa de lo que iban a encontrar. Estaba sentado en el despacho privado de la doctora. Arthur Redwing también se hallaba presente. Parecía incómodo, como si prefiriese no estar allí.

—Sí. La señorita Pye es sin duda una persona formidable —convino Pünd.

—Bueno, ¿cómo va su investigación? —preguntó Arthur Redwing.

Era la primera vez que el detective veía al

marido de la doctora, al hombre que había pintado el retrato de Frances Pye, así como el de su
propio hijo, colgado a su espalda en aquel momento. El chico era muy guapo. Poseía el mismo encanto sombrío que su padre y los rasgos algo
truncidos típicamente ingleses. Y sin embargo
estaban peleados. Habían tenido algunas diver-
gencias. A Pünd le fascinaba desde siempre la
relación única que se instaura entre el retra-
tista y su modelo, tan exenta de secretos. Aquel
retrato era la prueba. La forma en que había pintado al chico, su pose, los hombros apoyados en
el muro con despreocupación, la rodilla doblada,
las manos en los bolsillos... todo sugería intimidad, amor incluso. No obstante, Arthur Redwing
había captado también un matiz oscuro y suspicaz
en sus ojos. El muchacho habría querido estar en
otra parte.

—Es su hijo, ¿verdad? —preguntó Pünd.

—Sí —respondió Arthur—. Sebastian. Vive en
Londres.

Las tres palabras parecían abarcar toda una
vida de decepciones.

—Arthur pintó ese retrato cuando Sebastian
tenía quince años —añadió Emilia Redwing.

—Es muy bueno —dijo Fraser. Tratándose de
arte, el experto era él y no Pünd, y se alegró de
disfrutar de su minuto de gloria—. ¿Expone sus
obras?

—Ya me gustaría... —rezongó Arthur.

—Iba a hablarnos de su investigación —intervino Emilia Redwing.

—En efecto, doctora Redwing. —Pünd sonrió—.
Nos falta muy poco para completarla. Tengo previsto pasar en Saxby-on-Avon dos noches más como
máximo.

Al oír aquellas palabras, Fraser aguzó el oído. No sabía que Pünd estuviera tan cerca de la solución y se preguntó quién podía haber dicho qué, y cuándo, para conducir al detective a la pista decisiva. Estaba deseando descubrir el misterio y poder volver por fin a las comodidades de Tanner Court.

—¿Sabe quién mató a sir Magnus?

—Podría decirse que tengo una teoría. Solo faltan dos piezas del rompecabezas que, una vez que las encuentre, confirmarán lo que creo.

—¿Y de qué se trata, si no soy inoportuno?

De pronto, Arthur Redwing se había animado mucho.

—No es en absoluto inoportuno, señor Redwing. La primera tiene lugar en estos momentos. Con la supervisión del inspector Chubb, dos hombres rana de la policía están inspeccionando el lago de Pye Hall.

—¿Qué esperan encontrar? ¿Otro cadáver?

—Confío en que nada tan siniestro.

Resultaba evidente que no pensaba dar más explicaciones.

—¿Y la otra pieza del rompecabezas? —preguntó la doctora Redwing.

—Hay una persona con la que deseo hablar. Puede que él no lo sepa, pero creo que tiene la clave de todo lo que ha sucedido en Saxby-on-Avon.

—¿Y quién es?

—Me refiero a Matthew Blakiston. Era el marido de Mary Blakiston y, por supuesto, el padre de los dos chicos, Robert y Tom.

—¿Están buscándolo?

—Le he pedido al inspector Chubb que haga algunas indagaciones.

—¡Pero si estuvo aquí, en el pueblo! —La doctora Redwing casi parecía divertida—. Yo misma lo vi. Vino al entierro de su mujer.

—Robert Blakiston no me lo contó.

—Puede que no lo viese. Al principio no lo reconocí. Llevaba un sombrero bien encasquetado. No habló con nadie y se quedó al fondo. Además, se marchó antes del final.

—¿Se lo dijo a alguien?

—Pues no. —La doctora Redwing pareció sorprendida ante la pregunta—. Me pareció muy natural que estuviese allí. Mary Blakiston y él estuvieron casados durante muchos años, y no fue el odio lo que los separó, sino el dolor. Perdieron a un hijo. Me entristeció que no quisiera hablar con Robert. Y podía haber conocido a Joy, ya que estaba allí. Es una verdadera lástima, la verdad. La muerte de Mary habría podido volver a acercarlos.

—¡Pudo ser él quien la matase! —exclamó Arthur Redwing. Se volvió hacia Pünd e inquirió—: ¿Por eso quiere verlo? ¿Es un sospechoso?

—Me resulta imposible saberlo hasta que haya hablado con él —respondió Pünd, diplomáticamente—. Por el momento el inspector Chubb no ha podido localizarle.

—Está en Cardiff —dijo la doctora Redwing.

Por una vez Pünd se quedó desconcertado.

—No tengo su dirección, pero puedo ayudarles a encontrarlo. Tengo una carta que me envió hace unos meses un médico de cabecera de Cardiff. Quería información sobre una vieja lesión que había sufrido uno de sus pacientes. Era Matthew Blakiston. Le envié lo que quería y me olvidé del asunto.

—¿Recuerda el nombre del médico?

—Por supuesto. Lo tengo archivado. Voy a buscarlo.

Sin embargo, antes de que pudiera moverse, una mujer entró de pronto en el consultorio por la puerta principal. La puerta del despacho de la doctora Redwing estaba abierta, y todos la vieron: una mujer de unos cuarenta años, de rostro redondeado y poco atractivo. Se llamaba Diana Weaver y había venido al consultorio para limpiarlo como hacía todos los días. Pünd sabía exactamente cuándo llegaría. En realidad, había venido a verla a ella.

Por su parte, la mujer se sorprendió al encontrar a alguien allí a aquellas horas.

—¡Oh! ¡Lo siento, doctora Redwing! —exclamó—. ¿Quiere que vuelva mañana?

—No. Pase, señora Weaver, por favor.

La mujer entró en el despacho. Atticus Pünd se levantó y le ofreció su asiento. Ella se sentó y miró a su alrededor, nerviosa.

—Señora Weaver —empezó diciendo el detective—, permítame que me presente...

—Sé quién es —lo interrumpió ella.

—Entonces sabrá por qué deseo hablar con usted. —Hizo una pausa. No deseaba asustar a aquella mujer, pero debía hacerlo—. El día de su muerte, sir Magnus Pye recibió una carta relacionada con las casas nuevas que tenía previsto construir. Eso habría causado la destrucción de Dingle Dell. ¿Puede decirme si escribió usted esa carta? —La mujer no dijo nada, así que él siguió hablando—: He descubierto que la carta se escribió con la máquina que se halla en este consultorio, y que solo tres personas tenían acceso a esta: Joy Sanderling, la doctora Redwing y usted. —Sonrió—. Debo añadir que no tiene de qué preocuparse. No es un delito enviar una carta de protesta, aunque el lenguaje sea un poco intemperante. Tampoco sospecho ni por un momento que cumpliese las amenazas que contenía esa carta. Simplemente necesito saber cómo llegó allí, así que se lo preguntaré otra vez: ¿la escribió usted?

La señora Weaver asintió con la cabeza. Había lágrimas en sus ojos.

—Sí, señor.

—Gracias. Comprendo su cólera, bastante justificable, por la pérdida del bosque.

—Es que no soportábamos que destrozasen el pueblo sin motivo. Lo estaba comentando con mi marido y mi suegro. Llevan en Saxby toda la vida, igual que yo misma. Y es un lugar muy especial. No necesitamos casas nuevas aquí. No hacen ninguna falta. ¡Y el Dell! Si empiezan por ahí, ¿dónde van a acabar? Mire Tawbury y Market Basing, con sus carreteras, semáforos y supermercados nuevos... Han destripado esos pueblos y ahora la gente pasa con el coche y... —Se interrumpió—. Me da mucha vergüenza, doctora Redwing —dijo—. Debería haberle pedido permiso. Actué sin pensar.

—No importa —dijo Emilia Redwing—. En realidad, no me molesta. De hecho, estoy de acuerdo con usted.

—¿Cuándo entregó la carta? —preguntó Pünd.

—El jueves por la tarde. Fui hasta la puerta y la metí por debajo. —La señora Weaver bajó la cabeza—. Al día siguiente, cuando me enteré de que habían matado a sir Magnus, no supe qué pensar. Entonces me arrepentí de haberla enviado. No suelo ser impulsiva. Se lo prometo, señor, no quería perjudicar a nadie.

—Como le he dicho, la carta no guarda ninguna relación con lo ocurrido —le aseguró Pünd—. Pero hay algo que debo preguntarle, y le pido que medite bien su respuesta. Se refiere al sobre en el que iba la carta; en particular, a la dirección...

—¿Sí, señor?

Sin embargo, Pünd no llegó a hablar. Algo muy extraño había sucedido. Estaba en el centro de la habitación, parcialmente apoyado en su bastón, pero, a medida que iba hablando con la señora Weaver, era evidente que descargaba cada vez más el peso sobre él. Ahora, muy despacio, se estaba desequilibrando hacia un lado. Fraser fue el primero en percatarse y se levantó de un salto para sujetarlo antes de que cayera al suelo. Llegó justo a tiempo. En el momento en que alcanzó al detective, las piernas de este se doblaron y todo su cuerpo se desplomó. La doctora Redwing ya estaba de pie. La señora Weaver lo miraba alarmada.

Atticus Pünd tenía los ojos cerrados y el rostro pálido. No parecía respirar.

6

La doctora Redwing estaba con él cuando despertó.

Pünd se hallaba tendido en la camilla que la doctora utilizaba para examinar a los pacientes. Había estado inconsciente menos de cinco minutos. Ella se encontraba de pie junto a la camilla, con un estetoscopio al cuello. Al ver que se había despertado, su cara expresó un sentimiento de alivio.

—No se mueva —dijo—. Se ha desmayado...

—¿Me ha examinado? —preguntó Pünd.

—He comprobado el corazón y el pulso. Puede que solo haya sido agotamiento.

—No ha sido agotamiento. —Sentía un dolor punzante en la sien, pero lo ignoró—. No tiene que preocuparse, doctora Redwing. Tengo una enfermedad que me explicó mi médico de Londres, quien también me dio medicación. Si me permitiese descansar aquí unos minutos, se lo agradecería. Pero no puede hacer nada más por mí.

—Por supuesto que puede quedarse aquí —dijo la doctora Redwing, sin dejar de mirar a Pünd a los ojos—. ¿Es inoperable? —preguntó.

—Ve lo que a otros se les escapa. En el mundo de la medicina, la verdadera detective es usted. —Pünd esbozó una sonrisa triste—. Me han dicho que no se puede hacer nada.

—¿Ha pedido una segunda opinión?

—No la necesito. Sé que no me queda mucho tiempo. Lo intuyo.

—Lamento mucho oír eso, señor Pünd. —La mujer reflexionó unos momentos—. Su compañero no parece estar al tanto del problema.

—Fraser no lo sabe, y prefiero que siga sin saberlo.

—No se preocupe. Le he pedido que se fuera. La señora Weaver y mi marido se han marchado con él. Le he dicho que yo lo acompañaría al Queen's Arms tan pronto como se encontrase bien.

—Ya me encuentro un poco mejor.

Con la ayuda de la doctora Redwing, Pünd se incorporó y metió la mano en el bolsillo de la chaqueta en busca de las pastillas. La doctora fue a buscar un vaso de agua. Había visto el nombre del fármaco en el envase: Dilaudid.

—Es hidromorfona —dijo—. Una buena elección. Actúa muy rápido. Aunque tiene que andarse con cuidado. Puede causarle fatiga y cambios de humor.

—Sí que estoy cansado —convino Pünd—, pero mi estado de ánimo no cambia. De hecho, si he de serle sincero, estoy bastante animado.

—Tal vez sea por su investigación. Seguramente le ha sido muy útil tener algo en lo que concentrarse. Y le ha dicho a mi marido que avanza muy bien.

—Es verdad.

—¿Y qué hará cuando todo haya terminado?

—Cuando todo haya terminado, doctora Redwing, no tendré nada más que hacer. —Pünd se levantó con gesto inseguro y alargó la mano hacia su bastón—. Ahora me gustaría regresar a mi habitación, si es tan amable.

Se marcharon juntos.

7

Al otro lado del pueblo, los buceadores de la policía emergían del lago. Raymond Chubb, de pie en la orilla herbosa, los observaba mientras dejaban caer delante de él lo que habían encontrado. Se preguntaba cómo había sabido Pünd que estaría allí.

Había tres platos decorados con ninfas marinas y tritones; un cuenco con un centauro persiguiendo a una mujer desnuda; varias cucharas de mango largo; un *piperatorium*, o pimentero, que pudo estar destinado a contener especias caras; un montón de monedas; una estatuilla de un tigre o una criatura similar; dos brazaletes. Chubb sabía exactamente de qué se trataba. Era el tesoro que le habían robado a sir Magnus Pye. Al

llamar a la policía, había descrito cada uno de
los objetos. Pero ¿por qué iba a robar alguien el
tesoro solo para deshacerse de él? Ahora entendía que al ladrón se le debió de caer una pieza,
la hebilla que Brent había encontrado, mientras
cruzaba el césped. Luego había llegado a la orilla del lago y había arrojado a sus aguas el resto. ¿Lo habían sorprendido cuando intentaba escapar? ¿Tenía planeado volver a buscar el botín
en otro momento? No tenía sentido.

—¡Creo que eso es todo! —exclamó uno de los
buceadores.

Chubb contempló cada una de las piezas, todas
de plata... una montaña de plata que relucía bajo
el sol del ocaso.

SEIS
El oro

1

La vivienda se alzaba en las proximidades del
Caedelyn Park de Cardiff, con la parte trasera
asomada a la línea ferroviaria que conectaba
Whitchurch con Rhiwibina. Estaba en el centro de
una pequeña hilera con tres casas idénticas a
cada lado, todas deterioradas y necesitadas de
una renovación: siete verjas, siete jardines
cuadrados llenos de plantas polvorientas que
luchaban por su supervivencia, siete puertas de
entrada, siete chimeneas. En cierto sentido parecían intercambiables, pero el Austin A40 verde con matrícula FPJ 247 aparcado delante de la
casa del centro le indicó inmediatamente a Pünd
adónde debía dirigirse.

Un hombre los esperaba. Por su actitud, parecía llevar esperando toda la vida. Cuando aparcaron levantó una mano, no tanto en señal de
bienvenida como para reconocer que habían llegado. Tenía menos de sesenta años, pero parecía
mucho más viejo, desgastado por una guerra que
en realidad había perdido tiempo atrás. Tenía el
pelo ralo, un bigote descuidado y unos ojos hu-
raños de color castaño oscuro. Su ropa, excesi-

vamente de abrigo para aquella tarde de verano, necesitaba un lavado. Fraser nunca había visto a nadie que pareciese estar más solo.

—¿Señor Pünd? —preguntó cuando bajaron del coche.

—Es un placer conocerle, señor Blakiston.

—Entren, por favor.

Los condujo a un pasillo oscuro y estrecho con una cocina al fondo. Desde allí, pudieron contemplar un jardín bastante dejado que se inclinaba pronunciadamente hacia la línea ferroviaria. La casa estaba limpia, pero carecía de encanto. No había nada demasiado personal: ni fotografías familiares, ni cartas en la mesita del recibidor, ni rastro de otras personas. Entraba muy poca luz del sol. La vivienda compartía esa característica con la casa del guarda de Saxby-on-Avon. Todo estaba envuelto en sombras.

—Siempre supe que la policía querría hablar conmigo —dijo—. ¿Quieren té?

Puso el hervidor sobre el fuego y consiguió encender la llama con un tercer chasquido del interruptor.

—En realidad, no somos de la policía —le dijo Pünd.

—No. Pero están investigando las muertes.

—La de su esposa y la de sir Magnus Pye. Sí.

Blakiston asintió con la cabeza y se pasó una mano por el mentón. Se había afeitado esa mañana, pero con una cuchilla demasiado usada. Tenía vello en la hendidura situada bajo el labio inferior y un pequeño corte en la barbilla.

—La verdad es que pensé en llamar a alguien —dijo—. Estuve allí la noche que murió. Pero luego me dije: ¿por qué molestarme? No vi nada. No sé nada. No tiene que ver conmigo.

—Puede que no sea así, señor Blakiston. Estaba deseando reunirme con usted.

—Pues espero que no se decepcione.

Sacó las viejas hojas de té de la tetera, la enjuagó con agua hirviendo y añadió hojas frescas. Cogió una botella de leche de una nevera casi vacía. Al fondo del jardín pasó un tren con estrépito, soltando vapor, y el aire se llenó por un momento del olor de la escoria. No pareció darse cuenta. Terminó de preparar el té y lo llevó a la mesa. Se sentaron los tres.

—Ustedes dirán.

—Sabe por qué estamos aquí, señor Blakiston —dijo Pünd—. ¿Por qué no nos cuenta su historia? Desde el principio. Sin omitir ningún detalle.

Blakiston asintió con la cabeza. Sirvió el té. Y empezó a hablar.

Tenía cincuenta y ocho años. Vivía en Cardiff desde que había dejado Saxby-on-Avon, trece años atrás. Antes tenía familia allí: un tío que poseía una tienda de suministros eléctricos en Eastern Road. Tras su muerte él había heredado esa tienda, que le proporcionaba el dinero suficiente para la vida que llevaba. Estaba solo. Fraser había acertado en eso.

No llegué a divorciarme de Mary —dijo—. No sé por qué no lo hice. Después de lo que le pasó a Tom, seguir juntos era impensable. Pero al mismo tiempo ninguno de los dos iba a volver a casarse. ¿Qué sentido tenía? A ella no le interesaban los abogados y todo eso. Supongo que ahora soy oficialmente viudo.

—¿Nunca volvió a verla después de su marcha? —preguntó Pünd.

—Mantuvimos el contacto. Nos escribíamos y la

llamaba de vez en cuando, para preguntar por Robert y saber si necesitaba algo. Pero si hubiera necesitado algo nunca me lo habría pedido.

Pünd sacó sus Sobranies. Era insólito que fumase mientras trabajaba en un caso, pero últimamente ya no parecía el mismo. Fraser estaba tremendamente preocupado desde su desmayo en el consultorio de la doctora Redwing. El detective se había negado a hablar de ello. Durante el trayecto en coche hacia Cardiff, apenas había abierto la boca.

—Volvamos a la época en que usted y Mary se conocieron —sugirió Pünd—. Hábleme del tiempo que pasaron en Sheppard's Farm.

—Era la granja de mi padre —explicó Blakiston—. La heredó de mi abuelo y pertenecía a la familia desde siempre. Procedo de una larga estirpe de granjeros, pero esa vida nunca me gustó. Mi padre solía decir que yo era la oveja negra, lo cual tenía su gracia, porque eso era lo que teníamos: un par de centenares de acres y muchas ovejas. Ahora que lo pienso, lo lamento por él. Yo era su único hijo y aquello no me interesaba. En el colegio siempre se me habían dado bien las matemáticas y las ciencias, y tenía la idea de emigrar a Estados Unidos y hacerme ingeniero espacial, lo cual resulta un tanto ridículo, porque trabajé veinte años como mecánico y nunca llegué más allá de Gales. Pero así son las cosas cuando eres niño, ¿no? Tienes muchos sueños, y a no ser que la suerte te sonría, jamás se hacen realidad. Aun así, no puedo quejarme. Todos vivíamos allí bastante felices. Para empezar, aquello le gustaba incluso a Mary.

—¿En qué circunstancias conoció a su esposa? —preguntó Pünd.

—Ella vivía en Tawbury, a unas cinco millas de distancia. Nuestras madres fueron compañeras de clase. Un domingo vino a casa a comer con sus padres y nos conocimos. Mary tenía entonces poco más de veinte años y era muy guapa. Me enamoré nada más verla y nos casamos al cabo de un año.

—¿Y qué pensaban sus padres de ella?

—Les caía bien. He de decir que durante algún tiempo todo fue de maravilla. Tuvimos dos hijos: primero Robert, luego Tom. Crecieron en la granja y aún me parece verlos correr por ahí y ayudar a mi padre cuando volvían del colegio. En ningún otro sitio fuimos tan felices. Pero no podía durar. Mi padre tenía muchas deudas. Y yo no lo ayudaba. Había encontrado trabajo en el aeropuerto de Whitchurch, a una hora y media de allí, cerca de Bristol. Era al final de los años treinta. Me encargaba del mantenimiento de los aviones de la Civil Air Guard y conocí a muchos de los jóvenes pilotos que venían a formarse. Sabía que se avecinaba una guerra, pero en un lugar como Saxby-on Avon resultaba fácil olvidarlo. Mary hacía trabajillos por el pueblo. Ya estábamos distanciados. Por eso me echó la culpa de lo que pasó, y puede que tuviese razón.

—Hábleme de sus hijos —dijo Pünd.

—Adoraba a mis chicos. Créame, no pasa un día sin que piense en lo que ocurrió. —Se le quebró la voz y tuvo que hacer una breve pausa—. No sé cómo se estropeó todo, señor Pünd, de verdad que no. Cuando vivíamos en Sheppard's Farm no era todo perfecto, pero lo pasábamos bien. Los niños eran un plomazo; no hacían más que discutir y pelearse. Pero todos los chicos son así, ¿verdad? —Miró a Pünd como si necesitase una confirmación y, al ver que no llegaba, siguió hablando—. También podían llevarse muy bien y ser los mejores amigos.

»Robert era el más callado. Siempre parecía absorto en sus pensamientos. Incluso de muy pequeño solía dar largos paseos por el valle de Bath, y alguna que otra vez nos preocupamos bastante por él. Tom era más inquieto. Se consideraba una especie de inventor. Mezclaba pociones y ensamblaba piezas de viejas máquinas. Supongo que había heredado de mí esas aficiones, y admito haberlo mimado más que a su hermano. Robert estaba más unido a su madre. Fue un parto difícil. Ella estuvo a punto de perderlo, y cuando era un bebé estaba enfermo constantemente. El médico del pueblo, un tipo llamado Rennard, no paraba de entrar y salir de la casa. En mi opinión, fue eso lo que la volvió tan sobreprotectora. Hubo momentos en que no me permitía acercarme a él. Tom era el chico más fácil. Yo estaba más unido a él. Él y yo siempre...

Sacó un paquete de diez cigarrillos, desgarró el celofán y encendió uno.

—Las cosas se torcieron cuando abandonamos la granja —continuó explicando con amargura—. Todo empezó el día que entró ese hombre en nuestra vida. Maldito sir Magnus Pye. Ahora lo veo tan claro que no entiendo cómo pude estar tan ciego y ser tan estúpido. Pero en aquel momento su oferta parecía la respuesta a nuestras oraciones: un sueldo regular para Mary, una casa donde vivir, un buen jardín para que los niños corriesen. Al menos así lo veía ella y así me lo presentó.

—¿Discutieron?

—Traté de no discutir con ella. Aquello solo sirvió para volverla en mi contra. Dije que tenía ciertas dudas, eso fue todo. No me gustaba la idea de que trabajara de criada. Pensaba que merecía algo mejor. Y recuerdo que le advertí de que, una vez que estuviésemos allí, quedaríamos atrapados. Sería como si ese hombre fuera nuestro dueño. Pero la verdad es que no teníamos elección. No contábamos con ahorros. Era la mejor oferta que íbamos a recibir.

»Y al principio las cosas fueron bien. Pye Hall era muy bonito, y yo me llevaba bien con Stanley Brent, que trabajaba allí como jardinero junto a su hijo. No pagábamos alquiler y, en cierto modo, era mejor estar solos los cuatro, sin mis padres. Pero había algo en la casa del guarda que nos sacaba de quicio. Resultaba oscura durante todo el año, y nunca la sentimos como un hogar. Nos irritábamos unos a otros, incluso los chicos. Mary y yo nos criticábamos mutuamente sin parar. Yo no soportaba que admirase a sir Magnus solo porque tuviese un título y un montón de dinero. Desde luego, no era mejor que yo. No había trabajado un solo día en su vida. Si tenía Pye Hall era porque lo había heredado. Pero ella no lo veía así. Pensaba que estar allí la convertía en una persona especial. No entendía que si tu tarea es limpiar retretes, sigues limpiando retretes aunque el trasero que vaya a sentarse en ellos sea el de un aristócrata. Se lo dije una vez y se enfureció. No se consideraba a sí misma una limpiadora ni una criada. Era la señora de la mansión.

»Magnus tenía un hijo, Freddy, pero solo era un bebé y no sentía ningún interés por él. Así que su señoría empezó a interesarse por mis hijos. Los animaba a jugar en su finca y les hacía pequeños regalos: tres peniques aquí, seis peniques allá... Además, los alentaba a gastarle bromas a Neville Brent. En aquella época sus padres ya habían muerto. Se habían matado en un accidente de tráfico y Neville pasó a ocupar el puesto de jardinero. La verdad es que era un tipo extraño. No creo que estuviese muy bien de la cabeza. Pero eso no impedía a mis hijos espiarlo, tomarle el pelo, tirarle bolas de nieve... Esa clase de cosas. Era cruel. Ojalá no lo hubieran hecho.

—¿No podía impedírselo?

—No podía hacer absolutamente nada, señor Pünd. ¿Cómo puedo hacérselo entender? No me hacían ningún caso. Ya no era su padre. Casi desde el día que nos mudamos a esa casa, me dejaron de lado. Magnus, Magnus... Solo hablaban de él. Cuando los chicos recibían sus notas escolares, a nadie le importaba lo que yo pensara. ¿Sabe una cosa? Mary les decía a los chicos que fuesen a la casa principal y se las enseñaran a él. Como si su opinión importase más que la mía.

»Con el paso del tiempo las cosas fueron empeorando cada vez más, señor Pünd. Empecé a aborrecer a ese hombre. Siempre hacía que me sintiera insignificante, recordándome que vivía en su casa, en su finca... como si yo hubiera querido alguna vez estar allí. Y lo que pasó fue culpa suya. Se lo juro. Mató a mi hijo como si lo hiciera con sus propias manos, y al mismo tiempo me destruyó. Tom era la luz de mi vida, y cuando se fue, no me quedó nada. —El hombre se calló y se enjugó una lágrima con el dorso de la mano—. ¡Míreme! ¡Mire este sitio! Muchas veces me pregunto qué hice para merecerme esto. Nunca le hice daño a nadie y acabé aquí. A veces pienso que se me ha castigado por algo que no hice.

—Estoy seguro de que no tiene ninguna culpa.

—En efecto, no hice nada malo. No tuve nada que ver con lo que pasó. —Se interrumpió y observó a Pünd y a Fraser, desafiándolos a discrepar—. Fue Magnus Pye. Maldito sir Magnus.

Tomó aliento y siguió hablando:

—Estalló la guerra y me enviaron a Boscombe Down para que me ocupara de los aviones Hawker Hurricane. Estaba lejos de casa y no sabía cómo iban las cosas. Cuando volvía ocasionalmente a pasar el fin de semana, me sentía como un extraño. Mary estaba muy distinta. Nunca se alegraba de verme. Estaba taciturna, como si ocultase algo. Costaba creer que fuese la misma chica que había conocido, con la que me había casado y vivido los primeros años en Sheppard's Farm. Tampoco Robert quería estar conmigo. Estaba claro que era hijo de su madre. De no haber sido por Tom, no habría valido la pena aparecer por allí.

»La cuestión es que sir Magnus ocupaba mi lugar. Antes he hablado de los juegos. Había un juego al que jugaba con los chicos... con mis chicos. Estaban obsesionados con los tesoros enterrados. Bueno, ¿a qué niño no le gustan esas cosas? Pero ya deben de saber que los Pye habían encontrado un montón de monedas romanas y demás en Dingle Dell. Él lo tenía todo expuesto en la mansión. Le resultó muy fácil transformar a los niños en buscadores de tesoros. Cogía tabletas de chocolate envueltas en papel de aluminio o, algunas veces, monedas de seis peniques o medias coronas y las escondía por toda la propiedad. Luego les daba pistas y les decía que buscaran. Podían pasarse el día entero haciendo eso, y en realidad no podías quejarte porque así salían al aire libre. Era bueno para ellos, ¿no? Era divertido.

»Pero él no era su padre. Ni siquiera sabía lo que hacía, y un día llevó las cosas demasiado lejos. Tenía un pedazo de oro. No era oro de verdad, sino pirita, lo que llaman el "oro de los pobres". Era una pieza grande y decidió convertirla en el premio. Naturalmente, Tom y Robert no sabían reconocer la diferencia. Creían que era oro y se morían de ganas de hacerse con él. ¿Y sabe dónde fue a esconderlo ese maldito imbécil? Entre los juncos, en la orilla misma del lago. Fue él quien empujó a mis hijos a ir hasta allí. Un chico de catorce años y uno de doce. Los condujo él allí, como si hubiese plantado un cartel.

»Le diré lo que ocurrió. Los dos chicos se habían separado. Robert estaba en Dingle Dell, buscando entre los árboles. Tom bajó hasta el agua. Puede que viera un destello dorado al sol o que descifrara una de las pistas. Ni siquiera tenía que mojarse los pies, pero estaba tan entusiasmado que decidió meterse. ¿Y qué pasó entonces? Tal vez tropezó. Hay muchas hierbas y quizá se le enredaron en las piernas. Esto es lo que sé. Poco después de las tres de la tarde, Brent llegó con el cortacésped y vio a mi hijo boca abajo en el agua. —A Matthew Blakiston se le quebró la voz—. Tom se había ahogado.

»Brent hizo lo que pudo. Tom solo estaba a unos metros de la orilla, y Brent lo sacó a rastras hasta tierra firme. Entonces Robert salió del bosque y vio la escena. Se tiró al agua dando voces. Llegó hasta donde estaban ellos y le pidió a Brent a gritos que fuese a buscar ayuda. Brent no sabía qué hacer, pero Robert había aprendido unas nociones básicas de primeros auxilios en la escuela y trató de salvar a su hermano haciéndole el boca a boca. Era demasiado tarde. Tom estaba muerto. No me enteré de todo esto hasta más tarde, cuando hablé con la policía. Habían hablado con todos los implicados: sir Magnus, Brent, Mary y Robert. ¿Puede imaginarse cómo me sentí, señor Pünd? Era su padre. Pero no había estado allí.

Matthew Blakiston bajó la cabeza. Tenía el puño que sostenía el cigarrillo apretado contra la cabeza y el humo se alzaba formando volutas. En ese momento Fraser fue muy consciente del pequeño tamaño de la habitación, de la desesperanza de una vida truncada. Se le ocurrió que Blakiston era un marginado. Estaba exiliado de sí mismo.

—¿Quieren más té? —preguntó Blakiston de pronto.

—Ya lo hago yo —dijo Fraser.

Nadie quería té, pero necesitaban tiempo, una pausa antes de poder continuar. Fraser fue hasta el hervidor. Se alegraba de escapar.

—Volví a Boscombe Down —prosiguió Blakiston tan pronto como llegaron las tazas humeantes—. Cuando me presenté en casa al cabo de unos días, supe enseguida que había mal ambiente. Mary y Robert habían quemado los puentes conmigo. Ella no lo soltaba ni un instante, y parecía que ni siquiera me conociesen. Habría hecho mi parte por mi familia, señor Pünd, se lo juro. Fueron ellos quienes no me lo permitieron. Robert no dejaba de repetir que los había abandonado, pero no es verdad. Yo volvía a casa, pero no encontraba a nadie.

—¿Cuándo fue la última vez que vio a su hijo, señor Blakiston?

—El sábado 23 de julio. En el entierro de su madre.

—¿Él lo vio a usted?

—No. —Blakiston respiró hondo. Se había terminado el cigarrillo y lo apagó—. Dicen que perder a un hijo une más a la familia o la separa. Lo que más me dolió del comportamiento de Mary fue que, después de que Tom muriese, nunca dejó que me acercase a Robert. ¡Lo protegía de mí! ¿Puede creérselo? No bastaba con que hubiese perdido a un hijo. Acabé perdiendo a dos.

»Además, una parte de mí nunca dejó de quererla. Eso es lo más patético. Ya le he dicho que le escribía por su cumpleaños, por Navidad. A veces hablábamos por teléfono. Al menos me permitía hacer eso. Pero no quería que me acercase. Lo dejó muy claro.

—¿Había hablado con ella recientemente?

—La última vez fue hace un par de meses, y luego sucedió un hecho increíble. La llamé el día mismo que murió. Fue algo muy extraño. Esa mañana me despertó el horrible grito de un ave encaramada en un árbol, una especie de graznido. Era una urraca. «Una para la tristeza». ¿Conoce esa vieja canción? Bueno, pues la vi desde la ventana del dormitorio, una criatura maligna, blanca y negra, con los ojos brillantes, y de golpe me entraron náuseas. Como si tuviese una premonición. Supe que estaba a punto de ocurrir algo malo. Fui a la tienda, pero no lograba concentrarme en el trabajo y de todas formas no entró nadie. No dejaba de pensar en Mary. Estaba convencido de que iba a pasarle algo, y en un momento dado no pude contenerme. La telefoneé. Probé primero en la casa del guarda y después en la casa principal... pero ella no podía responder porque era demasiado tarde. Ya estaba muerta.

Jugaba con el celofán del paquete de tabaco, desgarrándolo entre sus dedos.

—Me enteré de su muerte varios días después. Había un artículo en el periódico... ¿Puede creérselo? Nadie se molestó en telefonearme. Lo lógico habría sido que Robert se pusiera en contacto conmigo, pero no lo hizo. En cualquier caso, tenía que asistir al entierro. No importaba lo que hubiera ocurrido. Hubo un tiempo en que los dos éramos jóvenes y estábamos juntos. No iba a dejar que se fuera sin despedirme. Reconozco que me ponía nervioso la idea de presentarme allí. No quería llamar la atención y que la gente se me acercara, así que llegué tarde y me puse un sombrero bien encasquetado. Estoy mucho más delgado que antes y tengo casi sesenta años. Pensé que si me mantenía alejado de Robert, todo iría bien. Y así fue.

»Lo vi allí. Me alegró verlo con una chica. Es justo lo que necesita. De niño fue siempre muy solitario, y ella era muy guapa. Me he enterado de que van a casarse. Si tienen hijos, puede que me dejen visitarlos. La gente cambia con el tiempo, ¿no? Él dice que no estuve cuando más me necesitaba, pero si lo ve, quizá pueda contarle la verdad.

»Fue muy extraño volver a estar allí, en el pueblo. Ni siquiera estoy seguro de que me guste ya ese sitio. Y verlos a todos otra vez, a la doctora Redwing, a Clarissa, a Brent y a todos los demás... Puedo asegurarle que me entraron escalofríos. Me fijé en que sir Magnus y lady Pye no habían acudido, y se me escapó una sonrisa. ¡Seguro que Mary se habría sentido decepcionada! Siempre le dije que él no valía nada. Pero tal vez fuese mejor que no estuviera allí. Él tiene la culpa del accidente, señor Pünd. Mary se cayó por las escaleras mientras hacía de fregona para él, así que ahora son dos. Mary y Tom. Ambos estarían vivos de no ser por él.

—¿Por eso fue a su casa cinco días después?

Blakiston bajó la cabeza.

—¿Cómo sabe que estuve allí?

—Vieron su coche.

—Bueno, no pretendo negarlo. Sí. Fue una estupidez por mi parte, pero a finales de la semana volví. La cuestión es que no conseguía quitármelo de la cabeza. Primero Tom, después Mary, ambos en Pye Hall. Pensarán que estoy a punto de confesar, que estaba allí para matarlo. Pero no es así. Solo quería preguntarle por Mary. Todos los presentes en aquel entierro habían podido hablar con alguien... pero yo no. Figúrense que nadie me reconoció... ¡en el entierro de mi mujer! ¿Tan irrazonable era que quisiera verle solo cinco minutos para preguntarle por Mary?

Reflexionó unos instantes y tomó una decisión.

—Pero no era solo eso. Ahora se formarán una pésima opinión de mí, pero pensé en el dinero. No para mí. Para mi hijo. Si alguien muere en su puesto de trabajo, la responsabilidad es tuya. Mary llevaba más de veinte años trabajando para sir Magnus y él tenía la obligación de proteger su seguridad y su salud. Pensé que quizá habría llegado a algún arreglo con ella; ya saben, una pensión. Sabía que Robert nunca aceptaría de mí ninguna ayuda económica, aunque hubiese podido permitírmela, pero estaba a punto de casarse. ¿Acaso no se merecía volver a empezar? Sir Magnus siempre había tenido debilidad por él. Se me ocurrió que podía pedirle ayuda en nombre de Robert.

Se interrumpió y apartó la mirada.

—Siga, por favor.

—Tardé un par de horas en volver a Saxby-on-Avon con mi coche. Había estado muy ocupado en la tienda. Recuerdo que eran exactamente las siete y media cuando llegué. Miré mi reloj de pulsera. Pero la cuestión es, señor Pünd, que, una vez estuve allí, me lo pensé dos veces. Después de todo, no estaba seguro de querer verlo. No quería que me humillase. Me quedé en el coche más o menos una hora y acabé decidiendo que, ya que había ido hasta allí, bien podía intentarlo. Debían de ser más o menos las ocho y media cuando llegué a la casa. Aparqué en el lugar de siempre, detrás de la casita del guarda; supongo que por la fuerza de la costumbre. Alguien más había tenido la misma idea. Vi una bicicleta apoyada contra la puerta. Lo recordé más tarde. Quizá debería de haberle dado más importancia en ese momento.

»Eché a andar por el camino de acceso. Al estar allí de nuevo, me asaltaron todos los recuerdos. El lago estaba a mi izquierda, pero fui incapaz de mirarlo. Era noche de luna llena, y todo el jardín se veía con claridad, como en una fotografía. No parecía haber nadie más. No traté de esconderme ni nada parecido. Simplemente fui derecho hasta la puerta principal y llamé al timbre. Las luces de la planta baja estaban encendidas, así que di por sentado que sir Magnus debía de estar en casa. Al cabo de un par de minutos abrió la puerta.

»Nunca olvidaré lo que sentí al verlo, señor Pünd. Habían pasado diez años desde la última vez, cuando me marché de la casita. Era más corpulento de lo que recordaba; sin duda había engordado. Parecía ocupar todo el hueco de la puerta. Llevaba traje y corbata... de colores vivos. Sostenía un cigarro.

»Tardó unos momentos en reconocerme, pero finalmente sonrió. «¡Tú!», fue todo lo que dijo, como si me escupiese esa palabra. No se mostró exactamente hostil. Pero estaba sorprendido, y me pareció que había algo más. Seguía teniendo esa extraña sonrisa en la cara, como si algo le hiciese gracia. «¿Qué quieres?».

»"Si no le importa, me gustaría hablar con usted, sir Magnus", dije. "Es sobre Mary...".

»Miró por encima de su hombro, y fue entonces cuando me di cuenta de que no estaba solo.

»"Ahora no puedo atenderte", dijo.

»"Solo le robaré unos minutos", contesté.

»"Imposible. Ahora no. Deberías haber llamado antes de venir. ¿Qué hora crees que es?".

»"Por favor", insistí.

»"¡No! Vuelve mañana".

»Iba a cerrarme la puerta en las narices. Lo noté claramente. Pero entonces, en el último momento, se detuvo y me hizo una última pregunta. Nunca lo olvidaré.

»"¿De verdad crees que maté a vuestra puñetera perra?", me preguntó.

—¿La perra? —repitió Pünd, desconcertado.

—Debería habérselo dicho. Cuando nos mudamos a Pye Hall, teníamos una perra.

—Se llamaba Bella.

—Sí. Así es. Era mestiza: mitad labrador, mitad collie. Se la compré a Tom por su décimo cumpleaños, y sir Magnus estuvo en contra desde el primer día. No quería que se descontrolase en el césped, que asustase a las gallinas. No quería que arrancase los macizos de flores. Le diré lo que no quería en realidad. No quería que le comprase un regalo a mi propio hijo. Es lo que le decía. Quería tener un control absoluto sobre mí y sobre mi familia. Como la perra estaba relacionada conmigo y era el único regalo mío que le encantaba a Tom, tuvo que librarse de ella.

—¿La mató? —preguntó Fraser, recordando el triste collarcito que Pünd había encontrado en la habitación de la casa del guarda.

—Nunca pude demostrar que había sido él. Tal vez le encargó a Brent que lo hiciera. No me extrañaría que ese bastardo llorica accediera a hacerlo. Pero un día la perra estaba ahí, y al día siguiente había desaparecido. Una semana más tarde la encontramos degollada en Dingle Dell. Tom se quedó destrozado. Nunca había recibido un regalo que fuese realmente suyo; ese había sido el primero. ¿Quién pudo hacerle eso a un niño?

—Parece muy extraño —murmuró Pünd—. Sir Magnus no lo veía desde hacía años. Usted aparece inesperadamente en su casa, bastante tarde. ¿Por qué cree que elige ese momento para preguntarle por la perra?

—No tengo la menor idea.

—¿Qué le dijo usted?

—No supe qué responder. Pero de todos modos no importó, porque entonces cerró la puerta. Se la cerró en la cara a un hombre que había perdido a su mujer menos de dos semanas atrás. No estaba dispuesto ni a invitarme a cruzar el umbral. Era esa clase de persona.

Se produjo un largo silencio.

—¿La conversación que ha descrito... —murmuró Pünd—, ¿En qué medida cree que se ajusta a la realidad? ¿Fueron esas las palabras exactas que usó sir Magnus?

—Que yo recuerde, sí, señor Pünd.

—Por ejemplo, ¿no lo saludó por su nombre?

—Sabía quién era yo, si se refiere a eso. Pero no. Solo pronunció esa palabra, «¡tú!», como si yo hubiese salido de debajo de una piedra.

—¿Qué hizo usted a continuación?

—¿Qué podía hacer? Volví al coche y me marché.

—¿La bicicleta que había visto seguía allí?

—Para serle sincero, no me acuerdo. No me fijé.

—Así que se fue...

—Estaba irritado. Había venido de muy lejos y no esperaba que me echasen nada más llegar. Ya había recorrido diez o quince millas cuando cambié de opinión. Seguía pensando en Robert. Seguía pensando en lo que era correcto. ¿Y quién era el maldito Magnus Pye para cerrarme la puerta en las narices? Ese hombre había estado abusando de mí desde el día que lo conocí. De pronto sentí que estaba harto. Regresé a Pye Hall y esta vez no me detuve en la casa del guarda. Fui con el coche hasta la puerta principal, bajé y volví a llamar al timbre.

—¿Cuánto tiempo había transcurrido?

—¿Veinte minutos? ¿Veinticinco? No miré el reloj. No me importaba qué hora era. Estaba decidido a soltárselo todo. Sin embargo, esta vez sir Magnus no acudió a la puerta. Llamé al timbre dos veces más. Nada. Así que abrí el buzón y me arrodillé con la intención de gritarle. Iba a decirle que era un maldito cobarde y que tenía que atenderme. —A Blakiston se le quebró la voz—. Fue entonces cuando lo vi. Había tanta sangre que no pude dejar de verlo. Estaba tendido en el vestíbulo, delante de mis ojos. No me di cuenta de que le habían cortado la cabeza. El cuerpo estaba hacia el otro lado, gracias a Dios. Pero supe al instante que estaba muerto. Era indudable.

»Me quedé conmocionado. Más aún. Me quedé anonadado. Fue como si me hubiesen dado un puñetazo en la cara. Sentí que me caía y pensé que iba a desmayarme. Logré mantenerme en pie a duras penas. Sabía que alguien había matado a sir Magnus en los últimos veinte minutos, durante el tiempo que yo había tardado en ir y volver. Tal vez el asesino estaba con él cuando llamé a la puerta la primera vez. De hecho pudo estar escuchándome desde el interior. Quizá esperó a que me fuese y lo mató entonces.

Blakiston encendió otro cigarrillo. Le temblaba la mano.

—Sé lo que va a preguntarme, señor Pünd. Que por qué no acudí a la policía. Pues es evidente, ¿no? Fui la última persona en verlo con vida, y al mismo tiempo tenía motivos de sobras para desear su muerte. Había perdido a mi hijo y le echaba la culpa a sir Magnus. Había perdido a mi mujer, y ella también trabajaba para él. Ese hombre ha sido para mí como el diablo en un banquete. Si la policía busca a un sospechoso, no tendrá que ir más allá de mí. No lo maté, pero supe desde el primer momento lo que pensarían y decidí largarme a toda prisa. Procuré sobreponerme y me marché con el coche lo más rápido que pude.

»Llegó otro coche justo cuando cruzaba la verja. No vi nada, solo un par de faros. Pero me daba miedo que el conductor se fijara en mi matrícula y me denunciara. ¿Fue eso lo que pasó?

—Lady Pye iba en ese coche —le aclaró Pünd—. Regresaba de Londres.

—Pues siento que se encontrara con aquello.

Debió de ser horrible para ella. Pero quería salir de allí. Solo pensaba en eso.

—Señor Blakiston, ¿tiene alguna idea de quién podía estar en la casa con sir Magnus Pye cuando fue a visitarlo?

—¿Cómo podría saberlo? No oí a nadie. No vi a nadie.

—¿Podría ser una mujer?

—Curiosamente, eso fue lo que pensé. Si él hubiese tenido un encuentro secreto, o como quiera llamarlo, es muy posible que se hubiera comportado de la misma forma.

—¿Sabe que su hijo se encuentra entre los sospechosos del asesinato de sir Magnus?

—¿Robert? ¿Por qué? Eso es absurdo. No tenía ningún motivo para matarlo. Ya se lo he dicho, siempre admiró a sir Magnus. Los dos eran uña y carne.

—Pero tiene exactamente la misma motivación que usted. Pudo considerar a sir Magnus responsable de la muerte tanto de su hermano como de su madre.

Pünd levantó una mano antes de que Blakiston pudiera responder.

—Es que me deja asombrado que no se presentase para dar la información que me acaba de proporcionar. Dice que no lo mató, pero con su silencio ha impedido que demos con el verdadero asesino. El asunto de la bicicleta, por ejemplo, es de gran importancia.

—Quizá debí hacerlo —repuso Blakiston—, pero sabía que saldría mal parado, como me ha pasado siempre. La verdad es que me arrepiento de haber ido allí. Algunos libros tratan de casas malditas. Siempre he pensado no eran más que un montón de tonterías, pero no me costaría creerlo en el caso de Pye Hall. Mató a mi mujer y a mi hijo, y si usted le cuenta a la policía lo que acabo de decirle, seguramente acabaré colgado. —En su rostro se dibujó una triste sonrisa—. Y entonces también me habrá matado a mí.

2

Pünd no habló apenas durante el viaje de regreso, y Fraser prefirió no interrumpir sus reflexiones. Conducía el Vauxhall con mano experta, pasando de una marcha a la otra y manteniéndose en el centro del carril, mientras el sol se ponía y a su alrededor se alargaban las sombras. Solo cuando estaba al volante sentía que controlaba completamente la situación. Habían tomado el transbordador para cruzar el río Severn y durante todo el trayecto ambos permanecieron en silencio, mientras la costa galesa se deslizaba a su espalda. Fraser tenía hambre. No había comido nada desde la mañana. En el transbordador vendían bocadillos , pero no eran demasiado apetitosos, y en cualquier caso a Pünd no le gustaba llevar comida en el coche.

Llegaron a la otra orilla y atravesaron los campos de Gloucester, la misma ruta que Blakiston debió de recorrer para ir a la mansión de sir Magnus Pye. Fraser confiaba en estar en Saxby-on-Avon antes de las siete, a tiempo para la cena.

Al cabo de un rato llegaron a Bath y tomaron la carretera que los llevaría a Pye Hall, con el valle, ahora ya bastante oscuro, extendiéndose a su izquierda.

—¡El oro!

Pünd llevaba tanto tiempo sin hablar que Fraser se sobresaltó al oír su voz.

—¿Cómo dice? —inquirió.

—El oro de los pobres que escondió sir Magnus Pye. Estoy firmemente convencido de que todo gira en torno a eso.

—Pero si no vale nada.

—Para ti, no, James. Ni para mí. Esa es precisamente la cuestión.

—Mató a Tom Blakiston. Trató de sacarlo del lago.

—Ah, sí. El lago ha sido una oscura presencia en esta historia, como en los cuentos del rey Arturo. Los niños jugaban cerca del lago. Uno de ellos murió en el lago. Y la plata de sir Magnus también estaba oculta en el lago.

—¿Sabe una cosa, Pünd? Lo que dice no tiene mucho sentido.

—Pienso en el rey Arturo, en dragones y en brujas. En esta historia hubo una bruja y un dragón, y una maldición que no pudo conjurarse...

—Deduzco que sabe quién lo hizo.

—Lo sé todo, James. Solo tenía que relacionar las distintas piezas, pero ahora me queda todo muy claro. A veces no son las pistas físicas las que nos llevan a la solución del crimen. Las palabras pronunciadas por el párroco en un entierro o un trozo de papel quemado en una chimenea... sugieren una cosa, pero luego conducen a otra muy distinta. La habitación que está cerrada con llave en la casa del guarda. ¿Por qué la cerraron con llave? Creemos tener la respuesta, pero basta reflexionar un instante para comprender que estamos equivocados. La carta enviada a sir Magnus. Sabemos quién la escribió. Sabemos por qué. Sin embargo, una vez más, nos confundimos. Tenemos que pensar. Todo son conjeturas, pero muy pronto vemos que no puede haber otra respuesta.

—¿Le ha ayudado hablar con Matthew Blakiston?

—Matthew Blakiston me ha dicho todo lo que necesitaba saber. Fue él quien empezó esto.

—¿En serio? ¿Qué hizo?

Mató a su mujer.

Crouch End, Londres

Irritante, ¿no?

Llegué al final del manuscrito el domingo por la tarde y telefoneé inmediatamente a Charles Clover. Charles es mi jefe, el director general de Cloverleaf Books, la editorial que publica la serie de Atticus Pünd. Me saltó directamente el buzón de voz.

—¿Charles? —dije—. ¿Dónde ha ido a parar el último capítulo? ¿Qué sentido tiene hacerme leer una novela de suspense si al final no desvela quién es el culpable? ¿Puedes llamarme?

Bajé a la cocina. Había dos botellas vacías de vino blanco en el dormitorio y migas de nachos sobre el edredón. Sabía que llevaba demasiado tiempo sin salir de casa, pero aún hacía frío y humedad en la calle y no me apetecía. No había nada decente para beber en la casa, así que abrí una botella de raki que Andreas había traído de su último viaje a Creta, me serví un vaso y lo apuré de un trago. Tenía el mismo sabor que todos los licores extranjeros después de pasar por el aeropuerto de Heathrow. Malo. Me había llevado el manuscrito y me puse a repasarlo, tratando de averiguar cuánto podía faltar. La última parte se habría llamado «Un secreto que no debe revelarse», lo que sin duda resultaba apropiado dadas las circunstancias. Como Pünd había anunciado que ya conocía la solución, a la parte final solo debían de faltarle dos o tres secciones. Seguramente reuniría a los sospechosos, les diría la verdad, haría una detención, volvería a su casa y se

moriría. Yo sabía que Alan Conway llevaba algún tiempo queriendo poner fin a la serie, pero descubrir que lo había hecho de
verdad había supuesto una desagradable sorpresa. El tumor cerebral se me antojó una forma poco original de despachar a su
principal personaje, pero también resultaba indiscutible; supongo que por eso la había escogido. He de admitir que si derramé
una lágrima, fue más bien por nuestras futuras cifras de ventas.

Entonces ¿quién mató a sir Magnus Pye?

No tenía nada mejor que hacer, así que saqué un bloc y un
bolígrafo y me senté en la cocina con la copia mecanografiada a
mi lado. Se me ocurrió incluso que Charles podía haberlo hecho
a propósito para ponerme a prueba. Como siempre era el primero en llegar a la oficina, me estaría esperando el lunes y me preguntaría por la solución antes de darme las últimas páginas.
Charles tiene un extraño sentido del humor. A menudo lo he
visto reírse de chistes que nadie más sabe que ha contado.

1. Neville Brent, el jardinero

Es el sospechoso más obvio. En primer lugar, Mary Blakiston le
desagrada y sir Magnus Pye lo acaba de despedir. Dos buenas
razones para eliminarlos a ambos. Además, es el único personaje
del libro implicado en todas las muertes. Está en la casa cuando
Mary se cae por las escaleras y es prácticamente la última persona que ve a sir Magnus con vida. Según su relato, se dirige enseguida al Ferryman cuando ha acabado de trabajar la noche del
homicidio, pero en la página 94 Conway menciona un extraño
pormenor: Brent llega al pub «veinticinco minutos después».
¿Por qué especificarlo? Es posible que sea un detalle irrelevante
o incluso un error; no olvidemos que se trata de un primer borrador. Pero me había parecido entender que el Ferryman distaba solo diez minutos de Pye Hall, y aquel cuarto de hora de más
le habría podido servir a Brent para volver sobre sus pasos, colarse por la puerta trasera mientras sir Magnus hablaba con
Matthew Blakiston y matarlo a continuación.

Hay otro detalle que se refiere a Brent. Lo más probable es

que sea un pedófilo. «Era un hombre solitario, soltero, [...] desde luego, era un tipo extraño, [...] el aire estaba impregnado de cierto olor, [...] el olor del hombre que vive solo». La policía encuentra en el suelo de su habitación unas revistas para *boy scouts* y, como quien no quiere la cosa, se nos dice en la página 176 que una vez lo sorprendieron espiando a unos *boy scouts* que estaban acampados en Dingle Dell. Estos detalles me llamaron la atención porque, en general, hay muy poco sexo en las novelas de Atticus Pünd, aunque, en este sentido, vale la pena recordar que la asesina de *Anís y cianuro* resulta ser lesbiana (envenena a su compañera). ¿Acaso Brent sentía un interés malsano por los dos niños, Tom y Robert Blakiston? Desde luego, no es una coincidencia que sea él quien «encuentra» a Tom Blakiston cuando se ha ahogado en el lago. Me pregunto incluso por la muerte de sus padres, supuestamente en un accidente de tráfico. Por último, es quien tiene más posibilidades de haber matado a la perra.

Dicho todo esto, la primera ley de las novelas de suspense es que el sospechoso más probable nunca resulte ser el asesino. Así que supongo que eso le excluye.

2. Robert Blakiston, el mecánico

Robert también está vinculado a las tres muertes. A su manera, es tan raro como Brent. Tiene la piel pálida y lleva un corte de pelo extraño. En el colegio nunca se llevó bien con los otros niños, lo detuvieron en Bristol y, sobre todo, tiene una relación difícil con su madre, que culmina en una pelea en público durante la cual más o menos amenaza con matarla. Estoy haciendo trampas, pero, hablando como redactora, también sería muy satisfactorio que Robert fuese el asesino, ya que Joy Sanderling solo acude a Pünd porque trata de protegerlo. No me cuesta imaginar un último capítulo en el que las esperanzas de la chica quedan destruidas cuando su prometido es desenmascarado. Esa es la solución que yo habría escogido.

Sin embargo, esta teoría tiene dos grandes problemas. El primero es que, a no ser que Joy Sanderling mintiese, Robert no podía haber matado a su madre porque los dos estaban juntos en la cama a la hora en que ocurrió. Probablemente es cierto que alguien se habría fijado en el escúter rosa si hubiese ido a Pye Hall a las nueve de la mañana (aunque eso no ha impedido al asesino usar la chirriante bicicleta del párroco a las nueve de la noche). Aún resulta más significativo, y Pünd lo menciona al menos en una ocasión, que Robert no parezca tener ningún motivo para matar a sir Magnus, que siempre se ha mostrado amable con él. ¿Podría haber culpado a sir Magnus de la muerte de su hermano menor cuando jugaban junto al lago? Al fin y al cabo, había suministrado el oro de los pobres que causó la tragedia, y Robert, el segundo en llegar a la escena, se lanzó al agua para ayudar a sacar a su hermano. Debió de quedar traumatizado. ¿Podría culparlo incluso de la muerte de su madre?

Puede que, después de todo, Robert sea mi sospechoso número uno y Brent el número dos. No lo sé.

3. Robin Osborne, el párroco

Alan Conway acostumbra a jugar al final de la partida una carta de menor importancia. Por ejemplo, en *No hay descanso para los malvados*, Agnes Carmichael, que resulta ser la asesina, no pronuncia una sola palabra en toda la novela; no es de extrañar, es sordomuda. No creo que Osborne matase a sir Magnus por Dingle Dell. Tampoco creo que matase a Mary Blakiston por lo que ella encontró sobre su mesa, sea lo que sea. Pero sin duda es interesante que se utilizase su bicicleta cuando se perpetró el segundo crimen. ¿De verdad permaneció en la iglesia todo ese tiempo? Y en la página 120, Henrietta encuentra una mancha de sangre en la manga de su marido. Ese detalle no vuelve a mencionarse, pero estoy segura de que Conway habría regresado a él en las páginas que faltan.

También me interesan las vacaciones que Osborne hizo con su mujer en Devonshire. Desde luego, se pone nervioso cuando Pünd lo interroga («el párroco pareció desconcertado») y se muestra reacio incluso a nombrar el hotel en el que se alojaron.

Puede que esté buscándole tres pies al gato, pero los padres de Brent murieron en Devonshire. ¿Hay alguna relación?

4. Matthew Blakiston, el padre

En realidad, debería ponerlo en el primer puesto de mi lista, ya que se nos indica de forma inequívoca que fue él quien asesinó a su mujer. Pünd lo dice al final de la sexta parte, «mató a su mujer», y es inconcebible que mienta. En los ocho libros, incluso cuando comete un error (la falsa detención de *Regalo navideño para Pünd* que enfureció a algunos lectores, pues opinaban que Conway no había jugado limpio), siempre es sincero al cien por cien. Si anuncia que Matthew Blakiston mató a su mujer, eso es lo que ha pasado, aunque resulta irritante que no diga por qué. Ni tampoco cómo ha llegado a esa conclusión. La explicación, por supuesto, se hallará en el capítulo que falta.

¿Matthew mató también a sir Magnus? No lo creo. Al menos he logrado deducir un detalle: Blakiston dejó la huella en el parterre cuando miraba a través del buzón. «Sentí que me caía y pensé que iba a desmayarme». Son sus propias palabras. Debió de alargar la mano para sujetarse y dejó la huella en la tierra blanda. Mata a su mujer y, por algún motivo, regresa a la escena del crimen. Si de verdad es así, por muy improbable que parezca, hay un segundo asesino en Saxby-on-Avon que acaba con la vida de sir Magnus por una razón muy distinta.

5. Clarissa Pye, la hermana

A veces, cuando leo una novela de suspense, tengo un presentimiento acerca de alguien sin ningún motivo concreto, y eso es lo que me ocurre en este caso. Clarissa tenía razones de sobra para odiar a su hermano, y puede que pretendiese matar tanto a lady Pye como a Freddy, su hijo, a fin de heredar Pye Hall. La historia de la fisostigmina robada para suicidarse pudo ser mentira, y también explicaría la necesidad de eliminar a Mary Blakiston. Y no olvidemos que Clarissa tenía llave de la puerta principal de

Pye Hall. Se menciona una vez, en la página 31, aunque esa información no se repita.

También está la cuestión del doctor Rennard y los gemelos intercambiados al nacer. ¿Cuándo descubrió la verdad Clarissa? ¿Fue realmente cuando se la contó la doctora Redwing? Me surge esta duda porque en la página 7 hay una extraña referencia a Ashton House, donde vive el doctor Rennard. En su sermón, el párroco menciona que Mary Blakiston visitaba a menudo la residencia. Podría ser que Rennard le hubiese contado lo sucedido y que ella, siendo como era, se lo hubiera dicho a Clarissa. Eso proporcionaría a Clarissa un buen motivo para matar tanto a Mary como a sir Magnus. La fisostigmina pudo ser para lady Pye y para Freddy. Era posible incluso que la caída del doctor Rennard no hubiese sido un accidente en realidad... aunque ¿estoy llevando las cosas demasiado lejos?

He descartado a los Whitehead, a la doctora Redwing y a su marido artista, a Frances Pye y al improbable Jack Dartford. Todos tenían motivos para asesinar a sir Magnus, pero no veo por qué tendrían que hacerle daño a Mary Blakiston. Solo queda Joy Sanderling, la sospechosa menos creíble de todos. Pero ¿por qué iba a querer matar a nadie y, sobre todo, por qué iba a acudir a Atticus Pünd?

Sea como fuere, así pasé el domingo por la tarde, hojeando el manuscrito, tomando notas y sin llegar a ninguna parte. Esa noche quedé con un par de amigas en el BFI para asistir a una proyección de *El halcón maltés*, pero no pude concentrarme en la laberíntica trama. Pensaba en Magnus, en Mary y en unos puñeteros trozos de papel, en perros muertos y en cartas dentro de un sobre equivocado. No dejaba de preguntarme por qué estaba incompleto el manuscrito, y me sentía irritada porque Charles todavía no me había devuelto la llamada.

Esa misma noche descubrí el porqué. Volvía a casa en taxi y el taxista tenía la radio encendida. Fue el cuarto titular de las noticias.

Alan Conway había muerto.

Cloverleaf Books

Me llamo Susan Ryeland y soy la directora de Ficción de Cloverleaf Books. El puesto no es tan importante como parece, ya que solo somos quince (y un perro) en el edificio, y no publicamos más de veinte libros al año. Yo trabajo más o menos en la mitad de ellos. Para tener una actividad tan reducida, nuestra lista no está nada mal. Hay un par de autores respetados que han ganado premios literarios, un escritor de éxito del género fantástico y un autor de literatura infantil que acaba de ser galardonado. No podemos permitirnos los costes de producción de los libros de cocina, pero nos ha ido bien con guías de viaje, obras de autoayuda y biografías. Sin embargo, la pura verdad es que Alan Conway era con mucho nuestro autor más famoso, y que todo nuestro plan de negocio dependía del éxito de *Sangre de urraca*.

La empresa fue fundada hace once años por Charles Clover, un profesional reconocido en el sector, y yo he estado con él desde el principio. Trabajábamos juntos en Orion cuando decidió establecerse por su cuenta, en un edificio que había comprado cerca del Museo Británico. El aspecto de las oficinas era perfecto para él: tres plantas, pasillos estrechos, alfombras gastadas, paneles de madera, no demasiada luz natural. En un momento en el que todo el mundo abrazaba el siglo XXI nerviosamente, puesto que las editoriales no suelen ser pioneras cuando se trata de hacer cambios sociales o tecnológicos, él estaba satisfecho con su papel de hombre anticuado. Bueno, había trabajado con Graham Greene, Anthony Burgess y Muriel Spark. Existe incluso una fotografía en la que aparece cenando con un Noël Coward muy anciano, aunque siempre dice que estaba tan borracho que no recuerda el nombre del restaurante ni tampoco una sola palabra de lo que dijo el gran hombre.

Charles y yo pasamos tanto tiempo juntos que la gente da por sentado que alguna vez hemos sido amantes, aunque no es cierto. Él está casado y tiene dos hijos mayores; su hija Laura está a punto de dar a luz a su primer nieto. Vive en una casa muy aparente de Parson's Green que él y su mujer, Elaine, compraron hace treinta años. Me han invitado a cenar varias veces, y las veladas siempre se han caracterizado por una compañía interesante, un vino excelente y una conversación que se prolonga hasta altas horas de la noche. Dicho esto, no suele socializar demasiado fuera del trabajo; al menos no con personas del mundo editorial. Lee muchísimo. Toca el violonchelo. He oído decir que de joven se drogaba mucho, pero, con su aspecto actual, nadie se lo creería.

Llevaba una semana sin verlo. Había estado de gira con un autor, del martes al viernes, asistiendo a eventos en Birmingham, Manchester, Edimburgo y Dublín, y concediendo entrevistas en emisoras de radio y para la prensa. Las cosas habían salido sorprendentemente bien. Cuando llegué el viernes por la tarde a última hora, él ya se había ido a pasar fuera el fin de semana. La copia mecanografiada de *Sangre de urraca* me estaba esperando sobre la mesa. Y cuando el lunes por la mañana dejé mi bolso en el suelo y encendí el ordenador, se me ocurrió que Charles y yo debíamos de haberlo leído al mismo tiempo y que, después de todo, ni siquiera él podía saber que estaba incompleto cuando me lo dejó.

Él estaba ya en su despacho, que se hallaba en el primer piso, en el extremo opuesto del pasillo respecto al mío. Daba a la calle principal, entre New Oxford Street y Bloomsbury Way. Mi lado del edificio era más tranquilo. El despacho era elegante, de planta cuadrada, con tres ventanas, muchos estantes llenos de libros y una increíble serie de premios expuestos. A Charles no le gustan las ceremonias de entrega de premios. Las considera un mal necesario, pero en el transcurso de los años Cloverleaf ha logrado conseguir bastantes galardones: Nibbies, Gold Daggers, IPG Awards, etc. Todo lucía muy limpio y bien ordenado. A Charles le agradaba saber dónde estaba todo y tenía una secretaria, Jemima, que cuidaba de él sin llamar la atención. Mi jefe estaba sentado detrás de su mesa con su propio ejemplar de *Sangre de urraca* delante. Vi que había realizado anotaciones al margen, usando una pluma cargada con tinta roja.

Siento la obligación de describir a Charles aquel día. Tenía sesenta y tres años, llevaba como siempre traje y corbata y lucía un anillo de oro en el anular que Elaine le había regalado cuando cumplió cincuenta años. Cuando entraba en su despacho, en ligera penumbra, me recordaba siempre el personaje del padrino de la famosa película. No resultaba amenazador, pero los ojos penetrantes, la nariz afilada y los pómulos aristocráticos le daban un aire italiano. El pelo blanco, un tanto descuidado, se alargaba hasta rozarle el cuello de la camisa. Estaba bastante en forma para su edad, aunque nunca se le había ocurrido poner los pies en un gimnasio, y emanaba autoridad. Cuando venía a trabajar solía traer a su labrador, una hembra color miel que en ese momento dormía sobre una manta doblada bajo el escritorio.

La perra se llamaba Bella.

—Pasa, Susan —dijo, haciéndome un gesto de invitación desde la puerta.

Yo llevaba la copia mecanografiada en la mano. Entré, me senté y vi en ese momento que estaba muy pálido, casi en estado de *shock*.

—Ya te habrás enterado —dijo.

Asentí con la cabeza. La noticia salía en todos los periódicos, y había oído hablar al autor Ian Rankin sobre Conway en el programa *Today*. Lo primero que pensé al saberlo fue que debía de haber sufrido un infarto. ¿No era esa la causa de muerte más frecuente en los hombres de su edad? Me equivocaba. Ahora se decía que había sido un accidente. Había sucedido en su casa, cerca de Framlingham.

—Es una noticia terrible —dijo Charles—. Absolutamente terrible.

—¿Sabes lo que ha pasado? —pregunté.

—La policía me telefoneó anoche. Hablé con un tal superintendente Locke. Llamaba desde Ipswich, creo. Dijo exactamente lo que dicen en la radio, que fue un accidente, pero no quiso entrar en detalles. Y luego, esta mañana, hace solo unos minutos, he recibido esto. —Cogió una carta que descansaba sobre el escritorio. Junto a esta había un sobre abierto de cualquier manera—. Ha llegado en el correo de la mañana. Es de Alan.

—¿Puedo leerla?

—Por supuesto —respondió, entregándomela.

La carta es tan importante que incluyo una reproducción exacta.

ABBEY GRANGE,
FRAMLINGHAM,
SUFFOLK.

28 de agosto de 2015

Querido Charles:

No me gusta disculparme, pero reconozco que no di
lo mejor de mí anoche en la cena. Sabes que últimamente no me encuentro muy allá. No quería decírtelo,
pero más vale que lo haga. No estoy bien.

Al decir eso, me quedo corto. La doctora Sheila Bennett
del London Clinic tiene todos los datos, pero lo cierto
es que me va a matar el mayor y más puñetero tópico
del planeta: tengo un cáncer inoperable.

¿Por qué yo? No fumo. Apenas bebo. Mis padres vivie-
ron muchos años, etc. Sea como fuere, me quedan unos
seis meses, tal vez más si me someto a quimioterapia
y todo lo demás.

Sin embargo, ya he decidido no hacerlo. Lo siento, pero
no voy a pasar los días que me quedan conectado a un
gotero, con la cabeza metida en el váter y el pelo
cubriendo el suelo del dormitorio. ¿Qué sentido tiene?
Y no voy a ir en silla de ruedas a los eventos literarios
de Londres, tremendamente flaco y tosiendo mientras
todos me dicen cuánto lo sienten cuando en realidad
están deseando verme desaparecer.

2.

En fin, sé que me puse muy borde contigo, pero en cierto modo toda nuestra relación ha sido un desastre y más vale que acabe como empezó. Cuando tú y yo nos conocimos, recuerdo las promesas que me hiciste. Para ser justo contigo, he de reconocer que todas se han hecho realidad; al menos la del dinero. Así que gracias.

Hablando de dinero, habrá disputas cuando me haya ido. Para empezar, James no va a ponerse contento. Ni siquiera sé por qué te lo cuento, ya que no es asunto tuyo, pero quiero informarte de que nuestros caminos están ya más o menos separados y me temo que lo he desheredado.

¡Dios! Parezco un personaje de uno de mis libros. En cualquier caso, va a tener que aguantarse. Espero que no te cause demasiados problemas.

En el aspecto literario, las cosas no salieron exactamente como yo esperaba, pero ya hemos hablado de eso muchas veces y no voy a perder el tiempo repitiéndome aquí. A ti no te importa un pimiento lo que yo piense de mi carrera. Nunca te ha importado. Es una de las cosas que me gustaban de ti. Ventas. Clasificaciones de best sellers. Esas malditas listas de Nielsen. Todos los aspectos que siempre he aborrecido del mundo editorial han sido siempre básicos para ti. ¿Qué harás sin mí? Es una pena que no vaya a estar ahí para descubrirlo.

Cuando leas esto, todo habrá terminado. Ya me perdonarás por no habértelo contado antes, por no haber confiado en ti, pero estoy seguro de que lo entenderás con el tiempo.

He dejado algunas notas en mi escritorio. Se refieren a mi enfermedad y a la decisión que he tomado. Debe quedar claro que el diagnóstico era inequívoco y que, para mí, no existe ninguna posibilidad de gracia. No tengo miedo a morir. Me gusta pensar que mi nombre será recordado.

He obtenido grandes éxitos en una vida que ya ha durado lo suficiente. Descubrirás que te he dejado una pequeña herencia en el testamento, en parte en señal de reconocimiento por los muchos años que hemos pasado juntos, aunque también tengo la esperanza de que puedas terminar mi libro y prepararlo para su publicación. Ahora eres tú su único custodio y confío en que en tus manos esté a salvo.

Por lo demás, serán pocos los que lloren mi pérdida. No dejo a mis espaldas a nadie que dependa de mí. Ahora que voy a despedirme de este mundo, tengo la sensación de haber aprovechado bien el tiempo del que disponía y espero que se me recuerde por los éxitos que tú y yo compartimos.

Ha sido toda una aventura, ¿verdad? ¿Por qué no echar otro vistazo a El tobogán por los viejos tiempos? No te enfades conmigo. Recuerda todo el dinero que has ganado. Y aquí está mi palabra favorita.

Fin.

Como siempre,
Alan

—¿Ha llegado esta mañana? —pregunté.

—Sí. Ya sabes que él y yo cenamos el jueves por la noche. Lo llevé al Club Ivy. La carta lleva fecha del 28 de agosto, que fue el día siguiente. Debió de escribirla en cuanto llegó a su casa.

Alan tenía un piso en Fitzrovia. Habría pasado allí la noche y habría cogido el tren en Liverpool Street a la mañana siguiente.

—¿Qué es *El tobogán*? —pregunté.

—Es un libro que Alan escribió hace algún tiempo.

—Nunca me lo has enseñado.

—Para serte sincero, no pensé que te interesara. No era una novela de suspense. Era algo más serio, una especie de sátira sobre la Gran Bretaña del siglo XXI ambientada en una mansión.

—Aun así, me habría gustado verlo.

—Créeme, Susan, habrías perdido el tiempo. No iba a publicarlo de ningún modo.

—¿Se lo dijiste a Alan?

—No en esos términos. Solo dije que no encajaría en nuestro catálogo.

Un viejo eufemismo editorial. No puedes decirle a tu escritor de mayor éxito que su nuevo libro no vale nada.

Los dos permanecimos en silencio. Debajo de la mesa, la perra se dio la vuelta y lanzó un gruñido.

—Es una nota de suicidio —dije.

—Sí.

—Tenemos que enviársela a la policía.

—Estoy de acuerdo. Iba a llamarlos.

—¿No sabías que estaba enfermo?

—No sabía absolutamente nada. No me lo dijo en ningún momento, ni tampoco lo mencionó el jueves por la noche. Cenamos. Me dio el manuscrito. ¡Estaba entusiasmado! Dijo que era su mejor obra.

Yo no estaba presente y estoy escribiendo después de lo sucedido, pero esto es lo que Charles me contó a propósito de aquella noche. Alan Conway había prometido entregar *Sangre de urraca* antes de fin de año y, al contrario que otros escritores con los que he trabajado, era siempre muy puntual. La cena se había fijado con varias semanas de antelación; entre otras cosas, no era ninguna coincidencia que se hubiese programado durante mi ausencia. Alan y yo no nos llevábamos muy bien por razones que explicaré más adelante. Charles y él habían quedado en el Ivy; no en el restaurante, sino en un club privado solo para miembros situado muy cerca de Cambridge Circus. Hay un piano bar en la primera planta y un restaurante arriba, y todas las ventanas tienen los cristales tintados para impedir que se vea el interior... y también el exterior. Acuden al local bastantes famosos, y es exactamente la clase de sitio que le gustaba a Alan. Charles había reservado su mesa habitual a la izquierda de la puerta, con una pared de librerías a su espalda. Un marco que ni siquiera en el teatro habría podido organizarse mejor. De hecho, el teatro St. Martin's y el Ambassadors, que, entre otros, habían representado *La ratonera* durante sabe Dios cuántos años, estaban en la misma calle.

La velada empezó con abundantes martinis, que allí los preparan deliciosos. Hablaron de temas generales: familia y amigos, Londres, Suffolk, el mercado editorial, un poco de cotilleo, qué se vendía y qué no. Escogieron la comida y, como a Alan le gustaba el vino caro, Charles quiso agasajarlo pidiendo una botella de Gevrey-Chambertin Grand Cru que Alan se bebió en su mayor parte. Lo imagino hablando cada vez más y subiendo más y más el tono de su voz a medida que avanzaba la cena. Siempre tendía a beber demasiado. Llegó el primer plato, y en cuanto lo hubieron terminado, Alan sacó el manuscrito de la cartera de piel que siempre llevaba consigo.

—Me quedé muy sorprendido —dijo Charles—. No lo esperaba hasta un par de meses después.

—¿Sabes que mi copia está incompleta? —pregunté—. Le falta el final.

—La mía también. Estaba en ello cuando has entrado.

—¿Dijo algo?

Me preguntaba si Alan lo habría hecho a propósito. Tal vez quería que Charles adivinase el final antes de que se revelara.

Charles hizo memoria.

—No. Solo me dijo que pensaba que era muy bueno y me lo entregó.

Eso resultaba interesante. Alan Conway debía de creer que estaban todos los capítulos. De lo contrario, sin duda habría explicado lo que hacía.

Charles se alegró mucho de recibir la nueva obra y le hizo todos los cumplidos de rigor. Le dijo a Alan que la leería durante el fin de semana. Por desgracia, a partir de ese momento la velada degeneró.

—No sé qué pasó —me dijo Charles—. Estábamos hablando del título. No me gustaba mucho, y ya sabes lo susceptible que era Alan a veces. Puede que fuese una estupidez por mi parte sacar el tema en ese momento. Además, mientras hablábamos, se produjo un incidente bastante raro. A un camarero se le cayeron un montón de platos. Supongo que podría ocurrir en cualquier parte, pero el club es un local tan silencioso que fue casi como si estallase una bomba. Alan se levantó y se puso a discutir con el camarero. Había estado nervioso durante toda la velada y yo no sabía por qué. Sin embargo, si estaba enfermo y ya pensaba en acabar con su vida, supongo que no es de extrañar.

—¿Cómo acabó la cena? —pregunté.

—Alan se calmó un poco y tomamos café, pero seguía sin estar muy allá. Ya sabes cómo se ponía después de unas cuantas copas de vino. ¿Recuerdas aquel horrible evento de Specsavers? En fin, a lo que iba: cuando estaba subiéndose al taxi, me dijo que había una entrevista de radio que quería anular.

—Simon Mayo —dije—. Radio Two.

—Sí. El viernes que viene. Traté de disuadirlo. No conviene dejar tirados a los de los medios, porque no sabes si te volverán a invitar. Pero no quiso escucharme. —Charles volteó la carta entre sus manos. Me pregunté si debía tocarla siquiera. ¿No era una prueba?—. Supongo que debería de telefonear a la policía —dijo—. Tendrán que saberlo.

Me marché para que pudiese hacer la llamada.

Alan Conway

Fui yo quien descubrió a Alan Conway.

Me lo presentó mi hermana, Katie, que vive en Suffolk y enviaba a sus hijos a la escuela independiente local. Alan trabajaba allí como maestro de lengua y acababa de terminar una novela de suspense titulada *Atticus Pünd investiga*. No sé muy bien cómo se enteró de que me conocía, supongo que debió de contárselo ella misma, pero le pidió que me la enseñase. Mi hermana y yo tenemos vidas muy distintas pero nos llevamos muy bien, y accedí a echarle un vistazo como favor hacia ella. No pensé que fuese buena, porque los libros que llegan de esa forma, por la puerta de atrás, raramente lo son.

Me llevé una agradable sorpresa.

Alan había captado la atmósfera de la «edad de oro» de la novela de suspense británica, con una ambientación en una casa de campo, un homicidio complicado, un grupo de personajes adecuadamente excéntricos y un detective forastero. El relato se desarrollaba en 1946, justo después de la guerra, y aunque no se excedía con detalles de la época, transmitía el ambiente de aquel tiempo. Pünd era un personaje que despertaba simpatía, y el hecho de que hubiese sobrevivido a los campos de concentración —al final habíamos aligerado esa parte de la historia— le proporcionaba cierta profundidad. Me gustaban sus peculiaridades germánicas, sobre todo la obsesión por el libro que estaba escribiendo, *Panorama de la investigación criminal,* que se convertiría en una constante a lo largo de toda la serie. Haber ambientado el libro en los años cuarenta permitía también un ritmo más pausado: nada de teléfonos móviles, ordenadores, investigación forense ni información instantánea. Detecté algunos problemas. Parte de la novela era demasiado hábil. A menudo daba la sensación de que luchaba por impresionar al lector en lugar de limitarse a contar la historia. Era demasiado largo. Sin embargo, para cuando llegué al final del manuscrito estaba convencida de que iba a publicarlo como primer encargo para Cloverleaf Books.

Y entonces conocí al autor.

No me cayó nada bien. Queda mal decirlo, pero a primera vista me pareció que no tenía sangre en las venas. Habrán visto su fotografía en la sobrecubierta de los libros: rostro flaco, pelo canoso y muy corto, gafas redondas con montura metálica. En televisión o en la radio siempre sabía mostrar cierta elocuencia, un encanto desenfadado. Pero al principio era completamente distinto. Con la cara redonda y algo de sobrepeso, llevaba un traje que aún conservaba las marcas de tiza en las mangas. Tenía una actitud agresiva y al mismo tiempo parecía ansioso por agradar. No tardó nada en decirme cuánto deseaba ser un autor publicado, pero apenas mostró entusiasmo ahora que el momento había llegado. No le entendía. Cuando mencioné algunos de los cambios que quería aportar al libro, se enfureció. Me pareció una de las personas con menos sentido del humor que había conocido en mi vida. Más tarde, Katie me contó que nunca había sido popular entre los niños, y no me costó entender por qué.

No obstante, para ser justa tengo que decir que yo tampoco debí de causarle una primera impresión demasiado positiva. Algunos encuentros son así. Charles, él y yo habíamos quedado para almorzar en un restaurante elegante. Aquel día llovía a cántaros. Yo había tenido una reunión en el otro extremo de la ciudad y mi taxi no había llegado, así que tuve que correr media milla con tacones altos. Me presenté tarde, con el pelo pegado a la cara, la blusa empapada y el sujetador a la vista. Al sentarme, tiré una copa de vino. Me moría de ganas de fumarme un cigarrillo, y eso me volvió picajosa. Recuerdo que tuvimos una discusión absurda sobre una parte del libro: él había reunido a todos los sospechosos en la biblioteca y simplemente pensé que resultaba demasiado tópico. Sin embargo, aquel no era el momento adecuado para comentarlo. Más tarde, Charles se mostró muy enfadado conmigo, con toda la razón. Podríamos haberlo perdido, y había otras muchas editoriales que habrían aceptado el libro, y más con la promesa de una serie.

De hecho, Charles se hizo cargo y fue quien más habló aquel día. El resultado fue que acabó trabajando él con Alan. Por eso era Charles quien acudía a todos los festivales: Edimburgo, Hay-on-Wye, Oxford, Cheltenham. Charles tenía la relación. Yo solo hacía el trabajo, editando los libros con un programa informático de lo más ingenioso que nos evitaba tener que vernos las caras. Resulta gracioso pensar que trabajé con él durante once años y no fui de visita a su casa ni una sola vez; parece un poco injusto, teniendo en cuenta que fui yo quien la pagó.

Naturalmente nos veíamos de vez en cuando, cada vez que venía a la editorial, y debo admitir que su encanto aumentó a medida que lo hacía su éxito. Se compraba ropa cara. Iba al gimnasio. Conducía un BMW i8 cupé. Hoy en día un escritor tiene que ser también un actor mediático, y muy pronto Alan Conway se encontró recorriendo los estudios de grabación para participar en programas como *The Book Show*, *The Wright Stuff* y *Question Time*. Acudía a fiestas y ceremonias de entrega de premios. Daba conferencias en escuelas y universidades. Tenía cuarenta años cuando alcanzó la fama, pero fue como si solo entonces empezara a vivir la vida. También hubo otros cambios. Cuando lo conocí estaba casado y tenía un hijo de ocho años. El matrimonio no duró mucho.

Al releer lo que he escrito parezco desencantada, como si me molestara el éxito del cual, en gran medida, yo misma era la artífice. Pero no me sentía en absoluto así. No me importaba qué pensara de mí, y me iba muy bien que fuesen Charles y él quienes acudieran a los festivales literarios mientras yo me ocupaba de los temas serios, como editar la novela y supervisar las publicaciones. A fin de cuentas, a mí no me interesaba otra cosa. Y la verdad es que sus libros me gustaban de verdad. Crecí devorando a Agatha Christie, y cuando viajo en avión o estoy en una playa solo leo novelas de suspense. He visto en televisión todos y cada uno de los episodios de *Poirot* y de *Los asesinatos de Midsomer*. Nunca adivino quién es el culpable y espero con ansia el momento en que el detective reúne a todos los sospechosos en una sala y, como un mago que hace salir una paloma de un sombrero de copa, por fin da sentido a todo. Así que esta es la moraleja del cuento: era una fan de Atticus Pünd. No tenía que admirar por fuerza también a Alan Conway.

Después de abandonar el despacho de Charles, tuve que atender varias llamadas telefónicas. De algún modo, antes incluso de que informáramos a la policía de la existencia de la carta, se había filtrado la noticia del suicidio de Alan, y algunos periodistas iban a la caza de más detalles. Amigos del sector llamaron para dar el pésame. Una librería de viejo de Cecil Court quería saber si teníamos algún ejemplar firmado, ya que estaban montando un escaparate. Pensé mucho en Alan esa mañana, pero aún pensé más en una novela de suspense a la que le faltaba la solución y también en un programa de publicación estival que tenía un enorme agujero en el centro.

Después de comer, volví al despacho de Charles.

—He hablado con la policía —me contó. La carta seguía delante de él junto al sobre—. Van a enviar a alguien a recoger la carta. Dicen que no debería haberla tocado.

—No veo cómo podrías haberlo sabido antes de abrirla.

—Eso digo yo.

—¿Te han dicho cómo lo hizo? —pregunté. Al decir «lo hizo», quería decir «se suicidó».

Charles asintió con la cabeza.

—Hay una especie de torre anexa a su casa. La última vez que estuve allí, en marzo o abril, Alan y yo tuvimos una conversación sobre ella. Le dije que era muy peligrosa. Solo hay un muro bajo, sin barandillas ni nada parecido. Es curioso, porque, cuando me enteré de que se había producido un accidente, di por sentado al instante que debía de haberse caído desde esa maldita torre. Pero ahora parece ser que saltó.

Hubo un silencio prolongado. Normalmente, Charles y yo sabemos lo que está pensando el otro. Sin embargo, esta vez evitábamos de forma deliberada mirarnos a los ojos. Lo que había sucedido era horrible. Ni él ni yo queríamos enfrentarnos a ello.

—¿Qué te pareció el libro? —pregunté.

Era la única pregunta que no le había hecho, y lo primero que en circunstancias normales hubiera querido saber.

—Pues lo leí durante el fin de semana y me gustó mucho. Lo encontré excelente en todos los aspectos, como los otros. Cuando llegué a la última página me irrité, como imagino que te pasó también a ti. Lo primero que pensé fue que alguna de las chicas de la oficina había cometido un error. Encargué que imprimieran dos copias, una para ti y una para mí.

Entonces se me ocurrió.

—¿Dónde está Jemima? —pregunté.

De pronto pareció cansado.

—Se ha marchado. Se despidió mientras estabas de viaje. No habría podido escoger peor momento. Este asunto de Alan... y también tengo que pensar en Laura.

Laura era su hija embarazada.

—¿Cómo está? —pregunté.

—Está muy bien, pero los médicos dicen que podría ponerse de parto en cualquier momento. Al parecer, es fácil que el primer hijo se adelante. —Volvió a lo que estaba diciendo antes—: No faltan páginas, Susan. Al menos, no están aquí. Hemos registrado la sala de copias. Imprimimos exactamente lo que nos dio Alan. Iba a llamarlo para preguntar qué había pasado. Y entonces supe la noticia.

—¿No te envió una copia digital?

—No. Nunca lo hacía.

Era cierto. Alan era un hombre de bolígrafo y papel. De hecho, escribía a mano el primer borrador. Luego lo introducía en el ordenador. Siempre nos enviaba una copia impresa antes de mandarla por correo electrónico, como si en cierto modo no se fiase de que fuésemos a leerla en la pantalla.

—Pues hay que encontrar los capítulos que faltan. Cuanto antes, mejor. —Charles parecía dubitativo, así que seguí hablando—: Deben de estar en alguna parte de la casa. ¿Lograste averiguar quién lo hizo?

Charles negó con la cabeza.

—Pensaba que pudo ser la hermana.

—Clarissa Pye. Sí. También estaba en mi lista.

—Siempre existe la posibilidad de que no llegara a terminarlo.

—Estoy segura de que te lo habría dicho cuando te lo entregó. Además, ¿qué sentido habría tenido? —Pensé en mi agenda, en las reuniones que me esperaban esa semana. Pero esto era más importante—. ¿Por qué no voy a Framlingham? —sugerí.

—¿Crees que es buena idea? La policía seguirá en la casa. Si se suicidó, tendrá que haber una investigación.

—Sí, lo sé, pero me gustaría acceder a su ordenador.

—Se lo habrán llevado, ¿no?

—Al menos puedo echar un vistazo. El original podría seguir encima de su escritorio.

Reflexionó unos momentos.

—Bueno, supongo que sí.

Me sorprendió que se mostrara tan poco entusiasmado. Aunque ninguno de nosotros lo había dicho, ambos sabíamos cuánto necesitábamos *Sangre de urraca*. Habíamos tenido un año malo. En mayo habíamos publicado la biografía de un humorista que había contado un chiste de un mal gusto espectacular en directo por televisión. De la noche a la mañana la gente había dejado de encontrarlo gracioso y su libro casi había desaparecido de las tiendas. Yo acababa de hacer una gira con el autor de una primera novela titulada *El malabarista de un solo brazo*, una comedia ambientada en un circo. La gira había ido bien, pero las críticas eran despiadadas y nos estaba costando colocar ejemplares en las tiendas. Habíamos tenido problemas con el edificio, un pleito, malestar entre los empleados. Todavía no nos estábamos hundiendo, pero necesitábamos un éxito urgentemente.

—Iré mañana —dije.

—Supongo que no se pierde nada por intentarlo. ¿Quieres que vaya contigo?

—No. Ya me las arreglaré yo sola. —Alan nunca me había invitado a Abbey Grange. Me interesaba ver cómo era—. Dale recuerdos a Laura —dije—. Si hay noticias, avísame.

Me levanté y salí del despacho. Y aquí viene lo extraño: solo cuando volví a mi despacho caí en la cuenta de lo que había visto, aunque lo había tenido delante de las narices todo el tiempo. Era muy raro. No tenía ningún sentido.

La carta de despedida de Alan y el sobre en el que había llegado se hallaban encima del escritorio de Charles. La carta estaba manuscrita. El sobre estaba mecanografiado.

Abbey Grange, Framlingham

A la mañana siguiente, muy temprano, pasaba a toda velocidad por delante de Alexandra Park con el armazón prácticamente vacío del famoso palacio encima de mí, en dirección a la A12. Era la excusa perfecta para sacar del garaje el MGB Roadster que me había comprado seis años atrás, cuando cumplí los cuarenta. Era un coche disparatado, pero supe que tenía que tenerlo en cuanto lo vi en venta en la puerta de un garaje de Highgate: un modelo de 1969, con cambio manual y superdirecta, de color rojo chillón con embellecedores negros. Katie no supo qué decir la primera vez que me presenté en su casa, pero a sus hijos los enloqueció. Cada vez que iba a verlos, los llevaba a dar un paseo por carreteras rurales con la capota bajada, y los dos se pasaban el rato vociferando en el asiento trasero.

Circulaba en contra del tráfico que entraba en Londres y avancé a buen ritmo hasta llegar a Earl Soham, donde unas obras especialmente irritantes me tuvieron esperando diez minutos. Hacía buen día. El tiempo había sido excelente durante todo el verano, y daba la sensación de que septiembre iba a ser igual. Me planteé la posibilidad de bajar la capota, pero habría demasiado ruido en la autopista. Tal vez cuando estuviese más cerca.

Había visitado casi todos los pueblos de la costa de Suffolk: Southwold, Walberswick, Dunwich y Orford. Sin embargo, nunca había estado en Framlingham. Quizá el hecho mismo de que Alan viviese allí me había quitado las ganas de ir. Al entrar, mi primera impresión fue que se trataba de una población agradable, un poco ruinosa, que giraba alrededor de una plaza principal con un perímetro nada regular. Algunos de los edificios poseían cierto encanto, pero otros, por ejemplo, un restaurante indio, parecían extrañamente fuera de lugar. Además, si tenías previsto ir de compras, no habría nada demasiado interesante que comprar. Una amplia estructura de ladrillo se había impuesto en el centro y resultó contener un moderno supermercado. Había reservado una habitación en el hotel Crown, una taberna de posta que llevaba cuatrocientos años asomada a la plaza y ahora se encontraba codo con codo con un banco y una agencia de viajes. Era encantadora, con las losas originales, muchas chimeneas y vigas de madera. Me alegré de ver libros en los estantes y tableros de juego apilados sobre un baúl. Daban al local una sensación acogedora. Encontré a la recepcionista escondida detrás de una minúscula ventanilla y me registré. Me había planteado la posibilidad de alojarme en casa de mi hermana, pero Woodbridge estaba a media hora en coche y me encontraría muy a gusto en el hotel.

Subí a la habitación y tiré la maleta sobre la cama: con dosel, nada menos. Me habría gustado que Andreas estuviese allí para compartirla conmigo. Tenía debilidad por la vieja Inglaterra, sobre todo si por «vieja» se entendía «histórica». Encontraba el cróquet, el té con pastas y el críquet al mismo tiempo incomprensibles e irresistibles, y en aquel sitio se habría sentido en su elemento. Le envié un mensaje, me lavé las manos y me pasé un peine. Era la hora de comer, pero no tenía apetito. Volví al coche y fui hasta Abbey Grange.

La casa de Alan Conway se hallaba a varios kilómetros del pueblo y era casi imposible encontrarla sin navegador. Yo siempre había vivido en una ciudad cuyas calles conducen a algún lugar porque, francamente, no pueden escurrir el bulto. No podía decirse lo mismo de la carretera rural que se adentraba demasiado entre los campos antes de conectar con una pista todavía más estrecha, que a su vez llevaba al camino privado gracias al cual llegué por fin a mi destino. ¿Cómo supe que estaba ante la casa que había inspirado Pye Hall? Bueno, el primer indicio fueron sin duda los grifos de piedra situados a los lados de la verja. La casa del guarda era tal cual se describía en el libro. El camino de acceso dibujaba una curva hasta llegar a la puerta principal, serpenteando a través del inmenso jardín. No vi ninguna rosaleda, pero el lago estaba allí, así como el bosque que reflejaba a la perfección el de Dingle Dell. No me costó imaginar a Brent junto al cadáver de Tom Blakiston mientras su hermano, desesperado, le practicaba el boca a boca. El cuadro estaba completo.

¿Y la casa en sí? «Lo que quedaba era una sola ala alargada con una torre octogonal, construida mucho más tarde, en un extremo». Al acercarme, fue justo eso lo que vi: un edificio largo y estrecho con una docena de ventanas dispuestas en dos plantas y una torre desde la que sin duda se disfrutaba de una panorámica estupenda, pero que, en sí, resultaba ridícula. Supuse que la debió de edificar en el siglo XIX algún industrial victoriano que había traído sus recuerdos de las fábricas y mausoleos londinenses al Suffolk rural. No era ni de lejos tan atractiva como el hogar ancestral de sir Magnus Pye, al menos tal como Alan lo había descrito. Abbey Grange estaba edificada con el sucio ladrillo rojo que siempre he asociado a Charles Dickens y a William Blake. No encajaba allí, y solo se salvaba por el entorno. El jardín debía de extenderse a lo largo de cuatro o cinco acres, con un cielo enorme y ninguna otra casa a la vista. No me habría gustado vivir en ese edificio y, francamente, tampoco entendía por qué había atraído a Alan Conway. ¿No era demasiado metrosexual para tanta fealdad?

Era allí donde había muerto. Lo recordé al bajar del coche. Solo cuatro días antes, se había arrojado desde la torre que se alzaba ante mí en ese momento. Examiné las almenas de la parte superior. No parecían muy seguras. Si te inclinabas demasiado, quisieras suicidarte o no, era fácil que te precipitaras al vacío. La torre estaba rodeada de un césped enredado y desigual. En la novela de Ian McEwan *Amor perdurable* hay una descripción genial de lo que le ocurre a un cuerpo humano cuando cae desde una gran altura, y no me costó imaginar a Conway destrozado, con los huesos rotos y los miembros apuntando en la dirección equivocada. ¿Habría bastado la caída para matarlo al instante o habría agonizado allí hasta que llegó alguien y lo encontró? Vivía solo, así que pudo ser un encargado de la limpieza o un jardinero quien diese la alarma. ¿Tenía sentido? Se había matado para evitar el sufrimiento, pero, de hecho, pudo haber sufrido horriblemente. No era la forma que yo habría escogido. Meterse en una bañera llena de agua caliente y cortarse las venas. Saltar delante de un tren. Cualquiera de los dos sistemas habría sido más fiable.

Saqué mi iPhone y me alejé de la entrada principal para encuadrar toda la escena. Ni siquiera sé por qué lo hice. ¿Qué sentido tiene hoy en día hacer fotografías? Al fin y al cabo, ya nadie las mira. Al llegar, había pasado con el coche junto a un gran arbusto que no se mencionaba en el libro, y cuando volví sobre mis pasos observé unas huellas de neumáticos. Un coche había aparcado detrás del arbusto hacía poco, sobre la hierba húmeda. Fotografié también esas huellas; no porque significasen nada, sino simplemente porque me pareció oportuno. Me metí el móvil en el bolsillo y me dirigí hacia la entrada. De repente, la puerta se abrió y salió un hombre. Nunca lo había visto, pero intuí al instante quién era. Ya he mencionado que Alan estaba casado. Poco después de que saliera la tercera novela de la serie de Atticus Pünd, también lo hizo él; en su caso, del armario. Dejó a su familia por un joven llamado James Taylor... y, cuando digo «joven», me refiero a que el chico apenas tenía veinte años cuando Alan contaba unos cuarenta y cinco y su hijo doce. Por supuesto, su vida privada no era asunto mío, pero reconozco que la revelación me suscitó malestar y aprensión por el efecto que pudiera tener en las ventas. La noticia salió en los periódicos. Sin embargo, por fortuna, estábamos en 2009 y los periodistas no se atrevieron a cebarse demasiado. La mujer de Alan, Melissa, y su hijo se mudaron al suroeste de Inglaterra. Se pusieron de acuerdo muy deprisa. Fue entonces cuando Alan compró Abbey Grange.

Nunca había visto a James Taylor, pero supe que lo tenía delante en ese momento. Llevaba una cazadora de cuero y vaqueros con una camiseta de cuello bajo la cual asomaba una fina cadena de oro alrededor del cuello. Aunque ya tenía veintiocho o veintinueve años, seguía teniendo un aspecto increíblemente juvenil, con una cara de bebé que la barba incipiente no alcanzaba a disimular. Tenía el pelo largo y rubio, algo grasiento, y lo llevaba despeinado. Quizá acabara de levantarse de la cama. Tenía una mirada atormentada, suspicaz. Tuve la sensación de que le habían hecho mucho daño. O quizá solo fuese que no se alegraba de verme.

—¿Sí? —preguntó—. ¿Quién es?

—Soy Susan Ryeland —dije—. Trabajo en Cloverleaf Books, la editorial de Alan.

Busqué en mi bolso mi tarjeta de visita y se la tendí.

Le echó un vistazo y luego miró a mi espalda.

—Me gusta su coche.

—Es un MG.

—En realidad, un MGB.

Sonrió. Me di cuenta de que le hacía gracia ver que una mujer de mi edad conducía un coche así.

—Si ha venido a ver a Alan, llega demasiado tarde.

—Lo sé. Sé lo que ha pasado. ¿Cree que podría pasar?

—¿Por qué?

—Es difícil de explicar. Busco una cosa.

—Claro.

El chico se encogió de hombros y abrió la puerta como si la casa fuese suya. Sin embargo yo había leído la carta de Alan y sabía que no lo era.

Si aquel hubiese sido el mundo de *Sangre de urraca*, la puerta se habría abierto a una inmensa sala revestida de paneles de madera, con chimenea de piedra y una escalinata que subía hacia un rellano en forma de galería. No obstante, todo eso debía de ser solo producto de la imaginación de Conway. En realidad el interior de su vivienda era decepcionante: un salón, suelos de madera sin barnizar, muebles rústicos, costosos cuadros modernos en las paredes... Todo de un gusto exquisito, pero al mismo tiempo banal. Ninguna armadura. Ningún trofeo de caza. Ningún cadáver. Embocamos un pasillo a mano derecha que recorría toda la longitud de la casa y que nos condujo a una cocina profesional, con horno industrial, nevera americana, superficies relucientes y una mesa que podía acoger hasta a doce personas. James me ofreció un café, que acepté. Lo preparó con una de esas máquinas de cápsulas con espumador de leche.

—Así que es la dueña de la editorial —dijo.

—No. La redactora de Alan.

—¿Hasta qué punto lo conocía?

No supe muy bien cómo responder a eso.

—Era una relación de trabajo —dije—. Nunca me invitó a venir aquí.

—Esta es mi casa. O al menos lo era hasta hace un par de semanas, cuando Alan me pidió que me fuera. No me había marchado aún porque no tenía adónde ir, y ahora supongo que a lo mejor no tengo que hacerlo.

Trajo los cafés y se sentó.

—¿Le importa que fume? —pregunté.

Había visto un cenicero encima de la mesa y olía a tabaco.

—En absoluto —dijo—. De hecho, si me da un cigarrillo, yo también fumaré.

Le tendí el paquete y de golpe fuimos amigos. Esa es una de las pocas cosas buenas de ser fumador hoy en día. Formas parte de una minoría perseguida. Es fácil trabar amistad. Aunque en realidad ya había decidido que me caía bien James Taylor, ese chico solo en una casa grande.

—¿Estabas aquí cuando Alan se mató? —pregunté.

—Gracias a Dios, no. Ya no estábamos juntos. Me había ido a Londres a pasar unos días con unos conocidos.

Observé cómo sacudía la ceniza. Tenía unos dedos muy largos y esbeltos. Las uñas estaban sucias.

—El lunes recibí una llamada del señor Khan, el abogado de Alan, y volví —añadió—. Era bastante tarde y la casa estaba llena de policías. Fue el señor Khan quien lo encontró, ¿sabes? Vino a dejarle unos papeles, seguramente para desheredarme o algo así.

Alan estaba sobre el césped, delante de la torre. Tengo que decir que me alegro de no haber sido yo. No sé si habría podido soportarlo. —Inhaló una bocanada sosteniendo el cigarrillo en la mano ahuecada, como un soldado de una vieja película—. ¿Qué tienes que buscar?

Le dije la verdad. Le expliqué que Alan había entregado su última novela solo un par de días antes de morir y que le faltaba el final. Le pregunté si había leído alguna página de *Sangre de urraca* y soltó una risita.

—He leído todos y cada uno de los libros de Atticus Pünd —dijo—. ¿Sabes que salgo yo?

—No lo sabía —le confesé.

—Pues sí. James Fraser, el asistente rubio y tonto, soy yo. —Se revolvió el pelo—. Cuando conocí a Alan, estaba a punto de empezar *Grito en la noche*. Es el cuarto libro de la serie. Hasta ese momento, Atticus Pünd no tenía asistente. Trabajaba solo. Sin embargo, después de que Alan y yo empezásemos a salir juntos, dijo que iba a cambiar eso y me incluyó.

—Te cambió el apellido —dije.

—Cambió muchos detalles. Para empezar, yo nunca he estudiado en la Universidad de Oxford, aunque es cierto que cuando nos conocimos había hecho de actor algunas veces. Ese era uno de sus chistecitos. En todos los libros dice que Fraser no tiene trabajo, que no sirve para nada, que es un fracasado y, por supuesto, que es del todo lerdo. Pero, según Alan, hacía lo mismo con todos los personajes secundarios. Solía decir que estaban ahí para hacer que el detective pareciera más listo y para distraer la atención de la verdad. Todo lo que decía mi personaje en los libros resultaba equivocado. Lo hacía expresamente, para confundir al lector. De hecho, se podía obviar todo lo que Fraser dijera. Así funcionaba la cosa.

—Entonces ¿leíste la última novela? —volví a preguntar.

Negó con la cabeza.

—No. Sabía que Alan estaba trabajando en ella. Se pasaba horas en su despacho. Pero nunca me enseñaba nada hasta que había terminado. Si he de serte sincero, ni siquiera sabía que hubiese acabado. Normalmente me pasaba sus novelas antes de enseñárselas a nadie, pero, debido a lo que ocurrió, puede que decidiera no hacerlo. Aun así, me sorprende no haberlo sabido. Casi siempre me daba cuenta de cuándo había llegado al final.

—¿Cómo?

—Volvía a convertirse en un ser humano.

Quería saber qué había sucedido entre ellos, pero opté por preguntarle si podía ver el estudio de Alan y tal vez buscar las páginas que faltaban. James se mostró dispuesto a enseñármelo y salimos juntos de la cocina.

El despacho de Alan estaba justo al lado. Una decisión sensata: si necesitaba una pausa para almorzar o beber algo, no tenía que ir demasiado lejos. La habitación, en un extremo de la casa, era grande, con ventanas en tres lados y la cuarta pared demolida para incorporar la torre. Dominaba el espacio una escalera de caracol que debía de llegar hasta arriba. A lo largo de una de las dos paredes recubiertas de libros estaban expuestas las novelas de Alan, los ocho episodios de la serie de Atticus Pünd traducidos a treinta y cuatro idiomas. Las notas promocionales de la contracubierta (que había escrito yo misma) informaban de que eran treinta y cinco, incluido el inglés, porque a Alan le gustaban las cifras redondas. Por el mismo motivo, redondeamos también los ejemplares vendidos a dieciocho millones, número que nos sacamos más o menos de la manga. Había un escritorio a medida, con un asiento de aspecto caro: cuero negro, diseño ergonómico con soportes regulables para sostener brazos, cuello y espalda. La butaca de un escritor. Alan tenía un ordenador, un Apple con pantalla de veintisiete pulgadas.

La habitación despertaba mi curiosidad. Parecía la mejor manera de entrar en la cabeza de Conway. ¿Y qué me revelaba? Pues sin duda que no era de los que esconden sus éxitos. Todos los premios estaban expuestos bien a la vista. P. D. James le había escrito una carta felicitándolo por *Atticus Pünd en el extranjero*, que había enmarcado y colgado en la pared. Había fotografías suyas con el príncipe Carlos, J. K. Rowling y (curiosa, esta) Angela Merkel. Era muy metódico. Plumas, lápices, blocs de notas, carpetas, recortes de prensa y todos los desechos de la vida de un escritor estaban dispuestos con sumo cuidado, sin el menor atisbo de desorden. Una estantería estaba reservada a los diccionarios y a los volúmenes de consulta: el *Shorter Oxford English Dictionary* (en dos volúmenes), el *Roget's Thesaurus*, el *Oxford Dictionary of Quotations*, el *Brewer's Book of Phrase and Fable* y también enciclopedias de química, biología, criminología y derecho. Todos alineados como soldaditos. Poseía la colección completa de las novelas de suspense de Agatha Christie, unos setenta libros de bolsillo dispuestos, por lo que podía ver, en orden cronológico a partir de *El misterioso caso de Styles*. Me pareció significativo que se encontrasen en esa estantería. No los había leído por gusto personal: los había consultado. Alan era un escritor absolutamente pragmático. En la habitación no había nada que pudiese distraerlo, que no fuera relevante para su oficio. Las paredes eran blancas; la alfombra, de un neutro color beis. Era un auténtico despacho, no un estudio de andar por casa.

Una agenda de piel descansaba junto al ordenador y la abrí. Tuve que preguntarme qué estaba haciendo. Fue el mismo reflejo que me había impulsado a fotografiar las huellas de neumáticos en el jardín. ¿Estaba buscando pistas? Bajo la tapa había una página arrancada de una revista. Era una fotografía en blanco y negro, una imagen de la película *La lista de Schindler* que Steven Spielberg dirigió en 1993. Mostraba al actor Ben Kingsley sentado ante una mesa, escribiendo a máquina. Me volví hacia James Taylor.

—¿Qué hace esto aquí? —pregunté.

Me contestó como si la respuesta fuese obvia:

—Es Atticus Pünd.

Tenía sentido. «Sus ojos, tras las gafas metálicas redondas, observaron al médico con infinita benevolencia. Mucha gente había observado que Atticus Pünd parecía un contable y, en su actitud general, que era al mismo tiempo tímida y meticulosa, se comportaba como si lo fuera». Alan Conway había tomado prestado, o tal vez robado, a su detective de una película que se había estrenado una década antes de que escribiera su primer libro. Pudo ser ahí donde empezó la relación con los campos de concentración, que a mí me había parecido tan ingeniosa. Por algún motivo, me sentí desanimada. Resultaba decepcionante descubrir que Atticus Pünd no era una creación completamente original; que, en cierto modo, era de segunda mano. Tal vez estaba siendo injusta. Al fin y al cabo, cada personaje de ficción tiene que empezar en alguna parte. Charles Dickens utilizó a sus vecinos, a sus amigos e incluso a sus padres como inspiración. Edward Rochester, mi personaje favorito de *Jane Eyre*, se basaba en un francés llamado Constantin Héger, del que Brontë estaba enamorada. Pero arrancar a un actor de una revista era algo distinto. Era como engañar al lector.

Hojeé la agenda hasta llegar a la semana en curso. Se presentaba llena de compromisos, si hubiera sobrevivido. El lunes tenía que haber comido con una tal Claire en el Jolly Sailor. Por la tarde tenía cita en la barbería: lo deduje de la palabra «pelo», que había rodeado con un círculo. El miércoles tenía que haber jugado al tenis con una persona identificada solo por sus iniciales, «S. K.». El jueves debía ir a Londres. Tenía otro almuerzo —solo había escrito «alm»— y a las cinco veía a un tal Henry en el OV. Empleé una preocupante cantidad de tiempo en adivinar que en realidad se refería al *Enrique V*, que se estaba representando en el Old Vic. Simon Mayo estaba aún en la agenda para la mañana siguiente. Se trataba de la entrevista que Alan había decidido anular, pero que no había tenido tiempo de tachar de sus compromisos. Retrocedí una página. Allí estaba la cena con Charles en el Club Ivy. Por la mañana había visto a S. B. Su médico.

—¿Quién es Claire? —pregunté.

—Su hermana. —James estaba a mi lado y observaba la agenda—. El Jolly Sailor está en Orford. Es ahí donde vive.

—Imagino que no conoces la contraseña del ordenador.

—Sí que la conozco. Es «Att1cus».

El nombre del detective con el número 1 en vez de la letra i. James encendió el ordenador y la tecleó.

No entraré en detalles sobre el contenido del ordenador de

Alan. No me interesaban sus correos, su historial de Google ni que jugase al Scrabble electrónico. Solo buscaba el manuscrito. Usaba Word para Mac e identificamos enseguida las dos últimas novelas: *Mándale a Atticus rosas rojas* y *Atticus Pünd en el extranjero*. Había varios borradores de cada una, incluidos los que le había enviado yo con las últimas correcciones. Pero no hallamos ningún archivo con una sola línea de *Sangre de urraca*. Era como si hubieran limpiado el ordenador.

—¿Solo tenía este ordenador? —pregunté.

—No. También tenía otro en Londres y un portátil. Pero usó este para el libro, seguro.

—¿Pudo haber guardado el libro en un lápiz de memoria?

—Para ser sincero, nunca le vi ninguno. Pero supongo que es posible.

Registramos la habitación. Repasamos cada armario y cada cajón. James me ayudó gustoso. Encontramos copias impresas de todas las novelas de Atticus Pünd, salvo la más reciente. Había cuadernos que contenían largos fragmentos garabateados con pluma, pero cualquier cosa relacionada con *Sangre de urraca* se había eliminado deliberadamente. Una cosa que encontré y que me interesó fue una copia sin encuadernar de *El tobogán*, la novela que Charles había rechazado. Le pedí a James que me la prestase y la aparté para llevármela. Había montones de periódicos y viejas revistas. Alan había conservado todo lo que se escribía sobre él: entrevistas, perfiles, críticas (las buenas) y demás. Todo estaba muy ordenado. Un armario contenía material de oficina con sobres apilados en sus tamaños respectivos, resmas de papel blanco, más libretas, carpetas de plástico, una amplia variedad de pósits. No hallamos ningún lápiz de memoria y, si hubiese estado allí, lo más probable es que no lo hubiésemos visto.

Al final, tuve que rendirme. Llevaba allí una hora. Podría haber continuado todo el día.

—¿Y si pruebas con el señor Khan, el abogado de Alan? —sugirió James—. Su bufete está en Framlingham, en Saxmundham Road. No sé por qué iba a tenerlo él, pero Alan le daba muchas cosas. —Hizo una pausa demasiado larga—. Su testamento, por ejemplo.

Ya había bromeado sobre eso a mi llegada.

—¿Vas a continuar viviendo aquí? —le pregunté.

Era una pregunta capciosa. Debía de saber que Alan pensaba desheredarle.

—¡Qué va! No podría quedarme aquí, solo en mitad de la nada. Me volvería loco. Alan me dijo una vez que me dejaría la casa, pero, si resulta ser así, volveré a Londres. Allí vivía yo cuando nos conocimos. —Hizo una mueca—. Últimamente pasábamos por una mala racha. Más o menos habíamos roto. Así que puede que él cambiara las cosas... No lo sé.

—Sin duda, el señor Khan te lo dirá —comenté.

—Aún no me ha dicho nada.

—Iré a verlo.

—Yo que tú, hablaría con la hermana de Alan —sugirió James—. Trabajaba mucho para él. Se ocupaba de todas las tareas administrativas y del correo que recibía de sus admiradores. Creo que incluso es posible que mecanografiase algunos de los primeros libros, y él solía enseñárselos en manuscrito. Siempre existe la posibilidad de que le diera el último.

—Has dicho que vive en Orford.

—Te daré la dirección y el número.

Mientras sacaba una hoja de papel y un bolígrafo, me acerqué al único armario que no había abierto y que estaba empotrado en el centro de la pared, detrás de la escalera de caracol. Pensé que podía contener una caja fuerte; al fin y al cabo, sir Magnus Pye tenía una en su estudio. Se abría de forma curiosa, deslizando una de las mitades hacia arriba y la otra hacia abajo. Había dos botones en la pared. Comprendí que era un montaplatos.

—Lo encargó Alan —explicó James, sin alzar la vista—. Siempre desayunaba y comía en el exterior si hacía suficiente calor. Metía los platos y la comida y lo enviaba todo arriba.

—¿Podría ver la torre? —pregunté.

—Claro. Espero que no tengas vértigo.

La escalera era moderna, de metal, y me encontré contando

los peldaños mientras subía pesadamente. La torre no parecía tan alta. Por fin, una puerta cerrada con llave desde el interior nos condujo a una amplia terraza circular con un muro almenado muy bajo; Charles tenía razón en eso. Desde allí, la vista se extendía más allá del verde mar de campos y copas de árboles, hasta Framlingham. A lo lejos, Framlingham College, un edificio gótico del siglo XIX, se alzaba en lo alto de un monte. Observé otra cosa. Aunque estaba tapada por el bosque y resultaba invisible desde la carretera, había una segunda propiedad junto a Abbey Grange. Habría llegado a ella si hubiera seguido conduciendo, pero también vi lo que parecía un sendero entre los árboles. Era grande y bastante moderna, con un jardín cuidado, un invernadero y una piscina.

—¿Quién vive ahí? —pregunté.

—El vecino. Se llama John White. Es gestor de fondos de cobertura.

En la terraza, Alan había instalado una mesa y cuatro sillas, una barbacoa de gas y dos tumbonas. Nerviosa, me acerqué al borde y miré hacia abajo. Desde ese ángulo el césped parecía muy lejano, y no me costó imaginarlo precipitándose al vacío. Se me revolvió el estómago, y al dar un paso atrás noté las manos de James en mi espalda. Por un horrible momento, pensé que se disponía a empujarme. El muro que rodeaba aquella terraza era realmente inadecuado. Apenas me llegaba a la cintura.

Él se apartó, incómodo.

—Perdona —dijo—. Me preocupaba que pudieras marearte. Le pasa a mucha gente que sube aquí por primera vez.

Me quedé allí, con la brisa agitándome el cabello.

—Ya he visto suficiente —dije—. Vamos a bajar.

Habría sido fácil arrojar a Alan Conway por encima del borde. No era un hombre corpulento. Cualquiera habría podido subir con sigilo y hacerlo. No sé por qué pensé eso, puesto que estaba claro que no se había cometido ningún crimen. Había dejado una nota de suicidio manuscrita. Aun así, una vez que volví a mi coche, llamé al Old Vic de Londres y me confirmaron que había reservado dos entradas para *Enrique V* el jueves siguiente. Les dije que no las necesitaría. Lo interesante era que no había hecho la reserva hasta el sábado, un día antes de que se quitase la vida. Su agenda mostraba que también había quedado para celebrar reuniones, acudir a almuerzos, cortarse el pelo y disputar un partido de tenis. Y, a pesar de todo, tuve que preguntarme algo.

¿De verdad era ese el comportamiento de un hombre que ha decidido suicidarse?

Wesley & Khan, Framlingham

Volví en automóvil hasta Framlingham, aparqué en la plaza principal y proseguí a pie. Aquel pueblo era una especie de batiburrillo. En sus márgenes surgía un castillo bien conservado, rodeado de extensiones herbosas y de un foso, la imagen perfecta de Inglaterra en tiempos de Shakespeare, con su taberna y su estanque de patos en las proximidades. Pero a los cincuenta metros el encanto terminaba bruscamente con Saxmundham Road, una calle ancha y moderna que se alargaba en la distancia, con un garaje de Gulf en un lado y un surtido de casas muy corrientes de una y dos plantas en el otro. Wesley & Khan, el bufete de abogados a cuyos servicios recurría Alan Conway, ocupaba un edificio de color mostaza en un extremo del pueblo. Era una casa, no una oficina, a pesar del cartel situado junto a la puerta principal.

No sabía si el señor Khan me recibiría sin cita previa, pero entré de todos modos. No tendría que haberme preocupado. Aquel sitio estaba muerto, con una chica que leía una revista detrás del mostrador y un joven enfrente que miraba con aire ausente una pantalla de ordenador. El edificio era viejo, con paredes desiguales y tablas que crujían en el suelo. Habían añadido alfombras grises y fluorescentes, pero seguía pareciendo la casa de alguien.

La muchacha llamó a su jefe. El señor Khan me recibiría. Me acompañaron al piso de arriba y hasta el interior de lo que debía de haber sido el dormitorio principal, ahora convertido en un despacho de aire profesional que daba al garaje. Sajid Khan, cuyo nombre completo aparecía en la puerta, se levantó de detrás de la reproducción de un escritorio antiguo con superficie de cuero verde y tiradores de latón. Era la clase de escritorio que uno escoge si quiere demostrar algo. El abogado era un hombre corpulento y efusivo de unos cuarenta años, optimista en sus movimientos y en su forma de hablar.

—¡Pase! ¡Pase! Tome asiento, por favor. ¿Le han ofrecido té?

Tenía el pelo muy negro y unas cejas espesas, casi unidas. Llevaba una chaqueta de estilo informal con parches en los codos y lo que debía de ser la corbata distintiva de un club. Parecía improbable que fuese originario de Framlingham. Me pregunté qué le habría atraído a un lugar tan perdido y, sobre todo, qué tendría que ver con el señor Wesley. A su lado destacaba uno de esos modernos marcos digitales con fotos que cambian cada treinta segundos, disolviéndose en espiral o deslizándose una tras otra. Antes de sentarme siquiera, ya conocía a su mujer, sus dos hijas, su perro y una mujer mayor con *hiyab* que podía ser su madre. No sé cómo lo soportaba. A mí me habría vuelto loca.

Rehusé la oferta del té y me senté delante del escritorio. Él ocupó su sitio y le expliqué brevemente por qué estaba allí. Su actitud cambió cuando mencioné el nombre de Alan.

—Lo encontré yo, ¿sabe? —me explicó—. Me acerqué hasta allí el domingo por la mañana. Alan y yo íbamos a reunirnos. ¿Ha estado en la casa? Aunque quizá no me crea, le confieso que tuve la sensación de que algo iba mal mientras me dirigía allí en mi coche. Fue antes de verlo. Para empezar, no tenía la menor idea de lo que estaba viendo. ¡Pensé que alguien había tirado unas prendas viejas sobre el césped, se lo aseguro! Entonces me di cuenta de que era él. Supe al instante que estaba muerto. ¡No me acerqué! Llamé de inmediato a la policía.

—Tengo entendido que tenían muy buena relación.

Sajid Khan era «S. K.» en la agenda. Los dos jugaban juntos al tenis, y él había ido a la casa en domingo.

—Sí —confirmó—. Había leído varios libros de la serie de

Atticus Pünd aun antes de conocerlo, y puedo afirmar tranquilamente que era un gran admirador de su obra. Luego empezamos a ocuparnos de sus asuntos y admito con placer que acabé conociéndolo bien. Es más, incluso me atrevería a decir que... sí, éramos muy amigos.

—¿Cuándo fue la última vez que lo vio?

—Hace una semana más o menos.

—¿Tenía alguna idea de que pensaba suicidarse?

—Absolutamente ninguna. Alan estuvo en este despacho, sentado justo donde está usted ahora. Hablábamos del futuro y parecía estar de buen humor.

—Estaba enfermo.

—Eso tengo entendido. Pero nunca me lo mencionó, señorita Ryeland. Me llamó el sábado por la noche. Creo que fui una de las últimas personas en hablar con él cuando todavía estaba vivo.

Pensé que habría sido difícil hablar con él si no lo hubiese estado. Deformación profesional.

—¿Puedo preguntarle de qué hablaron, señor Khan? ¿Y por qué fue a visitarlo en domingo? Sé que no es asunto mío...

Sonreí con simpatía, invitándole a hacerme confidencias.

—Bueno, supongo que no hago daño a nadie al contárselo ahora. Se habían producido ciertos cambios en su situación doméstica y Alan había decidido replantearse su testamento. Yo había redactado un nuevo borrador y fui allí para enseñárselo. Tenía intención de firmarlo el lunes.

—Iba a desheredar a James Taylor.

El hombre frunció el ceño.

—Disculpe que no entre en detalles. No me parece apropiado.

—No se preocupe, señor Khan. Alan escribió una carta a Cloverleaf Books confesando su intención de quitarse la vida. Además, mencionó que James había dejado de aparecer en el testamento.

—Una vez más, no creo que me corresponda comentar ninguna comunicación que pudiera tener con ustedes. —Khan hizo una pausa y a continuación dejó escapar un suspiro—. Sinceramente, he de decirle que ese aspecto de Alan me resultaba muy difícil de entender.

—¿Se refiere a su sexualidad?

—¡Claro que no! ¡No me refería a eso! Quería decir que su compañero era mucho más joven que él. —Khan se estaba adentrando en un terreno pantanoso, esforzándose por equilibrar sus propios prejuicios. Una fotografía de él, del brazo con su mujer, atravesó la pantalla del marco digital—. ¿Sabe? Yo conocía muy bien a la señora Conway.

Yo había visto a Melissa Conway varias veces en eventos editoriales. La recordaba como una mujer callada, bastante seria. Siempre daba la impresión de saber que algo terrible estaba a punto de ocurrir y no querer decirlo.

—¿Cómo la conoció? —pregunté.

—A decir verdad, fue ella quien me presentó a Alan. Cuando adquirieron la primera casa en Suffolk, en Orford para ser exactos, acudió a nosotros para que nos ocupáramos de los trámites. Por desgracia se separaron a los pocos años. No intervinimos en el divorcio, pero sí que actuamos en nombre de Alan cuando compró Abbey Grange, o Ridgeway Hall, como se conocía entonces. Él le cambió el nombre.

—¿Dónde está ella ahora?

—Ha vuelto a casarse y creo que vive cerca de Bath.

Repasé mentalmente lo que acababa de contarme. Sajid Khan había redactado el nuevo testamento y lo había llevado a casa de Alan el domingo por la mañana. Pero cuando llegó allí...

—¡No llegó a firmarlo! —exclamé—. Alan murió antes de poder firmar el nuevo testamento.

—Así es, en efecto.

El testamento sin firmar es uno de esos tópicos de las novelas de detectives que han acabado desagradándome, simplemente por lo manidos que resultan. En la vida real, muchas personas ni siquiera se molestan en hacer testamento, pero es que todos hemos logrado convencernos a nosotros mismos de que viviremos para siempre. Desde luego, la gente no va por ahí amenazando con cambiarlo a fin de darle a alguien la excusa perfecta para matarla.

Daba la sensación de que Alan Conway había hecho exactamente eso.

—Le agradecería que no repitiera esta conversación, señorita Ryeland —añadió Khan—. Como le he dicho, no estoy autorizado a hablar del testamento.

—No importa, señor Khan. No estoy aquí por eso.

—Entonces ¿cómo puedo ayudarla?

—Estoy buscando el manuscrito de *Sangre de urraca* —le expliqué—. Alan lo había terminado justo antes de morir, pero faltan los últimos capítulos. Supongo que usted no...

—Alan nunca me mostraba su trabajo antes de publicarlo —respondió Khan, aliviado de volver a pisar terreno firme—. Tuvo la amabilidad de firmarme un ejemplar de *Atticus Pünd en el extranjero* antes de que se pusiera a la venta. Pero me temo que nunca hablaba de su trabajo conmigo. Podría usted probar con su hermana.

—Sí. Iré a verla mañana.

—Sería mejor que no le mencionase el testamento, si no le importa. Ella y yo hemos quedado esta misma semana. Y tenemos el entierro el fin de semana que viene.

—Solo me interesa encontrar las páginas que faltan.

—Espero que lo consiga. Todos vamos a echar de menos a Alan. Estaría bien que tuviésemos un último recuerdo.

Sonrió y se puso de pie. Sobre el escritorio, la fotografía volvió a cambiar y vi que había completado su circuito. Mostraba la misma foto que había visto al entrar.

Había llegado el momento de irse.

Fragmento de *El tobogán*, de Alan Conway

El comedor del Crown estaba casi vacío cuando entré para cenar, y podría haberme sentido un tanto cohibida de haber estado sola. Pero tenía compañía. Me había traído *El tobogán*, la novela que Alan Conway había escrito y que quería que Charles publicase, incluso cuando se disponía a suicidarse. ¿Tenía razón Charles? Así empezaba.

Lord Quentin Gould baja la escalera con paso pesado, tratando despóticamente como siempre a cocineras y doncellas, criados y lacayos que sólo existen en su imaginación retorcida y que en realidad se han deslizado de forma confusa en el esbozo de historia familiar. Estaban allí cuando él era niño y en ciertos aspectos lo sigue siendo, o tal vez sería más apropiado decir que el niño de antaño se oculta obstinadamente en los pliegues carnosos depositados por cincuenta años de vida malsana en el árbol seco y descarnado de su esqueleto. «Dos huevos pasados por agua, niña. Ya sabes cómo me gustan. Blandos, pero no crudos. Tiras de pan tostado untadas con Marmite como las preparaba mi mami... todas en fila como soldaditos. ¿Las gallinas ya no ponen? Maldita sea su estampa, Agnes. ¿Para qué sirve una gallina si no pone?». ¿No es su legado? ¿No es acaso un derecho suyo? Vive en la mansión señorial en la que nació entre gemidos y chillidos, una pelota fea y viscosa de un malva venenoso, desgarrando el telón de la vulva de su madre con la misma furia que lo distinguiría durante el resto de su vida. Ahí está ahora, con las mejillas desfiguradas por una telaraña de venas, rojas como aquellos excelentes vinos que favorecieron su erupción a la superficie, dos mejillas que luchan por hacerse sitio en un rostro que apenas tiene espacio para contenerlas. Ostenta un par de bigotes que parecen haberse estrellado sobre el labio superior, como si hubieran salido reptando de su nariz y luego, con un último vistazo a su progenitor y perdida toda esperanza, se hubieran dejado morir. Los ojos son los de un loco. No de los inofensivos ante los cuales «es mejor cruzar a la otra acera», sino tortuosos y sin duda peligrosos. Tiene las cejas típicas de los Trump, un poco locas también, que brotan de la carne como el zuazón real, el *Senecio aquaticus*, que no ha podido erradicar del campo de cróquet. Dado que hoy es sábado y hace fresquito para la estación, va vestido de tweed. Chaqueta de tweed, chaleco de tweed, pantalones de tweed, calcetines de tweed. Le encanta el tweed. Le gusta incluso cómo suena la palabra cuando va a encargar un traje nuevo en la tienda que frecuenta en Savile Row, aunque ya no la frecuenta tanto, a dos mil libras cada vez. Aun así, siguen estando bien gastadas con tal de disfrutar de ese momento agradable y tranquilizador en que el taxi negro vuelve la esquina traqueteando para regurgitarlo justo delante de la puerta. «Me alegro mucho de verle, milord. ¿Y lady Trump, cómo está? Siempre es un placer tenerle aquí, en la ciudad. ¿Cuánto piensa quedarse? ¿Le interesa quizá un buen tweed de cheviot? ¿Por ejemplo, marrón oscuro? Dónde habrá ido a parar el metro... ¡Muévete, Miggs! Me temo que la cintura necesita un pequeño retoque desde la última cita, milord». Su cintura ya no merece ese nombre; es solo carne. Su corpulencia ha alcanzado proporciones de pantomima y es consciente de debatirse en las aguas pantanosas de la mala salud. Sus antepasados lo observan desde los marcos dorados mientras baja las escaleras, sin el menor asomo de una sonrisa, tal vez decepcionados al saber que esa estúpida bola de grasa es el señor del hogar familiar, que cuatrocientos años de cuidadosa endogamia no han podido producir nada mejor. Pero ¿a él qué le importa? Él exige su desayuno, su lechecita caliente. Lo infantiliza todo.

Y cuando come se moja la barbilla preguntándose aún, en un rinconcito de la mente, por qué no acude la tata a secársela.

Hace su entrada en la sala del desayuno y se sienta, a punto de apoyar los glúteos adiposos sobre los brazos de la butaca Hepplewhite del siglo XVIII que ya tiene dificultades para soportar su peso. Despliega una servilleta de lino blanco y mete una punta en el cuello de la camisa, debajo del mentón; o, mejor dicho, de los mentones, ya que tiene la doble ración típica del caballero inglés de buena familia. Un ejemplar del *Times* lo está esperando, pero prefiere no abrirlo todavía. ¿Por qué compartir las malas noticias del mundo, la combinación diaria de depresión, desorientación y decadencia, cuando ya tiene un montón de problemas por su cuenta? Se muestra sordo a las voces quejumbrosas y estentóreas que anuncian el ascenso del fundamentalismo islámico y la caída de la libra. El hogar de su infancia, la mansión, está en peligro. Podría no sobrevivir hasta el final del mes. Son estos los pensamientos, desagradables y abusivos, que ocupan su mente.

Proseguía en este tono a lo largo de unas cuatrocientas veinte páginas. Me temo que, después del último capítulo, seguí leyendo por encima y fijándome solo en alguna que otra frase. La novela parecía ser un intento de sátira, una fantasía grotesca sobre la aristocracia británica. El argumento, si es que había alguno, hacía referencia a la ruina de lord Trump y a sus esfuerzos por hacer de una mansión que se caía a pedazos una atracción turística mintiendo acerca de su historia, inventando un fantasma y trayendo a la finca a los animales viejos y bastante dóciles de un zoo local. El tobogán del título pretendía ser el núcleo de un parque de aventuras que había construido, así como una clara y pomposa referencia al estado de la nación. Resultaba revelador el hecho de que, cuando llegan los primeros visitantes, «las mujeres con anorak de nailon, fulanas gordas, lerdas, feas y gimoteantes con las uñas manchadas de nicotina, con sus hijos subnormales de orejas cargadas de alambre y bóxers de marca sobresaliendo por encima del cinturón de sus vaqueros caídos y demasiado grandes», reciben el mismo trato despreciativo que los propios Trump.

El tobogán me preocupó por toda clase de razones. ¿Cómo podía un hombre que había escrito nueve novelas muy populares y entretenidas —la serie de Atticus Pünd— ser el autor de algo que, al fin y al cabo, resultaba tan odioso? Fue casi como descubrir que Enid Blyton, en su tiempo libre, se dedicaba a la pornografía. El estilo era muy poco original; me recordaba a otro escritor, aunque en ese momento no supe muy bien a quién. Me parecía obvio que Conway buscaba el efecto con cada frase, con cada fea metáfora. Aún peor, aquello no era una obra temprana y juvenil, escrita antes de encontrar su propia voz. La referencia al fundamentalismo islámico lo demostraba. Había estado retocando la obra recientemente y la había mencionado en la carta de despedida, pidiéndole a Charles que le echara otro vistazo. Aún le importaba. ¿Representaba su visión del mundo? ¿De verdad creía que era buena?

Esa noche no dormí bien. Estoy acostumbrada a los libros mal escritos. He visto muchas novelas que no tienen ninguna esperanza de publicación. Pero conocía a Alan Conway desde hacía once años, o eso pensaba, y me resultaba casi imposible creer que pudiese haber escrito eso, con sus cuatrocientas veinte páginas. Era como si me estuviese susurrando mientras permanecía tendida en la oscuridad, diciéndome algo que no quería oír.

Orford, Suffolk

Sangre de urraca está ambientada en un pueblo ficticio de Somerset. La mayor parte de los relatos de Alan se desarrollan en pequeñas ciudades imaginarias, e incluso las dos novelas ambientadas en Londres (*No hay descanso para los malvados* y *Anís y cianuro*) recurren a nombres inventados para cualquier lugar reconocible: hoteles y restaurantes, museos, hospitales y teatros. Es como si el autor temiese exponer a sus personajes de fantasía al mundo real, incluso con la protección que les proporciona su localización en los años cincuenta. Pünd solo se siente cómodo cuando está paseando por la naturaleza del pueblo o bebiendo en el pub local. Los asesinatos se producen durante partidos de críquet y de cróquet. Siempre hace sol. Dado que Alan había puesto a su casa un nombre procedente de un relato corto de Sherlock Holmes, es posible que se inspirase en la famosa frase de Holmes: «Las callejuelas más sórdidas y miserables de Londres no cuentan con un historial delictivo tan terrible como el de la sonriente y hermosa campiña inglesa».

¿Por qué se prestan los pueblos ingleses tan bien al asesinato? Solía preguntármelo, pero obtuve la respuesta cuando cometí el error de alquilar una casita en un pueblo cercano a Chichester. Charles había intentado disuadirme, pero en aquel momento pensé que sería muy agradable pasar allí algún que otro fin de semana. Él estaba en lo cierto. Me moría de ganas de volver. No tardé en descubrir que cada vez que ganaba un amigo hacía tres enemigos, y que las discusiones sobre asuntos como el aparcamiento de los coches, las campanas de la iglesia, los excrementos caninos y las cestas de flores colgadas dominaban la vida cotidiana hasta tal punto que la gente andaba siempre a la greña. Esa es la verdad. Emociones que se pierden rápidamente en el ruido y el caos de la ciudad se enconan en torno a la plaza del pueblo, empujando a los habitantes a la psicosis y a la violencia. Todo un regalo para el escritor de novelas de suspense. Eso sin contar la ventaja de los vínculos. Las ciudades son anónimas, pero en una pequeña comunidad rural todos se conocen entre sí y es más fácil tanto señalar con el dedo a posibles sospechosos como, por lo demás, atraer las sospechas de los otros.

Para mí resultaba obvio que Alan tenía Orford en mente cuando creó Saxby-on-Avon. No estaba en Avon y no había «construcciones de estilo georgiano hechas con piedra de Bath, con bonitos pórticos y jardines que se alzaban en terrazas», pero, tras pasar por delante del parque de bomberos con su torre de entrenamiento de un amarillo vivo y entrar en la plaza principal, supe al instante dónde me hallaba. La iglesia se llamaba St. Bartholomew y no St. Botolph, pero estaba en el lugar adecuado e incluso tenía anexos unos cuantos arcos de piedra medio derruidos. Había un pub que daba al cementerio. El Queen's Arms, donde se había alojado Pünd, se llamaba en realidad el King's Head. En un lado de la plaza vi el tablón de anuncios del pueblo en el que Joy había colgado su confesión de inmoralidad. La tienda del pueblo y la panadería, que se llamaba Pump House, se encontraba en el otro. El castillo, que proyectaba una sombra sobre la casa de la doctora Redwing y que debió de haberse construido en torno a la misma época en que se edificó el que yo había visto en Framlingham, se hallaba a poca distancia. Había incluso una Daphne Road. En el libro se trataba de la dirección de Neville Brent, pero en el mundo real era la hermana de Alan quien vivía allí. La casa se parecía mucho a la que había descrito. Me pregunté qué significaría eso.

Claire Jenkins no había podido reunirse conmigo el día anterior, pero había accedido a verme a la hora de comer. Llegué pronto y di un paseo por el pueblo, siguiendo la calle principal hasta el río Alde. El río no existe en el libro de Alan; ha sido sustituido por la carretera a Bath. Pye Hall está a la izquierda, lo que en realidad situaría la propiedad en los terrenos pertenecientes al club náutico de Orford. Me sobraba tiempo, por lo que me tomé un café en un segundo pub, el Jolly Sailor. En el libro se llama Ferryman, aunque ambos nombres se refieren a barcos. También pasé junto a un prado que debía de haber inspirado Dingle Dell, aunque no vi la casa de ningún párroco y solo había una pequeña zona boscosa.

Empezaba a hacerme una idea de cómo funcionaba la mente de Alan. Había cogido su propia casa, Abbey Grange, y la había colocado, con su lago y sus árboles, en el pueblo en el que había vivido hasta su divorcio. Luego había cogido toda la construcción y la había transportado a Somerset, donde, casualmente, vivían ahora su exmujer y su hijo. Era evidente que usaba a todas las personas y cosas que lo rodeaban. La hembra de labrador de Charles Clover, Bella, había sido incluida en la narración. James Taylor desempeñaba un papel secundario. Y yo apenas tenía dudas de que la hermana de Alan, Claire, debía de ser Clarissa.

Todo ello hacía de Alan Conway el Magnus Pye de la vida real. Era interesante que se identificase con el personaje principal de su libro: un terrateniente odioso y arrogante. ¿Sabía algo que yo ignoraba?

Claire Jenkins no llevaba un sombrero con tres plumas. Su casa no era desagradablemente moderna. En definitiva, no se parecía en absoluto al edificio de Winsley Terrace que Alan había descrito. Desde luego, era bastante pequeña y modesta en comparación con algunas de las demás viviendas de Orford, pero resultaba acogedora y de buen gusto, y no presentaba iconografía religiosa. Ella misma era una mujer bajita y bastante adusta vestida con un jersey de cuello alto y unos vaqueros que no le sentaban bien. A diferencia de Clarissa Pye, no se teñía el pelo, que se hallaba perdido en una tierra de nadie situada entre el castaño y el gris. Llevaba un flequillo sobre los ojos, cansados y llenos de pena. No se parecía en nada a su hermano, y el primer detalle en el que me fijé cuando me hizo pasar a su cuarto de estar fue que no tenía ninguno de sus libros a la vista. Quizá los hubiese puesto boca abajo en señal de duelo. Me había invitado a la hora de comer, pero no me ofreció ningún alimento. Daba toda la impresión de querer librarse de mí lo antes posible.

—Me quedé conmocionada cuando supe lo de Alan —dijo—. Tenía tres años menos que yo y habíamos estado siempre muy unidos. Si me mudé a Orford, fue por él. No tenía la menor idea de que estuviese enfermo. Nunca me lo dijo. Vi a James hace solo una semana, estando de compras en Ipswich, y tampoco me lo comentó. Por cierto, siempre me he llevado muy bien con él, aunque me sorprendió mucho que acabase siendo pareja de Alan. Nos sorprendió a todos. No me imagino qué habrían dicho mis padres si aún siguieran vivos. ¿Sabe? Mi padre era director de un colegio. Pero él y mi madre murieron hace mucho tiempo. James nunca mencionó que Alan estuviera enfermo. Me pregunto si lo sabría siquiera.

Cuando Atticus Pünd interroga a las personas, suelen decir cosas sensatas. Será por su habilidad al formular las preguntas, pero siempre logra que empiecen por el principio y respondan lógicamente. Claire no era así. Hablaba como si tuviese un pulmón perforado. Las palabras salían de su boca de forma atropellada y yo tenía que concentrarme para seguir lo que decía. Estaba muy alterada. Me contó que la muerte de su hermano la había dejado hecha polvo.

—Lo que no puedo aceptar es que no me pidiera ayuda. Últimamente habíamos tenido nuestras diferencias, pero me habría encantado hablar con él, y si le preocupaba algo...

—Se mató por su enfermedad —dije.

—Eso fue lo que me dijo el superintendente Locke. Pero no había necesidad de hacer algo tan drástico. Hoy en día existen muchas clases de cuidados paliativos. Mi marido tuvo cáncer de pulmón, ¿sabe? El personal de enfermería se portó de forma maravillosa cuidándolo. Creo que fue más feliz en los últimos meses de su vida que en todo el tiempo que había pasado conmigo. Era el centro de atención. Eso le gustaba. Vine a Orford después de su muerte. Fue Alan quien me trajo aquí. Dijo que sería agradable que viviéramos cerca. Esta casa... nunca habría podido permitírmela de no ser por él. Después de todo lo que he sufrido, habría esperado que confiase en mí. Si de verdad pensaba en matarse, ¿por qué no me lo hizo saber?

—Tal vez temía que lo disuadiese.

—No habría podido disuadir a Alan de nada. Ni convencerlo de que hiciese algo. No éramos así.

—Ha dicho que estaban muy unidos.

—Oh, sí. Yo lo conocía mejor que nadie. Hay muchas cosas que podría contarle sobre él. Me extraña que nunca publicase su autobiografía.

—Nunca la escribió.

—Podrían haber contratado a alguien para que lo hiciera.

No se lo discutí.

—Me interesaría saber cualquier cosa que pueda contarme —dije.

—¿De verdad? —saltó—. A lo mejor debería escribir sobre él. Podría hablarle de cuando vivíamos en Chorley Hall, de niños. Me gustaría hacerlo, ¿sabe? Leí las necrológicas y lo cierto es que no describían a Alan.

Traté de orientar la conversación hacia el aspecto que me interesaba:

—James me ha comentado que usted lo ayudaba con su trabajo. Dice que mecanografió algunos de sus manuscritos.

—Así es. Alan siempre escribía el primer borrador a mano. Le gustaba usar una estilográfica. No se fiaba de los ordenadores. No quería que la tecnología se interpusiera entre él y su obra. Siempre decía que prefería la intimidad de pluma y tinta, que hacía que se sintiera más cerca de la página. Yo me ocupaba de la correspondencia con los lectores. Algunos le escribían cosas preciosas, pero él no tenía tiempo para contestar a todo el mundo. Me enseñó a responder con su voz. Yo escribía las cartas y él las firmaba. También lo ayudaba a documentarse; por ejemplo, sobre venenos. Fui yo quien le presentó a Richard Locke.

Había sido el superintendente Locke quien había telefoneado a Charles para darle la noticia de la muerte de Alan.

—Trabajo en la comisaría de Suffolk —explicó Claire—, en Ipswich. Está en Museum Street.

—¿Es agente de policía?

—Trabajo en recursos humanos.

—¿Mecanografió *Sangre de urraca*? —pregunté.

La mujer negó con la cabeza.

—Dejé de hacerlo después de *Anís y cianuro*. La cuestión es que, bueno, nunca me daba nada a cambio. Era muy generoso conmigo en ciertos aspectos. Me ayudó a comprar esta casa. Me invitaba a salir y cosas así. Sin embargo, después de mecanografiar tres de sus libros, le sugerí que me pusiera... no sé... un sueldo. Me parecía razonable. No pedía mucho dinero. Simplemente pensaba que tenía derecho a cobrar. Por desgracia, me equivoqué. Vi enseguida que se había disgustado. No digo que fuese tacaño... Es que no creía que tuviese que contratarme porque era su hermana. No llegamos a discutir, pero a partir de ese momento empezó a mecanografiar los manuscritos él mismo. O puede que le pidiera ayuda a James. No lo sé.

Le hablé de la parte que faltaba, pero no pudo ayudarme.

—No leí nada. En ningún momento me dejó ver lo que escribió. Yo leía todos los libros antes de que se publicasen, pero después de que discutiéramos dejó de enseñármelos. Alan siempre era así, ¿sabe? Era muy susceptible.

—Si escribe acerca de él, debería explicar todo esto —dije—. Ustedes dos crecieron juntos. ¿Él siempre supo que iba a ser escritor? ¿Por qué escribía novelas de suspense?

—Sí, lo haré. Haré exactamente eso. —Y entonces, de repente, lo soltó—: No creo que se matase.

—¿Cómo dice?

—¡No lo creo! —Pronunció aquellas palabras como si hubiera querido hacerlo desde mi llegada y no pudiese esperar más—. Se lo dije al superintendente Locke, pero no me escuchó. Alan no se suicidó. No me lo creo ni por un momento.

—¿Piensa usted que fue un accidente?

—Creo que lo mataron.

Me la quedé mirando.

—¿Quién iba a querer hacer eso?

—Había muchas personas. Había personas que le tenían envidia y había personas a quienes no les caía bien. Melissa, por ejemplo. Nunca le perdonó lo que él le hizo, y supongo que es comprensible. La dejó por un hombre joven. Se sintió humillada. Y debería hablar con su vecino, John White. Los dos se pelearon por dinero. Alan me habló de él. Dijo que era capaz de cualquier cosa. Naturalmente, también es posible que no fuese alguien que lo conocía en persona. Cuando eres un escritor famoso, siempre tienes acosadores. Hubo un tiempo, no hace mucho, en que Alan recibía amenazas de muerte. Lo sé porque me las enseñaba.

—¿Quién se las enviaba?

—Eran anónimas. Yo ni siquiera era capaz de mirarlas. Un lenguaje horrible, lleno de palabrotas y obscenidades. Descubrimos que el remitente era un escritor que había conocido en Devonshire, una persona a la que Alan intentaba ayudar.

—¿Tiene alguna?

—Puede que las tengan en la comisaría. Al final tuvimos que acudir a la policía. Se las enseñé al superintendente Locke y dijo que debíamos tomárnoslas en serio, pero Alan no tenía ni idea de quién se las había enviado y no pudimos seguirles el rastro. Alan amaba la vida. Aunque estuviese enfermo, habría querido llegar hasta el final.

—Escribió una carta —le dije—. La víspera de su suicidio nos escribió y nos contó lo que iba a hacer.

Ella me miró con una mezcla de incredulidad y resentimiento.

—¿Les escribió?

—Sí.

—¿A usted personalmente?

—No. La carta iba dirigida a Charles Clover. Su editor.

Claire reflexionó.

—¿Por qué les escribió? A mí no me escribió. No lo entiendo en absoluto. Crecimos juntos. Hasta que lo enviaron al internado, los dos éramos inseparables. E incluso después, cuando nos veíamos...

Se quedó sin voz y me percaté de que había cometido una estupidez. La había disgustado mucho.

—¿Quiere que me vaya? —pregunté.

Asintió con la cabeza. Había sacado un pañuelo, pero no lo usaba. Lo tenía hecho una bola dentro del puño.

—Lo siento mucho —dije.

No me acompañó a la puerta. Encontré el camino sola y, cuando me volví hacia la ventana, vi que seguía sentada donde la había dejado. No lloraba. Simplemente miraba la pared, ofendida, enfadada.

Woodbridge

Katie, mi hermana, tiene dos años menos que yo, aunque parece mayor. Siempre bromeamos sobre eso. Ella se queja de que yo he tenido una vida fácil, sola en mi pisito caótico, mientras ella ha cuidado de dos niños hiperactivos, varias mascotas y un marido chapado a la antigua que sabe ser amable y romántico, pero sigue queriendo tener su comida en la mesa a la hora exacta. Poseen una casa grande y medio acre de jardín que Katie mantiene como si saliese de una revista. La casa, de los años setenta, tiene puertas correderas, chimeneas de gas y un televisor gigantesco en el salón. Apenas hay libros. No estoy emitiendo ningún juicio. Simplemente es la clase de detalle que no puedo dejar de observar.

Vivimos en dos mundos diferentes. Ella está mucho más delgada que yo y cuida más de su aspecto. Viste ropa práctica que compra en catálogos y cada quince días visita a su peluquera, en Woodbridge, porque es amiga suya. Yo apenas recuerdo el nombre de la mía, Doz, Daz, Dez o algo parecido, pero no sé cuál es el nombre entero. Katie no necesita trabajar, pero ha dirigido durante diez años un centro de jardinería a un kilómetro de donde vive. Solo Dios sabe cómo ha conseguido compaginar el trabajo y su función de esposa y madre a tiempo completo. Por supuesto, a medida que los niños crecían se ha sucedido una larga serie de *au-pairs* y canguros. Hubo la anoréxica, la cristiana renacida, la australiana solitaria y la que desapareció de pronto.

Hablamos dos o tres veces por semana por FaceTime. Es curioso que, a pesar de tener tan poco en común, hayamos sido siempre tan buenas amigas.

Naturalmente, no podía abandonar Suffolk sin verla. Wodbridge estaba a solo veinticuatro kilómetros de Orford, y resultó que ella tenía la tarde libre. Gordon estaba en Londres. Iba hasta allí en transporte público cada día: de Woodbridge a Ipswich, de Ipswich a Liverpool Street y de vuelta a casa. Decía que no le importaba, pero que no le gustaba pensar en cuántas horas perdía en trenes. Habría podido permitirse una segunda vivienda, pero decía que no soportaba estar separado de su familia, ni siquiera durante un par de noches. Siempre insistían en marcharse juntos: vacaciones de verano, esquí por Navidad, excursiones varias los fines de semana... El único momento en que me sentía sola era cuando pensaba en ellos.

Tras dejar a Claire Jenkins, me fui directamente a ver a Katie. Mi hermana estaba en la cocina. A pesar del tamaño de la casa, parecía pasarse la vida allí. Nos abrazamos y me trajo té y un gran pedazo de pastel; casero, por supuesto.

—Bueno, ¿qué estás haciendo en Suffolk? —preguntó.

Le conté que Alan Conway había muerto e hizo una mueca.

—Ah, sí. Por supuesto. Lo vi en las noticias. ¿Mal asunto?

—Desde luego —dije.

—Pensaba que no te caía bien.

¿De verdad le había dicho eso?

—Mis sentimientos no tienen nada que ver —dije—. Era nuestro autor más importante.

—¿No acababa de terminar otro libro?

Le conté que al manuscrito le faltaban dos o tres capítulos, que no había ni rastro de esas páginas en su ordenador y que todos sus apuntes habían desaparecido también. Mientras entraba en detalles, me di cuenta de que todo sonaba muy raro, como un thriller sobre conspiraciones. Recordé que Claire me había dicho que su hermano jamás se habría suicidado.

—Menudo problema —dijo Katie—. ¿Qué harás si no los encuentras?

Era algo en lo que había estado pensando y que quería abordar con Charles. Necesitábamos *Sangre de urraca*. Sin embargo, entre todos los tipos distintos de historias que hay en el mercado, la novela de suspense es la única que realmente necesita estar completa. *El misterio de Edwin Drood* era el único ejemplo que se me ocurría que había logrado sobrevivir, pero Alan no era Charles Dickens. ¿Qué íbamos a hacer? Podíamos buscar a otro escritor para que se ocupara del final. Sophie Hannah había hecho un excelente trabajo con Poirot, pero antes tendría que resolver el crimen, algo que yo no había podido hacer. Podíamos publicar el libro como un regalo de Navidad muy irritante: algo que darle a alguien que no te cae bien. Podíamos organizar un concurso: *Dinos quién mató a sir Magnus Pye y gana un fin de semana en el Orient Express*. O podíamos seguir buscando y confiar en que apareciesen los puñeteros capítulos.

Hablamos de ello durante un rato más. Luego cambié de tema, preguntándole por Gordon y los niños. Él estaba bien. El trabajo le gustaba. Por Navidad se irían a esquiar: habían alquilado un chalet en Courchevel. Daisy y Jack cursaban su último grado en la Woodbridge School. Llevaban allí casi toda su vida; primero en Queen's House, el parvulario, luego en The Abbey y ahora en la escuela primaria. Era un lugar precioso. Lo había visitado un par de veces. Suponía toda una sorpresa encontrar tanto terreno y unos edificios tan bonitos escondidos en una pequeña población como Woodbridge. Se me ocurrió que la escuela encajaba muy bien con la personalidad de mi hermana. Nada cambiaba. Todo era perfecto. Resultaba muy fácil hacer caso omiso del mundo exterior.

—A los niños nunca les cayó bien Alan Conway —dijo Katie de pronto.

—Sí. Me lo dijiste.

—A ti tampoco te caía bien.

—La verdad es que no.

—¿Habrías preferido que no te lo presentara?

—En absoluto, Katie. Ganamos una fortuna gracias a él.

—Pero te lo hizo pasar mal. —Se encogió de hombros—. Por

lo que he oído, nadie lamentó que se marchase del colegio de Woodbridge.

Alan Conway dejó de dedicarse a la enseñanza poco después de la publicación del primer libro. Para cuando apareció su segundo libro, ganaba mucho más de lo que nunca había ganado como maestro.

—¿Qué problema había con él? —pregunté.

Kate reflexionó unos momentos.

—No estoy muy segura. Simplemente tenía mala fama, como les pasa a algunos maestros. Creo que era bastante estricto. No tenía mucho sentido del humor.

Es cierto. Hay pocas bromas en las novelas de Atticus Pünd.

—Creo que siempre era bastante reservado —siguió diciendo—. Lo vi varias veces en competiciones deportivas y cosas así. Nunca sabías qué estaba pensando. Siempre tuve la sensación de que ocultaba algo.

—¿Su sexualidad? —sugerí.

—Tal vez. Cuando dejó a su mujer por ese chico, fue completamente inesperado. Pero no era eso. Era solo que, cada vez que lo veías, parecía que estuviese irritado por algo, pero no tuviese ninguna intención de decirte qué era.

Llevábamos un rato charlando y no quería quedarme atrapada en el tráfico de Londres. Me acabé el té y rehusé otra porción de pastel. Ya me había comido un trozo enorme y lo que realmente me apetecía era un cigarrillo. Katie no soportaba que fumara. Empecé a despedirme.

—¿Volverás pronto? —preguntó—. A los niños les encantaría verte. Podríamos cenar todos juntos.

—Seguramente iré y volveré bastantes veces —dije.

—Me alegro. Te echamos de menos.

Yo sabía lo que venía a continuación y, naturalmente, Katie no me decepcionó.

—¿Va todo bien, Sue? —preguntó, con la clase de voz que decía que estaba claro que no.

—Estoy genial —dije.

—Ya sabes que me preocupa que estés sola en ese piso.

—No estoy sola. Tengo a Andreas.

—¿Cómo está Andreas?

—Está muy bien.

—Ya debe de haber vuelto al instituto.

—No. Las clases no empiezan hasta el final de la semana. Ha pasado el verano en Creta.

Me arrepentí de aquellas palabras tan pronto como las pronuncié. Significaban que, después de todo, estaba sola.

—¿Por qué no te fuiste con él?

—Me invitó, pero estaba demasiado ocupada.

Eso era una verdad a medias. Yo nunca había estado en Creta. Algo en mí se resistía a la idea de entrar en su mundo, de someterme a examen.

—¿Es posible que...? En fin, ¿vosotros dos...?

La cosa siempre acababa así. El matrimonio, para Katie, que llevaba veintisiete años casada, lo era todo, el único motivo verdadero para estar viva. El matrimonio era su colegio de Woodbridge, su jardín, el muro que la rodeaba. Y, desde su punto de vista, yo estaba atrapada fuera, asomándome a través de la verja.

—Oh, nunca hablamos de eso —dije en tono despreocupado—. Nos gustan las cosas como están. De todas formas, jamás me casaría con él.

—¿Porque es griego?

—Porque es demasiado griego. Me volvería loca.

¿Por qué tenía Katie que juzgarme siempre según sus valores? ¿Por qué no podía aceptar que yo no necesitaba lo que tenía ella y que podía ser absolutamente feliz tal como estaban las cosas? Si parezco irritada, es solo porque me preocupaba que estuviese en lo cierto. Una parte de mí se preguntaba eso mismo. Nunca tendría hijos. Estaba con un hombre que había permanecido lejos de mí todo el verano y que, durante el curso, solo venía a casa los fines de semana... si no estaba ocupado con los partidos de fútbol, los ensayos de las funciones escolares o las visitas del sábado a la Tate. Yo había dedicado toda mi vida a los libros, a las librerías, a los libreros, a las ratas de biblioteca como Charles y

Alan. Y de esa forma había terminado como un libro: en un estante.

Me alegré de volver al MGB. No hay radares entre Woodbridge y la A12, así que pisé a fondo el acelerador. Cuando llegué a la M25 encendí la radio y escuché a Mariella Frostrup. Hablaba de libros. Para entonces me sentía bien.

La carta

Cabría pensar que, después de veinte años de carrera trabajando con novelas llenas de asesinatos misteriosos, me habría dado cuenta de cuándo me encontraba en mitad de uno. Alan Conway no se había suicidado. Había subido a la torre a desayunar y alguien lo había empujado. ¿No resultaba obvio?

Dos personas que lo conocían bien, su abogado y su hermana, insistían en que no era el tipo de hombre capaz de quitarse la vida, y su agenda, que mostraba que había continuado impertérrito comprando entradas para el teatro y organizando partidos de tenis y almuerzos para la semana que siguió a su fallecimiento, parecía confirmarlo. Incluso la forma en que había muerto, dolorosa e incierta, resultaba extraña. Y luego estaban los muchos sospechosos que ya hacían cola para interpretar un papel estelar en la parte final. Claire había mencionado a su exmujer, Melissa, y a su vecino, un gestor de fondos de cobertura llamado John White, con quien mantenía alguna clase de disputa. Ella misma había discutido con su hermano. James Taylor tenía el más evidente de los móviles: Alan había muerto solo un día antes de firmar su nuevo testamento. Además, James tenía acceso a la casa y sabía que, si hacía sol, Alan desayunaría en la terraza. Y aquel agosto estaba siendo cálido.

Pensé en todo eso mientras conducía en el camino de regreso, pero aun así me costó un poco aceptarlo. En una novela de suspense, cuando un detective se entera de que sir Comosellame ha sido apuñalado treinta y seis veces en un tren o decapitado, lo acepta como un hecho muy natural. Hace las maletas y acude a la escena del crimen para hacer preguntas, recabar pistas y, más tarde, hacer una detención. Pero yo no era detective. Era redactora, y hasta hacía una semana ni uno solo de mis conocidos había muerto de forma insólita y violenta. Aparte de mis propios padres y de Alan, casi no conocía a nadie que hubiese muerto. Si lo piensas, es extraño. Hay cientos y cientos de asesinatos en los libros y en la televisión. A la ficción narrativa le resultaría difícil sobrevivir sin ellos. Y, sin embargo, casi no hay ninguno en la vida real, a no ser que vivas en el lugar equivocado. ¿Por qué tenemos tanta necesidad de leer novela negra, y qué es lo que de verdad nos atrae, el crimen o la solución? ¿Tenemos alguna necesidad primitiva de derramamiento de sangre porque nuestras propias vidas son seguras y cómodas? Me hice el propósito de comprobar las cifras de ventas de Alan en San Pedro Sula, Honduras (la capital mundial del asesinato). Podría ser que allí nadie leyese sus libros.

Todo se reducía a la carta. Sin decírselo a nadie, había hecho una copia antes de que Charles se la enviara a la policía, y en cuanto llegué a casa la saqué y volví a examinarla. Recordé la extraña anomalía, una carta manuscrita en un sobre mecanografiado, que había observado en el despacho de Charles. Reflejaba exactamente, pero a la inversa, el descubrimiento de Atticus Pünd en Pye Hall. A sir Magnus le habían enviado una amenaza de muerte mecanografiada en un sobre manuscrito. ¿Qué significaba en cada caso? Y, si las ponías juntas, ¿había algún significado mayor, un patrón que yo no veía?

Alan había enviado la carta el día siguiente a la entrega del manuscrito en el Club Ivy. Me habría gustado observar el sobre con más atención para ver si se había enviado desde Londres o desde Suffolk, aunque Charles había desgarrado parte del matasellos al abrirlo. En cualquier caso, estaba claro que la había redactado el propio Alan. Era su letra, y a no ser que lo hubiesen obligado a escribir poniéndole una pistola en la cabeza, expresaba sus intenciones de forma muy clara. ¿O no? De vuelta en mi piso de Crouch End, con una copa de vino en la mano y un tercer cigarrillo en marcha, no estaba tan segura.

La primera página es una disculpa. Alan se ha portado mal, pero forma parte de un patrón general de comportamiento. Está enfermo. Dice que ha decidido no someterse a tratamiento y eso lo matará muy pronto de todas formas. No hay nada en esta página que hable de suicidio; más bien lo contrario. Es el cáncer lo que va a matarlo, porque no va a recibir quimioterapia. Y, si volvemos a mirar el final de la página uno, vemos todo ese comentario sobre las funciones literarias en Londres. No está escribiendo sobre el final de su vida. Está escribiendo sobre cómo va a continuar.

La página dos se relaciona con su muerte; en particular, en el párrafo acerca de James Taylor y el testamento. Sin embargo, una vez más, resulta inespecífica. «Habrá disputas cuando me haya ido». Podría estar hablando de cualquier momento: dentro de seis semanas, seis meses, un año... Hasta la página tres no va al grano. «Cuando leas esto, todo habrá terminado». La primera vez que leí la carta, poco después de enterarme de lo sucedido, di por sentado automáticamente que, al decir «todo», Alan se refería a su vida. Su vida habría terminado. Se habría suicidado. No obstante, al releerla, se me ocurrió que también podía estar hablando de su carrera de escritor, lo cual constituía el tema del párrafo anterior. Había entregado su último libro. No habría otros.

Y luego llegamos a «la decisión que he tomado», unas cuantas líneas más abajo. ¿De verdad se refiere a saltar desde la torre? ¿O, simplemente, a la decisión ya citada de no recibir quimioterapia, de matarse solo en ese sentido? Al final de la carta escribe sobre las personas que llorarán su muerte, pero, de nuevo, ya ha dicho que va a morir. En ninguna parte afirma con claridad que haya decidido tomar cartas en el asunto. «Mientras me dispongo a despedirme de este mundo...». ¿No es un poco suave para lo que al parecer tiene en mente, saltar desde una torre?

Esas fueron mis reflexiones. Y, aunque había algo más en la

carta que se me escapó completamente y que demostraría que lo que he escrito hasta ahora va muy desencaminado, al final de aquel día todo había cambiado. Sabía que la carta no era lo que parecía; que no era más que un discurso general de despedida y que alguien debía de haberla leído y debía de haber comprendido que podía malinterpretarse. Claire Jenkins y Sajid Khan tenían razón. El escritor de novelas de asesinatos más exitoso de su generación había sido asesinado.

Sonó el timbre.

Andreas me había telefoneado una hora antes y estaba delante de mi puerta con un ramo de flores y una abultada bolsa del supermercado, sin duda repleta de aceitunas de Creta, fabulosa miel de tomillo, aceite, vino, queso y té de montaña. No era solo un hombre generoso. Sentía un amor verdadero por su tierra y por todo lo que producía. El típico orgullo helénico. La infinita crisis económica del verano en curso y del año anterior podía haber desaparecido de los diarios británicos —¿cuántas veces podían pronosticar el colapso total de una nación?—, pero él me había explicado hasta qué punto seguía abierta la herida en su patria. Los negocios iban muy mal. Los turistas seguían sin acudir. Era como si cuantas más cosas me trajese, más me convencería de que todo iba a salir bien. Por cierto, era un detalle bonito y anticuado que llamase al timbre. Tenía su propia llave.

Había ordenado el piso, me había duchado y cambiado y esperaba estar deseable, dentro de lo razonable. Siempre me ponía nerviosa la perspectiva de volver a verlo después de tanto tiempo. Quería estar segura de que nada había cambiado. Andreas tenía un aspecto magnífico. Tras seis semanas al sol, su piel estaba más bronceada que nunca. También había adelgazado gracias a la natación y a la dieta cretense, baja en carbohidratos. No es que antes estuviese gordo. Posee el físico musculoso y los hombros cuadrados de un soldado, los rasgos marcados y un pelo negro que cae en espesos rizos como el de un pastor griego... o el de un dios. Tiene una mirada maliciosa y una sonrisa levemente ladeada, y aunque yo no lo definiría como guapo según los cánones convencionales, me gusta estar con él, es inteligente, relajado, siempre agradable.

También está vinculado a la Woodbridge School porque fue allí donde nos encontramos por primera vez. Enseñaba latín y griego antiguo, y me hace gracia pensar que conoció a Alan Conway antes que yo. También Melissa, la mujer de Alan, daba clases en esa escuela, así que los tres se trataban mucho antes de que yo apareciese en sus vidas. Me lo presentaron al final del trimestre estival. Era el día del deporte y había ido a animar a Jack y a Daisy. Hablamos un poco y me gustó inmediatamente, pero no volvimos a vernos hasta el verano siguiente. Entretanto, se había trasladado a la Westminster School de Londres y un día telefoneó a Katie para pedirle mi número. Era buena señal que se hubiese acordado de mí después de tanto tiempo, pero nuestra relación no despegó enseguida. Antes de estar juntos, fuimos amigos: de hecho, solo hacía un par de años que éramos pareja. Casi nunca hablábamos de Alan. No se llevaban bien, pero no pregunté nunca el motivo. Aunque no definiría a Andreas como un tipo celoso, tenía la impresión de que en el fondo envidiaba su éxito.

Yo conocía muy bien el pasado de Andreas: él no quería que hubiese secretos entre nosotros. La primera vez que se casó, a los diecinueve años, era demasiado joven. El matrimonio se vino abajo mientras hacía el servicio militar en Grecia. Su segunda mujer, Aphrodite, vivía en Atenas. Era profesora, como él, y lo había acompañado a Inglaterra. Fue entonces cuando las cosas empezaron a agriarse. Ella echaba de menos a su familia. Sentía nostalgia. «Tendría que haber visto que era infeliz y haber vuelto con ella», me contó Andreas, «Pero era demasiado tarde. Se marchó sola». Seguían siendo amigos y se veían de vez en cuando.

Echamos a andar por Crouch End para cenar fuera. Había un restaurante griego, llevado en realidad por chipriotas, y, aunque cabría esperar que aquello fuera lo que menos le apeteciese después de pasar un verano en casa, comer allí era una pequeña tradición nuestra. La noche era cálida, así que cenamos en el estrecho balcón, sentados muy juntos, bajo unas estufas que disparaban calor inútilmente. Pedimos *taramasalata, dolmades, loukaniko, souvlakia*... todo preparado en la más diminuta de las cocinas, junto a la puerta de entrada, y compartimos una botella de vino tinto peleón.

Fue Andreas quien sacó el tema de la muerte de Alan. Había leído la noticia en los periódicos y le preocupaba lo que pudiera significar para mí.

—¿Perjudicará a la empresa? —preguntó.

Por cierto, hablaba un inglés perfecto. Su madre era inglesa y él había crecido siendo bilingüe. Le hablé de los capítulos que faltaban y, después de eso, de forma muy natural, salió también todo lo demás. No vi ninguna razón para ocultarle nada; de hecho, resultaba agradable tener a alguien con quien compartir mis ideas. Le describí mi visita a Framlingham y a todas las personas que conocí allí.

—También vi a Katie —añadí—. Me preguntó por ti.

—¡Ah, Katie! —Siempre le había caído bien, desde los tiempos en que para él era solo una de las muchas madres de la escuela—. ¿Cómo están los niños, Jack y Daisy?

—No estaban en casa. Y ya casi no son niños. Jack irá a la universidad el año que viene...

Le hablé de la carta y de cómo había llegado a la conclusión de que, tal vez, Alan no se había suicidado después de todo. Sonrió.

—Tienes un problema, Susan. Siempre estás buscando historias. Lees entre líneas. Nada es nunca lo que parece.

—¿Crees que estoy equivocada?

Me cogió de la mano.

—Ahora te he hecho enfadar. No quería. Es una de las cosas que me gustan de ti. Pero ¿no crees que la policía se habría dado cuenta si alguien lo hubiese empujado desde la torre? El asesino debería de haber entrado en la casa. Habría habido un forcejeo. Habría dejado huellas.

—Es que no estoy segura de que lo comprobasen.

—No lo comprobaron porque en realidad es obvio. Estaba enfermo. Saltó.

Me pregunté cómo podía estar tan seguro.

—Alan no te caía muy bien, ¿eh? —dije.

Reflexionó unos momentos.

—Si quieres saber la verdad, no me caía nada bien. Era un pesado.

Esperé a que explicase lo que quería decir, pero se encogió de hombros y se limitó a añadir:

—No era una persona que cayese bien.

—¿Por qué no?

Se echó a reír y volvió a su comida.

—Tú te quejabas de él muy a menudo.

—Tenía que trabajar con él.

—Yo también. Vamos, Susan, no quiero hablar de él. Nos estropeará la noche. Creo que deberías ser prudente, eso es todo.

—¿A qué te refieres? —pregunté.

—A que no es asunto tuyo. Puede que se suicidase. Puede que alguien lo matase. Sea como fuere, no deberías implicarte. Solo estoy pensando en ti. Podría ser peligroso.

—¿En serio?

—¿Por qué no? Antes de hurgar en la vida de nadie, hay que pensárselo mucho. Quizá lo diga porque crecí en una isla, en una pequeña comunidad. Nosotros lavábamos los trapos sucios en casa. ¿Qué más te da cómo muriese Alan? Yo me mantendría al margen...

—De todos modos, tengo que encontrar los capítulos que faltan —lo interrumpí.

Puede que no existan esos capítulos. A pesar de tu convicción, no puedes saber si llegó a escribirlos. En el ordenador no estaban. Ni en el escritorio.

No intenté discutir. Me decepcionaba un poco que Andreas hubiese desmontado mis teorías sin ninguna consideración. También tenía la impresión de que se había producido una ligera incomodidad entre nosotros, una desconexión que estaba allí desde el momento en que se había presentado en el piso. Siempre habíamos sido muy buenos compañeros. Nos sentíamos cómodos en silencio. Sin embargo, no era lo que ocurría esa noche.

Había algo que no me estaba contando. Llegué a preguntarme si habría conocido a otra persona.

Y luego, al final de la cena, mientras dábamos sorbos a un café denso y dulce que jamás se me habría ocurrido llamar «turco», dijo de pronto:

—Estoy pensando en abandonar Westminster.

—¿Cómo dices?

—Al final del semestre. Quiero dejar la enseñanza.

—Esto es muy repentino, Andreas. ¿Por qué?

Me lo dijo. Habían puesto en venta un hotel en las afueras de Agios Nikolaos; un negocio íntimo y familiar con doce habitaciones, en primera línea de mar. Los propietarios tenían más de sesenta años y sus hijos se habían marchado de la isla. Como tantos griegos jóvenes, estaban en Londres, pero Andreas tenía un primo que trabajaba allí y al que consideraban casi un hijo. Le habían ofrecido la oportunidad de comprarlo, y el primo había acudido a él para ver si podía ayudarle a financiarlo. Andreas estaba cansado de dar clases. Cada vez que volvía a Creta se sentía más en casa, y estaba empezando a preguntarse por qué se había marchado. Tenía cincuenta años. Era una oportunidad para cambiar de vida.

—¡Pero Andreas! —protesté—. No sabes nada de gestionar un hotel.

—Yannis tiene experiencia, y el establecimiento es pequeño. ¿Qué dificultad puede haber?

—Pero dijiste que los turistas ya no iban a Creta.

—Eso ha sido este año. El año que viene será mejor.

—Pero ¿no echarás de menos Londres...?

Todas mis frases empezaban por «pero». ¿De verdad pensaba que era mala idea o era ese el cambio que tanto temía, darme cuenta de que estaba a punto de perderlo? Era exactamente aquello de lo que mi hermana me había advertido. Iba a acabar sola.

—Esperaba verte más entusiasmada —dijo.

—¿Por qué iba a estarlo? —repliqué con amargura.

—Porque quiero que vengas conmigo.

—¿Lo dices en serio?

Se rio por segunda vez.

—¡Pues claro! ¿Por qué crees que te estoy diciendo todo esto?

El camarero había traído raki y llenó dos copas hasta el borde.

—Te encantará, Susan, te lo prometo. Creta es una isla maravillosa, y ya es hora de que conozcas a mi familia y a mis amigos. Siempre me están preguntando por ti.

—¿Me estás pidiendo que me case contigo?

Levantó su copa; la malicia había vuelto a su mirada.

—¿Qué dirías si lo hiciera?

—Seguramente no diría nada. Estaría demasiado conmocionada. —No quería ofenderlo, así que añadí—: Diría que lo pensaría.

—Eso es lo único que te pido.

—Tengo un trabajo, Andreas. Tengo una vida.

—Creta está a tres horas y media de aquí, no en la otra punta del mundo. Y quizá, después de todo lo que me has contado, muy pronto no puedas elegir.

Sin duda, eso era cierto. Sin *Sangre de urraca*, sin Alan, ¿quién podía saber cuánto podríamos aguantar?

—No lo sé. Es una idea genial, pero no deberías habérmela soltado de forma tan repentina. Vas a tener que darme tiempo para pensar.

—Por supuesto.

Cogí mi copa de raki y la apuré de un trago. Quería preguntarle qué sucedería si decidía quedarme. ¿Sería el fin? ¿Se marcharía sin mí? Era demasiado pronto para tener esa conversación, pero la verdad es que me pareció improbable que fuese a cambiar mi vida —Cloverleaf, Crouch End— por Creta. Me gustaba mi trabajo y debía pensar en mi relación con Charles, sobre todo ahora que las cosas se ponían tan difíciles. No me imaginaba como una Shirley Valentine del siglo XXI, sentada en las rocas, a dos mil kilómetros del Waterstones más cercano.

—Me lo pensaré —dije—. Es posible que tengas razón. Antes de que acabe el año podría estar sin trabajo. Supongo que siempre puedo encargarme de hacer las camas.

Andreas se quedó a pasar la noche y me alegré de volver a tenerlo conmigo. Sin embargo, mientras estaba tumbada en la oscuridad, entre sus brazos, un montón de pensamientos me invadían la cabeza, negándose a dejarme dormir. Me vi a mí misma bajando del coche en Abbey Grange con la torre cerniéndose sobre mí, examinando las huellas de neumáticos, rebuscando en el estudio de Alan. Una vez más, las fotografías del despacho de Sajid Khan parecían deslizarse ante mis ojos, pero esta vez mostraban a Alan, a Charles, a James Taylor, a Claire Jenkins y a mí misma. Al mismo tiempo, reproducía en mi mente fragmentos de conversación.

«Me preocupaba que pudieras marearte». James agarrándome en lo alto de la torre.

«Creo que lo mataron». La hermana de Alan en Orford.

Y Andreas en la cena: «No es asunto tuyo. No deberías implicarte».

Más tarde, esa misma noche, me pareció que la puerta se abría y que un hombre entraba en el dormitorio. Se apoyaba en un bastón. No dijo nada, pero se quedó allí quieto, observándonos a Andreas y a mí con aire de tristeza. Cuando un rayo de luna se filtró por la ventana, reconocí a Atticus Pünd. Estaba dormida, evidentemente, y se trataba de un sueño, pero me pregunté cómo se las habría arreglado para entrar en mi mundo. Entonces caí en la cuenta de que tal vez era yo quien había entrado en el suyo.

El Club Ivy

—¿Cómo te fue? —me preguntó Charles.

Le conté mi visita a Framlingham, mis encuentros con James Taylor, Sajid Khan y Claire Jenkins. No había encontrado los capítulos que faltaban. No estaban en su ordenador. No había páginas manuscritas. No sé muy bien por qué, pero no saqué el tema de la verdadera causa de la muerte de Alan ni mi creencia de que su carta podía haberse utilizado deliberadamente para confundirnos. Tampoco le dije que había leído, o intentado leer, *El tobogán*.

Había decidido hacer de detective y, si hay algo que tienen en común todos los detectives cuyas aventuras he leído, es su soledad inherente. Los sospechosos se conocen entre sí. Puede que sean familiares o amigos. Sin embargo, el detective es siempre un intruso. Formula las preguntas necesarias, pero no llega a establecer una relación con nadie. No confía en ellos, y ellos, a su vez, le tienen miedo. Es una relación basada en el engaño, una relación que, al final, no va a ninguna parte. Una vez que se ha identificado al asesino, el detective se va para no regresar. De hecho, todo el mundo se alegra de verlo marchar. Yo sentía algo así con Charles: había una distancia entre nosotros que nunca había existido. Pensé que, si realmente habían asesinado a Alan, Charles podía ser un sospechoso, aunque no se me ocurría una sola razón por la que pudiese querer matar a su autor más vendido y arruinarse de paso.

Él también había cambiado. Estaba cansado y demacrado, iba peor peinado y llevaba el traje más arrugado que nunca. No era de extrañar. Estaba implicado en una investigación policial. Había perdido un best seller garantizado y había visto cómo se esfumaban los posibles beneficios de un año entero. No era un buen comienzo para el periodo prenavideño. Además, estaba a punto de ser abuelo por primera vez. Se le notaba.

Aun así, lo intenté.

—Quiero saber más de vuestro encuentro en el Ivy —dije—. La última vez que viste a Alan.

—¿Qué quieres saber?

—Trato de entender qué pasaba por su cabeza. —Eso solo era parte de la verdad—. Por qué se quedó deliberadamente algunas páginas.

—¿Es eso lo que crees que hizo?

—Da esa impresión.

Charles bajó la cabeza. Nunca lo había visto tan derrotado.

—Todo este asunto es un desastre para nosotros —dijo—. He hablado con Angela.

Angela McMahon era nuestra directora de Marketing y Publicidad. Conociéndola como la conocía, sabía que ya debía de estar buscando un nuevo empleo.

—Dice que cabe esperar un brusco aumento de las ventas, sobre todo cuando la policía anuncie que Alan se suicidó. Habrá publicidad. Está intentando meter una retrospectiva en el *Sunday Times*.

—Pues eso es bueno, ¿no?

—Tal vez, pero todo acabará muy pronto. Ni siquiera tenemos la certeza de que la BBC continúe con la dramatización.

—No veo que su muerte suponga ninguna diferencia —dije—. ¿Por qué iban a echarse atrás ahora?

—Alan no había firmado el contrato. Aún estaban discutiendo el reparto. Tendrán que esperar a ver quién es el propietario de los derechos, y eso puede conllevar la necesidad de volver a empezar las negociaciones desde cero.

Debajo del escritorio, Bella se dio la vuelta y gruñó. Mis

pensamientos se dirigieron, solo por un momento, hacia el collar que Atticus Pünd había encontrado en el segundo dormitorio de la casa del guarda. A Bella, la perra de Tom Blakiston, la habían degollado. El collar era evidentemente una pista. ¿Cómo encajaba?

—¿Alan te habló en el Ivy de la serie de televisión? —pregunté.

—No la mencionó. No.

—Los dos discutisteis.

—No lo llamaría así, Susan. Discrepamos sobre el título de su libro.

—A ti no te gustaba.

—Pensaba que no sonaba bien, eso es todo. No debería de haberlo mencionado, pero no había leído el libro todavía y no había ningún otro tema de conversación.

—Y fue entonces cuando al camarero se le cayeron los platos.

—Sí. Alan estaba en mitad de una frase. No recuerdo qué decía. Y entonces se produjo aquel tremendo estrépito.

—Me dijiste que se enfadó.

—Así fue. Se levantó y fue a hablar con él.

—¿Con el camarero?

—Sí.

—¿Se levantó de la mesa?

No sé por qué estaba insistiendo. Simplemente me parecía una reacción muy rara.

—Sí —dijo Charles.

—¿No crees que eso fue extraño?

Charles reflexionó.

—En realidad, no. Los dos hablaron durante un par de minutos. Di por sentado que Alan se estaba quejando. Después, se fue al servicio. Luego volvió a la mesa y terminamos de cenar.

—Supongo que no podrás describir al camarero, ¿verdad? ¿Sabes cómo se llama?

Llegados a ese punto no tenía mucho con lo que seguir, pero me parecía que aquella noche, cuando Alan se encontró con Charles, debía de haber pasado algo. Toda clase de hilos se reúnen y convergen en esa mesa. En el preciso momento en que entregó el manuscrito, algo debió de disgustarle, infundiéndole ganas de discutir. Se comportó de forma extraña, levantándose de la mesa para quejarse ante un camarero de un accidente que nada tenía que ver con él. Al manuscrito le faltaban páginas, y tres días después estaba muerto. No le dije nada a Charles. Sabía que me diría que estaba perdiendo el tiempo. Sin embargo, esa misma tarde me acerqué al club privado con la intención de lograr que me dejaran entrar.

No fue difícil. La recepcionista me dijo que la policía había estado en el club la víspera, haciendo preguntas sobre el comportamiento de Alan, su estado de ánimo. Yo era su redactora. Era amiga de Charles Clover. Naturalmente que podía entrar. Me acompañaron al restaurante de la segunda planta. Se hallaba vacío y estaban preparando las mesas para la cena. La recepcionista me había dado el nombre del camarero que tuvo el accidente con los platos aquel jueves, y el hombre me estaba esperando junto a la puerta cuando llegué.

—Así es. Esa noche me tocaba trabajar en el bar, pero iban cortos de personal, así que subí a ayudar en el restaurante. Los dos señores estaban empezando el segundo plato cuando salí de la cocina. Estaban sentados en ese rincón...

Muchos de los camareros del club son jóvenes y de Europa del Este, pero Donald Leigh no era ni lo uno ni lo otro. Era de Escocia, algo que resultó obvio tan pronto como habló, y tenía más de treinta años. Era de Glasgow, dijo, estaba casado y tenía un hijo de dos años. Llevaba seis años en Londres y le encantaba trabajar en el Ivy.

—Debería ver qué gente viene a este local, sobre todo cuando cierran los teatros. —Era un hombre bajito y rechoncho que cargaba sobre sus hombros el peso de la vida—. No solo escritores. Actores, políticos... de todo.

Le había dicho quién era y el motivo de mi visita. La policía ya lo había interrogado y me dio una versión abreviada de lo que ya les había explicado. Charles Clover y su invitado habían reservado una mesa en el restaurante para las siete y media y se habían marchado poco después de las diez. Él no los había servido. No sabía qué habían cenado, pero recordaba que habían pedido una botella de vino muy cara.

—El señor Conway no estaba de muy buen humor.

—¿Cómo lo sabe?

—Le aseguro que no parecía contento.

—Esa noche entregó su última novela.

—¿En serio? Pues bien por él. No lo vi, pero es que no paraba de ir de un lado a otro. El restaurante estaba lleno de gente y, como le he dicho, nos faltaba personal.

Desde el principio tuve la impresión de que había algo que no me estaba contando.

—Se le cayeron unos platos —dije.

Me lanzó una mirada hostil.

—No paro de oír hablar de eso. ¿Qué tiene de grave?

Exhalé un suspiro.

—Mira, Donald. ¿Puedo tutearte?

—No estoy trabajando. Puedes hacer lo que quieras.

—Solo quiero saber qué pasó. Yo trabajaba con él. Lo conocía y, si he de serte sincera, no me caía bien. Cualquier cosa que me cuentes quedará entre tú y yo, pero no estoy convencida de que se suicidase. Si sabes algo, si has oído algo, podría ayudarme mucho.

—Si no crees que se suicidó, ¿qué es lo que crees?

—Te lo diré si me dices lo que quiero saber.

Reflexionó unos momentos.

—¿Te importa que fume? —preguntó.

—Yo también lo haré —dije.

Una vez más, los viejos cigarrillos de siempre, rompiendo las barreras, situándonos en el mismo lado. Salimos del restaurante. Hay una zona para fumadores en el exterior, un pequeño patio cuadrado, separado por un muro de un mundo que nos desaprueba. Ambos encendimos un pitillo. Le dije que me llamaba Susan y volví a prometerle que aquello quedaría entre los dos. De pronto, estaba deseoso de hablar.

—¿Eres editora? —dijo.

—Soy redactora.

—Pero trabajas en una editorial.

—Sí.

—Entonces puede que podamos ayudarnos mutuamente. —Hizo una pausa—. Conocía a Alan Conway. Supe quién era en cuanto lo vi, y por eso se me cayeron esos malditos platos. Se me olvidó que los llevaba en las manos y el calor atravesó la servilleta.

—¿Cómo lo conociste?

Me dedicó una mirada muy extraña.

—¿Trabajaste en *Grito en la noche*, una de las novelas de Atticus Pünd?

Era la cuarta de la serie y se desarrollaba en una escuela de secundaria.

—He trabajado en todas.

—¿Qué te pareció?

Grito en la noche narra el asesinato de un director durante una función escolar. El hombre está sentado a oscuras en la platea, cuando una figura echa a correr entre el público y lo apuñala en el cuello con precisión quirúrgica. El detalle ingenioso consiste en que todos los posibles sospechosos están sobre el escenario en ese momento, por lo que ninguno de ellos puede ser el culpable, aunque al final se descubre que sí. La novela está ambientada poco después de la guerra y la subtrama habla de cobardía y del incumplimiento del deber.

—Me pareció que era brillante.

—¡Era mi historia! ¡Mi idea! —Donald Leigh tenía unos profundos ojos castaños que, por un momento, se llenaron de rabia—. ¿Quieres que siga?

—Sí. Cuéntamelo, por favor.

—De acuerdo. —Se llevó el cigarrillo a los labios y aspiró con fuerza. La punta se encendió adquiriendo un rojo intenso—. De niño adoraba los libros —explicó—. Siempre quise llegar a ser escritor, desde los tiempos del colegio. No era la clase de aspiraciones que se admitía fácilmente en el instituto al que iba, Bridgeton, en la periferia oriental de Glasgow. Un lugar horrible en el que te llamaban marica si usabas la biblioteca. No me importaba. Me pasaba el tiempo leyendo tantos libros como podía. Thrillers: Tom Clancy, Robert Ludlum. Historias de aventuras. Terror. Me encantaba Stephen King. Pero lo que más me gustaba era la novela negra. Nunca tenía bastante. No fui a la universidad ni nada parecido. Todo lo que siempre he deseado es escribir, y algún día lo conseguiré, Susan, te lo aseguro. Ahora estoy trabajando en un libro. Solo me dedico a esto para pagar las facturas hasta que llegue ese momento.

»El problema es que las cosas nunca han salido según mis planes. Cuando empecé a escribir, tenía en mente esa historia. Sabía qué quería contar. Tenía la idea y los personajes, pero en cuanto trataba de ponerlos por escrito, no había manera. No paraba de insistir. Me quedaba mirando la página durante un rato y volvía a empezar. Comenzaba cincuenta veces, pero seguía sin funcionar. Hace unos años leí un anuncio. Unas personas ofrecían clases el fin de semana para ayudar a los aspirantes a escritores y todavía quedaba una plaza disponible... en Devonshire, el culo del mundo. Sin embargo, el tema era precisamente la novela negra. No era barato; me costaría setecientas libras, pero tenía algunos ahorros y pensé que valía la pena intentarlo. Así que me inscribí.

Me incliné hacia delante y eché la ceniza en uno de los pulcros recipientes de plata del Club Ivy. Sabía adónde iría a parar aquella conversación.

— Fuimos todos a una granja en mitad de la nada —continuó Leigh con los puños cerrados, como si hubiese ensayado mucho y aquel fuera su momento sobre el escenario—. Éramos once en nuestro grupo. Un par eran gilipollas totales; también había dos mujeres que se creían mejores que los demás: habían publicado relatos cortos en alguna revista y se lo tenían muy creído. Me imagino que te pasarás el día conociendo personas así. El resto era buena gente y me sentía a gusto con ellos. ¿Sabes? Me di cuenta de que no era solo yo, de que todos teníamos los mismos problemas y estábamos allí por el mismo motivo. Había tres profesores que daban las clases. Alan Conway era uno de ellos.

»Me parecía un gran escritor. Conducía un coche precioso, un BMW, y se alojaba solo en una casita, mientras que los demás compartíamos el alojamiento. Aun así, pasaba todo el tiempo en nuestra compañía. Conocía el oficio y, naturalmente, había ganado un montón de dinero con las novelas de Atticus Pünd. Yo había leído un par antes del curso. Me gustaban y no eran tan distintas de lo que yo intentaba escribir. Durante el día teníamos clases y talleres. Comíamos todos juntos; es más, cada uno de nosotros tenía que arrimar el hombro en la cocina. Y por la noche barra libre, para charlar en libertad y relajarnos. Era mi parte favorita. Todos nos sentíamos como iguales. Una noche nos quedamos solos, él y yo, en una salita privada y le hablé del libro que estaba escribiendo.

Apretó los puños más fuerte cuando llegó al nudo ineludible de la narración.

—Si te doy mi manuscrito, ¿lo leerás? —me preguntó.

Es una pregunta que suelo temer, pero me incliné ante lo inevitable.

—¿Me estás diciendo que Alan te robó la idea? —pregunté.

—Así es, Susan. Fue exactamente lo que hizo.

—¿Cómo se titula tu libro?

—*La muerte pisa las tablas*.

Era un título malísimo, pero, por supuesto, no lo dije.

—Puedo echarle un vistazo —propuse—, pero no te prometo que pueda ayudarte.

—Solo quiero que le eches un vistazo. No pido nada más. —Me miró a los ojos, como si me desafiara a negarme—. Le conté mi historia a Alan Conway —prosiguió—. Le di todos los detalles del asesinato. Era tarde y estábamos los dos solos en la habitación, sin testigos. Me preguntó si podía dejarle el manuscrito y me alegré mucho. Todos querían que él leyera sus trabajos. Esa era la gracia.

Se acabó el cigarrillo y lo apagó; al instante encendió otro.

—Lo leyó muy deprisa. Solo quedaban dos días del curso. El último día me llevó aparte y me dio unos consejos. Dijo que utilizaba demasiados adjetivos. Dijo que mis diálogos no eran realistas. ¿Cómo puñetas tiene que sonar un diálogo realista? ¡No es real! ¡Es ficción! Me dio algunas buenas ideas sobre mi principal personaje, mi detective. Recuerdo que una de las cosas que dijo fue que debía tener algún mal hábito, como que debía fumar, beber o algo así. Dijo que volvería a ponerse en contacto conmigo y le di mi dirección de correo electrónico.

»Nunca tuve noticias suyas. Ni una palabra. Y luego, casi un año después, llegó a las tiendas *Grito en la noche*. Trataba del montaje de una función escolar. Mi libro no estaba ambientado en una escuela. Estaba ambientado en un teatro. Pero era la misma idea. Y la cosa no acababa ahí. Me había mangado el asesinato. ¡Era exactamente el mismo! El mismo método, las mismas pistas, casi los mismos personajes. —Empezaba a levantar la voz—. Eso fue lo que hizo, Susan. Cogió mi historia y la usó para escribir *Grito en la noche*.

—¿Se lo contaste a alguien? —pregunté—. Cuando salió el libro, ¿qué hiciste?

—¿Qué podía hacer? ¡Dime! ¿Quién me habría creído?

—Podrías habernos escrito a Cloverleaf Books.

—Es que os escribí. Le escribí al director general, el señor Clover. No me contestó. Le escribí a Alan Conway. De hecho, a él le escribí unas cuantas veces. Digamos simplemente que no me callé la boca. Pero tampoco saqué nada de él. Les escribí a las personas que organizaron el curso. Recibí una carta suya. Pasaron de mí. Negaron cualquier responsabilidad, dijeron que no tenía nada que ver con ellos. Me planteé acudir a la policía. O sea, él me había robado. Hay una palabra para eso, ¿no? Pero cuando hablé con mi mujer, Karen, me dijo que me olvidara. Él era famoso. Estaba protegido. Yo no era nadie. Me dijo que si intentaba luchar, solo perjudicaría mi carrera de escritor y que lo mejor era pasar página. Y eso fue lo que hice. Sigo escribiendo. Al menos, sé que he tenido buenas ideas. Si no fuese así, él no me las habría copiado.

—¿Has escrito más novelas? —pregunté.

—Ahora mismo estoy trabajando en una, pero no es una historia de detectives. He cambiado de género. Es un libro para niños. Ahora que tengo un hijo, me ha parecido que era lo que debía hacer.

—Pero has conservado *La muerte pisa las tablas*.

—Claro que sí. He conservado todo lo que he escrito. Sé que tengo talento. A Karen le encanta mi trabajo. Y algún día...

—Envíame el manuscrito. —Metí la mano en mi bolso y saqué una tarjeta—. Bueno, ¿qué pasó cuando te vio en el restaurante? —pregunté.

Esperaba a que le entregase la tarjeta de visita. Era su tabla de salvación. Yo me encontraba dentro de la torre de marfil y él fuera. He visto en muchos aspirantes a escritores la convicción de que los editores son distintos, personas más inteligentes, de éxito, cuando en realidad hacemos malabares, confiando en seguir teniendo trabajo a final de mes.

—Salí de la cocina —dijo—. Llevaba dos platos principales y una guarnición para la mesa nueve. Lo vi sentado en una de las mesas, discutiendo con alguien, y fue tan grande mi sorpresa que me quedé allí plantado. Los platos estaban ardiendo. Quemaban a través de la tela de la servilleta y se me cayeron al suelo.

—¿Y qué pasó entonces? Me han contado que Alan se levantó. Que estaba enfadado contigo.

Él negó con la cabeza.

—No fue eso lo que pasó. Recogí el desastre e hice otro pedido en la cocina. No me apetecía volver a la sala, pero no tenía elección; al menos no me había tocado servir su mesa. La cuestión es que el señor Conway se levantó para ir al baño y pasó junto a mí. Yo no iba a decirle nada, pero al verlo tan cerca, a solo unos centímetros, no pude evitarlo.

—¿Qué le dijiste?

—Le dije «buenas noches» y le pregunté si se acordaba de mí.

—¿Y?

—No se acordaba o fingió no acordarse. Le recordé que nos habíamos conocido en Devonshire, que había tenido la amabilidad de leer mi novela. Él sabía perfectamente quién era y de qué estaba hablando, así que se puso borde conmigo. «No he venido aquí a hablar con camareros». Esas fueron sus palabras exactas.

Me dijo que me quitara de en medio. Él había mantenido la calma, pero yo sabía muy bien cómo reaccionaría si no me andaba con cuidado. Es siempre lo mismo. Él es un hombre de éxito, con su bonito coche y su enorme casa en Framlingham. Yo no soy nadie. Él es miembro del club. Yo sirvo mesas. Necesito este trabajo. Tengo un crío de dos años. Así que me disculpé balbuceando y me marché. Se me revolvió el estómago, pero ¿qué otra cosa podía hacer?

—Debiste de alegrarte bastante al saber que había muerto.

—¿Quieres saber la verdad, Susan? Me puse muy contento. No habría podido ser más feliz si...

El hombre había hablado demasiado, pero insistí de todos modos:

—¿Si qué?

—Da igual.

Sin embargo, ambos sabíamos a qué se refería. Le di la tarjeta de visita y se la guardó en el bolsillo de la camisa. Se acabó el segundo cigarrillo y lo apagó también.

—¿Puedo hacerte una última pregunta? —dije cuando estábamos a punto de volver a entrar—. Has dicho que Alan estaba discutiendo con su compañero de mesa. Supongo que no oirías nada de lo que decían, ¿no?

Él negó con la cabeza.

—No estaba lo bastante cerca.

—¿Qué me dices de los clientes sentados en la mesa de al lado?

Había visto yo misma la disposición de la sala. Prácticamente habían cenado hombro con hombro.

—Supongo que es posible. Si quieres, puedo decirte quiénes eran. Los nombres estarán aún en el sistema.

Abandonó la terraza y entró para verificarlo. Lo observé mientras se alejaba, recordando lo que acababa de decir. «... y su enorme casa en Framlingham». No había tenido que buscar el nombre del pueblo. Ya conocía la dirección de Alan.

El nieto

El hombre que estaba sentado en la mesa situada junto a la de Alan Conway aquella noche, que podía o no haber oído la conversación, se llamaba Mathew Prichard. Una coincidencia muy curiosa. Puede que su nombre no resulte familiar, pero lo reconocí al instante. Mathew Prichard es el nieto de Agatha Christie. Es bien sabido que le cedieron los derechos de *La ratonera* cuando tenía nueve años. Resulta raro estar escribiendo sobre él, y podría parecer improbable que estuviese allí. Pero es miembro del club. Las oficinas de Agatha Christie Ltd., en Drury Lane, distan unos pocos pasos. Y, como ya he mencionado antes, *La ratonera* sigue representándose en el St. Martin's Theatre, que está en la misma calle.

Tenía su número en mi móvil. Nos habíamos visto dos o tres veces en eventos literarios y unos años atrás había negociado con él para comprar sus memorias, *El gran tour*. Era un relato muy entretenido de un viaje alrededor del mundo que había hecho su abuela en 1922 (HarperCollins me ganó la partida). Lo llamé y se acordó de mí enseguida.

—Por supuesto, Susan. Me alegra tener noticias suyas. ¿Cómo está?

No sabía muy bien cómo explicarme. Una vez más, el hecho de estar involucrándolo en un misterio de la vida real que estaba investigando me resultó extraño. No quería tratar todo aquello por teléfono. Así que mencioné simplemente la muerte de Alan Conway, de la que ya estaba al corriente, y que tenía algunas preguntas que hacerle. No hizo falta añadir nada más. Resultó que estaba cerca. Me dio el nombre de una coctelería próxima a Seven Dials y quedamos allí para tomar una copa esa tarde.

Si tuviese que elegir una palabra para describir a Mathew, esta sería «afable». Debe de tener unos setenta años y, al mirarlo, con su pelo blanco y alborotado y su tez ligeramente rubicunda, tienes la sensación de que ha vivido la vida al máximo. Posee una risa que se oye desde el otro lado de la sala, una risa ronca, de marinero, que suena como si acabase de contar el chiste más verde del mundo. Entró en la coctelería con un aspecto impecable, con una americana y una camisa de cuello abierto, y, aunque me ofrecí a invitarlo, insistió en pagar las copas.

Hablamos un poco de Alan Conway. Me dio el pésame y dijo que sus libros siempre le habían gustado mucho.

—Muy, muy ingeniosos. Siempre sorprendentes. Llenos de buenas ideas.

Recuerdo las palabras exactas porque había una horrible parte de mí que se preguntaba si sería posible incluirlas en la contracubierta: que el nieto de Agatha Christie avalara la obra de Alan Conway solo podía ser bueno para las futuras ventas. Me preguntó cómo había muerto Alan y le dije que la policía sospechaba un suicidio. Al oírlo, pareció afligido. A un hombre tan lleno de vida debía de resultarle difícil entender que alguien decidiera acabar con la suya. Añadí que Alan estaba gravemente enfermo y él asintió como si aquello fuera lógico en cierto modo.

—¿Sabe? Lo vi hace más o menos una semana, en el Ivy —dijo.

—Sobre eso quería preguntarle —respondí—. Estaba cenando con su editor.

—Sí. Así es. Yo estaba en la mesa de al lado.

—Me interesaría saber qué vio u oyó.

—¿Por qué no se lo pregunta a él?

—Lo he hecho. Charles me lo ha contado solo en parte e intento averiguar lo demás.

—Pues la verdad es que no escuchaba la conversación. Desde luego, las mesas están muy juntas, pero no puedo decirle gran cosa de lo que hablaron.

Me suscitó cierta ternura que Mathew no me hubiese preguntado por qué me interesaba lo que había ocurrido. Había vivido gran parte de su vida en el mundo creado por su abuela, y su punto de vista era que los detectives hacían preguntas y los testigos las contestaban. Era así de simple. Le recordé el momento en que a Leigh se le cayeron los platos y sonrió.

—Sí, me acuerdo de eso. De hecho, oí algo de lo que decían justo antes de que pasara. ¡Levantaron la voz y todo! Hablaban del título de su nuevo libro.

—Alan lo entregó esa noche.

—*Sangre de urraca*. Estoy seguro de que entenderá, Susan, que no puedo oír la palabra «sangre» sin aguzar el oído. —Se rio con placer—. Discutían sobre el título. Creo que su amigo el editor hizo algún comentario y que al señor Conway no le gustó demasiado. Sí. Le oí decir que tenía pensado el título desde hacía años y dio un puñetazo en la mesa. Los cubiertos saltaron. Fue entonces cuando me volví y me di cuenta de quién era. Hasta ese instante no había reparado en él. Hubo un momento de silencio. Un par de segundos, quizá. Y luego señaló con el dedo y dijo: «No aceptaré una...».

—¿Una qué? —pregunté.

Prichard me sonrió.

—Por desgracia, no puedo serle de más ayuda, porque entonces se le cayeron los platos al camarero. Un estruendo terrible. Se paralizó toda la sala. Ya sabe cómo son estas cosas. El pobre tipo se puso muy colorado y empezó a recoger el desastre. Me temo que no oí nada más después de eso. Lo siento.

—¿Vio levantarse a Alan? —pregunté.

—Sí. Creo que fue al servicio.

—Habló con el camarero.

—Puede que lo hiciera, pero no me acuerdo. A decir verdad, había acabado de cenar y me marché poco después.

«No aceptaré una...».

Todo giraba en torno a aquella frase. Tres palabras que podían significar cualquier cosa. Me dije que tenía que preguntarle a Charles por ese detalle en cuanto lo viese.

Prichard y yo hablamos de su abuela mientras nos terminábamos los cócteles. Siempre me había hecho gracia hasta qué punto la autora había llegado a odiar a Hércules Poirot para cuando acabó de escribir sobre él. ¿Cómo lo había llamado? «Un insufrible, ampuloso, detestable y egocéntrico hombrecillo». ¿No dijo en una ocasión que le entraban ganas de librarse de él haciendo un exorcismo? Él se echó a reír.

—Creo que, como todos los genios, quería escribir toda clase de libros diferentes y se sintió muy frustrada al ver que su editorial solo quería que escribiese sobre Poirot. Se ponía muy impaciente cuando le decían lo que debía hacer.

Nos levantamos. Yo había pedido un gin-tonic y debía de ser doble, porque la cabeza me daba vueltas.

—Gracias por su ayuda —dije.

—No creo haberla ayudado demasiado —respondió—, pero estoy deseando ver el nuevo libro cuando se publique. Como le he dicho, siempre me han gustado los misterios de Atticus Pünd, y, evidentemente, el señor Conway era un gran admirador de la obra de mi abuela.

—Tenía la colección completa en su despacho —dije.

—No me extraña. Tomó muchos detalles de ella, ¿sabe? Nombres. Lugares. Era casi como un juego. Cuando leía los libros, encontraba toda clase de referencias ocultas en el texto. Estoy seguro de que lo hacía a propósito, e incluso se me ocurrió la idea de escribirle para preguntarle qué pretendía.

Prichard sonrió una última vez. Era demasiado bueno para acusar a Alan de plagio, pero sus palabras parecían un extraño eco de la conversación mantenida con Donald Leigh.

Nos dimos la mano. Volví a la oficina, cerré mi puerta y cogí el manuscrito para examinarlo una vez más

Mathew estaba en lo cierto. *Sangre de urraca* rinde un tácito homenaje a Agatha Christie al menos media docena de veces. Por ejemplo, sir Magnus Pye y su mujer se alojan en el hotel Geneviève de Cap Ferrat. En *Asesinato en el campo de golf*, hay una casa que lleva el mismo nombre que el hotel. El Blue Boar es el pub de Bristol donde Robert Blakiston se ve envuelto en una pelea. Pero también lo encontramos en el pueblo de St. Mary Mead, donde vive miss Marple. Lady Pye y Jack Dartford almuerzan en Carlotta's, que parece citar el nombre de la actriz estadounidense de la novela *La muerte de lord Edgware*. En la página 151 hay una especie de broma oculta. Fraser no se percata de la presencia de un muerto en el tren de las tres cincuenta procedente de Paddington, una referencia obvia a *El tren de las 4.50*. Mary Blakiston vive en Sheppard's Farm. El doctor James Sheppard es quien narra *El asesinato de Roger Ackroyd*, novela ambientada en el pueblo de King's Abbot, que también es el lugar en el que entierran al doctor Rennard, como vemos en la página 195.

Es más, todo el mecanismo de *Sangre de urraca*, el uso de la vieja canción infantil, imita deliberadamente un recurso que Christie utilizó muchas veces. Le gustaban los poemas para niños. Las novelas *La muerte visita al dentista*, *Cinco cerditos*, *Diez negritos* (*Y no quedó ninguno*, como pasó a titularse más tarde) y *Asesinato en la calle Hickory* los incluyen. Cabría pensar que cualquier escritor cuya obra tenga algún parecido con la de un autor mucho más famoso que él haría todo lo posible por disimularlo. Alan Conway, a su propio y peculiar modo, parece hacer justo lo contrario. ¿Qué pasaba por su cabeza mientras incluía en sus novelas esos indicadores obvios? O, dicho de otro modo, ¿hacia dónde señalaban?

Una vez más, tuve la sensación de que había estado tratando de decirme algo, de que no había escrito los misterios de Atticus Pünd solo para entretener a los lectores. Los había creado con una finalidad que poco a poco se iba aclarando.

La carretera hacia Framlingham

El viernes siguiente volví a Suffolk para asistir al entierro de Alan Conway. No nos habían invitado ni a Charles ni a mí, y no se sabía quién organizaba la ceremonia: James Taylor, Claire Jenkins o Sajid Khan. Me había avisado mi hermana, que lo había leído en el periódico local y me había enviado la hora y el lugar por correo electrónico. Me dijo que oficiaría la ceremonia el reverendo Tom Robeson, párroco de la iglesia de St. Michael, y Charles y yo decidimos ir juntos en mi coche. Yo me quedaría un poco más.

Andreas se había instalado en mi casa toda la semana y le molestaba que yo no fuese a estar allí el fin de semana. Sin embargo, necesitaba pasar algún tiempo a solas. La cuestión de Creta flotaba sobre nosotros, y aunque no habíamos vuelto a sacar el tema, yo sabía que estaba esperando una respuesta que aún no me sentía preparada para darle. En cualquier caso, no lograba quitarme de la cabeza la muerte de Alan. Estaba convencida de que pasar unos cuantos días más en Framlingham me guiaría hacia el descubrimiento de los capítulos que faltaban y, de forma más general, de la verdad sobre lo ocurrido en Abbey Grange. Tenía la sensación de que los dos acontecimientos estaban relacionados. Debían de haber asesinado a Alan por algo que se encontraba en su libro. Era posible que si descubría al asesino de sir Magnus Pye, averiguaría también quién lo había eliminado a él. O viceversa.

El entierro comenzaba a las tres. Charles y yo salimos de Londres justo después del mediodía y me di cuenta enseguida de que había sido un grave error. Deberíamos de haber ido en tren. El tráfico era horroroso, y Charles parecía sentirse incómodo en el asiento bajo de mi MGB. Yo también me sentía inquieta, y me estuve preguntando por qué hasta que se me ocurrió (justo cuando nos incorporábamos a la M25) que nosotros dos siempre habíamos tenido una relación cara a cara. Es decir, cuando iba a verlo a su despacho, él estaba a un lado del escritorio y yo al otro. Comíamos juntos, de frente, en los restaurantes. A menudo nos sentábamos en lados opuestos de la mesa de reuniones. Pero aquí estábamos, de forma insólita, el uno al lado del otro, y simplemente estaba menos familiarizada con su perfil. Estar tan cerca de él también resultaba extraño. Por supuesto, habíamos viajado juntos en taxi y de vez en cuando en tren, pero mi cochecito clásico nos acercaba mucho más de lo que me habría gustado. Nunca me había fijado en lo poco saludable que se veía su piel; en que los años de afeitarse le habían raspado la vida de las mejillas y el cuello. Llevaba un traje negro con camisa formal, y me fascinaba un poco su nuez, que parecía constreñida, formando un bulto sobre la corbata negra. Volvería a Londres por su cuenta, y en ese momento me arrepentí de haberme ofrecido a llevarlo; tendría que haber permitido que hiciera lo mismo también a la ida.

Aun así, mantuvimos una charla bastante agradable una vez que dejamos atrás lo peor del tráfico. Me sentía más relajada para cuando entramos en la A12 y ganamos velocidad. Le mencioné que había quedado con Mathew Prichard, lo cual le hizo gracia, y eso me permitió preguntarle una vez más por su cena en el Club Ivy, y en particular por la discusión acerca del título, *Sangre de urraca*. No quería que sintiera que lo estaba interrogando, y aun así no estaba segura de por qué esa última conversación significaba tanto para mí.

A Charles también le sorprendió mi interés.

—Ya te expliqué que no me gustaba el título —se limitó a responder—. En mi opinión no sonaba bien.

—Le pediste que lo cambiara.

—Sí.

—Y se negó.

—Así es. Se enfadó mucho.

Le recordé las últimas palabras de Alan, pronunciadas justo antes de que al camarero se le cayeran los platos. «No aceptaré una...». ¿Acaso él sabía cómo había concluido aquella frase?

—No me acuerdo, Susan. No tengo ni idea.

—¿Sabías que pensó el título hace años?

—No. ¿Cómo lo has averiguado?

De hecho, Mathew Prichard había oído a Alan decirle exactamente eso.

—Creo que me lo comentó una vez —mentí.

No hablamos mucho más de Alan a partir de entonces. Ninguno de los dos tenía ganas de asistir al entierro. Bueno, nunca es algo que apetezca hacer, pero en el caso de Alan solo íbamos por obligación, aunque me interesaba saber quién asistiría. Esa mañana había llamado a James Taylor. Por la noche cenaríamos en el hotel Crown. También me pregunté si vendría Melissa Conway. Hacía varios años que no la veía y, después de lo que Andreas me había contado, sentía curiosidad por verla de nuevo. Los tres juntos en la Woodbridge School, donde había empezado Atticus Pünd.

Proseguimos en silencio durante unos veinte minutos y luego, de pronto, justo después de haber entrado en el condado de Suffolk como indicaba oportunamente el cartel de la carretera, Charles anunció:

—Estoy pensando en retirarme.

—¿Cómo dices?

Me habría vuelto a mirarlo, pero estaba adelantando a un monstruoso camión de cuatro ejes con su remolque, seguramente de camino hacia Felixstowe.

—Hace algún tiempo que quiero hablar contigo, Susan, ya desde antes de este asunto con Alan. Supongo que es el último clavo en el ataúd, aunque sea una expresión tremendamente inapropiada dadas las circunstancias. Pero pronto cumpliré los sesenta y cinco y Elaine no para de decirme que baje el ritmo.

Creo haber mencionado que Elaine era su mujer. Solo la había visto un par de veces y sabía que no sentía mucho interés por el mundo editorial.

—Y, además, naturalmente, está el niño que viene en camino —añadió—. Desde luego, ser abuelo es un acontecimiento que hace reflexionar. Puede que sea el momento adecuado.

—¿Cuándo?

No sabía qué decir. La idea de Cloverleaf Books sin Charles Clover era inconcebible. Él era una parte tan integrante de las oficinas como los paneles de madera de las paredes.

—Puede que en primavera. —Hizo una pausa—. Me preguntaba si te gustaría tomar el relevo.

—¿Qué? ¿Yo? ¿Como directora general?

—¿Por qué no? Me quedaré como presidente para seguir teniendo cierta implicación, pero tú te ocuparás de la gestión diaria. Conoces el negocio como nadie. Y, seamos sinceros, si se me ocurriera poner a alguien nuevo, no estoy seguro de que te gustara trabajar con él.

En eso llevaba razón. Ya me encaminaba hacia los cincuenta años y tenía la vaga impresión de que, cuanto más envejecía, más me apegaba a mis costumbres. Supongo que es una característica del sector editorial, donde es habitual ocupar el mismo puesto durante mucho tiempo. No se me daba bien la gente nueva. ¿Estaría a la altura de la tarea? Entendía de libros, pero no me interesaba demasiado el resto: empleados, contables, gastos generales, estrategias a largo plazo, la gestión diaria de una mediana empresa... Al mismo tiempo, me di cuenta de que era la segunda oferta de trabajo que recibía en menos de una semana. Podía ser directora general de Cloverleaf o llevar un pequeño hotel en la isla de Creta. Era toda una decisión.

—¿Disfrutaría de total autonomía? —pregunté.

—Sí. Tendríamos que alcanzar un acuerdo económico, pero la empresa sería tuya a todos los efectos. —Sonrió—. Ser abuelo te cambia las prioridades. Dime que lo pensarás.

—Claro que lo haré, Charles. Eres muy amable al confiar tanto en mí.

Proseguimos en silencio a lo largo de los siguientes veinte o treinta kilómetros. Había calculado mal el tiempo que necesitaba para salir de Londres y parecía que llegaríamos tarde. De hecho, eso habría sido lo que habría sucedido si Charles no me hubiera aconsejado atajar por Brandeston y evitar así las obras que me retuvieron en Earl Soham la última vez que había pasado por allí. De esa forma ganamos un cuarto de hora y llegamos cómodamente a Framlingham a las tres menos diez. Había reservado la misma habitación en el Crown, así que pude dejar mi MGB en el aparcamiento del hotel. Ya estaban preparando el salón principal para servir unas bebidas después del entierro y tuvimos el tiempo justo de tomar un café rápido. Luego salimos a toda prisa y cruzamos la calle.

«Iba a celebrarse un entierro...».

Las primeras palabras de *Sangre de urraca*.

No se me escapó la ironía mientras me unía a los demás asistentes que se estaban congregando alrededor de la tumba abierta.

La iglesia de St. Michael the Archangel es demasiado grande para la pequeña ciudad que la alberga, aunque, por lo demás, todo Suffolk está salpicado de edificios monumentales en perpetuo conflicto con el paisaje, como si cada parroquia necesitase entrar por la fuerza en la vida de las personas. Te hace sentir incómodo: no solo prisionero, sino en el lugar equivocado. Si se mira atrás por entre la verja de hierro colado, causa un efecto extraño encontrar un restaurante chino llamado Mr. Chan al otro lado de una calle con bastante tráfico. El cementerio también resulta raro. Está ligeramente elevado, por lo que en realidad los cadáveres se hallan enterrados por encima del nivel de la calle. La hierba es demasiado verde; las tumbas están apiñadas formando líneas irregulares, con tanto espacio entre unas y otras que no existe el menor respeto por las proporciones. El cementerio está demasiado lleno y demasiado vacío al mismo tiempo. No obstante, era allí donde Alan quería que lo enterrasen. Supuse que habría seleccionado su parcela con atención. Estaba justo en el centro, entre dos tejos irlandeses. Nadie podría dejar de verla al caminar hacia la iglesia. Sus vecinos más cercanos habían muerto casi un siglo antes que él, y la tierra recién excavada parecía una cicatriz reciente; como si no tuviese derecho a estar allí.

El tiempo había cambiado a lo largo del día. Lucía el sol cuando salimos de Londres, pero ahora el cielo se había oscurecido y caía una fina llovizna. Comprendí por qué Alan había iniciado su novela con un entierro. Era una estratagema útil que presentaba a todos los personajes principales, permitiéndole al autor analizarlos con comodidad. En ese momento yo también podía hacer lo mismo. Me quedé sorprendida al ver que conocía a muchos de los presentes.

En primer lugar, estaba James Taylor, envuelto en un impermeable negro de diseño, con el pelo mojado pegado al cuello y el aire de un personaje salido de un thriller. Hacía lo posible por parecer serio y sereno, pero exhibía una sonrisilla que escapaba a su control; no en los labios, sino en la mirada y en la postura misma. A su lado estaba Sajid Khan, que sostenía un paraguas. Habían llegado juntos. Así pues, James había recibido la herencia. Ahora sabía que a Alan no le había dado tiempo a firmar la última versión del testamento y que Abbey Grange y las demás propiedades eran suyas. Un giro interesante. Cuando me vio, me saludó con un gesto al que respondí con una sonrisa. No sé por qué, pero me alegraba sinceramente por él, y ni siquiera me turbaba el pensamiento de que pudiera haber matado a Alan.

También estaba presente Claire Jenkins. Iba vestida de luto y lloraba; sollozaba y las lágrimas descendían copiosas por sus mejillas bajo la lluvia. Llevaba en la mano un pañuelo que ya debía de ser inservible. Junto a ella había un hombre que le sujetaba torpemente el brazo con una mano enguantada. Nunca lo había visto, pero no me habría costado reconocerlo si alguna vez volvía a tenerlo delante. Para empezar, era negro, la única persona de color en aquel entierro. Además, poseía un físico extraordinario, muy bien estructurado, con brazos y hombros musculosos, el cuello de toro, la mirada intensa. Al principio pensé que podía ser un antiguo luchador, pero luego se me ocurrió que era más probable que fuese un policía. Claire me había dicho que trabajaba en la comisaría de Suffolk. ¿Sería él, el escurridizo superintendente Locke cuya investigación había corrido paralela a la mía?

Mis ojos se posaron en otro hombre que se hallaba solo con la torre de la iglesia alzándose monstruosa a su espalda, demasiado grande para una iglesia que era demasiado grande para su ciudad. El primer detalle en el que me fijé fueron sus botas Hunter Wellington. Eran nuevas y de un llamativo color naranja; una elección rara para un entierro. No pude verle bien la cara. Llevaba una gorra de tela y un anorak con el cuello levantado. Mientras lo observaba, le sonó el teléfono móvil, y en lugar de ponerlo en silencio, cogió la llamada y se apartó para tener intimidad.

—John White...

Oí que pronunciaba su nombre, pero nada más. Aun así, supe quién era. Era el vecino de Alan, el gestor de fondos de cobertura con el que se había peleado justo antes de morir.

A la espera de que la ceremonia empezase, busqué entre la multitud e identifiqué a Melissa Conway con su hijo, junto al memorial de los caídos. Melissa llevaba una gabardina tan ceñida a la cintura que parecía partirla por la mitad. Tenía las manos metidas en los bolsillos y el pelo oculto bajo un fular. Podría no haberla reconocido de no haber sido por su hijo, que debía de rozar los veinte años. Era la viva imagen de su padre y se le veía incómodo en un traje oscuro que le venía un poco grande. No se alegraba de estar allí; en realidad, estaba enfadado. Miraba fijamente la tumba, con una expresión asesina en los ojos.

No veía a Melissa desde hacía seis años. Había acudido a la fiesta de presentación de *Atticus Pünd acepta el caso*, que se había celebrado en la embajada alemana de Londres, una velada de champán y *bratwurst* en miniatura. En aquella época, Andreas y yo quedábamos de vez en cuando, y como ambas lo conocíamos, pudimos entablar una especie de conversación. La recuerdo educada pero distante. No puede ser muy divertido estar casada con un escritor, y dejó claro que solo estaba allí porque era lo que se esperaba de ella. No conocía a nadie en la sala y nadie tenía nada que decirle. Fue una pena que las dos no nos hubiéramos conocido como es debido en la Woodbridge School: no sabía nada de ella aparte de su relación con Alan. Tenía la misma mirada inexpresiva ahora, aunque lo que traían era un féretro y no unos canapés. Me pregunté por qué habría venido.

Llegó el coche fúnebre. Traían el féretro. Un párroco salió de la iglesia. Era el reverendo Tom Robeson, cuyo nombre se mencionaba en el periódico. Rondaba los cincuenta años, y aunque nunca lo había visto, lo conocí inmediatamente. «... su rostro fúnebre y el pelo largo y un tanto revuelto». Era así como Alan había descrito a Robin Osborne en *Sangre de urraca*, y mientras lo pensaba, se me ocurrió algo más. Al entrar en el cementerio había visto su nombre escrito en un cartel. Tener esa indicación visual ayudaba.

«Robeson» es un anagrama de «Osborne».

Era otra de las bromas privadas de Alan. James Taylor se había convertido en James Fraser, Claire era Clarissa y, ahora que lo pensaba, John White, el gestor de fondos de cobertura, había pasado a ser Johnny Whitehead, el vendedor de objetos de segunda mano y ladronzuelo. Ese era el resultado de una discusión sobre dinero. Que yo supiese, Alan nunca había sido un hombre religioso a pesar de ese entierro tan convencional, y tuve que preguntarme cuál había sido su relación con el párroco y por qué había decidido incluirla en su novela. Osborne era el número tres en mi lista de sospechosos. Mary Blakiston había descubierto alguna clase de secreto que él se había dejado sobre el escritorio. ¿Podía Robeson haber tenido algún motivo para asesinar a Alan? Desde luego, tenía la imagen del asesino vengativo, con sus rasgos tétricos e incoloros y la sotana colgando tristemente de su cuerpo bajo la lluvia.

El párroco describió a Alan como un escritor popular cuyos libros habían hecho felices a muchos millones de personas de todo el mundo. Era como si presentase a Alan en un programa de radio en lugar de en su propio entierro.

—Alan Conway nos ha dejado prematuramente y en circunstancias trágicas, pero estoy seguro de que permanecerá en el corazón y en la memoria de la comunidad literaria.

Dejando a un lado la duda de que la comunidad literaria tuviese realmente un corazón, pensé que eso era improbable. Según mi experiencia, los autores muertos son olvidados a una velocidad impresionante. Hasta a los vivos les cuesta mantenerse sobre los estantes: demasiados libros nuevos y muy pocos estantes.

—Alan era uno de los escritores de novela negra más aclamados del país. Vivió gran parte de su vida en Suffolk y siempre deseó ser enterrado aquí.

En *Sangre de urraca*, hay algo oculto en el discurso fúnebre que guarda alguna relación con el asesinato. En la última página de la copia mecanografiada, cuando Pünd habla de las pistas que resolverán el misterio, se refiere específicamente a «las palabras pronunciadas por el párroco». Por desgracia, el discurso de Robeson era insulso y poco revelador. No mencionó a James ni a Melissa. No dijo nada sobre amistad, generosidad, humor, hábitos personales, pequeños gestos de amabilidad, momentos especiales... todas esas cosas que de verdad echamos en falta cuando alguien muere. Si Alan hubiera sido una estatua de mármol robada en un parque, al reverendo Tom Robeson podría haberle importado lo mismo.

Solo hubo un pasaje que me llamó la atención. Pensé que tal vez valiese la pena preguntarle al párroco por él más tarde.

—Hoy en día se entierra a pocos difuntos en este cementerio —dijo—. Pero Alan se mostró inflexible. Había donado a nuestra iglesia una suma considerable que nos permitió realizar las obras de restauración de los lucernarios y de los arcos del presbiterio principal, necesarias desde hacía tiempo. A cambio, exigió descansar aquí. ¿Quién era yo para oponerme? —Sonrió como para tratar de quitarle hierro a lo que acababa de decir—. Durante toda su vida, Alan tuvo una personalidad dominante, como descubrí a una edad muy temprana. Desde luego, no iba a negarle ese último deseo. Su contribución asegura el futuro de St. Michael, y es justo que permanezca aquí, dentro del recinto de la iglesia.

Aquella parte del discurso parecía discordante. Por un lado, Alan había sido generoso. Merecía que le permitieran yacer allí. Pero no era exactamente así, ¿verdad? Alan lo había «exigido». Tenía una «personalidad dominante». Y «como descubrí a una edad muy temprana». Era evidente que Alan y el párroco tenían alguna clase de historia. ¿Era yo la única que observaba las contradicciones?

Iba a preguntarle a Charles qué opinaba en cuanto terminara el oficio, pero, en realidad, no me quedé hasta el final. La lluvia empezaba a amainar y Robeson había llegado a sus comentarios finales. Curiosamente, se había olvidado por completo de Alan. Hablaba de la historia de Framlingham y, en particular, de Thomas Howard, el tercer duque de Norfolk, cuya tumba estaba dentro de la iglesia. Me distraje por un momento y fue entonces cuando me fijé en un asistente que debía de haber llegado tarde. Se había quedado junto a la verja para asistir a la ceremonia desde lejos, deseoso de marcharse. Mientras lo examinaba y el párroco seguía hablando, se volvió y salió a Church Street.

No había podido verle la cara. El hombre llevaba un sombrero flexible de fieltro de color negro.

—No te vayas —le susurré a Charles—. Nos vemos en el hotel.

Atticus Pünd había necesitado unas doscientas páginas para descubrir la identidad del hombre que había asistido al entierro de Mary Blakiston. Yo no podía esperar tanto. Me despedí del párroco con un gesto, me aparté de la multitud y me puse a seguir al desconocido.

Las aventuras de Atticus

Alcancé al hombre del sombrero en la esquina de Church Street, justo donde se encontraba con Market Square. Ahora que había escapado del cementerio, ya no parecía tener tanta prisa por alejarse. Por fortuna, la llovizna había amainado e incluso había algunos rayos de sol que iluminaban los charcos. Se tomaba su tiempo y pude recuperar el aliento antes de abordarlo.

El instinto lo llevó a volverse y me vio.

—¿Sí?

—He estado en el entierro —dije.

—Yo también.

—Me preguntaba... —Solo entonces caí en la cuenta de que no tenía la menor idea de cómo proseguir. Todo era demasiado difícil de explicar. Estaba investigando un asesinato y, que yo supiera, nadie más sabía que se había cometido. Lo había perseguido solo por su sombrero, cuya relevancia era, como mucho, secundaria. Tomé aire—. Me llamo Susan Ryeland —dije—. Era la editora de Alan en Cloverleaf Books.

—¿Cloverleaf? —Conocía la editorial—. Sí. Hemos hablado un par de veces.

—¿En serio?

—Con usted no. Hay una mujer allí... Lucy Butler.

Lucy era nuestra gestora de Derechos de autor. Tenía el despacho junto al mío.

—Hablé con ella de Atticus Pünd —añadió. De pronto, se me ocurrió quién podía ser, pero no hizo falta que lo preguntase—. Soy Mark Redmond —me aclaró.

Charles y yo habíamos hablado con frecuencia de él y de su agencia, Red Herring Productions, durante nuestras reuniones semanales. Era el productor de cine y televisión que había comprado los derechos de las novelas de Atticus Pünd, en las que estaba trabajando con la BBC. Lucy había ido a visitarlo a sus oficinas del Soho y se había llevado una impresión favorable: un equipo joven y entusiasta, una repisa llena de premios BAFTA, teléfonos que sonaban, trasiego de mensajeros, la sensación de que era una empresa que transformaba las ideas en realidades. Tal como su nombre sugería, Red Herring («falsa pista») estaba especializada en relatos de asesinatos. Redmond había iniciado su carrera como recadero en *Bergerac*, presumiblemente recorriendo toda la región de Jersey, donde estaba ambientada la serie. De allí había pasado a otra media docena de programas antes de ponerse por su cuenta. Atticus sería su primera producción independiente. Según tenía entendido, la BBC tenía un gran interés.

Me alegraba conocerlo en persona: su futuro y el mío estaban entrelazados. La serie de televisión daría nueva vida a las novelas. Vendrían nuevas cubiertas, nueva publicidad, un relanzamiento total. Lo necesitábamos más que nunca, teniendo en cuenta los problemas de *Sangre de urraca*. Aún tenía que pensar en la oferta de Charles. Si de verdad iba a hacerme cargo de la gestión de Cloverleaf Books, necesitaría a su autor principal, y ya me valía que fuera de forma póstuma. Red Herring Productions podía hacerlo posible.

Redmond estaba a punto de salir hacia Londres; lo esperaba en la plaza un vehículo con chófer. Sin embargo, lo convencí para que hablara antes conmigo, así que fuimos a un pequeño café situado frente al hotel, donde era menos probable que nos molestasen. Se había quitado el sombrero y vi que tenía el pelo oscuro y peinado hacia atrás y unos ojos estrechos. Era un hombre atractivo, delgado, bien vestido. Había hecho carrera en la televisión y tenía algo de la típica personalidad televisiva. Pude imaginármelo presentando un programa. Trataría de estilo de vida o quizá de finanzas.

Pedí dos cafés y empezamos a hablar.

—Se ha marchado pronto del entierro —dije.

—Si quiere que le diga la verdad, no estoy muy seguro de por qué he venido. Sentía que debía estar ahí, ya que había trabajado con él, pero, una vez que he llegado, me he dado cuenta de que era un error. No conocía a nadie y hacía frío y humedad. Me moría de ganas de marcharme.

—¿Cuándo lo vio por última vez?

—¿Por qué quiere saberlo?

Me encogí de hombros como si no tuviera importancia.

—Solo me lo preguntaba. Evidentemente, el suicidio de Alan ha supuesto una gran conmoción para nosotros y tratábamos de averiguar por qué lo hizo.

—Lo vi hace dos semanas.

—¿En Londres?

—No. De hecho, fui a su casa. Era sábado.

La víspera de la muerte de Alan.

—¿Lo había invitado él? —pregunté.

Redmond soltó una breve carcajada.

—No habría recorrido todo ese maldito trayecto en coche sin invitación. Quería hablar de la serie y me pidió que almorzara con él. Conociendo a Alan, pensé que lo mejor era no negarme. Ya me había puesto las cosas bastante difíciles y no quería tener más discusiones.

—¿Qué clase de discusiones?

Me miró con desdén.

—Estoy seguro de que no hace falta que le diga que Alan era una buena pieza —dijo—. Ha dicho que era su editora. ¡No me diga que no se la liaba! Casi deseo no haber oído hablar nunca de Atticus Pünd. ¡Me complicaba tanto la vida que podría haberlo matado yo mismo!

—Lo siento mucho —dije—. No tenía ni idea. ¿Cuál era exactamente el problema?

—Era una cosa detrás de otra.

Llegaron los cafés y se puso a remover el suyo; la cucharilla dibujaba círculos infinitos mientras repasaba el proceso de trabajar con Alan Conway:

—Para empezar, convencerlo de que firmase la venta de los derechos ya fue toda una hazaña. Exigía una barbaridad. ¡Hostia puta, ni que fuese J. K. Rowling! No olvidemos que para mí era una inversión arriesgada. En aquel momento aún no había firmado el acuerdo con la BBC y todo el proyecto podría haber salido mal. Pero ese fue solo el principio. No quería dejarnos en paz. Pretendía que lo nombraran productor ejecutivo. Bueno, en el fondo no es tan insólito. Pero también insistía en encargarse de la adaptación de la novela, aunque no tuviese la menor experiencia como guionista de televisión. Le aseguro que en la BBC no estaban nada de acuerdo. Además, también pretendía aprobar el reparto. Esa fue la peor pesadilla. ¡Ningún autor consigue jamás que le dejen aprobar el reparto! Asesorar, tal vez, pero eso no era suficiente. Tenía ideas absurdas. ¿Sabe quién quería que interpretase el papel de Atticus Pünd?

—¿Ben Kingsley? —sugerí.

Se me quedó mirando.

—¿Se lo contó?

—No, pero sé que le admiraba mucho.

—Pues ha acertado. Por desgracia, era imposible. Kingsley nunca aceptaría el papel y, de todos modos, tiene setenta y cinco años: es demasiado viejo. Discutimos por eso. Discutíamos por todo. Yo quería empezar con *Grito en la noche*. En mi opinión, es el mejor libro con diferencia. Pero él tampoco estaba de acuerdo con eso y se negaba a explicar por qué. Simplemente decía que no quería hacerlo. Podía echarse atrás, así que debía tener cuidado con lo que le decía.

—¿Seguirán adelante de todas formas? —quise saber—. ¿Ahora que él ya no está?

Redmond se iluminó visiblemente. Dejó la cucharilla sobre la mesa y dio un sorbo de café.

—Podemos seguir adelante precisamente porque él ya no

está. ¿Puedo serle sincero, Susan? No está bien hablar mal de los muertos, pero la verdad es que su desaparición es lo mejor que podría haber pasado. Ya he hablado con James Taylor. Ahora los derechos son suyos y parece un tipo agradable. Ha accedido a darnos otro año, y para cuando acabe deberíamos tenerlo todo organizado. Esperamos hacer los nueve libros.

—No terminó el último.

—Podemos resolverlo, no importa. Han emitido ciento cuatro episodios de *Los asesinatos de Midsomer*, pero el autor original solo escribió siete libros. Y fíjese en *Sherlock*. Están inventando cosas que a Conan Doyle nunca se le habrían ocurrido. Con un poco de suerte grabaremos doce temporadas de *Las aventuras de Atticus*. Ese será el título de la serie. El apellido Pünd nunca me gustó, suena demasiado extranjero, y tal vez no esté de acuerdo conmigo, pero esa diéresis en la u me parece un verdadero fastidio. En cambio, Atticus me gusta. Recuerda a *Matar a un ruiseñor*. Ahora podemos seguir adelante y contratar a un guionista de verdad, algo que me simplificará mucho la vida.

—¿No se ha cansado el público de las series de asesinatos? —pregunté.

—Está de broma, ¿no? *Inspector Morse*, *Taggart*, *Lewis*, *Foyle's War*, *Endeavour*, *El detective Frost*, *Luther*, *Los misterios del inspector Linley*, *Cracker*, *Broadchurch* e incluso las puñeteras series *Maigret* e *Inspector Wallander*. La televisión británica desaparecería hecha un punto en la pantalla sin las series de asesinatos. Se cargan a la gente hasta en los culebrones. Y pasa lo mismo en todo el mundo. ¿Sabe? En Estados Unidos dicen que un niño ve una media de ocho mil asesinatos antes de terminar primaria. Te hace pensar, ¿no?

Se acabó el resto del café como si de pronto estuviera deseando marcharse.

—¿Y qué quería Alan Conway cuando lo vio hace dos semanas? —le pregunté.

Se encogió de hombros.

—Se quejaba de la falta de progresos. No tenía ni idea de cómo trabajan en la BBC. Pueden tardar semanas en cogerte el teléfono. La cuestión es que no les gustaba su guion. Naturalmente, yo no se lo había dicho. Tratábamos de encontrar a otra persona que se ocupase.

—¿Hablaron de la venta de los derechos?

—Sí. —Vaciló un instante, y por primera vez vi un fallo en la coraza de su autocomplacencia—. Me dijo que estaba negociando con otra productora. Le dio igual que yo ya hubiese invertido miles de libras en *Las aventuras de Atticus*. Estaba dispuesto a volver a empezar.

—¿Y qué pasó? —pregunté.

—Almorzamos en su casa. La cosa no empezó demasiado bien. Llegué tarde. Me entretuvieron unas obras que acaban de empezar en Earl Soham. Estaban instalando unas tuberías. Lo encontré de mal humor. De todas formas, hablamos. Hice mi oferta. Prometió darme una respuesta. Me marché sobre las tres de la tarde y volví a casa. —Echó un vistazo a su taza vacía. Estaba deseando irse—. Gracias por el café. Me alegro mucho de haberla conocido. En cuanto tengamos luz verde para la producción, se lo haré saber.

Mark Redmond salió del local, dejándome la cuenta a mí. «Podría haberlo matado yo mismo». No necesitaba ser fan de *Los asesinatos de Midsomer* para reconocer un móvil cuando lo tenía delante, y pensé que resultaba obvio que Redmond acababa de situarse a la cabeza de la lista de sospechosos. Y había algo más que no me esperaba. Esa misma tarde, cuando llegué al Crown, volví unas cuantas páginas del registro de huéspedes. Actuaba obedeciendo a un impulso, pero allí estaba. El nombre de Mark Redmond. Se había registrado en el hotel y se había alojado allí dos noches. Cuando le pregunté a la recepcionista, recordaba que se había marchado el lunes por la mañana después de desayunar. Con su esposa. Redmond no había mencionado que ella lo hubiese acompañado.

Sin embargo, eso no era relevante. La cuestión era que estaba en Framlingham cuando murió Alan. En otras palabras, había mentido. Y solo se me ocurría un motivo.

Después del entierro

La sala de recepciones estaba llena de gente cuando llegué al Crown. En la ceremonia solo habían participado unas cuarenta personas y me había parecido un grupo escaso, pero, entre las paredes del salón principal, con dos chimeneas encendidas, las copas de vino tinto y blanco que circulaban y las bandejas de sándwiches y bocaditos de salchicha dispuestas sobre las mesas, reinaba un ambiente casi festivo, hasta el punto de que se habían unido algunos huéspedes del hotel para aprovechar la comida y la bebida gratuitas aunque no tuviesen ni la más remota idea de quién era el difunto. Sajid Khan estaba allí con su mujer, a quien reconocí por la foto del marco digital, y al verme entrar me saludó. Parecía de un humor extrañamente alegre, como si solo hubiesen archivado a un antiguo cliente en vez de enterrarlo, y se presentase para él una flamante oportunidad de negocio. A su lado se hallaba James Taylor, que al cruzarse conmigo se limitó a susurrar cuatro palabras:

—Nos vemos esta noche.

Era evidente que estaba deseando irse.

Encontré a Charles enfrascado en una conversación con el reverendo Tom Robeson. El sacerdote era mucho más imponente de lo que me había parecido en el cementerio. Con su estatura destacaba sobre todos los demás asistentes, incluido mi jefe. Al verlo de cerca y sin la lluvia, también me llamó la atención su

aspecto nada atractivo. Tenía los ojos apagados y los rasgos ligeramente desviados, como los de un boxeador que ha disputado
demasiados combates en el ring. Se había cambiado de ropa. Llevaba una chaqueta gastada con parches en los codos. Cuando me
acerqué estaba haciendo una observación, gesticulando con un
sándwich a medio comer.

—... pero hay pueblos que no sobrevivirán. Las familias se
ven divididas. Es moralmente injustificable.

Cuando llegué junto a ellos, Charles me miró un tanto irritado.

—¿Adónde has ido? —preguntó.

—He visto a un conocido.

—Te has marchado de repente.

—Lo sé. No quería que se alejase.

Se volvió de nuevo hacia el párroco.

—Te presento a Tom Robeson. Susan Ryeland. Estábamos
hablando de segundas residencias —añadió.

—Southwold, Dunwich, Walberswick, Orford, Shingle
Street... toda la costa —prosiguió Robeson.

Decidí intervenir.

—He escuchado con interés su homilía fúnebre —dije.

—¿Ah, sí?

Me miró inexpresivo.

—¿Conoció a Alan cuando era joven?

—Sí. Nos conocimos hace mucho tiempo.

Pasó un camarero con una bandeja y cogí una copa de vino
blanco. Estaba caliente y turbio. Creo que era un pinot gris.

—Ha sugerido que él lo amedrentaba.

Me sonaba improbable incluso mientras lo decía. Alan nunca
había tenido una gran presencia física y Robeson debía de ser el
doble de grande que él cuando eran niños. No obstante, no lo
negó, sino que se ruborizó.

—Estoy seguro de que no he dicho semejante cosa, señora
Ryeland.

—Ha dicho que exigió un lugar en el cementerio.

—Estoy seguro de que yo no habría usado esa palabra. Alan

Conway mostró una generosidad excepcional hacia la iglesia. No exigió nada en absoluto. Cuando preguntó si algún día podría descansar en el cementerio, me pareció que negarme sería profundamente ingrato por mi parte, aunque reconozco que tuve que solicitar una dispensa especial. —El párroco miraba por encima de mi hombro, en busca de una escapatoria. Si hubiese apretado el puño un poco más, su copa de zumo de flor de saúco habría estallado—. Ha sido un gran placer conocerla —dijo . Y a usted, señor Clover. Si me disculpan...

Se deslizó entre nosotros y se abrió paso a través de la multitud.

—¿A qué ha venido todo eso? —preguntó Charles—. ¿Y a quién has visto antes de irte corriendo?

La segunda pregunta era más fácil de responder.

—A Mark Redmond —dije.

—¿El productor?

—Sí. ¿Sabes que se encontraba aquí el fin de semana que murió Alan?

—¿Por qué?

—Alan quería hablar de la serie de televisión, *Las aventuras de Atticus*. Redmond me ha contado que se lo estaba poniendo muy difícil.

—No lo entiendo, Susan. ¿Por qué querías hablar con él exactamente? ¿Y por qué te has puesto tan agresiva con el párroco hace un momento? Casi lo estabas interrogando. ¿Qué demonios está pasando?

Tenía que decírselo. No sé por qué no se lo había dicho ya. Así que se lo expliqué todo: mi visita a Claire Jenkins, la nota de suicidio, el Club Ivy... No me dejé nada en el tintero. Charles me escuchó en silencio y no pude evitar sentir que, cuanto más hablaba, más absurdas sonaban mis palabras. Él no daba crédito a lo que estaba diciendo y, al escucharme a mí misma, tampoco estaba segura de hacerlo yo. Desde luego, apenas tenía pruebas que respaldasen mis conclusiones. Mark Redmond se había alojado un par de noches en un hotel. ¿Lo convertía eso en sospechoso? A un camarero le habían robado su idea. ¿Habría viajado hasta Suffolk para vengarse? La cuestión seguía siendo que Alan Conway padecía una enfermedad terminal. Al fin y al cabo, ¿por qué matar a alguien que iba a morir de todos modos?

Terminé. Charles sacudió la cabeza.

—Un escritor de novelas de asesinatos, asesinado —dijo—. ¿De verdad hablas en serio, Susan?

—Sí, Charles —dije—. Creo que sí.

—¿Se lo has contado a alguien más? ¿Has acudido a la policía?

—¿Por qué lo preguntas?

—Por dos razones. No quiero que hagas el ridículo. Y, francamente, creo que causarías más problemas a la empresa.

—Charles... —insistí.

Pero en ese momento se oyó el sonido de un tenedor dando golpecitos contra una copa y la sala se quedó en silencio. Me volví. James Taylor se hallaba de pie junto a Sajid Khan en la escalera que conducía a las habitaciones. Era al menos diez años más joven que cualquier otro de los presentes y no podría haber parecido más fuera de lugar.

—Señoras y señores —empezó—. Sajid me ha pedido que pronuncie unas palabras... y quisiera empezar dándole las gracias por haber organizado la ceremonia de hoy. Como la mayoría de ustedes sabrá, hasta hace poco tiempo era el compañero de Alan y quiero decirles que lo quería y que lo echaré muchísimo de menos. Muchos me han preguntado qué haré ahora, por lo que será mejor que les diga que no me quedaré en Framlingham ahora que él ya no está, aunque haya sido muy feliz aquí. De hecho, por si a alguien le interesa, Abbey Grange está a punto de ponerse a la venta. Les doy las gracias a todos por su presencia. Me temo que nunca me han gustado mucho los entierros, pero, como digo, me alegro de haber tenido esta oportunidad de verlos a todos y de despedirme. Y de despedirme de Alan especialmente. Sé que para él significaba mucho descansar en el cementerio de St. Michael, y estoy seguro de que serán muchos los que vengan a visitarlo, personas que apreciaban sus libros. Coman y beban un poco más, por favor. Y gracias de nuevo.

No era un gran discurso y se había pronunciado no solo con torpeza, sino también con algo de descuido. James ya me había dicho que estaba deseando salir de Suffolk y también se lo había dejado claro al resto de la gente. Mientras hablaba recorrí la sala con la mirada, tratando de calibrar las distintas reacciones. El párroco estaba en un lado, con el rostro pétreo. Se había situado junto a él una mujer mucho más baja, regordeta y pelirroja, un tanto despeinada. Supuse que sería su esposa. John White no había acudido a la recepción, pero el superintendente Locke estaba allí, si es que en realidad era el hombre negro al que había identificado en el cementerio. Melissa Conway y su hijo se habían ido en el momento mismo en que James había empezado a hablar. Los vi escabullirse por la puerta trasera y no me costó entender cómo debían de sentirse al escuchar al novio de Alan. No obstante, seguía siendo un fastidio, puesto que quería hablar con ellos. Sin embargo, no podía salir pitando otra vez.

James le estrechó la mano al abogado y abandonó la sala, parándose brevemente a murmurarles unas palabras a un par de personas que le deseaban suerte. Me volví de nuevo hacia Charles con la esperanza de retomar nuestra conversación, pero en ese momento le sonó el móvil. Lo sacó y miró la pantalla.

—Ha llegado mi coche —dijo. Había solicitado un taxi que lo llevase a la estación de Ipswich.

—Deberías de haberme dejado que te acompañase —dije.

—No. Está bien así. —Cogió su abrigo y se lo apoyó sobre el brazo—. Susan, tenemos que hablar de Alan. Si quieres seguir con esa investigación tuya, es evidente que no puedo impedírtelo. Pero deberías pensar lo que haces... las consecuencias.

—Lo sé.

—¿Has descubierto algo sobre los capítulos que faltan? Francamente, me parece que es mucho más importante.

—Sigo buscando.

—Pues buena suerte. Nos vemos el lunes.

No nos despedimos con un beso. Nunca he besado a Charles, ni una sola vez en todos los años que hace que lo conozco. Es demasiado formal para eso, demasiado mojigato. Ni siquiera me lo imagino besando a su mujer.

Se marchó. Vacié mi copa de vino y fui a buscar mi llave. Pensaba darme un baño y descansar antes de cenar con James Taylor, pero mientras volvía hacia las escaleras y los demás asistentes se dispersaban ya, dejando tras de sí bandejas de sándwiches intactos, me cortó el paso Claire Jenkins. Llevaba en la mano un sobre A4 de color marrón que parecía contener al menos una docena de hojas. Por un instante, el corazón me dio un vuelco. ¡Había encontrado las páginas que faltaban! ¿Podía ser así de fácil?

No lo era.

—Dije que escribiría algo sobre Alan —me recordó, agitando el sobre con aire incierto delante de sí—. Preguntó cómo era de pequeño, cómo crecimos juntos.

Aún tenía los ojos llorosos y enrojecidos. Si había un sitio web que vendiera ropa exclusiva para asistir a funerales, debía de haberlo encontrado. Iba vestida de terciopelo y encaje, ligeramente victorianos y muy negros.

—Es usted muy amable, señora Jenkins —dije.

—Me ha hecho pensar en Alan y he disfrutado escribiéndolo. No sé si es bueno. No sabría escribir como él. Pero tal vez le indique lo que quiere saber. —Sopesó el sobre por última vez como si fuese reacia a desprenderse de él y al fin me lo tendió—. He hecho una copia para que no tenga que molestarse en devolvérmelo.

—Gracias.

Seguía allí, como si esperase algo más.

—Lamento mucho su pérdida —añadí.

Sí. Era eso. Asintió con la cabeza.

—No me puedo creer que se haya ido —dijo. Y ella también se fue.

Mi hermano, Alan Conway

No me puedo creer que Alan haya muerto.

Quiero escribir sobre él, pero no sé por dónde empezar. He leído algunas de las necrológicas de Alan en los periódicos y ni siquiera se acercan a su personalidad. Oh, sí, saben cuándo nació, qué libros escribió, qué premios ganó. Han dicho cosas muy bonitas sobre él. Pero no han conseguido en absoluto captar a Alan. La verdad es que me sorprende que ni uno solo de esos periodistas me haya telefoneado, porque podría haberles dado una idea mucho mejor de la clase de hombre que era, empezando por el hecho (como le dije) de que nunca se habría quitado la vida. Alan era un verdadero superviviente. Los dos lo éramos. Él y yo siempre estuvimos muy unidos, aunque de vez en cuando no estuviésemos de acuerdo, y, si su enfermedad lo hubiera llevado realmente a la desesperación, sé que me habría llamado antes de cometer ninguna tontería.

No saltó desde esa torre. Lo empujaron. ¿Cómo puedo estar tan segura? Tiene que entender de dónde venimos, lo lejos que ambos viajamos. Nunca me habría dejado sola sin avisarmo.

Volvamos al principio.

Alan y yo crecimos en una institución llamada Chorley Hall, en las afueras de la ciudad de St. Albans, en Hertfordshire. Chorley Hall era una escuela preparatoria para niños, y nuestro padre, Elias Conway, era el director. Nuestra madre también trabajaba en la escuela. Tenía un empleo a tiempo completo como esposa del director, tratando con los padres y ayudando a la enfermera cuando los niños caían enfermos, aunque a menudo se quejaba de que nunca le pagaban.

Era un lugar horrible. Mi padre era un hombre horrible. Estaban hechos el uno para el otro. Había llegado a la escuela como profesor de matemáticas y, que yo sepa, siempre había trabajado en el sector privado, tal vez porque en aquella época no se andaban con muchos remilgos a la hora de contratar a según quién. Decir esto de tu propio padre puede parecer algo terrible, pero es la verdad. Me alegro de no haber estudiado allí. Fui a una escuela de día para niñas en St. Albans. Sin embargo, Alan estaba atrapado.

El colegio parecía una de esas casas embrujadas que se describen en las novelas victorianas, como las de Wilkie Collins. Aunque estaba a solo media hora de St. Albans, se alzaba al final de un largo camino de acceso privado, rodeado de bosques, y daba la impresión de encontrarse en mitad de la nada. Era un edificio alargado y de aspecto institucional, con corredores estrechos, suelos de piedra y paredes revestidas hasta la mitad de baldosas oscuras. Cada habitación estaba provista de unos radiadores enormes, aunque nunca se encendían porque, según la filosofía de la escuela, el frío penetrante, las camas duras y la comida incomestible servían para forjar el carácter. Algunas zonas del edificio eran más modernas. El ala para las materias científicas se había añadido a finales de los años cincuenta, y la escuela había recaudado dinero para construir un nuevo gimnasio, que también cumplía las funciones de teatro y de sala de actos. Todo era marrón o gris. Apenas había color. Incluso en verano, los árboles tapaban gran parte del sol, y el agua de la piscina de la escuela, verde y un poco salada, nunca subía por encima de los diez grados.

El colegio albergaba a ciento sesenta chicos, de ocho a trece años. Dormían en habitaciones de entre seis y doce camas. De vez en cuando las atravesaba, y aún recuerdo el extraño olor, rancio y ligeramente acre, de todos aquellos críos. Los niños podían traer de casa una manta y un osito, pero aparte de eso tenían muy pocos objetos personales. El uniforme de la escuela era muy feo: pantalón corto de color gris y jersey granate de cuello en V. Cada cama tenía un armario al lado y, si los chicos no colgaban bien la ropa, los sacaban al exterior y les pegaban con la vara.

Alan no dormía en una habitación compartida. Él y yo vivíamos con nuestros padres en una especie de piso que estaba dentro de la escuela y que ocupaba la segunda y la tercera planta. Nuestros dormitorios estaban uno al lado del otro, y recuerdo que solíamos mandarnos mensajes en código dando golpecitos en el tabique. Siempre me gustaba oír los primeros golpes rápidos y lentos justo después de que nuestra madre apagase las luces, aunque en realidad nunca supe qué significaban. La vida era muy difícil para Alan; tal vez nuestro padre quería que lo fuera. De día formaba parte de la escuela y recibía exactamente el mismo trato que los demás. Pero no era un interno a todos los efectos porque de noche estaba en casa con nosotros. Debido a eso, nunca encajó en ninguno de los dos mundos y, por supuesto, al ser el hijo del director, todos se metieron con él desde el día que llegó. Tenía muy pocos amigos, por lo que se volvió solitario e introspectivo. Le encantaba leer. Aún lo recuerdo a los nueve años, en pantalón corto, sentado con un gran volumen sobre las rodillas. Era un niño muy menudo, así que algunos libros, sobre todo los antiguos, parecían gigantescos. Leía siempre que podía, con frecuencia hasta altas horas de la noche, usando una linterna que escondía debajo de las sábanas.

Nuestro padre nos infundía terror. No se le podía definir como físicamente fuerte. Había envejecido antes de tiempo, el pelo rizado se le había encanecido y aclarado pronto, dejando entrever la piel del cráneo. Llevaba gafas. Pero algo en su actitud lo transformaba en un ser monstruoso, al menos para nosotros, sus hijos. Tenía la mirada rabiosa, casi desorbitada, de quien sabe que siempre lleva la razón y, cuando afirmaba algo, te apuntaba con el dedo a la cara como si quisiera desafiarte a contradecirlo. Lo cual nos guardábamos mucho de hacer. Tenía un sarcasmo agresivo, te ponía en tu sitio con una mueca burlona y una retahíla de insultos que aprovechaba tus puntos débiles yendo derecho al blanco. No hace falta que le cuente cuántas veces me humilló e hizo que me avergonzase de mí misma. Pero con Alan se portaba aún peor.

Nada de lo que hacía mi hermano estaba bien. Alan era estúpido. Alan era lento. Alan siempre sería un inútil. Hasta su amor por la lectura era infantil. ¿Por qué no jugaba al rugby o al fútbol, o salía de acampada con sus compañeros? Es cierto que Alan de pequeño no era activo físicamente. Era un niño gordito y quizá un poco afeminado, con sus ojos azules y el pelo largo y rubio. Durante el día lo amedrentaban otros chicos. De noche, lo hacía nuestro padre. Y hay otra cosa que quizá la escandalice. Elias pegaba a los alumnos hasta hacerles sangre. No es que eso fuese insólito en un colegio inglés de los años setenta. Pero también pegaba a Alan muchas veces. Si llegaba tarde a clase, no había hecho los deberes o contestaba a otro maestro, debía acudir al despacho del director (nunca ocurría en nuestro piso privado) y al final tenía que decir «Gracias, señor». No «gracias, padre», fíjese. ¿Cómo podía hacerle nadie eso a su hijo?

Mi madre no se quejaba. Quizá le tuviese miedo o lo considerara justo. Éramos la típica familia inglesa, cerrada, que mantenía las emociones lejos de la vista. Ojalá pudiera decirle qué le motivaba, por qué era tan desagradable. Una vez le pregunté a Alan por qué no había escrito nunca sobre su niñez, aunque tengo la sensación de que la escuela de *Grito en la noche* le debe mucho a Chorley Hall; hasta el nombre es parecido. El director al que asesinan se parece a nuestro padre en algunos aspectos. Alan me dijo que no tenía ningún interés en escribir una autobiografía, lo cual es una lástima, porque me habría interesado ver qué opinión tenía de su propia vida.

¿Qué puedo decirle de Alan durante esa época? Era un niño callado. Tenía pocos amigos. Leía mucho. No le gustaba el deporte. Creo que ya vivía en gran medida en el mundo de su imaginación, aunque no empezó a escribir hasta más tarde. Le encantaba inventar juegos. Durante las vacaciones escolares, cuando los dos estábamos juntos, nos convertíamos en espías, soldados, exploradores, detectives... Corríamos por el jardín de la escuela, un día buscando fantasmas; otro, tesoros escondidos. Siempre estaba lleno de energía. No se dejaba desanimar por nada.

He dicho que todavía no escribía, pero hacia los doce o trece años ya le encantaba jugar con las palabras. Inventaba códigos. Elaboraba anagramas complicados. Creaba crucigramas. Cuando cumplí once años inventó un crucigrama cuyas definiciones contenían mi nombre, el de mis amigas y todos mis pasatiempos preferidos. ¡Fue genial! De vez en cuando me dejaba un libro con puntitos debajo de algunas letras. Una vez unidas, formaban un mensaje secreto. O bien me mandaba acrósticos. Escribía notitas que a los ojos de nuestros padres pareciesen normales y corrientes, pero la primera letra de cada frase servía para componer un mensaje que solo podíamos entender nosotros. También le gustaban los acrónimos. Muchas veces llamaba a nuestra madre MADAM, que en realidad significaba «Manda Al Diablo a tu Adorado Marido». O bien se refería a nuestro padre como JEFE, que significaba «Jiboso Enclenque Fanfarrón Estúpido». Puede que todo esto le parezca un poco infantil, pero solo éramos unos niños y, en cualquier caso, me hacía reír. Por la forma en que nos criaban, los dos nos acostumbramos a guardar secretos. Nos daba miedo decir cualquier cosa, expresar alguna opinión que pudiera causarnos problemas. Alan inventaba toda clase de truquillos para expresar las cosas de un modo que solo él y yo entendiéramos. Utilizaba el lenguaje como un escondite para nosotros.

Chorley Hall se acabó para los dos de formas distintas. Alan se marchó cuando cumplió trece años y luego, un par de años después, mi padre sufrió un ictus grave que lo dejó semiparalítico. Así acabó también su poder sobre nosotros. Alan se trasladó a la St. Albans School, donde fue mucho más feliz. Tenía un profesor de lengua que le caía bien, un hombre llamado Stephen Pound. Una vez le pregunté si Atticus Pünd se inspiraba en él, pero se rio de mí y dijo que no había relación entre los dos. Sea como fuere, estaba claro que, de una manera u otra, su carrera profesional iba a centrarse en los libros. Había empezado a escribir relatos cortos y poesía. Cuando estaba casi en el último curso, escribió la obra de teatro para la función escolar.

A partir de ese momento nos veíamos cada vez menos, y diría que en muchos aspectos nos distanciamos. Cuando nos reuníamos, el vínculo seguía siendo fuerte, pero poco a poco cada uno de nosotros empezó a tomar su camino. Al llegar a la edad de la universidad, Alan se trasladó a Leeds y yo no me matriculé. Mis padres se oponían. Encontré trabajo en St. Albans, en los archivos de la policía, y así acabé casándome con un agente y yéndome a vivir y a trabajar a Ipswich. Mi padre murió cuando yo tenía veintiocho años. En los últimos tiempos estaba encamado y necesitaba ayuda día y noche. Sin duda mi madre se sintió aliviada cuando por fin la palmó. Él había suscrito un seguro de vida que le permitió mantenerse. Aún vive, aunque hace años que no la veo. Se mudó a Dartmouth, su ciudad de origen.

Pero volvamos a Alan. Estudió Literatura Inglesa en la Universidad de Leeds y se fue a Londres para trabajar en la publicidad como muchos jóvenes licenciados de la época, sobre todo los que tenían un título de humanidades. Lo contrató una agencia llamada Allen Brady & Marsh. Allí se sentía a gusto: trabajaba poco, el sueldo era bueno y acudía a un montón de fiestas. Eran los años ochenta y el sector publicitario era una locura. Alan trabajaba como creativo e ideó un famoso eslogan en forma de acróstico: las iniciales de cada palabra formaban el nombre del fabricante del producto anunciado. En aquella época alquiló un piso en Notting Hill y, por si le sirve la información, tuvo un montón de novias.

Trabajó mucho tiempo en la publicidad, pero en 1995, poco antes de cumplir treinta años, me sorprendió anunciando que había abandonado la agencia y se había matriculado en un curso de posgrado de escritura creativa de dos años de duración, en la Universidad de East Anglia. Me invitó a Londres expresamente para comunicarme la noticia. Me llevó a Kettner's, pidió champán y me lo contó todo. Tanto Kazuo Ishiguro como Ian McEwan habían estudiado allí. Ambos eran autores publicados. ¡A McEwan lo habían nominado incluso para el Premio Booker! Alan había presentado la solicitud de admisión sin grandes expectativas; sin embargo lo aceptaron. Había enviado una solicitud escrita y una serie de relatos. Al final realizó una difícil entrevista con dos miembros del claustro. Nunca lo había visto tan contento y animado. Era como si por fin se hubiese encontrado a sí mismo, y solo entonces me di cuenta de lo importante que era para él llegar a ser escritor. Me dijo que tenía dos años para completar una novela de ochenta mil palabras bajo supervisión, y que la universidad tenía buenos contactos en editoriales, lo cual podía ayudarlo a conseguir un contrato. Ya tenía una idea para la novela. Quería escribir sobre la carrera espacial, vista desde la perspectiva británica. «El mundo se está haciendo cada vez más pequeño», dijo. «Y nosotros con él». Eso era lo que quería analizar. El protagonista sería un astronauta británico que nunca llegaba a subirse a un cohete. Se llamaba *Mirando las estrellas*.

Pasamos un fin de semana estupendo y me entristeció tener que dejarlo para coger el tren a Ipswich. No puedo decir gran cosa de los dos años siguientes, porque casi no nos vimos, aunque hablábamos por teléfono. Le encantaba su curso. No obstante, no estaba seguro de poder decir lo mismo de los otros estudiantes. Admito que el carácter de Alan tenía un lado bastante susceptible que yo no había notado antes y que iba en aumento. Tal vez se debiese al exceso de trabajo. Llegó a enfrentarse con un par de profesores que criticaron su obra. Lo gracioso es que se había inscrito en la universidad en busca de orientación, pero una vez allí se había convencido de que no la necesitaba. «Ya se lo demostraré, Claire», decía siempre. «Ya se lo demostraré».

Mirando las estrellas nunca se publicó y no sé muy bien qué fue de esa novela. Al final, tenía más de cien mil palabras. Alan me enseñó los dos primeros capítulos y me alegro de que no me pidiera que leyera el resto, porque no me gustaron demasiado. El estilo era muy elegante. Seguía teniendo esa maravillosa capacidad para usar el lenguaje, para hacer con las palabras y las frases lo que quería, pero me temo que no entendí de qué hablaba. Era como si cada página me gritase. Al mismo tiempo, supe que yo no era lectora para ese libro. ¿Qué sabía? Me gustaba leer a James Herriot y a Danielle Steel. Por supuesto, le dije lo que tocaba decirle. Le comenté que era muy interesante y que estaba segura de que gustaría en las editoriales, pero luego empezaron a llegar las cartas de rechazo y Alan se sintió tremendamente desanimado. Estaba convencido de que el libro era brillante. Como es lógico, si eres un escritor sentado a solas en una habitación, ¿cómo vas a seguir adelante si no te lo crees? Debió de ser horrible tener esa absoluta confianza en sí mismo y acabar descubriendo que estaba equivocado desde el principio.

En cualquier caso, pasó así el otoño de 1997. Alan había enviado *Mirando las estrellas* a una docena de agentes literarios y a un montón de editoriales, y nadie mostraba ningún interés. Y la cosa resultó aún peor cuando dos de los estudiantes que habían hecho el curso con él sí obtuvieron contratos. Pero la cuestión es que no se rindió. No era su naturaleza. Me dijo que no iba a volver al sector publicitario. No continuaría con su trabajo real, como lo llamaba, porque lo distraería demasiado y le absorbería todo el tiempo. Pronto supe que había encontrado trabajo como profesor y que enseñaba Literatura Inglesa en la Woodbridge School.

Nunca le entusiasmó demasiado su trabajo, y creo que sus alumnos lo percibían, porque me daba la impresión de que tampoco era muy popular. En compensación, tenía vacaciones largas y todos los fines de semana, un montón de tiempo libre para escribir, y a él no le importaba nada más. Terminó otras cuatro novelas. O al menos fue de las que me habló. Ninguna de ellas se publicó, y no estoy segura de que Alan hubiese podido continuar en la Woodbridge School de haber sabido que tendría que esperar otros once años antes de saborear el éxito. Una vez dijo que le parecía haber estado en una de esas cárceles rusas en las que te encierran sin comunicarte la duración de la pena.

Se casó mientras estaba en Woodbridge. Melissa Brooke, como se llamaba de soltera, enseñaba francés y alemán, y ambos habían empezado a trabajar en la escuela al mismo tiempo. No hace falta que la describa. Ya la conoce. Mi primera impresión fue que era joven y atractiva, y que quería mucho a Alan. No sé por qué, pero nunca nos llevamos bien. Tengo que reconocer que en parte fue culpa mía. Sentía que competía con ella, que me había quitado a Alan. Al escribirlo, me doy cuenta de que es una estupidez, pero quisiera ofrecerle un relato lo más sincero posible de la relación entre Alan y yo, por lo que es justo admitirlo. Melissa leyó todas sus novelas. Creía en él al cien por cien. Se casaron en el Registro Civil de Woodbridge en junio de 1998 y pasaron la luna de miel en Cap Ferrat, en el sur de Francia. Su hijo, Freddy, nació dos años después.

Fue Melissa quien le sugirió a Alan que escribiera la primera novela de Atticus Pünd. Ya llevaban siete años casados. Sé que es un salto gigantesco en el tiempo, pero no puedo decirle nada más de ese periodo. Yo trabajaba en la comisaría de Suffolk. Alan daba clases. No vivíamos lejos desde el punto de vista geográfico, pero llevábamos vidas completamente distintas.

Melissa tuvo su iluminación en una librería. ¿Quiénes eran los autores más vendidos? Dan Brown, John Grisham, Michael Crichton, James Patterson, Clive Cussler. Sabía que Alan escribía mejor que cualquiera de ellos. El problema era que apuntaba demasiado alto. ¿Por qué molestarse en escribir un libro que todos los críticos alabasen pero que casi nadie leyera? Podía usar sus talentos para escribir algo muy simple, una novela de suspense. Si se vendía, lanzaría su carrera, y más adelante podría probar otras cosas. Lo importante era empezar. Eso fue lo que dijo ella.

Alan me enseñó *Atticus Pünd investiga* poco después de escribirla. Me encantó. No era solo por lo ingenioso del misterio. Pensé que el personaje principal, el detective, era genial. Que hubiera estado en un campo de concentración, viendo tanta muerte, y ahora estuviese en Inglaterra resolviendo crímenes parecía muy apropiado. Solo había tardado tres meses en escribir el libro. Lo había hecho casi todo durante las vacaciones de verano. Pero se notaba que estaba satisfecho del resultado. Lo primero que me preguntó fue si había adivinado al culpable, y se entusiasmó cuando le dije que me había equivocado por completo.

No hace falta que me extienda más, porque conoce el resto igual que yo. ¡El manuscrito llegó a Cloverleaf Books y lo publicaron! Alan fue a verlos a Londres y esa noche cenamos todos juntos: él, Melissa y yo. Cocinó ella; Freddy dormía arriba. Tenía que ser una velada de celebración, pero Alan estaba de un humor extraño. Parecía aprensivo, apagado. Había algo entre Melissa y él, una tensión que yo no lograba entender. Creo que mi hermano estaba nervioso. Cuando has perseguido una ambición durante toda la vida, hacerla realidad puede asustar, porque ¿cuál será el paso siguiente? Pero no se trataba solo de eso. De pronto, Alan se dio cuenta de que el mundo estaba lleno de primeras novelas; de que cada semana docenas de libros nuevos cubrían los estantes, pero solo unos pocos causaban un fuerte impacto. Por cada escritor famoso, al menos cincuenta desaparecían en la nada, y existía la posibilidad de que Atticus Pünd no fuese la realización de un sueño. Podía ser su final.

Naturalmente, eso no ocurrió. *Atticus Pünd investiga* se publicó en septiembre de 2007. Me encantó ver el primer ejemplar con el nombre de Alan en la cubierta y su fotografía detrás. Hizo que todo pareciera correcto, como si nuestra vida entera nos hubiese llevado a ese momento preciso. El libro tuvo una reseña fantástica en el *Daily Mail*. «¡Cuidado, Hércules Poirot! Hay un extranjero muy avispado en la ciudad, y te está quitando el puesto». Al llegar las fiestas navideñas, Atticus Pünd estaba presente en las listas de best sellers. Hubo más reseñas favorables. Incluso hablaron de Atticus en el programa *Today*. Cuando salió la edición de bolsillo, la primavera siguiente, fue como si todo el país quisiera comprar un ejemplar. Cloverleaf Books le pidió a Alan que escribiera tres más y, aunque nunca me dijo cuánto le pagaban, sé que fue una cantidad astronómica.

De repente era un escritor famoso. Su libro se tradujo a muchos idiomas distintos y lo invitaron a todos los festivales literarios: Edimburgo, Oxford, Cheltenham, Hay-on-Wye, Harrogate. Cuando salió el segundo libro, se organizó una firma de ejemplares en Woodbridge y la cola dio la vuelta a la manzana. Dejó la Woodbridge School (aunque Melissa continuó trabajando allí) y se compró una casa en Orford con vistas al río. Fue justo en esa época cuando murió Greg, mi marido, y Alan sugirió que me mudara más cerca de él. Me ayudó a comprar la casa de Daphne Road que visitó.

Los libros seguían vendiéndose. El dinero entraba a raudales. Alan me pidió que lo ayudara con el tercer libro, *Atticus Pünd acepta el caso*. Era pésimo escribiendo con el teclado. Siempre escribía los primeros borradores con pluma, y me pidió que mecanografiase el primer borrador en el ordenador. Luego haría las revisiones a mano y yo volvería a mecanografiarlas antes de que enviase el manuscrito a la editorial. También me pidió que lo ayudara con la documentación. Le presenté a uno de los inspectores de Ipswich y busqué información sobre venenos y cosas así. Trabajé en cuatro de los libros. Me encantaba participar y me dio pena cuando todo acabó. Fue culpa mía.

El éxito cambió a Alan. Era como si se sintiera abrumado. Si no escribía, viajaba por todo el mundo para promocionar las novelas. Yo leía artículos sobre él en los periódicos. A veces lo oía hablar en Radio 4. Sin embargo, a aquellas alturas cada vez nos veíamos menos. Y luego, en 2009, pocas semanas después de que se publicara *Grito en la noche*, me dejó conmocionada al decirme que se separaba de Melissa. Cuando leí que se había ido a vivir con un hombre joven, no podía creérmelo.

Es muy difícil explicar cómo me sentía, porque había un torbellino de emociones en mi mente y otras muchas cosas que yo ignoraba. Como vivía en Orford, veía mucho a Melissa, pero no tenía la menor idea de que el matrimonio no fuese bien. Siempre parecían estar a gusto juntos. Todo sucedió muy deprisa. En cuanto Alan me dio la noticia, Melissa y Freddy se marcharon y la casa se puso en venta. No hubo abogados en el divorcio. Acordaron repartirlo todo al cincuenta por ciento.

Me costaba aceptar ese nuevo aspecto de Alan. Nunca he tenido ningún problema con los homosexuales. Tenía un compañero de trabajo que era gay declarado y nos llevábamos muy bien. Pero se trataba de mi hermano, una persona a la que siempre había estado muy unida, y de pronto debía mirarlo bajo una luz muy distinta. Bueno, podría objetar usted, en el fondo había cambiado en muchos otros aspectos. Ya tenía cincuenta años, era un escritor rico y de éxito. Era más solitario, más borde, padre de un niño, una figura pública. Y era gay. ¿Por qué debía tener este último detalle una importancia especial? Parte de la respuesta guarda relación con la elección de un compañero tan joven. No tenía nada en contra de James Taylor. Al contrario, me caía bien. Nunca lo consideré un oportunista o algo parecido, aunque he de admitir que me quedé horrorizada cuando Alan mencionó que antes se prostituía. Simplemente me ponía tensa al verlos juntos, cogidos de la mano y demás. Nunca dije ni una palabra. Hoy en día no está permitido, ¿verdad? Me sentía incómoda. Eso es todo.

En cualquier caso, no fue ese el motivo por el que reñimos. Yo trabajaba muchísimo para Alan. La cosa no terminaba con los libros. Me ocupaba de la correspondencia con los lectores. Algunas semanas recibía más de doce cartas y, aunque tenía una respuesta estándar, alguien tenía que encargarse de la administración. Trabajaba en algunas de sus declaraciones de impuestos; en particular, con los formularios de la doble imposición que había que rellenar para que no pagase impuestos dos veces. A menudo me mandaba a comprar material de oficina o cartuchos de impresora. Cuidaba de Freddy. En pocas palabras, le hacía de secretaria, administrativa, contable y niñera, además de trabajar a tiempo completo en Ipswich. No me importaba hacer nada de aquello, pero un día sugerí, un poco en broma, que debía ponerme en nómina. Alan se puso furioso. Fue la única vez que se enfadó de verdad conmigo. Me recordó que me había ayudado a comprar mi casa (aunque en aquel momento había dejado claro que era más un préstamo que un regalo). Dijo que pensaba que me gustaba ayudarlo, y que si hubiera sabido que era una tarea tan pesada, nunca me lo habría pedido. Me eché atrás lo más rápido que pude, pero el daño estaba hecho. Alan no volvió a pedirme que hiciera nada por él, y poco después se marchó de Orford, cuando compró Abbey Grange.

No llegó a decirme que estaba enfermo. No se imagina cuánto me perturba eso. Pero acabaré donde empecé. Alan fue un luchador toda su vida. A veces, podía parecer poco razonable y agresivo, pero no creo que fuese ninguna de esas cosas. Simplemente sabía lo que quería y nunca permitió que nada se interpusiera en su camino. Por encima de todo, era escritor. Su obra lo era todo para él. ¿De verdad cree que habría sido capaz de terminar una novela y suicidarse antes de verla publicada? ¡Es impensable! Ese no es el Alan Conway que yo conocía.

St. Michael's

Me parecía que Claire había llegado a su conclusión por todos los motivos equivocados. Tenía razón al creer que Alan no se había suicidado. Pero el camino por el que había llegado allí resultaba confuso. «Sé que me habría llamado antes de cometer ninguna tontería». Es ahí donde empieza. Esa es su principal justificación. No obstante, hacia el final prueba con otro enfoque. «¿De verdad cree que habría sido capaz de terminar una novela y suicidarse antes de verla publicada?». Son dos argumentos muy distintos y podemos abordarlos por separado.

Alan nunca fue de los que olvidan los rencores. Cuando Claire pidió recibir un sueldo por el trabajo que hacía, tuvieron una fea discusión y, a pesar de lo que ella pensaba, no creo que nunca volvieran a estar tan unidos como antes. Por ejemplo, aunque le dijo que se separaba de Melissa, está claro que ella no sabía nada de su relación con James Taylor: él dejó que se enterara por la prensa. Es posible que cuando Alan salió del armario, dejara atrás su antigua vida como quien se quita un traje y que, tristemente, eso incluyera a Claire. Si no estaba dispuesto a hablarle de su sexualidad, ¿por qué iba a hablarle de su suicidio?

También comete el error de pensar que el salto desde la torre era algo que tenía planeado. «Nunca me habría dejado sola sin avisarme». Pero eso no es necesariamente así. Simplemente podría haberse despertado y decidir hacerlo. Cabía la posibilidad de que hubiese olvidado por completo que iba a sacar un libro. Y en cualquier caso habría muerto antes de que se publicase. ¿Qué más le daba?

Del relato de Claire emergían otros elementos interesantes. Hasta ahora no me había percatado de cuánta vida privada había entretejido Alan en la trama de *Sangre de urraca*. ¿Acaso sabía ya, incluso antes del diagnóstico, que aquella sería su última novela? «Nos fingíamos piratas, buscadores de tesoros, soldados, espías», le dice Robert Blakiston a Atticus Pünd, pero también es una referencia a la infancia de Conway. Alan se divertía inventando códigos; Robert transmitía mensajes dando golpecitos en la pared de su dormitorio. Y luego estaban los anagramas y los acrósticos. Robeson se convierte en Osborne. Clarissa Pye resuelve un anagrama en el crucigrama del *Daily Telegraph*. ¿Podía Alan haber ocultado alguna clase de mensaje secreto dentro de su libro, algo que supiera acerca de alguien? ¿De qué podía tratarse? Es más, si sabía algo lo bastante tremendo como para que lo mataran, ¿por qué dar tantas vueltas? ¿Por qué no decirlo directamente?

¿O podía ser que en realidad el mensaje estuviera oculto en los últimos capítulos? ¿Los había robado alguien por ese motivo, matando a Alan al mismo tiempo? Eso tenía cierto sentido, aunque cabía preguntarse quién los había leído.

Aún faltaban un par de horas para la cena y decidí ir caminando hasta Castle Inn. Necesitaba despejarme. Ya estaba oscureciendo y Framlingham parecía abandonado, con las tiendas cerradas y las calles desiertas. Al pasar por delante de la iglesia, vi un movimiento, una sombra moviéndose entre las lápidas. Era el párroco. Observé cómo desaparecía dentro del edificio; la puerta se cerró con estrépito a su espalda y, obedeciendo a un impulso, decidí seguirlo. Mis pasos me llevaron a pasar por delante de la tumba de Alan y fue horrible pensar en él yaciendo bajo la tierra recién cavada. Cuando lo conocí, me pareció frío y silencioso . Ahora que estaba muerto, lo sería eternamente.

Avancé a toda prisa y entré en la iglesia. Por dentro era enorme y caótica; había corriente de aire. Su arquitectura era una combinación de distintos siglos. El templo debía de estar descontento de haber llegado a este: el siglo XII le había proporcionado los arcos; el XVI, el precioso techo de madera; el XVIII, el altar. ¿Y qué le había aportado el XXI a St. Michael's? Ateísmo e indiferencia. Robeson estaba detrás de los bancos, muy cerca de la puerta. Estaba arrodillado, y durante un breve instante di por sentado que rezaba. Entonces vi que estaba ocupándose de un viejo radiador, purgándolo. Giró una clavija y hubo un siseo de aire rancio seguido de un traqueteo cuando las tuberías empezaron a llenarse. Se volvió cuando ya estaba cerca y me recordó a medias, mientras se incorporaba con dificultad.

—Buenas tardes, ¿señora...?

—Susan Ryeland —le recordé—. Señorita. He sido la que le ha preguntado por Alan.

—Mucha gente me ha preguntado por Alan hoy.

—He preguntado si lo amedrentaba.

Lo recordó y desvió la mirada.

—Creía haberle contestado.

—¿Sabía que lo incluyó en su último libro?

La información lo sorprendió. Se pasó una mano por la barbilla en forma de losa.

—¿A qué se refiere?

—Sale un párroco que se parece a usted. Hasta se llama de forma parecida.

—¿Menciona la iglesia?

—¿St. Michael's? No.

—Entonces no hay problema.

Esperé a que continuase.

—Era típico de él decir cosas desagradables sobre mí —añadió—. Tenía esa clase de sentido del humor... si puede llamarse así.

—A usted no le caía muy bien.

—¿Por qué me hace estas preguntas, señorita Ryeland? ¿Qué es exactamente lo que le interesa?

—¿No se lo he dicho? Era su redactora en Cloveleaf Books.

—Entiendo. Me temo que no he leído ninguna de sus novelas. Nunca me han interesado demasiado los relatos de suspense y de misterio. Prefiero las obras que no son de ficción.

—¿Cuándo conoció a Alan Conway?

No quería contestar, pero se dio cuenta de que yo no iba a rendirme.

—Fuimos juntos al colegio.

—¿Estuvo en Chorley Hall?

—Sí. Llegué a Framlingham hace unos años y me sorprendió mucho verlo en mi congregación, aunque no es que viniera a la iglesia con mucha frecuencia. Los dos teníamos exactamente la misma edad.

—¿Y...? —Se produjo un silencio—. Ha dicho que tenía una personalidad dominante. ¿Lo amedrentaba?

Robeson exhaló un suspiro.

—No estoy seguro de que sea muy correcto hablar de estas cosas, y menos hoy. Pero, si de verdad quiere saberlo, las circunstancias eran muy inusuales, puesto que su padre era el director de la escuela. Eso le daba a él cierto poder. Podía decir cosas... hacer cosas... y sabía que ninguno de nosotros se atrevería a pronunciar una sola palabra en su contra.

—¿Qué clase de cosas?

—Supongo que podrían calificarse de bromas. Estoy seguro de que él las consideraba así. Aunque a veces resultaban muy perversas e hirientes. A mí, desde luego, me trastornaron bastante, pero ya es agua pasada. Hace mucho tiempo de todo aquello.

—¿Qué hizo?

Robeson seguía mostrándose reacio a hablar, así que insistí:

—Es muy importante, señor Robeson. Creo que la muerte de Alan no fue tan simple como parece, y cualquier cosa que pueda decirme sobre él, en confianza, me resultaría muy útil.

—Fue una broma, señorita Ryeland. Nada más. —Esperaba que me fuera, y al ver que no lo hacía, añadió—: Hacía fotografías...

—¿Fotografías?

—¡Eran unas fotos horribles!

No era el párroco quien acababa de hablar. Las palabras habían surgido de la nada. Es lo que tiene la acústica de las iglesias. Se prestan a apariciones por sorpresa. Miré a mi alrededor y reconocí a la mujer pelirroja que había visto en el hotel, probablemente su esposa, que venía hacia nosotros a grandes zancadas, marcando un ritmo constante con sus zapatos al batir el suelo de piedra. Se detuvo a su lado y me miró con hostilidad mal disimulada.

—A Tom no le gusta nada hablar de eso —dijo—. No entiendo por qué lo molesta. Hoy hemos enterrado a Alan Conway, y por lo que a mí respecta, ahí termina todo. No vamos a seguir contando chismes. ¿Has arreglado los radiadores?

Había formulado la pregunta exactamente en el mismo tono, sin pararse a respirar.

Sí, cariño.

—Pues vámonos a casa.

Lo agarró del brazo, y aunque la cabeza apenas le llegaba al hombro de su marido, fue ella quien lo empujó fuera de la iglesia. Se oyó un portazo y me quedé preguntándome qué mostrarían exactamente las fotografías. También me pregunté si eran fotografías lo que Mary Blakiston había encontrado sobre la mesa de la cocina de la rectoría de Saxby-on-Avon, y si tal vez habían sido las responsables de su propia muerte.

La cena en el Crown

No pretendía emborracharme con James Taylor, y sigo sin recordar cómo sucedió. Es cierto que estaba muy alterado cuando llegó y que pidió enseguida una botella del champán más caro de la carta seguido de un buen vino y varios whiskies, pero tenía pensado dejarle a él la bebida. No estoy segura de cuántas cosas descubrí en las dos horas siguientes. Desde luego, seguía sin saber quién podía haber matado a Alan Conway, o por qué, y, cuando desperté a la mañana siguiente, yo misma estaba muy cerca de la muerte.

—Dios, no soporto este puto sitio.

Esas fueron las primeras palabras que pronunció mientras se dejaba caer en la silla. Se había cambiado de ropa: llevaba la misma cazadora de cuero negro del día que nos conocimos y una camiseta blanca. Muy al estilo James Dean.

—Perdona, Susan —prosiguió—, pero es que estaba deseando que terminase el funeral. Ese párroco no ha sabido decir nada bueno de Alan. ¡Y esa voz suya! Una cosa es tener la voz áspera, pero es que la suya era de ultratumba. Yo ni siquiera quería asistir, pero el señor Khan insistió y me ha estado ayudando, así que me ha parecido que se lo debía. Por supuesto, todo el mundo lo sabe ya. —Lo miré con aire interrogativo—. ¡Me refiero a la herencia! ¡Me quedo con la casa, la finca, el efectivo, los derechos de los libros, todo! Bueno, le ha dejado un buen pellizco a

Freddy, su hijo, y también se ha ocupado de su hermana. Hay un legado para la iglesia. Robeson lo obligó a hacerlo a cambio de la parcela en el cementerio. Y luego un par de cosas más. Pero tengo más dinero que en toda mi vida. La cena la pago yo... o Alan. ¿Has encontrado las páginas que faltaban del manuscrito?

Le dije que no.

—Es una lástima. He estado buscando por ahí, pero no he tenido suerte. Resulta gracioso pensar que a partir de ahora trataréis conmigo; me refiero a los libros. Ya me ha telefoneado un tal Mark Redmond para hablar de *Las aventuras de Atticus*. Puede usarlas, siempre que yo no tenga que ver la puñetera serie. —Echó un vistazo a la carta, tomó una decisión instantánea y la dejó a un lado—. Todo el mundo me odia, ¿sabes? Naturalmente, tienen que fingir. Todos están demasiado nerviosos para sacar el tema, pero aun así se nota cómo me miran. Soy el puto de Alan y ahora me lo quedo todo. Eso es lo que piensan.

Llegó el champán y esperó mientras la camarera llenaba dos copas. No pude evitar sonreír. Acababa de hacerse millonario y se quejaba, pero lo hacía de una forma ligera, humorística incluso. Era una autoparodia deliberada.

Vació su copa de un trago.

—Mañana a primera hora pondré a la venta Abbey Grange —dijo—. Seguramente también me lo reprocharán, pero estoy deseando irme. El señor Khan dice que podría valer un par de millones de libras, y John White ya se ha interesado por la propiedad. ¿Te he hablado de él? Es el vecino, un gestor de fondos de cobertura extremadamente rico. Alan y él tuvieron una pelea tremenda hace poco. Algo relacionado con unas inversiones. Después de eso ni siquiera se hablaban. Es gracioso, ¿no? Te compras una casa en mitad del campo con unos cincuenta acres y la persona con la que no te llevas bien es justo con tu vecino. En cualquier caso podría ser él quien me comprase la finca, para tener más terreno.

—¿Adónde irás? —pregunté.

—Me compraré algo en Londres. Es lo que siempre he querido. Voy a tratar de reanudar mi carrera. Quiero volver a trabajar como actor. Si graban *Las aventuras de Atticus*, hasta podrían ofrecerme un papel. Sería toda una sorpresa, ¿verdad? Podría hacer de James Fraser e interpretar un personaje basado en mí. Por cierto, ¿sabes por qué lo llamó Fraser?

—No.

—Alan le puso ese nombre por Hugh Fraser, el actor que interpretó al compinche de Poirot en televisión. ¿Y el piso en el que vivía Atticus Pünd, Tanner Court, en Farringdon? Esa fue otra de las bromas de Alan. Hay un lugar real llamado Florin Court en el que grabaron escenas de *Poirot*. ¿Lo pillas? *Tanner* y *Florin* son dos antiguas monedas inglesas.

—¿Cómo lo sabes?

—Me lo dijo él. Se le ocurrían las ideas más increíbles. Le gustaba esconder las cosas.

—¿A qué te refieres?

—Pues... a nombres. Uno de los libros está ambientado en Londres y todos los nombres son estaciones de metro o algo parecido. Y hay otro cuyos personajes se llaman Brooke, Waters, Forster, Wilde...

—Todos son escritores.

—¡Todos son escritores gais! Jugaba a eso para dejar de aburrirse.

Bebimos más champán y pedimos *fish and chips*. El restaurante se hallaba en el extremo opuesto del hotel, en un rincón invisible desde la sala en la que se había celebrado el refrigerio del funeral. Había un par de familias cenando, pero a nosotros nos habían reservado una mesa apartada. La iluminación era tenue. Le pedí a James que me explicase cómo trabajaba Alan Conway. En sus novelas había ocultado tantos elementos como desvelaba, y se advertía una curiosa discrepancia entre el autor de best sellers y los libros que en cambio había escrito. ¿Por qué todas esas referencias, truquillos y códigos secretos? ¿No bastaba simplemente con contar la historia?

—Nunca me lo explicó —respondió James—. Trabajaba muchísimo, a veces hasta siete u ocho horas seguidas. Tenía un cuaderno que llenaba de indicios y pistas falsas, detalles así. Quién se encontraba dónde y cuándo, qué estaba haciendo. Decía que encajar todas las piezas le daba dolor de cabeza, y si lo molestaba entrando en el despacho, se ponía a chillar como un poseso. A veces hablaba de Atticus Pünd como si fuera una persona real y me hacía pensar que no eran grandes amigos... por absurdo que pueda parecer. «¡Atticus me está destruyendo! Estoy harto de él. ¿Por qué tengo que escribir otro libro sobre él?». Decía esa clase de cosas constantemente.

—¿Por eso decidió matarlo?

—No lo sé. ¿Muere en el último libro? No llegué a ver ni una página.

—Se pone enfermo. Puede que muera al final.

—Alan siempre dijo que habría nueve libros. Lo tenía decidido desde el principio. Había algo en ese número que era importante para él.

—¿Qué pasó con el cuaderno? —pregunté—. Imagino que no lo has encontrado.

James negó con la cabeza.

—No. Lo siento, pero estoy casi seguro de que no está en casa.

Por lo tanto, quien hizo desaparecer los últimos capítulos de *Sangre de urraca*, borrando hasta la última palabra del ordenador, también había cogido el cuaderno. Eso me indicaba algo. Esa persona sabía cómo trabajaba Alan.

Hablamos más de la vida de James con el difunto. Nos acabamos la botella de champán y la de vino. Las familias terminaron y se marcharon, y cuando dieron las nueve teníamos la sala para nosotros. Tuve la impresión de que James se sentía solo. ¿Por qué iba a querer un hombre de menos de treinta años enterrarse en un lugar como Framlingham? La verdad era que no había podido elegir. Su relación con Alan lo había definido, y eso ya debía de haber sido un motivo para ponerle fin. James se mostraba muy relajado mientras hablaba conmigo. Nos habíamos hecho amigos; quizá por ese primer cigarrillo, quizá por las extrañas circunstancias que nos habían unido. Me habló de sus primeros años.

—Crecí en Ventnor —dijo—. En la isla de Wight. No soportaba aquello. Al principio pensé que era porque se trataba de una isla, porque el mar me rodeaba por todas partes. Pero en realidad era por mis circunstancias personales. Mis padres eran testigos de Jehová; sé que suena absurdo, pero es la verdad. Mi madre solía recorrer la isla repartiendo ejemplares de *La Atalaya* puerta a puerta. —Hizo una pausa—. ¿Sabes cuál fue su mayor tragedia? Que se le acabaron las puertas.

El problema de James no era tanto la religión ni la estructura patriarcal de su vida familiar (tenía dos hermanos mayores). Era que la homosexualidad se consideraba un pecado.

—Supe cuál era mi verdadera naturaleza a la edad de diez años y viví aterrorizado hasta los quince —explicó—. Lo peor era no poder decírselo a nadie. Nunca estuve unido a mis hermanos; creo que sabían que era distinto. En la isla de Wight parecía que viviésemos en los años cincuenta. Ahora no está tan mal; al menos eso he oído. Hay bares de ambiente en Newport y zonas de *cruising* por todas partes, pero cuando yo era niño, con los ancianos que venían a vernos y todo lo demás, me sentía terriblemente solo. Y entonces conocí a otro chico de mi escuela y empezamos a tontear. Fue ahí cuando supe que tenía que salir de la isla, porque si me quedaba acabarían pillándome con los pantalones bajados, y me darían la espalda, que es lo que se hacen los testigos de Jehová unos a otros cuando se cabrean. Para cuando conseguí mi certificado de Enseñanza Secundaria, había decidido ser actor. Dejé los estudios a los dieciséis y logré encontrar trabajo en el Shanklin Theatre, entre bastidores, pero dos años después abandoné la isla y me fui a Londres. Creo que mi familia se alegró mucho de verme marchar. Nunca he vuelto.

»Y entonces conocí a Alan Conway.

»Alan era un cliente típico. Estaba casado. Tenía un hijo pequeño. Había encontrado mi foto y mis datos de contacto en internet y durante mucho tiempo ni siquiera me dijo cómo se llamaba. No quería que supiera que era un escritor famoso porque pensaba que lo chantajearía, que vendería mi historia a los periódicos dominicales o algo parecido. Pero era una tontería. Ya nadie hace esas cosas.

James se enteró de quién era Alan cuando lo vio en un programa matinal de televisión, promocionando uno de sus libros. De hecho, eso me recordó algo. Cuando las novelas de Atticus Pünd empezaron a venderse, Alan hizo cuanto pudo para evitar aparecer en televisión; exactamente lo contrario que hacían todos nuestros autores. En aquel momento di por sentado que era tímido. Sin embargo, si llevaba esa doble vida, resultaba completamente lógico.

Nos habíamos terminado el segundo plato y las dos botellas, y salimos tambaleándonos al patio para fumar un cigarrillo. Hacía una noche clara y, sentado bajo las estrellas, con una luna menguante muy pálida en el cielo negro, James se puso pensativo.

—Alan me gustaba de verdad, ¿sabes? —dijo—. Podía ser muy cabrón, sobre todo cuando estaba escribiendo uno de sus libros. Todo ese dinero que ganaba con sus historias de detectives nunca pareció hacerlo feliz. Pero yo sí. Eso no es tan malo, ¿verdad? Piense lo que piense la gente, me necesitaba. Al principio simplemente me pagaba por pasar la noche con él. Luego hicimos un par de viajes. Me llevó a París y a Viena. Le decía a Melissa que estaba documentándose. Hasta lo acompañé en una gira por Estados Unidos para promocionar una novela. Si alguien preguntaba, decía que era su asistente personal. Cogíamos habitaciones separadas en todos los hoteles, pero, por supuesto, se hallaban puerta con puerta. Para entonces me daba una paga, y yo tenía prohibido quedar con nadie más.

Expulsó una bocanada de humo y echó un vistazo a la punta brillante de su cigarrillo.

—A Alan le gustaba verme fumar —dijo—. Después de hacer el amor, me fumaba un cigarrillo, desnudo, y él me miraba. Siento haberle fallado.

—¿En qué sentido? —pregunté.

Me cansé de estar tanto tiempo en el mismo sitio. Él tenía sus libros y su trabajo, y yo me aburría en Framlingham. Él me sacaba veinte años, ¿sabes? Aquí no había nada que me interesara. Así que empecé a volver a Londres. Le decía a Alan que iba a visitar a mis amigos, pero él sabía lo que estaba haciendo. Resultaba obvio. Discutíamos por eso, pero yo no quería dejar de hacerlo. Al final me echó; me dio un mes para hacer las maletas. Cuando tú y yo nos conocimos, me faltaban dos días para quedarme en la calle. Una parte de mí esperaba que hubiese una reconciliación, pero en realidad me sentí muy aliviado cuando todo terminó. No me interesaba el dinero. La gente nos miraba juntos y pensaba que no me importaba nada más, pero no es verdad. Me importaba él.

Volvimos dentro y, entre un whisky y otro, James me contó sus proyectos de futuro, olvidando que ya me los había explicado. Se iría de vacaciones durante algún tiempo, a un lugar cálido. Trataría de volver a trabajar como actor.

—Puede que me apunte a una escuela de arte dramático. Ahora puedo permitírmelo.

A pesar de lo que había dicho sobre Alan, ya había iniciado otra relación, esta vez con un chico más o menos de su edad. No sé por qué, pero al verlo allí sentado, con el pelo largo y suelto y los ojos enturbiados por el alcohol, de pronto tuve la sensación de que no acabaría bien. Era un pensamiento curioso, pero tal vez necesitaba a Alan Conway del mismo modo que James Fraser necesitaba a Atticus Pünd. No había ningún otro lugar para él en la historia.

James había venido en coche, pero yo no pensaba dejar que volviera conduciendo a su casa, aunque solo estaba a un par de kilómetros. Sintiéndome como una tía entrada en años, le confisqué las llaves y pedí en la recepción del hotel que le pidieran un taxi.

—Debería alojarme aquí —dijo—. Puedo permitirme una habitación. Puedo permitirme el hotel entero.

Fueron las últimas palabras que pronunció antes de marcharse, zigzagueando con aire incierto en la oscuridad.

«Le gustaba esconder las cosas...»

James estaba en lo cierto. En *Anís y cianuro*, novela ambientada en Londres, hay personajes llamados Leyton Jones, Victoria Wilson, Michael Latimer, Brent Andrews y Warwick Stevens. Todos esos nombres están tomados total o parcialmente de estaciones de metro. Los nombres de las dos asesinas, Linda Cole y Matilda Orre, son anagramas: de la estación de Colindale, en la Northern Line, y de Latimer Road. Los escritores gais componen el reparto de *Mándale a Atticus rosas rojas*. En *Atticus Pünd acepta el caso*, bueno... el lector puede descubrirlo por sí mismo.

John Waterman

Parker Bowles Advertising

Caroline Fisher

Carla Visconti

Profesor Otto Schneider

Elizabeth Faber

A la mañana siguiente me desperté poco después de las siete con mucho dolor de cabeza y mal sabor de boca. Lo curioso era que aún tenía las llaves del coche de James apretadas en el puño y, durante un horrible instante, medio esperaba abrir los ojos y encontrármelo tumbado al lado. Fui al baño y me di una larga ducha caliente. Luego me vestí y bajé a beber un café solo y un vaso de zumo de pomelo. Me había llevado el manuscrito de *Sangre de urraca*, y a pesar de mi estado no tardé mucho en encontrar lo que buscaba.

Todos los personajes tienen nombre de aves.

Cuando leí el libro por primera vez, decidí hablar con Alan de sir Magnus Pye y Pye Hall. Los nombres se me antojaban un poco infantiles; en el mejor de los casos, anticuados. Parecían salidos de *Las aventuras de Tintín*. Al repasar el libro de nuevo, me di cuenta de que casi todos los nombres, incluso los de los personajes menores, seguían el mismo criterio. Estaban los obvios: el reverendo Robin (petirrojo) y su esposa Hen (gallina). Whitehead (águila calva), el anticuario, Redwing (zorzal alirrojo), la doctora, y Weaver (tejedor), el sepulturero, son especies muy comunes, igual que Lanner y Crane (lanario y grulla), la empresa de pompas fúnebres, y Kite (azor), el propietario del Ferryman. Algunas referencias son un poco más difíciles de detectar. Joy Sanderling lleva el nombre de un pájaro de río y Jack Dartford el de un carricero. El de Brent, el jardinero, pertenece a un tipo de ganso; además, su segundo nombre es Jay, o sea, arrendajo. Un naturalista del siglo XIX llamado Thomas Blakiston tenía una lechuza que llevaba su nombre y que inspira el de la familia que constituye el núcleo de la historia. Y así sucesivamente.

¿Importa? Pues en realidad, sí. Me preocupaba.

Los nombres de los personajes son importantes. He conocido a escritores que los tomaban prestados de sus amigos, y a otros que buscaban inspiración en los libros de consulta: el *Oxford Book of Quotations* y la *Cambridge Biographical Encyclopedia*, por citar solo un par. ¿Cuál es el secreto de un buen nombre de ficción? La sencillez suele ser la clave. James Bond no llegó a ser quien fue teniendo demasiadas sílabas. Dicho esto, el nombre acostumbra a ser lo primero que descubres de un personaje, y creo que es útil que encaje bien, que parezca apropiado. Rebus y Morse son muy buenos ejemplos. Ambos son tipos de código, y como la función del detective es efectivamente descifrar las pistas y la información, ya estás a medio camino. Autores del siglo XIX como Charles Dickens llevaron la idea un poco más lejos. ¿Quién querría que le enseñara Wackford Squeers, que lo cuidara el señor Bumble, o casarse con Jerry Cruncher? Pero esos son personajes cómicos y grotescos. Se mostraba más circunspecto cuando se trataba de héroes y heroínas con quienes quería que conectase el lector.

A veces los autores se tropiezan con nombres icónicos casi por accidente. El ejemplo más famoso es Sherrinford Holmes y Ormond Sacker. Cabe preguntarse si habrían alcanzado el mismo éxito en todo el mundo si Conan Doyle no se lo hubiera pensado dos veces y se hubiese decidido por Sherlock Holmes y el doctor John Watson. He visto el manuscrito en el que se introdujo el cambio: un trazo de pluma y el destino de la historia literaria se había decidido. De la misma manera, ¿Pansy O'Hara habría prendido fuego al mundo igual que hizo Escarlata después de que Margaret Mitchell cambiase de opinión cuando terminó *Lo que el viento se llevó*? Los nombres se imprimen en nuestra conciencia. Peter Pan, Luke Skywalker, Jack Reacher, Fagin, Shylock, Moriarty... ¿podemos imaginarlos de cualquier otro modo?

En resumidas cuentas, nombre y personaje son inseparables. Se definen mutuamente. Pero no es el caso de *Sangre de urraca*, ni de ningún otro libro de Alan Conway que haya editado. Al transformar a los personajes secundarios en aves o estaciones de metro (o bien en marcas de pluma estilográfica, como en *Atticus Pünd acepta el caso*), los banalizaba y, por consiguiente, los degradaba. Puede que esté dando demasiada importancia a la cuestión. En el fondo, sus novelas aspiraban al puro y simple entretenimiento. Sin embargo, esa decisión parecía sugerir una especie de desinterés, o incluso de desprecio, por su propio trabajo que me resultaba deprimente. También estaba molesta por no haberme percatado nunca.

Después de desayunar hice la maleta, pagué la habitación y me subí al coche para ir hasta Abbey Grange a dejarle las llaves a James Taylor. Se me hizo extraño ver la casa por última vez con toda probabilidad. Puede que fuera por el cielo gris de Suffolk, pero me causó una impresión lúgubre, como si hubiese notado no solo la muerte de su antiguo propietario sino también el hecho de que su sucesor ya no la quería. Me costó mucho mirar la torre, que ahora parecía siniestra y amenazadora. Se me ocurrió que si alguna vez hubo un edificio destinado a estar embrujado, era ese. Algún día no muy lejano, un nuevo propietario se despertaría en plena noche al oír primero un grito en el viento y después un golpe amortiguado contra el césped. James hacía muy bien en marcharse.

Me planteé llamar al timbre, pero decidí no hacerlo. Lo más probable era que James siguiese en la cama, y en cualquier caso, impulsado por el alcohol, quizá se había mostrado más abierto conmigo de lo que pretendía. Así que opté por evitar las recriminaciones de la mañana siguiente.

Tenía una cita en Ipswich. Claire Jenkins había cumplido su palabra y me había concertado una entrevista con el superintendente Locke, no en la comisaría sino en un Starbucks que estaba cerca del cine. Había recibido un mensaje de texto con instrucciones. A las once en punto. Podía concederme un cuarto de hora. Tenía tiempo de sobras para llegar hasta allí, pero antes quería visitar la casa contigua a la de Alan. Había visto en el entierro a John White, con sus botas de color naranja, pero aún no habíamos tenido la oportunidad de hablar. James había mencionado que Alan se había peleado con él. Además, había aparecido como personaje en *Sangre de urraca*. Quería saber más. Al ser sábado, resultaba muy posible que lo encontrase en casa, así que dejé caer las llaves de James en el buzón y di la vuelta con el coche.

A pesar del nombre, no vi ni rastro de manzanos en Apple Farm. Tampoco parecía una granja. Era un edificio hermoso, mucho más convencional que Abbey Grange, yo diría que construido en los años cuarenta. Era muy presentable, con un pulcro camino de acceso cubierto de grava, unos setos perfectos y amplias extensiones de césped cortado en tiras verdes. Había un garaje abierto frente a la puerta principal con un coche fabuloso aparcado fuera: un Ferrari 458 Italia de dos plazas. No le haría ascos a recorrer a toda velocidad algunas carreteras de Suffolk subida a ese vehículo, pero tampoco me sobraría mucho cambio después de soltar 200.000 libras esterlinas. Desde luego, hacía que mi MGB pareciese más bien triste.

Llamé al timbre. Calculé que la casa tenía al menos ocho dormitorios y que, dadas sus dimensiones, era posible que tuviera que esperar bastante rato antes de que llegase alguien, pero la puerta se abrió casi al instante y me encontré ante una mujer de aspecto poco simpático que llevaba el pelo negro con raya en el medio e iba vestida con prendas muy masculinas: chaqueta deportiva, pantalones ceñidos, botines hasta el tobillo. ¿Era su esposa? No había asistido al entierro. Por algún motivo, dudaba de que lo fuera.

—Deseo hablar con el señor White, si es posible —dije—. ¿Es usted la señora White?

—No. Soy la empleada del hogar del señor White. ¿Quién es usted?

—Una amiga de Alan Conway. En realidad, era su editora. Tengo que hacerle unas preguntas al señor White acerca de lo que ocurrió. Es muy importante.

Creo que iba a decirme que me largara, pero en ese momento apareció un hombre detrás de ella, en el vestíbulo.

—¿Quién es, Elizabeth? —preguntó una voz.

—Una persona que pregunta por Alan Conway.

—Me llamo Susan Ryeland —me presenté, dirigiéndome al hombre por encima del hombro de la asistenta—. Solo serán cinco minutos, pero se lo agradecería mucho.

Sonaba tan razonable que a White le resultó difícil negarse.

—Más vale que pase —dijo.

La sirvienta se apartó y entré en el vestíbulo. John White se hallaba ante mí. Lo reconocí al instante. Era bajito, de complexión delgada y de aspecto bastante anodino, con el pelo oscuro y rapado, tal como reflejaba su barba incipiente. Llevaba una camisa de oficina y un jersey de cuello en V. Me costaba imaginarlo al volante del Ferrari. No tenía un aire agresivo en absoluto.

—¿Le apetece un café? —preguntó.

—Gracias. Me sentaría bien.

Le hizo un gesto a la asistenta, que estaba allí esperando sus instrucciones y esta se fue a buscarlo.

—Acompáñeme al salón —dijo White.

Entramos en una sala amplia que daba al jardín trasero. Había muebles modernos y cuadros caros en las paredes, incluido uno de esos neones de Tracey Emin. Vi una fotografía de dos chicas muy guapas, gemelas. ¿Tal vez sus hijas? Me di cuenta al instante de que, aparte de la asistenta, estaba solo en la casa. Así que su familia estaba fuera o era divorciado. Sospeché lo último.

—¿Qué quiere saber de Alan? —preguntó.

El ambiente parecía muy informal, pero esa mañana había hecho una búsqueda en Google y sabía que me encontraba ante un hombre que había gestionado no uno, sino dos de los fondos de cobertura de más éxito para una gran firma de la capital. Se había labrado una reputación y había ganado una fortuna para otras personas prediciendo la crisis crediticia. Se había retirado a la edad de cuarenta y cinco años con más dinero del que jamás soñaría ganar yo, si tuviera esa clase de sueños. No obstante, seguía trabajando. Invertía millones y ganaba aún más con relojes, aparcamientos, viviendas y otras cosas. Era la clase de hombre que solía desagradarme; de hecho, el Ferrari aún me lo ponía más fácil. Sin embargo, no me desagradó. No sé por qué no. Quizá fuera por esas botas de color naranja.

—Lo vi en el entierro.

—Sí. Pensé que debía pasarme, pero no me quedé al refrigerio.

—¿Usted y Alan estaban unidos?

—Éramos vecinos, si se refiere a eso. Nos veíamos con bastante frecuencia. Leí un par de libros suyos, pero no me gustaron demasiado. No tengo mucho tiempo para leer y sus obras no eran lo mío.

—Señor White... —Vacilé. Aquello no iba a ser fácil.

—Llámeme John.

—... me ha parecido entender que usted y Alan tuvieron una discusión, poco antes de que él muriese.

—Así es —respondió sin inmutarse—. ¿Por qué lo pregunta?

—Estoy tratando de averiguar cómo murió.

Los ojos de color avellana de John White infundían serenidad, pero cuando pronuncié aquellas palabras, me pareció ver una chispa en ellos, como si una maquinaria interna se hubiera puesto en marcha.

—Se suicidó —dijo.

—Sí. Por supuesto. Pero intento averiguar cuál era su estado anímico cuando lo hizo.

—Espero que no esté sugiriendo...

Estaba sugiriendo toda clase de cosas, pero me eché atrás tan elegantemente como pude.

—En absoluto. Como le decía a su asistenta, trabajo en su editorial y resulta que nos dejó un último libro.

—¿Salgo yo en él?

Sí que salía. Alan lo había convertido en Johnny Whitehead, el anticuario corrupto que había ido a la cárcel en Londres. Ese era el último dedo alzado contra su antiguo amigo.

—No —mentí.

—Me alegra saberlo.

La asistenta entró con la bandeja del café y White se relajó. Me fijé en que, después de llenar las dos tazas y ofrecernos leche y galletas caseras, no hacía el menor ademán de dejarnos solos, y él pareció contento de su presencia.

—Le contaré lo que pasó, ya que quiere saberlo —dijo—. Alan y yo nos conocíamos desde el día que se mudó aquí y, como le digo, nos llevábamos bien. Pero la cosa se estropeó hace unos tres meses. Hicimos un negocio juntos. Quiero dejarle claro, Susan, que no lo presioné ni nada parecido. A él le gustó cómo sonaba y quiso subirse al carro.

—¿Qué era?

—Supongo que sabrá poco de mi oficio. He negociado mucho con la NAMA. Es la National Asset Management Agency, y el Gobierno irlandés la creó después de la crisis de 2008, sobre todo para liquidar las empresas que habían quebrado. Hubo una promoción de oficinas en Dublín que me llamó la atención. Hacernos con ella costaría doce millones y había que invertir cuatro o cinco más, pero estaba convencido de que podía ganar dinero. Cuando se lo mencioné a Alan, preguntó si podía entrar en la SPV.

—¿SPV?

—Special Purpose Vehicle.

Si mi completa ignorancia lo irritaba, supo disimularlo muy bien.

—Una entidad con un cometido especial —me aclaró—. Solo es una forma rentable de reunir a seis o siete personas para hacer esa clase de inversiones. En fin, para no alargarme demasiado, le diré que el asunto se fue a pique. Le compramos la promoción a un hombre llamado Jack Dartford, que resultó ser un completo sinvergüenza: mentiroso, farsante, etc. Le aseguro, Susan, que no se podría encontrar a un hombre más encantador. Se sentaba donde está usted ahora y nos partíamos todos de risa. Pero resultó que la propiedad ni siquiera era suya. Cuando quise darme cuenta, se había largado con cuatro millones de libras nuestras. Aún lo estoy buscando, pero no creo que logre dar con él.

—¿Alan le echó a usted la culpa?

White sonrió.

—Podría decirse que sí. En realidad, se puso hecho un basilisco. Todos habíamos perdido lo mismo y le advertí desde el principio que nunca se puede estar seguro al cien por cien en estas cosas. Pero se le metió en la cabeza que lo había timado, cosa que no era en absoluto cierta. Quiso ponerme una denuncia. ¡Me amenazó! No pude hacerle entrar en razón.

—¿Cuándo lo vio por última vez?

Él estaba a punto de coger una galleta. Vi que su mano vacilaba mientras miraba a la asistenta. Tal vez él hubiese aprendido a poner cara de póquer cuando estaba en la Escuela de Negocios, pero la mujer no había ido a la misma clase y vi su nerviosismo, manifiesto y evidente. Me indicó que lo que vendría a continuación era mentira.

—Hacía varias semanas que no lo veía —dijo.

—¿Estaba aquí el domingo que murió?

—Creo que sí, pero no contactó conmigo. Si quiere saber la verdad, solo hablábamos a través de los abogados. Y no me gustaría que pensara que sus negocios conmigo guardaron ninguna relación con lo sucedido... Me refiero a su muerte. Es cierto que perdió un dinero. Todos lo perdimos. Pero no era un importe que no pudiera permitirse. No iba a tener que vender su casa ni nada parecido. Si no hubiera podido permitírselo, no le habría dejado participar.

Me marché poco después. Caí en la cuenta de que Elizabeth, la asistenta, no me había ofrecido una segunda taza de té. Esperaron en el umbral mientras me subía al MBG y seguían juntos, observándome, cuando me alejé por el camino.

Starbucks, Ipswich

Hay una circunvalación de sentido único bien señalizada que permite rodear Ipswich; lo ideal para mí, que siempre he odiado atravesar esa ciudad. Hay demasiadas tiendas y poco más. Seguramente a la gente que vive allí le gusta, pero yo tengo malos recuerdos. Solía llevar a Jack y a Daisy, mis sobrinos, a las piscinas de Crown, y juro por Dios que todavía noto el hedor del cloro. Nunca encontraba sitio en esos puñeteros aparcamientos. Tenía que hacer cola durante siglos solo para entrar y salir. Recientemente habían abierto uno de esos complejos de estilo estadounidense justo enfrente de la estación, con una docena de restaurantes de comida rápida y un cine multisala. Considero que separar la zona de entretenimiento de la ciudad mata el centro. Sin embargo, fue allí donde me entrevisté con Richard Locke durante el cuarto de hora que había tenido la amabilidad de concederme.

Fui la primera en llegar. A las once y veinte había decidido más o menos que él no iba a venir, pero entonces se abrió la puerta y entró dando grandes zancadas, con aspecto de estar cabreado. Levanté una mano, pues lo reconocí al instante. Era efectivamente el hombre que había visto con Claire en el entierro, pero él no tenía ningún motivo para conocerme. Llevaba traje, aunque no corbata. Era su día libre. Se acercó y se sentó con gestos pesados, estrellando toda esa carne y esos músculos tonificados en la silla de plástico. Mi primer pensamiento fue que no me gustaría que me arrestase él. Me sentí incómoda incluso ofreciéndole un café. Pidió té y fui a buscarlo. También le compré una galleta de avena.

—Tengo entendido que está interesada en Alan Conway —dijo.

—Era su editora.

—Y Claire Jenkins era su hermana. —Hizo una pausa—. Se le ha metido en la cabeza que lo mataron. ¿También lo piensa usted?

Hablaba en un tono sombrío, grave, que parecía al borde de la rabia. Su mirada expresaba lo mismo. Me observaba fijamente, como si fuese él quien hubiera ordenado ese interrogatorio. No supe muy bien cómo responder. Ni siquiera estaba segura de cómo llamarlo. Richard sería demasiado informal. Señor Locke sería incorrecto. Superintendente sonaba demasiado televisivo, pero acabé decidiéndome por esa opción.

—¿Vio el cadáver? —pregunté.

—No. Vi el informe. —Partió la galleta de mala gana, pero no se la comió—. Dos agentes de Leiston acudieron a la escena. Solo me vi implicado porque resultó que conocía al señor Conway. Además era famoso, y obviamente suscitaría el interés de la prensa.

—¿Fue Claire quien lo puso en contacto con Conway?

—Creo que, de hecho, fue al revés, señorita Ryeland. Claire necesitaba ayuda con sus libros, así que fue ella quien me lo presentó a mí. Pero no ha respondido a mi pregunta. ¿Cree que lo asesinaron?

—Creo que es posible. Sí.

Se disponía a interrumpirme, así que seguí hablando rápidamente. Le hablé del capítulo que faltaba, motivo por el cual había viajado a Suffolk. Mencioné la agenda de Alan, el número de citas concertadas para la semana posterior a su muerte. No hablé de las personas que había entrevistado: no me pareció bien meterlas en aquello. Pero por primera vez expliqué la sensación que me había producido la nota de suicidio, que no acababa de cuadrar.

—Hasta la tercera página no cita la muerte —le expliqué—, pero iba a morir de todos modos. Tenía cáncer. La carta no llega a decir en ningún momento que fuese a quitarse la vida.

—¿No le parece raro que se la enviase a su editor un día antes de tirarse desde esa torre?

—Tal vez no la envió él. Tal vez alguien la leyó y se dio cuenta de que podía malinterpretarse. Así que empujó a Alan desde la torre y luego la envió. Sabía que sacaríamos la conclusión equivocada precisamente por el momento en que se recibió.

—No creo haber sacado ninguna conclusión equivocada, señorita Ryeland.

No me miraba con simpatía y, aunque me sentía un tanto irritada, lo extraño es que, en aquel preciso instante, no se equivocaba al dudar de mí. Había algo en la carta que yo, más que nadie, debería de haber visto, pero no lo había hecho. Me llamaba a mí misma editora, pero estaba ciega ante la verdad, aunque la tuviese delante de las narices.

—Alan no le gustaba a mucha gente ... —empecé a decir.

—A mucha gente no le gusta otra gente, pero no va por ahí matándola. —Había venido con la intención de decirme esas palabras y ahora que lo había logrado no se detendría—. Las personas como usted no quieren entender que ganar el premio gordo en la lotería es mucho más probable que ser asesinado. ¿Sabe cuántos homicidios registramos el año pasado? Quinientos noventa y ocho... ¡de una población de unos sesenta millones! Es más, deje que le diga una cosa que le parecerá divertida. En algunas zonas del país la policía resuelve más crímenes de los que se cometen. ¿Sabe por qué? Porque la tasa de homicidios está cayendo tan deprisa que tenemos tiempo de retomar los viejos casos sin resolver.

»No lo entiendo. Todos esos crímenes en televisión. Lo normal sería que la gente tuviera mejores formas de pasar el tiempo. Todas las noches. En todos los malditos canales. Debe de ser una especie de fijación. Y lo que de verdad me molesta es que no se parece en nada a la realidad. He visto a víctimas de asesinatos. He investigado crímenes. Estaba aquí cuando Steve Wright mataba a prostitutas. El Destripador de Ipswich; así lo llamaban. La gente no planea esas cosas. No se cuela en la casa de sus víctimas, las tira desde la azotea y luego envía cartas esperando que se malinterpreten, como usted dice. No se pone pelucas ni se disfraza como en las novelas de Agatha Christie. Todos los crímenes que he investigado suceden porque los criminales estaban locos, rabiosos o borrachos. A veces las tres cosas. Y son horribles. Repugnantes. No es como un actor tumbado de espaldas con un poco de pintura roja en la garganta. Cuando ves a alguien con un cuchillo clavado en el cuerpo, te entran ganas de vomitar. Literalmente.

»¿Sabe por qué se matan las personas? Lo hacen porque pierden la cabeza. Solo hay tres motivos: sexo, rabia y dinero. Matas a alguien en la calle. Le clavas un cuchillo y le quitas el dinero. Tienes una discusión, rompes una botella y le rajas el cuello. O matas porque te pone. Todos los asesinos que he conocido eran tontos del culo. No personas inteligentes. No gente elegante ni de clase alta. Tontos del culo. ¿Y sabe cómo los atrapamos? No les hacemos preguntas inteligentes y averiguamos que no tienen coartada, que en realidad no estaban donde tenían que estar. Los atrapamos con cámaras de circuito cerrado. La mitad de las veces dejan su ADN en la escena del crimen. O confiesan. Algún día, a lo mejor deberían publicar la verdad, aunque le aseguro que nadie querría leerla.

»Le diré lo que de verdad me irritaba de Alan Conway. Lo ayudaba, aunque nunca me dio nada en señal de agradecimiento. Pero esa es otra historia. No. En primer lugar, no le interesaba la verdad. ¿Por qué son tan imbéciles todos los inspectores de policía de sus libros? ¿Sabe que hasta se inspiró en mí para crear a uno? Raymond Chubb. Ese soy yo. Oh, no es negro. No se habría atrevido a llegar tan lejos. Pero Chubb... ¿sabe quiénes son? Fabrican candados. ¿Lo pilla? Yo me llamo Locke, como *lock*, candado. ¿Y todo eso que escribió de la esposa en *No hay descanso para los malvados*? Se refería a la mía. Había sido lo bastante estúpido como para hablarle de ella, y él fue y la metió en su libro sin preguntarme siquiera.

Así que ese era el motivo de su rabia. Por el modo en que hablaba Locke, supe que yo no le interesaba en absoluto y que no iba a ayudarme. Casi podría haberlo añadido a mi lista de sospechosos.

—El público no tiene la menor idea de lo que de verdad hace la policía en este país, y es gracias a personas como Alan Conway y a personas como usted —concluyó—. Y espero que no le importe que se lo diga, señorita Ryeland, pero me resulta bastante patético que esté intentando convertir en un misterio de la vida real algo que no deja de ser un típico caso de suicidio. Tenía el motivo. Estaba enfermo. Escribió una carta. Acababa de romper con su novio. Estaba solo. Así que toma una decisión y salta. Si quiere mi consejo, vuélvase a Londres y olvídelo. Gracias por el té.

Había terminado de beber y se marchó. Dejó la galleta, desmenuzada, en el plato.

Crouch End

Andreas me estaba esperando en casa. Lo supe al abrir la puerta por el olorcillo que venía de la cocina. Es un cocinero fantástico. Tiene un estilo muy masculino: aporrea las sartenes y añade ingredientes sin pesarlos, a toda velocidad y a fuego vivo, con una copa de vino tinto en la mano. Jamás lo he visto consultar un recetario. Había puesto la mesa para dos, con velas y flores que parecían cogidas en un prado y no compradas. Al verme, exhibió una gran sonrisa y me abrazó.

—Pensaba que no vendrías —dijo.

—¿Qué hay para cenar?

—Cordero asado.

—¿Me das cinco minutos?

—Te doy quince.

Me duché y me puse un jersey ancho y unas mallas, el tipo de ropa con el que sin duda no volvería a salir esa noche. Con el pelo húmedo, cogí la gran copa de vino que Andreas me tendía.

—Salud.

—*Yamas.*

Inglés y griego. Esa era otra de nuestras tradiciones.

Nos sentamos y cenamos. Le conté a Andreas todo lo sucedido en Framlingham: el entierro y lo demás. Me di cuenta al instante de que no le interesaba demasiado. Me escuchaba con cortesía, pero no era la actitud que yo esperaba. Quería que me interrogase, que pusiera en tela de juicio mis suposiciones. Pensé que podíamos desentrañar el misterio como Tommy y Tuppence (el dúo de detectives con algo menos de éxito de Agatha Christie). Pero a él no le importaba mucho quién hubiese matado a Alan. Recordé que no quería que yo investigara y me pregunté si el griego que había en él se había irritado cuando seguí adelante de todos modos.

En realidad, estaba pensando en otras cosas.

—He avisado —anunció de pronto mientras servía la comida en los platos.

—¿En la escuela? ¿Ya? —pregunté, sorprendida.

—Sí. Me voy al final del semestre. —Me miró—. Ya te dije lo que iba a hacer.

—Dijiste que lo estabas pensando.

—Yannis me ha empujado a tomar una decisión. Los propietarios del hotel no quieren esperar más y el dinero ha llegado. Hemos conseguido un préstamo en el banco y podemos solicitar varias ayudas de la Unión Europea. Todo está pasando, Susan. Polydorus abrirá sus puertas el próximo verano.

—¿Polydorus? ¿Así se llama?

—Sí.

—Es un nombre bonito.

He de admitir que estaba un poco desconcertada. Andreas me había pedido más o menos que me casara con él, pero yo había dado por sentado que me daría un poco de tiempo para decidirme. Ahora parecía que me estaba ofreciendo un trato hecho. Que iba a sacarse el billete de avión del bolsillo del delantal y podríamos irnos. Se había traído el iPad y me enseñó fotos mientras cenábamos. Polydorus parecía un lugar encantador. Había un porche alargado con unas baldosas geniales y una pérgola de paja, mesas de madera de colores vivos y un mar deslumbrante más allá. El edificio en sí estaba encalado y tenía postigos azules. En el interior, a la sombra, pude distinguir una barra con una cafetera de las de antes. Las habitaciones eran básicas, pero parecían limpias y acogedoras. Era fácil imaginar qué clase de personas querrían alojarse allí: visitantes más que turistas.

—¿Qué te parece? —preguntó.

—Parece precioso.

—Lo hago por los dos, Susan.

—Pero ¿qué pasa con «los dos» si no quiero irme contigo? —Cerré la tapa del iPad. No quería seguir mirándolo—. ¿No podrías haber esperado un poco más antes de hacerlo?

—Tenía que decidirme sobre el hotel, y eso es lo que he hecho. No quiero dedicarme a la enseñanza durante toda mi vida, y, en cualquier caso, tú y yo... ¿esto es lo mejor que podemos hacer? —Dejó el cuchillo y el tenedor sobre la mesa. Observé que los colocaba cuidadosamente a cada lado de su plato—. No nos vemos mucho —siguió diciendo—. Hay semanas que no nos vemos nada. Dejaste claro que no querías que me viniera a vivir contigo.

Al oír sus últimas palabras, me sentí indignada.

—Eso no es verdad. Me encanta que vengas, pero te pasas casi todo el tiempo en la escuela. Pensé que lo preferías así.

—Lo único que digo es que podríamos pasar más tiempo juntos. Podríamos hacer que esto funcionase. Sé que pido mucho, pero no lo sabrás hasta que lo intentes. ¡Ni siquiera has estado en Creta! Ven a pasar unas semanas en primavera, a ver si te gusta.

No dije nada, así que añadió:

—Tengo cincuenta años. Si no aprovecho esta oportunidad, nunca va a ocurrir.

¿No puede Yannis arreglárselas sin ti?

—Te quiero, Susan, y deseo que estés conmigo. Te prometo que si no eres feliz, podemos volver juntos. Ya he cometido ese error. No voy a cometerlo dos veces. Si no funciona, puedo buscarme otro puesto de profesor.

Ya no me apetecía comer. Alargué el brazo y encendí un cigarrillo.

—Hay algo que no te he contado —dije—. Charles me ha pedido que me haga cargo de la empresa.

Puso unos ojos como platos.

—¿Quieres hacerlo?

—Tengo que planteármelo, Andreas. Es una oportunidad fantástica. Podría llevar a Cloverleaf en una nueva dirección, según mis ideas.

—Creía que habías dicho que Cloverleaf estaba acabada.

—Nunca lo dije.

Pareció decepcionado.

—¿Es eso lo que esperabas? —añadí.

—¿Puedo serte sincero, Susan? Cuando Alan murió, pensé que sería el fin para ti, sí. Pensé que la empresa cerraría, que la dejarías atrás y que el hotel sería la respuesta para los dos.

—No es así. Puede que las cosas no sean fáciles durante un par de años, pero Cloverleaf no va a desaparecer de la noche a la mañana. Buscaré autores nuevos...

—¿Quieres encontrar a otro Atticus Pünd?

Lo dijo con tanto desprecio que me quedé sorprendida.

—Pensaba que te gustaban los libros.

Alargó el brazo y cogió mi cigarrillo, le dio una calada y me lo devolvió. Era algo que hacía inconscientemente, incluso cuando estábamos enfadados.

—Nunca me gustaron los libros —dijo—. Los leía porque trabajabas en ellos y, obviamente, me importabas tú. Pero pensaba que eran una mierda.

Me quedé conmocionada. No sabía qué decir.

—Daban mucho dinero.

—Los cigarrillos dan mucho dinero. El papel de váter da mucho dinero. No significa que valgan nada.

—¡No puedes decir eso!

—¿Por qué no? Alan Conway se reía de ti, Susan. Se reía de todo el mundo. Entiendo de literatura. Enseño a Homero, por el amor de Dios. Enseño a Esquilo. Él sabía lo que eran esos libros, y lo sabía cuando los hacía. ¡Eran basura mal escrita!

—Pues no estoy de acuerdo. Están muy bien escritos. Han gustado a millones de personas.

—¡No valen nada! ¿Ochenta mil palabras para demostrar que fue el mayordomo quien lo hizo?

—Pareces un esnob.

—Y tú defiendes algo que siempre supiste que no tenía valor alguno.

No sabía muy bien en qué momento la conversación se había convertido en una discusión tan agria. La mesa se veía muy bonita, con las velas y las flores. La comida era muy buena. Pero los dos nos habíamos lanzado al degüello.

—Si no te conociera, diría que estabas celoso —me quejé—. Lo conociste antes que yo. Los dos erais profesores. Pero él pudo dejar todo aquello...

—Tienes razón en una cosa, Susan. Sí que lo conocí antes que tú, y no me cayó bien.

—¿Por qué no?

—No voy a contártelo. Todo pertenece al pasado, y no quiero disgustarte.

—Ya estoy disgustada.

—Lo siento. Solo te estoy diciendo la verdad. En cuanto al dinero que ganó, también tienes razón en eso. No merecía ni un solo penique, y, desde que te conocí, no soporté que tuvieras que postrarte ante él. Te lo aseguro, Susan: no era digno de ti.

—Era su editora. Eso es todo. ¡A mí tampoco me caía bien!
—Me obligué a contenerme. No soportaba cómo estaba evolucionando la situación—. ¿Por qué no dijiste nunca nada de esto?

—Porque no tenía importancia. Ahora sí ¡Te estoy pidiendo que te cases conmigo!

—Pues tienes una forma curiosa de hacerlo.

Andreas se quedó a pasar la noche, pero desapareció la camaradería que había existido entre nosotros la noche que volvió de Creta. Se fue directamente a dormir y se marchó a la mañana siguiente muy temprano, sin desayunar. Las velas se habían consumido. Envolví el cordero en papel de aluminio y lo metí en la nevera. Y volví al trabajo.

Cloverleaf Books

Siempre me han gustado los lunes. Los jueves y los viernes me ponen nerviosa, pero hay algo muy reconfortante en el hecho de llegar a la oficina al principio de la semana y encontrarme con la pila que descansa sobre mi escritorio: las cartas por abrir, las galeradas en espera de ser leídas, los pósits de los compañeros de marketing, publicidad y derechos extranjeros. Elegí mi despacho porque está al fondo del edificio. Es tranquilo y acogedor, resguardado bajo los aleros. Es la clase de estancia que debería tener una chimenea de carbón, y probablemente la tuvo hasta que la cubrió algún vándalo de principios de siglo. Compartía a Jemima con Charles hasta que ella se marchó, y en recepción siempre está Tess, que hace cualquier cosa por mí. Cuando llegué ese lunes por la mañana, me preparó té y me pasó mis mensajes telefónicos: nada urgente. Los del Women's Prize for Fiction me habían pedido que me incorporase a su jurado. Mi autora infantil necesitaba consuelo. Había problemas de producción con una sobrecubierta (yo había dicho que no funcionaría).

Charles no estaba en su despacho. Tal como estaba previsto, su hija Laura se había puesto de parto antes de hora y él estaba esperando en su casa con su mujer. Además, me había enviado un correo esa mañana. «Espero que hayas tenido tiempo de pensar en nuestra conversación del coche. Sería estupendo para ti, y estoy seguro de que también lo sería para la empresa». Curiosamente, Andreas telefoneó justo cuando lo estaba leyendo. Tras echar un vistazo a mi reloj de pulsera, adiviné que habría salido un momento al pasillo, dejando a los chavales con sus textos elementales en griego. Hablaba en voz baja.

—Susan lo siento —dijo—. Fue una estupidez por mi parte soltártelo todo así. En la escuela me han pedido que me lo piense, y no decidiré nada hasta que me digas lo que quieres hacer.

—Gracias.

—Y tampoco decía en serio lo de Alan Conway. Claro que tienen valor sus libros. Es que lo conocía y...

Lo imaginé echando un vistazo a uno y otro lado del pasillo, como un escolar, temeroso de que lo pillasen.

—Podemos hablarlo luego —dije.

—Esta tarde tengo una reunión con los padres. ¿Qué te parece si cenamos juntos mañana?

—Me gustaría mucho.

—Te llamaré.

Colgó.

De forma inesperada y sin que yo lo pretendiese, mi vida había llegado a una encrucijada, o, mejor dicho, a una intersección en forma de T. Podía hacerme cargo de Cloverleaf Books como directora general. Había escritores con los que quería trabajar, ideas que tenía y que Charles siempre había vetado. Como le había dicho a Andreas la noche anterior, podía desarrollar la empresa como quisiera.

O estaba Creta.

Las opciones eran tan distintas, las dos direcciones tan opuestas que casi me entraban ganas de reír al compararlas. Era como la niña que no sabe si de mayor quiere ser neurocirujana o maquinista de tren. Resultaba muy frustrante. ¿Por qué ocurren siempre este tipo de cosas al mismo tiempo?

Repasé el correo. Había una carta dirigida a Susan Ryland que sentí tentaciones de tirar a la basura. No soporto que escriban mal mi apellido, sobre todo cuando es tan fácil de comprobar. Había un par de invitaciones, facturas... lo de siempre. Y, al final de la pila, un sobre A4 de color marrón que contenía claramente un manuscrito. Eso era insólito. Nunca leía manuscritos no solicitados. Ya nadie lo hace. Pero el sobre llevaba escrito mi nombre (con la ortografía correcta), así que lo abrí y miré la cubierta.

LA MUERTE PISA LAS TABLAS
Donald Leigh

Tardé unos instantes en recordar que se trataba de la novela escrita por el camarero del Club Ivy, el que había dejado caer los platos al ver a Alan Conway. Insistía en que Conway le había robado su idea para utilizarla en la cuarta entrega de Atticus Pünd, *Grito en la noche*. Seguía sin gustarme mucho el título, y la primera frase («Había habido centenares de asesinatos en el Pavilion Theatre, en Brighton, pero este era el primero real») tampoco me entusiasmaba. Una buena idea, pero demasiado obvia y expresada de forma un tanto torpe, pensé. Sin embargo, le había prometido leerla y, con Charles ausente y con Alan tan presente, decidí leerla enseguida. Tenía mi té. ¿Por qué no?

Recorrí las páginas rápidamente. Es algo que he aprendido a hacer. Normalmente puedo saber si un libro va a gustarme al final del segundo o del tercer capítulo, pero, si voy a hablar de él en una reunión, me veo obligada a aguantar hasta la última página. Tardé tres horas. Luego saqué un ejemplar de *Grito en la noche*.

A continuación, comparé las dos novelas.

Fragmento de *Grito en la noche*, de Alan Conway

CAPÍTULO 26: CAE EL TELÓN

Terminó donde había comenzado, en el teatro de Fawley Park. Al mirar a su alrededor, James Fraser tuvo la sensación de que era inevitable. Había abandonado su carrera de actor para convertirse en asistente de Atticus Pünd y su primer caso lo había llevado allí. El edificio resultaba aún más cochambroso que la primera vez que lo vio, ahora que habían desmontado el escenario y habían apilado casi todos los asientos contra las paredes. Habían apartado el telón de terciopelo rojo. Ahora que no tenía nada que ocultar y no había ninguna obra a punto de empezar, parecía gastado y raído, colgando flácido de sus alambres. El escenario en sí era un bostezo, una reflexión irónica sobre los numerosos espectadores jóvenes obligados a soportar sentados los montajes de *Agamenón* y *Antígona* que había realizado el director. Bueno, Elliot Tweed no volvería a actuar. Había muerto en esa misma sala, con un cuchillo clavado en un lado del cuello. Fraser aún no estaba acostumbrado al crimen, y había un pensamiento que le producía especial impresión. ¿Qué clase de persona mata a un hombre en una sala llena de criaturas? La noche de la función escolar había trescientas personas sentadas juntas en la oscuridad: niños y padres. Lo recordarían durante toda la vida.

El teatro estaba hecho a la medida de Pünd. Había colocado los asientos en dos filas, encarados hacia él. Se hallaba de pie frente al escenario, apoyado en su bastón de palo de rosa, pero lo mismo le habría dado estar encima. Aquella era su representación, el clímax de un drama que había comenzado tres semanas atrás con la visita de un hombre aterrorizado al despacho de Tanner Court. Aunque los reflectores no estaban encendidos, inclinaban la cabeza hacia él. Las personas a las que había convocado eran los sospechosos, pero también eran su público. Aunque el inspector Ridgeway se encontraba junto a él, estaba claro que solo interpretaba un papel secundario.

Fraser observó a los miembros del personal. Leonard Graveney había llegado el primero y había ocupado su lugar en la primera fila, dejando la muleta apoyada contra el respaldo de la silla. El muñón de su pierna sobresalía delante de su cuerpo como para cerrarle el paso a cualquier otra persona. El profesor de historia, Dennis Cocker, se había sentado junto a él, aunque Fraser se percató de que ninguno de los dos había hablado. Ambos hombres participaban en la última y fatídica representación de *Grito en la noche* cuando se produjo el crimen, Graveney como autor de la obra; Cocker, como director. Sebastian Fleet hacía el papel protagonista. Con solo veintiún años, era el profesor más joven de Fawley Park y había entrado con aire indiferente, guiñándole el ojo a la enfermera, que volvió la cabeza sin hacerle caso. Lydia Gwendraeth estaba sentada en la fila de atrás, con la espalda muy recta y las manos unidas en el regazo; la cofia blanca almidonada parecía pegada en su cabeza. Fraser seguía convencido de que había estado implicada en el asesinato de Elliot Tweed. Desde luego, tenía un móvil —él la había tratado fatal—, y gracias a su formación sanitaria sabía exactamente dónde clavar el cuchillo. ¿Corrió entre el público aquella noche para vengarse por la humillación sufrida a manos de él? La mirada de la mujer, allí sentada mientras esperaba a que Pünd empezase, no delataba nada.

Entraron otros tres miembros del personal: Harold Trent, Elizabeth Colne y Douglas Wye. Finalmente llegó el jardinero, Garry, con las manos en los bolsillos y el ceño fruncido. Estaba claro que ignoraba por completo por qué lo habían convocado.

—La pregunta que debemos plantearnos no es por qué mataron a Elliot Tweed. Como director de Fawley Park, sin duda podría decirse que tenía un importante número de enemigos. Los alumnos le temían. Los castigaba sin piedad con el menor pretexto. Tampoco intentaba ocultar el placer que le causaba su sufrimiento. Su esposa quería el divorcio. El personal, que discrepaba en muchas cuestiones, estaba unido solo por el desprecio que suscitaba. No...

La mirada de Pünd recorrió la platea.

—Lo que sí debemos preguntarnos, tal como especifiqué desde el principio, es: ¿por qué lo asesinaron así, en público? El asesino surge de la nada y cruza corriendo toda la sala, deteniéndose solo para asestar el golpe con un bisturí sustraído en el laboratorio de biología. Hay que decir que la sala está a oscuras y que los ojos del público están fijos en el escenario. Es el momento más dramático del espectáculo. Tenemos el efecto niebla, la luz vacilante, y de la sombra está emergiendo el fantasma del soldado herido, interpretado por el señor Fleet. No obstante, el riesgo es enorme. Alguien tiene que haber visto cómo llegaba el asesino y echaba a correr. Una institución privada como Fawley Park ofrece ocasiones mucho más propicias para cometer un homicidio. Existe un horario fijo. Se sabe, en cualquier momento, en qué lugar se encuentra todo el mundo. A un potencial asesino le resultaría bastante cómodo programar sus movimientos con la absoluta certeza de encontrar sola a la víctima y poder huir sin que nadie lo viera.

»La cuestión es que la oscuridad, la velocidad con la que se comete el crimen, ¡causa una catástrofe! El inspector Ridgeway creía que el subdirector, el señor Moriston, sentado junto al señor Tweed esa noche, debía de haber presenciado algo, y que lo asesinaron a continuación para silenciarlo. Tal vez había un chantaje de por medio. Desde luego, el descubrimiento de una gran cantidad de dinero en su taquilla así parece sugerirlo. Sin embargo, sabemos que los dos hombres se habían intercambiado el asiento justo antes de que empezara la representación. El señor Tweed era varios centímetros más bajo que el señor Moriston y no podía ver por encima de la cabeza de la mujer sentada delante de él, puesto que llevaba sombrero. El verdadero objetivo era el señor Moriston. La muerte del señor Tweed fue un accidente.

»Y, sin embargo, resulta extraño, porque el señor Moriston era un hombre muy popular. Muchas veces había salido en defensa de la señorita Gwendraeth. Fue él quien decidió contratar al señor Garry, a sabiendas de sus antecedentes penales. También fue capaz de evitar el suicidio de un niño. Es difícil encontrar en la escuela a nadie que no hable bien de John Moriston; difícil, pero no imposible. Por supuesto, hubo una excepción.

Pünd se volvió hacia el profesor de matemáticas, pero no lo nombró. Todos los presentes sabían a quién se refería.

—¡No estará insinuando que lo maté yo! —saltó Leonard Graveney, sin lograr contener una sonrisa.

—Naturalmente, es imposible que usted cometiese el asesinato, señor Graveney. Perdió una pierna en la guerra...

—¡Luchando contra los suyos!

—Y ahora lleva una prótesis. No habría podido cruzar la sala corriendo. Eso resulta dolorosamente claro. No obstante, no me negará que entre ustedes reinaba una gran enemistad.

—Era un cobarde y un mentiroso.

—Era su superior en el desierto occidental en 1941. Ambos participaron en la batalla de Sidi Rezegh y fue allí donde perdió la pierna.

—Perdí mucho más, señor Pünd. Pasé seis meses en un hospital entre terribles dolores. Perdí a muchísimos amigos, todos ellos hombres mucho mejores de lo que el puñetero mayor Moriston podría ser jamás. Ya se lo he contado todo. Dio unas órdenes equivocadas. Nos envió a ese infierno y luego nos abandonó. Nos estaban destrozando y él se mantuvo muy lejos de allí.

—Hubo un consejo de guerra.

—Lo que hubo fue una simple investigación —replicó Graveney con desprecio—. El mayor Moriston insistió en que habíamos actuado por nuestra propia cuenta, y en que él había hecho todo lo que estaba en su mano para devolvernos a un lugar seguro. Era mi palabra contra la suya. ¡Qué útil! Todos los demás testigos estaban hechos pedazos.

—Debió de ser una gran conmoción para usted encontrárselo enseñando aquí.

—Me puse enfermo. Y todo el mundo pensaba lo mismo que usted. Lo tenían en muy alta estima. Era el héroe de guerra, la figura paterna, el mejor amigo de todos. Yo era el único que veía la verdad, y lo habría matado. Lo reconozco. No crea que no sentí esa tentación.

—¿Y por qué se quedó aquí?

Graveney se encogió de hombros. A Fraser le pareció extenuado por sus experiencias, con los hombros caídos y el grueso bigote apuntando hacia abajo.

—No tenía adónde ir. Tweed solo me dio el empleo porque me había casado con Gemma. ¿De qué otro modo cree que puede ganarse la vida un tullido sin estudios? Me quedé porque no tenía más remedio. Evitaba a Moriston tanto como podía.

—¿Y cuando le concedieron la medalla, cuando le dieron la condecoración británica al mérito civil?

—No significó nada para mí. Puedes pegarle un trozo de metal a un cobarde y a un mentiroso, pero no por ello cambiará lo que es.

Pünd asintió con la cabeza, como si fuese la respuesta que esperaba oír.

—Y así llegamos a la contradicción que constituye el meollo del asunto —dijo—. El único hombre de Fawley Park con un móvil para matar a John Moriston era también el único hombre que no podría haber cometido el crimen. —Hizo una pausa—. Es decir, a no ser que hubiese una segunda persona que también tuviera un móvil, tal vez el mismo, y que hubiese venido a la escuela con el propósito expreso de vengarse.

Sebastian Fleet se dio cuenta de que el detective lo miraba y enderezó la espalda mientras se le encendían las mejillas.

—¿Qué está diciendo, señor Pünd? No estuve ni de lejos en Sidi Rezegh. Tenía diez años. ¡Era demasiado joven para luchar en la guerra!

—Es cierto, señor Fleet. Aun así, cuando nos conocimos observé que parecía estar demasiado cualificado para trabajar como profesor de lengua en una institución privada situada en mitad del campo. Se licenció con la nota más alta en la Universidad de Oxford. Posee juventud y talento. ¿Por qué ha optado por venir a este lugar tan apartado?

—Ya se lo dije cuando nos conocimos. ¡Estoy trabajando en una novela!

—Un proyecto importante. Pero lo dejó a un lado para escribir una obra de teatro.

—Me pidieron que lo hiciera. Cada año, un miembro del claustro escribe una obra que también interpretan los profesores. Es una tradición de este centro.

—¿Y quién se lo pidió?

Fleet vaciló como si no quisiera contestar.

—Fue el señor Graveney —dijo.

Pünd asintió y Fraser supo que no necesitaba hacer la pregunta. Conocía la respuesta desde el principio.

—Dedicó *Grito en la noche* a la memoria de su padre —prosiguió—; usted me dijo que había fallecido recientemente.

—Hace un año.

—Y, sin embargo, cuando visité su habitación, me pareció extraño que no hubiese ninguna fotografía reciente de él. Su madre lo acompañó el día que ingresó en Oxford. Su padre no estaba. Tampoco estuvo presente en su graduación.

—Estaba enfermo.

—Ya no estaba vivo, señor Fleet. ¿Cree que no me resultó fácil descubrir que un tal sargento Michael Fleet, que servía en el 60.º Regimiento de Campo de la Artillería Real, murió el 21 de noviembre de 1941? ¿Pretenderá decirme que no era pariente suyo y que fue una mera coincidencia lo que lo trajo a esta escuela? El señor Graveney y usted se habían conocido en las oficinas en Londres de la Honorable Compañía de Artillería. Él lo invitó a venir a Fawley Park. Los dos tenían un buen motivo para odiar a John Moriston. Era el mismo motivo.

Ni Fleet ni Graveney dijeron nada. Fue la enfermera la que rompió el silencio.

—¿Está diciendo que lo hicieron juntos? —exigió saber.

—Estoy diciendo que escribieron, crearon y concibieron *Grito en la noche* con el expreso propósito de cometer el asesinato. Habían decidido vengarse por lo que ocurrió en Sidi Rezegh. Creo que fue el señor Graveney quien tuvo la idea y el señor Fleet quien la llevó a la práctica.

—Está diciendo estupideces —dijo Fleet con los dientes apretados—. Yo estaba sobre el escenario cuando esa persona cruzó corriendo la sala. Todo el mundo me estaba viendo.

—No. Todo estaba dispuesto para que pareciese que estaba allí, pero la cosa no funciona así. —Pünd se levantó con la ayuda del bastón—. El fantasma aparece al fondo del escenario. Está oscuro. Hay humo. Lleva el uniforme de un soldado de la Primera Guerra Mundial. Su bigote es idéntico al del señor Graveney.

Tiene la cara manchada de sangre. Lleva un vendaje alrededor de la cabeza. Tiene que pronunciar muy pocas frases. Así se había dispuesto. El escritor tiene el poder de hacer que todo funcione según su propio objetivo. Solo exclama una palabra: «¡Agnes!». La voz, distorsionada por el ataque con gas mostaza, no es difícil de fingir. Pero no es el señor Fleet quien está sobre el escenario.

»El señor Graveney, director del espectáculo, esperaba entre bastidores y, tal como estaba planificado, los dos se cambian los papeles para interpretar esta brevísima escena. El señor Graveney se pone la guerrera. Se aplica la venda y la sangre. Lentamente, sube al escenario. No se notará que cojea en un trayecto tan corto y, en cualquier caso, interpreta a un soldado herido. Al mismo tiempo, el señor Fleet se ha quitado el falso bigote que llevaba para su interpretación. Se pone el sombrero y la chaqueta que más tarde encontraremos abandonados en el pozo. Cruza corriendo la sala, deteniéndose solo para apuñalar al hombre que ocupa el asiento E 23. ¿Cómo puede saber que, momentos antes de que empezase la obra, el señor Tweed y el señor Moriston se han intercambiado los asientos y que muere el hombre equivocado?

»Sucede muy deprisa. El señor Fleet sale por la puerta principal del teatro, se deshace del sombrero y de la chaqueta y da la vuelta corriendo al edificio, a tiempo de intercambiar otra vez su papel con el del señor Graveney, que acaba de bajar del escenario. Todas las miradas están clavadas en el cadáver. Nadie se fija en lo que ocurre entre bastidores. Por supuesto, los dos hombres se quedan horrorizados cuando descubren lo sucedido. Su víctima ha sido el inocente señor Tweed. Pero estos asesinos son fríos y astutos. Traman una historia que sugiere que el señor Moriston intentaba llevar a cabo un chantaje, y dos días después lo envenenan con la cicuta robada en el mismo laboratorio que les había proporcionado el bisturí. Es ingenioso, ¿verdad? El dedo de la culpa señala a la maestra de biología, la señorita Colne, y esta vez el verdadero móvil queda hábilmente camuflado...

Fragmento de *La muerte pisa las tablas*, de Donald Leigh

Había mucha oscuridad en el teatro. Fuera, la luz del día disminuía rápidamente y el cielo amenazador se estaba llenando de nubes pesadas y siniestras. En solo seis horas, llegaría a su fin 1920 y empezaría 1921. Pero el superintendente MacKinnon ya estaba celebrando el Año Nuevo dentro de su cabeza. Lo había resuelto todo. Sabía quién había cometido el asesinato y pronto se enfrentaría a esa persona, clavándola contra el suelo con la crueldad de un científico con una mariposa rara.

El sargento Browne miró atentamente a los sospechosos, preguntándose por enésima vez cuál de ellos podía haber apuñalado al profesor de historia, Ewan Jones, en la garganta aquella noche inolvidable. ¿Cuál de ellos?

Estaban sentados en el teatro semiabandonado. No parecían cómodos y evitaban mirarse a los ojos. Henry Baker, el director de la obra, se acariciaba el bigote como hacía siempre que estaba nervioso. El escritor, Charles Hawkins, fumaba un cigarrillo que sostenía entre sus dedos regordetes que siempre estaban manchados de tinta. ¿Era una simple coincidencia que lo hubieran herido de gravedad en Ypres al mismo tiempo que a la segunda víctima, el director del teatro, Alastair Short, al que habían envenenado misteriosamente con arsénico unos días después? ¿Podía haber alguna relación? Short tenía doscientas libras apiladas en el armario situado junto a su cama, y daba la impresión de que el chantaje podía haber sido el nombre de su juego. ¿De dónde, si no, podía haber sacado el dinero? Era una lástima que no hubiera sobrevivido para contar la historia.

¿Cuál de ellos? Browne seguía sospechando de Lila Blaire. Sus pensamientos regresaron al momento en que la mujer se había abalanzado contra Short, gritándole y acusándolo de destruir su carrera. «¡Te odio!», había gritado. «¡Ojalá te murieras!». Y setenta minutos más tarde estaba muerto, tal como ella quería. ¿Y el actor Iain Lithgow? El joven guapo y sonriente era demasiado joven para haber combatido en Ypres. No podía haber ninguna relación, pero tenía deudas de juego, y quien necesita dinero desesperadamente, muchas veces hace cosas desesperadas. Browne esperó a que su jefe pusiera en orden sus ideas.

Y ahora había llegado el momento que esperaban. Cuando MacKinnon se levantó, sonó un breve trueno en el aire pesado y oprimente. El Año Nuevo iba a empezar con una terrible tormenta. Todo el mundo se calló y se lo quedó mirando mientras se ajustaba el monóculo y empezaba a hablar.

—La noche del 20 de diciembre —empezó diciendo—, se cometió un asesinato aquí, en el Pavilion Theatre, durante la representación de *Aladino*. ¡Pero fue el asesinato equivocado! Alastair Short era el verdadero objetivo, pero el asesino se confundió porque, en el último momento, el señor Short y el señor Jones habían intercambiado sus asientos.

MacKinnon hizo una breve pausa, examinando a cada uno de los sospechosos mientras asimilaban sus palabras.

—Pero ¿quién era el asesino que se alejó corriendo del escenario y hundió el cuchillo en la garganta de Jones? —continuó—. Había dos personas que no pudieron ser. Charles Hawkins no podría haber cruzado corriendo el teatro. Solo tenía una pierna. En cuanto a Nigel Smith, estaba sobre el escenario en ese momento, a la vista del público. Tampoco pudo ser él.

»O, al menos, eso pensaba...

No cabe la menor duda de que Alan robó la idea de Donald Leigh. Cambió el periodo, de los años veinte al final de los años cuarenta, y la ambientación, del teatro popular a la escuela privada, inspirándose en Chorley Hall y rebautizándola como Fawley Park. Elliot Tweed es un retrato sutilmente camuflado de su padre, Elias Conway. Ah, sí... y los maestros llevan el nombre de ríos británicos. El nombre del detective, el inspector Ridgeway, podría haberlo tomado prestado de *Muerte en el Nilo*, de Agatha Christie. Otro río. Pero el mecanismo es el mismo, al igual que el móvil. Un oficial abandona a sus hombres en tiempo de guerra y, años después, el único superviviente une sus fuerzas con las del hijo de uno de los soldados fallecidos. Invierten los papeles durante la representación de un espectáculo y cometen el homicidio ante los ojos del público. El superintendente Locke lo habría encontrado inverosímil, pero en el mundo de la novela negra funcionaba a la perfección.

Después de leer los dos libros, llamé a la Arvon Foundation, que, tal como había adivinado, había organizado el curso al que asistió Donald. Pudieron confirmarme que Donald Leigh había estado en la casa que poseían en Totleigh Barton, Devonshire. Por cierto, es un lugar precioso. Yo misma había estado allí. Habría dicho que la probabilidad de que un profesor visitante robase la obra de uno de sus alumnos era más o menos de un millón contra una, pero, al mirar las dos versiones, estaba claro que había sucedido. Lo lamenté por Donald. Francamente, no sabe escribir. Sus frases son pesadas, sin ritmo. Utiliza demasiados adjetivos y su diálogo resulta poco convincente. Alan tenía razón en las dos cosas. Pero no merecía que lo tratasen de ese modo. ¿Podría haber hecho algo al respecto? Me dijo que le había escrito a Charles y no había recibido respuesta alguna. No me sorprendía. Las editoriales no dejan de recibir cartas raritas, y esta no habría superado nunca la barrera de Jemima, que se habría limitado a tirarla a la basura. A la policía no le habría interesado. A Alan le habría resultado muy fácil afirmar que era él quien le había dado la idea a Donald y no al revés.

¿Qué más podía haber hecho el pobre? Bueno, podía haber sacado la dirección de Conway de los registros del Club Ivy, escribirle un montón de cartas amenazadoras y, cuando eso no surtiese efecto, conducir hasta Framlingham, empujarlo desde la torre y arrancar los últimos capítulos de la nueva novela. En su lugar, yo habría tenido la misma tentación.

Me había pasado casi toda la mañana leyendo y tenía que almorzar con Lucy, nuestra gestora de Derechos de autor. Quería hablar con ella de James Taylor y *Las aventuras de Atticus*. Eran las doce y media y estaba a punto de salir a fumarme un cigarrillo rápido en la acera, delante de la entrada... cuando me acordé de la carta que ocupaba la parte superior de la pila, la que llevaba mal escrito mi apellido. La abrí.

Había una fotografía dentro. Ninguna nota. Ningún nombre de remitente. Volví a coger el sobre y miré el matasellos. La habían enviado desde Ipswich.

La fotografía estaba un poco borrosa. Supuse que la habrían tomado con un teléfono móvil, la habrían ampliado y la habrían impreso en una de las tiendas de la cadena Snappy Snaps que se encuentran por todas partes. Conectando el móvil directamente a sus máquinas y suponiendo que pagase en efectivo, la persona que había hecho la fotografía habría quedado en el más absoluto anonimato.

Mostraba a John White matando a Alan Conway.

Los dos hombres estaban sobre la torre. Alan se hallaba de espaldas al borde e inclinado hacia él. Iba vestido con la misma ropa —la chaqueta holgada y la camisa negra— que llevaba cuando lo encontraron. White tenía las manos sobre los hombros de Alan. Un empujón y todo habría acabado.

Así que era eso. El misterio quedaba resuelto. Llamé a Lucy y cancelé el almuerzo. Luego me puse a pensar.

Trabajo de detective

Una cosa es leer libros sobre detectives, y otra muy distinta tratar de ser uno.

Siempre me han encantado las novelas de suspense. No solo las he editado. Las he leído por placer durante toda mi vida, dándome auténticos atracones. Hay que conocer esa sensación que se tiene cuando está lloviendo fuera, la calefacción está encendida y sientes cómo se deslizan las páginas entre tus dedos hasta que de pronto tienes menos en la mano derecha que en la izquierda y quieres frenar el ritmo, pero sigues leyendo a toda velocidad hacia una conclusión que apenas soportas descubrir. Ese es el poder peculiar de la novela negra, que, en mi opinión, ocupa un lugar especial dentro del conjunto general de la ficción literaria porque, de entre todos los personajes, el detective disfruta de una relación especial, única, con el lector.

Las novelas de suspense giran en torno a la verdad: ni más, ni menos. En un mundo lleno de incertidumbre, ¿acaso no sentimos una satisfacción natural al volver la última página sabiendo que se han puesto todos los puntos sobre las íes? Las tramas calcan nuestra experiencia del mundo. Estamos rodeados de tensiones y ambigüedades, y nos pasamos la mitad de la vida tratando de resolverlas, saboreando quizá solo en el lecho de muerte el momento en el que todo adquirirá sentido. Todas las novelas de suspense brindan ese placer. Es la razón de su existencia. ¡Por eso *Sangre de urraca* resultaba tan irritante, demonios!

En todos los libros que se me ocurren, les pisamos los talones a nuestros héroes: los espías, los soldados, los románticos, los aventureros. Sin embargo, avanzamos al lado del detective. Desde el principio compartimos el mismo objetivo, y es muy sencillo. Queremos saber qué ocurrió realmente, y ninguno de nosotros trabaja por dinero. Basta leer los relatos cortos de Sherlock Holmes. Nunca le pagan y, aunque está claro que es un hombre bien situado, no estoy segura de que llegue a presentar alguna vez una factura por sus servicios. Por supuesto, los detectives son más listos que nosotros. Esperamos que lo sean. Pero eso no significa que sean modelos de virtud. Holmes está deprimido. Poirot es presumido. Miss Marple es brusca y excéntrica. No tienen que ser atractivos. Pensad en Nero Wolfe, tan gordo que ni siquiera puede salir de su casa en Nueva York y ha necesitado una silla a medida que soporte su peso. O en el padre Brown, que tiene «una cara redonda y roma, como pudín de Norfolk; unos ojos tan vacíos como el mar del Norte». Lord Peter Wimsey, que estudió en Eton y en Oxford, está delgado y enclenque, y luce un monóculo. Bulldog Drummond habría podido matar a un hombre con sus manos desnudas (y quizá sirvió de inspiración al personaje de James Bond), pero tampoco era ningún modelo masculino. De hecho, H. C. McNeile da en el clavo cuando escribe que Drummond tenía un «tipo de fealdad alegre que inspira confianza inmediata en su dueño». No necesitamos apreciar o admirar a nuestros detectives. Seguimos con ellos porque confiamos en ellos.

Todo esto hace de mí una mala narradora o investigadora. Aparte de que no estoy nada cualificada, puede que no sea demasiado buena. He intentado describir a todas las personas que he conocido, las palabras que he oído y, lo que es más importante, mis razonamientos. Por desgracia, no tengo a ningún Watson, Hastings, Troy, Bunter ni Lewis. Por eso no me queda más remedio que ponerlo todo por escrito, incluido el hecho de que, hasta que abrí la carta y vi la fotografía de John White, no estaba llegando a ninguna conclusión. Y no solo eso, en mis momentos más sombríos empezaba a preguntarme si de verdad se había cometido un asesinato. Parte del problema consistía en que el misterio que trataba de resolver no presentaba ningún patrón, ninguna forma. Si Alan Conway se hubiese dedicado a describir su propia muerte, como había hecho con la de sir Magnus Pye, estoy segura de que me habría dado diversas pistas, señales e indicaciones para orientarme. Por ejemplo, en *Sangre de urraca*, está la huella en la tierra, el collar de perro en el dormitorio, el papel encontrado en la chimenea, el revólver en el escritorio, la carta escrita a máquina en el sobre manuscrito. Puede que no tenga la menor idea de en qué resultará todo ello, pero, como buena lectora, sé por lo menos que debe de tener algún significado. De lo contrario, ¿por qué iba a mencionarse? Como detective, tenía que encontrar esas cosas yo sola, y tal vez había estado mirando en la dirección equivocada porque no parecía tener gran cosa con la que trabajar: ni botones arrancados, ni huellas misteriosas, ni conversaciones convenientemente sorprendidas. Bueno, por supuesto, tenía la nota de suicidio escrita a mano por Alan que Charles había recibido en un sobre escrito a máquina, justo lo contrario de lo que yo había leído en el libro. Pero ¿qué significaba eso? ¿Se le había acabado la tinta? ¿Había escrito la carta, pero le había pedido a otra persona que escribiera la dirección? Si lees un relato de Sherlock Holmes, puedes tener la certeza de que el detective sabrá con exactitud lo que ocurre, aunque no siempre te lo diga. En este caso, eso no es nada cierto.

También estaba la cena del Ivy. No podía quitármela de la cabeza. Alan se había irritado cuando Charles le sugirió cambiar el título del libro. Mathew Prichard, sentado en la mesa de al lado, lo había oído todo. Alan había dado un puñetazo en la mesa y había apuntado a Charles con el dedo. «No aceptaré una...». Una... ¿qué? ¿No aceptaré una palabra más? ¿No aceptaré una sugerencia por tu parte? ¿No aceptaré una botella de vino más, gracias de todos modos? Ni siquiera Charles sabía a qué se refería.

Más vale que lo diga con claridad. No pensaba que John

White hubiese matado a Alan Conway aunque tuviera la prueba fotográfica que lo mostraba *in fraganti*. Era como la nota de suicidio que en realidad no era una nota de suicidio, salvo que esta vez no tenía ni el menor atisbo de una posible explicación. Simplemente, no me lo creía. Había conocido a White y no me pareció una persona violenta o agresiva. Y, además, no tenía ningún motivo para matar a Alan. En cualquier caso, era al revés.

También había otras preguntas. ¿Quién me había mandado la fotografía? ¿Por qué me la habían enviado a mí en vez de hacérsela llegar a la policía? Debían de haberla echado al correo el día del entierro, y el matasellos indicaba Ipswich. ¿Cuántos de los presentes en la ceremonia sabían que yo trabajaba en Cloverleaf Books? El sobre llevaba mi apellido mal escrito. ¿Se trataba de un error genuino o de un intento deliberado de hacerme creer que el remitente no me conocía bien?

Sentada a solas en mi despacho, cuando casi todo el mundo había salido a almorzar, elaboré una lista de posibles sospechosos. Se me ocurrían cinco personas con muchas más posibilidades que White de haber cometido el asesinato y las coloqué por orden de probabilidad. Resultaba bastante confuso. Ya había realizado exactamente el mismo ejercicio al acabar de leer el libro de Alan.

1. James Taylor, el novio

Aunque James me caía bien, era él quien se había beneficiado de manera más directa de la muerte de Alan. De hecho, si Conway hubiese vivido solo veinticuatro horas más, James habría perdido varios millones de libras esterlinas. Sabía que Alan estaba en casa. Debía de haberse imaginado que desayunaría en la terraza de la torre teniendo en cuenta el buen tiempo que hacía aquel penúltimo día de agosto. Como todavía vivía allí, no habría tenido ninguna dificultad para entrar en la torre, subir sin hacer ruido hasta la parte superior y empujarlo al vacío en menos que canta un gallo. Me había contado que había pasado el fin de semana en Londres, pero yo solo tenía su palabra, y cuando fui a verlo me pareció que se sentía demasiado a gusto, como si ya supiera que había heredado Abbey Grange. Naturalmente, la primera regla de las novelas de suspense consiste en descartar a los sospechosos más obvios. ¿Era eso lo que debía hacer yo también en este caso?

2. Claire Jenkins, la hermana

En todas aquellas páginas que me escribió, no hacía más que subrayar cuánto adoraba a su hermano, lo generoso que se mostraba con ella y lo unidos que habían estado siempre. No estaba muy segura de creerla. James pensaba que envidiaba su éxito, y sin duda es cierto que al final los dos discutieron por dinero. Eso no era necesariamente un móvil para cometer un asesinato, pero había otra razón excelente para ponerla en el segundo puesto de la lista y guardaba relación con el libro inacabado.

Alan Conway se complacía en crear personajes basados en personas a las que conocía. James Taylor era presentado como el poco inteligente y peripuesto James Fraser. El párroco aparecía como un anagrama de sí mismo. Incluso el propio hijo de Alan estaba presente con su nombre. No me cabía la menor duda de que Clarissa Pye, la hermana solterona y solitaria de sir Magnus, estaba basada en Claire. Era un retrato grotesco que Alan hizo más acusado al incluir deliberadamente su dirección en Daphne Road (aunque, en el libro, es Brent quien vive allí). Si Claire había visto el manuscrito, pudo haber tenido un excelente motivo para empujar a su hermano desde la torre. También le habría interesado asegurarse de que el libro nunca se publicase, algo que habría conseguido robando los últimos capítulos.

¿Por qué, entonces, iba a insistir en que Alan había sido asesinado? ¿Por qué llamar la atención hacia lo que ella había hecho? No tenía respuesta para eso, pero, pensándolo bien, recordé haber leído en algún sitio que los asesinos sienten el impulso de reclamar la propiedad de su acto. Por eso regresan a la escena del crimen. ¿Acaso Claire me había pedido que investigara la muerte de su hermano por el mismo motivo por el que había escrito el largo relato? ¿Por un deseo patológico de protagonismo?

3. Tom Robeson, el párroco

Era una lástima que Robeson no quisiera contarme exactamente qué había ocurrido en Chorley Hall cuando hablé con él en la iglesia. Si su mujer hubiese llegado unos minutos más tarde, todo habría sido distinto. Pero el incidente guardaba relación con una fotografía utilizada para humillar a un chico en una escuela de chicos, y no tuve que esforzarme demasiado para hacerme una idea general. Por cierto, resultaba interesante que Claire viese a su hermano como a una de las víctimas de los diversos actos de crueldad de la escuela y que, sin embargo, Robeson lo viese más bien como a un participante activo. Cuantas más cosas sabía de Alan, más me inclinaba a creer la versión del párroco.

Todo aquello había tenido lugar en los años setenta, y estaba claro que Alan lo tenía muy presente porque lo había incluido en el primer capítulo de *Sangre de urraca*, cuando Mary Blakiston se presenta en la rectoría. «Y allí estaban, en mitad de todos sus papeles». ¿Qué había visto la mujer? ¿Eran Henrietta y Robin Osborne alguna clase de pervertidos? ¿Habían dejado expuestas a las miradas indiscretas algunas fotografías comprometidas, de la misma naturaleza que las que habían atormentado a Robeson? Por lo que había dicho en su discurso fúnebre, el párroco no había olvidado nada de aquello, y, después de conocerlo, no me costaba imaginármelo subiendo sigilosamente hasta la parte superior de la torre para vengarse. Dicho esto, siempre he tenido la creencia de que los párrocos son malos personajes en las novelas de crímenes. Resultan demasiado obvios, demasiado Inglaterra profunda. Si Robeson resultaba ser el asesino, creo que me sentiría decepcionada.

4. Donald Leigh, el camarero

«Debiste de alegrarte bastante al saber que había muerto», había dicho yo. «Me puse muy contento», había respondido él. Dos hombres no se ven durante varios años. Uno odia al otro. Se encuentran por casualidad y, cuarenta y ocho horas después, uno de ellos está muerto. Cuando lo puse por escrito, tuve claro que Donald tenía que estar en mi lista. Le habría resultado sencillo sacar la dirección de Alan de los registros del club. ¿Qué más se puede decir?

5. Mark Redmond, el productor

Me mintió. Dijo que había regresado a Londres el sábado, cuando el registro me mostró que en realidad se había quedado todo el fin de semana en el Crown. Además, tenía motivos de sobras para desear la muerte de Alan. *Las aventuras de Atticus* habrían valido una fortuna si Redmond hubiera podido llevarlas a la pantalla, y había invertido mucho dinero propio en el proyecto. Desde luego, era un experto en materia de asesinatos tras idear y dirigir centenares de proyectos en la televisión británica. ¿Le habría resultado difícil pasar de la ficción a la realidad? Al fin y al cabo, el asesinato no había sido sangriento. Ni pistolas, ni cuchillos. Solo un simple empujón. Cualquiera podía hacer eso.

Esos eran los cinco nombres de mi lista, los *Cinco cerditos*, por así decirlo, de los que sospechaba. Luego había otros dos nombres que no añadí, aunque tal vez debería de haberlo hecho.

6. Melissa Conway, la exmujer

Todavía no había tenido la oportunidad de hablar con ella, pero decidí que viajaría hasta Bradford-on-Avon en cuanto me fuese posible. Empezaba a obsesionarme con el asesinato de Alan y no iba a dar un palo al agua en Cloverleaf hasta que se resolviera. Según Claire Jenkins, Melissa nunca había perdonado a Alan su forma de dejarla. ¿Se habían visto recientemente? ¿Podía haber ocurrido algo que la impulsara a vengarse? Me irritaba que se me hubiese escapado en el hotel. Me habría gustado preguntarle por qué había ido hasta Framlingham para asistir al entierro de su marido. ¿Había hecho el mismo viaje para empujarlo desde la torre?

7. Frederick Conway, el hijo

Tal vez no fuese correcto incluirlo, puesto que en el entierro lo había visto de refilón y no sabía casi nada de él. Sin embargo, recordaba bien su expresión aquel día, mientras clavaba la mirada en la tumba con el rostro visiblemente contraído por la rabia. Se había sentido abandonado por su padre. Y lo que era peor, su padre había salido del armario, algo que para un niño no debía de haber sido fácil. ¿El móvil del homicidio? Alan había pensado en él al escribir *Sangre de urraca*. Freddy aparecía como el hijo de sir Magnus y lady Pye, el único personaje que había conservado su verdadero nombre.

Esas fueron mis observaciones de aquel lunes por la tarde, y, cuando llegó la hora de marcharme, no había dado un solo paso adelante. Identificar a los sospechosos es un buen punto de partida. A la hora de la verdad, como suele decirse, los siete —ocho si incluimos a John White— podían haber matado a Alan Conway. Por lo demás, también podía haber sido el cartero, el lechero, alguien que he olvidado mencionar o que aún no conocía. Me faltaba la interconexión que ofrece una novela de misterio, la sensación de que todos los personajes se mueven en tándem, como peones en el tablero del Cluedo. Cualquiera pudo llamar a la puerta de Abbey Grange ese domingo por la mañana. Cualquiera pudo hacerlo.

Al final, dejé a un lado mis apuntes y me fui a una reunión con una de nuestras correctoras. Si me hubiese esforzado solo un poco más, me habría dado cuenta de que tenía la pista que buscaba justo delante de las narices, de que recientemente alguien me había dicho algo que lo identificaba como asesino y de que el móvil del homicidio de Alan había estado ante mis ojos desde el momento en que abrí el manuscrito.

Solo media hora más podría haberlo cambiado todo. Sin embargo, llegaba tarde a mi reunión y seguía pensando en Andreas. Iba a costarme muy caro.

Bradford-on-Avon

Bradford-on-Avon era la última parada de mi viaje al mundo de ficción de *Sangre de urraca*. Aunque Alan había utilizado Orford como modelo para Saxby-on-Avon, el nombre mismo demuestra en qué estaba pensando. Lo que en realidad había hecho era sintetizar ambos. La iglesia, la plaza, los dos pubs, el castillo, el prado y la disposición general pertenecían a Orford. Pero era Bradford-on-Avon, población que se encontraba a unos cuantos kilómetros de Bath, y llena de las «sólidas construcciones de estilo georgiano hechas con piedra de Bath, con bonitos pórticos y jardines que se alzaban en terrazas», tal como describía el libro. No creo que fuera una coincidencia que se tratase del lugar donde vivía su exmujer. Había sucedido algo que le había llevado a pensar en ella. Dentro de *Sangre de urraca* había un mensaje que le estaba destinado.

Había telefoneado de antemano y viajé el martes por la mañana, para lo cual cogí el tren en la estación de Paddington e hice transbordo en Bath. Habría ido en coche, pero llevaba el manuscrito conmigo y pensaba trabajar en el trayecto. Melissa se había alegrado de tener noticias mías y me había invitado a comer. Llegué justo después de las doce.

Me había dado una dirección —Middle Rank— que me llevó a una hilera de casas pareadas situadas muy por encima de la población y a las que solo se podía llegar a pie. Estaba en el centro de un extraordinario laberinto de pasarelas, escaleras y jardines que habría podido ser de origen español o italiano si no hubiera sido tan decididamente inglés. Las casas se extendían en tres hileras con ventanas de estilo georgiano de proporciones perfectas, pórticos coronando muchas de las puertas y, sí, esa piedra de Bath de color miel. La de Melissa tenía tres plantas y un exuberante jardín que descendía en peldaños colina abajo hasta llegar a un pabellón de piedra. Era la casa a la que se había mudado desde Orford, y, aunque yo no había visto dónde vivía cuando estaba allí, se me ocurrió que aquello debía de ser la antítesis. Era peculiar. Estaba apartado. Era un lugar al que podías ir si querías huir.

Llamé al timbre y me abrió la propia Melissa. Mi primera impresión fue que era mucho más joven de lo que yo recordaba, aunque ambas debíamos de ser más o menos de la misma edad. Me costó reconocerla en el entierro. Con el abrigo y el fular, bajo la lluvia, se confundía con la multitud. Ahora que se hallaba delante de mí, en su propia casa, me pareció segura de sí misma, atractiva y relajada. Estaba delgada, tenía los pómulos altos y era risueña. Estaba segura de que su pelo era castaño cuando estaba casada con Alan. Ahora lo llevaba más oscuro y corto, hasta la nuca. Iba vestida con unos vaqueros gastados y un jersey de cachemira, lucía una cadena de oro blanco y no se había maquillado. Más de una vez he pensado que el divorcio les sienta bien a algunas mujeres. Habría dicho eso de ella.

Me saludó formalmente y me condujo al salón principal en el primer piso, que se extendía a lo largo de toda la casa y ofrecía unas vistas preciosas de Bradford-on-Avon y de las Mendip Hills. El mobiliario era moderno y tradicional al tiempo. Parecía caro. Había servido la comida: salmón ahumado, ensalada y pan artesano. Me ofreció vino, pero opté por tomar agua con gas.

—La vi en el entierro —dijo cuando nos sentamos—. Perdone por no haberle hablado, pero Freddy tenía prisa por marcharse. Me temo que no está aquí. Tiene una jornada de puertas abiertas en Londres.

—¿Ah, sí?

—Ha presentado una solicitud en la St. Martin's School of

Art. Quiere hacer un curso de cerámica —dijo, y se apresuró a añadir—: La verdad es que no quería estar allí, ¿sabe?, en Framlingham.

—Me sorprendió mucho verlos.

—Era mi marido, Susan. Y el padre de Freddy. Sentí el deber de asistir en cuanto me enteré de que había muerto. Pensé que sería bueno para Freddy. Lo que sucedió le afectó mucho. Diría que más que a mí. Pensé que le serviría para cerrar el asunto de algún modo.

—¿Y fue así?

—La verdad es que no. Se estuvo quejando durante todo el trayecto hasta allí y no dijo nada en el camino de vuelta. Iba conectado a su iPad. Aun así, me alegro de haber ido. Me parecía lo correcto.

—Melissa... —Llegaba la parte difícil—. Quería hacerle algunas preguntas sobre su relación con Alan. Hay cosas que me cuesta entender.

—Ya me extrañaba que hubiera venido hasta aquí.

Por teléfono, le había dicho que estaba buscando los capítulos que faltaban y que trataba de averiguar por qué se había suicidado Alan. Ella no había necesitado más explicaciones y yo, desde luego, no iba a mencionar el hecho de que quizá lo hubiesen asesinado.

—No quiero que se sienta incómoda —dije.

—Puede preguntarme lo que quiera, Susan. —Sonrió—. Llevábamos seis años separados cuando murió y no me siento incómoda por lo ocurrido. ¿Por qué debería hacerlo? Por supuesto, fue duro en su momento. Quería de verdad a Alan y no deseaba perderlo. Pero es raro... ¿Está casada?

—No.

—Cuando tu marido te deja por otro hombre, en cierto modo es más fácil. Creo que me lo habría tomado mucho peor si me hubiese dejado por una mujer más joven. Cuando me habló de James, vi que era su problema... si es que era un problema. Yo no podía culparme de nada si él se sentía así.

—¿Lo sospechó alguna vez mientras estaban casados?

—Si se refiere a su sexualidad, no. En absoluto. Freddy nació dos años después de la boda. Diría que teníamos una relación normal.

—Ha dicho que fue más difícil para su hijo.

—En efecto. Freddy tenía doce años cuando Alan salió del armario, y lo peor fue que los periódicos se enteraron y los niños del colegio leyeron la noticia. Por supuesto, le tomaron el pelo. Tenía un padre gay. Creo que sería más fácil si ocurriese ahora. Las cosas han cambiado muy deprisa.

No sentía ningún rencor. Me sorprendí y decidí tacharla de la lista que había elaborado la víspera. Me explicó que el divorcio había sido amistoso; que Alan le dio todo lo que ella quiso y que siguió manteniendo a Freddy, aunque no hubiera ningún contacto entre los dos. Había creado un fondo a su nombre para pagarle la universidad y otros estudios. Además, como James Taylor había mencionado, le había dejado dinero en el testamento. Ella misma tenía un empleo a tiempo parcial; era profesora suplente en Warminster, una población cercana. Pero tenía mucho dinero en el banco. No necesitaba trabajar.

Hablamos mucho de Alan como escritor porque le había dicho que me interesaba eso. Ella lo había conocido en el momento más interesante de su carrera: luchando, publicando por primera vez, consiguiendo la fama.

—Todos los profesores de Woodbridge School sabían que quería ser escritor —me contó—. Lo anhelaba desesperadamente. Solo hablaba de eso. Yo salía con otro de los profesores, pero la relación terminó cuando Alan vino a dar clases a la escuela. ¿Sigue en contacto con Andreas?

Lo había preguntado de forma tan casual que dudo de que se diese cuenta de que me había quedado de piedra. Habíamos charlado, mucho tiempo atrás, con ocasión de algunas fiestas del ambiente editorial y le había comentado que conocía a Andreas, aunque quizá no le había dicho que estábamos juntos o ella lo había olvidado.

—¿Andreas? —dije.

—Andreas Patakis. Daba clases de latín y griego. Estuvimos

muy enganchados; la cosa duró más o menos un año. Estábamos locos el uno por el otro. Ya sabe cómo son esos mediterráneos. Me temo que al final me porté mal con él, pero Alan pegaba más conmigo.

Andreas Patakis. Mi Andreas.

De pronto, encajaron un montón de cosas. ¡Ese era el motivo por el que a Andreas le desagradaba Alan y por el que no llevaba bien su éxito! También era el motivo por el que, la otra noche, se mostró tan reacio a decirme qué era lo que le irritaba de Alan. ¿Cómo podría haber admitido que había salido con Melissa antes de conocerme? ¿Qué debía pensar yo? ¿Debía disgustarme? Lo había heredado de segunda mano. No. Eso era absurdo. Andreas se había casado dos veces. Había habido otras muchas mujeres en su vida. Yo lo sabía. Pero ¿Melissa...? Me sorprendí mirándola desde una perspectiva completamente distinta. Desde luego, era mucho menos atractiva de lo que yo había pensado: demasiado delgada, varonil incluso. Pegaba más con Alan que con Andreas.

Ella no se había callado. Seguía hablándome de Alan.

—Los libros son mi pasión y me parecía un hombre fascinante. Nunca había conocido a nadie con tanta determinación. Siempre estaba hablando de relatos e ideas, de las novelas que había leído y de las que quería escribir. Había asistido a un curso en la Universidad de East Anglia y estaba convencido de que le ayudaría a abrirse camino. No le bastaba con ser publicado. Él quería llegar a ser famoso, pero tuvo que esperar más de lo previsto. Permanecí a su lado durante todo el proceso: la redacción de los libros, la conclusión y luego la horrible desilusión cuando nadie mostró interés. No tiene ni idea de qué se siente cuando te rechazan, Susan, cuando encuentras en el buzón todas esas cartas que en seis o siete líneas liquidan el trabajo de un año entero. Bueno, supongo que es usted quien las manda. Pero dedicar tanto tiempo a escribir algo para acabar descubriendo que nadie lo quiere... Es una experiencia terriblemente destructiva. No están rechazando solo tu trabajo. Rechazan lo que eres.

¿Y quién era Alan?

—Él se tomaba la escritura muy en serio. La verdad es que no quería escribir novela negra. El primer libro que me dio a leer se titulaba *Mirando las estrellas*. Era brillante y divertido, y a veces también triste. El protagonista era un astronauta que nunca había logrado salir al espacio. En cierto sentido, supongo que era un poco como Alan. Luego escribió otro ambientado en el sur de Francia. Estaba inspirado en *Otra vuelta de tuerca*, de Henry James. Tardó tres años en acabarlo, pero tampoco le interesó a nadie. Yo no lo entendía, porque me encantaba lo que escribía y creía totalmente en ello. Y lo que me da rabia es que, al final, fui yo quien lo estropeó todo.

Me serví más agua con gas. Seguía pensando en Andreas.

—¿A qué se refiere? —pregunté.

—Atticus Pünd fue idea mía. No... ¡lo fue de verdad! Tiene que entender que Alan quería más que nada en el mundo ser publicado, ser reconocido. No soportaba estar atrapado en una escuela independiente y aburrida en mitad de la nada, dando clases a un puñado de críos que ni siquiera le caían bien y que se olvidarían de él en cuanto pusieran los pies en la universidad. Y un día que habíamos ido a una librería le sugerí que escribiera algo más simple y popular. Siempre se le dieron bien los pasatiempos, como los crucigramas y cosas así. Sentía fascinación por los trucos y trampantojos. Así que le dije que debía escribir una novela de suspense. Yo opinaba que existían escritores que ganaban miles, millones de libras publicando libros que no valían ni la mitad que los suyos. Solo tardaría unos meses. Podía ser divertido. Y, si tenía éxito, podría dejar Woodbridge y convertirse en escritor a tiempo completo, que es lo que en realidad quería.

»De hecho, lo ayudé a escribir *Atticus Pünd investiga*. Yo estaba allí cuando se le ocurrió el protagonista. Me contó todas sus ideas.

—¿De dónde salió Atticus?

—Acababan de poner *La lista de Schindler* en la tele y Alan lo tomó de ahí. Puede que también esté basado en un viejo profesor de lengua. Se llamaba Adrian Pound o algo así. Alan leyó montones de libros de Agatha Christie y trató de descubrir cómo escribía sus novelas; solo entonces empezó a escribir. Fui la primera persona que leyó el libro. Aún estoy orgullosa de eso. Fui la primera persona en el mundo que leyó una novela de Atticus Pünd. Me encantó. Por supuesto, no era tan buena como sus otras obras. Era más ligera y completamente insustancial, pero pensé que estaba muy bien escrita; y ustedes la publicaron, claro está. El resto ya lo sabe.

—Ha dicho que lo estropeó todo.

—Las cosas se torcieron después de que se publicase el libro. Tiene que entender que Alan era una persona muy complicada. A veces se mostraba de mal humor, introvertido. Para él, escribir era algo misterioso. Era como si se arrodillara ante un altar y las palabras le cayeran del cielo, o algo parecido. Había escritores a los que admiraba y, más que nada en el mundo, siempre había soñado con ser como ellos.

—¿Qué escritores?

—Pues Salman Rushdie, por ejemplo. Martin Amis. David Mitchell. Y Will Self.

Me acordé de la novela *El tobogán* y de las cuatrocientas veinte páginas que había leído. En ese momento me había parecido poco original, pero ahora Melissa me había indicado de dónde procedía. Alan estaba imitando a un escritor al que admiraba mucho, pero al que yo nunca he podido leer. Había producido algo parecido a un pastiche de Will Self.

—En cuanto apareció Atticus Pünd, se vio atrapado —siguió explicando Melissa—. Ninguno de los dos lo esperaba. Tuvo tanto éxito que, naturalmente, nadie quiso que hiciese otra cosa.

—Era mejor que sus otros libros —dije.

—Tal vez para usted, pero Alan no estaba de acuerdo, y yo tampoco —replicó con amargura—. Solo escribió lo de Atticus Pünd para salir de Woodbridge School, y lo único que consiguió fue acabar en un sitio aún peor.

—Pero se hizo rico.

—¡No quería el dinero! Nunca se trató de dinero. —Suspiró. Ninguna de las dos había comido gran cosa—. Aunque Alan no hubiese descubierto ese otro lado suyo, aunque no se hubiera ido con James, no creo que hubiésemos permanecido casados mucho tiempo más. Después de hacerse famoso, nunca volvió a ser el mismo conmigo. ¿Entiende lo que le digo, Susan? Lo había traicionado. Peor que eso, lo había convencido para que se traicionase a sí mismo.

Al cabo de media hora, o quizá de cuarenta minutos, me marché. Tenía que esperar un tren en la estación de Bradford-on-Avon, pero me venía bien. Necesitaba tiempo para pensar. ¡Andreas y Melissa! ¿Por qué me molestaba tanto? Su relación había terminado antes de que nosotros nos conociéramos. Supongo que en parte era normal, que se trataba de un arranque de celos involuntario. Pero al mismo tiempo recordaba lo que Andreas me había dicho durante nuestra última conversación. «¿Esto es lo mejor que podemos hacer?». Siempre había dado por sentado que a ambos nos gustaba la naturaleza informal de nuestra relación, y lo del hotel me irritaba porque iba a cambiar todo eso. Lo que Melissa acababa de contarme hizo que me lo replanteara. De pronto, vi lo fácil que sería perderlo.

También se me ocurrió otra cosa. Andreas había perdido a Melissa por culpa de Alan y había dejado claro que aún le dolía. Desde luego, no se apreciaban nada. Y esta vez, al cabo de tantos años, Alan era el principal motivo por el que podía perderme a mí. Era su editora. Mi carrera dependía en gran medida del éxito de sus libros. «No soporté que tuvieras que postrarte ante él». Esas habían sido sus palabras.

De pronto vi que Andreas debió de alegrarse mucho de verlo muerto, tanto como todos los demás.

Necesitaba distraerme, así que, en cuanto subí al tren, saqué *Sangre de urraca...* pero esta vez, en lugar de leer la novela, traté de descifrarla. No podía apartar de mi mente la idea de que Alan Conway había ocultado un mensaje dentro del texto, y de que incluso ese podía ser el motivo por el que lo mataron. Recordé el crucigrama que Clarissa Pye había resuelto y los juegos de códigos de los dos niños en la casa del guarda. Cuando Alan estaba en Chorley Hall, le enviaba acrónimos a su hermana y ponía puntos debajo de determinadas letras en los libros para enviar mensajes secretos. No había puntos en la copia mecanografiada del manuscrito. Ya lo había comprobado. Pero sus libros contenían ríos británicos, estaciones de metro, marcas de estilográficas, aves. Ese hombre jugaba al Scrabble electrónico en sus ratos libres. «Siempre se le dieron bien los pasatiempos, como los crucigramas y cosas así». Era el motivo mismo por el que Melissa lo había convencido de que probase a escribir una novela de misterio. Estaba segura de que, si observaba con la atención suficiente, encontraría algo.

Pasé por alto los personajes, porque ya conocía su origen. Si buscaba un mensaje oculto, los acrónimos eran la solución más plausible. Las primeras letras de la primera palabra de cada uno de los seis capítulos, por ejemplo, formaban IEAAAL. Nada que hacer. Probé entonces con las iniciales de los siete párrafos del primer apartado, que daban ILEPSEE, y con las iniciales de la primera palabra de cada apartado: ISLP... No hacía falta continuar. No significaban nada. Analicé el título del libro. *Sangre de urraca* podía reordenarse para formar «Cara de suegra», pero me sobraban una «n» y una «r». Era un jueguecito pueril. La verdad es que no esperaba encontrar nada, pero esa actividad ocupaba mi mente mientras avanzábamos lenta y ruidosamente hacia Londres. No quería pensar en lo que Melissa me había contado.

Y entonces, en algún punto situado entre Swindon y Didcot, lo vi. Apareció delante de mis narices.

Los títulos de los libros.

Las pistas siempre habían estado a la vista. James me había dicho que el número de novelas era importante. «Alan siempre dijo que habría nueve libros. Lo tenía decidido desde el principio». ¿Por qué nueve? Porque ese era su mensaje secreto. Eso era lo que quería formar. Observé las primeras letras.

Atticus Pünd investiga
No hay descanso para los malvados
Atticus Pünd acepta el caso
Grito en la noche
Regalo navideño para Pünd
Anís y cianuro
Mándale a Atticus rosas rojas
Atticus Pünd en el extranjero
Si se añade el último título, *Sangre de urraca*, ¿qué se obtiene?
ANAGRAMAS.

Y por fin eso explicaba algo que llevaba pensando algún tiempo. El Club Ivy. Alan se había enfadado cuando Charles sugirió cambiar el título del último libro. ¿Qué era lo que había dicho? «No aceptaré una...». Ese fue el momento en el que a Donald Leigh se le cayeron los platos.

Pero la frase no se había quedado a medias. En realidad, Alan la había completado. Lo que quería decir era que el libro no se titularía *Una sangre de urraca* porque eso estropearía la broma que había integrado en la serie casi desde el día que la concibió. Había inventado un anagrama.

Pero ¿un anagrama de qué?

Una hora más tarde, el tren llegó a la estación de Paddington y aún no había resuelto el enigma.

La estación de Paddington

No me gustan las coincidencias en las novelas, y mucho menos en las de suspense, que se basan en la lógica y en el cálculo. El detective debería poder sacar sus conclusiones sin la ayuda de la providencia. Pero quien así habla solo es la editora que hay en mí y, por desgracia, esto fue lo que sucedió en realidad. Al bajar del tren a las dos y cinco en una ciudad de ocho millones y medio de habitantes, con miles de ellos cruzando el vestíbulo a mi alrededor, me tropecé con una conocida. Se llama Jemima Humphries. Y hasta hacía muy poco tiempo había sido la secretaria de Charles Clover en Cloverleaf.

La vi y la reconocí al instante. Charles siempre decía que tenía la clase de sonrisa capaz de iluminar una multitud, y eso fue lo primero que me llamó la atención, que fuese la única persona con aspecto alegre entre aquella masa gris de viajeros que volvían a casa del trabajo. Era una chica delgada y bonita, con el pelo largo y rubio, y aunque rondaba los veinticinco años, no había perdido su euforia infantil. Recuerdo que me había contado que quería trabajar en el sector editorial porque le encantaba leer. Ya echaba de menos tenerla en la oficina. No tenía la menor idea del motivo de su marcha.

Me vio en al mismo tiempo que yo a ella y me hizo un gesto con la mano. Avanzamos la una hacia la otra y pensé que solo íbamos a saludarnos y que le preguntaría cómo estaba. Pero no fue eso lo que ocurrió.

—¿Cómo estás, Jemima? —pregunté.

—Muy bien, gracias, Susan. Me alegro mucho de verte. Siento no haber podido despedirme.

—Todo sucedió muy rápido. Yo estaba en una gira, y cuando volví ya te habías ido.

—Lo sé.

—Bueno, ¿dónde estás ahora?

—Vivo con mis padres en Chiswick. Ahora voy para allá...

—¿Dónde trabajas?

—Aún no tengo trabajo. —Soltó una risita nerviosa—. Todavía estoy buscando.

Eso me dejó asombrada. Daba por sentado que ya la habrían pescado.

—¿Y por qué te marchaste? —pregunté.

—No me marché, Susan. Charles me echó. Bueno, me invitó a irme. Yo no quería.

No era la versión que me había contado él. Estaba segura de que había dicho que la muchacha se había despedido. Ya eran las cinco y media; quería ir a la oficina y repasar mis correos electrónicos antes de reunirme con Andreas. Pero algo me dijo que no podía dejarlo así. Tenía que saber más.

—¿Tienes prisa? —le pregunté.

—No. No mucha.

—¿Puedo invitarte a una copa?

Nos dirigimos a uno de esos pubs mugrientos y francamente horrorosos que se hallan junto a los andenes de la estación de Paddington. Pedí un gin-tonic que me sirvieron con poco hielo. Jemima tomó una copa de vino blanco.

—Bueno, ¿qué pasó? —inquirí.

Jemima frunció el ceño.

—Si te he de ser sincera, Susan, no estoy segura. Me gustaba mucho trabajar en Cloverleaf, y Charles era casi siempre un buen jefe. De vez en cuando se ponía un poco borde, pero no me importaba porque, en cierto modo, eso formaba parte del puesto. Sea como fuere, tuvimos una pelea tremenda; debió de ser el día que te fuiste a hacer esa gira. Me dijo que le había concertado un almuerzo cuando tenía a un agente esperándolo en un restaurante al mismo tiempo, pero no era verdad. Yo nunca cometía errores con su agenda. Pero cuando traté de discutir con él, se enfadó mucho. Nunca lo había visto así. Perdió completamente los papeles. Y luego, el viernes por la mañana, le llevé un café al despacho, y cuando se lo estaba dando se le escapó y se derramó sobre su mesa. Se puso todo perdido. Fui a coger papel de cocina y lo limpié, y fue entonces cuando me dijo que no creía que la cosa funcionase entre él y yo y que debía empezar a buscarme otro trabajo.

—¿Te despidió en el acto?

—No exactamente. Estaba muy alterada. Al fin y al cabo, lo del café no había sido culpa mía. Iba a dejárselo sobre la mesa como siempre hacía, pero alargó el brazo para cogerlo y me lo tiró. Y tampoco es que hubiese cometido un montón de errores. Llevaba un año con él y todo había ido bien. Tuvimos una larga conversación y creo que fui yo quien le dijo que sería mejor que me marchase enseguida. Él dijo que me pagaría el sueldo de un mes y eso fue todo. Prometió darme buenas referencias y añadió que, si me preguntaban, no me había despedido; había decidido irme.

Charles había mantenido esa versión. Era lo que me había contado.

—Supongo que estuvo bien por su parte —siguió diciendo—. Me marché al final de la jornada y ya está.

—¿Qué día fue? —pregunté.

—Fue un viernes por la mañana. Estabas volviendo de Dublín. —Recordó algo—. ¿Andreas llegó a hablar contigo? —preguntó.

—¿Cómo dices?

La cabeza empezaba a darme vueltas. Era la segunda vez que alguien mencionaba a Andreas ese día. Melissa lo había arrastrado de pronto a la conversación, y ahora Jemima hacía lo mismo. Ella le conocía, por supuesto. Lo había visto varias veces y había tomado recados suyos para mí. Pero ¿por qué le mencionaba ahora?

—Vino la víspera —dijo Jemima alegremente—. Quería verte tras hablar con Charles.

—Lo siento, Jemima. —Traté de tomarme aquello con calma—. Debes de estar equivocada. Andreas no estaba en Inglaterra esa semana. Estaba en Creta.

—Lo vi muy bronceado, pero no me equivoco. Fue una semana horrible para mí y me acuerdo de todo lo que pasó. Vino el jueves, más o menos a las tres de la tarde.

—¿Y vio a Charles?

—Sí —dijo, perpleja—. Espero no haber metido la pata. No me pidió que no te lo contara.

Pero él tampoco me lo había contado. Justo lo contrario. Habíamos celebrado nuestra habitual gran cena de reencuentro y había dicho que venía de Creta.

Me entraron ganas de dejar a Andreas. Volví a lo de Charles.

—Es imposible que quisiera perderte —dije.

En realidad, no hablaba con ella. Hablaba conmigo misma, tratando de entenderlo. Y era cierto. Podía imaginar a Charles perdiendo la paciencia tal como Jemima había descrito, pero no con ella. Era su tercera secretaria en tres años y sé que le caía bien. Primero fue Olivia, que lo ponía de los nervios. Luego Cat, que siempre llegaba tarde. A la tercera va la vencida: eso era lo que había dicho. Jemima era eficiente y trabajadora. Lo hacía reír. ¿Cómo habría podido cambiar de opinión tan repentinamente?

—No lo sé —dijo ella—. Llevaba un par de semanas malas. Cuando salieron todas las críticas de ese libro, *El malabarista manco*, se disgustó mucho, y sé que tampoco estaba muy contento con *Sangre de urraca*. Estaba preocupado por su hija. En serio, Susan, yo hacía todo lo que podía para ayudarlo, pero simplemente necesitaba a alguien a quien gritar y me tocó a mí. ¿Tuvo Laura a su bebé?

—Sí —dije, aunque en realidad no lo sabía—. No sé si ha sido niño o niña.

—Pues felicítala de mi parte.

Hablamos un poco más. Jemima trabajaba a tiempo parcial

ayudando a su madre, que era abogada. Estaba pensando en pasar el invierno en Verbier. Le gustaba mucho practicar snowboard y creía poder encontrar trabajo en el centro de esquí. Pero yo no estaba escuchando lo que decía. Tenía ganas de llamar a Andreas. Quería saber por qué me había mentido.

Justo cuando nos separábamos, se me ocurrió otra cosa. Estaba repitiendo en mi mente algo que me había dicho.

—Has mencionado que Charles no estaba contento con *Sangre de urraca* —dije—. ¿Cuál era el problema?

—No lo sé. No me lo dijo. Pero estaba muy disgustado por algún motivo. Pensé que la novela quizá era mala.

—Pero todavía no la había leído.

—¿No?

Pareció sorprendida.

Estaba deseando marcharse, pero la detuve. Aquello no tenía sentido. Alan había entregado el nuevo libro después de que Jemima se marchase. Se lo había dado a Charles en el Club Ivy el jueves 27 de agosto, el mismo día, según sabía ahora, que Andreas lo había visitado en Cloverleaf Books. Yo había vuelto el 28 y había encontrado una copia del manuscrito esperándome. Ambos lo habíamos leído durante el fin de semana, el mismo fin de semana que murió Alan. Entonces ¿qué podía tener descontento a Charles?

—Charles no recibió el libro hasta después de que te marcharas —dije.

—No. No es verdad. Llegó por correo.

—¿Cuándo?

—El martes.

—¿Cómo lo sabes?

—Yo abrí el sobre.

Me la quedé mirando.

—¿Viste el título?

—Sí. Aparecía en la cubierta.

—¿El libro estaba completo?

Se quedó confusa.

—No lo sé, Susan. Simplemente se lo di a Charles. Se alegró

mucho al recibirlo, pero luego no dijo nada. Pocos días después, ocurrió lo del café y eso fue todo.

Pasaba gente a nuestro alrededor. Una voz retumbó por los altavoces, anunciando la salida de un tren. Le di las gracias a Jemima, la abracé brevemente y salí corriendo en busca de un taxi.

Cloverleaf Books

No llamé a Andreas. Quería. Pero antes tenía que hacer otra cosa.

Las oficinas estaban cerradas cuando llegué, pero entré de todos modos con mi llave, desactivé las alarmas y subí a la primera planta. Encendí las luces, pero, como no había nadie, el edificio seguía pareciendo oscuro y oprimente; las sombras se negaban a ceder. Sabía exactamente adónde iba. El despacho de Charles nunca estaba cerrado con llave y entré sin problemas. Delante de mí se encontraban las dos butacas vacías y la mesa de Charles. Los estantes con todos sus libros, sus premios y sus fotografías se hallaban a un lado. La cesta de Bella estaba al otro, junto a un mueble que contenía botellas y vasos. ¿Cuántas veces había estado allí sentada, casi hasta la noche, tomando a sorbos whisky de malta Glenmorangie, comentando los problemas de la jornada? Ahora había venido como intrusa y tenía la sensación de estar destrozando todo lo que había ayudado a construir en los últimos once años.

Fui hasta el escritorio. Estaba tan alterada que si los cajones hubieran estado cerrados con llave no habría dudado en abrirlos por la fuerza, fueran o no una antigüedad. Pero Charles ni siquiera había tomado esa medida de seguridad. Se abrieron fácilmente en mis manos, revelando contratos, informes de costes, facturas, galeradas, recortes de prensa, viejos cables de ordenadores y móviles, fotografías y, al fondo de todo, oculta con torpeza, una carpeta de plástico que contenía unas veinte hojas de papel. La primera página estaba casi en blanco, con un título en mayúsculas.

SIETE: UN SECRETO QUE NO DEBE REVELARSE

Los capítulos que faltaban. Habían estado allí todo el tiempo. Y, al final, el título era absolutamente cierto. La solución del asesinato de sir Magnus Pye debía mantenerse en secreto por su relación con el asesinato de Alan Conway. Me pareció oír algo. ¿Un crujido en las escaleras? Volví la página y empecé a leer.

Atticus Pünd dio un último paseo por Saxby-on-Avon, disfrutando del sol de la mañana. Había dormido bien y se había tomado dos pastillas al despertar. Se sentía renovado y tenía la mente despejada. Había quedado con el inspector Chubb en la comisaría de Bath dentro de una hora y había dejado a James Fraser ocupándose de las maletas y pagando la factura mientras él estiraba las piernas.

Era su última partida porque se estaba muriendo. Atticus Pünd y Alan Conway se iban juntos. Ese era el quid de la cuestión. Un escritor y un personaje al que odiaba, ambos dirigiéndose a las cascadas de Reichenbach.

Todo me había llegado en la estación de Paddington, el momento extraordinario que todos ellos debían de haber sentido —Poirot, Holmes, Wimsey, Marple, Morse—, pero que sus autores nunca habían explicado por completo. ¿Cómo era para ellos? ¿Un proceso lento, como montar un puzle? ¿O llegaba deprisa, un último giro en un caleidoscopio de juguete cuando todos los colores y formas se volvían y retorcían unos contra otros, formando una imagen reconocible? Eso era lo que me había ocurrido a mí. La verdad estaba allí. Pero había necesitado un último empujoncito para verla entera.

¿Habría sucedido si no me hubiese encontrado con Jemima Humphries? Nunca lo sabré con certeza, pero creo que al final habría llegado de todos modos a mi conclusión. Solo debía liberar la mente de algunos detalles menores y pistas falsas. Por ejemplo, el productor de televisión Mark Redmond no me había dicho que había pasado en el hotel Crown de Framlingham todo el fin de semana. ¿Por qué no? Si lo pensaba, la respuesta era muy sencilla. Al hablar conmigo, había querido dar la impresión de que estaba solo. Era la recepcionista del hotel quien había mencionado que estaba con su mujer. Pero ¿y si no era su mujer? ¿Y si era una secretaria o una aspirante a actriz? Ese habría sido un buen motivo para una estancia más larga, y un buen motivo para mentir. Y luego estaba James Taylor. Había estado realmente en Londres con unos amigos. ¿La fotografía de John White y Alan en la torre? White había ido a ver a Alan. No era de extrañar que él y su empleada pareciesen incómodos cuando hablé con ellos. Los dos habían discutido por la inversión perdida. Pero no era White quien había intentado matar a Alan. Era al revés. ¿No resultaba obvio? Alan le había agarrado en la parte superior de la torre y los dos habían forcejeado un momento. Eso era lo que mostraba la fotografía. En realidad, era el asesino de Alan quien la había tomado.

Pasé unas cuantas páginas más. No estoy segura de que me importase especialmente quién había matado a sir Magnus Pye, al menos no en ese momento. Pero sabía lo que buscaba y, por supuesto, allí estaba, en la parte dos del último capítulo.

Tardó poco en escribir la carta...

Apreciado James:

Cuando leas esto, todo habrá terminado. Ya me perdonarás por no haber hablado contigo antes, por no haberme confiado contigo, pero estoy seguro de que lo entenderás con el tiempo.

He dejado algunas notas en mi escritorio. Se

*refieren a mi enfermedad y a la decisión que he
tomado. Debe quedar claro que el diagnóstico era
inequívoco y que, para mí, no existe ninguna posibilidad de gracia. No tengo miedo a morir. Me
gusta pensar que mi nombre será recordado.*

—¿Qué estás haciendo, Susan?

Eso fue lo que llegué a leer cuando oí la voz, procedente de la puerta, y alcé la vista para ver a Charles Clover allí de pie. Así que había alguien en las escaleras. Llevaba unos pantalones de pana y un jersey holgado con un abrigo sin desabrochar. Parecía cansado.

—He encontrado los capítulos que faltaban —dije.

—Sí, ya lo veo.

Se produjo un silencio prolongado. Solo eran las seis y media, pero parecía más tarde. No se oía el sonido del tráfico.

—¿Por qué estás aquí? —pregunté.

—Me estoy tomando unos días libres. He venido a buscar algunas cosas.

—¿Cómo está Laura?

—Tuvo un niño. Van a llamarlo George.

—Es un nombre muy bonito.

—Eso pienso yo.

Entró en la habitación y se sentó en una de las butacas. Yo estaba de pie detrás de su escritorio, por lo que era como si nuestras posiciones se hubiesen invertido.

—Puedo explicarte por qué escondí las páginas —dijo Charles.

Sabía que ya habría empezado a inventarse alguna explicación y que, fuese la que fuese, no sería cierta.

—No hace falta —dije—. Ya lo sé todo.

—¿En serio?

—Sé que mataste a Alan Conway. Y sé por qué.

—¿Por qué no te sientas? —Hizo un gesto hacia el pequeño mueble donde guardaba los licores—. ¿Te apetece un trago?

—Gracias.

Fui hasta el mueble y serví dos vasos de whisky. Me alegraba de que Charles me lo hubiera puesto más fácil. Los dos nos conocíamos desde hacía mucho y estaba decidida a hacer aquello de forma civilizada. Seguía sin estar segura de lo que sucedería a continuación. Di por sentado que Charles telefonearía al superintendente Locke y se entregaría.

Le di el whisky y me senté frente a él.

—Creo que lo tradicional es que me cuentes lo que ocurrió —dijo Charles—. Aunque siempre podemos hacerlo al revés, si lo prefieres.

—¿No vas a negarlo?

—Ya veo que sería completamente inútil. Has encontrado las páginas.

—Podrías haberlas escondido mejor, Charles.

—No pensé que mirarías. He de decir que me ha sorprendido encontrarte en mi despacho.

—Yo también estoy sorprendida de verte.

Alzó su vaso en un brindis irónico. Era mi jefe, mi mentor. Un abuelo. El padrino. No podía creerme que estuviéramos teniendo esa conversación. No obstante, empecé... no exactamente por el principio como me habría gustado, pero por fin llevaba el sombrero de detective, no el de editora.

—Alan Conway detestaba a Atticus Pünd —comencé diciendo—. Se creía un gran escritor, a la altura de Salman Rushdie y David Mitchell, alguien a quien la gente se tomaría en serio, cuando lo único que hacía era escribir como churros libros comerciales, novelas de suspense que le reportaban una fortuna pero que en realidad despreciaba. El libro que te mostró, *El tobogán*, era el género que habría querido escribir.

—Era horrible.

—Lo sé.

Charles pareció sorprendido, así que se lo dije:

—Lo encontré en su despacho y lo leí. Estoy de acuerdo contigo. Era poco original y una porquería. Pero trataba sobre algo. Era su visión de la sociedad, que los viejos valores de las clases literarias se habían descompuesto y que, sin ellos, el resto del país estaba cayendo en una especie de abismo moral y cultural. Era su gran declaración. Y no entendía que no fuera a publicarse nunca, y que nunca se leería porque no valía nada. Creía que había nacido para escribir eso y pensaba que Atticus Pünd se había interpuesto en su camino y lo había estropeado todo. ¿Sabías que fue Melissa Conway la primera en sugerirle que escribiese una novela de detectives?

—No. Nunca me lo contó.

—Es uno de los motivos por los que se divorció de ella.

—Esos libros le hicieron ganar una fortuna.

—Le daba igual. Tuvo un millón de libras. Luego tuvo diez millones de libras. Podría haber tenido cien millones de libras. Pero no tenía lo que quería, el respeto, el estatus del gran escritor. Y, por absurdo que suene, no era el único escritor de éxito que sentía eso. Piensa en Ian Fleming y Conan Doyle. ¡Incluso A. A. Milne! A Milne le desagradaba Winnie the Pooh precisamente porque tenía mucho éxito. Pero la gran diferencia es que Alan odiaba a Pünd desde el principio. Nunca quiso escribir ninguna de las novelas, y cuando se hizo famoso estaba deseando librarse de él.

—¿Estás diciendo que lo maté porque no pensaba escribir más?

—No, Charles. —Metí la mano en mi bolso y saqué un paquete de tabaco. A la porra las normas de la oficina. Estábamos hablando de asesinatos—. Enseguida llegaremos al motivo por el que lo mataste. Pero ante todo voy a decirte lo que pasó y también cómo te delataste.

—¿Por qué no empiezas por eso, Susan? Me interesaría saberlo.

—¿Cómo te delataste? Lo curioso es que recuerdo exactamente el momento. Fue como si saltase una alarma en mi cabeza, pero no establecí la conexión. Supongo que fue porque era incapaz de imaginarte como asesino. Seguía pensando que eras la última persona que quería ver muerto a Alan.

—Sigue.

—Bueno, el día que nos enteramos de que Alan se había suicidado, cuando estaba en tu despacho, insististe en decirme que llevabas seis meses sin ir a Framlingham, que la última vez había sido en marzo o abril. Era una mentira comprensible. Tratabas de distanciarte de la escena del crimen. Pero el problema es que, cuando fuimos juntos al entierro, me advertiste de que tomase una ruta distinta para evitar las obras de Earl Soham. Acababan de empezarlas, Mark Redmond me lo dijo, y no podías saberlo a menos que hubieses estado más recientemente. Debiste de pasar por Earl Soham el domingo por la mañana cuando mataste a Alan.

Charles reflexionó sobre lo que había dicho y sonrió con pesar.

—¿Sabes? Es exactamente la clase de detalle que habría incluido en uno de sus libros.

—Yo también lo pensé.

—Si no te importa, tomaré un poco más de whisky.

Le serví y yo también me puse un poco más. Necesitaba mantener la mente despejada, pero el Glenmorangie combinaba muy bien con el cigarrillo.

—Alan no te dio el manuscrito de *Sangre de urraca* en el Club Ivy —proseguí—. De hecho, llegó aquí en el correo del martes 25 de agosto. Jemima abrió el sobre y lo vio. Debiste de leerlo el mismo día.

—Lo terminé el miércoles.

—Cenaste con él el jueves por la noche. Ya se encontraba en Londres porque por la tarde tenía cita con su doctora, Sheila Bennett. Encontré las iniciales en su agenda. Me pregunto si fue entonces cuando ella le dio la mala noticia, que el cáncer que padecía era terminal. No puedo imaginar qué debía de pasarle por la cabeza cuando se sentó contigo, pero, por supuesto, fue una velada horrible para los dos. Después de cenar, Alan volvió a su piso de Londres y al día siguiente te escribió una carta, disculpándose por su mala conducta. Llevaba fecha del 28 de agosto, que era viernes, y supongo que la trajo aquí en persona. Volveré a esa carta enseguida, pero quiero organizar mis ideas.

—Cronogramas, Susan. Siempre han sido tu fuerte.

—El viernes por la mañana te inventaste la excusa del café derramado y despediste a Jemima. Ella era inocente, pero ya estabas planeando matar a Alan y hacer que pareciese un suicidio, aunque solo funcionaría si no habías leído *Sangre de urraca*. Sin embargo, Jemima te la había entregado pocos días antes. Probablemente había visto también la carta de Alan. Sabías que yo volvería de Dublín esa misma tarde y era esencial que ella y yo no nos encontráramos. Que yo supiera, estarías en casa durante el fin de semana, leyendo *Sangre de urraca*. Igual que yo. Era tu coartada. Pero era igual de importante que no tuvieras ningún motivo para matar a Alan.

—Aún no me has dicho el motivo.

—A eso voy. —Quité el tapón de un frasquito de tinta apoyado sobre el escritorio y lo utilicé como cenicero. El whisky me calentaba el estómago, animándome a proseguir—. Alan debió de volver a Framlingham el mismo viernes por la noche o el sábado por la mañana. Debías de saber que había roto con James y adivinaste que estaría solo en casa. Fuiste allí el domingo por la mañana, pero, cuando llegaste, viste que había alguien con él en la torre. Era John White, su vecino. Aparcaste el coche detrás de un arbusto, donde no se viese; me fijé en las huellas de neumáticos cuando estuve allí. Luego observaste lo que pasaba. Los dos hombres tuvieron un altercado que se convirtió en una reyerta, y tomaste una fotografía de los dos, por si podía resultarte útil. Y lo fue, ¿no es así, Charles? Cuando te dije que creía que a Alan lo habían asesinado, me la enviaste para despistarme.

»Pero no fue White quien lo mató. Él se marchó y observaste cómo tomaba el atajo de regreso a su casa, a través de los árboles. Fue entonces cuando actuaste. Entraste en la casa. Seguramente Alan pensó que habías ido a verlo porque querías continuar la conversación que había empezado en el Club Ivy. Te invitó a subir a la torre para desayunar con él. O bien lo convenciste tú de que te dejara subir. El modo en que llegaste allí arriba no tiene ninguna importancia. La cuestión es que, en cuanto te volvió la espalda, aprovechaste la oportunidad para empujarlo.

»Esa fue solo una parte. Después de matarlo, entraste en el estudio de Alan, porque habías leído *Sangre de urraca* y sabías exactamente qué buscar. ¡Era un regalo! ¡Una carta de suicidio, escrita de su puño y letra! Ambos sabemos que Alan siempre escribía el primer borrador a mano. Tenías la carta que Alan había entregado en mano el viernes por la mañana. Pero había una segunda carta en el libro y te diste cuenta de que podías utilizarla. Es para tirarme de los pelos, porque hace más de veinte años que soy editora y este debe de ser el único crimen cometido jamás que un editor nació para resolver. Sabía que había algo extraño en la nota de suicidio de Alan, pero no veía lo que era. Ahora lo sé. Alan escribió las páginas uno y dos el viernes por la mañana. Pero la página tres, la página que de verdad indica su intención de suicidarse, procede del libro. Ya no es la voz de Alan. No hay lenguaje informal, no hay tacos. Es formal, algo forzada, como si la hubiera escrito alguien en un idioma que no era su lengua materna. "... para mí, no existe ninguna posibilidad de gracia". "También tengo la esperanza de que puedas terminar mi libro y prepararlo para su publicación". No es una carta de Alan para ti, sino una carta de Pünd para James Fraser... y el libro al que se refiere no es *Sangre de urraca*, sino *Panorama de la investigación criminal*.

»Tuviste una suerte tremenda. No sé exactamente qué te escribió Alan, pero la página nueva, la que luego se convirtió en la página tres, encajaba a la perfección. No obstante, tuviste que cortar un trocito en la parte superior. Falta una línea, la línea que dice «Apreciado James». Podría haberlo descubierto si hubiese medido la longitud de la hoja, pero me temo que no se me ocurrió. Y hay otra cosa. Para completar la ilusión de que las cuatro páginas pertenecían a la misma carta, añadiste números en la esquina superior derecha, pero, si los hubiese observado de cerca, me habría dado cuenta de que eran más oscuros que el resto de la carta. Utilizaste un bolígrafo distinto. Por lo demás, era perfecto. Para que la muerte de Alan pareciese un suicidio, necesitabas una nota de suicidio, y ya la tenías.

»Faltaba entregarla. La carta que Alan te había enviado de verdad, aquella en la que se disculpaba por la cena y que habías recibido la víspera, se había entregado en mano. Necesitabas que diese la impresión de que la habían enviado desde Ipswich. La respuesta era sencilla. Encontraste un viejo sobre, supongo que alguno que Alan te había enviado en algún otro momento, y metiste dentro tu nota de suicidio falsificada. Diste por sentado que nadie se fijaría demasiado en el sobre. Lo importante era la carta. Pero resulta que yo me fijé en dos cosas. El sobre estaba desgarrado. Supongo que rompiste deliberadamente el matasellos para que no se viera la fecha. Pero había un detalle mucho más llamativo. La carta estaba escrita a mano, pero el sobre estaba escrito a máquina. Reflejaba con exactitud algo que había sucedido en *Sangre de urraca* y, por supuesto, se me quedó grabado en la mente.

»Así que vamos al meollo del asunto. Habías utilizado parte de una carta escrita por Atticus Pünd y, por desgracia, si tu plan tenía que funcionar, nadie podía leerla. Si alguien sumaba dos y dos, toda la teoría del suicidio se vendría abajo. Por eso los capítulos tenían que desaparecer. He de decir que me dejó perpleja que te mostraras tan poco entusiasmado cuando sugerí que los buscásemos en Framlingham, pero ahora sé por qué no querías que los encontrase. Quitaste las páginas manuscritas. Cogiste los cuadernos de Alan. Limpiaste el disco duro de su ordenador. Supondría perder el noveno libro de la serie, o posponerlo hasta que pudiésemos encontrar a otra persona capaz de completarlo, pero, para ti, era un precio que valía la pena pagar.

Charles exhaló un leve suspiro y dejó su vaso, que volvía a estar vacío. El ambiente en la habitación resultaba extrañamente relajado. Los dos podíamos haber estado hablando de las galeradas de una novela como habíamos hecho muchas veces. Por algún motivo, lamenté que Bella no estuviese allí. No sé por qué. Tal vez habría hecho que todo lo que estaba sucediendo pareciese un poco más normal.

—Tenía la sensación de que lo descubrirías, Susan —dijo—. Eres muy inteligente. Siempre lo he sabido. Sin embargo, ¡el móvil! Aún no me has dicho por qué maté a Alan.

—Fue porque iba a cargarse a Atticus Pünd, ¿no es así? Todo se remonta a esa cena en el Club Ivy. Fue entonces cuando te lo dijo. Tenía una entrevista de radio con Simon Mayo la semana siguiente, y eso le brindaría la oportunidad perfecta para hacer lo único que le permitiría reírse con ganas antes de morir, algo que le importaba aún más que ver impreso el último libro. Me mentiste cuando dijiste que quería cancelar la entrevista. Seguía apareciendo en su agenda, y en la emisora de radio no sabían que iba a anularla. Creo que quería seguir adelante, que estaba desesperado.

—Estaba enfermo —dijo Charles.

—Enfermo y harto —convine—. Lo increíble es que lo había planeado desde el principio, desde el día que inventó a Atticus Pünd. ¿Qué clase de escritor integra un mecanismo de autodestrucción en su obra y observa cómo hace tictac durante once largos años? Pero es exactamente lo que hizo. Por eso el último libro tenía que titularse *Sangre de urraca* y nada más. Había integrado un acrónimo en los nueve títulos. Las primeras letras correspondían a una palabra.

—Anagramas.

—¿Lo sabías?

—Alan me lo dijo.

—Anagramas. Pero ¿anagramas de qué? Al final, no tardé demasiado en descubrirlo. No eran los títulos. Son absolutamente inocentes. No eran los personajes. Llevan nombres de aves. No eran los policías. Estaban sacados de Agatha Christie o basados en personas que él conocía. James Fraser llevaba el nombre de un actor. Eso solo nos deja un personaje.

—Atticus Pünd.

—Es un anagrama de «*a stupid c....*».*

Disculpen que no escriba esa última palabra, pero la encuentro demasiado obscena. Los tacos en los libros se me han antojado siempre una muestra de pereza y de exceso de familiaridad. Pero la palabra que empieza por «c» es más que eso. La utilizan

* El anagrama de Atticus Pünd es *A stupid cunt*. El término *cunt* en inglés designa el órgano genital femenino y se considera extremadamente vulgar, casi tabú. Es un insulto grave que puede dirigirse a hombres y a mujeres de forma indistinta. Por lo tanto, Alan Conway define al detective protagonista de sus novelas como un *stupid cunt*. (*N. de la T.*)

hombres agrios y frustrados, casi siempre para hablar de mujeres. Es una palabra cargada de misoginia, cruelmente ofensiva. ¡Y todo se reducía a eso! Eso era lo que Alan Conway pensaba del personaje que su exmujer le había empujado a escribir. Era lo que resumía sus sentimientos acerca de todo el género de detectives.

—Te lo dijo, ¿verdad? —inquirí—. Eso fue lo que pasó en el Club Ivy. Alan te dijo que iba a compartir su secretillo con el mundo entero cuando fuese al programa de Simon Mayo la semana siguiente.

—Sí.

—Y por eso tuviste que matarlo.

—Tienes toda la razón, Susan. Alan había bebido una buena cantidad de aquel excelente vino que pedí y me lo dijo cuando salimos del restaurante. No le importaba. Iba a morir de todos modos y estaba decidido a llevarse a Atticus por delante. Era un demonio. ¿Sabes qué habría pasado si hubiese contado eso? ¡La gente lo habría odiado! No habría habido serie de televisión en la BBC; ya podríamos olvidarnos de eso. No habríamos vendido ni un libro más. Ni uno. Toda la franquicia habría perdido su valor.

—Entonces ¿lo hiciste por dinero?

—Eso suena muy brutal. Pero supongo que es cierto. He pasado once años poniendo en pie esta empresa y no iba a ver cómo la destruía de la noche a la mañana un cabrón desagradecido que en realidad se había forrado gracias a nosotros. Lo hice por mi familia y por mi nieto. Podría decirse que lo hice en parte por ti, aunque sé que no me darás las gracias. También lo hice por los millones de lectores de todo el mundo que habían invertido en Atticus, que habían disfrutado con sus historias y habían comprado sus libros. No tuve absolutamente ningún sentimiento de culpa. Solo lamento que lo hayas descubierto, lo cual supongo que te convierte en mi cómplice.

—¿Qué quieres decir?

—Bueno, eso depende de lo que pienses hacer. ¿Le has dicho a alguien más lo que me has dicho a mí?

—No.

—Pues piensa que tal vez no sea necesario hacerlo. Alan está muerto. Iba a morir de todos modos. Leíste la primera página de su carta. Le quedaban como máximo seis meses. Le acorté la vida muy poco, ahorrándole una buena dosis de sufrimiento. —Sonrió—. No voy a decir que esa fuese mi preocupación prioritaria. Creo que le hice un favor al mundo. Necesitamos nuestros héroes literarios. La vida es oscura y complicada, pero ellos resplandecen. Son el faro que nos guía. Debemos mostrarnos pragmáticos, Susan. Vas a ser la directora general de la editorial. Te hice mi oferta de buena fe y la mantengo. Sin Atticus Pünd no habrá editorial alguna. Si no lo haces por ti misma, piensa en las demás personas que trabajan aquí. ¿Quieres mandarlas al paro?

—Eso es un poco injusto, Charles.

—Causa y efecto, cariño. Solo digo eso.

En cierto modo, había estado temiendo ese momento. Estaba muy bien desenmascarar a Charles Clover, pero me estaba preguntando desde el principio qué haría yo a continuación. Todo lo que él acababa de decir ya se me había ocurrido a mí. El mundo no iba a ser exactamente un lugar peor sin Alan Conway. Su hermana, su exmujer, su hijo, Donald Leigh, el párroco, el superintendente Locke... todos, en mayor o menor medida, se habían visto perjudicados por él, y estaba claro que pretendía gastarles una broma muy pesada a las personas que adoraban sus libros. Iba a morir de todos modos.

Pero fue ese «cariño» el que me ayudó a decidirme. Había un matiz repelente en la forma en que Charles se había dirigido a mí. Era la misma palabra que habría elegido el profesor Moriarty. O Flambeau. O Carl Peterson. O Arnold Zeck. Si era cierto que los detectives se erigían en faros de virtud, ¿por qué no dejarme guiar yo también por su luz?

—Lo siento, Charles —dije—. No discrepo de lo que dices. Alan no me caía bien, y lo que hizo fue horrible. Pero la cuestión es que lo mataste y no puedo permitir que te vayas de rositas. Lo siento... pero no podría vivir conmigo misma.

—¿Vas a entregarme?

—No. No hace falta que me implique, y estoy segura de que te será mucho más fácil si llamas tú mismo a la policía.

Él sonrió con mucha desgana.

—¿Te das cuenta de que me meterán en la cárcel? Me caerá cadena perpetua. Nunca más saldré.

—Claro que me doy cuenta, Charles. Es que eso es lo que ocurre cuando cometes un asesinato.

—Me sorprendes, Susan. Hace mucho tiempo que nos conocemos. Jamás pensé que serías tan mezquina.

—¿Es eso lo que piensas? —Me encogí de hombros—. Entonces, no hay nada más que decir.

Echó un vistazo a su vaso vacío y luego volvió a mirarme.

—¿Cuánto puedes darme? —preguntó—. ¿Me darías una semana? Me gustaría pasar algún tiempo con mi familia y con mi nieto. Tendré que buscarle un hogar a Bella... esa clase de cosas.

—No puedo darte una semana, Charles. Eso me convertiría en cómplice. ¿Quizá hasta el fin de semana...?

—Muy bien. Me parece justo.

Charles se levantó y fue hasta la librería. Toda su carrera se hallaba extendida ante él. Había publicado muchos de esos libros él mismo. También me puse en pie. Llevaba tanto rato sentada que noté que me crujían las rodillas.

—Lo siento mucho, Charles —dije.

Una parte de mí seguía preguntándose si había tomado la decisión correcta. Tenía ganas de salir de la habitación.

—No pasa nada. —Me daba la espalda—. Lo entiendo perfectamente.

—Buenas noches, Charles.

—Buenas noches, Susan.

Me volví y di un paso hacia la puerta. Justo entonces, algo me golpeó en la parte posterior de la cabeza con una fuerza inaudita. Vi un relámpago y sentí como si todo mi cuerpo se hubiera partido por la mitad. La habitación se inclinó violentamente hacia un lado y me derrumbé en el suelo.

Final de la partida

Estaba tan conmocionada, tan sorprendida, que tardé unos momentos en entender lo sucedido. También es posible que me quedara inconsciente unos instantes. Cuando abrí los ojos, Charles se hallaba de pie ante mí con una expresión que solo puedo describir como de disculpa. Yo estaba tendida sobre la alfombra, con la cabeza cerca de la puerta abierta. Algo me goteaba alrededor del cuello, algo que salía de debajo de mi oreja; alargué el brazo con dificultad y lo toqué. Cuando aparté la mano, vi que estaba cubierta de sangre. Había recibido un golpe fortísimo. Charles sostenía algo en la mano, pero mis ojos no parecían funcionar correctamente, como si se hubiera desconectado algo. Al fin logré enfocar, y de no haber estado tan asustada y dolorida, casi podría haberme echado a reír. Sostenía el premio Gold Dagger, que Alan había ganado por *Atticus Pünd investiga*. Es una daga en miniatura clavada en un bloque bastante consistente de polimetilmetacrilato rectangular, de bordes afilados. Charles la había utilizado para aporrearme.

Traté de hablar, pero no me salieron las palabras. Tal vez seguía atontada, o tal vez no sabía qué decir. Charles me examinó y creo que llegué a percibir el momento en que tomó su decisión. La vida desapareció de sus ojos, y, de pronto, se me ocurrió que los asesinos son las personas más solitarias del planeta. Es la maldición de Caín, alejado y obligado a una vida de fugitivo y vagabundo. Fuese cual fuese su intento de justificación, Charles se había separado del resto de la humanidad en cuanto empujó a Alan de aquella torre, y el hombre que se encontraba ante mí ahora ya no era mi amigo o mi compañero. Estaba vacío. Iba a matarme, a silenciarme, porque, cuando has matado a una persona, has entrado en una especie de reino existencial en el que matar a dos más o matar a veinte no supondrá ninguna diferencia. Lo supe y lo acepté. Charles nunca conocería la paz. Nunca jugaría alegremente con su nieto. Nunca podría afeitarse sin ver el rostro de un asesino. Hallé cierto alivio en esa idea. Pero estaría muerta. No había nada que pudiera hacer para evitarlo. Estaba aterrorizada.

Dejó el premio.

—¿Por qué has tenido que empeñarte tanto? —preguntó con una voz que ya no parecía la suya—. No quería que te pusieras a buscar los capítulos que faltaban. No me importaba el puñetero libro. Lo único que hacía era proteger todo aquello por lo que había trabajado y mi futuro. Intenté disuadirte, enviarte en la dirección equivocada. Pero no me escuchaste. Y ahora ¿qué debería hacer? Aún tengo que protegerme, Susan. Soy demasiado viejo para ir a la cárcel. No hacía falta meter a la policía. Podías haberte ido sin más. Eres una maldita estúpida...

No hablaba realmente conmigo. Lo suyo era más que nada un flujo de conciencia, una conversación que tenía consigo mismo. Por mi parte, permanecía allí tendida, inmóvil. Sentía un dolor punzante en la cabeza y estaba furiosa conmigo misma. Me había preguntado si le había contado a alguien lo que sabía. Debería haber mentido. Como mínimo, podía haber fingido que estaba con él, que estaba muy contenta de ser cómplice de la muerte de Alan. Podía haber dicho eso y salir del despacho. Luego podía haber llamado a la policía. Yo misma me había buscado aquello.

—Charles... —pronuncié con voz áspera.

Algo le había ocurrido a mi vista. La imagen de él se enfocaba y se desenfocaba. La sangre se extendía alrededor de mi cuello.

Charles había estado mirando a su alrededor y por fin se decidió por un objeto. Se trataba de la caja de cerillas que yo había utilizado para encender mi cigarrillo. No comprendí sus intenciones hasta ver la llamarada del fósforo. Parecía gigantesca. Él desaparecía completamente detrás.

—Lo siento, Susan —dijo.

Iba a prenderle fuego a la oficina. Dejaría que me quemara viva para librarse de la única testigo y, de paso, de las páginas que lo incriminaban y que seguían sobre el escritorio, donde yo las había dejado. Vi que su mano dibujaba un arco y fue como si una bola de fuego cruzara la habitación y cayera junto a las librerías. En un despacho moderno se habría apagado al entrar en contacto con la moqueta, pero en Cloverleaf Books todo era antiguo: el edificio, las paredes forradas de madera, la moqueta, los muebles. Las llamas se alzaron al instante. Me quedé tan deslumbrada al verlas que ni siquiera lo vi arrojar una segunda cerilla que inició otro incendio al otro lado de la habitación. Esta vez, el fuego ascendió por las cortinas y lamió el techo. El aire mismo pareció volverse anaranjado. No podía creerme lo rápido que había sucedido. Era como si estuviese dentro de un crematorio. Charles avanzó hacia mí como una figura inmensa y oscura que llenaba mi visión. Pensé que iba a pasarme por encima. Estaba tendida delante de la puerta. Pero, antes de salir, descargó el último ataque estrellándome un pie contra el pecho con tanta fuerza que me hizo gritar. Noté sabor a sangre en la boca. Las lágrimas anegaban mis ojos, por el dolor y el humo. Luego se marchó.

El despacho ardía gloriosamente, con un fuego digno de un edificio que databa del siglo XVIII. Notaba cómo me chamuscaba las mejillas y las manos y pensé que yo misma debía de estar en llamas. Podía haberme quedado allí tendida y morir sin más, pero habían saltado las alarmas en todo el edificio y desperté sobresaltada. Tenía que reunir la fuerza necesaria para levantarme y arrastrarme al exterior. Hubo una explosión de madera y vidrio cuando una de las ventanas se desintegró, ayudándome en el intento. Noté que un viento frío entraba con fuerza. Aquel viento me revivió un poco e impidió que el humo me asfixiara. Alargué el brazo y noté el lateral de la puerta, que aproveché para incorporarme. Apenas veía nada. El rojo y el anaranjado de las llamas me quemaba los ojos. Me dolía respirar. Charles me había roto algunas costillas y me pregunté, incluso en ese momento, cómo había podido comportarse de forma tan brutal un hombre al que conocía desde hacía tanto. La rabia me espoleó, y de pronto me encontré de pie, aunque eso no me ayudó. Lo cierto es que estaba más segura cerca del suelo. Al levantarme, me vi rodeada de humo y emanaciones tóxicas. Iba a desmayarme en cuestión de segundos.

Las alarmas me retumbaban en los oídos. Si hubiesen llegado los bomberos, no habría podido oírlos. Apenas veía. No podía respirar. Grité, y entonces un brazo me rodeó el pecho y me aferró con fuerza. Creí que Charles había vuelto para rematarme. Pero oí una sola palabra:

—¡Susan!

Reconocí la voz, el olor, el contacto de su pecho al apoyar la cabeza contra él. Era Andreas, que había surgido de la nada para rescatarme.

—¿Puedes andar? —vociferó.

—Sí.

Ahora podía. Con Andreas a mi lado podía hacer cualquier cosa.

—Voy a sacarte de aquí.

—¡Espera! Hay unas páginas sobre el escritorio...

—¿Susan?

—¡No vamos a dejarlas, joder!

Pensó que estaba loca, pero no quiso discutir. Me dejó un instante; luego me sacó a rastras y me ayudó a bajar las escaleras. Unas volutas de humo gris nos iban a la zaga, pero el fuego se propagaba hacia arriba, no hacia abajo, y aunque apenas podía ver o pensar, con todo el cuerpo dolorido y la sangre manando de la herida de mi cabeza, logramos salir. Andreas me arrastró al otro lado de la calle. Cuando me volví, la segunda y la tercera planta estaban ya en llamas, y aunque ahora podía oír las sirenas que se acercaban, supe que no quedarían ni los restos del edificio.

—Andreas —dije—. ¿Has cogido los capítulos?

Me desmayé antes de que pudiera responder.

Cuidados intensivos

Pasé tres días en el University College Hospital de Euston Road, un tiempo que en realidad no me pareció excesivo después de todo lo que había vivido. Pero hoy en día funciona así: las maravillas de la ciencia moderna y todo eso. Y, por supuesto, necesitan las camas. Andreas se quedó conmigo todo el tiempo y los verdaderos cuidados intensivos me los dio él. Tenía dos costillas rotas, muchos hematomas y una fractura lineal en el cráneo. Me hicieron un TAC, pero por suerte de no necesitaría cirugía. El fuego me había causado algunas cicatrices en los pulmones y membranas mucosas. No podía dejar de toser y no lo soportaba. Seguía sin ver bien. Eso era muy frecuente después de una lesión en la cabeza, pero los doctores me habían advertido de que el daño podía ser permanente.

Resultó que Andreas había acudido a la oficina porque estaba disgustado por la discusión que habíamos tenido y había decidido sorprenderme con flores y caminar conmigo hasta el restaurante. Era una idea preciosa y me salvó la vida. Pero esa no era la pregunta que más deseaba hacerle.

—¿Andreas? —Era la primera mañana después del incendio. Andreas era mi única visita, aunque había recibido un mensaje de texto de mi hermana, Katie, que estaba de camino. Me dolía la garganta y mi voz era poco más que un susurro—. ¿Por qué fuiste a ver a Charles? La semana que estuve de gira, fuiste a la oficina. ¿Por qué no me lo dijiste?

Me lo explicó todo. Andreas buscaba un préstamo para el hotel, el Polydorus, y había pedido cita con el banco a su regreso a Inglaterra. Habían aprobado la idea en líneas generales, pero necesitaban un avalista. Él había pensado en Charles.

—Quería darte una sorpresa —dijo—. Cuando me di cuenta de que no estabas en la oficina, no sabía qué hacer. Me sentía culpable, Susan. No podía decirte que había visto a Charles, porque aún no te había hablado del hotel. Así que le pedí que no dijese nada. Te lo comenté la siguiente vez que te vi. Pero me sentía mal de todos modos.

No le dije a Andreas que, tras hablar con Melissa, mis sospechas sobre el autor del homicidio de Alan habían recaído brevemente en él. Tenía un móvil excelente. Estaba en el país. Y, a fin de cuentas, ¿no era el sospechoso menos probable? Debería de haber sido él.

Habían detenido a Charles. Dos agentes de policía vinieron a verme el día que salí del hospital y no se parecían en nada al superintendente Locke... ni tampoco a Raymond Chubb. Uno era una mujer; el otro, un hombre asiático muy agradable. Hablaron conmigo durante media hora más o menos, tomando apuntes, pero no podía hablar bien porque aún tenía la garganta inflamada. Estaba atiborrada de sedantes y en estado de *shock* y seguía tosiendo. Dijeron que volverían para que hiciese una declaración completa cuando me encontrase mejor.

Lo curioso es que, después de todo lo que había pasado, ni siquiera quería leer los capítulos que faltaban de *Sangre de urraca*. No era que hubiese perdido el interés por saber quién había matado a Mary Blakiston y a su jefe, sir Magnus Pye. Simplemente sentía que ya había tenido demasiadas pistas y asesinatos, y, en cualquier caso, no habría podido leer el manuscrito; mis ojos no estaban en condiciones. Mi curiosidad no regresó hasta que no volví a mi piso de Crouch End. Andreas seguía conmigo. Se había tomado una semana libre en la escuela y le pedí que leyese por encima todo el libro para que se familiarizase con la trama antes de leerme el final. Resultaba de lo más apropiado que yo lo oyera con su voz. Solo se había salvado gracias a él.

Así acabó todo.

SIETE

Un secreto que no debe revelarse

1

Atticus Pünd dio un último paseo por Saxby-on-Avon, disfrutando del sol de la mañana. Había dormido bien y se había tomado dos pastillas al despertar. Se sentía renovado y tenía la mente despejada. Había quedado con el inspector Chubb en la comisaría de Bath dentro de una hora y había dejado a James Fraser ocupándose de las maletas y pagando la factura mientras él estiraba las piernas. No llevaba mucho tiempo en el pueblo, pero, de una forma extraña, sentía que había llegado a conocerlo íntimamente. La iglesia, el castillo, la tienda de antigüedades de la plaza, la marquesina del autobús, Dingle Dell y, por supuesto, Pye Hall... siempre habían estado relacionados entre sí de diversas formas, pero durante la última semana se habían convertido en puntos fijos de un panorama del crimen. Pünd había elegido el título de su obra magna con cuidado. Cada investigación criminal poseía un panorama, y la conciencia de dicho panorama siempre delataba el crimen.

Saxby no habría podido tener un aspecto más encantador. Aún era temprano; no se veía pasar un alma ni un coche y resultaba más fácil imaginar la pequeña comunidad tal como debía de ser un siglo antes. Por un instante, el homicidio casi pareció irrelevante. Al fin y al cabo, ¿qué importancia tenía? La gente iba y venía. Se enamoraba. Crecía y moría. Pero el pueblo en sí, las franjas de césped y los setos, todo el telón de fondo contra el cual se había desarrollado el drama, permanecía invariable. Transcurridos unos años, quizá alguien señalaría la casa en la que asesinaron a sir Magnus o el lugar en el que vivió su asesino y tal vez se oiría un «¡Oh!» de curiosidad. Pero nada más. ¿No era el hombre al que le cortaron la cabeza? ¿No murió también alguien más? Fragmentos de conversación que se dispersarían como hojas al viento.

Y, sin embargo, se habían producido algunos cambios. Las muertes de Mary Blakiston y sir Magnus Pye habían causado una multitud de minúsculas grietas que se habían abierto desde sus respectivos epicentros y que tardarían en cerrarse. Pünd se fijó en el cartel del escaparate de la tienda de antigüedades de los Whitehead: CERRADO HASTA NUEVO AVISO. No sabía si habían detenido a Johnny Whitehead por el robo de las medallas, pero dudaba de que la tienda volviese a abrir sus puertas. Fue hasta el garaje y pensó en Robert Blakiston y Joy Sanderling, que solo querían casarse y habían tenido que enfrentarse a fuerzas que superaban con mucho su capacidad de comprensión. Le entristeció recordar el día que la chica fue a visitarlo a Londres. ¿Qué era lo que había dicho? «No está bien. Es muy injusto». En aquel momento ella no podía imaginar cuánta verdad encerraban sus palabras.

Un movimiento llamó su atención y vio a Clarissa Pye caminando a buen paso hacia la carnicería, luciendo un sombrero de tres plumas. Ella no lo vio a él. Algo en su actitud le hizo sonreír. Se había beneficiado de la muerte de su hermano. Imposible negarlo. Puede que nunca heredase la casa, pero había recuperado el control de su propia vida, lo cual era mucho más importante. ¿Habría sido ese un motivo para matarlo? Era muy curioso que un solo hombre pudiera ser objeto de tanta hostilidad. Se sorprendió pensando en Arthur Redwing, el artista cuyo retrato más conseguido había sido profanado, hecho jirones y quemado. Arthur podía considerarse a sí mismo un aficionado. Nunca había alcanzado la grandeza como artista. Pero Pünd conocía muy bien la pasión que ardía en el corazón de cualquier persona creativa y que tan fácilmente podía quebrantarse y volverse peligrosa.

¿Y la propia doctora Redwing? La última vez que había hablado de sir Magnus no había podido disimular su odio no solo hacia él, sino hacia todo lo que representaba. Ella, más que nadie, conocía el dolor que le había causado a su marido. Pünd sabía por experiencia que en un pueblo inglés no hay nadie más poderoso que el médico y que, en determinadas circunstancias, el médico es también la persona más peligrosa.

Había recorrido parte de High Street y vio Dingle Dell extenderse a su izquierda. Podría haber atajado por Pye Hall, pero decidió no hacerlo. No deseaba encontrarse con lady Pye o su nueva pareja. Ellos eran quienes más ganaban con la muerte de sir Magnus. Era la historia más vieja del mundo: la esposa, el amante, el marido cruel, la muerte repentina. Bueno, tal vez pensaran que eran libres de estar juntos, pero Pünd estaba convencido de que nunca funcionaría. Había relaciones que solo tenían éxito porque eran imposibles, que en realidad necesitaban la infelicidad para continuar. Frances Pye no tardaría en cansarse de Jack Dartford, por guapo que fuese. A todos los efectos, ahora era la dueña de Pye Hall. ¿O Pye Hall era la dueña de ella? Matthew Blakiston había dicho que estaba maldita y Pünd no podía discrepar. Tomó una decisión consciente y dio la vuelta. No quería volver a ver aquel sitio.

Le habría gustado hablar con Brent una vez más. Era raro que el papel del jardinero en lo sucedido nunca se hubiese aclarado del todo. El inspector Chubb lo había descartado casi por completo de la investigación. Y, sin embargo, Brent había sido el primero en descubrir a Tom Blakiston después de que se ahogase, y también el último en ver a sir Magnus antes de que fuese decapitado. Además, era Brent quien afirmaba haber descubierto el cadáver de Mary Blakiston y, desde luego, quien había telefoneado a la doctora Redwing. ¿Por qué lo había despedido sir Magnus de forma tan arbitraria justo antes de su propia muerte? Pünd temía que la respuesta a esa pregunta nunca llegase a conocerse. Le quedaba muy poco tiempo, en todos los sentidos. Esa mañana centraría sus pensamientos en lo ocurrido en Saxby-on-Avon. Por la tarde se habría ido.

¿Y qué decir de Dingle Dell? La extensión boscosa entre la rectoría y Pye Hall parecía haber desempeñado un papel significativo en la narración, pero Pünd nunca la había considerado un móvil válido para un homicidio, aunque solo fuera porque la muerte de sir Magnus no impediría necesariamente la continuación del proyecto.

Aun así, los habitantes se habían comportado de forma muy estúpida. Se habían dejado arrastrar por sus emociones. Pünd pensó en Diana Weaver, la estólida mujer de la limpieza que había decidido escribir un anónimo malicioso con la máquina de escribir de su jefa. Pünd no había podido preguntarle por el sobre, pero no importaba. Había adivinado la respuesta de todos modos. Había resuelto el caso, no tanto gracias a pruebas concretas como a conjeturas. Al final, solo había un modo de que todo tuviera sentido.

Volvió sobre sus pasos y echó a andar por High Street. Se encontró de nuevo en el cementerio de St. Botolph, pasando por debajo del gran olmo que crecía junto a la verja. Alzó la vista hasta las ramas. Estaban vacías.

Continuó hacia la tumba reciente, con su cruz de madera y su placa.

Mary Elizabeth Blakiston
5 de abril de 1887 - 15 de julio de 1955

Era allí donde todo había empezado. Había sido la muerte de la madre de Robert, y la discusión en público que habían mantenido los dos pocos días antes, lo que había llevado a Joy Sanderling a su despacho de Farringdon. Pünd sabía ahora que todos los acontecimientos que se habían producido después en Saxby-on-Avon eran el resultado de esa muerte. Se imaginó a la mujer que yacía bajo sus pies en la fría tierra. Nunca la había visto, pero le parecía conocerla. Recordaba las anotaciones que había realizado en su diario, la visión envenenada que tenía del mundo que la rodeaba.

Pensó en el veneno.

Oyó unas pisadas a su espalda, y al volverse vio al reverendo Robin Osborne caminando hacia él, avanzando entre las tumbas. No llevaba la bicicleta. No dejaba de ser curioso que la noche del asesinato él y su mujer estuvieran en las proximidades de Pye Hall, ella buscando supuestamente a su marido. Habían oído pasar la bicicleta del párroco por delante del Ferryman al anochecer, y Matthew Blakiston la había visto aparcada junto a la casa del guarda. Pünd se alegró de encontrarse al párroco una última vez. Aún quedaba cierto asunto por aclarar.

—Ah, hola, señor Pünd —dijo Osborne. Echó un vistazo a la tumba. Nadie había dejado flores—. ¿Ha venido en busca de inspiración?

—No. En absoluto —respondió Pünd—. Me marcho del pueblo hoy. Simplemente pasaba por aquí de regreso al hotel.

—¿Se marcha? ¿Significa eso que nos deja por imposibles?

—No, reverendo Osborne. Significa justo lo contrario.

—¿Sabe quién la mató?

—Sí. Lo sé.

—Me alegro mucho. He pensado en más de una ocasión... que debe de ser muy difícil descansar en paz cuando tu asesino camina por la tierra encima de tu cadáver. Es una ofensa para toda idea de justicia natural. Supongo que no hay nada que pueda decirme, aunque probablemente no debería preguntar.

Pünd no contestó. Se limitó a cambiar de tema.

—Las palabras que pronunció en el entierro de Mary Blakiston me resultaron muy interesantes —dijo.

—¿Usted cree? Gracias.

—Dijo que era una parte importante del pueblo, que le encantaba vivir aquí. ¿Le sorprendería saber que llevaba un diario en el que solo anotaba las observaciones más siniestras y menos amables sobre las personas que vivían en Saxby-on-Avon?

—Me sorprendería, señor Pünd. Sí. Es decir, era un poco entrometida, pero nunca detecté ninguna malicia especial en nada de lo que hacía.

—Hizo una anotación sobre usted y la señora Osborne. Parece ser que los visitó la víspera de su muerte. ¿Se acuerda de ese día?

—No sabría decirle...

Osborne mentía fatal. Se retorcía las manos y su expresión era tensa y poco natural. Claro que había estado en su casa, en la cocina. «He oído que tiene problemas con las avispas». Y las fotografías, a plena vista encima de la mesa... ¿Por qué estaban allí? ¿Por qué no las había guardado Henrietta?

—Utilizó la palabra «espeluznante» en su diario —siguió diciendo Pünd—. También dijo que era «horripilante» y se preguntó qué medidas debía tomar. ¿Sabe a qué se refería?

—No tengo ni idea.

—Pues se lo diré. Me dejó muy perplejo, reverendo Osborne, que su mujer necesitase tratarse de un envenenamiento por belladona. La doctora Redwood había adquirido un frasco de fisostigmina con esa misma finalidad. Había pisado una mata de la planta.

—Así es.

—Pero la pregunta que yo me hice fue: ¿su mujer iba descalza?

—Sí. Ya lo preguntó entonces. Y mi mujer dijo que...

—Su mujer no me dijo toda la verdad. Iba descalza porque iba desnuda. Ese es el motivo por el que ambos se mostraron tan reacios a decirme dónde habían pasado las vacaciones. Al final, se vieron obligados a darme el nombre de su hotel, Sheplegh Court, en Devonshire. Solo tuve que hacer una simple llamada telefónica para descubrir que se trata de un conocido establecimiento para naturistas. Esa es la verdad, ¿no es así, señor Osborne? Su mujer y usted son seguidores del naturismo.

Osborne tragó saliva.

—Sí.

—¿Y Mary Blakiston encontró pruebas de ello?

—Encontró fotografías.

—¿Tiene idea de qué pensaba hacer?

—No. No dijo nada. Y al día siguiente... —Carraspeó—. Mi mujer y yo somos completamente inocentes —dijo, y de pronto las palabras salieron de su boca en tropel—: El naturismo es un movimiento político y cultural estrechamente relacionado con la buena salud. No tiene nada de sucio ni, puedo asegurárselo, que desmerezca o socave mi vocación. Podría mencionar que Adán y Eva ignoraban que iban desnudos. Era su estado natural y solo se sintieron avergonzados después de probar la manzana. Hen y yo viajamos juntos a Alemania, antes de la guerra, y fue allí donde tuvimos nuestra primera experiencia. Nos atrajo. Lo manteníamos en secreto porque nos parecía que había personas aquí que quizá no lo entenderían, que podrían sentirse ofendidas.

—¿Y Dingle Dell?

—Era perfecto para nosotros. Nos daba libertad, era un lugar por el que podíamos caminar juntos sin que nadie nos viese. Me apresuraré a añadir, señor Pünd, que no hacíamos nada malo. O sea, no había nada... carnal. —Había escogido la palabra con cuidado—. Simplemente caminábamos a la luz de la luna. Usted estuvo allí con nosotros. Sabe que es un sitio precioso.

—Y todo fue bien hasta que su mujer pisó una planta venenosa.

—Fue bien hasta que Mary vio las fotos. Pero no creerá ni por un instante... que la maté por ese motivo, ¿verdad?

—Sé exactamente cómo murió Mary Blakiston, señor Osborne.

—Ha dicho... ha dicho que está a punto de marcharse.

—En pocas horas. Y me llevaré su secreto conmigo. Ni su mujer ni usted tienen nada que temer. No se lo contaré a nadie.

Robin Osborne exhaló un profundo suspiro.

—Gracias. No sabe lo preocupados que estábamos. —Su mirada se animó—. ¿Se ha enterado? Según los agentes de Bath, lady Pye no seguirá con el proyecto. Dingle Dell se quedará como está.

—Me alegra saberlo. Tiene toda la razón: es un lugar precioso. Y me da usted una idea...

Atticus Pünd salió del cementerio. Faltaban cincuenta minutos para la reunión con Raymond Chubb.

Y había una cosa que debía hacer.

2

Tardó poco en escribir la carta, sentado con un té en un rincón tranquilo del Queen's Arms.

Apreciado James:

Cuando leas esto, todo habrá terminado. Ya me perdonarás por no haber hablado contigo antes, por no haberme confiado contigo, pero estoy seguro de que lo entenderás con el tiempo.

He dejado algunas notas en mi escritorio. Se refieren a mi enfermedad y a la decisión que he tomado. Debe quedar claro que el diagnóstico era inequívoco y que, para mí, no existe ninguna posibilidad de gracia. No tengo miedo a morir. Me gusta pensar que mi nombre será recordado.

He obtenido grandes éxitos en una vida que ya ha durado lo suficiente. Descubrirás que te he dejado una pequeña herencia en el testamento, en parte en señal de reconocimiento por los muchos años que hemos pasado juntos, aunque también tengo la esperanza de que puedas terminar mi libro y prepararlo para su publicación. Ahora eres tú su único custodio y confío en que en tus manos esté a salvo.

Por lo demás, serán pocos los que lloren mi pérdida. No dejo a mis espaldas a nadie que dependa de mí. Ahora que voy a despedirme de este mundo, tengo la sensación de haber aprovechado bien el tiempo del que disponía y espero que se me recuerde por los éxitos que tú y yo compartimos.

Te pido que me disculpes ante mi amigo el inspector Chubb. Como se sabrá, he utilizado la fisostigmina que le requisé a Clarissa Pye y que debería de haberle devuelto a él. Tengo entendido que no tiene sabor y creo que me proporcionará un final sencillo, pero, aun así, traicioné su confianza y lo siento.

Por último, aunque yo mismo estoy sorprendi-

do, me gustaría que esparciesen mis cenizas en el bosque conocido como Dingle Dell. No sé explicarme el motivo de esta petición. Sabes que no soy de disposición romántica. Pero es la escena de mi último caso y me parece adecuado. También es un lugar lleno de paz. Parece correcto.

Me despido de ti, viejo amigo, con todo mi respeto y mis mejores deseos. Te doy las gracias por tu lealtad y compañerismo, y espero que te plantees volver a los escenarios y que disfrutes de una larga y próspera carrera.

Firmó la carta, la introdujo en un sobre, lo cerró y escribió en este las siguientes palabras: PRIVADO - PARA EL SEÑOR JAMES FRASER.

No lo necesitaría durante algún tiempo, pero se alegraba de haberlo hecho. Por último, se tomó el té y salió hacia el coche que lo esperaba.

3

Eran cinco en el despacho de Bath, con las dos ventanas altas hasta el techo haciendo las veces de marco, en un ambiente extrañamente inmóvil y silencioso. Más allá de los cristales, la vida continuaba, pero allí dentro parecía estar atrapada en un momento que siempre había sido ineludible y que por fin había llegado. El inspector Raymond Chubb ocupaba su lugar detrás del escritorio, aunque no tenía mucho que decir. Era poco más que un testigo. Pero aquellos eran su despacho, su escritorio, su autoridad, y esperaba haberlo dejado claro. Atticus Pünd estaba junto a él, con una mano tendida sobre la superficie pulimentada, como si, de algún modo, aquel gesto le otorgara el derecho a estar allí. Su bastón de palo de rosa descansaba en diagonal contra el brazo de su butaca. James Fraser se había situado en un rincón.

Joy Sanderling, que en su día se desplazó hasta Londres y fue la primera en arrastrar a Pünd a aquel asunto, estaba sentada frente a ellos en una silla que habían situado cuidadosamente, como si la hubiesen convocado allí para una entrevista de trabajo. Robert Blakiston, pálido y nervioso, se hallaba sentado junto a ella. Habían hablado poco desde su llegada. Pünd era el centro de atención.

—Señorita Sanderling —comenzó a decir—, la he invitado aquí hoy porque es en muchos aspectos mi clienta, puesto que tuve conocimiento de sir Magnus Pye y del asunto a través de usted. Se dirigió a mí no tanto porque deseaba que resolviera un crimen (entonces ni siquiera teníamos la certeza de que se hubiera cometido) como para solicitar mi asistencia en lo relativo a su boda con Robert Blakiston, que consideraba amenazada. Me temo que fue un error por mi parte rechazar el encargo, pero espero que pueda comprender que en ese momento ciertas cuestiones personales que debía considerar reclamaban mi atención. El día siguiente a su visita supe de la muerte de sir Magnus, y fue ese acontecimiento el que me llevó a cambiar de opinión. No obstante, desde mi llegada a Saxby-on-Avon, sentí el deber de actuar no solo en su beneficio sino también en el de su prometido, y por esta razón me ha parecido más que correcto invitarlos a ambos a escuchar el fruto de mis reflexiones. También quiero comunicarle mi pesar por el hecho de que considerase necesario hacerse cargo de la cuestión personalmente, haciendo pública a los ojos del pueblo su vida privada. Eso no pudo ser agradable para usted y fue responsabilidad mía. Debo pedirle que me perdone.

—Si ha resuelto los asesinatos, y Robert y yo podemos casarnos, lo perdonaré todo —dijo Joy.

—Ah, sí. —Pünd se volvió brevemente hacia Chubb—. Tenemos a dos jóvenes que, evidentemente, están muy enamorados. Me ha quedado claro cuánto significa esta boda para ambos.

—Pues buena suerte —murmuró Chubb.

—Si sabe quién lo hizo, ¿por qué no nos lo cuenta? —Robert Blakiston había hablado por primera vez; en su voz había un veneno contenido—. Así Joy y yo podremos marcharnos. Ya lo he decidido. No vamos a quedarnos en Saxby-on-Avon. No puedo soportar este sitio. Buscaremos algún lugar lejos de aquí, donde podamos empezar de nuevo.

—Todo irá bien si permanecemos juntos —añadió Joy, alargando el brazo para tocarle la mano.

—Comencemos, pues —dijo Pünd. Retiró la mano del escritorio y la apoyó en el brazo de la butaca—. Antes incluso de llegar a Saxby-on-Avon, cuando supe del homicidio de sir Magnus gracias al *Times*, me di cuenta de que me encontraba ante una extraña coincidencia. Una asistenta se cae por las escaleras y fallece por lo que se diría que es un vulgar accidente doméstico, y luego, ni dos semanas después, también muere su jefe, pero esta vez se trata sin la menor duda de un espantoso homicidio. He hablado de coincidencia, pero en realidad quiero decir justo lo contrario. Debe de haber una razón concreta para que los dos acontecimientos hayan entrado, por así decirlo, en colisión, pero ¿cuál? ¿Existe acaso un solo móvil que explique las muertes de sir

Magnus Pye y de la criada? ¿Qué objetivo se alcanzaría si ambos desaparecieran de la escena? —Por un instante, los ojos de Pünd se clavaron en los dos jóvenes sentados ante él—. Reflexioné sobre la boda que ambos tanto deseaban y que podía constituir un móvil. Sabemos que, por razones que podrían considerarse lamentables, Mary Blakiston se oponía a la unión. Pero he descartado este planteamiento. En primer lugar, no tenía la capacidad de impedir la boda, al menos que sepamos. Así que no había motivo para matarla. Además, no hay ninguna evidencia que sugiera que sir Magnus tuviese nada que ver. De hecho, siempre se había mostrado bien dispuesto hacia el hijo de Mary Blakiston y sin duda habría deseado que la boda siguiese adelante.

—Sabía lo de la boda —dijo Robert—. No tenía la menor objeción. ¿Por qué iba a tenerla? Joy es una chica maravillosa y, tiene usted razón, él siempre fue amable conmigo. Quería que fuese feliz.

—Coincido con usted. Pero, si no podemos encontrar una sola razón para las dos muertes, ¿cuáles son las alternativas? ¿Podrían haberse producido dos asesinatos en Saxby-on-Avon, independientes el uno del otro, con dos motivaciones completamente distintas? Eso suena un poco improbable, y aún me quedo corto. ¿O acaso una muerte era en cierto modo la causa de la otra? Ahora sabemos que Mary Blakiston había reunido muchos secretos sobre la vida de los habitantes del pueblo. ¿Supo algo de alguien que la puso en peligro? ¿Acaso se lo contó a sir Magnus? No olvidemos que él era su principal confidente.

»Y, mientras daba vueltas a estos asuntos en mi mente, fui informado de un tercer delito. Resulta que la tarde del entierro de Mary Blakiston alguien irrumpió en Pye Hall. Parecía tratarse de un robo ordinario, pero al suceder el mismo mes en que habían muerto dos personas en trágicas circunstancias, ya no podía considerarse como tal. Pronto se demostró que, en efecto, no lo era, pues aunque una hebilla de plata sí que fue vendida en Londres, el resto del botín simplemente fue arrojado al lago. ¿Y eso por qué? ¿El ladrón se vio perturbado o tenía otro objetivo? ¿Acaso solo pretendía hacer desaparecer la plata en lugar de sacarle provecho?

—¿Quiere decir que fue una especie de provocación? —preguntó Chubb.

—Sir Magnus estaba orgulloso de su plata romana. Formaba parte de su legado. Podrían habérsela sustraído solo para fastidiarlo. Esa idea se me pasó por la cabeza, inspector.

Pünd se inclinó hacia delante.

—Había otro aspecto del caso que me costaba mucho entender —dijo—. Y era la actitud de Mary Blakiston.

—Ni siquiera yo la entendí nunca —murmuró Robert.

Analicemos su relación con usted. Ella pierde a un hijo en un trágico accidente y eso la vuelve desconfiada, dominante, demasiado posesiva. ¿Sabe que me entrevisté con su padre?

Robert se lo quedó mirando.

—¿Cuándo?

—Ayer. Mi colega Fraser me llevó a su casa en Cardiff. Y él me contó muchos detalles interesantes. Después de la muerte de su hermano Tom, su madre se aferró a usted. Ni siquiera permitía que su padre se le acercase. Ella no soportaba perderlo de vista, así que, sin ir más lejos, se enfadó cuando usted decidió marcharse a Bristol.

Fue la única vez que discutió con sir Magnus, quien a su vez se había preocupado todo el tiempo por el bienestar de usted. Todo esto tiene sentido. Es natural que una mujer que ha perdido un hijo se vuelva obsesiva con el otro. También puedo entender que esa relación acabe resultando incómoda e incluso venenosa. Las discusiones entre ustedes eran naturales. Resulta muy triste, pero inevitable.

»Pero esto es lo que no entiendo: ¿por qué se oponía a la boda? No tenía sentido. Su hijo halla en la señorita Sanderling, si se me permite decirlo, a una compañera encantadora. Una chica de la zona, perteneciente a una buena familia. Su padre es bombero. Trabaja en la consulta de una doctora. No pretende llevarse a Robert del pueblo. Hacen una pareja perfecta, y, sin embargo, desde el principio, Mary Blakiston responde solo con hostilidad. ¿Por qué?

Joy se ruborizó.

—No tengo ni idea, señor Pünd.

—Pues podemos ayudarla, señorita Sanderling —intervino Chubb—. Porque tiene un hermano con síndrome de Down.

—¿Paul? ¿Qué tiene que ver él?

—La señora Blakiston dejó constancia de lo que pensaba al respecto en un diario que encontramos. Temía que el trastorno se transmitiera a sus nietos. Ese era su problema.

Pünd negó con la cabeza.

—Lo siento, inspector —dijo—, pero no estoy de acuerdo.

—Desde mi punto de vista, herr Pünd, lo dejó muy claro: «... esa horrible enfermedad infectando a su familia». Unas palabras terribles. Pero eso es exactamente lo que escribió.

—Esas palabras se pueden malinterpretar. —Pünd suspiró—. Para comprender a Mary Blakiston hay que retroceder hasta el momento crucial de su vida. —Miró a Robert—. Confío en no perturbarle, señor Blakiston. Estoy hablando de la muerte de su hermano.

—He convivido con ella toda la vida —dijo Robert—. Nada de lo que diga puede afectarme.

—Hay varios aspectos del accidente que me dejan perplejo. Empecemos deteniéndonos por un momento en la reacción de su madre frente a lo ocurrido. No puedo entender que una mujer pueda seguir viviendo en la misma escena en la que tuvo lugar la desgracia, en la que perdió a su hijo. Cada día pasa junto a ese lago, y no puedo evitar preguntarme: ¿se está castigando por algo que ha hecho? ¿O por algo que sabe? ¿Acaso alberga un sentimiento de culpa desde aquel día horripilante?

»Visité la casa del guarda y traté de imaginar cómo podía ser para ella y para usted vivir juntos en aquel lugar sombrío, rodeado de árboles, permanentemente en sombra. La casa no reveló muchos secretos, pero había un misterio, una habitación del segundo piso que su madre mantenía cerrada con llave. ¿Por qué? ¿Cuál era el propósito de esa habitación y por qué ella nunca entraba? En la habitación quedaban pocas cosas: una cama, una mesa y, dentro de la mesa, el collar de una perra que también había muerto.

—Se llamaba Bella —dijo Robert.

—Sí. Bella había sido un regalo de su padre a su hermano, y a sir Magnus no le gustaba su presencia en la propiedad. Cuando ayer hablé con el señor Blakiston, insinuó que había sido sir Magnus quien había matado a la perra de la forma más cruel posible. Yo no podía estar seguro de que fuese verdad, pero le diré lo que pensé. Su hermano se ahoga. Su madre se cae por las escaleras. Sir Magnus es brutalmente asesinado. Y ahora tenemos a Bella, una perra mestiza, que es degollada. Otra muerte brutal que se añade a una auténtica serie de fallecimientos violentos sucedidos en Pye Hall.

»¿Por qué se guardaba allí el collar de la perra? Hubo otro detalle de la habitación en el que me fijé de inmediato. Era la única de la casa con vistas al lago. Eso, en sí mismo, me pareció sumamente significativo. A continuación, me pregunté con qué propósito se utilizaba la habitación cuando Mary Blakiston vivía en la casa del guarda. Yo había dado por sentado que era el dormitorio que utilizaban usted o su hermano, pero me equivocaba.

—Era el cuarto de costura de mi madre —dijo Robert—. Se lo habría dicho si me lo hubiera preguntado.

—No me hizo falta preguntárselo. Me comentó que usted y su hermano jugaban a dar golpecitos en las paredes de sus dormitorios, enviándose códigos. Por lo tanto, debían de tener habitaciones adyacentes, así que la habitación situada al otro lado del pasillo tenía que estar destinada a otra finalidad. Su madre cosía mucho, y me pareció muy probable que fuese allí donde le gustaba trabajar.

—Todo eso está muy bien, señor Pünd —dijo Chubb—, pero no veo adónde nos lleva.

—Ya casi estamos, inspector. Pero antes déjeme examinar cómo se produjo el accidente, puesto que, como ya he indicado, ese asunto también plantea determinados problemas.

»Según el testimonio tanto de Robert como de su padre, Tom buscaba una pieza de oro que en realidad estaba entre los juncos de la orilla, porque era allí donde sir Magnus la había escondido. Pues bien, recordemos que no era un niño pequeño. Tenía doce años. Era inteligente. Tengo que preguntarle algo: ¿habría entrado en el agua fría y fangosa creyendo que el oro estaba allí? Según tengo entendido, los juegos entre los dos niños eran muy formales. Los organizaba sir Magnus, que ocultaba el tesoro y proporcionaba pistas específicas. Si Tom estaba junto al lago, es muy posible que hubiera descubierto dónde se encontraba el oro. Pero no hacía falta ir más allá y meterse dentro del lago. Eso no tiene ningún sentido.

»Y hay otro detalle que me perturba. Brent, el jardinero, descubrió el cadáver...

—Siempre estaba merodeando por ahí —terció Robert—. Tom y yo le teníamos miedo.

—Estoy dispuesto a creerlo. Pero ahora hay una pregunta que deseo formularle. Brent fue muy preciso en su descripción. Sacó a su hermano del agua y lo dejó en el suelo. Usted llegó momentos más tarde. ¿Qué motivo podía haber para que usted se arrojase al lago?

—Quería ayudar.

—Por supuesto. Pero su hermano ya estaba fuera del agua. Su padre dijo que estaba tendido en tierra firme. ¿Por qué iba usted a querer mojarse y coger frío?

Robert frunció el ceño.

—No sé qué quiere que le diga, señor Pünd. Tenía catorce años. La verdad es que ni siquiera recuerdo lo que pasó. Solo estaba pensando en Tom, en sacarlo del agua. No había nada más en mi cabeza.

—No, Robert. Yo creo que sí. Creo que quiso disimular que ya estaba mojado.

La habitación entera pareció bloquearse, como un trozo de película atrapado en un proyector. Fuera, en la calle, tampoco se movía nada.

—¿Por qué iba a querer eso? —preguntó Joy con un ligero temblor en la voz.

—Porque se había peleado con su hermano hacía unos instantes. Lo había ahogado él.

—¡Eso no es cierto!

Los ojos de Robert lanzaban llamas. Por un momento, Fraser pensó que iba a saltar de su asiento y se preparó para acudir al rescate de Pünd si era necesario.

—Gran parte de lo que digo se basa en conjeturas —dijo Pünd—. Y créame cuando digo que no le considero completamente responsable de un crimen que cometió siendo niño. Pero analicemos la evidencia. Le regalan un perro a su hermano, no a usted. Muere en circunstancias terribles. Usted y su hermano buscan un trozo de oro. Lo encuentra él, no usted. Y esta vez es él quien recibe el castigo. Su padre me dijo que Tom y usted se peleaban mucho. Le preocupaba usted por su mal humor, por su costumbre de dar paseos solitarios siendo tan joven. Él no vio lo que su madre sí había visto: que, desde el día de su nacimiento, un nacimiento difícil, había algo malo en usted, que tenía predisposición a matar.

—¡No, señor Pünd! —Esta vez fue Joy quien protestó—. No está hablando de Robert. Robert no es así en absoluto.

—Robert es así, señorita Sanderling. Usted misma me contó lo mal que lo pasó en la escuela. No hacía amigos con facilidad. Los demás niños desconfiaban de él. Tal vez se daban cuenta de que había algo que no acababa de encajar. Y la única vez que dejó su casa, cuando trabajaba en Bristol, se vio implicado en un violento altercado por el que fue detenido y tuvo que pasar una noche en el calabozo.

—Le rompió la mandíbula y tres costillas al otro tipo —añadió Chubb.

Era evidente que había estado consultando los archivos.

—Creo que Mary Blakiston conocía muy bien la naturaleza de su hijo mayor —siguió diciendo Pünd—. Y la verdad pura y dura es que no lo estaba protegiendo del mundo exterior. Estaba protegiendo al mundo de él. Sabía, o sospechaba, lo que le había ocurrido a la perra, Bella. ¿Por qué, si no, había conservado el collar? Había visto lo sucedido en el lago. Sí. Sentada ante su mesa en el cuarto de costura, había visto a Robert matar a Tom, enfadado porque era su hermano pequeño quien había encontrado el oro y no él. Y a partir de ese día levantó un muro alrededor de él. Matthew Blakiston nos contó que cortó toda relación entre él y su hijo mayor. No le permitía acercarse a Robert. Pero él no entendía por qué. Mary no quería que descubriese la verdad.

»Y ahora podemos comprender, señorita Sanderling, el motivo por el que se mostraba tan hostil ante la idea de su boda. Una vez más, no era su idoneidad como esposa lo que la preocupaba. Conocía perfectamente a su hijo y estaba decidida a impedir que se casara con nadie. En cuanto a su hermano, que sufre síndrome de Down, se ha malinterpretado por completo lo que ella quería decir. Hizo una anotación significativa en su diario. «Yo no paraba de pensar en esa horrible enfermedad infectando a su familia». Me temo que tanto James Fraser como el inspector Chubb entendieron mal lo que ella había escrito. La enfermedad a la que se refería era la locura de su hijo. Y temía que algún día en el futuro infectase a la familia de la señorita Sanderling en caso de que la boda pudiera seguir adelante.

—¡Yo me marcho! —Robert Blakiston se levantó—. No tengo por qué escuchar más tonterías.

—Quédese exactamente donde está —le advirtió Chubb—. Hay dos hombres al otro lado de esa puerta y no se irá a ninguna parte hasta que herr Pünd haya terminado.

Robert miró a su alrededor, muy alterado.

—¿Qué otras teorías tiene, señor Pünd? ¿Va a decir que maté a mi madre para impedir que hablase? ¿Es eso lo que cree?

—No, señor Blakiston. Sé muy bien que usted no mató a su madre. Si se sienta, le diré exactamente lo que ocurrió.

Robert Blakiston vaciló un instante, pero volvió a tomar asiento. Fraser no pudo dejar de notar que ahora Joy Sanderling le daba la espalda. Parecía tremendamente desdichada y evitaba mirarlo.

—Pongámonos en la mente de su madre —continuó Pünd—. De nuevo, gran parte de lo expuesto son conjeturas, pero es la única explicación que da sentido a los acontecimientos tal como se desarrollaron. Vive con un hijo que sufre graves trastornos. Intenta protegerlo como puede. Observa cada uno de sus movimientos. Nunca lo pierde de vista. A medida que la relación entre ambos se vuelve más conflictiva y desagradable, a medida que las escenas que montan se vuelven más violentas, se preocupa. ¿Y si, en su locura, su hijo se vuelve contra ella?

»Tiene un confidente. Admira a sir Magnus Pye como hombre de fortuna y buena educación. Él está muy por encima de ella; es un aristócrata, nada menos. En muchas ocasiones la ha ayudado en asuntos familiares. Le ha dado trabajo. Ha inventado juegos para sus hijos, manteniéndolos entretenidos mientras su padre está fuera. La ha apoyado después de la ruptura de su matrimonio y, más tarde, le ha encontrado trabajo a su hijo superviviente en dos ocasiones. Incluso ha utilizado sus influencias para sacar a Robert de la cárcel.

»No puede contarle lo del homicidio. Se quedaría horrorizado y los abandonaría a ambos. Pero se le ocurre una idea. Le entrega un sobre cerrado, que contiene una carta con toda la verdad: el asesinato de su hijo menor, la muerte de la perra, quizá también otros incidentes de los que nunca nos enteraremos. Describe a Robert Blakiston tal como es realmente... Sin embargo, hay un pero: la carta solo podrá abrirse en caso de que Mary muera. Y después de entregarla, después de que se haya guardado en la caja fuerte, le cuenta a Robert lo que ha hecho. Esa carta actuará como red de seguridad. Sir Magnus permanecerá fiel a su palabra. No la abrirá. Se limitará a guardarla en lugar seguro. Sin embargo, en caso de que le suceda algo a Mary, en caso de que muera en circunstancias insólitas o sospechosas, él la leerá y sabrá dónde buscar al responsable. Una solución perfecta. Robert no se atreve a atacarla. No puede hacerle daño. Gracias a esa carta, ha quedado neutralizado.

—Eso no lo sabe —dijo Robert—. Es imposible que lo sepa.

—¡Pues resulta que lo sé todo! —Pünd hizo una pausa—. Regresemos a la muerte de Mary Blakiston y veamos cómo se desarrollan los acontecimientos.

—¿Quién la mató? —quiso saber Chubb.

—¡Nadie! —Pünd sonrió—. Eso es lo extraordinario y desafortunado de todo este asunto. Murió realmente de resultas de un accidente. ¡Nada más!

—¡Espere un momento! —exclamó Fraser desde su rincón—. Me dijo que la mató Matthew Blakiston.

—Y así fue. Pero no de forma intencionada, y ni siquiera supo que era el responsable. Recordarás, James, que tuvo la extraña premonición de que su esposa estaba en peligro y la telefoneó esa mañana. También te acordarás de que los teléfonos de la parte superior de la casa no funcionaban. Lady Pye nos lo dijo cuando estuvimos con ella. Así que lo que ocurrió fue muy sencillo. Mary Blakiston estaba pasando la aspiradora en la parte superior de las escaleras. Sonó el teléfono y tuvo que bajar corriendo para cogerlo. Se le enganchó el pie en el cable y se cayó, arrastrando la aspiradora consigo y encajándola en la parte superior de la barandilla.

»Me pareció obvio que el accidente podía ser la única explicación plausible. Mary Blakiston se hallaba sola. Las llaves se encontraban en la cerradura de la puerta trasera, que estaba cerrada con dos vueltas, y Brent estaba trabajando delante de la casa. Si alguien hubiese salido, lo habría visto. Y empujar a alguien por las escaleras... no es una forma sensata de intentar un asesinato. ¿Cómo se puede estar seguro de que la víctima morirá? Es posible que solo sufra una lesión grave.

»Los habitantes de Saxby-on-Avon no pensaban

lo mismo. No hacían más que hablar de asesinato.
Y, para empeorar las cosas, Mary Blakiston y su
hijo habían discutido pocos días antes. «Ojalá
te murieras y me dieras un descanso». A Robert no
se le ocurrió inmediatamente, pero se habían
cumplido las condiciones exactas de la carta de
su madre, al menos tal como podemos imaginarlas.
Había muerto de forma violenta. Él era el principal sospechoso.

»Cayó en la cuenta una semana después, en el
entierro. El párroco ha tenido la amabilidad de
prestarme el sermón y he leído las palabras exactas: «Aunque estamos hoy aquí para llorar su
marcha, debemos recordar lo que nos ha dejado».
Me contó que Robert se sobresaltó y se tapó los
ojos al oír eso... y con razón. No porque estuviese afectado, sino porque recordó lo que su
madre había dejado.

»Por fortuna, sir Magnus y lady Pye no estaban
en el pueblo, sino de vacaciones en el sur de
Francia. Robert tenía poco tiempo y actuó enseguida. Esa noche entró en Pye Hall por la puerta
que Brent había estropeado tras ver el cadáver.
La tarea era simple. Debía encontrar y destruir
la carta antes del regreso de sir Magnus. —Pünd
miró a Robert—. Debió de enfurecerse por lo injusto de su situación. ¡No había hecho nada! No
era culpa suya. Sin embargo, si la carta se abría,
los secretos de su niñez saldrían a la luz y no
habría boda. —A continuación, Pünd se dirigió a
Joy, que había escuchado cada palabra presa de
la más absoluta consternación—. Sé que no es fácil para usted, señorita Sanderling, y no me
causa placer alguno destruir sus esperanzas.
Pero si hay algún consuelo es que el hombre sentado a su lado la ama de verdad y que hizo lo que

hizo con la esperanza de permanecer junto a usted.

Joy Sanderling no contestó. Pünd siguió hablando:

—Robert buscó en vano por toda la casa. Sir Magnus había puesto la carta en la caja fuerte del estudio, junto a otros documentos privados. Estaba oculta detrás de un cuadro y requería una combinación larga que él no podía conocer. Tuvo que irse con las manos vacías.

»Pero ahora tenía otro problema: cómo explicar el robo. Si no faltaba nada, sir Magnus y la policía podían sospechar otra motivación, y cuando se abriera la carta tal vez pensaran en él. La solución era simple. Abrió la vitrina y sacó la plata romana que había aparecido años atrás en Dingle Dell. También cogió algunas joyas de lady Pye. Ahora parecía un robo normal y corriente. Por supuesto, no tenía interés alguno en esos artículos. No se arriesgaría a venderlos. ¿Qué hizo? Los arrojó al lago, donde nunca se habrían descubierto de no haber sido por la mala suerte. Se le cayó una hebilla de plata mientras cruzaba el césped a toda velocidad. Al día siguiente, Brent se la encontró y se la vendió a Johnny Whitehead. Este detalle condujo al descubrimiento, por parte de los buceadores de la policía, del resto del botín y a la verdadera razón del robo.

»La carta permaneció en la caja fuerte. Sir Magnus regresó de Francia. En los días siguientes debió de tener otras ocupaciones. Robert, no debió de resultarle fácil esperar la llamada telefónica que sin duda tenía que llegar. ¿Qué haría sir Magnus? ¿Acudiría directamente a la policía o le daría la oportunidad de explicarse?

Al final, el jueves que su esposa fue a Londres, lo convocó a usted en Pye Hall. Y así llegamos por fin a la escena del crimen.

»Sir Magnus ha leído la carta. Es difícil saber cómo reaccionará. Está conmocionado, sin duda. ¿Sospecha que Robert Blakiston ha matado a su madre? Puede ser. Pero es inteligente y desconfiado. Conoce a Robert desde hace muchos años y no le tiene miedo. ¿No ha sido siempre su mentor? Sin embargo, para estar seguro, saca el revólver de servicio y lo coloca en el cajón de su escritorio, donde el inspector Chubb lo encontrará más tarde. Es una póliza de seguro, nada más.

»A las siete cierra el garaje. Robert regresa a su casa para lavarse y ponerse una ropa más elegante para una entrevista en la que pretende declararse inocente y pedir la comprensión de sir Magnus. Mientras tanto, hay otras fuerzas en juego. Matthew Blakiston viene de Cardiff para interrogar a sir Magnus acerca del trato que tenía con su mujer. Brent, despedido recientemente, trabaja hasta tarde y luego se va al Ferryman. Robin Osborne tiene una crisis de conciencia y va a buscar consuelo en la iglesia. Henrietta Osborne se preocupa y sale en busca de su marido. Muchas de estas rutas se cruzarán, pero de tal modo que no emergerá ningún auténtico patrón.

»A las ocho y veinte aproximadamente, Robert se encamina hacia el encuentro fatídico. Ve la bicicleta del párroco delante de la iglesia y, obedeciendo a un impulso, decide tomarla prestada. No imagina que el reverendo se halla dentro. Llega a Pye Hall sin ser visto, deja la bici junto a la casa del guarda y prosigue a pie por el camino de acceso. Sir Magnus lo recibe, y lo que ocurre luego, es decir, el homicidio, será objeto de explicación muy pronto. Antes voy a completar el panorama. Matthew Blakiston también llega y aparca el automóvil junto a la vieja casa, donde ve la bicicleta. Mientras emboca el camino de acceso, su presencia es detectada por Brent, que termina de trabajar. Llama a la puerta y, unos instantes después, sir Magnus le abre. Recordarás, Fraser, la conversación entre los dos, descrita con mucha precisión por Matthew Blakiston.

»"¡Tú!". Sir Magnus se sorprende y con razón. Se encuentra delante al padre justo cuando el hijo está dentro y los dos están manteniendo una conversación sumamente delicada. Sir Magnus no pronuncia su nombre en voz alta. No desea avisar a Robert de que su padre está allí, en el peor momento posible. Sin embargo, antes de pedirle que se vaya, aprovecha la ocasión para preguntarle a Matthew: "¿De verdad crees que maté a vuestra perra?". ¿Por qué iba a preguntar semejante cosa a no ser que deseara confirmar algo que estaba comentando con Robert solo unos momentos antes? En cualquier caso, sir Magnus cierra la puerta. Matthew se marcha.

»Se produce el homicidio. Robert Blakiston huye de la casa con la bicicleta que ha tomado prestada. Está oscuro. No espera encontrarse con nadie. Dentro del Ferryman, Brent oye pasar el vehículo durante una pausa de la música y da por sentado que es el párroco. Robert vuelve a dejar la bicicleta en la iglesia, pero ha habido mucha sangre y parte de ella ha quedado en el manillar. Cuando el párroco sale de la iglesia y regresa a casa con la bicicleta, la sangre le mancha la ropa. Creo que ese fue el motivo de que la señora Osborne se pusiera tan nerviosa cuando habló conmigo. Es posible que lo creyese culpable del crimen. Pero muy pronto sabrán la verdad.

»Hay un último acto en el drama de la noche. Matthew Blakiston ha cambiado de opinión y regresa para enfrentarse con sir Magnus. No se encuentra con su hijo por pocos minutos, pero ve el cadáver a través del buzón y se derrumba en el parterre, dejando una huella de su mano en la tierra blanda. Temiendo ser sospechoso, se marcha lo más rápido que puede, pero es visto por lady Pye, que acaba de volver de Londres y cuando entre en la casa hallará a su marido.

»Solo me queda describir el asesinato.

»Robert Blakiston y sir Magnus Pye se reúnen en el estudio. Sir Magnus ha sacado la carta que Mary Blakiston le escribió muchos años atrás: recordarán que el cuadro detrás del cual se oculta la caja fuerte sigue mal colocado. La carta está sobre el escritorio y los dos hombres hablan de su contenido. Robert insta a sir Magnus a que lo crea cuando le dice que no ha hecho nada malo, que no es responsable de la trágica muerte de su madre. Por pura casualidad, resulta que sobre el escritorio hay una segunda carta. Sir Magnus la ha recibido ese día. Se refiere a la tala de Dingle Dell y contiene palabras amenazadoras, violentas incluso. Como ahora sabemos, la escribió una mujer del pueblo, Diana Weaver, con la máquina de escribir de la doctora Redwing.

»Dos cartas. Dos sobres. Recuerden este detalle.

»La conversación no va bien. Puede que sir Magnus amenace con delatar a su antiguo protegido. Tal vez dice que reflexionará sobre el

asunto antes de acudir a la policía. Imagino que
Robert se muestra encantador y persuasivo cuando sir Magnus lo acompaña a la puerta. Sin embargo, al llegar a la entrada, ataca. Ya se ha
fijado en la armadura y extrae la espada de su
vaina. El arma sale en silencio y con facilidad
porque resulta que sir Magnus la ha usado recientemente para destrozar el retrato de su esposa. Robert no se arriesga. No permitirá que lo
delaten. Su boda con Joy Sanderling seguirá
adelante. Desde atrás, decapita a sir Magnus.
Luego regresa al estudio para librarse de la
evidencia.

»Pero entonces comete sus dos errores críticos. Arruga la carta de su madre y la quema en la
chimenea. Al hacerlo, mancha el papel con la sangre de sir Magnus, y eso es lo que encontraremos
más tarde. Y aún hay algo mucho peor: ¡quema el
sobre equivocado! Supe al instante que se había
cometido un error, y no solo porque la carta de
la señora Weaver se hubiera mecanografiado y el
sobre superviviente estuviese escrito a mano.
No. El sobre iba dirigido muy formalmente a sir
Magnus Pye, y ese detalle contrastaba por completo con su contenido. El remitente lo había
llamado «maldito bastardo». Había amenazado con
matarlo. Entonces, ¿habría escrito «sir Magnus»
en el sobre? No lo creí así, y pensaba preguntárselo a la señora Weaver, pero, por desgracia, me
puse enfermo antes de poder hacerlo. No importa.
Tenemos el sobre y tenemos el diario escrito por
Mary Blakiston. Como le comenté a Fraser, la letra de ambos era la misma.

Pünd se quedó en silencio. No habría ninguna
conclusión dramática, ningún discurso final.
Ese nunca había sido su estilo.

Chubb sacudió la cabeza.

—Robert Blakiston —dijo en tono admonitorio—, queda detenido por asesinato. —Le informó de sus derechos y añadió—: ¿Hay algo que quiera decir?

Blakiston llevaba los últimos minutos mirando un punto fijo en el suelo, como si allí se concentrara todo su futuro. Al fin alzó la vista de pronto. Había lágrimas en sus ojos. En ese momento, Fraser se lo imaginó fácilmente como el muchacho de catorce años que había matado a su hermano en un arrebato y que se había estado escondiendo de aquel crimen desde entonces. El joven se volvió hacia Joy. Solo se dirigió a ella.

—Lo hice por ti, cariño —dijo—. Conocerte ha sido lo mejor que me ha pasado jamás, y sabía que solo contigo sería realmente feliz. No iba a dejar que nadie me arrebatara eso, y volvería a hacerlo si fuera necesario. Lo haría por ti.

4

Del *Times*, agosto de 1955

La muerte de Atticus Pünd ha sido objeto de una amplia cobertura en la prensa británica, pero me pregunto si podría añadir unas palabras propias, ya que lo conocí tal vez mejor que nadie después de trabajar para él durante seis años en calidad de asistente personal. Conocí al señor Pünd cuando respondí a un anuncio publicado en la revista *The Spectator*. Indicaba que un empresario llegado recientemente de Alemania requería los servicios de un secretario confidencial que lo ayudara en las tareas de mecanografía, administración y otros cometidos asociados. Resulta revelador que no se refiriese a sí mismo como investigador o detective privado, aunque ya tenía una reputación formidable, sobre todo tras la recuperación del diamante Ludendorff y la espectacular serie de detenciones que siguieron. El señor Pünd fue siempre modesto. Aunque ayudó a la policía en numerosas ocasiones, incluido el reciente asesinato de un acaudalado terrateniente de Somerset, en el pueblo de Saxby-on-Avon, prefería permanecer en la sombra y pocas veces se le atribuía el mérito de sus logros.

Se ha especulado mucho sobre las circunstancias de su muerte y deseo aclarar los hechos. Confirmo que el señor Pünd estaba en posesión de una abundante dosis de fisostigmina confiscada durante la última investigación y que, naturalmente, debería de haber restituido a la policía. Si no lo hizo fue porque ya había decidido quitarse la vida, como se ocupó de explicar en la carta de despedida que recibí después de su incineración. Aunque yo no estaba al corriente de ello, se le había diagnosticado una forma muy agresiva de tumor cerebral que en cualquier caso habría puesto fin a su vida en poco tiempo, y él optó por evitarse innecesarios sufrimientos.

Era el hombre más sabio y generoso que jamás he conocido. Las experiencias vividas en Alemania antes y durante la guerra le habían procurado una perspectiva de las cosas que sin duda le fue de gran ayuda en el trabajo. Poseía una innata capacidad de comprensión del mal, y era capaz de descubrirlo con infalible precisión. Aunque pasábamos mucho tiempo juntos, el señor Pünd tenía pocos amigos y no es mi intención pretender que comprendí a fondo las elucubraciones de su mente extraordinaria. Tal como solicitó expresamente, no se levantará monumento alguno en su memoria, pero sus cenizas se esparcirán cerca de Saxby-on-Avon, en el bosque de Dingle Dell, que en parte contribuyó a salvar.

Dicho esto, se hallan en mi posesión todas las páginas, anotaciones e investigaciones inherentes al tratado que ocupó buena parte de sus últimos años, un estudio fundamental titulado *Panorama de la investigación criminal*. Que haya quedado inacabado es una verdadera tragedia, pero he enviado todo el material que he podido recuperar al profesor Crena Hutton del

Centro de Criminología de Oxford, y albergo la esperanza de que esta obra de referencia indispensable se publique lo antes posible.

JAMES FRASER

Agios Nikolaos, Creta

No hay mucho que añadir.

Cloverleaf Books quebró. Todo fue muy complicado, con Charles en la cárcel y las aseguradoras negándose a pagar el edificio, que había quedado completamente destruido en el incendio. Nuestros autores de éxito abandonaron el barco a toda prisa, lo cual resultó un poco decepcionante pero no demasiado sorprendente. No quieres que publique tus libros alguien que podría asesinarte.

Ya no tenía trabajo, por supuesto. Sentada en casa después de salir del hospital, me sorprendió enterarme de que se me consideraba culpable en parte de lo sucedido. Es lo que dije al principio. Charles Clover era una figura consolidada en el sector editorial, y la sensación general era que yo lo había traicionado. Al fin y al cabo, él había publicado a Graham Greene, Anthony Burgess y Muriel Spark, y solo había matado a un escritor: Alan Conway, un conocido grano en el culo. ¿De verdad era necesario armar tanto lío por su muerte cuando iba a morir de todos modos? Nadie llegó a decirlo con tantas palabras, pero, cuando por fin acudí cojeando a unos cuantos eventos literarios —una conferencia, la presentación de un libro—, esa fue la impresión que recibí. Los del Women's Prize for Fiction decidieron al final no incluirme entre los miembros del jurado. Ojalá hubiesen visto a Charles como yo lo vi, disponiéndose a quemarme viva y dándome una patada tan fuerte que me rompió las costillas. No iba a volver a trabajar en mucho tiempo. Ya no me apetecía y, en cualquier caso, mi visión no se había recuperado. Y así sigo. No estoy tan ciega como el pobre señor Rochester de *Jane Eyre*, pero se me cansan los ojos si leo demasiado y las palabras se mueven por la página. Últimamente prefiero los audiolibros. He vuelto a la literatura del siglo xix. Evito las novelas de suspense.

Vivo en Agios Nikolaos, en Creta.

Al final, la decisión vino a caer por su propio peso. Nada me retenía en Londres. Muchos de mis amigos me habían dado la espalda, y Andreas se marchaba. Habría sido una estúpida si no me hubiese ido con él, y mi hermana, Katie, se pasó al menos una semana diciéndome exactamente eso. Se mirase por donde se mirase, estaba enamorada de él. Me había dado cuenta de eso estando sentada yo sola en la estación de Bradford-on-Avon, y se había confirmado cuando apareció como mi caballero de brillante armadura, arrostrando el incendio para rescatarme. Si acaso, debería de haber sido él quien tuviese dudas. Yo no hablaba ni una palabra de griego. Apenas sabía cocinar. No veía bien. ¿De qué podía servirle?

Le comenté algo de eso y su respuesta fue llevarme al restaurante griego de Crouch End, sacar un anillo de diamantes (que costaba mucho más de lo que podía permitirse) y clavar una rodilla en tierra delante de todos los comensales. Me quedé horrorizada y me apresuré a aceptar con tal de lograr que se comportara como es debido y se levantara. Al final no necesitó un préstamo bancario. Vendí mi piso, y aunque no él estaba demasiado conforme, insistí en invertir una parte del dinero en el hotel Polydorus, convirtiéndome en socia igualitaria. Probablemente fue una locura, pero, después de lo que había vivido, no me importaba un pimiento. No solo porque habían estado a punto de matarme, sino también porque me habían arrebatado todo aquello en lo que había confiado, en lo que había creído. Sentí que mi vida se había desbaratado de forma tan rápida y absoluta como el nombre de Atticus Pünd. ¿Tiene sentido? Era como si mi nueva vida fuese un anagrama de la antigua y solo fuera a descubrir qué forma había adoptado cuando empezase a vivirla.

Han pasado dos años desde que dejé Inglaterra.

El Polydorus aún no ha obtenido beneficios, pero a los huéspedes parece gustarles y llevamos casi toda la temporada completos, así que tenemos que estar haciendo algo bien. El hotel está a las afueras de Agios Nikolaos, que es una población animada, cochambrosa y llena de color con demasiadas tiendas que venden baratijas y chorradas para turistas, pero resulta lo bastante auténtica como para hacerte sentir que es un lugar en el que quieres vivir. Estamos en primera línea de mar y nunca me canso de contemplar el agua, que es de un azul deslumbrante y hace que el resto del Mediterráneo parezca un charco. La cocina y la recepción dan a una terraza de piedra con una docena de mesas. Servimos desayunos, comidas y cenas a base de alimentos locales frescos y simples. Andreas trabaja en la cocina. Su primo Yannis no hace casi nada, pero tiene buenos contactos (lo llaman *visma*) y se le dan bien las relaciones públicas. Y luego están Philippos, Alexandros, Giorgios, Nell y todos los demás familiares y amigos que se juntan para ayudarnos durante el día y se sientan con nosotros a beber raki hasta el anochecer.

Podría escribir sobre mi vida aquí, y quizá lo haga algún día. Una mujer de mediana edad se tira a la piscina y se muda con su amante griego y la excéntrica familia de este, varios gatos, vecinos, proveedores y huéspedes, sacando su vida adelante bajo el sol del Egeo. Antes había mercado para esa clase de historias, aunque, por supuesto, no podré escribir toda la verdad si quiero vender algunos ejemplares. Todavía hay una parte de mí que añora Crouch End, y echo de menos la editorial. Andreas y yo siempre estamos preocupados por el dinero, y eso nos causa tensión. Puede que la vida imite el arte... pero normalmente se queda muy corta.

Lo más extraño es que *Sangre de urraca* acabó publicándose. Tras la quiebra de Cloverleaf, otras editoriales adquirieron varios de nuestros títulos, incluida toda la serie de Atticus Pünd, que acabó yendo a parar a manos de mi antigua empresa, Orion

Books. Volvieron a publicarla con cubiertas nuevas y sacaron *Sangre de urraca* al mismo tiempo. A esas alturas, el mundo entero conocía la desagradable verdad que se ocultaba detrás del nombre del detective, pero a corto plazo no importó. Toda la publicidad sobre el asesinato en la vida real y el juicio despertó más interés en el libro, y no me sorprendió verlo en las listas de best sellers. Robert Harris le hizo una crítica muy buena en el *Sunday Times*.

Incluso vi un ejemplar el otro día, mientras paseaba por la playa. Una mujer sentada en una tumbona lo estaba leyendo, y Alan Conway me miraba fijamente desde la contracubierta. Al verlo, sentí un arrebato de ira. Recordé lo que Charles había dicho sobre Alan: que había echado a perder de forma egoísta e innecesaria el placer de millones de personas que habían disfrutado con las novelas de Atticus Pünd. Tenía razón. Yo había sido una de ellas y, solo por un momento, imaginé que era yo, y no Charles, quien había estado en la torre de Abbey Grange, empujando a Alan al vacío con ambas manos. Pude verme a mí misma haciéndolo. Era justo lo que se merecía.

Había sido la detective y ahora era la asesina.

¿Y saben qué? Creo que me gustó más.